The Mystery Collection

FAST WOMEN

ファーストウーマン

ジェニファー・クルージー／葉月陽子 訳

二見文庫

FAST WOMEN

by

Jennifer Crusie

この本をヴァレリー・テイラーに捧げる。

つまらないシーン、わかりにくい文章、精彩を欠く登場人物を指摘してアドバイスしてくれたね。

「もう書けない」と弱音を吐くと、「前の本のときも同じことを言ってたじゃない。大丈夫、書けるわよ」と励ましてくれたよね。

とびきりすてきな小説を書き、それを最初にわたしに読ませてくれたよね。

ハニー、これからもどうぞよろしく。

謝辞

クラリス・クリフ、スージー・クーパー、そして〈ウォーキング・ウェア〉のデザイナーに――あなたがたの陶器は、見るたびに驚きと歓びを与えてくれた。

Eベイに――世界中のありとあらゆるものを扱い、調べものをぐっと楽しくしてくれた。

アビゲイル・トラフォードに――離婚とその痛手からの回復についての秀逸で共感に富んだ考察、『クレイジー・タイム』を書いてくれたことに。

ジェニファー・グリーン、キャシー・リンツ、リンジー・ロングフォード、スーザン・エリザベス・フィリップス、スゼット・ヴァンに――毎春、執筆中の本のストーリーに真剣に耳を傾けてくれてありがとう。はるばるシカゴまで行くのは、ただただ皆に会いたいからなのよ。

パトリシア・ガフニー、ジュディス・アイヴォリーに――メールで延々と愚痴をこぼしてもいやな顔ひとつせず、励ましてくれた。最高の友情をありがとう。

ジェン・エンダリンに――担当編集者としてまた面倒を見てくれてありがとう。あなたの知性、洞察力、共感、熱意、聖人のごとき忍耐力のおかげで、酒やクスリに頼ることなくこの本を書きあげることができました。ただし、チョコレートとヴィネガーをかけたフライドポテトには頼ったけれど。

メグ・ルーリーに――わたし自身を含むすべてからわたしを守り、いい契約を結んでくれてありがとう。

こうした素晴らしい人たちの助けがなかったら、わたしはこの本を書けなかったし、書きたいと思うことさえできなかったでしょう。

ファーストウーマン

主要登場人物

エレノア(ネル)・ダイサート……本編の主人公。マッケンナ探偵社の秘書
ガブリエル(ゲイブ)・マッケンナ……マッケンナ探偵社オーナー
ライリー・マッケンナ……ゲイブのいとこでパートナー
スーズ・ダイサート
マージー・オウグルヴィ・ダイサート }……ネルの親友
トレヴァー・オウグルヴィ……マージーの父。O&D法律事務所代表
ジャック・ダイサート……スーズの夫。O&Dのパートナー弁護士
スチュアート・ダイサート……マージーの夫でジャックの弟。失踪中
ティム・ダイサート……ネルの元夫でジャックの弟
バッジ・ジェンキンズ……マージーの恋人。O&Dの経理責任者
オリヴィア……トレヴァーの娘。マージーの腹違いの妹
クロエ……ゲイブの元妻
ルー……ゲイブとクロエの娘
ジェイス……ネルとティムの息子
ホイットニー……ティムの再婚相手
リニー・メイソン……ネルの前任の秘書

1

とっ散らかったデスクの向こうの男は、悪魔みたいに見えた。ネル・ダイサートは思った。なるほど、そういうことですかい。一年半、地獄に向かって旅してきて、やっと着いたってわけだ。

「ああ、調べたほうがいい」ガブリエル・マッケンナがいらついた様子で言った。

人と会っているとき電話に出るなんて、失礼な。だけど、ここには秘書がいないし、こっちは求職者で客じゃない。彼は探偵であって保険のセールスマンじゃないのだから、普通のマナーはあてはまらないのだろう。

「月曜にそっちに行く。様子を見る？　いや、トレヴァー、そいつはまずい。十一時でいいか」

客にではなく、気むずかしい叔父さんにでも話しているような口調だ。この部屋を見るかぎり儲《もう》かっているようには思えないが、客に向かって、それもトレヴァーという名の客に向かってあんな指図がましい口がきけるのだとすれば、意外と儲かっているのかも。ネルはトレヴァーという名の男をひとりしか知らない。義姉の父親で、億万長者の。電話の相手があのトレヴァーだとしたら、ゲイブ・マッケンナはじつはものすごく有能で、成功した探偵なのかもしれない。オフィスがひどいありさまなのは、たんに掃除や片づけをする人手がないからなのだろう。人手なら、ほらここに。わたしを採用して!

ネルはみすぼらしい部屋を見まわし、なにかいいところを探そうとした。だが、九月の午後の光の下で、部屋はなんとも陰気に見えた。窓を閉めきり、ブラインドを下ろしているのでなおさらだ。このビルは、ジャーマン・ヴィレッジのもっとも美しいふたつの通りの角に建っている。窓の外には、由緒ある煉瓦《れんが》造りの街並みが広がっている。この眺めに人は喜んで高い金を出すというのに、ガブリエル・マッケンナときたらブラインドを下ろしている。そうすればなかの惨状を見なくてすむ、とでも思っているんだろうか。壁には白黒写真がたくさん貼られているが、フレームは埃《ほこり》だらけ。家具は拭きあげてワックスがけする必要があるし、机の上は掘り返す必要がある。ひとつところにこんなにたくさんのゴミが載っているのを見たのは、生まれてはじめてだ。プラスチックのカップだけだって、あんなにいくつも——


「ああ」低く、力強い声。緑のシェードのスタンドの投げる光が、彼の顔に影をつくっている。黒い目はいまは閉じられていて、さっきほど悪魔みたいには見えない。ストライプのシャツ、ゆるめたネクタイ。ごく平凡な四十がらみの黒髪の男。そこらへんにいるビジネスマン——ティムみたいなビジネスマンと変わらない。

ネルはバッグを椅子に置いて立ちあがり、大きな窓のそばに行った。ブラインドを上げて少し光を入れよう。わたしが掃除をしたら、ブラインドを上げていられるようになる。客に与える印象もずっとよくなるはずだ。誰だって明るいオフィスが好きだ。地獄みたいな穴蔵で商談をしたいとは思わない。ひもを引っぱったが、ブラインドは動かない。もう一度強く引くと、手のなかでひもが壊れた。

ゲゲッ！　振り返ると、彼は前かがみでまだ電話していた。助かった。窓枠に押しこもうとしたところ、ひもがフローリングの床に落ち、先端のプラスチックが鋭いうつろな音をたてた。ああっ、もうっ、椅子が邪魔だ。ブラインドと窓のあいだに頭を突っこんで、手を伸ばした。が、届かない。あと少しのところで届かない。もうひと息、と踏んばった、そのとき——

ミシッ。窓にひびが入った。

「じゃ、月曜に」ネルはあわててひもをヒーターの後ろに蹴り入れ、素知らぬ顔で椅子に戻った。

仕事が欲しい。だから、オフィスをぶっ壊したことを知られてはならない。それに、あのデスクを見てよ。誰かが彼を救ってやらなきゃ。こっちはお金が必要だし、家賃も払わなきゃならないし、いろいろ欲しいものもある。誰かがわたしを救ってくれなきゃ。

彼は受話器を置き、げんなりした様子でネルに向きなおった。「いや、申し訳ない、ミセス・ダイサート。おわかりでしょう、うちがどんなに秘書を必要としているか」

ネルは机を見て思った。探偵さん、必要なのは秘書だけじゃないでしょ。だが、口ではただこう言った。「お気になさらないでください」ここはなにがなんでも、快活で有能に見せなきゃ。

彼が履歴書を手に取った。「前の仕事はどうして辞めたんですか」

「ボスに離婚されたもので」

「なるほど」それだけ言って、履歴書に目を落とす。

もうちょっと人当たりよくできないの？　ネルは年代もののペルシャ絨毯《じゅうたん》の上のシンプルな黒のパンプスを見つめた。ここにこうやって足を置いてじっとしていれば、もうへまをせずにすむ。ティムだったら〝離婚〟と聞けば慰めの言葉のひとつもかけ、ティッシュを差し出し、肩を貸して泣かせてくれるだろうに。そのあと、保険に入りませんか、と勧めるだろうが、それはそれ。とにかく、まずはやさしく同情してくれるはずだ。

絨毯に染みがあった。目立たなくさせようと、爪先でこする。絨毯に染みがあると、オフィスがしょぼく見えるのよね。さらに強くこすると、絨毯の糸がほつれ、染みが大きくなった。うわっ、これ、染みじゃない。穴じゃないの。十五秒で穴を二倍に広げてしまった。焦って靴で穴を隠した。採用して。お願い、いますぐ採用して。

「なんでまた、うちで働きたいと？」ネルは明るさと熱意、それに快活さと有能さをアピールしようと、にっこりほほえんだ。だが、ピリピリした中年女のほほえみが、はたして狙った効果をあげたかどうか。

「探偵社で働けたら、おもしろそうだと思いまして」職が欲しいのよ。この年になって離婚の憂き目にあって、それでも生きていかなきゃならないんだから。

「退屈な仕事ですよ。やってもらうのは、タイプとファイリング、電話の応対。あなたほどのスキルは必要ないんだが」

こっちはもう四十二なの。で、失業中。贅沢《ぜいたく》言ってられないの！　内心の思いは呑みこんで、明るく言った。「退屈だなんて。そんなこと、思いません」

彼は気がなさそうにうなずいた。この人もティムと同じなんだろうか。二十年後、こう言ってわたしをリサイクルに出すの？「ぼくたち、最近うまくいってないだろ。これまではほかの秘書を雇おうなんて考えもしなかったけど、いまは、新しい人を探したほうがいいんじゃないかと思ってる。誰か、ちゃんとタイプのできる女の子をね。誰か――」

椅子の肘掛けがぐらついた。嘘っ？　はずれる？　落ち着くのよ。ネルは肘掛けを押し戻し、動かないように肘で押さえながら、足で絨毯の穴を隠した。このまま、じっとして。

そのとき、ブラインドが動いて鳴った。

「スキルは問題ない」とマッケンナが言った。ネルはどうにかこうにか笑顔をつくった。

「ただ、われわれの仕事は秘密厳守だ。外で仕事の話をしてはいけない。このルールを守れますか」

「ええ、もちろんです」口が堅くて信頼できる女を演出しつつ、椅子の肘掛けを押さえる。

「短期の仕事だが、いいんですね？」

「え？　あ、はい」ネルは嘘をついた。急に寒くなった気がした。新しい生活も、古い生活と似たようなものってことか。ギシッ。肘掛けがかすかな音をたてた。ネルは押さえる力をゆるめた。

「秘書が事故でけがをして。だが、六週間後には復帰する予定だ。だから、十月十三日で――」

「わたしはお払い箱、なんですね」少なくとも彼は終わりを予告してくれている。深く関わらなければいいのだ。彼とのあいだに子どもなんか産まなければいい――

また肘掛けがぐらついた。さっきよりもっとぐらぐらする。彼がうなずいた。「きみが仕事が欲しければ、採用だ」

またブラインドが鳴った。錆《さ》びたようないやな音。

「欲しいです」

彼は机の引き出しをあさり、鍵を取り出した。「玄関の鍵だ。わたしもパートナーのライリーもまだ来ていないときは、これを使うように」そして立ちあがり、手を差し出した。「マッケンナ探偵社にようこそ、ミセス・ダイサート。じゃ、月曜九時に」

ネルも立ちあがり、はずれて落っこちませんように、と祈りながら肘掛けからそっと手を放した。自信と力強さを示そうと勢いよく手を差し出した――のが運の尽き。プラスチックのカップのひとつにぶつかって、倒してしまった。書類の上にコーヒーの海が広がる。ふたりは握手したまま、その惨劇を呆然と見つめた。

「こっちのミスだ」彼が言い、手を放してカップをつかんだ。「飲み残しのコーヒーを捨てるのを、つい忘れちまう」

「これから六週間は、わたしが捨てますわ」ネルはわざとらしいほど快活に言った。「採用していただいてありがとうございます、ミスター・マッケンナ」

最後にもう一度、力を振りしぼって熱意にあふれたほほえみを浮かべると、これ以上なにも起こらないうちにと、そそくさと退散した。

背後で重いドアが閉まる前にネルが見たものは――ブラインドが滑り、大きく跳ね、崩れ落ちる光景だった。あとには遅い午後の明るい光の下、星形にひびの入った窓がむき出しになっていた。

エレノア・ダイサートが帰ると、ゲイブは窓を見てため息をついた。引き出しからアスピリンの瓶を出して、二錠、何時間も前のコーヒーで流しこむ。まずい。だが、どうせこいつは冷める前からひどい味だったのだ。ドアにノックの音がした。

いとこのライリーだった。ブロンドの髪をきらめかせ、爽《さわ》やかなスポーツマン、という印象だ。「いま出ていった痩せっぽちの赤毛は誰だい？　いい女じゃないか。だけど彼女の依頼を受けるんなら、その前にまず食わせなきゃな」

「エレノア・ダイサート。リニーのかわりに来てもらうことになった。言っておくが、あの女、見かけによらず怪力だぞ」

ライリーはさっきまでネルが座っていた椅子に腰を下ろし、顔をしかめた。「その窓、いつ割れたんだい？」

「五分前だ。だが、窓を割られようがなんだろうが雇うしかない。スキルはあるし、なんといっても、ジャック・ダイサートの頼みだからな」

ライリーは露骨にいやな顔をした。「あいつの元ワイフで、おれたちの知らない女がいたっけか？」彼は肘掛けによりかかろうとした。と、肘掛けがギシッと音をたてて壊れた。椅子から転げ落ちないよう、ライリーはあわてて体勢を立てなおした。「誰なんだ？」

「義理の妹だ」ゲイブは悲しげに椅子を見つめた。「ジャックの弟の、元ワイフだ」

「まったく、ダイサート家の連中ときたら」ライリーは床に落ちた肘掛けを拾った。「リニーが休んでいるあいだ来てくれる人間を探していると言ったら、彼女をよこしたんだ。やさしくしてやってくれ。ほかのやつらはやさしくなかったみたいだからな」ゲイブはアスピリンの瓶を引き出しに戻し、コーヒーでびしょびしょになった書類をつまみあげた。別の紙でコーヒーを拭きとってから、書類を差し出す。「月曜は〝ホット・ランチ〟だ」

ライリーは肘掛けを直すのをあきらめて床に放り投げ、書類を受けとった。「貞操観念のない連中を追っかけまわすのは、うんざりだ」

アスピリンが効かなかったのか、頭痛が戻ってきた。「浮気調査をやりたくないんなら、職業選択を考えなおしたほうがいい」

「仕事がいやなんじゃない。ああいう連中が嫌いなんだ。ジャック・ダイサートを見ろよ。弁護士先生だかなんだか知らないが、趣味みたいに浮気しまくって。食物連鎖のいちばん下にいる負け犬じゃないか。ぼくはごめんだ、きみに任せる」

おまえがあいつを嫌いな理由はほかにあるだろ、と思ったが、あいにくいとこの古傷を突つく趣味はない。「月曜、おれはジャックとトレヴァー・オウグルヴィに会う。シニア・パートナーふたりが雁首《がんくび》おそろえなさる」

「それはそれは。ジャックがトラブルに首まで浸かってアップアップしてるところが見たいもんだ」

「脅迫されてるらしい」

「脅迫?」ライリーは、信じられないという顔をした。「ジャックが? あの男のご乱交は秘密でもなんでもない。知られてない悪事がまだあるってのか?」

「かもしれん」ジャックは実際、やりたい放題やっている。ハンサムで魅力的で自分勝手で裕福な弁護士が、好き放題やって困ったはめにも陥らず、うまく切り抜けているのは驚きだ。いや、ああいう連中一般は知らないが、少なくともジャックはうまく切り抜けている。「ジャックは不満を持った従業員のしわざじゃないかと思っている。トレヴァーは、どこかのイカれたやつの悪ふざけだろうから、二、三週間様子を見ようと言っている」

ライリーが鼻を鳴らした。「トレヴァーもきみに任せた。都合の悪いことにはとことん頬かむりを決めこんでひと財産つくった弁護士先生か。それでも、あのクソ野郎のジャックよりましだ」

ゲイブはいらいらしてきた。「いいかげんにしろ。そこまでこきおろすことはない。結婚してもう十四年だ。彼女ももう三十だが、ジャックはまだ一緒にいるじゃないか。遊びは遊びとして、やつはやつなりに操を守っているのかもしれないぞ」

ライリーはゲイブをにらんだ。「なんの話だか、さっぱり――」

「スザンナ・キャンベル・ダイサート。おまえの青春の一ページ、忘れえぬ女」

「――ホット・ランチかジャック・ダイサート、どっちかを選べと言われたら、ホット・ランチを選ぶ。どっちにしろ、月曜は大学に行く予定だったから。通り道だ」

ゲイブは渋い顔をした。「月曜は身上調査をやるんじゃなかったのか。大学になんの用だ?」

「昼飯を食うのさ」ライリーはまるで屈託がない。

ゲイブはますますいらついた。ライリーは三十四だ。とっくに大人になっていていいはずなのに。「院生とつきあってるのか」

「院生じゃない。園芸専攻の三年生だよ」ライリーは少しも悪びれずに言った。「植物のことならなんでも知ってるんだ。知ってたか、ルドベキアが――」

「十五も下の娘とつきあってるのか」

「十三だよ。植物のことを学んで、世界を広げようかと思って。きみみたいに穴蔵のなかにいたんじゃ、世界を広げるどころじゃないだろ。どうだい、一緒に来て、たまには――」

「大学生とつきあえってのか？」ゲイブはうんざりして首を振った。「冗談じゃない。今夜はクロエと飯を食おうと思ってる。ほっとけ、おれはおれでちゃんとやる」

ライリーもうんざりした様子で首を振った。「ぼくだってクロエは好きだ。けど別れた女房と寝たって、穴蔵から出られやしないぜ」

「大学三年生と寝たって、大人になれないぞ」

「それならそれでいい」ライリーは立ちあがり、いつもと変わらぬ愛想のよさで言った。「ジャックやみんなによろしく」彼は壊れた椅子を窓際の椅子と交換してから、部屋を出ていった。ゲイブは机の上のコーヒーまみれの書類をかきまわした。それから、ふと思いついて受話器を取りあげ、短縮ダイヤルを押した。別れた妻、クロエがやっているティーショップ〈スター・カップ〉の番号だ。探偵社の待合室とスター・カップの倉庫はドアひとつでつながっている。歩いていって直接話してもいいのだが、いまは会いたい気分ではなかった。

今夜クロエと寝られるように手はずをつけたい、それだけだ。

電話の向こうの声は弾んでいた。

「おれだ」

ゲイブが言うと、クロエの声から勢いが失せた。「ああ、あなた。ねぇ、いま、アーモンド・クッキーを買いに来てるお客さんがいるんだけど。背が高くて痩せた女の人。くすんだ赤毛で、きれいな目をしてる。あなたのところから来た人？」

「ああ。だが、客じゃない。だから彼女を助けてあげて、とかなんとかまくしたてるのはやめてくれ。リニーのかわりに来てくれる秘書だ」

「彼女、おもしろい顔をしてる。絶対、乙女座ね。生年月日を教えて」

「断る。今夜、食事しないか。八時でどうだ？」

「いいわ。わたしも相談があったの。ルーがこの秋、ヨーロッパへバックパック旅行に行きたいんですって」

「だめだ。もう一学期の学費を払ったんだぞ」

「でも、あの子の人生なんだから」

「いや、違うね。ルーはまだ十八だ。ひとりでヨーロッパに行くには若すぎる」

「わたしがあなたと結婚したのも、十八のときだったわ」

見ろ、ろくな選択じゃなかったじゃないか。「いいか、クロエ。ルーは大学に行く。一学期行ってみてどうしても合わないと思ったら、またそのとき考えればいい」

クロエはため息をついた。「わかったわ。で、この乙女座の――」

「教える気はない」ゲイブはぴしゃりと言って電話を切った。おれのかわいいブロンドの娘が、スケベ男のうじゃうじゃいる遠い国にバックパック旅行に行く計画を立ててるってのに、おれのかわいいブロンドの元女房ときたら、星占いに夢中ってわけだ。おれとは別れたほうがいい、とご託宣を告げた星占いさまさまに。

もう一度アスピリンを取り出し、今度は、いつもいちばん下の引き出しに入っているグレンリヴェットで流しこんだ。ここにグレンリヴェットを入れておくのは、親父の代からの伝統だ。クロエとルーのことをなんとかしなければ。それに、ジャック・ダイサートとトレヴァー・オウグルヴィのことも。あのふたりとその法律事務所、今度はどんなトラブルに巻きこまれたのやら。未来の唯一明るい見通しは、あとでクロエを抱けることだ。クロエとのあれは、いつもいい。

いい？ 彼は考えこんだ。クソッ、昔はすごかったのに。いいになりさがっちまうなんてどうしたってんだ？ クロエのせいじゃない。クロエは昔と変わらない。

だとしたら、おれのせいだ。ゲイブは手のなかのスコッチのボトルと、机の上のアスピリンの瓶を見つめた。おれとしたことが、すっかりくたびれちまって。酒と薬なしじゃ一日ももたないなんて、なんてざまだ。

もちろん、おれが溺《おぼ》れてるのはグレンリヴェットとアスピリンであって、コカインじゃない。ゲイブは壁の写真に目をやった。四十年前の写真だ。ピンストライプのシャツを着た彼の父親とトレヴァー・オウグルヴィが肩を組んで立ち、スコッチで乾杯しながらカメラに笑いかけている。古き良き伝統。そういえば、親父がこんなことを言っていたっけ。「トレヴァーはたいしたやつだ。だがおれがいないと、問題から目を背けて、目の前で爆弾が爆発するまでほったらかしておくようなところがある」

親父、あんたがおれに残してくれたのは、探偵社の半分だけじゃなかったんだな。

あまり気の晴れる考えではなかった。ゲイブはスコッチとアスピリンを引き出しに戻し、メモを探そうと机の上をかきまわした。月曜から秘書が来るのは助かる。昔クロエが秘書だったころやっていたように、誰か命令どおりに動いておれの人生を楽にしてくれる人間が必要だ。彼は不安げに窓を見やった。いや、心配いらない。エレノア・ダイサートはおれの人生を楽にしてくれるはずだ。

もしそうならなかったら、クビにするまでだ。あの女が、うちのいちばんの上得意の元義理の妹だろうがなんだろうが関係ない。これ以上、おれの人生をややこしくする人間はいらない。

厄介ごとはもうたくさんだ。


公園の反対側の、アパートの一室。狭い部屋に不似合いな大きなダイニングテーブルにネルは座っていた。「部屋を出るとき、すごい音でブラインドが崩れ落ちて。ひび割れた窓がむき出しになっちゃったわけ」義姉のスーズ・ダイサートがむせながら笑いころげるのを、ネルは無表情に眺めた。こうやってヒイヒイ言っているときでさえ、スーズは眩《まばゆ》いほどきれいだ。

「誰かが外から割ったって思うかもしれないじゃない」もうひとりの義姉のマージーが、コーヒーを飲みながらのんきな顔で言った。マージーはお世辞にも美人とは言えない。「黙ってればわからないわよ」彼女はバッグからいつも持ち歩いている小さな銀の魔法瓶を取り出し、コーヒーに豆乳を注いだ。

「彼は探偵なのよ。ばれてると思う。そんなことも見抜けないとしたら、バックスバニーのお仲間、エルマー・ファドも真っ青のとんまってことじゃない」

「ああ、おかしい。こんなに笑ったの、ひさしぶり」スーズが大きく息をついた。「絨毯の穴はどうするの?」

「穴のところを机の下に押しこめばいいんじゃない? 見えなければわからないわよ」マージーはアーモンド・クッキーをつまんだ。「これ、ほんとおいしい。だけどあの店の人、ケチなのよね。レシピを教えてって言っても、教えてくれないんだもの」

「もし自分でつくれたら、あなた、お店で買う?」とスーズ。マージーはかぶりを振った。

「でしょう?」スーズはネルに向きなおり、クッキーの皿を押しやった。「さ、食べて。で、どうだったの? オフィスの雰囲気はよかった? ボスはどんな人?」

「だらしないおっさんよ。デスクを片づけるだけで六週間たっちゃいそう」誰かの世話をして、ものごとを切りまわすのは悪くない。いいかげん、動きださなきゃ。

「痛っ」マージーがテーブルの下をのぞきこんだ。「いま足に当たったのなに? なんでこんなとこに段ボールがあるの?」

「食器」

「まだ荷解きしてないの?」マージーは、あきれた、信じられない、という顔をした。

「そんなの、ぼちぼちやればいいじゃない」スーズが、黙って、というようにマージーをにらんだ。

マージーは気づかない。「箱から出して毎日食器を眺めれば、ずっと気分がよくなるわ」

「よくならないってば」スーズは〝黙って〟目線を送りつづけている。「わたしは、食器を見るとムカカムする。うちのはダイサート家伝来の、とんでもなく悪趣味なスポードじゃない？　だからかもしれないけど」

「わたしは食器を眺めるの、好きだけどなぁ」言うまでもない。マージーはテーブルウェアに目がなくて、世界じゅうの誰よりもたくさん、フランシスカンの〈デザートローズ〉を持っているのだから。

やっとスーズの視線に気づいたらしい。マージーがハッとした様子でほほえんだ。ネルはわたしなら大丈夫、そんなに気を遣わないで、と言いたかったものの、そんなことをすればやぶへびだ。また、ふたりからなんだかんだ慰めの言葉をかけられるのはたまらない。

「いいと思うけど」マージーがわざとらしい快活さで言った。「その新しい仕事。あなた、いつだって働くのが好きだったじゃない？」ふと、考えこむような口調になる。働くのが好き、ということが彼女には理解できないのだ。

「働くのが好きだったんじゃないわ。自分でビジネスをやるのが好きだったの」

「ティムのビジネスね」

「ふたりで大きくしたビジネスよ」

「じゃあ、なんで彼に独り占めさせるの？」

ああ、スーズがもう一回マージーをにらんでくれたらいいのに。

「わたしも働きたいな」スーズがあわてて口をはさんだ。「なにをやりたいかわからないけど、十四年もカレッジで勉強したんだもの、なにかできることがあるはずよね」

だったら働きなさいよ。スーズの毎度の愚痴にいらついて思い、すぐに反省した。スーズは働きたいと口で言うだけでなにも行動を起こさないが、それを言うなら自分も同じだ。ジャックがマッケンナ探偵社の仕事を紹介してくれるまで、なにもしなかったのだから。

マージーはまだティムのことにこだわっていた。「彼がすごく自慢にしてる醜いガラスのトロフィー。あれ、半分持ってくるくらいはしたんでしょうね？」

ネルはなんとかいらだちを抑えた。マージー相手に怒るのは、子犬を蹴飛ばすようなものだ。「ううん、置いてきたわ。そうするのが正しいと――」

「正しいことをするのにうんざりすることはないわけ？」スーズが言った。

あるわよ。「ないわ。新しい仕事は、電話の応対とタイプ打ちだけだし、たった六週間だから。キャリアになるようなものじゃないけど、再スタートを切るためのリハビリってとこかな」

「だけど、探偵社よ、探偵社。エキサイティングじゃない。サム・スペードとエフィ・ペリンみたい」スーズはうらやましそうだ。

「誰？」とマージーが訊き返した。

「『マルタの鷹』の探偵とその秘書よ。カレッジの〈フィルム・ノワール〉のコースで習ったの。サムとエフィの仕事はおもしろそうだったし、ふたりが着てる服もよかった」スーズはネルのほうにクッキーの皿を押しやった。「食べて」

マージーがネルに視線を戻した。「ボスって、すてきな人？」

「全然」ネルはコーヒーをかき混ぜながら、ゲイブ・マッケンナのことを考えた。彼といると落ち着かない気分になるのは、たぶん、あの目のせいだ。それにあの存在感。癇癪《かんしゃく》持ちにも見えた。とにかく、つきあいやすい相手でないことは確かだ。「背が高くて、タフな感じ。いつも眉間に皺《しわ》を寄せてる。なに考えてるかわからない。うーん……うまく言えないけど、むっつり不機嫌で皮肉っぽい」デスクの向こうで、自分を無視して電話を続けていた彼の姿がよみがえる。「要するに、ティムみたいな男よ」

「ティムとは違うタイプに聞こえたけど。ティムって、いつもにこにこして、みんなにやさしい言葉をかける人よね」

「それって、保険を売ろうとしてるだけでしょ」とスーズが突っこんだ。「でも、彼がティムとは違うタイプって意見には賛成。一緒くたにしちゃだめよ。ティムは負け犬。その人のほうがよさそうじゃない。どんな男だって、ティムよりましよ」

ネルはため息をついた。「彼は礼儀正しかったけど、それだけよ」

「あなたに惹かれてるのを隠そうとしてたんじゃないの？　恋に流されたくないからよそよそしくしたけど、じつは、心臓がバクバクいってたのかも」

マージーが首を振った。「わたしはそうは思わないわ。ネルはひと目惚《ぼ》れされるタイプじゃないもの。あなたは若くてきれいだから、男の人はひと目で夢中になるだろうけど。みんながみんな、あなたみたいじゃないんだから」

「もう若くないわ」

「彼はわたしに惹かれてなんかいない」ネルはきっぱり言った。「ただの面接だったんだから」

「彼のことはもういいわ。だけど、そろそろ、男の人とつきあってもいいころだと思わない？　誰かいい人見つけて、再婚しなきゃ」

ええ、ええ、ええ、そうでしょうとも。前の結婚があんなにうまくいったんですものね。

「ほんと」スーズも加勢した。「あなただって、独りでいたくはないでしょう？」独りでいることは死より悪い、と言わんばかりの口調だ。

「でも」マージーが宙に視線をさまよわせた。「結婚したがるのは女より男よね。ティムなんて、あっという間にホイットニーと再婚しちゃって」

ぐさりときた。スーズのほうを見ると、すごい形相でマージーをにらんでいる。

「バッジだって。いつ結婚できる、ってしつこくせっつくんだもの。頭が変になりそう」マージーは物思いに耽《ふけ》りながらクッキーをかじった。「あの人、スチュアートがいなくなって一カ月もたたないうちに越してきたでしょう？　ほかにもっといい人がいたかもしれないのに。周囲を見まわす暇もなかった」

ネルは驚きのあまり、カップを取り落としそうになった。

スーズもカチャン、と派手な音をたててカップをソーサーに置いた。「マージョリー・オウグルヴィ・ダイサート、驚かせてくれるじゃない。七年も一緒に暮らしてるのに、あいつと別れたいの？」

「別れたいっていうか……」

「別れなさい、別れなさい。せっかくその気になったんだもの、考えなおしちゃだめ。助けが必要なら、わたしが力になるから」

「それとも、働いてみようかしら。ネルを見てたら、わたしもなにかしたくなっちゃった。探偵社で働くわけにはいかないけど。マッケンナ探偵社は下層階級のお客が多い、ってバッジが言ってたから」

「へぇ、そう?」とネルは言ったが、そんな悪口は気にもとめなかった。マージーの恋人のバッジは、『ゴーストバスターズ』のマシュマロマンみたいなルックスで、モラル・マジョリティ（超保守派の政治宗教団体）の幹部みたいな話し方をする。「バッジが、わたしとつきあうなって言わないのが不思議ね」

マージーは目をパチクリさせた。「あなたは下層階級じゃないじゃない。いまちょっと、落ちこんでるだけで」

スーズがクッキーの皿を動かして、ネルの気をそらそうとした。「ネルは落ちこんでなんかいないわ。そうそう、バッジと別れないんなら、彼に、わたしをスージーって呼ばないように言ってよね。何度言っても、あの人、わからないんだから。今度スージーなんて言ったら、眼鏡を叩っ壊してやる」

だが、マージーは聞いていなかった。「ときどき思うのよね。わたしの人生、こんなもの? って。そういうふうに思うこと、ない?」

ネルはうなずいた。「わたしも昔はよく思ったわ。うちのオフィスを見まわして、残りの人生、ずっとここでこうやって過ごすのかな、って。だけどふたを開けてみれば、見てよ。

そうはならなかった。だから、いい？　いまの幸せにあぐらをかいちゃだめ」

「あなたはあぐらをかいてなんかいなかったわ」スーズが口をはさむ。「結婚する相手を間違っただけ」

「それは違うわ。二十二年間、ティムはいい夫だった」ネルはじっとコーヒーを見つめた。

「不倫されたわけじゃないし――」

「ストップ。お願いだから、ティムが悪いんじゃないわ、なんて言わないで。ホイットニーとはわたしと別れたあと始まったんだし、って？　もう一回そんなせりふ聞かされたら、もの投げるから。あの男はあなたを捨てて出ていったのよ。それであなた、食事も喉を通らないくらい傷ついたんじゃない」スーズはクッキーの皿を見つめた。ひどく動転していた。

「あんな男、クズよ。大っ嫌い。誰か新しい人を見つけて、新しい人生を始めなきゃ」

でも、わたしは古い人生が好きだったの。「その前に、まず六週間、ガブリエル・マッケンナ相手にサバイバルしなきゃ。男を探すのは、そのあとでいいでしょ？」

「わかった。でも六週間たったら、誰か見つけるのよ。それにほら、食べて。こっちは待てないわ、さ、いますぐ」

「食器、わたしたちが出しましょうか」マージーが言った。

ああ神さま、わたしを愛してくれる人たちからわたしをお守りください。ネルは冷めたコーヒーを飲み干した。

五時間後、ゲイブも似たようなことを思うことになる。探偵社の上の三階の部屋で、彼はぼんやり横になっていた。気疲れする一日のあとで、望むのはセックスと静寂のみ。一方は手に入ったが、もう一方はまだだ。隣りでクロエがしゃべっていたが、ゲイブは聞いているふりさえ、ろくにしなかった。

「ひと目見て好きになった。で、履歴書で生年月日を調べたら、思ったとおり乙女座だった。あの人、いい秘書になるわ」

「ん……」

「だから、リニーをクビにして、エレノアを正社員になさいよ」クロエの声はいつも甘くセクシーなのに、いまはやけにぶしつけだった。眠気が少し飛んだ。「リニーが蠍座《さそり》だってわかる前から、この人は信用できないと思ってた。仕事はできるかもしれないけど、あれは自分のことしか考えてない女よ。あの黒い髪を見ればわかる。エレノアなら、あなたにぴったりだわ」

クロエのとりとめのない思考をいちいちたどっていたら、何時間もかかる。ゲイブは、黒い髪うんぬん、の箇所は無視して、重要な点だけ指摘した。「クロエ、おれはおまえの商売に口を出さない。だから、おまえも口を出すな」それから、もうひとつの点に気づいた。

「履歴書を見たって?」

「机にあったから。あなたが出ていったあと見たの。彼女、月のサインは蟹《かに》だった」

「それがいいケツをしてるって意味なら、そのとおりだ。おれのオフィスをうろちょろするな」ゲイブは寝返りを打った。頼む、いいかげん黙れよ。

「昔は燃えるような赤毛だったに違いないわ。賭けてもいい。いまはくすんじゃってるけど」クロエはゲイブを肘で突ついた。「なんとかしてあげたら？　彼女に燃えさかる火を取り戻してあげるの」

「電話の応対をしてもらうから」彼は枕に向かって言った。「火を取り戻す役はＡＴ＆Ｔに任せた。うまくいかなかったら、それは彼女に運がなかったってことだ」

クロエが起きなおり、肩によりかかってきた。温かでやわらかな重みが気持ちいい。「ゲイブ、わたしたち、もう会うのやめましょう」

彼は振り返った。天窓から射し入る月光が、クロエの短いブロンドの巻き毛をきらめかせている。天使みたいにかわいく見えた。こんなにいい女なのに、頭がイカれてるのは残念だ。

「隣りに住んで、同じビルで働いてるんだ。週に何回か寝てもいる。いったいなに考えてるんだ、おばかさん？」

「まじめに言ってるのよ。別れたほうがいいと思う」

ゲイブはまた背を向けた。「もう別れただろ。それでうまくいってるじゃないか。いいから寝ろ」

「あなたっていつもそう。ちっとも話を聞いてくれない」ベッドが弾んだ。クロエが立ちあがったのだ。

「どこに行く？」ゲイブはいらいらと言った。クロエはかまわず服を着た。

「帰る」だがクロエの家は隣りだ。だから、ゲイブは気にしなかった。「わかった。じゃ、また明日」

たっぷり一分は間があった。

「ゲイブ」

向きなおると、クロエがベッドの足もとに立ち、ノーブラに星と月の描かれたTシャツという格好で、生意気なガキみたいに腰に手を当てていた。それきりなにも言わないので、ゲイブは肘を突いて身を起こし、わざと辛抱強い口調で尋ねた。「なんだい?」

クロエはうなずいた。「目は覚めてるみたいね。あなたとわたしが一緒にいたのは、ひとつはルーのためだけど、それより大きな理由は、おたがい、ほかに好きな人がいなかったからだと思うの。あなたはとてもいい人だけど、わたしたち、合わないのよ。ソウルメイトを探すべきだわ」

「愛してるよ。おまえがそこまでイカれてなきゃ、別れたりしなかったんだが」

「わたしも愛してるわ。でも、もっとすごい愛があるはずよ。いつかわかるときが来る。クロエ、おまえの言うとおりだった、って言うときが来るから」

「そのよく回る口を閉じて、ここに来いよ。そしたら、いますぐそう言ってやる」

「エレノアこそ、あなたの運命の人だと思う。生まれた時間がわからないから、はっきりしたことは言えないんだけど。でも、この人だって感じるの」

ゲイブは急にうすら寒くなった。「まさか、彼女に言ったんじゃないだろうな」

「言わないわよ」クロエの口調も尖《とが》ってきた。「あなたが変化が嫌いなのは知ってる。だから、わたしから提案してるんじゃない。おたがい自由になりましょう。そうすればあなたはエレノアとやりなおせるし、わたしも、本当に自分に合う人を見つけられる」

ゲイブは起きなおった。「本気で言ってるんじゃないよな」

「本気よ」クロエは言って、投げキッスをした。「さよなら、ガブリエル。いつまでも愛してるわ」

「おい、待て」彼女のほうに手を伸ばしたが、届かなかった。クロエは闇に消え、一瞬のち、玄関のドアが閉まる音がした。クロエがこんなきっぱりした態度をとることは、めったにないのだが。

百回のうち九十九回まで、クロエは言うことを聞く。これは例外的な一回なのだ。ゲイブは横になり、天窓を見上げた。いままた元女房に捨てられたことを悟って、落ちこんだ。

流れ星だ。流れ星ってのは幸運のしるしじゃなかったか？　クロエに訊けばわかるが、彼女は行ってしまった。ジャック・ダイサートのような客の相手をし、娘を大学に行かせようとやきもきし、あいもかわらぬ浮気調査をやり、臨時雇いの秘書がオフィスをぶっ壊すのを指をくわえて見ている。これからは、わびしい独り身で、いつまで続くとも知れないそんな毎日を生きていくしかないのか。「古い人生を取り戻したいよ」星がこの禍《わざわい》をもたらしたのだ。星なんか、見るのもいやだ。ゲイブは寝返りを打ち、枕を顔に押しあてた。

2

月曜の朝九時、オフィスに下りていくと、まだ誰も来ていなかった。ただでさえ機嫌が悪いのに、新しい秘書はコーヒーの一杯も差し出すどころか、初日から遅刻ときた。あの女、六週間待たずにクビだ。自分でコーヒーを淹《い》れようとして気づいた。コーヒーメーカーがなくなっている。いや、コーヒーメーカーだけではない。古いオーク材の本棚の、いちばん上の段がそっくり消えてなくなっていた。へこんだコーヒー缶も、プラスチックのカップも、小さな赤いタンブラー・スティックも、なにもない。

「やられた」ゲイブは、二階の部屋から下りてきたライリーに言った。「どこかのコーヒー中毒野郎が、この棚のもの、全部かっさらっていきやがった」

「ろくなコーヒーじゃなかったのに。買いにいこ――」

ライリーは言葉を切った。通りに面した大きな窓の外を、エレノア・ダイサートが通ったのだ。細い腕には重すぎるように見える段ボール箱を抱えている。

「すみません」彼女が入ってきて机に箱を下ろし、茶色の目を見開いて謝った。「いくつかなくなっているものがあったでしょ？　それを取りにいってたんです」

「ああ。コーヒーメーカーとかな」

「あれはコーヒーメーカーじゃないわ。とっくの昔にお払い箱にすべきだったガラクタです」彼女は箱を開け、ペーパータオルとスプレー式のクリーナーを出して机に置いた。次に出てきたのは、白いピカピカのコーヒーメーカーだった。

「買ったのか」

「いいえ。これは私物です。コーヒーもうちから持ってきました」彼女はスプレーを棚に吹きつけ、ペーパータオルでさっとぬぐった。黒っぽい木の上を白い手が軽やかに舞った。「どっちにしろ、わたしも六週間、ここでコーヒーを飲むんですから」そして、棚にコーヒーメーカーを置きながらつけ加えた。「あのコーヒーは飲めたものじゃなかったし」

「ありがとう」ライリーが言った。彼女のてきぱきとした動きに魅せられている様子だ。たしかに、こんなに優雅で手際のいい女は見たことがない。彼女は白い小さなコーヒーミルを出してコンセントに差しこみ、光沢のある茶色い袋からコーヒー豆を注いだ。スイッチを入れると、段ボールの中身を出す作業に戻る。コーヒーのまったり甘い香りが広がった。

「いい匂いだ」とライリーがつぶやいた。

彼女は磁器のカップを出して、ソーサーにセットした。ほっそりした手は、クリーム色の磁器とほとんど同じ色だった。「お砂糖とクリームは？」

「クリーム四杯、砂糖二杯」

クリームのパックを持つ手が止まった。「ほんとに？」

「お子さまなんだ。おれはブラックで」

「退屈な男なんだ」とライリーがやり返す。「これ、本物のクリーム？」

「ええ」

ライリーが段ボールをのぞきこみ、ガラスクリーナーの瓶を取り出した。「この掃除用具一式はなんなんだい？」

「ここを掃除するのよ。清掃サービスを雇ったほうがいいんじゃありませんか」

ゲイブは顔をしかめた。「雇ってるさ。週一回来てもらってる。水曜の夜に」

彼女は首を振った。「最後に掃除してから、少なくともひと月はたってるわ。窓枠のあの埃を見てください」

ゲイブも気づいた。なにもかもがうっすらと埃におおわれている。新しいコーヒーメーカーが晴れやかに鎮座しているいちばん上の棚を除いて、オフィス全体が埃っぽく、陰気くさい。

「清掃サービスの番号は、そこのカードホルダーにある」ゲイブは退散することにした。あと一秒でもここにいたら、コーヒーメーカーに突進してしまいそうだ。世のなかにこんないい匂いのものがあるなんて忘れていた。「〈奥さま《ハウス》・ヘルプ《フラウ》〉だ」

「すごい名前」ゲイブは返事をせず、ドアを閉めた。逃げこめる部屋があって助かった。

机の前に座り、ひびの入った窓からブラインドでさえぎられることなく射し入る光のなかで、オフィスを眺めた。こいつはひどい。書類やらプラスチックのカップやら、本棚から引っぱり出したままの本やらがそこらじゅうに散乱している。いったいいつから掃除していないのやら。昨日今日始まったのではない、父親の代から積もりに積もったこの惨状。キーボードは書類に埋もれ、どこもかしこも埃まみれだ。突然、それが気になりだした。

エレノア・ダイサートのせいだ。あの女がブラインドを壊し、コーヒーと磁器のカップとガラスクリーナーを持って乗りこんでくるまで、まったく気にもならなかったのに。

カップを拾い集め、書類をかきまわしてすでに片づいた事件のメモを捨て、手紙を取りのけた。手紙はあとでダイサート嬢にファイルしてもらおう。なんでもいい、とにかく仕事をあてがっておけば、あのすさまじい手際のよさを多少なりともスローダウンさせられるだろう。パソコンを立ちあげたところで、彼女が磁器のソーサー付きカップを持って入ってきた。整った顔立ちに不似合いな、硬い表情を浮かべている。ゲイブは、酔った父が母の怒りをなだめるためによく朗読していたレトケの詩を思い出した。〝昔、女がいた。かわいい女だった〟エレノア・ダイサートは痩せぎすで顔色も悪いが、顔のつくりはかわいい。

彼女は机にカップを置いた。「清掃サービスに電話しましたが、支払いが滞っているので、六週間前から来ていないそうです」

ゲイブは顔をしかめた。「そんなはずはない。ちゃんと払った」

「七月分と八月分が支払われていないそうです。領収書があれば、先方にファックスしますが」

「受付の机の、右のいちばん下の引き出しだ」ゲイブはパソコンを操作して経理のプログラムを呼び出した。〝ハウスフラウ〟をサーチすると、八件あった。七月分と八月分もあり、全部で二千ドルになる。「ほら」彼女が机を回ってきて、画面をのぞきこんだ。

「このデータ、わたしのパソコンにも入ってますよね？　わかりました、どうにかします。ありがとう」

「ありがとうって、なにが?」だが、彼女はもうドアに向かって歩きだしていた。使命を帯びた人間特有の、決然とした足どりで。

ひとりになると、ゲイブは椅子にもたれ、コーヒーカップを手に取った。クリーム色で取っ手が青の、頑丈だが優美な磁器。軽いプラスチックカップに慣れた手に、その重みが贅沢に感じられた。ひと口すすり、目を閉じる。濃厚なアロマ。カフェインが体の隅々まで染み渡り、感覚を刺激する。カップに目を戻すと、内側に青いドット模様があった。飲んで減った分、見えるようになったのだ。遊び心があってチャーミングなデザインだ。あの見るからにピリピリした女には似合わない気がする。

彼女を誤解していたのかもしれない。初日だから緊張しているだけかもしれない。まあ、いい。うまいコーヒーを淹れてくれさえすれば、なんだってかまわない。

十五分後、おかわりを取りにいくと、彼女が眉間に縦皺を寄せていた。

ゲイブはコーヒーポットに手を伸ばしながら言った。「具合でも悪いのか」

「いえ。大丈夫です。でも、ひとつ問題が。見てください」

彼女は八枚の請求書を並べた。「ハウスフラウからの請求書です。これが、一月から六月までの分」

それらにはインクのにじんだ領収印が押されていた。「ああ」

彼女は残り二枚を指さした。「これが、七月と八月の」

その二枚には、青いインクで手書きで領収サインが書かれていた。「リニーの字だ」

「最後の二カ月は使いこみをしてたみたいですね」

「最後もクソもない。雇ってまだ六週間だ」――まだ六週間で幸いだった――「ハウスフラウには適当に説明しといてくれ。あとはおれがなんとかする」ゲイブはコーヒーを持って部屋に戻り、リニーのことを考えた。淹れるコーヒーの味は最低で、清掃サービスに払う金を使いこんだ、黒髪のキュートな女。いまは背中を痛め、家でくすねた金を枕に休んでいる。いつ露見するかとびびっていてくれたら、少しは腹の虫がおさまるんだが。

コーヒーを飲むと気分がよくなったが、それも一瞬だった。

となると、エレノア・ダイサートを正社員として雇うしかないのか。このままリニーを使おうか、とちらっと思った。横領はしたが、陽気でかわいいし、仕事もできる。だが、やはりそうもいかない。やれやれ。素晴らしいコーヒーの匂いと引き替えに、気詰まりな雰囲気の待合室に慣れるしかなさそうだ。

一時間後、ノックの音がして、ライリーが入ってきた。「身上調査、だいたい終わったよ」そう言って、机の向かいの椅子に腰を下ろす。「これからいまの彼氏を見にいく。で、そのあとはホット・ランチでさんざんな一日を送るとするよ」それから、おや、というようにゲイブを見た。「なにいらついてんだ?」

「あれにもこれにも、だ」

「ネルか」

「誰だって?」

「秘書嬢だよ。『ライリーだ』って言ったら『ネルよ』って。彼女、なかなかいい仕事してるじゃないか」

「さてはコーヒーで骨抜きにされたな。ああ、ああ、いい仕事してるとも。来てたった一時間で、リニーが清掃サービスに払う金を使いこんでいたのを見つけた」

「ヒュー！」ライリーは笑った。「やっぱり」

「いつからだ？」ゲイブは彼をにらんだ。「知ってたんなら——」

「知ってたわけじゃないさ。だけど、目を見りゃわかる」ゲイブがますます渋い顔をするのを見て、あわてて続けた。「いかにも使いこみしそうな女だって意味じゃなくて。信用ならない女だってこと。リニーみたいな女は、週末にひとりで置いとくとろくなことにならない」

「それに、小切手帳を持たせるとろくなことにならない」

「そっちのほうは気づかなかったけど。まあ、贅沢好きな女ではあったな。家具は借り物だったけど、ほかのものはシーツからなにから、全部ブランドものだったし——」ライリーはそこで言葉を切った。ゲイブはあきれて首を振った。

「マッケンナ探偵社には三つルールがある」ゲイブは父親の口癖だった言葉を引用した。

「仕事の話を口外するな。法律を守れ。秘——」

「秘書と寝るな、だろ。わかってるよ。一回だけだったんだ。ふたりでおとり調査をやったとき送っていったら、上がっていけってうるさくて。で、いきなり飛びかかってきた。そう目くじら立ててるなよ。向こうも遊びだったんだから」

「たまには、この女は食わないでおこうとは思わないのか」

「思わないね」

「いいか、今度の秘書には手を出すな。それでなくても、彼女はいろいろトラブルを抱えてるんだ」ゲイブは、ネルのいつもしかめつらをしているような顔を思った。「で、さっそく、おれにもトラブルを分けてくださってる」

「そんなに気に入らないんなら、クビにすればいいじゃないか。だけど、おふくろをフロリダから呼び戻すのだけはやめてくれ」

「おふくろさんを？　冗談だろ」叔母をまた受付に座らせるのはゾッとしない。叔母を愛してはいるが、それはあくまで叔母だからだ。十年間、叔母はひどい秘書だったし、母親としてはもっとひどかった。

「クロエに戻ってもらえよ。ちょうど紅茶を売るのにも飽きてきてるみたいだし。誰かスター・カップをやってくれる人いないかしら、って訊かれたことがあるんだ」

「クロエだ？　素晴らしい」まったく、あいつはなんなんだ？　星占いなんかに狂いやがって。「おれはバカ女と結婚しちまった」

「そんなことないよ。たしかにクロエはちょっと変わってるけど。なにかあったのか？」

「捨てられた」クロエが自分をエレノア・ダイサートとくっつけたがっていることは言わなかった。ライリーにうるさく冷やかされてはかなわない。

「だから女はいやなんだ。ある日突然〝別れて〟だろ。それから十年たって、今度は突然、もうあなたとは寝ないからとくる。クロエはなにか理由を言ってたか」

「星のお告げだそうだ」

「そりゃ、やられたな」ライリーは嬉々としてつけ加えた。「いや、この場合はヤ<ruby>ラ</ruby>れなかったのか」

「ありがとよ。とっとと失せろ」

ノックの音がして、ネルが入ってきた。

「清掃サービスには話をしました」

「ありがとう」

「あの、名刺のことなんですが。ファイルにリニーからの申し送りのメモがあって、そろそろ名刺が切れるので、注文したほうがいいそうです」それがさも大変なことのように、彼女は顔をしかめた。

ゲイブは肩をすくめた。「じゃ、注文してくれ」

「同じ名刺をですか」

「ああ」

「いまの名刺ももちろん悪くはないですが、もう少し――」

「同じやつだ、ミセス・ダイサート」

ネルはなにか言いたそうだったが、ツンと顎を上げ、大きく息をついて「わかりました」とだけ言った。出ていくとき、ドアがきしんだ。彼女はハッと体をこわばらせた。ドアは何年も前からきしんでいたはずだが、ずっと気づきもしなかったのに。エレノア・ダイサートのせいだ。あんな、びくっとした様子を見せつけるからだ。

「名刺がお気に召さないらしい」とライリーが言った。

「だからなんだ？　おれは彼女の義理の兄貴に会わなきゃならんし、リニーの件もなんとかしなきゃならん。名刺のことなんかかまってられるか。おまえもホット・ランチがあるだろ。探偵なら探偵らしく、ちゃんとやれ」

「ネルにやらせたらどうだい？　リニーは仕込んでたじゃないか。ネルは――」

「目立ちすぎる。そこらの人間が寄ってきて、飯を食えとお節介を焼きかねん。それじゃ、仕事にならん」

「きみがぽっちゃりタイプが好きだからって、みんながそうとはかぎらないんだぜ。そう選り好みするなよ。クロエ以外、見向きもしないんだもんな。クロエがきみを捨てたのは、きみのためを思って――」

「それはそれは、ありがたいこって。仕事に戻る。おまえもだ。失せろ」

「はい、はい。とにかくなにも変えたくない、か。そういうの、よくないと思うけどな」

ライリーが出ていって五分後、エレノア・ダイサートが入ってきた。またドアがきしんだ。ゲイブは目をつむった。ちょっとばかりかわいいからって、それがなんだ？　勘弁してくれよ。頭がおかしくなりそうだ。「なんだ？」

「名刺の件ですが――」

「だめだ。名刺を変える気はない。親父の代からこの名刺なんだ」ゲイブは立ちあがり、ジャケットを羽織った。「出かける。オウグルヴィ＆ダイサート法律事務所だ。昼過ぎまで戻らない」ドアに向かいながら、つけ加えた。「電話に出るだけでいい、ミセス・ダイサート。なにも変えるな。トラブルを起こすな」

「はい、ミスター・マッケンナ」振り返って見たが、彼女はこっちをにらんだりはしていなかった。

戸口に立って、不満といらだちの入り混じった表情で名刺を見下ろしている。かまうもんか。名刺は変えない。

彼女が顔を上げ、ゲイブの視線に気づいた。「ほかになにか?」その声は丁寧でビジネスライクだった。

少なくとも、従順ではある。これは長所だ。

「コーヒー、うまかったよ」ゲイブは言い、外に出てドアを閉めた。

ネルは席に戻って腰を下ろした。ゲイブ・マッケンナ。いやなやつ。大きな窓越しに、彼がサングラスをかけ、年代ものの黒いスポーツカーに乗りこむのが見えた。一見、昔の映画にでも出てきそうなクールな男そのものだ。たくましい体をしゃれたスーツに包み、濃い色のサングラスをかけ、イカす車に乗って。車は通りに出て走り去った。

どうせ見かけ倒しでしょ。事務所の金を着服するような秘書を雇う男なんて、オフィスが地獄の三丁目みたいな汚さでも平気でいられる男なんて、アタマ悪いに決まってる。それに秘書なんか眼中にないと言わんばかりのあの冷たい目つきはなに? あんな男、クソ食らえだ。ネルは怒りにまかせ、ペーパータオルとクリーナーを武器に待合室に攻撃を開始した。せめてもの救いは、もうひとりの若いハンサムなパートナーが、マッケンナほどつきあいにくい男ではなさそうなことだ。ライリーの第一印象は、頭が切れるとかエネルギッシュという感じではなかったが、がたいはいいしブロンドに青い瞳だし、目の保養にはなる。

一時間たっても、電話は、ル、とも鳴らなかった。だが、待合室はさっぱりした。古い色褪《あ》せた金文字で〝マッケンナ探偵社　むずかしい問題に正しい答えを見つけます〟と書かれた正面の大きな窓も、ピカピカに磨きあげた。はじめは夢中でゴシゴシ磨いていたが、途中ではがれかけたペンキをこそげ落としているのに気づいて、力をゆるめた。べつに消えて惜しいような字でもないが、五十年前か、少なくともあの醜い名刺と同じくらい昔からあるのだろうから、いちおう敬意を表したのだ。

ガラスがきれいになって光がたくさん入るようになると、ほかのところのみすぼらしさがよけい目についた。受付の机は傷だらけ、客用のソファは、華奢《きゃしゃ》な脚のついた茶色の合皮張りのみっともない代物だし、絨毯は擦り切れてところどころ床が透けて見える。本棚と木製のファイリング・キャビネットはこの事務所ができたころからあるのだろう。ものはいいが、まんなかのキャビネットがいただけない。上に気味の悪い黒い鳥の小像が載っていて、ポーの小説かなにかのように部屋を睥睨《へいげい》している。離婚と同時に別れを告げなければならなかったオフィスを思い、やりきれない気持ちになった。淡い金色の壁、金のフレームに入ったたくさんの写真、明るい色の木のデスク、やわらかなグレーのソファ。椅子は人間工学に基づいてデザインされたものだった。このおんぼろの木の回転椅子とは大違いだ。ネルは自分に言い聞かせた。たった六週間の辛抱じゃないの。

本当にそうだろうか。リニーはクビにせざるをえないだろう。ということは、もしかするとずっと働くことになる？　もう一度部屋を見まわした。ずっと働くのなら、そうよ、わたしがここを変えればいいんだわ。壁を塗りなおし、ソファとあの鳥の像を捨て、それからネルは机の上の名刺に目を落とした。〈マッケンナ探偵社〉——味も素っ気もない白い紙に、味も素っ気もない黒いゴシック体でそれだけ書かれている。子ども用のプリントごっこでつくったのかと思う貧弱さだ。だがボスは、名刺を変える気はないと言う。あのとんまは、なにひとつ変えたくないのだ。

ネルはパソコンに向かいながら思った。リニーのこと、どうにかする気はあるんだろうか。まさかそれも変えたくないっていうんじゃないでしょうね。彼はほかの請求書もチェックしろとさえ言わなかった。キーボードを打つ手を止め、請求書の入っている引き出しを開けた。請求書ホルダーの奥に、灰色のメタルの金庫が押しこまれていた。引っぱり出して開けると、〝少額支出〟というスタンプが押され、一ドル前後の金額が書かれた伝票の束が入っていた。サインは全部〝ライリー・マッケンナ〟となっている。角張ったように見せかけようとしたがうまくいかず、丸くなった、という感じの字だ。

打ちこんでいたレポートをめくって、ライリーのサインを探した。いかにも彼らしい、力強い角張った字だった。丸みを帯びてなんかいない。伝票の額を合計すると、千六百七十五ドルにもなった。あっぱれだ。リニーという女、やるとなったら徹底している。

それから一時間かけて請求書を調べた。驚くなかれ。リニーがちょろまかした金は五千ドル近くにのぼっていた。未払い分を払いなおすのに、事務所は三千ドルを超える出費を強いられる。ゲイブ・マッケンナにこの女をとっつかまえる気がないなら——

誰かが重い玄関ドアを開けようとしていた。ドアのガラスが鳴った。ネルはあわてて伝票を金庫に戻した。きつい顔立ちの赤毛の女が、勢いよくドアを開けて入ってきた。上等なスーツに、スーツよりもっと高そうな靴を合わせている。金づるだわ。机の上のものを全部、いちばん下の引き出しに押しこんだ。「こんにちは」わたしどもにお任せください、きっとご満足いただけると思います、という意味合いのとびきりの笑顔をつくった。

「ちょっと厄介なことになってて。助けていただきたいの」

「予約をお取りします」ネルは明るく言った。「あいにく、いま――」ええっと、なんて呼べばいいの？　探偵？　調査員？「――パートナーはふたりとも出ておりまして。ですが――」パソコンに向かい、〝スケジュール管理〟なるファイルを開いた。だが、なかは真っ白だった。いまこの瞬間、ふたりとも仕事に出ている。なのに、スケジュールは空欄ときた。まったくこの探偵社、どうなってるんだか。「お電話番号をうかがってもよろしいでしょうか」と、さっきよりもっと明るく言う。「ふたりが戻りしだい、お電話いたします。そのとき相談の日時を決める、ということでいかがでしょう？」

「急いでるんだけど」女は、ぼろいソファね、と言わんばかりの目つきでじろじろ見てから、おそるおそる端に腰を下ろした。「離婚するつもりなんだけど、夫がうちの犬を虐待してて」

「なんですって？」ネルは怒りに駆られ、思わず身を乗り出した。「それはひどいわ。動物管理局に電話して――」

「そういう虐待じゃないのよね」女も身を乗り出した。ソファが壊れるんじゃないかとネルはひやひやした。「始終、怒鳴ってるの。うちの子、ロングヘア・ダックスフントなんだけど、すごく神経が細いから。ストレスでまいっちゃうんじゃないかと心配で心配で」

神経衰弱にかかったダックスフント？　かわいそうに。無抵抗な動物をいじめるなんて、最低の男。「動物管理局には――」

「暴力を振るうわけじゃないの。殴られた痕とかは残ってないわ。ただ怒鳴りちらすだけ。でも、あの子はすっかり怯《おび》えて」女はさらに身を乗り出した。「うつろな目をして、ほんとにつらそうで。だから、助けてほしいの。あのろくでなしに殺される前に、あの子を取り返して。あいつは毎晩、十一時にあの子を外に出すから、そのときがチャンスよ。闇にまぎれてやれば、ちょろいもんだわ」

ガブリエル・マッケンナがダックスフントを救出している図は、ちょっと想像できない。でも、ライリーなら。彼は、頼めばなんでもやってくれそうだ。

「お名前とお電話番号をお聞かせ願えませんか。パートナーのひとりがお役に立てると思います」

もしふたりともやってくれないなら、わたしがやる。面倒を見ると言っておきながら約束を守らないバカ男から、かわいそうな犬を救い出さなきゃ。そんなにむずかしい仕事じゃないはずよ。ネルは、よそさまの家の庭に忍びこんで犬を盗む自分の姿を想像しようとしたが、全然ピンとこなかった。

「ライリーに電話させます」ネルは女の名前――デボラ・ファーンズワース――と高級住宅街ダブリンの住所を書きとめ、続けて、犬を虐待している夫の、ダブリンよりもっと高級なニュー・オールバニーの住所を書きとめた。

「ありがとう」デボラ・ファーンズワースは言い、もう一度、ぼろいオフィスね、と言いたげな顔で部屋を見まわしてから出ていった。

ここをなんとかしなきゃ。ネルは洗面所から潤滑油を探し出し、滑りの悪い玄関ドアと、いやな音できしむふたりのパートナーの部屋のドアに油を差した。それからゲイブの部屋の掃除を始めた。体を動かしていれば、虐待されている犬のことを考えずにすむ。壁の白黒写真の埃を払い、木の家具や古い革をつやつやに磨きあげた。本棚の埃に、誰かが本を数冊抜きとってまたあとで戻したかのような、奇妙な縞模様があった。きっとゲイブ・マッケンナがなくしものでも探して、本の後ろをのぞいたのだろう。この散らかりようだ、なにがなくなっても不思議ではない。

いちばん端の本棚の上に古いテープレコーダーがあった。再生ボタンを押すと、威勢のいいトランペットの音が響き、深い甘い声が歌った。〝ユー・アー・ノーバディ、ティル・サムバディ・ラヴズ・ユー〟。停止ボタンを押し、カセットを取り出した。ディーン・マーティンね。なるほど。どうりでこの部屋、『ラット・パック』（一九五〇年代後半～六〇年代の若き日のフランク・シナトラ、ディーン・マーティン、サミー・デイヴィスJr.らを描いたTV映画）のセットみたいに見えるわけだ。真鍮《しんちゅう》の洋服掛けには、青いピンストライプのジャケットと埃まみれのソフト帽まで掛かっている。ネルは帽子の埃をはたき、ジャケットを力まかせに振って埃を払ってから、洋服掛けに戻した。

「こんにちは」という声がした。待合室に戻ると、ティーショップにいた小柄なブロンドの女が立っていた。

「すみません。入ってらっしゃる音が聞こえなかったので。いつもドアが鳴るんだけど――」

「違うドアから入ったのよ」女は親指で後ろを指さした。「そのドア、うちの店の倉庫に通じてるの。クロエよ。スター・カップのオーナーの。あなたって、とっても仕事ができそうね」

「ありがとう」ネルは話にうまくついていけなかったが、とりあえずそう返事をした。

「しばらくのあいだ——クリスマスまで、かな。スター・カップをやってくれる人を探してるんだけど。誰か知らない？　午後だけだから、きつい仕事じゃないわ」

「え？　あ……」よく知りもしない女に急にそんなことを言われ、ネルは面食らった。「えっと」スーズが仕事をしたがっていた。でも、ジャックが許さないだろう。毎度のことだ。マージーなら……。「その仕事を引き受ければ、クッキーのレシピを教えてもらえる？」

　クロエは驚いた顔をした。「あたりまえでしょ。レシピなしでどうやってクッキーを焼くの？」

「ひとり、心当たりがあるわ。キャリアウーマン・タイプじゃないけど、ティーショップの仕事で、それも午後だけでいいんだったら、ぜひやりたいって言うと思う。いまの話、本気？」

「今日、決めたの。いまが変化のときだって星が告げてるから。待つのはばかげてると思わない？」

「はあ」

「あなた、生まれた時間、わかる？」

「いいえ」

「まあ、いいわ。たいしたことじゃないから。乙女座の人って、なにをやらせても抜群なのよね」クロエはほほえんだ。「お友だちの星座は？」

「友だち？　ああ、マージーね。誕生日はたしか二月二十七日。星座は知らないけど――」

「魚座か。イマイチ」クロエは顔をしかめた。「でもま、わたしも魚座だけど、なんとかやってるし。お友だちに電話するように言って」

「わかったわ。なんて――」

ティーショップでドアベルが鳴った。客だ。クロエは倉庫に通じるドアのほうを向いた。

「クロエ？」ネルはふと思いついて尋ねた。「ここのものがなにもかも、ディーン・マーティンの映画から抜け出てきたように見えるのには、なにか理由があるの？」

「ゲイブのお父さんよ」ドアに手をかけながらクロエが言った。「パトリックがゲイブとライリーを育てたの。ふたりとも、ファザコンていうか。まだ卒業できてないみたい」

「ちょっと……古くさいわね」

クロエは声を上げて笑った。「古くさいなんてもんじゃないわ。ゲイブはまだお父さんの車に乗ってるのよ」

「あの車、五〇年代のなの？」ネルはあっけにとられた。

「そこまではいかない。七〇年代のよ。腐ってもポルシェ、だけど。それでもね」

「誰かが彼を二十一世紀に連れてこなきゃ」ネルが言うと、クロエはにっこり笑った。

「星は嘘をつかない」そう言って、倉庫に戻っていった。

「そうね」とは言ったものの、クロエの言うことはちんぷんかんぷんだ。ネルはマージーに電話をかけた。留守電になっていたので、メッセージを吹きこんだ。「あのクッキーのレシピ、手に入りそうよ。でも、そのためには働かなきゃならない。電話ちょうだい」それから掃除に戻った。

ライリーの小さな部屋にもゲイブの部屋と同じ革張りの椅子があったが、似ているのはそれだけだった。机の上には、パソコンと、ペン立てとして使われているコヨーテのキャラクターのプラスチックマグ以外なにもなく、きれいに片づいている。本棚には、ゲイブの部屋にもあったクライアントファイルの隣りに、パソコンのマニュアルと探偵小説が並んでいる。壁にはばかでかい映画のポスターが二枚。『マルタの鷹』のしかめつらのハンフリー・ボガートと、『嘆きの天使』の官能的なマレーネ・ディートリッヒ。ライリーらしい。ロマンティックで、夢想家肌で。ビジネスを実際に動かしているのはゲイブ・マッケンナで、ライリーはゲーム感覚でやっているのだろう。

ネルはライリーの部屋を掃除した。本棚にさっきと同じ縞模様があった。それから、薄汚れた緑色の洗面所でコーヒーカップとソーサーを洗った。ひび割れたリノリウムと黒ずんだ漆喰《しっくい》がたまらない。きれいにペンキを塗れば、見違えるようになるのに。カップを洗ったついでに、何年分もの汚れのこびりついた鏡を拭いた。きれいになった鏡に映った自分を見て、凍りついた。

死人みたいだ。

髪も肌もくすんでいる。髪や肌だけではない、なにもかもがくすんで、生気がなかった。頬骨がみっともなく突き出し、薄い唇は固く引き結ばれている。ネルはペーパータオルをシンクに落とし、呆然と鏡を見つめた。いったいどうしてこんなことになっちゃったの？　こんなにひどいなんて。きっと光のせいだ。醜い緑色の壁に反射するいやらしい蛍光灯の光のせい。こんな光の下では、誰だってきれいには見えな……。

わかっていた。光のせいなんかじゃない。

息子のジェイスが、さよならの抱擁をするときどうしてあんなに悲しそうな顔で壊れものを扱うようにそっと腕を回すのか、どうしてスーズとマージーがしつこく元気づけに来るのか、やっとわかった。この一年半、ネルは死体みたいな様子をしていたに違いない。みんなの生活のなかに、幽霊みたいにでんと居座っていたに違いなかった。離婚以来、アパートで髪を梳《と》いたり歯を磨いたりしながら何千回となく鏡を見てはいたが、いまのいままで、ちゃんと自分を見たことはなかった。

食べなきゃ。少し体重を戻して、肌もなんとかしなきゃ。それに、髪も。それに——

表のドアが鳴った。ネルは思った。あとで。そういうことはみんな、あとで考えよう。ああ、もういや。

九月の朝、美しい街並みをヴィンテージ・スポーツカーで走れば、誰だって気分がよくなる。ゲイブも例外ではなかった。だが、トレヴァー・オウグルヴィとジャック・ダイサート、それにふたりの事務所、O&Dの経理責任者、バッジ・ジェンキンズとの十五分間のミーティングのせいで、せっかくのいい気分も吹っとんだ。

「女が電話をかけてきて、あんたがたが不倫と横領をしていると中傷した。あんたがたは口止め料を払うのを拒否したが、なにも起こらなかった」ゲイブは三人の話を要約した。「で、おれにどうしてほしいんです？」

「女を捕まえてほしい」とバッジが言った。ジャックを横目で見るさまが、〈ピルズベリー・ケーキミックス〉の箱の絵の男の子みたいだ。

「そう急《せ》くことはない」とトレヴァーが言った。こっちはシニア向け雑誌『モダン・マチュリティー』の高級酒の広告に登場する男風。

「きみがわれわれの立場だったらどうする？」そう言うジャックは、マールボロのコマーシャルに出てくる裕福な男が少しばかり年を食って『モダン・マチュリティー』を購読する年齢になった、といったところか。

「強請《ゆす》るほど自分を嫌っている人間は誰か、を考える」

「どんな会社にも、不満を持つ従業員のひとりやふたりいる」トレヴァーが言った。

「電話の声に心当たりは？」

「ない」ほかのふたりを制してトレヴァーが答えた。「ひとりやふたりじゃない。もっといるだろう」

「最近、従業員の誰かが不満を抱くようなことがなにかなかったか」

「いったいなんの話だ？」

「最近、誰かの恨みを買ったんじゃないか、と訊いてるんだよ」ジャックがバッジに説明した。「いや、それはない。もちろん、訴訟には勝った。相手方は負けていい気はしないだろう。だが、とりたててこれといったことはない。ここしばらく、従業員のクビを切ってもいないしな」

「女の告発については？」

「だから言ってるじゃないか。外の人間に会計監査をやってもらっても結構ですよ」バッジは憤懣《ふんまん》やるかたない様子だ。

「そんなことに金を使うつもりはない」ジャックがうんざりしたように言った。「きみが横領してるなんて、誰も思っちゃいない。わたしはスーズを裏切っていないし、トレヴァーもオードリーを裏切っていないと言っている。くだらんいやがらせだ」

「まったく、ひどい話だ」トレヴァーがあまり感情のこもっていない声で言った。「だが、その後、女から電話はない。もう少し様子を見て――」

ジャックが目を閉じた。

「女はどこに金を持ってこいと？」

「また電話する、と言っていた」トレヴァーが急いで答えた。「一日やるから、そのあいだに金を用意しろと言われた」

ジャックがさっとトレヴァーに視線を走らせ、調子を合わせた。「そうだった」

いや、違うな、とゲイブは思った。「バッジ、あんたはどうだ？」

「すぐ電話を切ったから、金の話まではいかなかった。あの女、人を泥棒呼ばわりしやがって」

「それが連中のやり口なんだよ。なんだかんだ、難癖をつける。そうだな。いまのところ、おれにできることはあまりなさそうだ。警察に届けて通話記録を調べてもらうことはできるが、公衆電話からかけてきただろうしな。家の電話は使っていないはずだ」

「警察には言わない」とジャックが言った。「どうせ、ただの悪ふざけだ」

「ぼくはそうは思わない。悪ふざけにしては――」

「バッジ。わたしたちは、これはたんなる悪ふざけだと考えている」ジャックが有無を言わさぬ口調で言った。「来てくれてありがとう、ゲイブ。無駄足を踏ませて悪かった」

「いいんだ。おたくの仕事ならいつでも歓迎だ」それは嘘だった。O&D法律事務所絡みの仕事が、歓迎したくなるような楽しいものであることはめったにない。だが、いつも金にはなる。ゲイブは立ちあがった。「なにか新しい展開があったら知らせてくれ」

「もちろんだ」トレヴァーが言ったが、その顔には、知らせるものか、と書いてあった。

「会えてよかった」ゲイブはそう言うと事務所をあとにした。いったいなにが起こってるんだ、とちらっと思ったが、たいして気にかけなかった。


　ライリーが叩きつけるようにドアを閉め、ファイルホルダーを受付の机に放った。「あの女、嫌いだ」

「どの女?」ネルは鏡を見たショックから立ちなおろうと努めながら、椅子にかけてファイルを引き寄せ、ラベルを読んだ。「ホット・ランチ。なに、これ?」

「お得意さんさ」ライリーはソファにどさりと腰を下ろした。ソファが苦しげにきしんだ。

「このクライアントの奥方は、年に二、三回、新しい愛人をつくる。いつも、月曜と水曜の正午にハイアット・ホテルでそいつと会う。で、彼女のことをホット・ランチと呼んでるん

りだ」

ネルは当惑した。「その人、どのくらい、そういうことを続けてるの？」

「かれこれ五年」ライリーは苦い顔で足を投げ出し、頭の後ろで手を組んだ。「もううんざりだ」

「あなたがうんざり？」ネルはファイルを開いた。「クライアントはどう思ってるの？」

「やっこさんが求めるのは、報告書だけ」ライリーは目を閉じた。「茶番もいいとこだ。奥方はぼくらの顔を知ってるから、潜行調査でさえない。今日なんか、エレベーターに乗る前にぼくに手を振るんだぜ」

「少なくとも、彼女、ユーモアのセンスはあるみたいね」ネルは報告書にざっと目を通した。「ちゃんと仕事したんでしょ。なにが問題なの？」

「大人のおもちゃかなにかになったような気分だ」ライリーが体を動かしたので、またソファがきしんだ。「ぼくたちが報告書を渡す。クライアント殿はそれを奥方に突きつける、けんかになる、それから、仲直りのお熱いのを一発やる。どうせ、そんなとこだろ。しばらくたつと、また夫婦仲が冷めてくる、すると、やっこさんはうちに電話してきて『女房が浮気してるんじゃないかと思うんだ』と言うわけだ。まったく、冗談じゃないよ」彼はため息をついた。「こんなの、結婚じゃない」

「あなた、結婚してるの？」ネルは驚いて訊き返した。

「してないよ。だけど、結婚のなんたるかくらいわかる」

「結婚のなんたるか……」

「生涯、愚痴や言い訳なしで相手に誠を尽くすこと。だから、ぼくは結婚してないんだ。いま楽しければいいってタイプの男じゃないから。その報告、タイプしてもらえる？」

「ええ、いいわ。あ、そうだ、手帳を見せてほしいんだけど。スケジュールをパソコンにも入れておきたいから」ライリーがうなずいた。ネルは続けて言った。「ありがとう。じゃ、もうひとつ。金庫から最後にお金を取ったのはいつ？」

ライリーは肩をすくめた。「そこに書いてあるだろ。先月のいつかだと思うけど。なんで？」

ネルは金庫を取り出し、伝票の束を渡した。

彼はぱらぱらめくり、顔をしかめた。「これ、ぼくのサインじゃないけど」

「だと思った。リニーがあなたのサインをまねたんじゃない？」

ライリーは口笛を吹いた。「いくら盗《と》ったんだい？」

「これ以外にもいろいろあって。全部で五千ドルちょい」

「ここまでされてもゲイブは、忘れろ、損はうちがかぶればいい、と言うわけか」ライリーは伝票を箱に戻した。「昔のゲイブだったら、ほんの小手調べにリニーをとっ捕まえて、懲らしめただろうに。いまじゃ、すっかり落ち着いちゃって」

「どうして変わったの？」

「親父さんが死んで事務所を引き継いでから、やたら慎重になっちゃったんだ。もっとも、その前からその傾向はあったんだが。クロエとルーがいたし、それに、パトリックは経営者としては最低だったから。だけどやっぱり、親父さんが亡くなったのが大きかった」

ネルは話についていけなかった。「クロエとルー？」

「奥さんと娘だよ。昔のゲイブはほんとにすごかったのに。ニック・チャールズみたいだった」

「ニック・チャールズ？」

「ニック・チャールズを知らない？　ハメットのあの有名な探偵を？　もう本を読むやつはいないのか？」ライリーは本棚の上の黒い鳥を指さした。「あれ、なんだかわかる？」

「ポーの大鴉《おおがらす》？」

「探偵社の秘書がこれだもんな」ライリーはため息をつき、肩を落として部屋のほうに歩きだした。「あんたは文学を知らない。ゲイブは探偵らしさをなくす。あーあ、年はとりたくないよ」

「わたしたち、そんなに年じゃないわよ」ライリーの背中に言ったが、彼は部屋に入ってドアを閉めてしまった。「ちょっと！」だが、ドアは閉まったままだ。ネルは内線を使ってファーンズワースの依頼の件を話した。ただし、犬を盗んでほしい、という部分は省いて。これはクライアント本人に言ってもらうことにしよう。

それから、座って新しい情報について考えた。ゲイブ・マッケンナとクロエが夫婦ですって？　信じられない。悪魔とアニメの〝パワーパフガール〟みたいに突拍子もない組み合わせだ。なのに、ふたりのあいだには娘までいるという。あのふたりのDNAを混ぜあわせる、なんてことができるんだろうか。ティムとわたしはお似合いのカップルだったし、完璧な息子にも恵まれた。でも、結局、別れるはめになった。マッケンナとクロエは正反対のタイプなのに、いまも一緒にいる。結婚って、ミステリー。ただそれだけのこと。

ネルはホット・ランチの報告書を手に取った。このジーナ・タガートという女、なんの報いも受けることなく、平然と浮気を繰り返している。世のなか、メチャクチャだ。人は、悪いとわかっていることをやる。悪いことをしても報いを受けずにすむ、と知っているからだ。そして、まわりの人間はそれを止めようともしない。ホット・ランチは夫を裏切り、リニーは金をくすね、ニュー・オールバニーの男は犬をいじめ、ティムはわたしを捨てる。おかげでこっちは百万歳の老婆かと思うほどやつれてしまった——ネルは鏡に映った顔を思い出し、胸が苦しくなった。なのに、誰もしっぺ返しを受けない。ティムに罵声を浴びせる、なんてことできやしない。ティムはフェアに振る舞ったのだ。死体みたいに見えるのは、誰のせいでもない、自分のせいだ。ティムを恨むのはお門違いだ。

怒りをぶちまけたかった。こう怒鳴ってやりたい。「卑怯者《ひきょうもの》！　結婚して二十二年なのよ！　もう愛してないだなんて、よくしゃあしゃあと言えるわね！」だが、そんなことをしてもなんにもならない。事態をややこしくするだけだ。誰にとってもなにもいいことはない。ティムが出ていくと言ったとき、泣きわめいていたらどうだったろう？　修羅場になって、品よくきれいに離婚することはできなかった。泣きわめいて手当たりしだいものを投げていたらどうだったろう？　いまのような友好的な関係を維持することはできなかった。泣きわめいて手当たりしだいものを投げ、ティムにつかみかかっていたら——

「ネル！」驚いて声のしたほうに向きなおった。

「なんですか」ネルはライリーをにらんだ。「怒鳴らないで。内線で呼べばいいでしょ」

「呼んだよ。ちょっと出てくる。戻りは五時ごろかな」

「了解」ふいに、ティムやリニーへの怒りをライリーに転嫁したくなった。「説明してくれない？　あなたたちはいつも身上調査をしてるのに、どうしてリニーのことは調べなかったの？」

「したよ。というか、リニーを雇うときおふくろがやった。だけど、リニーには強力なコネがあったから」ライリーは手帳を机に置いた。「きみと同じ、オウグルヴィ＆ダイサートの推薦だったんだ。それにおふくろが戻るまでひと月だけの、臨時雇いのつもりだったし。パソコンにスケジュールが入ってないのはそういうわけだ。おふくろはパソコンが嫌いなんだ」

「それでわかったわ。で、お母さまはもう戻られないの？」

「七月の中旬、二週間の予定でフロリダに行くことにして、リニーを雇ったんだ。それがよっぽどフロリダが気に入ったのか、もうしばらくこっちにいることにしたと言ってきた。で、リニーを正社員にした。べつに疑うような理由もなかったしね」

「リニーがここに一歩でも足を踏み入れたら、ただじゃおかないから」

「だろうな。きみがカンカンなのは、見りゃわかる」

「わたしは温厚なたちなの。カンカンじゃないわよ、ちょっと腹を立ててるだけ」

「腹を立ててもいるけど、同時に、この状況をおもしろがってもいる。だろ？」ライリーはドアのそばで立ちどまった。「昼飯は？　外に出たいなら、そのあいだ電話番してるよ」

「おなか空いてないの」

「そうか。ゲイブに訊かれたら、四半期レポートをやってるって言ってくれ」

「四半期……?」

「トレヴァー・オウグルヴィだよ。悪名高きオウグルヴィ&ダイサート法律事務所の。三カ月ごとに娘の素行調査をするよう、頼まれてるんだ」

ネルはぽかんとした。「トレヴァーが、マージーの素行調査を?」

「マージーじゃない。オリヴィアだよ。二十一歳の子のほうだ。マージーは年上のほうだろ?　彼女の素行に問題はないし」

「オリヴィア。忘れてたわ」そうだった。マージーには、甘やかされてできそこなった腹違いの妹がいたのだ。「オリヴィアとマージーはあまり親しくないみたいだから」ネルは椅子の背にもたれた。「トレヴァーはあなたたちにオリヴィアのことを調べさせてるのね?」

ライリーはうなずいた。「娘への愛情の示し方としてはかなり変わってるが、ほかにどうしていいかわからないんだろう。報告書を受けとったトレヴァーがショックで死なないのが奇蹟だよ。ま、なんていうか、オリヴィアは人生を楽しんでるってことだ。あ、そうだ。忘れる前に言っとくけど、シュガーパイを助けるわけにはいかない」

「誰、ですって?」

「シュガーパイ。きみの虐待されてる犬だよ」ライリーはドアに手をかけた。「ルール2。法律を守れ」

「ルール、ふたつもあったの?」だが言い終わらないうちにドアがバタンと閉まった。「そういうの、失礼よ」ネルはつぶやき、それからライリーの手帳を取って、パソコンにスケジユールを打ちこみだした。かわいそうな犬とホット・ランチと、その他もろもろ、世のなかの間違っていることは考えないようにして。

3

翌朝、ライリーがゲイブの部屋に入っていくと、彼は机をにらんでいた。

「そんな顔するなって。ずいぶん片づいたじゃないか」

「片づきすぎて、なにがどこにあるのかわからん」ゲイブは机の上の書類をかきまわした。

「一緒くたに重ねやがって」

「きみにはああいう女が合ってるよ」ライリーは机の向かいに腰を下ろし、足を投げ出した。

「明るい面を見ろよ。彼女はいま、洗面所を掃除してる。洗面所なら、きれいになって悪いことはひとつもない」

「そのうち、げんなりするようなことをしでかすに決まってる」

「だけど、彼女を正社員にするしかないんじゃないか」

「クソッ」ライリーの言うとおりだ。だが、いまはそのことは考えたくない。「で、昨日は？」

「ホット・ランチを張ったよ。ジーナは浮気してた。驚くじゃないか、え？」

「知ってるやつか」

「いや。見かけない顔だ。とんでもなく悪趣味なネクタイをして、わが生涯最良のとき、ってな顔でジーナを見つめてた。知らぬが仏、さ。ジーナはぼくに手を振って挨拶してきた。きみによろしく、だそうだ」

ゲイブは首を振った。「これでも世間じゃ、探偵はエキサイティングな仕事ってことになってるんだからな」

「O&Dはどうだった?」

ゲイブは説明した。

「ジャックのやつ、また浮気してるのか? 学ばない野郎だ」

「おい、またか。そう決めつけるなよ」ゲイブはため息をついた。「おれの勘じゃ、三人ともシロだ。だが、トレヴァーは嘘をついてる。女はもっと別のことで強請ってきたんだと思う。トレヴァーは女遊びをするタイプじゃない」

「たしかに。自分で体を使ってなにかするタイプじゃないよな」

「金の受け渡し方法についても、嘘をついてる」ゲイブは椅子の背にもたれた。「トレヴァーは女に会いにいったんじゃないかな」

「で、ジャックはそれを知っている?」

「たぶんな。最初、バッジ・ジェンキンズが電話してきた。そのあとジャックがかけてきて、事態の沈静化を図った。会って話をするまで調査を始めないように、と言ってな。それからトレヴァーがかけてきて、ミーティングをキャンセルしようとした」ゲイブはかぶりを振った。「くっちゃべってるだけじゃ解決しない問題に出くわしたら、バッジはどうするのやら。お得意の話術と魅力で言いくるめられない問題に出くわしたら、ジャックはどうするのやら。

先延ばし先延ばししても、自然消滅しない問題に出くわしたら、トレヴァーはどうするのやら」

「つまり、トレヴァーとジャックはなにかを隠してる。バッジはそれを知らされていない、ってことか？」ライリーは考えこみ、にやりとした。「バッジの立場にはなりたくないな」

ゲイブはうなずいた。「いやなもんだが、クライアントを強請ってるのが誰か知りたかったら、クライアントを調べるのがいちばんだって気がするよ」

「ちょろいほうはぼくがやるよ」ライリーはそう言って立ちあがった。「ジャックが浮気してるかどうか調べよう」

「だめだ。調査はしない。トレヴァーたちはそれを望んでいないし、そんな暇もない」

「なんとなく、調べたい気分なんだ」

「なんとなく、が聞いてあきれる。ジャック・ダイサートのしっぽをつかみたいんだろう。まったく、十四年もたつのに、まだあの女のことを根に持ってるのか」

「あの女ってなんだ？」ライリーはそれだけ言って、出ていった。入れ違いにネルが入ってきた。

「手帳を貸してください」とネルは元気よく言った。

「なぜだ？」ゲイブは彼女に突っかかりたい気分だった。

「あなたのスケジュールがパソコンに入っていないので、入れておきたいんです」

「なるほど」ゲイブは手帳を差し出した。

「ありがとう」ネルは手帳を受けとり、ドアのほうに戻りかけた。

「ミセス・ダイサート」彼は気の進まない用件を切り出した。

「はい?」

「正社員になりたくないか」

ふたつ返事でイエスと言うと思っていたのに彼女が考えこんだので、ゲイブは驚いた。

「名刺のデザインを変えてはいけませんか」

「だめだ」

ネルはため息をついた。「正社員にしていただけるのなら、お願いします」

「じゃあ、決まりだ。なにも変えるんじゃない。いいな?」

ネルはちらっとこっちを見て、出ていった。なにを考えているのかわからない目つきだった。

「まあ、いい。彼女、仕事はできるし」ゲイブは空っぽの部屋に向かって言い、書類がひとまとめに積まれた机に向きなおった。


一時間後、パートナーはふたりとも出かけた。ネルは洗面所の掃除を途中でやめて、ゲイブのスケジュールを古いパソコンに入れはじめた。今日以降の予定を打ちこんだあと、過去一年間を見てみる。彼を誤解していたようだ。ワンマンでいやなやつだけど、大変な働き者であることは確かだ。息をつく暇もない忙しさなのだ。リニーが使いこみをしているのに気づかなかったのも無理はない。オウグルヴィ&ダイサート法律事務所関係の調査がずいぶんたくさんあった。ライリーの手帳もチェックすると、こっちにもO&Dの文字がずらり並んでいる。ここの仕事の四分の一近くが、O&Dの仕事なのだ。

ドアが鳴った。パソコンの画面から目を上げると、ハンサムな息子が片手に紙袋、もう一方の手にドリンクを持って入ってくるところだった。

「差し入れ」ジェイスはとびきりの笑顔で言った。この無敵の笑顔のおかげで、二十一年間、トラブルと無縁でいられたのだ。「母さんの新しい牢屋がどんなところかも、見ておこうかなって」

ネルも笑顔になった。背が高くてがっしりしていて、さっぱり開放的な性格。みながうらやむような好青年だ。「今日もすてきじゃない?」

「母親としては、そう言わなきゃね」ジェイスは紙袋とドリンクを机に置き、ネルの頬にキスした。「スーズ伯母さんが、母さんに食べさせなきゃだめだって。だから、さ、食べて。叔母さんにやいのやいの言われるの、いやだからさ」

ネルは紙袋は無視して、ドリンクを手に取った。「なに、これ?」

「チョコレート・ミルクシェイク。スーズ伯母さんが、カロリーの高いものを取れって」ジェイスは待合室を見まわした。「母さんともあろうものが、ここに一日半いて、まだこのありさま? ずっとなにしてたんだい?」

「ボスを知ろうとしてたのよ」ジェイスがソファに腰を下ろした。その重みでソファの華奢な脚がきしんだ。「ちょっとやりにくい人で。彼の目を盗んでやらなきゃいけないこともあるし。いろいろ大変なわけよ」ネルは紙袋を開けた。熱い油の匂いがむっときた。あなた、ひどい顔よ、と自分に言い聞かせた。食べなきゃ。ネルはフライドポテトをつまんだ。「調子はどう？　ベサニーはどうしてる？」

「さあ。もう二週間くらい会ってないから」

「また？」ネルはフライドポテトを袋に戻した。「今年四人めのガールフレンドじゃない」

「だって母さん言ってたろ。まだ若いんだから、特定の子とあまり深くつきあわないほうがいいって」

「そうだけど。でも——」

「だったらさ、ぼくがいろんな子と広く浅くつきあうの、喜んでいいんじゃない？　落ち着くときが来たら、落ち着くから。そうなったら、浮気はしないし」ジェイスは一瞬、気まずそうに口ごもった。「大学がまだ二年あるし、そのあとだってどうなるかわからない。卒業したらなにしたいかも、よくわからないんだ。だから、いま誰かと深くつきあうのはよくないと思うんだよね」そして、またネルに笑いかけた。六つのときとちっとも変わらない、明るく無邪気な笑顔。

「愛してるわ」とネルは言った。

「うん。そりゃ、母親だもんね。さ、食べて」

ネルはフライドポテトの袋に手を伸ばした。「ほら」と言って一本口に含む。油の味にムカムカした。「でも、ほんと言うと、ポテトはあんまり好きじゃないの」

「前は好きだったじゃないか。おばあちゃんもよくやってたけど、ポテトにヴィネガーをかけて食べてたろ。覚えてる？　母さんとおばあちゃんのおかげで、ヴィネガーと熱い油の匂い、世界でいちばん好きな匂いのひとつになったんだから」

「少なくとも、あなたにいい思い出をつくってあげることはできたのね」

「母さんはすごくたくさんのものをくれたよ」ジェイスは立ちあがり、もう一度キスするために机越しに身を乗り出した。「もう行かなきゃ。ちゃんと食べるって約束して」

「ベストを尽くすわ」

ジェイスが行ってしまうと、ネルはポテトの袋をゴミ箱に捨て、ゲイブの手帳を開いた。すごい仕事量だ。これでわたしがサポートすれば、もっともっと、いい仕事ができる。

ネルは入力を再開した。キーボードを叩きながら、マッケンナ探偵社をよくするためにああもしよう、こうもしよう、と思いをめぐらした。


水曜は九時ジャストに出社した。だが、ゲイブはまだ来ていなかった。拍子抜けしている自分に気づき、ネルは驚いた。力いっぱいドアを押したら、力むまでもなくあっさり開いたような感じ。肩透かしを食らって、急に自分がばかみたいに思えてきた。ネルはコーヒーを淹れ、ライリーに持っていった。それから、最後のフロンティアである洗面所の征服にとりかかった。

「なにしてるんだい?」三十分後、ライリーが空のカップを手に部屋から出てきて、声をかけた。

「洗面所を掃除してるのよ」ペーパータオルで手を拭きふき出ていくと、たったいま詰めた四つのゴミ袋を彼が見ていた。「冷戦時代の遺物のゴミを集めるより、もっとほかにやりたいことはあったんだけど」

ライリーは顔をしかめた。「やりたいこと？」

「名刺をよくする。窓のペンキを塗りなおす。ソファを新しいのに替える。リニーに文句を言う。でも、ボスがやらせてくれない」苦にがしげに言い、ライリーを見上げた。「あなただってパートナーでしょ。やる許可を与えて」それは命令のように響いた。ネルは「与えてちょうだい《プリーズ》」とつけ加えた。

「そして、ゲイブを怒らせる？」ライリーは首を振った。「ごめんだね」

ネルは洗面所に戻った。「そう。じゃ、さっさと仕事に行ったら？ せめて、あとでわたしがレポートを打てるように」

「近ごろは誰もかれも、すぐけんか腰になる。冷静に話しあうってことができないんだから」ライリーはぶつぶつ言いながら出ていった。

一時間かけて棚三つをきれいにした。そのあいだに電話が二本かかってきた。ドアが開く音がした。ゲイブだろうか。ネルは洗面所を出た。

入ってきたのはブロンドの娘だった。細っこい体で、跳ねるような勢いで滑りの悪いドアを閉める。娘がにっこり笑いかけた。ネルも思わず微笑を返した。

「ネルね。ママがあなたのこと話してた。あたし、ルー」

彼女が手を差し出した。痛いくらい力強い握手だった。ゲイブそっくりだ。ルーは父親と同じ、聡明そうな黒い目をしていた。陽気で開けっ広げな印象のブロンドと、不思議なコントラストをなしている。風変わりだけど、魅力的。「会えてうれしいわ」とネルは言った。

「あなたは最高ってママが言ってた」ルーはジーンズのポケットに手を突っこみ、値踏みするようにネルを見た。

「クロエって、いい人ね」

「いい人はいい人なんだけどね。ママは魚座だから。欲しいものを手に入れられない星回りなの。牡牛座と結婚してると、とくにだめ」うんざりしたような顔でゲイブの部屋のドアを見やる。

「あなたは魚座じゃないんでしょう?」

「山羊座。山羊座は、欲しいものはなんでも手に入れる」そこでドアに顎をしゃくった。

「パパ、いる?」

「いまいないの。悪いことしてる人たちをとっちめてるんじゃないかな」

「だったら、少しは機嫌がいいかな」ルーはポケットから手を出し、ソファにどすんと座った。動作のすべてが勢いがあって、弾むようだ。それもルーの強運のなせる業《わざ》か、ソファは壊れなかった。「ヨーロッパ、だめ、の一点張りなんだもん」

「ヨーロッパ?」

「来月フランスに行きたいの。ユーレイル・パスを買って、世界を見てまわる。でもパパは大学に行けって。もう授業料を払ったからって言いたいんだろうけど、それがそんなに重要なこと?」

「わたしも息子の授業料を払ったから言うけど。重要なことだと思うわ」

「まあね。でもあたしは、大学なんて行きたくない。あたしの人生だもん。授業料払ってなんて頼んだ覚えもないし」

けど」

「頼む必要はなかったでしょうね。お父さんは、家族の面倒は見る人みたいだから」

「ほんと。そういうのって、知りあってまだ三日しかたたないうちは、よく見えるんだろうけど」

「かなり濃い三日間だったけど」

「やっぱり。ママがね」ルーは黒い目を細めてじっとネルを見た。そういう表情をすると、ますますゲイブにそっくりだった。「あなたはここを切りまわせる人だ、って。ママは、パパになにをさせることもできないの。離婚したのに、ずるずる一緒にいるし」

「離婚したの?」

「そうは見えないでしょ? 離婚後もママをそばに置いとこうとして、パパはここの隣りの家を買ったんだ。で、パパの思いどおり、ママはそこに住んでる」ルーは、まったく、というように首を振った。「それもあって、ママは、あたしと一緒にフランスに行こうって決めたんじゃないかな。だけど、どうなることやら。パパが行くなって言ったら、ママは行かなさそう」ルーはきかん気に言った。「あたしは行く」そして、ゲイブの部屋のドアに目をやった。「と、思う」

またドアが鳴った。「やあ、トラブルメーカーさん」ライリーが入ってきて、ファイルホルダーでルーの頭をぴしゃりとやった。「パパを怒らせないでくれよ。こっちに八つ当たりされちゃ、かなわない」

「いい薬なんじゃない? そんなことでもないと、あなた、お気楽すぎるもん」

ライリーはネルの机にホルダーを置いた。「お望みのものだよ。身上調査の残りだ。タイプしてくれ」ネルに向かって言うと、ルーを振り返った。「大学に二、三カ月行くのがそんなにいやかい？　そうすれば、パパを幸せにできるのに」

「パパを幸せにするのは、あたしの人生の使命じゃないもん。あたしはあたしの幸福を追求しなきゃ」ルーは快活に言った。「愛してるって言って」

「愛してるよ。さ、もう帰れ。ここは仕事場だ」

「ここは仕事場だ、なんて口に出して言わなきゃいけないようじゃ、ちょっと情けないわね」

ネルが茶々を入れると、ライリーはニヤリとした。「秘書に言われちゃおしまいだな」

ネルは笑い返した。ルーがニヤニヤして見ていた。

「ハロー」とルー。

「ハローじゃない。バイバイ、だろ。まだいたのか？」

「せっかくおもしろくなってきたのに」そう言ってルーは出ていき、ドアをぐいと閉めた。

「いい子ね」

「わかってないな。生まれたばかりのときから、ゲイブとクロエを振りまわしてきた子だぜ。男は手を焼くだろうな」ライリーは洗面所をのぞきこんだ。「嘘だろ。まだやってたのか？昼飯、食いにいってこいよ」

「棚をあとひとつやったら終わりだから」ネルは洗面所の掃除のラストスパートに入った。

だいぶましにはなったが、ペンキを塗りなおさなきゃだめだ。もう臨時雇いじゃないんだし、ふたりの目を盗んでやろうか。トイレのタンクに上り、壁に片手をついて体を支えながら、いちばん上の棚の古い箱や瓶をゴミ箱に放りこんだ。瓶が割れる音を聞くのは快感だった。それから、最後の箱に手を伸ばした。

奥の隅に押しやられていたために、爪で引っかけて引き寄せなければならなかった。なんとか手前まで持ってくると、安っぽい赤い革を型押しした、一〇×一二センチくらいの小さな箱だった。タンクから下りて埃を払い、光のなかで箱を見た。小鬼か悪魔のような絵が型押しされている。表のドアが閉まる音がした。「身上調査、終わったよ」とライリーが言い、ゲイブが返事をしているのが聞こえた。ネルはもう一度箱を見た。

トラブルが入っていたら、ゲイブは見つけたネルのせいにするだろう。ネルは深呼吸して箱を開けた。だが、なかにあったのは、車の名前の書かれた黄色い紙だけ。黄色いフェルトの裏張りにまぎれて、危うく見落とすところだった。

これなら平気よね。ネルは思い、ゲイブに箱を渡そうと出ていった。

「ジャック・ダイサートの件だけど」ゲイブのあとについて部屋に入りながら、ライリーが言った。

「ジャック・ダイサートの件なんてない」ゲイブはジャケットを脱ぎ、椅子に腰を下ろした。

「やる仕事はほかにあるだろ」先を続けようとしたとき、ノックの音がしてネルが入ってきた。グレーのスーツに包まれた体は折れそうに細く、濃い茶色のドアとのコントラストで顔が青ざめて見える。

「これ、見つけたんですけど」ネルは小さな赤い箱を机に置いた。「洗面所のいちばん上の棚にありました。車の名前の書かれた紙があるだけで、たいしたものは入ってないんだけど――」

「車の？」ゲイブは箱を開け、紙を取り出した。一九七八年五月二十七日付けで、一九七七年式のポルシェ911カレラをパトリック・マッケンナに譲渡した証書。トレヴァー・オウグルヴィのサインがあった。ゲイブは食い入るように証書を見た。

トレヴァーはパトリックに一ドルでポルシェを売っていた。

背筋に冷たいものが走った。一九七八年、親父はこの箱を洗面所のいちばん上の棚にしまった。事務所で働いていた誰か、とりわけ「こんなすごい車をどうやって一ドルで手に入れたんだい？」と尋ねそうな二十一歳の息子と十一歳の甥に見つからないようにだろう。

一九七八年。親父はトレヴァーのために、ポルシェに値するようななにをやったんだ？

「なんだい？」ライリーが尋ねた。ゲイブは箱を押しやった。ライリーが証書を読む。その顔から、いつものユーモアたっぷりの表情が消えていった。

「探しものはこれですか」とネルが言った。ゲイブは顔をしかめた。クソッ、またクロエと仕事してるみたいだ。ぶっ飛んだ結論だけがあって、そこにいたる思考の筋道が見えない。

「なんの話だ？」ゲイブは辛抱強く言った。だが、辛抱強すぎたようだ。今度はネルが顔をしかめた。

「棚を掃除してたら埃が乱れてて、誰かが本を引き抜いてなにか探したような痕跡があったから。あなたがなにか探してたのかと思ったんだけど」

「おれじゃない」ゲイブはライリーを見た。

「ぼくでもないよ。だけど、清掃サービスが来なくなったあとのことだろ？　リニーかな」

ゲイブは首を振った。「箱を見つけたんなら、リニーはなんで持っていかなかった？　そもそも、なんでこんな箱を探す？」もう一度箱を手に取った。小さな箱だが、この紙以外になにか入っていたのかもしれない。「いや。欲しいものは取ったのかもしれないな」親父とトレヴァーに関わるなにかを……。

ライリーが眉間に皺を寄せた。「だけど、いったいなにを欲しがるっていうんだ――」

「ありがとう、ミセス・ダイサート。助かったよ」ゲイブが言うと、ネルは、まるで頬を張られでもしたかのようにあとじさった。

「いえ。あの、窓の字のことなんですが――」

「なんだって？」いいからとっとと消えてくれ。「どの字だ？」

「マッケンナ探偵社、という字よ。ところどころ、ペンキが完全にはげ落ちてるわ。字のデザインを変えて、描きなお――」

「だめだ。いままでずっとああだったんだ。そのままでいい」ゲイブは箱を見つめた。いままでずっとああだった、か。実際のところどうだったのか、おれはわかっていなかったのかもしれない。

「じゃあ、待合室のソファは？　壊れる前に新しいのに買い替えたいんだけど」その声が尖っているのに気づいて、ゲイブは驚いた。見ると、ネルの目が怒りに燃えている。言いたいことは山ほどあるけどこらえてあげてるのよ、と言わんばかりの顔だ。頬にも赤みが差していた。ほっといてくれ。もっと大事な仕事で手いっぱいなんだ。

「客がそんなにたくさん来るわけじゃない。ソファは壊れないよ」

ネルはしばし無言で立っていた。それから「表のドアも、滑りが悪いんですけど」と言い捨てて出ていった。

怒った女がひとり。ゲイブはもう一度箱を見た。クソッ。

ライリーが大きく息をついた。「パトリックはトレヴァーのために、記録に残せないようななにをしたんだろう?」

「もうひとつ質問だ。どこかの女がトレヴァーを脅迫しはじめたのとほぼ同時に、トレヴァーのサインのある証書が見つかった。この偶然をどう思う? ついでに言えば、リニーが、けがをしたから休ませてほしいと言ってきたのもだいたい同じころだ」

ライリーは考えこみ、しばらくしてようやく言った。「そうだな。リニーならやりかねない」彼は渋い顔でゲイブを見た。「だけど、ジャックとバッジは? なんであのふたりまで脅迫されてるんだ?」

「ジャックはわかる。やっこさんは七八年にすでにパートナーだった」くそいまいましい証書をもう見なくてすむよう、箱に戻してふたを閉めた。ふたの悪魔が横目で見上げていた。

「親父はあの車を気に入ってた。おふくろと最後にけんかしたのも、あの車のことでだった」

「きみだって気に入ってるだろ。これは、新しい車に買い替えろってしるしなのかな」

「しるしだ? ばか言え。この話、クロエにはするなよ」

「どこかに謎を解く手がかりがあるはずなんだが。わからないな。リニーが犯人だとしたら、箱がここにあるのをどうして知ってたんだ?」

「知らなかったんじゃないか。なんとなく嗅ぎまわっていて、偶然見つけた。使えそうなものだけ取り、箱は棚に戻しておいた」ゲイブは首を振った。「いや、それじゃ、つじつまが合わないな。リニーはなにかを探してたんだ」立ちあがり、ジャケットをつかんだ。

「ジャック・ダイサートのこと、調べたければ好きにしろ」

「きみはどうするんだい?」

「リニーに会う」ゲイブは苦虫を嚙みつぶしたような顔で言った。「それから、トレヴァーと話す」部屋を見まわすと、いたるところにパトリックの面影があった。「古き良き時代について、な」


ゲイブが出ていった。ネルは奥歯を嚙みしめた。さっきみたいな、あんな乱暴なやり方で追い払われたのははじめてだ。彼がわたしの意見に耳を傾けてくれさえしたら、助けになれるのに――

「戻りは遅くなる」ライリーが部屋から出るなり、ドアに急いだ。

なんなのよ、あんたたち! 胸のうちで悪態をつき、最後の棚を拭こうと洗面所に戻った。ちょうど拭き終えたとき、表のドアが開く音がした。

「ネル?」スーズの声だ。

「ちょっと待って」ネルはそう言うと、トイレから下りた。さあ、これですんだ。だが、あまり満足のいく結果とはいえなかった。

待合室に戻ると、いきなりスーズが言った。「話があるの」スーズの後ろに、泣き腫《は》らした顔のマージーがいた。

「どうしたの?」ネルはマージーのそばに行った。「なにがあったの? バッジになにかされた? ティーショップのこと? だったら、無理しな――」

「ああ、ネル!」マージーがネルに抱きついた。

「なに?」ネルはマージーのカーリーヘア越しにスーズを見た。スーズも同じくらい悲しそうだったが、こっちは悲しみと同時に怒りも発散させていた。「ジャックがなにかしたの? いったいどうなってるの?」

「昨夜、マージーがバッジと話したの」スーズが険しい顔で言った。「わたしもネルみたいに仕事をしたい、って言ったんですって。だからあなたと結婚はしない、って」

「結婚は答えにならないって言ったの」ネルの肩に顔を埋めたまま、マージーがめそめそ言った。「あなたはすてきな結婚をしてたのに、なんの理由もなく突然壊れちゃった。わたしたちも同じことにならないとはかぎらないでしょ? だから働かなきゃ、って言ったの」

「そんなことバッジに言うべきじゃなかったわね」ネルはマージーの肩を叩いた。「でも、バッジと結婚しないっていうのは、いいと思――」

「問題はそういうことじゃなくて」スーズがごくりと唾を呑んだ。「バッジが言ったんですって。あなたの結婚はただ終わったんじゃない、って」

「なんですって?」ふいに寒気がした。

「ティムはホイットニーとできてたのよ」マージーがネルの肩から顔を上げ、言った。「家を出るずっと前から。彼、ずっとあなたを騙《だま》してたのよ」

部屋がぐるぐる回りだした。ネルはがっくり膝を突いた。頭のなかで光の星が弾けた。

4

床に崩れ落ちる前にスーズに体をつかまれ、そっと絨毯に座らされるのを感じた。絨毯、買い替えなきゃ。この絨毯のせいで部屋がみすぼらしく見える。後ろに倒れそうになるネルをスーズが支え、揺さぶった。

「しっかりして」

「騙したのね」そう言ったとたん、吐きたくなった。

「あんなやつ、死ねばいいのよ」ネルの体を支えたまま、スーズが言った。「大丈夫？ひどい顔色」ネルの脇に手を差し入れ、抱きかかえるようにして、ぐらぐらする茶色のソファに座らせる。「脚のあいだに頭を入れて」

ネルは言われたとおりにした。裏切られた。ティムにこけにされた。「知ってたの？」

「知らなかった。知ってたら言ったわ。無茶苦茶よ、あんなによくしてやってたあなたを捨てるなんて。自分で自分の面倒を見れる男じゃないのに、変だと思ったのよね。新しい女もいないのに家を出るなんて、あの骨なし野郎にできるわけないもの」

「かわいそうに」とマージーが言った。

ネルは脳に酸素を送ろうと、深呼吸した。裏切られた。わたしは分別ある大人としてフェアに理性的に振る舞ったのに、ティムはわたしを騙した。それも二度も。一度めは、ホイットニーと寝たとき、二度めは、ほかに女はいないと言ったときに。二度めの裏切りのほうがひどい。その嘘のせいで、怒ることもできなくなった。わたしから仕事を奪い、家を奪い、食器の半分を奪い、人生をメチャメチャにしておいて、まんまと嘘をついて仕返しを免れたのだ。卑怯者！

ネルはしゃんと身を起こした。憤怒で血が濃くなっている気がする。「ティムが憎い」

「やりかえそう」スーズが言った。「どうしてやろう？」

「行かなきゃ」ネルは立ちあがり、ドアのほうに歩きだした。マージーが一歩退いて道をあけた。

無駄足だった。一時間後、ゲイブはフラストレーションを抱えて事務所に戻った。ネルの姿が見えない。いらいらが昂じた。なんでいない？　そのとき、電話が鳴った。市外のクライアントからだった。ネルの机に座り、メモ帳の右にきちんと置かれた金のペンでメモをとる。机の上のすべてが整然としている。高そうな金のフレームの写真立てには、ネルと、彼女によく似た息子らしい青年の写真。ハンサムな青年だ。ネルも頬を紅潮させ、健康で幸せそうだ。このあと、なにが起こったんだ？　受話器を置きながら思ったが、次の瞬間、また電話が鳴り、ネルのことは頭の外に押しやられた。

「なにかわかったかい？」ライリーからだった。

「いや。リニーはいなかった。大家の女が隣りから見ていたので、なかには入れなかった。

トレヴァーは役に立たん」

「毎度のことだろ。問題は、トレヴァーが役に立たないのはなにも知らないからか、それともなにかを隠しているからか、だ」

「あとのほうだ。車を譲ったことも覚えてないって言うんだからな」

「ポルシェを忘れたって？」

「二十三年も前のことは忘れたんだそうだ」

「怪しいな。そういえば、ネルはいるかい？」

「いないから、おれが電話に出てる」

「戻ったら、七八年のファイルを探すように言ってくれないか。パトリックはこの件を隠蔽しようとした。だけど、ファイルになにか手がかりが残されているかもしれない。なにかあれば、ネルは見つけるだろう。探しものの名人だからな」

「戻ったら、な。私物はそのままだから、気が向いたらお戻りあそばすんじゃないか」

「そうカリカリするなよ。昼飯を食いに出たんじゃないか。ネルのなにが気に入らないっていうんだ？」

「気に入らないといえば、ジャックはどうした？」

「まだ調べはじめたばかりだから」期待にうずうずしているような声で、ライリーが言った。

　ゲイブはため息をついた。「調べはじめたばかりなのはこっちもだ。おっと、忘れる前に言っとくが、今夜、おとり調査を頼む。園芸専攻の彼女に頼めるか」

「頼めない。レポートの宿題があるらしいんだ」ガキとつきあうからだ、とゲイブは思った。

「誰か手配しよう」電話を切ると、ゲイブはティーショップにクロエを探しにいった。クロエはカウンターの奥のオーブンを開けているところだった。「今夜、おとりやれるか」

「やれない。ああいうこと、もうしたくないの。カルマがおかしくなるから」

「そうか。わかった。ところで、うちの秘書を見なかったか」

「ネル？　さあ、見ないけど」クロエはクッキーシートを持ちあげ、ゲイブを尻で押しのけて、御影石のカウンターの上に置いた。

「長々と昼休みをとるタイプには見えなかったんだが」

「長々どころか、全然昼休みをとらないタイプに見えるけど」クロエは汗まみれの巻き毛を目から払いのけ、いらだたしげに言った。「どうせ、あなたは気づいてないでしょうけど」

「おれがなにしたって言うんだ？」クロエは答えず、もう行って、というように手を振った。だが、ゲイブは動かなかった。「クロエ。親父のこと、覚えてるか」

　クロエは手を止めた。さっきまでのいらだちは消えていた。「パトリック？　忘れるわけないでしょう。よくしてもらったもの。覚えてる？　お義父《とう》さん、ルーに夢中だった。ルーが生まれてすぐ亡くなったのが残念でならないわ。あんなにかわいがってくれたのに」

「そうだな」だが、いまはそのことは考えたくない。「親父、不正をしかねない男だったと思うか」

　クロエはへらを置いた。「不正を？」

　クロエはすぐには返事をしなかった。クソッ。こう言ってくれることを期待していたのに——不正ですって？　まさか。そんなこと考えるなんて、あなた、どうかしてるわ。

やっとクロエが口を開いた。「あなたよりは、しそうだったかな」

「おれより？」ゲイブは唖然《あぜん》とした。「このおれが不正をしかねないと思うのか」

「あなたは必要とあらば手段を選ばない人だと思う。これまでは、そんな必要はなかっただろうけど。でも、いざとなればできる。正しい目的のためならどんなことだってできると思う」

「なんてこった」

「お義父さんもそうだった。ただ、あなたよりお義父さんのほうが、ずっとお金が好きだったから。それに、お義父さんのほうが女好きだったし」

「おい」ゲイブは侮辱されたように感じた。

「あなたは浮気はしなかったけど、たいしてわたしを気にかけてもいないでしょ。お義父さんなら、ハネムーンの最中に浮気しそうだけど」

「おれたちはハネムーンには行かなかったじゃないか。まったく、言ってくれるよ。要するに、おれはペテン師で、おまけに精力不足ってことか？」

「そうは言ってないわ。あなたは女や色恋には興味がないタイプだって言っただけ。なにかあったの？」

ゲイブはまた暗い気分になった。「親父はなにかよくないことをやったんじゃないかと思う。おれに言えないようなことを」

「まあ」クロエはカウンターにもたれた。「お義父さんはあなたにはなんでも話してたじゃない。あなたにも言えないことだとしたら、きっと、すごく悪いことね」

「車と関係がありそうだ」

「そう。お義母《かあ》さんにも関係ある？」

「おふくろに？」ゲイブは顔をしかめた。「そうは思わ――」

「おふくろはあのポルシェのせいで家を出ていった、っていつも言ってたじゃない。わたしはお義母さんを知らないけど、あなたのことは知ってる。あなたの良心はお義父さんから受け継いだものじゃないわ。きっとお義父さんがなにかとても悪いことをして、それでお義母さんは家を出たのよ。車のせいじゃなく」

「親父がひどい目にあわせたから、出ていったんだ」

「ひどい目にあわされて何度も家出したけど、戻ってきたんでしょ？　でも、ポルシェのことでけんかしたときは、戻らなかった」

「たんに、もうたくさんだと思ったのかもしれない。親父は浮気はしたし、しょっちゅう怒鳴ってた」

「お義父さんは結婚すべきじゃなかったのよ」クロエはまたへらを手にとった。「お義父さんから聞いた話だと、お義母さんも負けずにやりかえしたそうね。それでますます、うまくいかなくなった。失敗した結婚って、ほんと不幸よね」

「ご高説、どうも」クロエがクッキーをシートからはがしだした。アーモンドの香りが立ちのぼる。クロエの匂いだ。ゲイブはクッキーをつまんだ。

「結婚ってギャンブルよね。男にとっては知らないけど、女にとってはギャンブル。男はいくつになってもやりなおせる。男の価値は稼ぎで決まるけど、女の価値は若さと美しさで決まるじゃない？　男は年とったからって稼ぎが減りはしないでしょ。でも、女は失った年月を取り戻せない。だから離婚するときは、夫が妻にたんまり慰謝料を払う仕組みになってるのね」

「たわごとだ」ゲイブはクッキーをかじりながら言った。「おまえは一銭も受けとらなかったじゃないか」

「独り立ちしたかったのよ。でも、ルーから父親を奪いたくはなかった。隣りに家を貰ってくれたとき、あなたの魂胆はわかったけど、それはルーのためにいいことだったから。それから、あなたはこの店を開かせてくれた。仕事はおもしろかったわ。でも、ほんとは断るべきだったんだ。ここに留まらないで、どこかに行くべきだった」

その声には後悔がにじんでいた。それがゲイブを傷つけた。「行きたきゃ、行け。ルーの面倒は見る。まだ若いんだ。店を閉めて、どこへでも好きなところに行けばいい」

クロエはへらをカウンターに叩きつけた。ゲイブは驚いてあとじさった。「あなたって、いつもそう！　癇癪を起こしてくれたらいいのに。浮気してくれたら、お義父さんみたいな暴君になってくれたらいいのに。そうしたら、わたしは出ていって自由になれる。でも、あなたはいつもいやになるくらいやさしくて、ご立派で。あなたがそんなだと、わたし――」

クロエは声を詰まらせた。

ゲイブは彼女を抱き寄せた。「おれはどうしようもない男だよ。な、星占いの話をしよう」

「行かなきゃ」ゲイブの腕のなかで、クロエはつぶやいた。「せめて、しばらくのあいだだけでも」

「いくらいる？　費用はもとう」ゲイブはクロエの髪に頬を擦り寄せた。

クロエは身を引き、ゲイブの胸を叩いた。「やめて。自分の力でやらなきゃいけないんだってば」

「わかった」ゲイブはクロエを放し、クッキーをかじった。「金はあるのか」

「あるわ。この店、いまはそんなに繁盛してるように見えないでしょうけど、いままではそこそこ儲かってたんだから」

「わかった。なにか必要なものがあったら電話しろ、と言ったら怒るかい？」

「ええ。でも、電話はする」

オーブンの熱気ともどかしさとで頬を上気させたクロエは、とてもかわいく見えた。本当にもう終わりなのだ、とゲイブは悟った。何日も前から、いや、もっとずっと前からわかっていた気がする。身をかがめ、最後にもう一度、そっとキスした。クロエが彼の頬に手を当て、言った。「愛してるわ」

「おれも愛してる。おまえにふさわしい男を見つけると約束してくれ。おれはおまえにふさわしい男じゃなかった」

「ほら、また。やめてって言ってるでしょ。一度でいいから、お義父さんみたいに振る舞って」

「星占いなんてクソだ」

クロエはほほえみ、首を振った。「わたしが戻るころにはネルに熱烈に恋してるはずよ。そのとき、いまの言葉をもう一度言って」

「ネルに？　ありえない」ゲイブは言い、オフィスに戻った。

その一時間前。ネルはティムの保険代理店に乗りこんだ。「ネル！」以前彼女のアシスタントをしていたペギーが、うれしそうに声を上げた。だがネルはペギーには目もくれず、ティムの部屋の前に行って、ノックもせずにドアを開けた。

「ネル！」ティムが顔を上げ、立ちあがった。あいかわらずハンサムだ。「やあ。来てくれてうれ――」

「騙したのね」叩きつけるように言うと、ティムの顔から笑みが消えた。「あの女と寝てたのね」

ティムはすぐにショックから立ちなおり、用心深く、ものやわらかに言った。「すまなかった。きみが気づかないといいと思っていたんだが」

「ええ、ええ、そうでしょうとも。この卑怯者！」その勢いに気圧されたように、ティムは頭を後ろにのけぞらせた。

「違うんだ」と傷ついた表情で言う。「黙ってたのは、きみを傷つけたくなかったからだ。それに、嘘をついたわけじゃない。ぼくたちの結婚は何年も前に終わってたんだから」

「よくもまあ、しゃあしゃあと。じゃあ、わたしたちはなんで一緒に寝てたのよ？　なんで一緒にビジネスをやってたのよ？」

「終わってることに気づかなかったんだ」ティムは机の端に腰かけた。ほかの女に選んでもらったシャツを着てるくせに、落ち着いた大人の男を気どっている。「ホイットニーに会ってはじめて、保険の仕事だけが人生じゃないと気づいた――」両手のひらを上に向けて、どうしようもなかったんだ、というジェスチャーをしてみせる。「自分の気持ちに正直になるしかなかった」そして、悲しげにほほえんだ。「気持ちは理性では止められないだろ」

ネルは部屋を見まわした。なにか投げるもの、なにか、ティムを殴れそうなものはないだろうか。なんなのよ、その落ち着き払った態度は？　なんなのよ、子どもっぽい振舞いはよそう、と言わんばかりのその偽善は？　こいつをもっと怯えさせなきゃ、気がすまない。

「悪く思わないでほしい。きみのせいじゃない。これは、きみとは関係ないことなんだ」

ふと、後ろに並んでいるつらら型のトロフィーが目に入った。その年のオハイオ州最優秀保険代理店に贈られる十四個のトロフィー。ふいに、すっと気持ちが落ち着いた。

「ハニー、あなたも悪く思わないで」つかつかと棚に歩いていった。ティムが机から下りて道をあけた。ネルはクリスタルのトロフィーをつかんで、机に投げつけた。トロフィーは粉々に割れ、マホガニーの机が大きくへこんだ。ざまあみろ！

「やめろ！」ティムが叫んだ。

「いま、やっとわかった。あんたって最低」ネルはふたつめのトロフィーをつかんだ。「あんたが、本当のことを言うだけの思いやりもない意気地なしの嘘つきだったせいで、こっちは一年半も地獄の苦しみを舐めさせられた」

「ネル」あとじさりながら、警告するようにティムが言った。「冷静になれよ。ジェイスが小さいころ、よく言ってたじゃないか。自分の気持ちに正直にならなきゃいけないって」

「そうね。だから、正直になるわ。いまわたし、ちょっと怒ってるの」頭上にトロフィーを振りかざし、投げた。クリスタルは木っ端みじんになった。ティムが棚に突進し、持てるだけのトロフィーを抱えこんだ。

ペギーが飛んできた。「どうしたん――」ネルがトロフィーをつかむや、ペギーは驚いて目を見開き、口をつぐんだ。

ネルはペギーにはかまわず、ティムに言った。「自分の気持ちに正直になるなら、ほんとは、これをあんたのはらわたに突き刺してやりたい」

クリスタルを机に思いっきり叩きつける。ティムがあわてて飛びすさった。破片が部屋じゅうに飛び散った。

「うわっ」とペギー。ネルは次のトロフィーをつかんだ。

「危ないじゃないか」ティムは腕にトロフィーを抱えたまま、ぐっと背筋を伸ばした。「落ち着けよ――」

「これはジェイスの分」四つめのトロフィーを振りかざした。「ジェイスは知ってたのよね？　あんたはあの子にまで嘘をつかせた」ネルは全体重をかけてトロフィーを投げた。跳ね返った破片が窓にぶつかり、窓にひびが入った。

「ネル！」ティムが叫んだ。「やめろ！」

ネルが必要としていたのはリズムだった。五つめをつかみ、テニス・ラケットでスマッシュサーブを打つように床に投げつける。腕を振りあげ、筋肉をしならせて振りおろす動作が快感だった。心地よいテンポと、スムーズな力の発散。これこそ、必要としていたものだ。

「クソッ。ぼくはきみのために嘘をついたんだ！」ティムはトロフィーをさらにひとつ取ろうとしたが、すでに腕がいっぱいだった。

「あんたは嘘をついた」次のクリスタルをつかみ、振りかざし《スイング》、机に叩きつける《スマッシュ》。「あの女と寝てたから」スイング&スマッシュ。「臆病者！」スイング&スマッシュ。「骨なし野郎！」スイング&スマッシュ。「さもしいやつ！」スイング&スマッシュ。「結婚を壊した責任をとりたくなかったのよね。あんたなんか、クズよ」ネルはそこでひと息ついた。棚にはもうトロフィーがない。残り四つはティムが抱え、取れるものなら取ってみろとばかりに、こっちをにらんでいる。

「渡して」

「いやだ」ティムはすっくと立ったまま、動かない。「渡すもんか。鏡で見てみろよ。気が違ったみたいだぞ」

「渡して」ネルは静かに言った。「渡さないなら力ずくで奪って、それであんたを殴り殺してやる」

ティムは唖然とした顔をした。ネルはトロフィーをひとつひったくり、机に投げつけた。壊せば壊すほど、自分が強くなる気がした。

「狂ってる」逃げようとしたティムからさらにひとつもぎとり、ついでに足を引っかけた。トロフィーを机に叩きつけ、よろめきざまにティムが落としたもうひとつを拾って、投げた。それから最後のひとつを奪おうと、にじり寄った。彼に対してさえ一度も抱いたことがないような強い欲望で、トロフィーを欲した。

「それがいるの。ちょうだい」

「やめろ」ティムはトロフィーをシャツの胸に押しつけた。「なんてこった。この惨状を見ろよ」

「へぇ、これが惨状ですって？　最近、家族のことを考えたことがある？　わたしたちのこの会社のことを考えたことがある？　あんたは、ふたりで築いたすべてを壊した。六号サイズの女とヤリたいがために、ふたりで育てたすべてを台なしにしたのよ。それにくらべたらこんなの」と、ガラスの破片だらけの部屋を指さした。「屁《へ》でもない」

そうは言ったものの、たしかに惨憺《さんたん》たるありさまだ。机は壊れ、窓にはひびが入っている。グレーの絨毯には一面、割れたガラスが散乱している。わたしもなかなかやるじゃない？

「だからって、こんなまねをする必要があるか？」ティムの顔は怒りで朱に染まっていた。

「ちなみに、ホイットニーのサイズは二だ。それに、嘘をついたのはきみとジェイスのためだったんだ」彼はドアのほうにあとじさった。「きみを傷つけたくなかった」

ネルは耳を疑った。「傷つけたくなかった、ですって？　二十二年一緒に暮らしたのよ。ふたりで家庭を築いて、会社も一緒にやった。順風満帆、すべてうまくいってると思ってたのに。そうしたら、クリスマスに突然、捨てられた。なんの説明もなしにね。世界が崩れ落ちたみたいだったわ。そんな仕打ちをしといて、わたしが傷つかなかったと思うの？」

「こうなったのはきみのせいじゃない」ティムが一歩前に踏み出した。

「そんなこと、言われなくたってわかってる」

「きみが魅力的じゃないとか、もう若くないとか、思いやりが足りないとかじゃないんだ。そんなことはどうだってよかった」

「殺してやる」

「ほかに好きな人がいると言ったら、きみは、なにか自分にいたらないところがあったんじゃないかと思っただろう」

「思うもんですか。あんたのことを、中年の危機に陥った、想像力のかけらもないろくでなしと思うだけよ」

「きみがどうこうじゃないんだ」ティムはなおも言いつのった。「ぼくは恋に落ちた。要するにそういうことだ。きみのせいじゃない」

「ってことは、あんたのせいじゃない。わたしはなんの罪もない傍観者だわ」

「そうなんだ！」わかってくれてほっとした、というような口調だ。「ホイットニーのことを知るのは、きみのためにならない。よけいにつらくなるだけだ。だから、黙ってたんだ」

「信じられない。あんたって、昔からこんなにずるい男だった？」

「ネル、きみがショックだったのはわかる。だけど、すべてうまくいってるじゃないか。きみもジェイスも元気にやってるし、ぼくは幸せだ」ティムは片手に最後のトロフィーを握ったまま、きみがやったことは許すよ、というように腕を広げてみせた。「もちろんトロフィーは、また新しいのを手に入れなきゃならないが」

ネルはトロフィーに目を据え、近づいていった。ガラスのかけらを踏んだが、気にしなかった。「渡して」

ティムは、戸口で棒立ちになっているペギーにトロフィーを突き出した。「早く！　ネルはおかしくなってる。これをどこかにしまって、鍵をかけるんだ」

ペギーはトロフィーを受けとり、ネルを見つめた。ふたりの目が合った。その瞬間、ネルはわれに返った。部屋を見まわし、みじめな気分になった。狼藉《ろうぜき》を働いたからではない。これだけのことをしても、なんの役にも立たなかったからだ。わたしがやったことは、自分をティムのレベルに落とすことでしかなかった。ペギーに軽蔑されたに違いない。

　ティムが重々しくうなずいた。ミントグリーンのシャツとそれに合わせたネクタイをして、理性の化身でござい、と言わんばかりの態度だ。「きみには失望したよ、ネル。ペギーもだろう」

「いえ、わたしはべつに」ペギーはそう言うと、ネルにトロフィーを差し出した。「辞めさせていただきます」

「ペギー！」

　ティムが叫んだが、ペギーは無視して部屋を出ていった。

「負け犬。もう二度とあんたを助けなくていいんだわ。ああ、せいせいした」腕をまっすぐ振りあげ、最後のトロフィーを投げた。トロフィーと一緒に、ティムと二人三脚で歩んできた人生への最後の未練も投げ捨てた。割れたガラスのかけらが飛んできて、頬に当たった。

「きみに助けられた覚えはない」ティムはもう友情を取りつくろおうとはしなかった。「ビジネスを動かしていたのはぼくだ。きみはたんなる秘書だった」

「そう自分に言い聞かせてれば？　たいして役には立たないだろうけど」

　ティムは傷だらけの机の後ろに立って、ネルをにらんだ。その目には憎しみに似た色が浮かんでいた。ネルは言った。「わたしの気持ちがわかった？」

そして、古い仕事場から、古い人生から出ていった。でも、これから、いったいどうすればいいのだろう。ネルはただただ、途方に暮れた。

帰り道、頰の傷から流れる血をうわの空でぬぐいながら歩いた。怒りを持続させようとしたが、うまくいかなかった。事務所に戻って、席に着いた。血管を氷が流れているような気がする。みすぼらしいオフィスを見栄えよくしようとするのもだめ、リニーから金を取り戻すのもだめ、ニュー・オールバニーのかわいそうな犬を助けるのもだめ。わたしがなにかしようとすると、そのたびにティムやらゲイブやら、男が邪魔をする。ネルは怒ろうとしたが、怒る気力もないくらい疲れていた。ペギーが職を失うはめになったのも、わたしのせいだ。電話してみると、ペギーが出た。ちょうどいま、私物をまとめていたところだという。

「ほんとにごめんなさい」とネルは謝った。「わたしのせいで辞めたりしないで」

「あなたのせいじゃありません。ここで働くのが、もういやになってたの。ホイットニーがあなたのポストを引き継いでからというもの、やりにくいったらなくて。彼女、経験がないから、仕事のことなにもわかってなくて、ポカばかりするんです。そのポカを彼女に無断でフォローすると怒るの。でも、フォローしないともっと怒る。いったい、どうしろっていうの？」

「それはたまったもんじゃないわね。わかるわ。でも、辞めて大丈夫？」

「わたしなら大丈夫です。ティムは困るだろうけど」

「なら、いいけど」

電話を切るとまた、椅子にぐったりもたれた。仕事に集中しようとしたが、できなかった。数分後、ゲイブが部屋から出てきたとき、ネルは呆然と宙を見つめていた。

ゲイブはなにか言いかけてやめ、じっとネルを見た。「その頬、どうしたんだ？」

ネルは傷に手をふれた。古い人生に切りつけられたのよ。「ガラスが飛んできて」

「なんてこった。じっとしてろ」いつもと同じ、怒っているような声でゲイブが言った。彼は洗面所から濡れたペーパータオルと救急箱を取ってきた。

「このくらい、なんでもないわ」ネルは椅子を回してよけた。「ほんとに大丈夫だから」

「部屋じゅうに血を落とされちゃかなわん」ゲイブは椅子の脚に足をかけて、ネルを引き戻した。「じっとしてろ。たいしたことはできないが、なにもしないよりましだ」

彼は傷口をきれいにしてから、殺菌クリームを塗った。怖い顔でにらんでいるときも、その手つきは驚くほどやさしかった。絆創膏《ばんそうこう》を小さく切って傷口に貼ってもらうあいだ、ネルはじっと座っていた。世話を焼かれるのって、いい気持ち。だけどつかのまのことだとわかっていたから、あまり気持ちいいと感じまいとした。ゲイブが真剣に手当てしているあいだ、ネルは彼の目を見ていた。終わって彼がこっちを見たとき、目と目が合った。あんまり間近にいたので、一瞬、息を詰めた。ゲイブもハッと動きを止めた。それから、「すんだ」と言って椅子の背にもたれた。「で、いったいどこからガラスが飛んできたんだ？」

「知りたくないんじゃない？」ネルは絆創膏にさわった。

「いや、知りたい。また窓を割ったのか」

「違うわ」顔に血が上った。なにかを待ち受けるようにゲイブが見つめていた。沈黙が落ち着かなくて、ネルは言った。「手当してくれてありがとう」

「どうってことない」ゲイブは立ちあがった。「そのぶん、働いてもらうから。今夜、あいてるか」

「今夜？」ネルは肩をすくめた。ゲイブが洗面所に救急箱を戻しにいく。「どんな仕事？　いまやりますけど」

「秘書の仕事じゃないんだ」ゲイブが戻ってきて言った。「ライリーが九時に迎えにいく。それまでに絆創膏を取っておいてくれ」

「九時？　なんなの、いったい？」

「おとり調査だ。バーで男の隣りに座ってもらう。男がきみにちょっかいを出すかどうか、試すんだ」ゲイブは部屋に戻りかけた。

「待って。男に誘いをかけさせるってこと？」ネルは鏡に映った姿を思い出した。死人みたいなあの顔。「わたしには無理よ。ほかの人に頼んだほうがいいんじゃない？」

　ゲイブは首を振った。「ホテルのバーに来る男は、あまり選り好みしないから大丈夫だ」

「言うわね」

「悪かった。そんなつもりで言ったんじゃないんだ。きみは魅力的だよ」

　まんざらお世辞ばかりでもなさそうだった。だが、いまの自分がどんなふうに見えるかは知っている。とはいえ、今夜ほかに予定があるわけでもない。スーズとおしゃべりするくらいがせいぜいだ。

「いいわ、やるわ」

一時間後、ネルはスケジュールの入力を始めた。まだ上気した、怒ったような顔をしている。頬の傷のせいで、ふだんよりもっと不安定に見えた。それが奇妙に魅力的だった。ゲイブはどこか脆《もろ》そうな、変わったところのある女に弱い。クロエがいい例だ。

彼は立ちあがった。

「冷凍庫があるんですか」「冷凍庫を見せるから、来てくれ」ネルは彼についてクロエの店の倉庫に入っていった。ゲイブが錠をはずし、ドアを開けた。なかは大きなウォークイン・フリーザーになっていた。

「ここに昔のファイルを保管してある」

「どうしてここに?」ネルはなかをのぞきこんだ。

「鍵がかかるからだ。クロエは手前のほうしか使ってないしな」

「そもそも、なんでフリーザーがあるの?」

「ここは昔、レストランだったんだ。あるものをそのまま使っているだけだ」ゲイブは電気をつけ、なかに入った。ネルも続いた。「このどこかに、一九七八年と書かれた箱がある。ひとつか、ひょっとしたらふたつあるかもしれない。それを見つけて、トレヴァー・オウグルヴィとジャック・ダイサートの名前の載っている書類を全部抜き出してくれないか」

「わかりました」ネルはまわりを見まわした。「知らないあいだに錠がかかって、閉じこめられたりしない?」

「それは大丈夫だ。錠は手動だから」

「何年分のファイルがあるの?」

「二十年か三十年。残りは地下室にある」

「地下室まであるの」ネルはうんざりしたように言った。「わかったわ。一九七八年ね。探してみます」そこで戻りかけたゲイブを呼び止めた。「いったいなにが起こってるのか、話してくれる気はないんでしょうね？」

「話すさ」ゲイブはフリーザーの外に出た。「名刺のデザインを変えて、窓を塗りなおしてもいいって気になったら、そのときは話す」


五時までに、トレヴァーとジャックの名前の載っているファイルを二ダース以上見つけた。頭を使わずにすんだ分、つい今夜のことに考えがいき、緊張で胃がむかついてきた。ネルは家に帰る前にスーズのところに寄り、「イメチェンしたいんだけど」と言った。というわけで、四時間後、迎えに来たライリーはネルを見て絶句した。

「ちょっと手を加えたの」ライリーを招き入れながら、言った。

「そうらしいな」ライリーは首をかしげてネルをじろじろ見た。「髪を染めたんだね。似合ってるよ」

「赤すぎない？」ネルは鏡の前に立った。やつれた自分を見たショックからまだ立ちなおれていないが、髪を染めて化粧もしたら、少しはましになった。「赤すぎる気がしたんだけど、スティーヴンが大丈夫、自然だよって言うから」

「スティーヴン？」

「スーズのヘアデザイナーよ。公園のそばの美容室の。すごく腕がいいの。彼、天才だわ」

「たしかに。ほんとに、すごく自然だ」

振り向くと、ライリーがドレスを見つめていた。体にぴったり密着したあざやかな青のドレスだ。「スーズのなの」

「なにがスーズのだって？」彼はドレスではなく、ネルの体を見ていたのだ。

「このドレス。親友のスーズが貸してくれたの」

「スーズはいいセンスしてる。すごいよ」

「じゃ、あとは、感じよく振る舞えばいい？」

「そのドレスなら感じよく振る舞うまでもないさ。ただ、ひとつ問題がある」

「なに？」ネルはドレスを引っぱった。「ぴったりしすぎてる？」

「いや、ぼくにとってはノーだ。だが、こいつにとってはイエスだな」彼は小さなテープレコーダーを見せた。「これを見えないところに隠してほしいんだが」と言って、首を振る。「このドレスじゃ無理か」

「そんなことないわ。これ、スーズのパッド入りブラで、わたしには少なくともワンサイズ大きいの。この隙間にステレオ一式だって入るわ」

「なんてこった！　がっかりさせないでくれよ」ライリーはふざけて言いながら、テープレコーダーを手渡した。

ネルはブラのなかにテープレコーダーを押しこんだ。

三十分後、ホテルのエレガントなバーにひとりで入っていったとき、テープレコーダーの感触が、少しだけ心細さをやわらげてくれた。ネルは、入口でライリーが指さした男のほうへ近づいていった。

「スコッチ・ソーダ」とバーテンに言い、隣りの男を見る前に、鏡張りのバーを見まわした。

ターゲットは、ぱりっとしたスーツを着た平凡なルックスの男だった。男はネルを見ていた。というか、スーズのブラとスティーヴンの手になる髪を見ていた。

「ハーイ」ネルはほほえんだ。グラスを取ろうと振り向いたとき、鏡に映る自分を見て驚いた。こんなにきれいに見えたことは、もう長いあいだなかった。唇を舐め、もう一度ほほえむ。誰かほかの人間をではなく、自分の目を見つめてほほえみかけ、スコッチを飲みながらしなをつくってみた。長いあいだどころか、こんなにきれいに見えたことはいまだかつてなかった。もう少し太れば、もっときれいに――

鏡のなかで、男と目が合った。「やあ」男が手を差し出した。「ベンだ」

「よろしく、ベン」ネルは彼の手を握った。「ネルよ」いかが？　わたし、結構セクシーじゃない？

「きみみたいなすてきな女性が、こんなところでなにしてるんだい？」

「お酒を飲んでるの」血がドクドクいっていた。手のひら越しに鼓動が伝わるんじゃないかと気が気ではなかった。「あなたは？」

「酒に飲まれようとしてる」とベンは言った。「仕事で来てるんだが、死にそうに退屈してね。きみも仕事で？」

「ええ。仕事よ」

「じゃあ、きみの仕事に」彼はグラスを掲げた。「その仕事のおかげで、今夜はすてきな時を過ごせそうだ」

ベンは酒を奢《おご》り、ネルの話に耳を傾けた。いい人じゃない、とネルは思った。結婚したとたん、ティムはわたしの話を聞かなくなった。「あなたのこと、好きよ」三杯めを飲みながら言ったが、その瞬間、彼が結婚していることを思い出した。

ベンが微笑を返した。「ぼくも好きだよ」そしてバーを見まわし、つけ加えた。「だけど、ここはうるさいな。もうちょっと、話したいんだが」彼はネルの目を見つめた。「部屋に来ないか。そのほうが静かに話せる」

この世は不実な男だらけなの？　こんなんじゃ、結婚を続けていくのは至難の業だ。

「すまない」ネルが黙りこんだのを見て、ベンは謝った。「こんなこと、言うべきじゃなかった」

「ううん、いいの。離婚したばかりでまだ傷が癒《い》えてないから、ちょっと神経質になってて」

ベンが笑いかけた。奥さんを裏切っているろくでなしだと知らなければ、なんてやさしい、と思わずにいられないような笑顔だった。「ゆっくりやると約束するよ」彼がそっと肩に触れてくる。思いがけずネルは赤くなった。

ほんのかすかにだが、高ぶりを覚えた。高ぶりを覚えるなんて、いつ以来だろう？　スーズのぴったりした青いドレスに包まれた体を見下ろし、気づいた。わたしは自分の体から切り離されていた。食欲もない、性欲もない。痛みを感じることさえ、できるかどうかわからない。いま思うと、頬をけがしたときも、ちっとも痛くなかった。たぶん、わたしは死んでいるのだ。男と寝ることもできないくらい、麻痺《まひ》している。

「ネル？　悪かった――」

「いいわ」ふいに衝きあげるような強さで、なにかを感じたい、と思った。ティムしか男を知らずに死にたくない。いやだ、死にたくなんかない。もう一度、生きている、と実感したい。浮気者のベンなんかどうだっていい。この街の人間じゃないんだし、二度と顔を合わせることもないだろう。わたしはまだ生きてるんだって感じさせて。

「いいわ」とネルは言った。「あなたの部屋に行きましょう」

「よかった。きみのことをもっと知りたいんだ」

嘘ばっかり、そう言ってやりたかった。やるだけやりましょ。すんだら、奥さんにのし付けて返してあげる。

バーを出ると、ちょうどエレベーターが来ていた。ネルはエレベーターに乗りこみ、彼の隣りに立った。緊張でぞくぞくした。これでいいのよね？　いまは氷のなかに閉じこめられている感じだ。氷を割ってまた動きだすための、きっかけが欲しい。

エレベーターの扉が開いた。ベンが扉を押さえていてくれた。そのまま部屋の前まで行くと、彼が鍵を開けるのを待った。「どうぞ」ベンが機嫌よく言う。ネルは緊張のあまり倒れないよう、深呼吸してなかに入った。

ベンがコートを脱いでブロケード地の椅子に放った。シャツにネクタイというお決まりの格好の、十人並みの男。新鮮味もなにもない。こうなったら、次はバイク乗りとでもつきあおうかしら。

「なにか飲むかい?」

ネルは彼の腕に手を置いて、言った。「ううん、いい」

キスしやすいよう、一歩前に出る。ベンも体を寄せてきた。ウイスキーの匂い。それは不快ではなかった。手のひらに伝わる彼の腕のぬくもり。それは不快ではなかった。不快ではない、という以上のなにかを感じるべきなのだろうが、長いあいだ死んでいたのだから、はじめからあまり多くを望んではいけない。ベンがキスをした。申し分のないキスで、不快ではなかった。

背に当たった手が下に這《は》い、ヒップの割れ目に触れた。だが、ネルはおののきも震えも、なにも感じなかった。さすがにこれはまずい。彼が潤滑ゼリーを持ち歩いてでもいないかぎり、できないかもしれない。それに、うっかりしていた。ブラを取られたら、テープレコーダーが見つかってしまう。

彼がもう一度キスしてきた。どうしよう? もし——

ドアにノックの音がした。「ちょっと失礼」とささやき、ベンがドアを開けにいく。

「そこに妻がいると思うんだが」ライリーの声だ。助かった。

「妻?」

安堵の笑みがもれそうになるのをなんとかこらえて、ネルもドアに向かった。「ハーイ、ハニー」と明るく言う。

「ハニー、だって? 離婚したんじゃなかったのか」

「あいにく、してない」フイリーが怒りを押し殺した声で言い、ネルをにらんだ。「ワイフは細かい点を省いて話す癖があってね」

「ごめんなさい」ネルはベンの脇をすり抜けた。彼の顔にも怒りの表情が浮かんでいた。嘘をつかれたのだから無理もない。

でも、それを言うならベンだって嘘をついた。

「ほんとにごめんなさい。恋人になるかもしれない人に離婚したって嘘をつくなんて、最低よね」

ライリーに引きずられるように歩きながら振り返ると、ベンの顔が朱に染まっていた。怒りでなのかバツの悪さでなのかわからないが、べつにもう、どっちだっていい。

車で送ってもらうあいだ、ライリーはほとんど口をきかなかった。沈黙から怒りがひしひしと伝わってきた。「わかったわよ。たぶん、ああいうことはやるべきじゃなかったのよね?」

ライリーが「たぶん?」とがなるより先に、たしかに命令違反だったし危うく厄介なことになるところだったけど、そんなことは知らなかったんだからしょうがないじゃない、とまくしたてた。

「いったい、なんのつもりだ?」とうとうライリーが怒鳴った。「ゲイブとぼくをポン引きにするつもりか?」

「大げさね」泣きたくなってきた。もう長いあいだ——そうだ、ティムに捨てられて以来一度も——泣いていない。ライリーの非難に耳を傾け、泣こうとしたものの、涙は出てこなかった。ティムのオフィスをぶっ壊し、髪を染め、男をひっかけても、なにも感じることができない。ずっとこのままなのだろうか。ネルはひどく落ちこんだ。まだなにか言っているライリーを無視してリビングに向かい、暗いなかでソファに倒れこんだ。まだ、涙は出ない。このソファも自分で買ったのではない、スーズが買ってくれたのだ。わたしは生きる屍《しかばね》だ。

ライリーが入ってきて、隣りに腰を下ろした。「もう怒鳴らないから」と穏やかに言う。「いったい、どうしたんだ?」

「なにも感じることができないの。もうずっと、なにも感じてない。おなかが空かないから、食べるのも忘れるし。別れたダンナは離婚前からほかの女と寝てたのに、女はいないって嘘をついてた。それを知ってカッとなって、彼のオフィスをメチャメチャにしたんだけど――」

「なんだって?」

「でも五時には、またなにも感じなくなってた。さっきは、会ったばかりの男の部屋に行くなんてまねまでして。でも、キスされてもなにも感じないの。全然なにも。いやだとか怖いとかも思わない」ネルはすがるようにライリーを見た。「わたし、死んでるの。二度と元に戻れない気がする。キスされても、なにも感じなかった」

「行きずりの、それも、妻を裏切るような男だ。そんなやつ相手になにも感じないからって、悲観することはないんじゃないか。相手が悪かったんだ」

「そうじゃない。誰だって同じよ。わたし、スイッチがオフになってる。きっと、ずっとこのままなんだわ」ネルは深々とため息をついた。「外見を変えれば、変われるんじゃないかって思った。でも、だめだった。内側は灰色のままなの。どうやっても、この麻痺から抜け出せない」

声がうわずり、涙声になった。黒板を爪で引っかくような耳障りな声でしゃくりあげた。引かれる、と思ったがライリーは動じず、ネルの体に腕を回してきた。力強い腕に抱かれると、なんだか安心できた。

「そう深刻になるなよ」

侮辱されたように感じて、ネルは身を引いた。「いい？　あなたは――」彼が身をかがめ、キスでネルの口をふさいだ。

5

ネルはライリーにしがみついた。はじめは驚きから。次には、唇に熱い唇を感じ、手のひらに彼のたくましい体を感じる心地よさから。「なにするの?」

「きみは考えすぎだ」彼の指がうなじを撫でる。ネルは身震いした。「ほら。死んでなんかいないだろ」

「やめて。わたしはいま、問題を抱えてるんだから」怒らなきゃ、と思ったものの、胸をさわられてぼうっとなり、なにを言おうとしていたのかわからなくなった。

「問題なんかないさ。離婚がなんだ? 元ご亭主はきみにふさわしい男じゃなかった。きみのことを親身になって心配して、いい仕事を紹介してくれる友だちもいるし、今夜はぼくもいる。このどこに問題がある?」

「でも――」

ライリーがまたキスをした。今度は、荒々しく胸をまさぐりながら。ああ、気持ちいい。ネルはキスを返し、体をすりつけた。ねぇ、もっと強く抱いて。もっとたくさん愛撫して。わたしになにか感じさせて。「ほら」彼が唇を押しつけたままささやいた。「さっきは相手が悪かったんだ」

「あなたならいいって言うの?」ネルは笑い、そんな自分に驚いた。わたし、笑ってる。

「今夜はな。今夜は、ぼくがいい」ライリーはドレスのネックラインに親指を滑りこませた。

「きみはいま、使い捨ての恋人の段階にいる」と言って、首筋にキスする。

「使い捨ての恋人の段階? なに、それ?」彼がもう一度、唇にキスした。ネルはキスされたままほほえんだ。「そんなの、信じない」そして抱擁から逃れようとした。「わたし、ほんとに弱ってて――」

「いや、弱ってなんかいないね。カンカンに怒ってるんだ」ライリーはドレスの背に指を滑らせた。「弱ってると言ったほうが女らしいから、自分でそう思ってるだけだ。そろそろ発散しなきゃ。ジッパーはどこだ?」

「あなたと寝る気はないから」ネルは体を離したが、ほんの形だけだった。キスされてすごく元気が出たし、いますぐ彼を突き放すのは惜しい気がした。「秘書と寝るなんて、プロとしてあるまじき行為じゃない?」

「よく言うよ。そう言うきみは、さっき、ずいぶんプロらしくなかったか」彼はネルをやさしく引き寄せ、肩越しに背中をのぞきこんだ。

「ストレッチ地で、頭からかぶるの。かぶるの、ひと苦労だったけど」

「よかったよ、ひ弱な男じゃなくて」ライリーはドレスの裾に手をかけた。

「だめ」ネルはその手を払った。「あなたとは寝ない。あなたなんて、まだ子どもじゃない」

「年上の女《ひと》、か。いいね。いろいろ教えてくれますか?」ライリーがさらに抱き寄せ、もう一度キスした。あんまり上手なので、思わず彼の体に腕を回し、キスを返していた。彼はソファにゆっくり腰を下ろし、膝にネルを座らせた。「ぼくは初心者だから。やり方がまずかったら、教えてくれ」

彼がネルの脚のあいだに手を差し入れた。

「じゃあ、言うけど。それ、だめ」

「早すぎる?」

彼が手を離した。ネルは少しがっかりした。

「じゃあ、上から下に下りていこう」ネルは抗議しかけたが、キスで口をふさがれた。舌と舌がぶつかった。このキスが終わるまで。そう思ったが、キスが終わると、彼に体をあずけていた。キスくらい、いいじゃない。こんなに上手なんだし。十分後、ドレスは尻の上までたくしあげられていた。ペッティングくらい、いいじゃない。

そのあとはもうなにも考えなかった。ただ彼の口と手に反応し、さわられればさわられるほど熱くなった。やさしくじゃいや、もっと激しくして。でも、それって求めすぎかしら。

とうとうドレスが脱がされた。彼もシャツを脱いだ。おなかを撫であげられ、ネルは身震いした。ライリーが言った。「なにも感じないなんてよくない」

「うれしがらないで」もっとぬくもりを感じたくて、彼にぴったり体を押しつけた。

「うれしがるようなことはなにもないだろ。まだ」

ライリーはネルの首から肩、胸へと唇を滑らせていき、下着に手をかけた。

「ちょっと待って」

「だめだ、待てない」ライリーは臍《へそ》にキスしながら言い、手を動かしつづけた。十分後、ネルをがんじがらめにしていた氷が溶け、体じゅうの神経が叫びを上げて生き返った。

「ここからが、うれしいことの本番だ」ネルが乱れた呼吸を整えようとしているあいだに、ライリーは下着を脱いだ。だめよ、こんなことしちゃ。だが彼がネルを腿《もも》に座らせ、そっとキスしながら入ってきたとき、気づくとひしとしがみついていた。うれしい驚きがあった。もう一度、短く鋭い絶頂に導かれたのだ。血管と脳が浄化され、陽気で穏やかな活力が満ちてきた。

ネルは息を弾ませて言った。「上手なのね」奇妙な心地よさだった。なんだか、体外離脱でもしたような感じ。頭の芯にはすっと醒めている部分もあって、でも、とても満ち足りている。

「練習のたまものさ」ライリーがおでこにキスした。きょうだいみたいなキスだった。ふたりとも裸で、彼はたったいまゴムをはずしたばかりという状況できょうだいみたいなんて、奇妙かもしれないけれど。「大丈夫？」

「ええ」と言ったものの、本当はよくわからなかった。体はとても気持ちいいが、心にはまた霧がかかりかけている。以前の自分が戻ってきて、ライリーが味わわせてくれた昂揚に水をかける。このままではどこにも行き着けないような気がする。でも、それは悪いことじゃない。いまはまだ、ようやく新しい人生に踏み出そうとしているところなのだから。問題は、ことが終わったいま、気分が以前と変わりばえしない状態に戻ってしまったことだ。途方に暮れ、冷えきっている。ネルは上掛けを探した。ライリーが立ちあがった。

「これかい？」と言って、上掛けを放ってくれた。

「ありがとう」目の前のがっしりした裸の体を見ないようにしながら起きなおった。ライリーが服を着るあいだ、さりげなく目をそらす。

「ねえ、ライリー。思うんだけど――」

「黙って」彼はまたキスした。「さ、もう寝るんだ。明日のことはまた明日、考えればいい。すぐ元気になれるさ」

適当な返事を思いつけないでいるうちに、ライリーは帰っていった。ネルはやわらかな上掛けにくるまってソファに横になり、体の声に耳を澄ました。心には霧がかかっているかもしれないが、体はすっきり快晴だ。なにか、いいことが起こったのだ。

「なんだったんだろ」ネルはつぶやいた。そして、離婚以来はじめて、誰も聞いてくれる人がいないことに気づいた。

人と交わることをもう一度学ぶころあいなのかもしれない。

もちろん、いまでもスーズとマージーはいるけど――

スーズとマージー。今夜のことを知ったら、ふたりとも、どんなにびっくりするだろう。ネルは笑った。人生からほんの少し、元気をもらった気がする。それから丸まって、眠りに落ちた。


次の朝、ゲイブがオフィスに下りてきたとき、ネルはなんでもないふうを装ってほほえんだ。だが、彼は足を止め、じっとネルを見た。

「なんですか」後ろめたくて、逆に、突っかかるような口調になった。

「髪、似合ってるよ」

ネルは髪に手をやった。そうだった。赤く染めたんだった。「ありがとう」

「イメチェンしたくなる理由でもあったのか」

「べつに」ネルは嘘をついた。だが彼はそこにぬっと立って、例のなに考えているのかわからない目で見つめている。「嘘じゃないわ。とくに理由はないの。昨夜、おとり調査があったから――」

　ゲイブはうなずいた。

「――セクシーなほうがいいってライリーが言うし――」ばかなことを言った。それにライリーの名を口にした瞬間、昨夜自分がどんなにばかなことをしたかを思い出し、顔に血が上った。「――いままで、しけた感じだったから、そろそろ――」

　ゲイブがもう一度うなずいた。その、いかにも辛抱強く聞いてやっていると言わんばかりの態度が癇《かん》にさわった。「あなたの知ったことじゃないでしょ」ネルはツンケン言った。

「そうだな。ほかに言いたいことは？」

「言いたいことなんてありません」彼を無視してパソコンに向かった。

「コーヒー、ありがとう。今日は地下室の箱を調べてくれ」ゲイブはそれだけ言って、部屋に入っていった。

　一分後、ライリーが下りてきた。

「あの、昨日のことだけど――」

「楽しかったし、おかげでだいぶ元気になった。でも、これっきりにしてほしい、だろ」ライリーは棚からコーヒーカップを取って、自分でコーヒーを注いだ。

そんなに元気になっちゃいないけど。ネルはゲイブの部屋のドアに目をやって、閉まっているか確かめた。「ええ。どうしてわかったの？」

「言っただろ。きみはいま、使い捨ての恋人の段階にいるって。人と深く関わるのはごめんだ。だけど、自分がまだちゃんと機能してることは知りたいと思ってる。違うかい？ 離婚したあとはみんなそうだ」ライリーはコーヒーをひと口すすった。「ほんとにうまいな」

「ありがとう」ネルは椅子の背にもたれた。「コーヒーのことじゃなくて。いろんなこと」

「どういたしまして」フイリーはニヤリとした。「ひとつだけ約束してくれないか。今度おとり調査をやるときは、ターゲットと部屋に上がっていったりしない、って」

「二度としないわ。おとり調査ももうやらない」

「それがいいかもな。おとりのバイトをやってくれそうな友だち、誰かいないか」

「いるけど、おとり調査なんて聞いたらダンナがひきつけ起こしそう。だから、たぶん無理」

ゲイブが部屋から出てきた。「七八年のファイルにはなにもなかった」とライリーに言う。

「というわけで、ネルに地下室を調べてもらう。手があいてたらおまえも手伝え」

「わかった」ライリーはネルと目を合わせずに言った。「さてと、昨夜のレポートを書かなきゃ」そして、そそくさと部屋に引きあげた。ゲイブが振り返ってネルを見た。

「あいつ、どうしたんだ？」

「昨夜、ちょっといろいろあって」机の書類に目を据えて答えた。「おとり調査の件で」

「そうか。で、どうだった？」

ネルは目を伏せたまま、テープを差し出した。

「クロよ。これが証拠」

「よくやった」と言ったが、ゲイブはテープを受けとろうとはしなかった。

「ファイルのコピーをとったら写真をプリントして、ライリーの報告書と一緒にクライアントに送ってくれ」

「了解」

「なにがあったか話してくれる気は？」

「ないわ」

「いずれわかることだ。おれは探偵なんだぞ」

「わかりっこないわ」

「それならそれでいい。じゃ、地下室を頼む」ゲイブは部屋に戻っていった。

ネルは、こう言うところを想像してみた。〝再スタートを切るきっかけがつかめればと思って、ライリーと寝たのよ。でも、そんなことしても無駄だった。で、ちょっと落ちこんでる。だけど、逃げないで闘うつもりよ。なにかご意見でも？〟

だめだ。

ティムのオフィスを叩っ壊したり無意味なセックスをしたりしても、つかのま気が晴れただけだった。きっと、自分のことにばかりかまけているからいけないのだ。もっと人の役に立つことをしなきゃ。

そうだ、ニュー・オールバニーのあの犬……。

ネルは席を立ち、ゲイブの部屋に入っていった。「あの、月曜日、女のお客さんが見えて、犬を助けてほしいと頼まれたんですけど」

ゲイブはうなずいた。

「なんとかしてあげて」

「だめだ」ゲイブはそれだけ言って書類に目を戻した。

「だめだって、それだけ？　ひとことで片づけるわけ？」彼の頬をひっぱたいてやりたい。

「悪いか？　ボスはおれだ。おれが決める」

ゲイブはネルを無視して仕事を続けた。ネルはカッとなった。「今夜、助けてやれるはずよ。ここに行って、さらってくる。それだけのことじゃない。ばれやしないわ」

「だめだ」

ネルは唇を嚙んだ。「正しいことをすべきよ」

「違法行為だ」

「そうかもしれないけど、でも、正しいことだわ」

ゲイブが目を上げた。険しい顔だった。「力ずくで追い出されたいのか」

ええ。彼の黒い瞳と目が合った。体に震えが走る。ネルはそんな自分が怖くなった。ライリーと寝たら今度はたがはずれて、手当たりしだい男をあさるわけ？　冗談じゃない！

「いいえ」

「なら、いまのうちに出ていけ」

ネルはあきらめて部屋を出た。背中に彼の視線を感じながらドアを閉める。席に戻って、スーズに電話をかけた。

「今夜、手伝ってほしいことがあるんだけど。十時ごろ、出れる？」

「いいわよ。手伝ってほしいことって？」

ゲイブがドアのところに立っていないか確認して、ささやいた。「犬を誘拐するの。黒い服を着てきて」

続く数時間、ゲイブは仕事に没頭して過ごした。犬の件で、ネルは次にどう出るだろう。午後遅く、そのネルが大きな緑の帳簿を持って入ってきた。「地下室でこれを見つけたんだけど。なにか意味があるのかどうかはわからないわ」

薄いグレーのスーツには染みひとつない。「地下室を探したのか。よくそれで、そんなにきれいでいられるな」

「これもひとつの才能ね」彼女は帳簿を机に置いた。「先に質問させて。七八年のファイルは、前半と後半じゃ全然違うんです。最初の五カ月はきっちり整理されてる。でも、後半はぐちゃぐちゃ。秘書が替わったの？」

「ああ」

「失敗だったわね。最初の秘書を辞めさせるべきじゃなかったのに。後半のファイルの乱雑さときたら、ひどいものだわ」

「前半の秘書はおふくろだ。おふくろは家を出ていった」

「まあ」ネルは姿勢を正した。「よけいなこと言ってごめんなさい。えっと、いいニュースは、五月末まではお母さまがいらしたってことね。探してるのが五月二十七日ごろまでの資料なら、簡単に見つかると思う」

ゲイブは帳簿を引き寄せ、付箋《ふせん》の貼ってあるページを開いた。「これはなんだ？」

「一九七八年の会計簿よ。オウグルヴィ関連の入出金のなかで、そのページの分だけがファイルの記載と一致しない。でも、べつにおかしな点はないの。花代なんて、いちいちファイルに書かないでしょ？」

「花代？」ゲイブは帳簿の項目を指でなぞりながら見ていった。

「お葬式の花代」とネルが言ったとき、ゲイブもそれを見つけた。母親の力強い字で、〝花代。オウグルヴィ家葬儀〟と書かれていた。

葬式だって？「誰が死んだんだ？」ゲイブは落ち着こうと努めながら言った。「新聞を調べ――」

「その必要はないんじゃないかしら」ネルは椅子に腰を下ろした。「心当たりがあるの」

ゲイブが鋭い視線を投げた。ネルは気圧されてもごもご言った。

「確信があるわけじゃないけど、七八年といったら、わたしがティムと結婚した翌年だから」

二十二年前か。そのころはネルも、新婚当時のクロエと同じくらい若かったのだ。

「ティムのお兄さんのスチュアートがマージー・オウグルヴィと結婚したのが、七八年の春だった。その後まもなく、マージーのお母さんのヘレナが亡くなったのよ」

「トレヴァーの奥方か」ゲイブは椅子の背にもたれた。「オリヴィアが二十二だよな。ヘレナは出産で死んだのか」

ネルは首を振った。「マージーの両親は離婚したの。その後お母さんが亡くなり、それからすぐ、お父さんが再婚した。で、再婚するかしないかのうちにオリヴィアが生まれた。マージーにしたらショックだったでしょうね。でも、わたしたち、まだそのころは親しくなかったから。そのことについてマージーはなにも言わなかったし、わたしも聞かなかった」

「ヘレナはなんで死んだんだ?」病院で大勢の医者に見守られて死んだ、とか、まっとうな死因であってくれ、とゲイブは祈った。

「ピストル自殺よ」なんてこった。まずいことになってきた。「詳しいことは知らないけど」ネルが急《せ》きこんで続けた。「マージー、その場に居合わせたらしいの。かわいそうに」

「母親が自殺するところを見たのか」いいぞ。希望が見えてきた。

「いいえ。隣りの部屋にいたんだと思う。でも、とにかく、そこに居合わせて、死体を見ちゃったの。ほんとに、どんなにショックだったか」

「そうだな」ゲイブはうわの空で相づちを打った。

ノックの音がして、ライリーが入ってきた。ゲイブは帳簿を差し出した。「これ、見たか」

ネルが立ちあがった。「わたしは席をはずします」と言うや、ゲイブが止める間もなく、出ていった。

「彼女、どうしたんだ?」

「またクビになるのはごめんだと思ってるんじゃないか」ライリーは帳簿を受けとった。

「なんだい?」ゲイブが説明すると、ライリーの顔がみるみる曇っていった。「トレヴァーが殺人を犯した。その隠蔽工作に親父さんが関わった、と思うんだな？」

「そこまでは言わない。ただ、ヘレナの自殺について、もう一度洗いなおしたほうがいいとは思う。ジャック・ダイサートに電話して、女が脅迫のネタに使ったのがその件だったかどうか訊いてみる。おまえは検屍報告書を手に入れてくれ」

ライリーは時計を見た。「明日やるよ。今日はもう遅い。ところでリニーは？　なんでまた、トレヴァーが殺したと思ったんだろう。なにか見つけたのかな」

「さあな。今日も家に行ったが、また大家の女に邪魔された。あの家のもう一方の側に住んでるらしい。それに、暇をもてあましてる。今夜、張り込むしかなさそうだ。そういえば、昨夜、ネルになにがあった？　うちの事務所が訴えられる可能性があるのなら、いまのうちに知っておきたい」

「彼女は……誤解してたんだ」

ゲイブは目を閉じた。「どんな誤解だ？」

「男と部屋に上がっていったんだよ。なにも起こらないうちにぼくが連れ戻した」

「あの女、脳みそはないのか。いったいなに考えて――」

「脳みそはあるさ。きみは女に対して厳しすぎるよ。ネルはいい秘書だし、性格もいい」

「ネルを気に入ってるんだな。結構なことだ。じゃあ、今夜も彼女と過ごせ」

「あいにくだけど遠慮するよ。デートなんだ」ライリーは腕時計に目をやった。「今夜はきみの番だ」

「だめだ。おれはリニーを張らなきゃならん」

「だったら、ネルはほっとけばいい」

ゲイブはじっとライリーを見た。「今夜、ネルといたくない理由でもあるのか」

「いや。だけど、園芸専攻の子といたい理由ならある」

「わかった。だが、ほっとくわけにはいかん。ネルはニュー・オールバニーの犬をさらう気だ」

「嘘だろ」

「嘘じゃない」

「絶対、とは言えないだろ」

「賭けてもいい」

ライリーは考えこんだ。「しょうがないな。ネルに目を光らせることにするよ」それから帳簿を机に戻した。「自殺、か」

「だといいんだが」ゲイブは言い、受話器を取りあげた。


その夜十時。スーズは黄色いビートルの助手席にネルを乗せ、マージーを迎えにいった。車のドアを開けるなり、マージーが言った。「で、わたしたち、なにするの?」

「犬を盗むのよ」刳《く》りの深い黒のタンクトップを引っぱりながら、スーズが答えた。黒はこれ一着しか持っていない。ジャックの好みが明るい色だからだ。

「オーケー」マージーはホールターネックの黒いドレスの裾をつまんで、後部座席に乗りこんだ。「それが終わったら、ネルの食器を段ボールから出せる?」

「犬を盗む、と言ったのよ。オーケー、って。反応はそれだけ?」ネルが助手席から言った。スーズもハンドルの前に座った。

「なんだっていいの、家から出られさえすれば。バッジはあなたにカンカンよ。こんな遅くに連れ出すなんてなに考えてるんだ、って」

「ごめん」

バッジはなにか趣味を持つべきよ。趣味はマージーっていうんじゃなくて、とスーズは思った。

「犬を盗むのか」マージーが言った。「おもしろい仕事してるのね」

スーズは車をハイウェイに向かって走らせた。これからやろうとしていることがいいことなのかどうかわからないが、とにかく、虐待されている犬を放ってはおけない。それに高校の卒業式の翌日に結婚したせいで、牛を飾り立てるとかマスコットを盗むとか寮の部屋にフォルクスワーゲンを置くといったような、大学生がよくやる悪ふざけをしたことがない。若さゆえの無分別をしでかすせっかくのチャンスなのだ。楽しまなきゃ、と思った。ただ、問題は、悪ふざけには年齢制限があるらしいことだ。もう、三十二歳。〝ベイビー、きみはもう若くないんだ。慣れなきゃ〟とジャックはいつも言うけれど。

「あの人、なんであんなことしてるの?」マージーに言われてバックミラーを見ると、後ろの灰色のセダンがライトを点滅させていた。スーズはスピードを落とした。セダンが追いついてきて隣りに並んだ。

ネルが車を見ようと、運転席のほうに身を乗り出した。「あらら。停めて」

「停めないほうがいいんじゃない?」スーズは反論した。「こんな暗い道で、相手が誰かもわからないのに。明日の新聞の見出しになりたくないわ」

「知ってる人なの。停めて」

車を路肩に寄せて停めると、セダンもその前に停車した。「誰?」

ネルは首を振り、窓を開けた。スーズはフロントウィンドウ越しに目を凝らした。やけに図体のでかい男だ。「ほんとにいいのね?」とネルに言ったが、そのときにはもう男はそばに来て、助手席側の窓からのぞきこんでいた。暗くてよく見えないが、ごつい顎が目を引く。その表情は険しかった。

「きみは救いようのないばかだ」男はネルに言った。

「友だちとドライブしてるだけよ」ネルは穏やかに応じた。「あなたを招待した覚えはないけど」

男がスーズを見やった。驚いたような表情。それから、顔をしかめる。スーズはそういう反応には慣れていなかった。男たちはいつも驚き、それから、笑いかけてくるのに。

「もう行って」ネルが言った。

「犬を盗もうとしてるんだろ」男はネルに目を戻した。「そいつは違法だ。いますぐ引き返せ。でないと、警察を呼ぶぞ」

「呼ばないくせに」

男はため息をついた。「一六一号線沿いに〈チリズ〉がある。来るとき曲がった角の近くだ。そこで話そう。後ろからついていく。ちょっとでも妙な動きをしたら、携帯で通報するからな。嘘じゃない、本当にかけるぞ」

「いいえ、かけないわ」言い返しはしたものの、ネルはスーズを振り返って「チリズに行って」と言った。

灰色のセダンはビートルのすぐあとをついてきた。「あれ、誰?」

「ライリー・マッケンナ。探偵社のパートナーよ」

「なんだか見覚えがある」後部座席からマージーが言った。「会ったことあるのかな。きっとクロエの店だわ。ねえ、今日はレジ打ちを覚えたのよ」

スーズはマージーを無視して本題の話を続けた。「ほんとに警察を呼ぶと思う?」

「思わない。だけどずっとついてきて、邪魔するでしょうね。ほっといてくれるように説得しなきゃ」

スーズは横目でネルを見た。「弱みでも握ってるの?」

「まさか。彼の善意に訴えるしかないわ。彼だって、血も涙もない男じゃないはずよ」

ライリーが店に入ってきた。スーズは今度こそじっくり観察した。背が高くがっしりした体格で、髪はブロンド。ハンサムだが派手ではなく、素朴な、いかにも中西部の男という感じの顔立ちだ。顎はふたり分くらいの大きさがある。苦虫を嚙みつぶしたような顔をしているいまでさえ、女たちの視線を集めている。わたしのタイプじゃないけど——スーズの好みのタイプはジャックだ——たしかに魅力はあるわ。

ボックス席に、ネルとスーズ、ライリーとマージーが並んで座った。ライリーはマージーの隣りになれてうれしそうだ。彼がネルに言った。「犬を盗むのはやめろ」

スーズはカッとなった。「やめないわ。あなた、なにさまのつもり?」

「兄嫁のスーズよ」とネルが紹介した。ライリーはたいして興味もなさそうにうなずいた。それがまたスーズの癇にさわった。

「で、こっちが、もうひとりの兄嫁のマージー」ライリーはマージーを見てほほえんだ。

なんなのよ? マージーが仕事も男もみんな手に入れるなんて、世のなか、どうなっちゃってるの?

「はじめまして」ライリーはマージーに言い、ネルに向きなおった。「うちの事務所には三つ、ルールがある。きみはそれを全部破る気か。クビを切られるぞ。ゲイブはこういうことにはうるさいんだ」

「三つ? ふたつじゃなかったの? スーズとマージーにクライアントの名前は言ってないわ。それに、虐待されている犬を助けるのが法律違反だなんておかしい。クビになる理由はないと思うけど」ツンと顎を上げて言うネルを見て、スーズは、おや、と思った。

ウエイトレスが注文を取りにきた。彼女がいなくなるのを待って、ネルはつけ加えた。

「三つめのルールって? うっかり蹴つまずきたくないから、教えといて」まるでライリーを挑発してでもいるかのような口調だ。スーズはふたりを見くらべた。

「もう蹴つまずいたじゃないか。そして転んだ。昨夜」

ネルが赤くなった。

「ネル?」とマージー。ライリーがニヤニヤした。ネルはますます赤くなった。

ウッヒョー。彼と寝たのね。ハレルヤ。スーズはライリーに言った。「あなたのこと、前より好きになったわ。でも、犬は助けるわよ」

「だけど、ネルがクビになるのは困る」興味津々、ライリーを見つめながらマージーが言った。「働きだしてから、ネル、すごく元気になったから」

ライリーがマージーに笑いかけた。その瞳のいきいきした輝きに、スーズはクラッとなった。ワーオ。ネルがまいるのも無理ないわ。わたしだってまいりそう。そこで思い出した。そうだ、わたしは幸せな結婚をしてるんだった。

「ゲイブには黙ってればいいじゃない」とネルが言った。「彼には関係ないことだもの」

「ゲイブはこの依頼を断った。きみも事務所の一員だ。ということは、自動的にきみも断ったことになる」

「それは違うわ。わたしが事務所の一員なら、どうして名刺を変えさせてくれないの?」

「名刺は関係ないだろ。いまは犬の話をしてるんだ」

決めつけるような口調が気に入らない。スーズは咳払いをした。ライリーが向きなおり、顔をしかめた。「わかってないようね」こっちを見る彼の目には、さっきマージーを見たときのいきいきした光はない。男たちにやさしい目で見つめられ慣れているスーズは、やさしさのかけらもないライリーの視線にとまどった。「今夜、わたしたちを止めることはできるかもしれない。でも、今夜がだめでも、明日かあさってか、いつかやるわ。だからあなたも手伝って、さっさとすませちゃうほうがいいんじゃない? そうすればそれだけ早く、あなたが夜いつもやってることに戻れるのよ」ネルがまた赤くなるんじゃないかと思ったが、予想ははずれた。ネルは平気な顔でうなずいた。

「スーズの言うとおりよ。かならず、あの犬を助ける」

「いつまでイカれたまねを続けるんだ？　イカれてるのが絶対悪い、とは言わない。だが、いいかげん頭を冷やさないと、大火傷《やけど》するぞ。幸運がいつまでも続くと思ったら大間違いだ」

「イカれてなんかいないわ。わたしはただ、もう一度人生を取り戻そうとしてるだけ」

「ついでに、誰かさんの犬も取り戻す、か」

「そうよ」

ライリーはテーブルを見まわし、やれやれ、と首を振った。「で、これがきみのギャング団ってわけか。ニュー・オールバニーの住宅街のどまんなかで、黒ずくめの女が三人。警官に見とがめられたら、なんて言い訳する？　演劇専攻の学生じゃあるまいし」

「見とがめられたりしない」スーズが口をはさんだ。「夜の闇にまぎれて動けば平気よ」

「黄色のビートルでか？　あんな目立つ車で？　いったいなに考えて、あんな車買ったんだ？」

「買ったときは、将来犬泥棒をすることになるなんて知らなかったもの。あなた、さっきから文句ばっかりつけてるけど、ほかになにかいい考えがあるなら言ってよ」

「ああ、あるさ。残念ながら、ある」ライリーが合図すると、ウエイトレスが飛んできた。彼はハンバーガーをひとつ、テイクアウト用に頼んだ。

誰かがこの男に悲しみってものを教えてやらなきゃ、とスーズは思った。ほいほい言うことを聞く女ばかりじゃ、つけあがるじゃない。

ネルが彼にほほえみかけた。ここにも甘い顔をする女がひとり。だけど、ネルに笑顔が戻ったのはうれしい。と、ネルが言った。「手伝ってくれるってわかってたわ」

「きみがかわいいのはいいことだ」ネルの笑みが大きくなった。それを見て、スーズはライリーのすべてを許す気になった。

「あなたのこと、好きよ」マージーが言う。

「それはよかった。きみにはぼくと一緒にいてもらうつもりだから」

マージーがにっこりした。スーズはまた腹が立った。ネルはかわいいとほめられた。マージーは一緒にいてほしいと言われた。じゃあ、わたしは？　はなも引っかけないわけ？

「ぼくの車を使う」

「さえない車」スーズは突っかかった。「少しでも想像力のある人間なら、灰色の車なんて買わないわ」

ライリーがため息をついた。「よく考えろ。そうすれば、灰色の車のよさがわかるはずだ」

彼はネルに向きなおった。「きみとこのおしゃべり女を、問題の家から一ブロック離れたところで落とす。もし捕まったら、携帯に電話をくれ。助けられるなら助けるし、無理ならできるだけ早く保釈を求める」

「ありがとう。マージーはどうして来ないの？」

「三人は多すぎる。本当はきみひとりでやるのがいいが、この女もおまけにつける。残しておいてひっきりなしにがみがみ言われちゃ、たまったもんじゃない」

「がみがみなんて言ってないでしょ」スーズはすかさず言い返した。

ウエイトレスがハンバーガーを持ってきた。ライリーはその包みをネルのほうに押しやった。「これで犬をおびき寄せろ。庭を出る前に、忘れずに首輪をはずすんだ。このへんの家の庭は、目に見えない柵がめぐらしてある。電磁波の柵を越えるときに、犬がキャンキャン鳴いたら困るだろ」

「犬がネルに嚙みついたらどうするの?」とマージーが訊いた。「わたしたち、その犬のこと、なにも知らないのよ」

「それはネルの問題だ。ぼくはネルが逮捕されてクビにならないよう、考えているだけだ」

「あの人、ほんとにクビにするかしら?」

「きみが勝手なことをしでかして事務所をトラブルに巻きこめば、当然するさ。ぼくだってそうする。うちはいままで、いい評判をとってきた。その評判は守らなきゃならない」

「信じられない」スーズは冷ややかに言った。彼がかすかに頰を染めた。それを見て、スッとした。

「お嬢さん。よその家のファミリー・ビジネスにケチをつけるのはやめたほうがいい。きみがO&D法律事務所をトラブルに巻きこんだら、ジャックはどう思うかな」

今度はスーズが赤くなる番だった。「どうして、ジャックのこと知ってるの?」

「ぼくはなんだって知ってる」ライリーは表情をやわらげ、ネルを見た。「わかってるだろうが、こういうことをするのは、あまりいい考えじゃない」

「そうね。でも、こうするしかないの。たんに犬が問題なんじゃない。もちろん、犬は助けたいけど」

「わかった」ライリーは立ちあがり、駐車場のほうに顎をしゃくった。「十時四十五分だ。やるならもう行かないと」

ネルもハンバーガーを持って立ちあがった。「やるわ」

「素晴らしい」そう言うと、ライリーはドアに向かって歩きだした。

スーズがその背中に呼びかける。「お勘定は？」

「払っといてくれ。きみの連れだろ」

「あんなやつ、わたしは嫌い」スーズはマージーに言った。

マージーも席を立った。「自分を磨く糧《かて》になるいい経験だと思えば？」

「あら、いいこと言うじゃない。そういう経験、ずっと求めてたのよね」スーズは二ドル札をテーブルに置いた。多すぎたが、いまは気がはやっていて、そんなことはどうでもよかった。


ネルとスーズは住宅街の角で車を降りた。ふたりは住所表示を見て歩き、問題の家を見つけた。時計の針は十時五十五分を指していた。裏庭のモミの木の下にひそんで、待つこと十分。裏庭に面した大きなサンルームのドアが開き、怯えた様子の毛むくじゃらのダックスフントを、男が足で庭に押しやった。「行くんだ」うんざりしたように言う。「早く」

男は腕組みして、金のかかった庭を睥睨するように立っていた。「ヤバッ。見つかりそう」ネルはささやき、スーズの腕をつかんだ。「玄関のベルを鳴らしてきて」

「わたしが？」スーズは気乗りしない様子だったが、それでも闇のなかに駆け出していった。

胸の大きく開いた黒いタンクトップ姿の彼女は、ギャングの美人コンテストの女王みたいだった。ダックスフントはいま、ネルから一〇フィート足らずのところに寝そべって震えている。暗がりがわたしの姿を隠してくれますように、と祈りながら、ネルはハンバーガーの包みをはいで振ってみせた。ファーンズワースはまだドアのところに立っていたが、ベルが鳴ったのだろう、後ろを振り返り、ぶつぶつ言いながらなかに戻っていった。

「おいで、シュガーパイ」ネルはハンバーガーを振り、そっと呼びかけた。「おいで、ベイビー」

シュガーパイは中腰のまま固まった。家とネルのあいだで迷い、どっちに行くのもあまり気が進まない、というようにきょろきょろ視線をさまよわせた。

「いい子だから、おいで」猫撫で声で言ったが、シュガーパイはドアのほうにあとじさりはじめた。

「だめ!」ネルはダックスフントに飛びかかった。犬は怯えて、ぺたりと地面に張りついた。胴をつかんで抱えあげると、頭と尻がだらんと垂れた。「静かにね」ぶらぶら揺れている犬を腰に乗せてバランスをとり、アジサイとツゲの茂みを飛び越えて木の下の暗がりに戻った。「ごめん。首輪をはずすの、忘れてた」ネルは隣家の暗い裏庭を駆け抜けた。シュガーパイは腰の上で弾み、尻につかまろうと後ろ足をバタバタさせたが、声はたてなかった。ファーンズワースの叫ぶ声がした。

「シュガーパイ！　クソッたれめ、どこ行った？」だが、次の瞬間、ネルは通りに出ていた。どこでライリーと落ちあう手はずだったか忘れてしまったが、かまわず走りつづけた。

どこでもいい。とにかく、ここを離れなきゃ。

六ブロック走ったところで足を止め、シュガーパイを腕に抱きとって息をついた。「さっきはごめんね」ダックスフントはガタガタ震えながら、ゴルフボールのように大きな目を見開いてネルを見た。「もう大丈夫だから。ね？」ネルは身をかがめ、街灯の下の白いなめらかな歩道に犬を下ろした。ただし、逃げられないように、片手は首輪にかけたままで。だが逃げだすかわりに、シュガーパイはその場にくずおれた。恐怖ですくんでしまったのだろう、風船から空気がもれる音を思わせる甲高い声でうめいて、仰向けに歩道に伸びた。

「お願い、しっかりして」ネルは犬の頭を支えた。これ以上ひどくなったら、人工呼吸するはめになりかねない。デボラ・ファーンズワースにこう言っているところが目に浮かぶようだ。いい知らせと悪い知らせがあります。いい知らせは、あなたのダックスフントを取り戻しました。悪い知らせは、彼女は歩道で心臓発作を起こしました。「さあ、シュガーパイ」そこで後ろを振り返る。ファーンズワースが追いかけてきているのではないかと気が気ではない。「女の子でしょ、しっかりして」

ネルは犬を抱いて、ハイウェイに向かって歩きだした。「もう大丈夫よ。あのひどい男から逃げたかったんでしょ。すぐにあなたを愛してくれる人のところに連れてってあげるから」

シュガーパイにわかったとは思えないが、歩きだしたのがよかったのか、痙攣《けいれん》はだいぶ収まり、ときどき小さく震えるだけになった。

「約束するわ」ネルは足早に歩きながら言った。「これからはハンバーガーを好きなだけ食べられるし、もう怒鳴られることもないのよ」抱きしめると、ダックスフントはフーッと息をつき、腕に頭をすりつけてきた。ネルは立ちどまり、その目をのぞきこんだ。「こんにちは」シュガーパイが見つめ返してきた。街灯の光を浴びて、大きな目がなんだか悲しげに見える。まつげがわなないて、さながら、北軍の兵士に立ち向かう南部の美女のようだ。「これからは、すべてうまくいくから」

一台の車が寄ってきて停まった。ネルは驚いて跳びあがった。シュガーパイもまた痙攣しだした。だが、なんのことはない、それはライリーのセダンだった。後部座席に乗りこむと、スーズももう乗っていた。「誘拐成功、か」ライリーがおもしろくもなさそうに言い、車を出して犯行現場から逃走した。

「うまくやってくれてありがとう」ネルはスーズに言い、犬をシートに置いた。

「うまくやった？　どこが？」バックミラーでふたりを見ながら、ライリーが言った。「スーズはファーンズワースと話したんだぞ。彼が警察に届けて、ちょうどそのとき、これこれこういう女が訪ねてきた、と話したらどうなる？」

スーズはタンクトップを引っぱったが、すぐ元に戻った。

「スーズが共犯だとはわからないんじゃない？」マージーが口をはさんだ。「ひょっとしたら、犬を盗られたことだってわからないかも」

「わからないわけがないだろう。それに、あいつはスーズの顔を覚えてる」

「三十くらいのブロンドの女なんて、たくさんいるじゃない」とスーズ。

「きみみたいな女はたくさんはいない。男は、きみをひと目見たら忘れないよ」

シュガーパイはネルとスーズのあいだに座って、マラカスみたいにぶるぶる震えていた。

「もうやめて」ネルは言った。「犬が怖がってるじゃない」

「言わせてもらえば」とライリーがやりかえした。「ぼくだって心底怖がってる。さみのせいでね。今度犬を誘拐するときは、ひとりでやってくれ」


翌朝、ネルは三十分遅刻した。昨夜シュガーパイをスーズの家に連れていき、むっとしているジャックにいろいろ説明していたので、遅くなって寝すごしたのだ。ゲイブはすでに出かけていなかった。遅刻した本当の理由など言えないから、もっともらしい言い訳を一生懸命考えたのに、こうやって肩透かしを食わせる。いかにも彼らしい。

「犬はどうしてる?」フイリーがコーヒーを取りに出てきた。

「スーズのところよ」ネルはシュガーパイのママにいい知らせを伝えようと電話をかけた。

「引きとれないわ」報告を聞くと、デボラ・ファーンズワースは言った。「取り戻してくれてとてもうれしいけど、引きとることはできない。シュガーパイがいなくなったと知ったら、あの人、まずうちを探すに決まってるもの」

「でも、あなたの犬なんだから」ネルは動転して、胃のあたりが冷たくなった。「かわいそうだとは――」

「正直言うと、あの子のこと、あまり好きじゃないの。子犬のころはかわいかったけど、大きくなったら、なんだかいじいじした性格になっちゃって。それに、もともとわたし、犬好きじゃないし。シュガーパイを飼いたがったのは主人なの」

ネルは唇を噛んだ。「だったら、どうして――」

「だって、あのろくでなし、あの子を怒鳴るんだもの」自分の正しさを信じて疑わない口調だった。「それに、あいつからシュガーパイを取りあげたかったの。で、いくらお払いすればいい？」

「お代は結構です」ネルはみじめな気持ちで電話を切った。

これじゃ、なんのために犬を盗んだんだかわかりゃしない。思いきって行動を起こしたら、また目も当てられない結果になった。いったい、あの犬をどうしたらいいのやら。スーズがどれくらいかわいがってくれてるかわからないが、まあとにかく、シュガーパイはもう虐待されることはないのだ。そう思って自分を慰めようとした。だが、盗んだ犬が手もとにいるという事実は厳としてある。どこか遠く、ほかの州の人にでももらってもらうしかないだろう。

シュガーパイのことは考えないことにして、仕事に戻った。二時間後に電話が鳴るまで、ネルは仕事に没頭していた。電話は清掃業者からで、入金を確認したので、次の水曜からまた来る、ということだった。

電話を切ったとき、リニーのことが頭に浮かんだ。リニー、デボラ、犬を虐待するファーンズワース、ティム。この世は、嘘をついたり、不倫をしたり、人を殺したり、不始末の尻ぬぐいを人に押しつけたりする自分勝手な人間でいっぱいだ。間違いを正すためになにかしようとしたが、ろくなことにならなかった。ティムのオフィスで暴れたあとは、ぼんやりした罪悪感に襲われたし、その場かぎりのセックスをしたときは、ほんの少し気分が高揚しただけだった。そして今度は、欲しくもないのに、トラウマを抱えたダックスフントを抱えこむはめになった。

リニーに話をつけにいけば、少なくとも金を取り戻せる。うまくすればはっきりした証拠をつかんで、人に——ゲイブに見せられるかもしれない。ネルはもう一度なにか人の役に立つことをしたいと思った。なにかプロの秘書らしいこと、事務所に貢献することをしたい。

少し考えたあと、留守電をセットしてリニーに会いに出かけた。

6

ゲイブがオフィスに戻ると、またネルがいなかった。今度はなにをやらかしておれの生活を引っかきまわしてくれることやら。部屋に向かったが、ネルが戻ったらわかるよう、ドアは開けっ放しにしておいた。

だがしばらくして入ってきたのはネルではなく、警官だった。

ドアが開く音がしたので見にいくと、男女ふたりの制服警官がいた。どっちも知らない顔だ。リニーの家の大家が警察に電話したんだろう。元秘書をつけまわしているもっともらしい理由をでっちあげなきゃならない、ってことか。

「エレノア・ダイサートを探してるんですが」婦警が笑顔で言った。男のほうは、彼女の後ろで肩を丸めて立っている。

「いま、いないんだ」ゲイブは快活に言った。「おれでよければ、話を聞くが」

「直接話したいんです」婦警も快活に言った。「いつ戻るか、わかりますか」

「いや。どこにいるかも知らないんだ。彼女、なにをやった？」

「それはお話するわけには——」

「ゲイブ・マッケンナですね」と男が言った。

「ああ」

「元亭主のオフィスで乱暴を働いたんですよ。元亭主の新しいご夫人が、告訴した」

なんてこった。イカれた女を雇っちまったらしい。

「もう、バリーったら」婦警はそう言ったものの、たいして気にしていないようだった。パートナーになって長いんだろう。ふと、ゲイブは思った。絞め殺してやりたい、としょっちゅう思わずにすむ相手と仕事をするのは、どんな気分だろう。

「トロフィーを壊したんですよ。亭主は告訴はしたくない様子だったが、ご夫人のほうが……」バリーが言い、首を振った。

「カンカンなの」と婦警があとを引きとった。

「おれがなんとかする。少し時間をくれないか」

「そうしていただけると、ありがたい」

「そんなことができるとしたら、驚きね。新しいご夫人はかなり手ごわいわよ」

「古いご夫人もだ。五時までになんとかする」

ゲイブは部屋に戻り、ジャック・ダイサートに電話をかけた。有能なゼネラルスタッフのエリザベスが出た。

「いま、いません。電話があって、出かけたの」

「電話？　ティムからか」

「ティムじゃないわ。戻ったら、折り返し電話させます」

「いや。いますぐ連絡して伝えてくれ。名前は知らんが、ジャックの新しい弟嫁が――」

「ホイットニーよ」

「ホイットニーが破壊行為でネルを告訴した」

「ネルが?」信じられない、という口ぶりだ。「破壊行為だなんて、らしくないわ」

「らしいもらしいじゃないか。ティムに告訴を取り下げさせろ、さもないと、こっちも容赦しないから、と言ってくれ」

「わかったわ。ジャック、動転するでしょうね」

「そんなにネルのことが好きなのか」

「スーズがネルを大好きだから。スーズを悲しませないためなら、ジャックはティムを逮捕だってさせかねないわ」

「これからそっちに行く」と言って電話を切った。まったく、おもしろい一日だ。ネルはクビだ。だが、その前になんとか助けてやるしかあるまい。


ネルはリニーの住所を訪ねた。できるだけさりげない、相手に警戒心を起こさせないような物腰で、古い煉瓦造りの家のドアをノックする。だが、返事はなかった。ポーチを見まわし、もう一度、そしてもう一度、さらにもう一度ノックした。と、ついにドアが開いて、襟ぐりの大きく開いた派手な赤いセーターを着た、三十代のかわいいブルネットの女が顔を出した。

「リニー・メイソンさん?」

女は「押し売りはお断り」と言ってドアを閉めようとした。

映画のなかでよくやるように、ネルはドアの隙間に足を突っこんだ。念のために肩もねじこんだ。「マッケンナ探偵社の者です」と明るく笑って言う。「少々、紛失しているお金があるようで。あなたがお持ちじゃないかと思ったものですから」

「なんの話？」リニーはとぼけた。「帰って。帰らないなら警察を呼ぶわよ」

「呼べば？　わたしは逃げないから。警察が来れば、あなたが使いこんだ経費の請求書を見せられるし、ちょうどいい」請求書は入っていなかったが、はったりをかましてバッグを叩いてみせた。リニーは急いで考えた。思考の歯車が回っているさまが見えるようだ。

「あとでゲイブに電話す――」

「その必要はないわ。ゲイブが来なかったのは、あえて自分が出るまでもない、わたしに任せておけばいいと思ったからよ。彼はできれば警察沙汰にはしたくないけど、お金は取り戻したいと思ってる。二者択一を迫られたら、警察に言ってでもお金を取り戻すほうを選ぶでしょうね。あなたがお金を返してくれさえすれば、誰も捕まらなくてすむのよ。簡単なことじゃない」

リニーはドアを開けた。「入れば？」

粗末な家具が少しと高そうなリネンやファブリックがいくつかあるだけの、仮住まいのような部屋だった。それでも、床はフローリングだし、古い大きな窓からはふんだんに光が降り注いでいる。それになにより、広々としていた。これならのびのび動きまわれる。つかのま、ネルはリニーをうらやましく思った。

ふたりは椅子に腰を下ろした。リニーがさっきよりもかわいらしい声で言った。「あたし、病気だったの。治療費を払わなきゃならなかったから。誰も傷つけるつもりはなかったのよ」

リニーは目を見開いて、すがるようにネルを見た。わたしが男だったらその手が通じたかもしれないわね。その赤いセーターは効果てきめんだったでしょうに。ネルは一瞬、自分もグレーのスーツじゃなく、ぴったりした明るい色のセーターが似合う女だったらよかったのに、と思った。

「わかるでしょ?」とリニーが言葉を継いだ。「女が独りで生きていくのがどんなに大変か」よっぽどしけた顔をしていたみたいだ。リニーに、独り身だと見抜かれてしまった。ネルはにっこり笑いかけた。「ええ、わかるわ。でも、もうよくなったんでしょ。お金、返して」

リニーは、冗談じゃない、というように首を振った。「たった二百ドルよ。ゲイブが気にするとは思えない」

「五千八百七十五ドルよ」ネルははっきり発音した。「いまわかっているだけで、ね。現金で返して」

「嘘でしょ」リニーは目をみはった。「そんなにたくさん借りたはず、ないわ」

「よく言うわ。とにかく、くすねたお金を返して。さもないと警察に言うわよ」

リニーはぎょっとしたようだったが、すぐに笑顔をつくった。下唇がヒクヒクしていた。

「あなた、無慈悲な人には見えないけど」

「この一週間、いろいろいやなことがあったし。でも、無慈悲って言い方は違うわ。わたしは意地悪なの」

ふたりの視線がぶつかった。ネルの目の前で、リニーはか弱いデリケートな女の子から、タフな疲れた女へと変身をとげた。

「いろいろいやなことがあった、か。なるほどね」リニーは笑った。

「罪のない人から盗んで、あなただっていい気はしないはずよ」

「罪のない人、ですって？」リニーは椅子の背にもたれた。「やめてよね。罪のない男なんているもんですか。罪がなく見えるやつは、まだしっぽをつかまれてないってだけ」リニーは挑戦的に顎を上げた。「だから、あたしは仕返ししてるの。たったひとりの女十字軍ってわけ」

「ゲイブがあなたになにをしたっていうの？」

「ゲイブ？」リニーは肩をすくめた。「ゲイブはべつに悪くないわ。あのワンマンぶりにはまいるけど、ま、悪い人じゃない」

たしかに。だが、リニーに連帯感を持ちたくなかったから、あえて共感すまいとした。

「だったら、彼のビジネスをメチャクチャにするようなまねしないで」

リニーは驚いた顔をした。「メチャクチャになんかしなかったわよ。ねえ、いい？　あたしがなにを盗ったっていうの？　クリーニング・サービスの代金？　だけど、そのかわり、自分で掃除したし」

ろくにしてないじゃない、と思ったが、リニーは勢いづいてしゃべった。

「仕事に見合うお給料、もらってなかったし。ゲイブのとこだけじゃない、どこも同じ。給料もろくすっぽくれないくせに、こき使うだけ使うんだから。もしあたしが男だったら、うだつの上がらない秘書なんかやってない。ゼネラルスタッフになって、二倍のサラリー取ってるはず。昔、弁護士事務所で働いたことがあるんだけど、ボスの仕事、全部あたしがやってたのよ。いままでの上司はどいつもこいつも、こっちが尽くしてやっても、それを屁とも思わない恩知らずだった」リニーはそう言って口をゆがめた。

「だったら、そいつらに仕返しすれば？」そうよね、ほんとにそう、と言いたくなるのをこらえて言った。「あなたをひどい目にあわせたクソ野郎どもに、好きなだけ仕返しすればいいじゃない。わたしは邪魔しないし、エールを送る。わたしをひどい目にあわせたクソ野郎も、おまけにつけてあげたっていい。だけどゲイブのお金は返して。彼はなにもしてないんだから。彼から盗むのはフェアじゃないわ」

「なにもしてない男なんていないわよ。あんた、少し前まで結婚してたんじゃない？」リニーはネルをひたと見て言った。「そんな顔してるから。どれくらい？　二十年？」

「二十二年」ネルは気が滅入ってきた。

「当ててみましょうか。あんたはダンナのために働き、人生の地ならしをしてやり、自分を犠牲にして尽くした。ふたりの将来のためだ、いまがんばれば将来自分もいい目を見れるって信じてた。それが、突然ダンナが心変わりした。で、いま、あんたはゲイブのところで働いてる。生活、苦しいんじゃない？」

「なんとかやってるわ。それに、いま話してるのはそんなことじゃ――」

「なんとかやってるってだけでしょ。でも、元ダンナはなんとか以上の暮らしをしてるんじゃない？　あんたは一から出なおし、安月給で働かなきゃならない。だけど、彼は離婚前と同じか、それ以上の暮らしをしてる。違う?」

「あの人だって、多少は切りつめなきゃならなかったはずよ」

「あんたが築いてやった将来をダンナは手に入れた。あんたとじゃなく、新しい女とね。どうせ若い女なんでしょ」図星を指されてネルはひるんだ。「あたしもそうだったからわかるのよ。若いころのすべすべの肌とツンと尖った胸とぺたんこのおなかと、あのはちきれんばかりのエネルギーを返してくれるんだったら別れてやったっていいわよ。もう一回、はじめからやりなおせるんだったら。でも、そうじゃないじゃない? 年とって、女の財産はもう全部使い果たしちゃった。無一文で放り出されて、なのに、どうすることもできなくて、泣き寝入りするしかない」

乗せられないようにしなきゃ、と思ってネルは深呼吸した。「無一文なんかじゃないわ。そんなことはどうだっていいから、ゲイブのお金を返して」

リニーは身を乗り出した。「犠牲者になることないわ。やりかえさなきゃ。男どもにつけを払わせるの。スカッとするわよ」

「つけを払わせたいなんて思わないから」ネルは嘘をついた。「とにかく、お金を返して」

「あたしはあんたの力になれるし、あんたはあたしの力になれる」リニーは真剣な顔で、熱をこめて言った。「汚い手を使うのが怖いのね」そして、困ったものだ、というように手を広げてみせた。「なんで怖がるの? あいつらは汚いまね、するじゃない。あんたも同じようにしてなにが悪いの? あいつらが持ってるものを全部巻きあげるのよ。あいつらに足を引っぱられないように、動きつづけなきゃ」

「動いてるわよ」ティムのオフィスをぶっ壊してやったし。あのひと暴れのおかげで、ずいぶん気が晴れて吹っきれた。「仕返しなんかしたってしょうがないでしょ。そんなことしても、どこにも行き着けない。後ろ向きじゃだめなのよ。なにかに向かって前に動かなきゃ」

「いいこと言うじゃない。でも、それこそあたしのやってることよ」

「ゲイブから盗むことが？」ネルは首を振った。「ほんとに欲しいものが五千ドルだとしたら、あなたって意外と欲がないのね」

「あたしはすべてが欲しい。あのくらいのお金、ゲイブにはどうってことないはずよ。残りはもっと金持ちの別の男からせしめるつもり」リニーは深く座りなおした。「そいつを信じちゃいないけど、首根っこは押さえたから。男を信じるのはもう懲りごり」リニーはネルと目を合わせた。「わかるでしょ？」

「ええ。でも、ゲイブのお金は返して」

リニーは根負けして、大きなため息をついた。「わかったわよ、返すわよ。でも、その前に弁護士に電話しなきゃ」リニーは電話のところに行き、番号を押しながらネルを振り返った。「あたし。いまマッケンナ探偵社の秘書が来てて、あたしが事務所のお金をくすねたって言うのよ。それで——」リニーはそこで言葉を切った。みるみる頬が紅潮した。「何度言えばわかるの？　あたしに指図するのはやめて。自分のことは自分で決め——」また言葉を切り、それから言った。「六千ドル」そして、しばらく黙って聞いていた。今度は相手の言ったことが気に入ったらしい。うなずき、明るくかわいい声に戻った。「わかった。じゃあね。え？　なに？」リニーは部屋を見まわした。「いいわよ。こっちの用がすんだらね。どこで？　オーケー」

リニーは電話を切り、笑顔で向きなおった。「弁護士が、払ったほうがいいって」

「あなたの弁護士はばかじゃないみたいね」ネルは立ちあがった。

「でも、お金はここにはないの。銀行よ。これから行って――」

「一緒に行きましょう」とネルは言った。リニーの顔から笑みが消えた。

「あたしはあんたの敵じゃないのよ。敵は男どもでしょ」

ネルはリニーの言葉に耳を傾けまいとした。「お金を返して」

リニーが一歩詰め寄った。「女がもっと賢くなって、団結して立ちあがったら、男だって好き勝手できなくなるのに」

「男がみんな、裏切者なわけじゃないでしょ。たしかにゲイブはワンマンだけど、五千ドル盗られなきゃならないほどの悪人じゃないわ」

リニーは目を閉じ、首を振った。「なるほど、そういうことか」

「そういうことってなによ？」ネルは眉をひそめ、それから、リニーのほのめかしに気づいた。「まさか、違うわよ。一週間前に会ったばかりなのよ」

「恋に落ちるには一分で充分よ。自分に合う仕事を見つけた、そしたら、おまけにボスへの恋がついてきたってわけか。ゲイブのほうはそんな気もなく、あんたを利用するわよ。気の毒なクロエを見なさいよ」

「お金を返して」

「そんなにしつこく言わなくたって返すわよ。あんたの車のあとをついていくから」

「ここまで歩いてきたの。だから、あなたの車に乗っていくわ。そのほうが友好的でいいんじゃない？」

ヴィレッジにある小さな支店で、リニーは小切手を現金化し、ネルに渡した。

「ありがとう」金を受けとると、ネルはきびすを返して銀行を出た。リニーからできるだけ遠くへ逃げたかった。サタンよ、われにかまうな。だが外に出たとき、コンクリートのポーチからリニーが呼んだ。

「あんた、間違ってるわ」リニーが穏やかに言った。ネルはリニーを見返した。

「それ、脅迫？」

「そんなつもりないわ。あんたは間違った側について戦ってる。タフで頭もいいのに、そういう自分の力を全部ゲイブに捧げてる。別れたダンナにも同じことをしたんじゃない？」

ネルは返事に詰まった。「それとこれとは別よ」

リニーは首を振った。「同じよ。ねえ、聞いて。あんたとあたしが組めば、あいつらにひと泡吹かせられる」そう言ってほほえみかけた。怒りより悲しみを感じさせる微笑だった。

「あたしはお金の計算はできるけど、計画を立てるのが苦手で。それが弱点なのよね。誰か頭の切れる人に、細かい点を詰めてもらえると助かるんだけど。ぴったりの男を見つけたって思ったこと、あるんだけど、そいつ、いなくなっちゃって」思い出にリニーの顔が曇った。「離婚してあたしと結婚するって言ってくれたから、信じてたのに。だからさ、ボスと恋愛なんかするもんじゃないって」

「その人のこと、聞かせて」ネルはティムのことを考えながら言った。

「ゲイブって、いちばんたちが悪いわよ」リニーは答えず、自分の話を続けた。「ああいう男とは一緒に仕事なんてできない。できるのはただ、彼のために働くことだけ」リニーはネルのほうに身を乗り出した。「だけど、あたしとなら一緒に仕事できる。あんたは計画の立て方を知ってるように見えるし、あたしは絶対、あんたを裏切らない」

その言葉に嘘はなさそうに思えた。ネルはリニーのところに戻った。「あなたが男たちにひどい目にあわされてきたのはわかるし、同情する。だから、あなたが求めているものを手に入れられればいいと思う。もちろん、できれば誰も傷つけないでほしいけど、うるさいことは言わない。ほんとに、手に入れてほしいと思う」

「傷つけるのがいいんじゃない」リニーは錬鉄の手すりによりかかった。「いま、ある作戦が進行中なんだ。あんたも気に入ってくれるんじゃないかな。あたし、ある男の悪事の証拠を握ってて。そいつ、平気で人を利用して捨てるとんでもないやつでさ。いま、つけを払わせてるとこ。脅せばもっと巻きあげられると思う。どんな目にあったってしかたないようなどうしようもない男。正義の鉄槌《てっつい》を下して、ついでにうまい汁を吸おうってわけ」リニーが笑いかけてきたので、ネルも笑みを返した。「ただ、ひと筋縄じゃいかない男だから。誰かに手伝ってほしくってね。どう？　ふたりで全速前進、貸しを取り立ててまわらない？」

つかのま、その提案を考えてみる気になった。ふたりで、すべての女の恨みを晴らす十字軍をやるのだ。だが、しょせん夢物語だ。「できないわ。わたしはそういうことができる性格じゃないの」ネルは握手を求めて手を差し出した。リニーは一瞬ためらったが、すぐにその手を取った。「幸運を祈るわ」

そして、ネルは歩きだした。今度は振り返らず、ひとりで全速前進、マッケンナ探偵社を目ざして。

一時間後、スーズが高級ドッグ・ビスケットの箱と柳細工のバスケットを抱えてやってきた。バスケットのなかには、赤いセーターを着た黒いショートヘア・ダックスフントが入っていた。

「シュガーパイを預かって」とスーズは言った。「ジャックが電話してきて、一緒にランチを食べようって言うの。誘拐のことで、誰かになにか言われたわけじゃないわよね？　あのファーンズワースって人、わたしの顔、知ってたかもしれない」

「それはないでしょ」と言ってみたものの、本当は自信がなかった。「犬は預かるから、行ってらっしゃい」バスケットを受けとって、じっと犬を眺めた。「この子になにしたの？」

「カットとカラーよ。カットはあまりうまくいかなかったけど、この黒い色は似合ってるでしょ。洗い流せるタイプのマイルドな染毛剤を使ったから、体に悪いことはないと思うんだけど。念を入れて、染めたあと二回シャンプーしたし」

シュガーパイがネルを見上げた。いまも茶色い鼻の上にある瞳は、昨日よりもっと悲しげに見えた。「大丈夫よ。わたしはシャンプー持ってないから。もう当分、シャンプーはしないわ」ネルは言い、バスケットを机の下に置いた。ここだと、ちょうどドアの陰になって隠れる。と、シュガーパイが立ちあがった。赤いセーターはタートルネックの部分とカフスが白で、おまけに背中のまんなかに白いハートの模様がついていた。

「かわいいセーターね」ネルは内心首をかしげながら、とりあえずほめた。

「カシミアなの。全然、チクチクしないのよ」

「でもまだ九月よ」

「カットがうまくいかなかったからなにかで隠したほうがいいと思って。お店にあったなかでいちばん軽い服を選んだのよ。車に、もう何着か着替えもあるわ」

「着替えねえ」

「革のボマージャケット、見てみてよ。フリースの裏がついてるの。あれを着せたら、すごくかっこいいんじゃないかな。冬が待ちどおしいわ」

ネルはシュガーパイを見下ろした。あわれな拒食症のチアリーダーみたいだ。「いろいろありがとう」

スーズはビスケットの箱を机に置き、ドアのほうへ行きかけた。「このビスケット、大好物なの。この子、ほんとにおとなしくて手がかからないのよ。ただ、ジャックが——」

「わかってるって」さあもう行って、というようにネルは手を振った。「ジャックのご機嫌をとってあげて。わたしたちはちゃんとここにいるから」

スーズが行ってしまうと、仕事をしながらつま先で犬を掻けるように、バスケットをもっと奥に押しやった。リズミカルに掻いてやると、二、三分でダックスフントの震えが止まった。シュガーパイはフーッと息をつき、うたた寝しだした。ネルはだいぶ気分がよくなった。

ようやく、事態が好転してきた。

スーズがO&Dに着いたとき、ジャックは部屋の外に出て、高価な大理石の壁の前でカリカリしながら待っていた。

「こんにちは、エリザベス」視界の端でジャックをとらえながら、スーズはエリザベスにほほえみかけた。

「遅かったじゃないか」ジャックが言った。挨拶を返そうとしたのにさえぎられたエリザベスは、ボスをキッとにらんだ。「行こう」

「ネルに犬を預けにいってたから、遅くなったの」ジャックにエレベーターのほうへ急かされながら、スーズは言った。「誰もいない家に犬だけ置いておきたくないってあなたが言うから、ネルの勤め先に連れてったのよ」

「誰もいないときだろうがなんだろうが、あの犬を家に置きたくはない。きみのイカれた友だちに犬を連れてこさせる前に、ひとこと相談してほしかった。だが、きみはそんなことは思いもしなかったらしいな」

「ネルはイカれてなんかいないわ」

「わかったよ、じゃ、そういうことにしておこう。ネルが今度はなにをしでかしたか、言ってもどうせ信じないんだろう？　ネルはもう家族の一員じゃないんだ。ネルじゃなく、ホイットニーと買い物に行ったらどうだ？」

「ネルはわたしの家族よ」スーズは言ったが、ジャックは無視して、閉まりかけたエレベーターのドアの隙間に手を突っこんだ。

三人の先客がスーズにほほえみかけ、場所をあけた。ふたりはまんなかに乗りこんだ。

「やあ、スージー」先客のひとりが言った。振り向くと、にっこり笑ったバッジの丸い顔があった。「今夜、マージーとネルと映画に行くんだってね」シニア・パートナーの美しい妻と話せて、バッジはうれしそうだ。「ネルがマージーをあまり遅くまで引き止めないように、気をつけていてくれないか」

「わかったわ」スーズは口に出さずに思った。もう一度、スージーと呼んでごらんなさい。クビにしてやるから。

エレベーターのドアが開いた。ジャックがスーズの腕をとり、駐車場を引きずるようにしてBMWのところに連れていった。彼が車のドアを閉め、イグニションにキーを差しこんだときだ。頭に来ていたスーズは、手を伸ばしてキーを引き抜いた。そして、自分で自分の乱暴さにびっくりした。

ジャックも驚いたようだった。「なんのまねだ？」

「あなたこそ、なんでそんなにバカヤローなの？」この十四年間ではじめて、スーズは夫に逆らった。

「そんな口のきき方をするな。昨夜はどこにいた？」

「言ったでしょ。ニュー・オールバニーでシュガーパイを盗んでたのよ。それ以外のどこであの子を見つけたと思うの？」

「昨夜はきみの言葉を信じた。誰が聞いたっておかしな話なのに」ジャックはスーズをにらんだ。スーズもにらみ返した。

「なんなのよ？　犬が気に入らないんなら、もう心配いらないわ。ネルに引きとってもらうから。ほかになにか気に入らないことがあるんなら、はっきり言えばいいじゃない。ネチネチするのはやめて」

「わかった。きみがそう言うなら、言おう」ジャックは背筋を伸ばした。威厳のある怒りを演出しようとしたのだろうが、拗《す》ねた十二歳の子どものようにしか見えなかった。「きみは浮気している。認めたらどうだ？　きみはわたしを裏切った」

スーズはあっけにとられた。「気でも狂ったの？」

「ピート・サリヴァンが、きみがライリー・マッケンナと食事しているのを見た」

「そんな人――」言いかけて、口をつぐんだ。「昨夜？　だったら、ネルとマージーも一緒だったわ。四人でダイナーに入って、三十分くらい、シュガーパイのことで言いあったのよ。そんな濡れ衣きせられるなんて信じられない。マージーとネルもいたのに」

「あのふたりは、きみのために嘘をつくくらい、平気でやるだろう」とジャックは言ったが、いくらか怒りが収まったようだった。「ネルなら、どんなことだってやりかねない」

「話のつじつまを合わせるためにネルが犬をくれた、とでもいうの？　昨夜までライリー・マッケンナなんて知りもしなかった。昨夜はじめて会って、だけどべつに、これ以上親しくなりたいとも思わない。あなた、どうしちゃったの？」

ジャックは息をつき、ヘッドレストに頭をもたせた。「ちょっときつい一週間だったんだ」

「だから、いやなことをわたしにもおすそわけしようっていうの？　それはどうもありがとう」スーズは首を振った。「どうして信じてくれないの？　信じられない。昔いろいろあったのは、あなたのほうじゃない」

「おい。口のきき方に気をつけろ。わたしはきみを裏切ったことはない」

「じゃあ、なんでわたしが裏切ったと思うの？　ピート・サリヴァンなんてろくなやつじゃないわ。あなただって知ってるでしょ。あなたにいやな思いをさせたくて、そんなこと言ったのよ。まんまと思うつぼにはまるなんて。あなた、自分をわたしに投影してるんじゃない？　浮気したいのはあなたなんだと思う——」

「ちょっと待て」

「——三十過ぎの女に飽きて、誰かもっと若い女を——」

「スーズ。愛してる」ジャックが体を寄せてきた。

「——そのことに後ろめたさを感じてるから、わたしが仕事をしたいと言うと反対して——」

ジャックは身をかがめ、キスでスーズの口をふさいだ。スーズは反射的に彼の首に腕を回した。これまでずっと彼だけが、安心できるよりどころだったのだ。「絶対、浮気はしない」ジャックはささやき、スーズを抱き寄せた。「愛してる。ずっと一緒にいよう」

「どうしてわたしが浮気するなんて思えたの？」まだ許していないふりをしてスーズは言った。「どうしてあんなひどいこと言えたの？」

「スーズ。わたしはもう五十四だ。ライリー・マッケンナは三十だ。あいつときみが、と思うとたまらなかった」

「どうして彼のこと、知ってるの？」

ジャックは少し体を離した。「マッケンナ探偵社にはいろいろうちの仕事をやってもらっているんでね。悪かった。彼と一緒だったと聞いて、ついカッとなった。わたしがばかだった。さあ、もう仲直りしよう」

「そうね」スーズは彼にキーを渡した。こんなごたごたはもう終わりにしたい。

ジャックはキーをイグニションに差しこみ、エンジンをかけた。スーズの膝をやさしく叩いてから、車を出す。ほっとしたのだろう、いつもの陽気な彼に戻っていて、どこか浮かれた感じがするほどだった。「浮気なんかするはずないだろ。ばかだな」車は通りに出ていった。「毎晩家にいるし、きみにすべてを与えてるじゃないか。急に癇癪を起こして、いったいどうしたんだい?」

あなたが与えるほかのなにかのせいだわ。少しも気分は晴れなかったが、スーズはもうなにも言わず、シートにもたれた。


午後一時、ドアが鳴った。ゲイブかと思って顔を上げると、ジェイスだった。

「ランチに行こう」ジェイスは黒い瞳をきらめかせて笑った。「奢るからさ。さあ」

「ママが払うわよ。でも行けない。午前中用があったから、仕事がたまっちゃって。いま、てんてこ舞いなの」それに、机の下に犬も隠してるし。

「わかった。じゃ、なにが食べたいか言って。買ってくるから」

「おなか空いてないし――」

またドアが鳴り、勢いよく開いて、ジェイスの背中にぶつかった。

「おい」ジェイスが抗議の声を上げる。

「ドアの前に立ってないでよ、おばかさん」ルーがドアの陰から頭を突き出した。ジェイスを見たとたん、笑顔になる。「ハロー」

「ハロー」ジェイスも言い、ドアの向こうをのぞきこんだ。あらら、とネルは思った。

「この子、もう帰るところだから」

「まだ帰らないよ」ジェイスはドアを大きく引き開けた。「さ、どうぞ。どんなお悩みでしょうか」

「パパのせいで頭がおかしくなりそう」とルー。「あなたはなんでここにいるの?」

「母さんに食べさせなきゃと思って」

ルーがぱっと顔を輝かせた。「ネルの息子さん?」それから、ネルを見てうなずいた。「いい仕事したわね」

「ボスの娘さんよ」ネルは、この子に手を出しちゃだめ、とテレパシーで伝えようとした。

「ルーよ」

「ジェイスだ」ルーが差し出した手をジェイスはしっかり握った。「母さんをランチに連れ出そうとしたんだけど、出れないって言うから――」

ネルはバッグをつかんだ。「出れるわよ」

「――暇になっちゃって。一緒にランチ食べない? お父さんとのこと、どうしたらいいか考えてあげるよ」

「ほんと?」ルーはにっこりした。「パパに会ったことあるの?」

「ないよ。だけど、まあ、ぼくに任せて。ランチのほうも奢るから任せて」

「すてき」ルーはネルに手を振った。「なにか買ってくるわね。あたしが来たこと、パパには内緒ね」

「わかったわ」だが、ふたりはもうなかば外に出ていた。「ジェイス!」

ドアの隙間からジェイスが顔を出した。

「ボスの娘さんなんだから、変なことしちゃだめよ」ネルは声を低めてささやいた。

「ランチに行くだけだよ。明るいうちは、変なことしないから」

「冗談のつもり? おもしろくないわ」そう言ったときには、ジェイスはもういなくなっていた。

気をもむべきだろうか。だが、それでなくてもいろいろ問題を抱えているのだ。これ以上悩みごとを増やすのはやめよう、とネルは決めた。でもわたし、かなりうまくやってるわ。今朝の成功の余韻はまだ消えていなかった。いま、手もとに六千ドル近くある。これをゲイブに渡せるのだ。新しい名刺を注文してもいい、窓のペンキも塗りなおしていい、そう言ってくれるかもしれない。うまくすれば、新しいソファも買わせてくれるかも。目的を達するにはただ、逆らっている、という印象を与えて機嫌を損ねないようにすれば――

ドアが勢いよく開いた。顔を上げると、ファーンズワースの怒りに燃えた目とぶつかった。

「責任者に会わせろ」と彼は怒鳴った。

ネルはごくりと唾を呑んだ。「いま、いないんですが」言いながら、シュガーパイを足で奥に押しやった。犬が目を覚まし、震えだした。ネルも震えていた。

「居留守を使う気か」ファーンズワースはずかずか歩いていき、力まかせにゲイブの部屋のドアを開けた。

　ゲイブがいなくてよかった。神さま、感謝します。

「マッケンナはどこだ？」ファーンズワースが机の前に戻ってきて言った。

「所用で出ています」ネルは憤慨した口調を装おうとした。「わたしにはお話になれない用件でしたら――」

「うちの犬を盗んだろう？」

　ネルはビクッとして、シュガーパイを蹴った。「そんなこと、してません」

「あんたが、と言ってるんじゃない。この探偵社が、だ」

「当社は――」言いかけたとき、ドアが開いて、サングラスをはずしながらゲイブが入ってきた。なんだか、ひどく怒っている様子だ。なにか言わなきゃと思ったものの、ひとことも言葉が出てこない。

「おい！」ファーンズワースが彼に向きなおった。「訴えてやる――」

「あんた、誰だ？」ゲイブが言った。明らかに、訴えられたい気分ではなさそうだ。

「マイケル・ファーンズワースだ。うちの犬を盗んだな」威勢のいいせりふが少しトーンダウンした。仕立てのいいスーツを着て銃の携帯も許された地元の名士、という風情で憤然と立っているゲイブの前では、それがばかげた言いがかりにしか聞こえないことに気づいたらしい。

「なんだって？」その瞬間、部屋の温度が十度くらい下がった気がした。

　お願い、わたしにはそんなしゃべり方をしないで。ネルは祈ったが、それがむなしい祈りであることはわかっていた。次は自分の番だ。

「女房があんたを雇って——」

「うちは違法行為はしない」ゲイブが鋭く言った。「うちは六十年以上、この仕事をしているが、悪い評判が立ったことは一度もない。名誉毀損で訴えられたくなかったら、妙な言いがかりをつけるのはやめることだ」

「犬がいなくなったんだ」ファーンズワースは言い張ったが、最初の勢いは失せていた。

「妻がここに依頼に来たことはわかってる」

「誰から依頼があったかといったことは、守秘義務があるので言えない。だが、これだけは保証する。うちの事務所は法律違反になるような依頼は受けない」

「妻が」ファーンズワースは言いかけたが、すぐ尻すぼみになった。「関係していることはわかってるんだ」

「だったら奥さんと話すことだ」これでこの話は終わり、というようにゲイブが言った。

「なんなら、あんたを雇ってもいい」ネルは心臓が止まりそうになった。よりによって、なんてこと言うの？　ゲイブにわたしを調べさせる気？

「ひとつだけ手がかりがある」ファーンズワースは続けた。「ブロンドのすごい美人が玄関のベルを鳴らして、おれの気をそらした。かつらで髪は変えられるが、この女じゃなかった」と言って、ネルを指さす。「その女はもっと細い感じで——」

「ファーンズワースさん。おれはこのごたごたに首を突っこむ気はない。警察に行ったらどうです？　警察なら、奥さんを取り調べて、うちに頼むより早く真相を究明してくれますよ。

それに無料だ。そのために税金を払ってるんだから」

ファーンズワースはうなずいた。ネルもつられてうなずいた。ゲイブはいつも理にかなったことを言う。あいにく今回は警察にネルを引き渡そうとしているも同然だが、それでも理にかなっていることに変わりはない。

この子を外国にやらなきゃ。誰かカナダに行く人、いないかしら――

ファーンズワースが出ていった。開けっ放しにされたドアを、ゲイブが荒っぽく閉めた。

「やれやれ、ですね――」ネルはそしらぬ顔で言いかけたが、振り向いた彼の目を見て口をつぐんだ。

「バカヤロー、犬はどこだ?」

7

一瞬とぼけようかと思ったが、やめた。どうしてばれたのかわからないが、彼は知っているのだ。だとしたら、正直に言うしかない。

「机の下」とネルは言った。そのとき、ライリーが入ってきた。

「いま、すごい勢いで出ていったおっさんは誰だい？」

「引っこんでろ」ネルに目を据えたまま、ゲイブが言った。「おまえとはあとで話す」

「なんだよ？　ぼくがなにかしたか」

ネルはバスケットを引っぱり出して机に置いた。

「嘘だろ。ここに連れてきたのか？　あの男が探しにきたらどうするんだ？　ご夫人がここに来たこと、知ってる――」

「さっきのがその男だ」ゲイブは犬を見て顔をしかめた。「なんだ、これは？」

「元は茶色いロングヘア・ダックスフントだったんだけど。スーズが変装させたの」

「スーズ・ダイサートか？　ブロンドの美人、というのはスーズだな」

「ほんとに美人だからな」

ゲイブがギロリとにらんだ。「おまえ、止めようとは思わなかったのか」

「ライリーは止めたわ。わたしたちが、いま止めてもいつかやるわよって言ったから。だったらへまをして困ったことにならないように、手伝ったほうがいいと思ったんじゃない？」

「なんてやつだ」ゲイブはもう一度犬を見下ろし、かぶりを振った。「だが、きみを雇ったのはおれだしな。今朝、どこにいた？」

「ここにいませんでしたっけ？」ネルはそらとぼけた。五千ドルはあとで渡せばいい。そうね、月曜にでも。

「もう一度訊く。どこにいた？」ゲイブの声は険しかった。

「わかったわよ、言えばいいんでしょ」犬が彼の目に入らないほうがいいかもしれない。ネルはシュガーパイのバスケットを持ちあげた。「事務所のためにある用をしにいってました」

「事務所のため、だ？　頼むから、もうなにもしないでくれ。どこに行っていた？　もしまた法律を破ったんならクビだ」

クビ、と聞いて胃がキリキリ痛んだ。「リニーのところよ。お金を取り戻してきたわ」バスケットをふたたび机に下ろし、引き出しから銀行の封筒を出して突きつけた。「五千ドル以上あるわ」

「ブラボー！　やるじゃないか」

「なにがブラボーだ」ゲイブがぴしゃりと言った。「リニーにはいろいろ訊きたいことがあった。こっちが使いこみを知ってることを知られたんじゃ、やりにくくなる」

ネルは封筒を机に置いた。「それはどうも申し訳ありませんでした。でも、とにかくお金は戻ったんだから。わたしは事務所のためになることをしたつもりよ」

ゲイブは渋い顔のままだった。クビね、とネルは思った。

「ねえ、聞いて」いままでこんなに早くしゃべったことはない、というくらい早口でまくしたてた。「怒るのはわかる。でも、やっぱりわたしは正しいことをしたと思う。マッケンナ探偵社は素晴らしい探偵社だけど、バランスシートをよくするとか、いくつか改善の余地があると思うの。このお金を取り返したおかげで、うちの財政状態はずいぶん改善されたわ。それに、わたしは法律は破ってない。三つのルールも破ってないし。といっても、三つめのルールは知らなかったんだから、守るも守らないもないけど」ライリーが、やれやれ、というように目を閉じた。

「ほんとに、素晴らしい探偵社だと思ってます」ネルはそこで口をつぐんだ。

「そいつはどうも」ゲイブの口調は、いままで聞いたこともないような苦にがしげなものだった。「きみとも話さなきゃならないが、その前にまずライリーと話したい。こっちの話がすむまで、ちゃんとそこにいてくれ」

「わかりました」ネルは椅子に腰を下ろした。

ゲイブはライリーのほうを向き、彼の部屋を指さした。「なかで話そう」

「ぼくに当たらないでくれよ。ネルを雇ったのはきみだろ」

ゲイブは乱暴にライリーの部屋のドアを閉めた。「いいことを教えよう。うちの秘書はあの犬を盗んだだけじゃない。別れた亭主のオフィスで大立ち回りを演じた。警察がここに尋問に来たんだぞ。なんとかお引き取り願ったがね。リニーのこともそうだ。また警察沙汰にならないともかぎらない。あの女、手に負えん。辞めてもらおう」

「だめだ」ライリーは言った。ゲイブが驚いて口をつぐんだ。「ぼくも自分で驚いてる」ライリーは椅子に腰を下ろした。「だけど、このことではきみに逆らうよ。ネルはいいやつだ。ただ、いましんどい時期なんだ。もう一度チャンスをやれよ」

「なぜだ？　うちを破壊する以外に、ネルになにができる？」

「ネルはうちにとって脅威にはならないよ。きみだってわかってるはずだ。きみはネルに怒ってるんじゃない。パトリックに怒ってるんだ」

ゲイブは一瞬、考えこんだ。「いや、違うね。ネルに怒ってるんだ」言いながら腰を下ろす。

「こう思ってるんじゃないか？　トレヴァーがヘレナ殺しの真相の隠蔽工作をするのに、パトリックが手を貸した。リニーは、ここでなにかそれに絡む証拠を見つけて、トレヴァーと、たぶんついでにジャックとバッジも脅してる。きみはそれをどうすることもできないんで、ネルに八つ当たりしてるんだ」

「違う」

「ネルはたった一週間でおふくろの十年分の働きをした。働き者だし、有能だし、ちゃんと仕事をこなしてる。もう一度、チャンスを与えるべきだよ」

「もう一度チャンスを与えたら、こっちが破滅だ」

「ネルと話せよ。こき使ってばかりいないでさ。それじゃ、まるで親父さんだぜ。ランチにでも誘って、弁明するチャンスをやれよ。それでもクビにしたいって言うんなら、ぼくももう反対はしない」

ゲイブはため息をついた。パトリックへの怒りをネルに投影しているとは思わない。ネルはクビにされて当然のことをしたのだ。だがライリーはいいパートナーだし、ランチに誘って話をするくらい、むずかしいことじゃない。「わかった」と言って立ちあがった。

「リニーについての推測は、当たってるかもな。ここでなにか見つけたんだと思う。リニーがO&Dの三人を脅迫している、という線は濃厚だ。リニーを問いつめようか。ぼくにならドアを開けてくれるかもしれない。前にも開けてくれたことがあるから」

「まったく、おまえってやつは。女好きもほどほどにしろ」ゲイブはあきれて首を振った。

「ネルと寝たなんて、信じられん」

「自分でも信じられないよ。彼女といると、思いもかけないときにグッとくるんだ。ランチに誘うんなら、きみも気をつけたほうがいい」

「おもしろい冗談だ」ゲイブは言い、部屋を出た。

ネルはおとなしく座って、祈っていた。わたしは正しいことをした。ゲイブがそれをわかってくれますように。

ドアが開いて、ゲイブとライリーが出てきた。

「来い。飯を食いにいくぞ」

有無を言わさぬ口調だった。ネルはバッグをつかんで立ちあがった。「お金はどうするの？　シュガーパイは？」

「ライリーが預かってくれる。行くぞ」

ライリーが同情したようにネルを見た。「ごめんな」彼は銀行の封筒を小脇にはさみ、シュガーパイのバスケットを持って部屋に戻っていった。

ゲイブがドアのそばに立っていた。その様子は天から堕ちたばかりのルシフェルさながらだった。ネルは命運が尽きたのを感じた。正しいことを——何回か——しただけなのに、あんまりだ。

「クビにするのなら、いまここでしてください」と毅然《きぜん》と言った。「さっさとすませちゃいましょう」

「昼飯を奢る、と言ってるんだ。そのあと少し話をして、うちのルールについてのきみの理解度を見る。理解が充分であれば、クビにはしない。ここに戻って仕事の続きをしてもらう。だが、充分でなければ、履歴書が入り用になるだろう」

なにか言い返したかったが、クビにならないですむのであれば、生活のために口を慎んだほうがよさそうだ。

「ありがとうございます」ネルはゲイブの脇をすり抜けて外に出た。


ゲイブはサングラスをかけ、むっつり黙りこくって歩いた。ネルは一度、「いいお天気ですね」と話しかけたが、彼が答えないので、口を閉じて遅れないように足を速めた。レストランまで二ブロックしか離れていなくて助かった。

その店は〈シカモア〉という名のバー&グリルで、ふたりは入口近くの小さなテーブルのひとつに案内された。ゲイブは奥を向いて座り、彼女に大きなステンドガラスと外の眺めが見える席を譲ってくれた。ネルは体をひねって店を見まわした。濃い色の木目が美しい壁や天井、ティファニーの照明器具、壁には古い広告のパネル。ウエイトレスが飲み物のオーダーを取りにきた。「生ビールとルーベンサンドイッチ」とゲイブは言い、ネルを見た。「注文しろ」

ウエイトレスはぎょっとしたようだった。

「コーヒーを」ネルは言い、ほほえんでみせた。

「彼女にオムレツを頼む。卵四つ、ハムとチーズをたっぷり入れたやつを」

「オムレツなんて食べたくないわ。おなかが――」

「いま、本当にこのことで言い争いたいのか」ウエイトレスが一歩あとじさった。

「じゃあ、シーザーサラダをいただくわ」

「それでいい」ゲイブはウエイトレスを見上げた。「それに、グリルドチキンをふたつ、彼女にフライドポテトをふたつ」

「フライドポテトなんて食べたく――」

「知ったことか」ゲイブがさえぎって言った。

ウエイトレスがいなくなるや、ネルは抗議した。「わたしがなにを食べようと、あなたの知ったことじゃ――」

「別れたダンナのオフィスをぶっ壊したんだってな。彼の新しいワイフ殿が、きみを告訴した」

「そんな。どうしよう」体が冷たくなった。

「採用したとき、あんたは青ざめて生気のない様子だった。それがいまは、前科持らってわけだ」

「どうしよう」

「いったいなにをやらかしたんだ？　新しいワイフ殿は、つららがどうとか、わめいてたが」

「トロフィーよ」ネルは弱々しく言った。「オハイオ州年間最優秀保険代理店の。それを割ったの」

「楽しかったか。今日の午前中、ジャックとおれはきみの尻ぬぐいをしていた。きみはまだあの保険代理店の半分を所有している、従って告訴は無効だ、と言ってジャックは元ご亭主に告訴を取り下げさせた。だから、きみはもう警察に追われることはない」

「ありがとうございます」ネルは礼儀正しく言い、膝の紙ナプキンをちぎりだした。

「水曜の晩は、客の夫と寝ようとした」

「あれは間違いでした。すみませんでした」

「それに、ライリーと寝たな？」

「そのことでは、責められなきゃならない理由はないわ」ネルは少し元気を取り戻して言い返した。「パートナーとファックしちゃいけないなんて言わなかったじゃない」

ゲイブはあっけにとられた顔をした。「たしかに言わなかった。きみがそんなことをするとは思わなかったからだ。はっきり言って、やったのも驚きだが、きみが〝ファック〟なんて言葉を口にできるだけでも驚きだよ」

ウエイトレスがビールとコーヒーを運んできた。「お食事もすぐできますから」ネルを心配しているようだ。

「ありがとう」虐待されている女に見えないよう、ネルは精いっぱい明るく言った。

ウエイトレスがテーブルを離れるのを待って、ゲイブは再開した。「昨日は客のプライバシーを社外の人間にもらした。夜には、犬を盗んだ。そして今朝は、前の秘書から金を脅しとった。まったく、一週間でよくこれだけのことをやれるもんだ」

「事務所のためにやったんです」

「手に負えん女だ」続いて職業倫理と責任と、評判がいかに大事かについての説教を始めた。説教はウエイトレスが食事を運んでくるまで続いた。

サラダには、チキンとチーズとクルトンが皿からあふれんばかりに盛られていた。ゲイブがサラダを指さした。「食え」

「こんなに食べきれないわ」

「なら、ここにずっといることになる」ゲイブはサンドイッチに手を伸ばした。

ネルはサラダをフォークで突つき、ひと口食べた。おいしかった。だが、彼はいったいなにさまのつもりだろう？　思いきって言った。「あなた、なにさまのつもり？　わたしがなにを食べようと、あなたの知ったことじゃないでしょ」

「そうはいかない」ゲイブはフライドポテトをつまんだ。「きみはうちの顔だからな」

「だから？」

ゲイブはサラダを指さした。ネルはもうひと口食べた。「死人みたいじゃないか。少し太ってくれないと、ろくな給料を払ってないと思われる」

「払ってないでしょ」ネルはサラダを頬ばったまま言った。「それに、わたしはちゃんと元気に見えるわ」

「どこが？　いいから黙って食え。そのあいだに三つのルールについて説明する」

「ルールなら知ってるわ」ゲイブがまたサラダを指さした。ネルは文句を言いかけたが、黙って食べたほうが早いと思って、サラダを突ついた。

「部外者にしゃべっちゃいけない訳は、うちの客は、人に知られたくない秘密を抱えて相談に来るからだ」

「わかってます」

「スーズに犬のことを話したとき、きみは秘密厳守のルールを破った。スーズは友だちかもしれないが、部外者だ。きみの口の堅さを信じられなければ、きみを信用できない」

ネルはゆっくりサラダを噛んだ。「おっしゃるとおりです。すみませんでした」

「ああ、おれはいつだって正しい」彼はネルがサラダを口に運ぶのを待って続けた。「法律を破るのも、客のプライバシーをもらすのに劣らず悪い。うちは警察といい関係を築いている。うちが違法行為をしないことを警察も知っているからだ。自分だけは法律を守らなくていいと思いあがっているきみのせいで、せっかくのいい関係を壊したくない」

ネルはサラダを飲みこんだ。「法律を守らなくていい、なんて思ってません。ティムのオフィスで乱暴を働いたことは悪かったと思ってるわ。二度としませんから」

「犬も盗んだ。そしていまでも、正しいことをしたと思ってる。違うか?」

「あなただって、あの子を返させようとはしなかったじゃない」

「黙って食えと言ってるだろ」そして、ネルが気を取りなおす間もなく続けた。「で、パートナーとファックした件だが」

ネルは椅子からずり落ちそうになった。

「ライリーと寝たってべつにかまわない。それこそ、おれの知ったことじゃないからな」言葉とは裏腹に、怒っているような声だった。

「もう寝てないわ」ネルはさっきよりもっと強い罪悪感を覚え、あわてて言った。「ひと晩かぎりで終わったの。ほんとよ」できるだけ無邪気に彼にほほえみかけ、ビールのマグに手を伸ばして、喉に流しこんだ。ビールはピリッとしておいしかった。喉を冷たい感触が伝う。さらにひと口飲んだ。アルコールのおかげで、少し緊張がほぐれた。

ゲイブがウエイトレスに合図した。

「わたしのせいなの。ライリーは悪くない」ネルは唇についたビールの泡を舐めた。「わたしが悲しそうだったから、同情してくれたのよ」

ウエイトレスがやってきた。「ビールをもう一杯」

「また頼むの?」ネルは手のなかのビールを見下ろした。もう半分しかない。「あ、ごめんなさい」マグを押し戻そうとしたが、ゲイブに止められた。

「いいから飲め。ビールはカロリーが高い。で、さっきの話だが、そうなったのは、きみが悲しそうだったからじゃないさ。ライリーはめそめそした女は嫌いなんだ」

「わたしは、悲しそうだった、と言ったの。めそめそしてたなんて言わなかったわ」

「食え」せっつかれ、フォークを持つ手をせっせと動かした。

ウエイトレスが二杯めのビールを持ってきた。「ネル。この三つのルールは、経験から学んで、できたんだ」

ネルは驚いて顔を上げた。ネル、と呼ばれたのははじめてだ。

「ルールを決めたのは親父だが、それにはちゃんと理由があった。このルールは――」

「パートナーとセックスするな、っていうルールはなんのため？」ネルは彼の気をそらそうとして言った。

「親父は秘書と結婚したんだ。このルールは――」

「お母さま、秘書だったの？　ちょっと待って。クロエもあなたの秘書だったんでしょ？」

「このルールは――」

ネルはフォークを振って彼をさえぎった。「わかりました。二度とルールを破ったりしません。誓うわ」ゲイブは、怪しいものだ、という顔をした。「ほんとよ。よくわかったから。わたしはこの仕事が好きだし、ずっと続けたいと思ってる。またあの犬みたいな問題が出てきたら、あなたに相談して、なんとかしてくれるまでうるさく言うことにするわ」

「そうだな。そのほうがいい」ゲイブはビールのマグを手にした。どうやらお説教は終わりらしい。「食え」ネルはチキンをひと口食べた。そして、素直に言うことを聞いている自分に驚いた。

誰かに指図されたり怒鳴られたりするのは何年ぶりだろう。ひょっとしたら、生まれてはじめてかもしれない。結婚していたときは、ものごとを動かしていたのはネルで、ティムはついてくる側だった。そしてある日、ティムはあれこれ指図しない別の女を見つけた。彼女といれば自分が主導権を握っているような幻想を抱くことができたのだろう。だが、聞いた話ではいまはホイットニーが主導権を握っているらしい。要するにティムは、自分のかわりにものごとを仕切ってくれる女を求めているくせに、それを認めたくないのだ。ゲイブのようになりたいが、ゲイブが担っている責任は担いたくないのだ。

フォークがボウルの底にぶつかった。見るとサラダはなくなっていた。

「いいぞ」ゲイブがフライドポテトの皿を押しやった。「次はこれだ。それともうひとつ。黙ってないで、なにか言ってくれ。きみが黙っているときは、なにか考えているときだ。きみが考えると、ろくなことにならない。食え、それからリニーとどういうやりとりがあったか、話してくれ」

ネルは深呼吸した。「リニーの家に行って、お金を返してくれないなら警察に言うって言ったの。それから、いろいろ話をした」

「リニーはなんと言った?」

ネルは目を閉じ、記憶をたどった。「病気だったたって言ってたわ」そして、リニーの家のリビングでの会話をできるだけ正確に再現した。ただし、ゲイブに恋してるのね、となじられた部分は省いたが。話し終えて目を開けると、ゲイブが見つめていた。

「だいぶ話をつくったんじゃないか?」

「つくってなんかいないわ」ネルは憤然と言った。「言い忘れたことはあるかもしれないけど、言ったことは全部事実よ」

「たいした記憶力だ。おれがワンマンだって？」

「そうよ」ネルはポテトをつまんだ。

「まあいい」ゲイブもポテトをつまんだ。「話さなかったことがあるだろう？」

「ないわ」と言おうとしたが、やめた。ゲイブ・マッケンナに嘘をつくのは賢いやり方とはいえない。「プライベートなことを少し話したけど。その話はしたくない」

「そのなかに、なにか手がかりになりそうなことがなかったか」

「なかったわ」

ゲイブはポテトにケチャップをつけて差し出した。「食え」

「わたしはヴィネガーのほうが好きなんだけど」ゲイブはウエイトレスを呼んで、ヴィネガーと勘定を頼んだ。そして、考えこみながら食事に戻った。ネルはリラックスした。ヴィネガーが来たので、もうひと皿のポテトに振りかけ、りんご酢のツンとくる匂いを深々と吸いこんだ。これよ、これ。なんてすてきなの。

「リニーは誰かから金を巻きあげようとしてたんだな」ゲイブが言った。「その男の名前は？　聞かなかったか」

「いま話したことで全部よ」ゲイブはうなずき、サンドイッチの最後のひとかけらを口に放りこんだ。

ウエイトレスが勘定書を持ってきた。ゲイブはちらっと見て、トレーに札を数枚置いた。ウエイトレスはトレーを持って戻っていった。「この仕事をどれくらい真剣に考えてる？」

ネルは口を動かすのをやめた。話が本題に戻った。あまりいいことではない。「それは……」

わたしはどれくらい真剣だろう？　ライリーのことは好きだ。ゲイブも、わたしをだんだん好きになってくれているようだ。シュガーパイを助けたのは気分がよかったし、リニーのことは好きだが、彼女から金を取り戻したのもよかった。おとり調査の結果、ベンが浮気男だとわかったのも意味があった。それを知るのは奥さんにとっていいことだ。人は嘘をつかれたら、そのことを知らずにいるべきではない。自分の人生のどこが間違っているかわからなければ、人生を立てなおせない。

「とても真剣です」

「きみを雇うのはリスクだ。それが冒す価値のあるリスクだと、きみはまだ証明してみせてくれていない」ゲイブは言ったが、ネルを責めたわけではなかった。

「わかってます。今週はきつい一週間だったけど、学ぶものもたくさんあった。もう大丈夫だから」

「なにがあった？」ゲイブはポテトを口に入れ、そのとたん、顔をしかめた。

「ヴィネガーよ」

「今週、なにがあった？　きみがイカれてないことをおれにわからせてくれ」

ネルはぐっと唾を呑んだ。「わかりました」だが、どこから話せばいいだろう。「わたし、少し前に離婚したんです。一年ちょっとになります」

ゲイブはうなずいた。

「しんどかった。わたしの場合、結婚イコール仕事だったから。いっぺんにすべて失った。大丈夫ってずっと思ってたけど、本当は大丈夫じゃなかった。クリスマスの午後に、ティムは出ていった。プレゼントの包み紙が散らかっているなかに立って、『すまない。きみをもう愛していないんだ』って言って。彼が出ていったあと、ひとりで包み紙を片づけたわ。むちゃくちゃよね。そんなことが起こるなんて、世のなか、むちゃくちゃ」

ゲイブはもう一度、うなずいた。

「なんで、そうやってうなずいてばかりいるの？　なにか言ってよ。黙ってられるとたまらない」

「よけいな口をはさんで、きみに話をやめられたくない」

「ずるいのね」

「なにがあった？」

「わたしは取り乱すまいとしたわ。ものわかりのいいところを見せよう、自分をなんとか納得させようとした。そうこうするうち、彼がホイットニーと出会って、結婚した。離婚前はわたしがやっていた仕事をホイットニーが引き継いだ。わたしはちょっとおかしくなって、毎日寝てばかりいた。それから、スーズとマージーが気づいた……」世界がひっくり返ったあの日のことを思い出して、ネルは持っていたポテトを皿に戻した。ほんの二日前なのに、何十年も昔のことのような気がする。

「家を出たとき、すでにほかの女がいたんだな？　ホイットニーだったのか」

ネルは背筋を伸ばした。「どうしてわかったの？」

「あてずっぽうさ。いつ、聞いた？」

「水曜日」

ゲイブはうなずいた。「おとり調査の相手の部屋に行ったこと、ライリーと寝たこと、元亭主のオフィスで乱暴を働いたことは、それで説明がつく。あの犬とリニーのことはよくわからんが——」

「どいつもこいつも、ひどいことをしておきながら、まんまと逃げおおせる。わたし、怒ってたの」

「もう、するな」

「ええ。わかってる」

「きみもマッケンナ探偵社の一員なんだ。きみのすることは事務所の責任になる」

「わたしも一員なの？」

「それはきみしだいだ」

ゲイブがネルの目をのぞきこんだ。ネルは、まじめで信頼できる人間に見えるよう願いながら、見つめ返した。一員になりたい。わたしも仲間に入れて。

「条件がある」とゲイブは言った。「きみは働き者だし、有能だし、頭もいい。おれとしても、クビにはしたくない。だが、しっかり口を閉じておくこと、誰かが間違ったことをしているのを見ても、復讐したりしないことを約束してくれないと困る。できるか？」

ネルはうなずいた。

「この約束はとくに、きみも知っているある人物について守ってもらいたい。その件で手伝ってほしいことがあるんだが」

「誰かを裏切らなきゃならないの？　裏切るなんて、できない」

ゲイブは肩をすくめ、ポテトをつまんだ。「それは、なにをもって裏切りとするかによるな。ある人物にいくつか質問して答えを引き出してほしい。その人物がクロだとはおれは思わない」

ネルは固唾《かたず》を呑んだ。「あなたから聞いたことは決して口外しないと誓うわ。でも詳しい話を聞くまで、それ以上のことは約束できない」

「もっともだ。誰かがO&Dのトレヴァー・オウグルヴィ、ジャック・ダイサート、バッジ・ジェンキンズを強請っている」

「まあ」ネルはほっとした。その三人がどうなろうとかまわない。ポテトをもうひとつつまみながら尋ねた。「犯人はリニーだと？」

「たんなる推測だ」

「なにをネタに強請ってるの？」

「バッジは、使いこみで」

ネルは声を上げて笑った。「バッジが？　犯人は彼のことをなにも知らないのね」

「そうか？　きみだったら、なんと言って脅す？」

ネルは椅子の背にもたれ、天井を見上げて考えた。バッジを怯えさせることはできそうにない。ただひとつのことを除いては……。「マージーを失うはめになるかもしれないようなこと。バッジはマージーの歩くカーペットまで崇拝してる。何年も前からずっとよ」

「たとえば?」

「おまえはマージーの〈デザートローズ〉の皿を割っただろう、とか」ネルは半分冗談で言った。「マージーはすごくおっとりしてるから。スチュアートを十五年も我慢したくらいだもの。わたしなら、ハネムーンが終わらないうちに殺しちゃいそう」

「スチュアート?」

「スチュアート・ダイサートよ。ジャックとティムのきょうだいの。ジャックがいちばん上で、社会的にもいちばん成功した。ティムはみんなに愛されて甘やかされた末っ子。まんなかのスチュアートは、不平屋の、ぱっとしない人だった」

ゲイブは眉間に皺《しわ》を寄せた。「聞き覚えのある名だ。なんでかな。ふたりは離婚したのか」

「してないわ。スチュアートは七年前、O&Dからくすねた百万ドル近いお金を持って、南に逃げた」

「そうだった」ゲイブはそこでうなずいた。「その件はO&Dが揉み消したんだ。なんでマージーは離婚しない?」

「もし離婚したら、バッジと結婚するはめになるからよ。マージーは彼と結婚したくないの」

ゲイブは、信じられない、という顔でネルを見た。「ノーと言えないのか」

「ええ。マージーはノーと言えない性格なの。でも『まだ無理よ。わたし、結婚してるから』となら言える。紙の上でまだ結婚していることでね。犯人は、ジャックに対してはなんと言って脅してるの?」

「不倫だ。トレヴァーもな」

「不倫だなんてありえないわ。ジャックはスーズにぞっこんだもの。ちょっと病的に思えるくらい、のぼせてる。マージーのお父さんは昔一度不倫したけど、もう二十年も前のことだし。それは数のうちに入らないと思う。それに、その不倫は悲しい結果に終わったでしょ。マージーのお母さんの自殺は大変なスキャンダルになった。あれで懲りて、もう一度同じ過ちを犯す気にはならないんじゃないかしら」

ゲイブはうなずいた。「母親について、マージーに二、三、尋ねてみてくれないか」

「そんな」ネルの楽しい気分は吹っとんだ。「できないわ」

「誰かが尋ねなきゃならないんだ。おれにその役をやらせたくはないだろ？」

「脅迫しないで。それに、マージーを怖がらせたくない。どういうことかもよくわからないのに、恐ろしい質問をしろだなんて」

「どういうことかは説明したはずだ」ゲイブはわざとらしく我慢強い口調で言った。「強請りだ」

「二十年以上も前に亡くなったマージーのお母さんが、なんの関係があるっていうの？」

「関係はある。その点はおれを信じてほしい」

「そんな。ただ信じろって言われても無理よ。マージーに尋ねると約束しないならクビだというんならしょうがないわ。クビにして」

ゲイブはため息をついて立ちあがった。「行くぞ。仕事に戻る時間だ」

ネルも立ちあがり、最後にもうひとつ、ポテトをつまんだ。

ポテトはもうほとんど残っていなかった。ばかでかいサラダと、フライドポテトをふた皿も平らげたらしい。

「準備は？」ゲイブが言った。

「クビってこと？」

「いや」

「オーケーです」とネルは言った。

8

「クビ、つながった？」ふたりがオフィスに戻ると、ライリーが言った。

「もちろん。シュガーパイは？」

名前を呼ばれたのが聞こえたのか、ライリーの部屋からシュガーパイが出てきた。カシミアのだるまさんみたいな格好で、よたよた歩き、震えている。

「この子になにしたの？」ネルはぎょっとして言った。

「なにも。リニーの家に行って戻ったら、こうやってよろよろしてた。無視してたら、そのうち元に戻った。人の気を引くためにやってるんだよ」

「そんなはずないわ。この子、虐待されてたのよ」ネルはかがみこみ、犬を抱きあげようとした。だがシュガーパイはクーンと鳴き、小さなずんぐりした足を宙に突き出して絨毯の上に転がった。白いカフスのせいでよけいに悲しげに見える。「シュガーパイ？　どうしたの？」

「もしこいつが人間だったら、バスの前に飛び出して、〝鞭《むち》打たれた、助けて〟って騒ぎ立てるんだろうな」ライリーは犬を見下ろした。「スイートハート、ぼくは嘘はつかないよ。だけど、あの依頼人は嘘つきだ。ビスケットで釣ってみろよ」

「そういう言い方って——」

「ビスケットをやれって」

「ビスケット、いる？」シュガーパイは頭をもたげ、ひたとネルを見た。ネルは机の上の箱に手を伸ばし、ビスケットを一枚取った。「いい子ね。ほら。もう大丈夫よ」

シュガーパイは芝居がかった切なげな目つきでネルを見た。それからおそるおそるビスケットをくわえ、もう一度すがるように見上げてから、すさまじい勢いでビスケットにむしゃぶりついた。

「虐待されていない犬を盗んだらしいな」ゲイブが言った。

「あの人、このアマ、って呼んでたのよ」ネルは憤然と言った。

「ま、実際、このアマ、だよな」とライリー。

「それに、哀れな様子をしてたし」ネルは犬を見下ろした。シュガーパイはビスケットのくずを最後のひとかけらまで食べようと、絨毯を舐めていた。「トラウマを抱えた犬なのよ」

シュガーパイがみなを見上げ、肩に頭をうずめて鳴いた。

「今度はなんだ？」ゲイブの足もとで震えながら、シュガーパイは彼を見上げ、まつげをパチパチさせた。

「映画のなかでマレーネ・ディートリッヒが、男から有り金全部巻きあげる前に、こんなふうにまつげをパチパチさせてたな」ライリーが言った。「この犬に足りないものはガーターベルトとトップハットだけだ」

「嬢ちゃん、やられたな」ゲイブがネルに言った。「職業上の危険ってやつだ。犬を返すんだ。望むらくは夜中に、な」

「いい考えだ。彼女がこいつの毛を刈って黒く染め、ラルフローレンの服を着せちまったんじゃなければな。飼い主にもも、これが自分の犬だとはわからないんじゃないか」

「毛を刈ったって？」ゲイブがため息をついた。「訳は言わなくていい。とにかく、こいつをどこかよそに連れていけ」

「そうだ、スーズ・キャンベルから電話があった」ライリーがネルに言った。「犬は元気だと言っておいた。もちろん、嘘だけど」

「スーズ誰ですって？」

「ダイサートだ」ゲイブがライリーをにらみ、部屋に引きあげた。

シュガーパイが顔を上げ、好奇心いっぱいその後ろ姿を見送った。が、残りのふたりの視線が注がれているのに気づいて、すぐにまた床にくずおれた。

「なんでスーズの旧姓を知ってるの？」

「ゲイブが、嬢ちゃんって呼んでたな」ライリーは眉を上げてみせた。「彼になにをした？ビールにヤクでも盛ったか」

「話をしただけよ」ネルはツンと顎を上げた。「わたしのやり方は間違ってないってわかってくれた」

「やり方を変える、と約束させられたんだろ。さもなきゃクビを切られたはずだ」

ネルはしゅんとなった。「約束はしたけど。どうしてスーズの――」

「きみが残ってくれてうれしいよ」

ネルは彼にほほえみかけた。この数カ月でいちばんいい気分だった。かまってもらえないシュガーパイがクンクン鳴き、ライリーを見上げて、長い茶色の鼻の上のまつげをパチパチさせた。

「ほんとに虐待されてなかったと思う？　すごく変わった振舞いをするけど」

「ビスケット、食うか？」パチパチがトップギアに入った。シュガーパイはビスケットを前足ではさみ、夢中でむさぼり食った。「間違いない」ライリーはビスケットの箱をつかみ、言った。「マレーネ、来い。誰かが探しにくるとまずい。隠れるぞ。おまえみたいなやつをわざわざ探したいって奇特な人間がいるなんて、それがそもそも謎だけどな」

「マレーーネ？」

「犬だろうがなんだろうが、シュガーパイなんて呼ぶやつの気が知れないよ。胸クソ悪くなる名前だ」

シュガーパイはつかのままばたきをやめてふたりを見上げた。それから立ちあがり、食べ残しがないか絨毯を調べてから、ライリーの部屋に向かって駆けだした。彼のそばを通るときまつげをパチパチやるあいだだけ、少し歩調をゆるめた。

「信じられない」

「ぼくはモテるからな。女たちによくウインクされる」

「ちょっと待って。どうしてス――」

だが、彼は部屋に入ってドアを閉めたあとだった。

「まあ、いいわ。おもしろいじゃない」ネルは誰にともなく言い、仕事に戻った。

翌日は土曜だった。ネルはスーパーに出かけた。家にいると、スーズが来るかもしれない。いまは会いたくない。会えば、誰にも言ってはいけないと言われたことを話したくなる。「マージーにお母さんのことを尋ねなきゃならないんだけど。どう切りだそう？」とも、「気が進まないけど、やっぱり尋ねるべきだと思う？」とさえ言ってはいけないのだ。

スーパーのなかを歩きながら、その問題について徹底的に考えた。黄色のパプリカ、ほうれん草、じゃがいも、真っ赤に熟れたトマトをかごに入れる。なんてきれいな色だろう。野菜パスタとスライスにんにくと、赤と白と黄色の玉ねぎもかごに入れた。素晴らしくおいしそうだ。ネルは急に空腹を感じた。

レジでお金を払うときになってはじめて、歩いてきたことを思い出した。色とりどりの野菜は重いお荷物に変わった。店を出て二ブロック歩いたところで手が痛くなったので、袋を地面に置いた。指をさすりながら、あたりを見まわした。緑したたる並木。錬鉄のフェンスのある煉瓦の家々。ジャーマン・ヴィレッジのほかの通りと似たりよったりなのに、この通りにはなんとなく見覚えがあった。角まで行ったとき、その理由がわかった。リニーの家の近くなのだ。リニーがいるかどうか見にいくと、ドアが開け放たれ、狭いポーチに見覚えのない女が立っていた。

ネルは袋を持ちあげ、近づいていった。

家は空っぽに見えた。残っていたいくつかの家具が運び出され、〈シティワイド・レンタル〉と社名の入ったワゴン車に積みこまれるところだった。椅子を抱えた男を通すために脇によけた。ポーチに上がりながら、友だちが黙って引っ越してしまったかのような奇妙な淋しさを感じた。

「こんにちは」ネルは女に声をかけ、開いたドアのほうに身振りをした。

「ベッドルームふたつで、月八百ドル」と女が言った。大家らしい。「なか、見る?」

「ええ」リニーの転居先を聞き出せるのではないかと思い、女のあとについてなかに入った。指が痺《しび》れたのでスーパーの袋は床に下ろした。

大家はドリスといい、棟つづきの隣りの家に住んでいた。リニーのことはなにも知らなかった。〝急に引っ越すことになった、今月分の家賃の残りは取っておいてくれ〟というメモが、昨夜、網戸にはさんであったのだという。ドリスはあまり機嫌がよくなかった。店子《たなこ》に逃げられたうえ、レンタル会社が来たせいで、せっかくの土曜なのに朝寝坊できなかったからだ。だが自分では、わたしは悲観的なタイプじゃないから、と言っていた。まるで親友が死んだかのような深刻な顔で「わたしってコップに水が半分残っていたら、まだ半分ある、と思うタイプなの」と言った。「ものごとの明るい面を見ずにいられないのよ」

ネルはうなずいたが、リニーのことをひととおり訊くと、あとはろくに聞いていなかった。というのも、部屋に気をとられだしたからだ。一階にリビングとキッチン、二階に寝室がふたつある、よくあるタイプのメゾネットだが、リビングは祖母の形見のダイニングテーブル・セットを充分置ける広さがある。キッチンのキャビネットはガラス扉だし、ちゃんとした寝室もある。浴室は四〇年代の白黒のタイル貼りだ。裏手にはフェンスで囲われた小さな庭まであった。マレーネを遊ばせるのにもってこいだ。

ネルはリビングの床に置いたスーパーの袋を見やった。今日買った量はこのひと月で食べた量より多い。この古い磁器のシンクで野菜を洗い、食器類をガラス扉のキャビネットにしまいたい、と思った。このキッチンでトマトを切り、小さなポーチで道行く人を眺めながら、ヴィネガーをかけたポテトを食べたい。ものごとを見、味わい、感じたい。それをここでやりたい。

「犬がいるんだけど」とネルは言った。

「なら、九百ドル。家賃は小切手で払うこと」

「八百ドルにしておいて。三カ月分の家賃をいま、小切手で払うから。わたしが借りれば広告を出す必要もないし、損な話じゃないでしょ？　掃除もしなくていいから」

「そうねぇ……でも、犬がいるのよねぇ」

「ダックスフントなの。名前はマレーネ。よく眠るおとなしい犬よ」

三十分後、アパートに戻ると、マレーネが何日も放っておかれたかのような悲しげな様子でドアのそばに座っていた。「新しいお家を見つけたの。裏庭もあるのよ。部屋も広いから走りまわれるし、きっと気に入るわ」

翌日、段ボールの山のなかに立って、スーズは言った。「どうしてここがいいのか、いまだにわからないわ」

「自分で選んだ家だからよ。あなたやジャックに選んでもらったんじゃなく」ネルは、ここがまるで宮殿であるかのように部屋を見まわした。「やっと、自分のことは自分でやれるようになった」

「そう」スーズは少し傷ついた。

「そんな顔しないで。あなたが選んでくれたソファベッドはすごく気に入ってるし。マレーネも、あなたがくれたシュニール織の毛布が大好きでかたときも放さないのよ」

スーズは、ソファベッドの上で、四百ドルしたインディゴ色の毛布に物憂げに寝そべっているマレーネを見やった。「気に入ってくれてよかった」

「ねえ、食器を出さない？」マージーが言った。

ジェイスがダイニングテーブルの一方の端を抱えて、あとじさりながら玄関を入ってきた。もっと傾けて、とかなんとか言って四苦八苦している。もう一方の端を抱えているのは、彼がレンタカーのトラックに乗せて連れてきたブロンドの女の子だ。ジェイスは彼女に向かって、さっきからひっきりなしに、けがするぞ、気をつけろ、すぐ行くから待ってろ、などと怒鳴っている。重いものは、とにかく「待ってろ」だが、女の子は笑いながら、汗ひとつかかずに段ボールを運んでいた。スーズは、わたしにもあんなに若かったころがあったかしら、と思った。

それから思い出した。結婚したときは、わたしだってあの子と同じくらい若かった。どこにテーブルを置くかで言いあっているふたりを見て思った。子犬みたい。わたしも昔はああだったんだわ。

「スーズ伯母さん、大丈夫？」ジェイスが言った。

スーズはうなずいた。「もちろん」

「あとは服だけね」と女の子が言った。

「ああ、ルー。服はそんなにはないと思うよ」ジェイスは女の子に笑いかけながら、腰をやさしく押して外に出た。女の子はしかめつらをしてみせ、彼を押し戻した。

マージーが部屋を見まわした。「ちゃんとした寝室があるのに、これからもソファベッドで寝るの？」

「ううん。ちゃんとしたベッドを買うわ」

ソファベッドだってちゃんとしたベッドよ。スーズはむっとした。「うちの客用寝室のベッド、いるならあげるけど。どうせ、お客がふた組あることなんてないんだから」

「ほんと？」ネルはそう言うと、あとでベッドを取ってきて、とジェイスに頼みにいった。

「いらない服があったから、それも持ってきたわ。いま、トラックのなか」戻ってきたネルに声を掛けたが、彼女は聞いていなかった。戻るなりキッチンに向かい、古いキャビネットの扉を開けて、ガラスをいとしげに撫でている。スーズは残りの段ボールを下ろすのを手伝おうと、トラックのところに行った。荷台に足をかけて見上げたとき、ジェイスがルーにキスしているのが目に入った。

ルーの尻に手を強く押しあて、抱き寄せている。それは子どものキスではなかった。スーズは息を呑んだ。まだ子どもだと思ってたのに、あんなキスができるなんて。けれど、ジェイスはもう子どもではないのだ。スーズが結婚した年より三つも上なのだから。

「服はまだ？」ネルがポーチから叫んだ。スーズは「いま、持っていく」と叫び返し、トラックの横っ腹を叩いた。そして、ふたりのほうを見ないようにして荷台に上がった。

ジェイスがルーに段ボールを渡して言った。「働かざる者、食うべからず」ルーが言い返した。「働いたら、わたしを捨てない？　どうせ捨てるんでしょ」ルーはスーズに笑いかけ、段ボールを抱えて荷台から降りた。若く、自信にあふれ、幸せそうだ。スーズはルーがうらやましくなった。

ジェイスとルーはトラックでベッドを取りにいった。なかに戻ると、マージーとネルが食器を荷解きしていた。ネルに包みをひとつ渡された。スーズは梱包用ビニールをそっと開けながら、落ちこみそうになる自分を叱った。ジェイスとルーの幸せを喜ぶべきなのに。落ちこむなんて、わたしはいやな女だ。

ビニールを取り去ったとき、手のなかのティーポットを見て目をみはった。縁は丸みを帯びていて、胴の部分は両側が平べったい。奇妙な円形の葉のついた木、寂しげな小さな二軒の家、その煙突から、ゆらゆら、うら悲しく立ちのぼる煙――そんな、どこか現実離れした風景が描かれている。底のほうは青い。ふたつの小高い丘のあいだを流れる川が、木と家を永遠に分かっていた。

「あなたの食器、花の絵柄だったんじゃない？　これ、はじめて見た」

「いちばん上の棚に置いてたのよ。一度も使ってないの」

「クロッカス」マージーがつぶやいた。「クロッカスだったわよね？」彼女は〝食器〟と書かれた三つの箱を見て言った。「これで全部？　そんなはずないわ」

「これはわたしの分。残りは、別れるときティムが持ってったの」

「なんですって？」マージーは目を見開いた。「彼、あなたの食器を取ったの？」

「ただのお皿じゃない」とスーズは言った。

「ネルの食器なのに」

スーズは、マージーの何百枚あるのか知れないフランシスカンの〈デザートローズ〉の食器セットを思い出した。「そうね。ネルの食器よね」

「彼、半分以上取ったのよ。あんなにたくさんあったのに」

スーズはティーポットを見下ろした。「それでこれは？　全然見覚えがないけど」

「イギリスのアールデコよ」

「アールデコ？」マージーが訊き返した。

「二〇年代と三〇年代の作品」スーズは説明した。ティーポットに魅せられて、目が離せない。「幾何学的で洗練されたデザイン、明るい色」スーズがなにかおかしなことでも言ったかのように、ふたりが目をぱちくりさせた。「美術史の授業で習ったのよ。カレッジでいろんなコースを取ったから、なににについてでも、初歩の初歩だけ知ってるの」

ネルがうなずいた。「イギリス人だった母の家に伝わるものなの。このティーポットはクラリス・クリフの作品。彼女のパターンのなかで、これが二番めに好き。〈シークレット〉というシリーズよ」

「ティムにそんなにたくさんやるなんて。信じられない」マージーはまだこだわっていた。

「わたしは高価な食器が好きだから。この〈シークレット〉のティーセットみたいなね。これは三十四点セットで、七千ドルするのよ」

「すごい」マージーはスーズが持っているティーポットに顔を近づけて、まじまじ見た。

スーズはポットをネルに差し出した。「はい」

ネルが受けとって食器棚にしまう。「マージー。あなた、お母さんの食器セット、もらったんだっけ？」スーズはネルをにらんだ。十四年前、マージーの前でお母さんの話題を出しちゃだめ、と言ったのはネルなのに。

「もらってないわ。これはなに？」マージーが梱包を解いたばかりのティーポットを掲げてみせた。丸いピーチ色のポットで、引っかいたような白い三日月形が点々と散っている。

「スージー・クーパーよ。これは、さっきのほど高くないわ。〈クレッセント〉というシリーズ。彼女は二〇年代後半に自分の工房を持って、八〇年代まで現役でデザインを続けたのよ」

「すたれなかったのね」マージーはクーパーのボウルを見てうなずいた。

「いいデザインよね。クーパーは自分の工房も持ってたし。でも、クラリスの作品は美しい」ネルはもうひとつのボウルを出した。「これは〈ストラウド〉。わたしのいちばん好きなパターンよ。シンプルな緑のラインが走ってて、下のほうに四角い飾り枠《カルトゥーシュ》がある」

そのボウルは、クリーム色の地に太い緑のラインが入っていて、左下の隅が四角く区切られていた。小さな四角のなかには風景が描かれている。ふわふわの雲、オレンジ色の屋根の家、風にそよぐ緑の木、なだらかな稜線を描くふたつの丘——小さな、完璧な世界。

小さな、完璧な世界。それはネルを思わせた。生活のすべてをきちんと整えて、維持する。もし思いどおりにできるなら、ネルは空の雲だってこんな雲にするだろう。きれいな形で、やさしい感じの雲。スーズは振り返ってクリーム入れを見た。「これも〈シークレット〉ね」

ネルがまたうなずいた。「それ、母のお気に入りだったの」そこで言葉を切り、じっとマージーを見た。「自伝的な作品じゃないかと思うの。噂《うわさ》じゃ、クラリスは雇い主と――工房のオーナーと不倫してたらしいから」

マージーが小さく息を呑み、座りなおした。「ひどい。人のダンナを盗るなんて、クラリスってひどい女だったに違いないわ」

その言葉はスーズの胸に突き刺さった。だが、それを表には見せまいとした。十四年たったいまでも、そこを突かれると痛い。

「人のダンナを盗るなんて。最低」マージーはひどく動揺している様子だった。「絶対、許せない」

「マージー」とネルが言った。「もうちょっと広い心で見てあげて」

マージーが顔を上げた。「あ、あなたのことじゃないのよ、スーズ」彼女はスーズの持っているクリーム入れを見て顔をしかめた。スーズはクリーム入れをネルに渡した。「でも、〈シークレット〉をデザインしたその女はやっぱりひどいと思う。妻子持ちの上司に手を出したんだもの」マージーはスージー・クーパーの皿を見下ろした。「スージーはそんな女じゃなかったわよね？」

「スージーは死ぬまで貞淑で実際的だったわ。結婚していて、息子がひとりいた」

「よかった。よき妻だったのね」マージーはネルにボウルを渡し、次の包みを解きだした。

彼女は自分の工房も持っていた――スーズはスージーが大嫌いになった。円形の葉のついた木や底の静かな青い入り江に傷をつけないように気をつけて、〈シークレット〉の砂糖入れをビニールから出した。かわいそうなクラリス。結婚している男を好きになり、決して一緒になれないことを知りながら、毎日彼のために働いた。たぶん、周囲のよき妻たちみんなに嫌われていた。愛する男のもとに留まらなければならなかったから、自分の工房をつくることもできなかった。「クラリスはどうなったの?」強い共感を持って二軒の寂しい家を見つめながら尋ねた。

「四十代のとき、相手の奥さんが亡くなったの。で、彼はクラリスと結婚した。それからずっと、ふたりは幸せに暮らしました」

四十代。わたしだったら、あと十年ジャックを待つだろうか。いまもう一度やりなおせるとしたら、同じことをするだろうか。結婚していなかったら、わたしはどんな人間になっていただろう? それを考えちゃだめ。「そう。よかったわね」スーズは砂糖入れをネルに差し出した。

「待って。ふたりの像があるのよ」ネルは段ボールから包みを出し、床に置いて言った。お目当てのものが見つかると、スーズとマージーにひとつずつ渡した。

スーズが先にビニールをはがした。「これ、誰?」

ネルが像をのぞきこんだ。「スージー・クーパーよ」

スージーは陶器の台座に座っていて、その後ろに花の絵のプレートがあった。服はコンサバなモーブ色のスーツ。おしゃれなメリー・ポピンズみたいだ。慎み深く膝を合わせ、つばの広い帽子をかぶっている。

「かわいい」マージーが声を上げた。心なしか、包みをはがす手がゆっくりになった。

実際的、とスーズは思い、ますますスージーが嫌いになった。

「まあ」マージーがつぶやいた。

マージーの手のなかの像も陶器の台座に座っていたが、後ろのプレートには風景が描かれていた。マージーの手のなかの像は、刳りの深いVネックの、緑色のフラッパー風ドレスを膝までたくしあげ、足首を組んで座っている。なにを見ようとしているのか、背を反らして後ろを振り返っている。瞳にはいきいきしたきらめきがあった。

スーズはほほえんだ。「クラリス」

「クラリスはいらない。スージーを見せて」マージーはスーズと像を交換した。スーズは微笑を浮かべて像を見下ろした。小粋なクラリス。実用的でない食器をつくり、既婚者とつきあっていたプレイガール。わたしは愛人のままでいるべきだったのかもしれない。いまはスージーのように妻の座に収まっているが、わたしは生まれつき、プレイガールのクラリス・タイプの女なのかもしれない。

もちろん、もう遅いけど。スーズはネルにクラリスを渡し、彼女がその像を食器棚に置くのを見守った。

「ふたりとも、人生の成功者よね」ネルが言った。「好きな仕事をできて、その仕事で才能に恵まれてたんだもの」

「仕事」スージーとクラリスが猛烈にうらやましくなった。ティーショップで働いているマージーも、秘書の仕事をしているネルさえうらやましい。陶芸のクラスを取ろうか。料理学校に行くのもいいかもしれない。それならジャックも反対しないだろう。

でも、習いごとはもううんざりだ。

ほかにも、いろんなことにうんざりしている。だけど、そのことは考えないほうがいい。いい暮らしをしてるじゃない。すべて、うまくいってる。スーズは自分に言い聞かせ、〈シークレット〉のほかの皿の梱包を解きだした。

「どうしたの？」ネルが言った。どうもしないわ、と言おうとして振り向くと、ネルはマージーを見ていた。

彼女が手にしている皿は、まんなかにピンクのバラが描かれていた。きれいな絵なのに、マージーは骸骨でも見るような目で見つめていた。

「マージー？」

「ママが、こんなふうな食器を持ってたの。これと同じじゃないけど、バラの絵柄の」マージーのお母さん。ネルを見ると、つらそうな顔をしていた。さっきあなたがやろうとしたことじゃない、とスーズは思った。マージーにお母さんの話をさせようとしたわよね。長いつきあいではじめて、ネルに怒りを覚えた。

「このお皿、いる？ セットじゃなくて、これ一枚しか持ってないんだけど。〈パトリシアローズ〉というパターンで、スージーの作品よ」ネルはマージーの顔から目を離さず、しゃべりつづけた。だが、マージーの表情は変わらない。とうとう、ネルは言った。「どうしたの？」

「お皿を割ってた」やっと、マージーが言った。「オウグルヴィのおばあさんの食器で、とても高価なものだったの。ママは祭日にしかその食器を使わずに、大切にしてた。そうしたら、ある日パパが、おまえは退屈だ、と言って家を出ていった。ママは食器と一緒に取り残された」

「マージー？」スーズは手を差し伸べた。

「あの日、ママのことが心配で様子を見に帰ったの。パパが出ていってから、ママはずっと、ほとんどものも言わないような感じだったから。ママはいちばんいい服を着て、いちばんいい宝石を身につけて、ハンマーでお皿を割っていた」

「わたしも、ダイサート家のスポードを割りたくなることがあるわ」スーズははりつめた空気をやわらげようとして言った。「ハンマーで叩き割ったらせいせいしそう」

「怖かった。そのときパパが電話してきたの。わたし、すぐ来てって言ったんだけど。パパは、ママを病院に連れていけ、って。そうやってパパと話しているあいだに、ママはガレージに行って、頭を撃ち抜いた」マージーはひたと皿を見つめていた。

スーズは背筋が冷たくなった。「かわいそうに」腕を差し伸べ、マージーの小柄でやわらかな体を抱きしめた。ネルがマージーの手からそっと皿を取った。「ごめんね、マージー。ほんとにごめん」

「残ったお皿はパパの新しい奥さんにあげた」マージーはスーズの肩に顔をうずめ、くぐもった声で言った。「あの人、あのお皿をすごく嫌ってた。でもパパは、お皿をあげたわたしのことを思いやりのある娘だと思ってた。あの人を家族の一員として歓迎するしるしにお皿を贈ったんだ、と思ってたから。あの人、いらないとも言えなくて、いやいや受けとった。あのお皿を見ると、吐き気がする」マージーは大きく息をついた。「次はオリヴィアが受け継げばいいんだわ」

スーズはマージーを抱く腕に力をこめた。

「マージー――」ネルが言いかけたが、マージーにさえぎられた。

「だから、あなたのこと、すごく心配だったの。放心状態だったあのころのママにそっくりだったから。食器を段ボールから出そうともしないし――」

「もうほとんど出したわ」ネルがなだめるように言った。「残りは、わたしが――いいえ、わたしたちで、あとでやりましょう。三人で一緒にやるの。わたしはお皿を割ったりしない。わたしは大丈夫よ、マージー。いままでは大丈夫じゃなかったけど、もう大丈夫。冷蔵庫に、びっくりするくらいたくさん食べ物が入ってるのよ。それを全部食べるから。ほんとに、なんでもおいしくて、いくら食べてもやめられないの」

マージーが鼻をすすった。スーズは言った。「でも、いまは食べるのは待ったね。クローゼットを整理して、着なくなった服を持ってきたから。見てみない？　ネル、明るいブルーを着たら似合うと思うの」

マージーは少し元気を取り戻した。「ネルが明るいブルー？」そう言って首をかしげ、食器のほうはもう振り返らずにネルと二階に上がっていった。スーズは〈パトリシアローズ〉の皿を、マージーの目に触れないように食器棚の下の段の奥にしまった。

まもなく、ジェイスとルーがベッドを持って戻ってきた。ネルとスーズは、ピンクのセーターを着て鏡を見ているマージーを上に残して、ドアを開けに下りていった。「あのお皿、食器棚のいちばん下に隠したから」スーズは言った。「びっくりしたわ。あのピンクのバラを見ただけで、様子がおかしくなっちゃうんだもの」

「わたしたちにはわからないような深いトラウマになってるんでしょうね。いいものを買えないわけじゃないのに、マージー、安物をやたらたくさん買うじゃない？　どうしてだか、考えたことある？」

「ないわ。食器には興味ないから」

「ないんだったら、いま考えて。〈デザートローズ〉のあのたくさんのお皿」

「何百枚もあるわよね」スーズは怖くなった。「マージーになにか言ったほうがいいのかな」

「言わないほうがいいと思う。この一年半で、ものごとに正面からぶつかるばかりが能じゃないとわかったし。安物を買いたいなら、それでいいじゃない。そっとしときましょう」

ジェイスとルーがベッドのフレームを二階に運んでいった。入れ違いに、マージーがスーズのピンクのセーターを着て下りてきた。

「このセーター、すてき。色が最高。ネル、こんなにたくさんの服、どうするの？　クローゼットに入りきらないんじゃない？」

「そうね」ネルは話題が変わってほっとした様子だった。「いま着たいものだけ取っておいて、残りはどこかにしまうしかなさそうね」

「うちの地下室に置いといたら？　わたし、いろいろ着てみたいの。スーツを着ると、ネルになった気分になれる。セーターを着ると、スーズになった気分になれるから」

マージーが目を輝かせて言うので、スーズも調子を合わせた。「わたしの服も置かせてもらおうかな。そうすればあなたの家でパジャマ・パーティーをして、おたがいの服を着てみて遊べるじゃない？」

「いいわね。さてと。コーヒー淹《い》れようか」ネルがわざとらしい明るい声で言った。きっと後ろめたいのだろう。スーズはネルを許す気になった。

ノックの音がした。スーズはドアを開けにいった。背後でマージーが「ええ、お願い。バッグ、どこにやったっけ？　魔法瓶があのなかなの」と言っているのが聞こえた。豆乳か。わたしはスコッチを入れたい気分だけど。ドアを開けると、ライリー・マッケンナが立っていた。彼、こんなに大柄で、輝くような金髪だったっけ？　ライリーは不意を打たれた顔で、ぽかんとスーズを見た。スコッチ、ダブルにして。

「嘘だろ。なんできみがここに来てるんだ？」

「なんでって、車でよ」スーズはわざと質問を文字どおりにとって答えた。「あなたはなんで来たの？」

「友だちがここに住んでたんだ。いるかな、と思って寄ってみたんだが」

「友だちっていうのがネルなら、いま荷解きしてるわ」スーズは一歩下がって彼を通した。「どうぞ」

「ネルがここを借りたのか？」ライリーは首を振った。「二日前まで、別の人間が住んでたのに」

「人は変わるものだから」スーズはドアを閉めた。ライリーは段ボールのあいだを縫ってネルのほうに歩いていった。後ろから見ると、ブロンドのロバート・ミッチャムという感じだ。前から見ると、もちろん、ベビーフェイス・ネルソン（ジョージ・ネルソン。ベビーフェイスの愛称で呼ばれた一九三〇年代の伝説的ギャング）。

でも、後ろからだと、大柄で肩幅が広くて威圧感があって、フィルムノワールのなかのギャングみたいだ。暗い裏路地で出くわしたくはないタイプ。たぶん。

ライリーも座って話の輪に入った。きわどい冗談を言ってネルとふざけ、マージーに顔を赤らめさせた。バッジが迎えにきたとき、スーズは彼が少しかわいそうになった。みなと言葉を交わしているあいだも、目はずっとマージーとライリーのあいだを行ったり来たりしている。まるで、ライリーのほうが五インチ背が高く、十歳若いだけでなく、彼が自分にないものを持っていることを知っているかのように。「そろそろ帰ろう」しばらくしてマージーに言うと、バッジは当座いらない服の箱をステーションワゴンに積みこんだ。それから、恋人というより下男のように、彼女のためにドアを開けて押さえてやった。マージーは名残り惜しそうに後ろを振り返りながら帰っていった。小心者のバッジ。マージーが「あなたとは結婚したくない」と言うだろうことを知っていて、いつか訪れるその瞬間に直面することを恐れている。

その晩、スーズは疑り深いジャックに一日の報告をした――荷解きを手伝い、三人でネルの前のアパートの大掃除もしてきた。マージーが、バラの絵の皿を見て取り乱した。マレーネはシュニール織の毛布を気に入っている。ネルがつくってくれた炒めものがすごくおいしかった（ネルはそれをひとりで半分平らげた）――だが、ライリーのことは話さなかった。ジャックにはノワールのよさはわからない、と思ったから。

スーズが短縮版の報告をしているころ、マレーネは新しい家にもうすっかり馴染んで、べッドのそばを歩きまわったりシュニール織の毛布の上でごろごろしたりしていた。

「走りまわっていいのよ。広くてすてきでしょ」ネルは、マージーに対して感じている後ろめたさを忘れようとして言った。それから、マレーネが走らないことを思い出した。ベッドに寝そべり、だらんと体を伸ばして毛布にうずもれている犬を眺めた。マレーネのことを、甘やかされて育ったきかん坊の子ども、と考えることに慣れてしまったが、この子は動物なのだ。いまは毛布に隠れているが、ちゃんと歯とかぎづめを持っている。遠い昔、マレーネの祖先は自由に野山を走りまわっていたのだ。公園にでも連れていこう。失われた野性を取り戻させなきゃ。

マレーネはネルの視線に気づいて、まつげをパチパチさせた。

ネルは首を振った。マレーネの祖先は、せいぜいキャニオン・ランチを駆けまわった程度だったに違いない。

マレーネが首をかしげ、小さく鳴いた。

「ビスケット？」ネルはぶっきらぼうに言った。

マレーネの鳴き声が大きくなった。

ネルは立ちあがり、キッチンに下りていった。そのとき、ドアにノックの音がした。一瞬、びくっとした。マレーネのビスケットをパジャマのポケットに突っこみ、スーズが間に合わせに取りつけたレースのカーテンの隙間から外をのぞいた。

暗闇に、ゲイブのうっそりと大きな姿が立っていた。その姿を見たとたん、背筋に冷たいものが走った。

だが、寒けを感じたのはほんの一瞬で、それから、体がポッと温かくなった。

ばかね、どうしちゃったの、ネル？　自分に言い、ドアを開けた。「こんばんは。道にでも迷った？」

「引っ越し祝いだ」ゲイブがグレンリヴェットのボトルを差し出した。「ライリーから、ここに越したと聞いたんでな」

ネルは彼をなかに通した。そのときはじめて、よれよれのフランネルのパジャマを着ていることに気づいた。ジェイスが十歳の年のクリスマスにプレゼントしてくれた、『くまのプーさん』のイーヨーの絵のついたパジャマだ。

「かわいいパジャマだな」

「これ、飲みたいんじゃない？」ネルはグラスを取りにいった。

「おれのいまのいちばんの望みは、リニーがここに荷物をいろいろ残していった、と聞くことだ」ゲイブはネルについてキッチンに入ってきた。「金曜の晩、ライリーがリニーの出したゴミを調べたが、収穫なしだった。で、今日来てみたら、リニーは引っ越したあとだった。この件ではやけに手こずらされる。ここらへんで、ひとつくらい、いいことがあったっていいんじゃないか」

グラスを手に振り向くと、ゲイブは口をつぐんだ。

「なに？」ネルは彼の表情を読もうとしたが、できなかった。

彼は首を振り、グラスを受けとった。このキッチンだと、なんだかしっくりはまって、好男子に見える。たぶん、ここが古い家だからだろう。白いキャビネットも、白と黒の市松模様のリノリウムの床も四〇年代のもので、第二次大戦のころの家具が置かれているマッケンナ探偵社のオフィスと同じ時代だ。彼自身も四〇年代の映画スターみたいだ。ウイリアム・パウエルをもっと背が高く、肩幅を広く、目つきを鋭くして、口ひげを取ったような感じ。

「ここでなにか見つけなかったか」その言葉で、現代に引き戻された。

「まだ引っ越したばかりで、よく見てないけど。いままでに開けた引き出しや棚にはなにもなかった」

ゲイブがグラスを掲げた。「乾杯」

彼はスコッチをすすり、流しによりかかってネルにほほえみかけた。少しして、ネルは言った。「それ、やめて。もうその手には引っかからないから」

「その手?」

「その、だんまりよ。相手が沈黙に耐えられなくなって、洗いざらいしゃべるのを待ってるんでしょ」

ゲイブはニヤリとした。「なにか言っておきたいことがあるのか」

マージー。ネルはまた自己嫌悪に陥った。

「白状しろ」

「わたし、怒ってるのよ。今日、マージーにお母さんのことを訊いたわ。たまらなかった。もう二度とあんなことはしない」ネルはリビングに戻り、ソファベッドに腰を下ろしてスコッチを飲んだ。

ゲイブもついてきて、ネルの正面に椅子を持ってきて座った。「さあ、言えよ」

ネルは全部話した。ゲイブはスコッチをちびちびやりながら聞いていた。ネルはこう言って話を終えた。「ほんとに、たまらなかった。わたしがマージーにお母さんのことを尋ねたときの、スーズの顔を見せたかったわ」

「ヘレナは着飾り、いちばんいい宝石を身につけていた」

ネルはうなずいた。

「やっぱり自殺だったんだな」ゲイブは息をつき、椅子の背にもたれた。ネルは彼をにらんだ。

「ほっとしたみたいに言うのね」

「ほっとしたのさ。ヘレナは殺されたんじゃないかと思っていたが、そうじゃないことがわかったんだからな」

「殺された？　いったいなにが起きてるの？」

「あの車の譲渡書にはヘレナが死んだ日から二週間後の日付があった。だが、当時、親父がトレヴァーのためになにか仕事をしていたという記録はないし、調査費を請求した記録もない」

「それ、ほんと？」

ゲイブはうなずいた。「トレヴァーがなぜポルシェをくれたのかはまだわからない。だが、少なくとも、殺人の隠蔽工作を手伝ったからではなさそうだ」

ネルは考えてみた。「あなたは、そういうことが全部、O&Dが脅迫されたことと関係があると思うのね？　そしてそれにリニーが絡んでいる、と？」

「推測だがな」

ネルはため息をついた。「どんなに高いお金をもらったって、あなたの仕事はやりたくないわ。この一週間、あなた、すごく機嫌が悪かったけど、無理もないわね」

「おい。自分がなにをしでかしたか考えてみろよ。それを考えれば、おれはずいぶん寛大だったと思うが？」

「すごくいやなやつだったわよ。でも、そうね。あなたの言うとおりだわ。わたし、それだけのことをした」

「いや、そうじゃない。きみの言うとおりだ。おれは機嫌が悪かった」

「じゃあ、機嫌が悪くないときはどんな感じなの？」ネルはゆったりソファにもたれ、スコッチをすすった。

「似たようなもんだ。ワンマンな暴君さ」

「それ、こたえたみたいね」ネルはリニーのことを思い出してかぶりを振った。「彼女、たいした人だった。銀行で、仲間にならないかって誘われたんだけど。もう少しでその気になるとこだった。すごく説得力があるのよね。ふたりが組めば、男たちをぎゃふんと言わせられるって」

「ああ、その話は聞いた。気に入らん」

「リニーのこと、好きになっちゃった」あのきりっとした顔。あふれんばかりのエネルギー。「好きになるべきじゃないのはわかってたけど、とにかく、いきいきしてて。男なんかのせいで、めげてたまるかって感じ。彼女みたいになりたいって思わせられた」

「男を代表して言わせてくれ。誘いに乗らないでくれてありがとう。そんなことになったら悪夢だ」ゲイブはスコッチの残りを飲み干した。ネルは顔をしかめた。

「それはどうもご丁寧に。わたしがあなたの味方だってこと、覚えといてくれる?」ネルは、やりかえされるかと身がまえて彼を見た。ふたりの目が合った。

そこに敵意はなかった。

「覚えてるだけじゃない。頼りにしてる」

長い間があった。なんの話をしていたんだっけ、と考えていると、ゲイブがグラスを床に置き、立ちあがった。「あまり長居すると、寝れないな」ネルは彼を玄関まで送った。ドアを開けたとき、ゲイブが振り向いた。「ひとこと言っていいか。人が来たとき、パジャマのまま出るのはやめたほうがいい」

「あなただとわかってたし。それに、隠すべきところはこれでちゃんと隠れるわ。大さなお世話よ」

ゲイブは首を振り、夜のなかに出ていった。ネルはドアに鍵をかけると、二階に戻ってマレーネと一緒にベッドにもぐりこんだ。マレーネは瞳に底知れぬ苦痛をたたえてネルを見た。

「そうだ、ビスケットをあげるんだったわね」ポケットからビスケットを出し、差し出した。マレーネは目が半眼になっていて、息も絶えだえに見えた。

「遅くなってごめんね。ボスが来たから。彼、結構すてきだったわよ。なのに、わたしはよれよれのパジャマ。文句言われたわ。新しいパジャマを買おうかしら。もっとしゃれたのを」

半眼のマレーネは、いまは息も絶えだえというより、ネルを軽蔑しきっているように見えた。

「あなたの言うとおりよ。彼がまた夜中に来ることなんて、ありっこないわよね」ネルは犬の顔のそばにビスケットを持っていった。だが、マレーネは誘惑に打ち勝って顔をそむけた。

「いらないなら、あげないわよ」マレーネはそっとビスケットをくわえ、仰向けに転がって悲しげに宙を見つめた。

「食べて」マレーネはとうとう降参した。寝返りを打ち、ビスケットをがつがつ食べた。食べ終わると、フーッと息をつき、心地よさげに毛布に寝そべった。ネルは少し端に寄り、マレーネのために空けた場所を叩いた。「おいで、ベイビー」

マレーネは長い鼻をもたげ、行こうかどうしようか迷う様子でそこを見たが、結局、また元の場所に寝た。

「まったく。ありがとね」ネルはシュニール織の毛布を引き寄せた。マレーネはため息をついてよろよろ立ちあがり、長い体を引きずって歩いてきた。そして、ネルのおなかのそばの毛布の上に、ばったり倒れこんだ。「ほら」ネルはマレーネの耳の裏を掻いてやった。「このほうがいいでしょ?」

マレーネはあくびをしたが、まつげパチパチはやらなかった。ネルはそれをイエスの返事と受けとった。

「わたしたちは誇り高い自立した女なのよ」危険な男の香りを漂わせて闇のなかに立っていたゲイブのことを考えまいとした。「男なんかいらないわよね、マレーネ」

マレーネは軽蔑のまなざしでネルを見て、それから、毛布に顔をうずめ、寝息をたてだした。

9

「ありがとう」翌朝、封筒を持ってきたネルにゲイブは言った。彼女は明るい青のセーターに紺色のミニスカート姿だった。いつものグレーの細身のスーツのときとも昨夜のぺらぺらに薄いフランネルのパジャマのときとも、全然雰囲気が違う。無邪気な目をしたイーヨーをもう見られないのか、と思うと一抹の淋しさを覚えた。そして今度は、この新しい服に対処しなければならない。青いセーターに映えて、赤い髪が輝くようだ。ミニスカートからのぞく脚がまた素晴らしかった。

「いま、男の人がこれを届けにきたんだけど」ゲイブは脚から目を離し、封筒を受けとった。

「ライリーに、これが来たと伝えてくれ」なかを見て、ゲイブは言った。

「なんなの?」

「ヘレナ・オウグルヴィの検屍報告書だ」

「えっ!」ネルはライリーを呼びにいった。

一時間後、ゲイブはライリーを見て言った。「自殺とは言いきれんな」

ライリーは眉を上げた。「彼女はドレスアップしていた。彼女が頭を撃ち抜いたとき、マージーがトレヴァーと電話で話していた。使われた銃は何年も前から家にあったものだった。

おまけに、遺書まであった」

ゲイブは首を振った。「ヘレナが引き金を引いたときトレヴァーが電話中だったという偶然が気に食わん。偶然なんてやつはだいたい気に食わんが、この偶然はとくに臭う」

「そうでもないんじゃないか。マージーが、ヘレナの様子がおかしい、と言った。トレヴァーは病院に連れていくように言った。筋は通る」

「トレヴァーのほうがかけたんだ。まさにジャストのタイミングで」

「ふたりが話しているのを聞いて、ヘレナは、病院には行きたくないと思ったのかもしれない。でなければ、いまなら銃声を聞いても、マージーは電話の相手に助けを求められる、と思ったのかもしれない」

ゲイブは机の上の写真を引き寄せた。見るのがつらい写真だ。死体の様子が無残だからではない。血はたいして流れていないし、比較的きれいな死体だ。そうではなく、小柄で丸ぽちゃのヘレナ・オウグルヴィが、ガーデン・パーティーかブリッジのゲームにでも着ていくような上等のシルクのスーツを着てガレージに倒れているのが、哀れを誘うのだ。ダイヤモンドの指輪をいくつもはめた手は、古い油の染みの上に広げられている。「この報告書を書いた警官も、自殺だとは思っていなかったようだ。この写真を見ろよ。この尋問記録を見ろよ。ジャック・ダイサートにも話を聞いている。彼はなにかを探してたんだ」

「だが、なにも見つからなかった。自殺じゃないか？」

「セカンドオピニオンを聞いてみよう」とゲイブは言い、ブザーを鳴らしてネルを呼んだ。

「マージーにお母さんのことを訊いてくれ、なんて言わないで。答えはノーよ」入ってくるなり、ネルは言った。

「これを見ろ」

ネルは机のそばに来て、ゲイブの肩越しにのぞきこんだ。が、そのとたん、あとじさった。

「ひどい」ネルは顔をそむけた。

「子どもっぽいまねはよせ」

「突然こんなものを見せないで。ひとこと予告してよ」

「ヘレナ・オウグルヴィだ」ゲイブは辛抱強く言った。

「そのようね。頭の穴を見ればわかる」

「ヘレナは遺書を三通書き、二通はくずかごに捨てた。それから、いちばんいいスーツを着て下に下りていき、皿を何枚か割った。娘と言葉を交わし、ガレージに行って頭を撃ち抜いた。どこか、おかしなところはないか？」

「わたしなら、ジェイスのいるところで自殺したりしない」ネルは即座に言った。「親だったら、子どもにそんなことできないはずよ」

「するやつもいる」とライリーが言った。「それに、そのとき、ヘレナは明らかにおかしかった。皿を割ったりして。だろ？」

「お皿を割ったのはわかる。それはおかしいうちに入らないわ。それより、ドレスアップしたことのほうが尋常じゃない感じがする」

「そんなことはない。自殺する人間はきれいな姿で死にたがるものだ」

「それだけか？」ゲイブは失望してネルに言った。「マージーの前で自殺するはずがない。

思いつくのはそれだけか？」

ネルはむっとした顔をした。「ちょっと。わたしはこの女性を知りもしなかったのよ」と写真を押しやる。「この写真だけを見て彼女を理解しろなんて、そんなの無理よ。たぶん、あんまり強い人じゃなかったのね。トレヴァーに出ていかれて、もうどうしていいかわからなくなったんだと思う。その気持ちはよくわかる」

ネルは写真に目を戻した。ひどく落ちこんでいる様子だ。ゲイブはふいに罪悪感に駆られた。

「わかった。悪かった。もう行っていい」ゲイブはライリーのほうを向いて首を振った。「ということは、トレヴァーは殺人の隠蔽工作の見返りに親父に車をやったわけじゃない、と。喜ぶべきなんだろうな」

「落ち着かないらしいな」ライリーは写真を一枚、手に取った。「オーケー。そんなに不安なら、もう一回考えてみよう。この事件のどこがしっくりこない？　どんなにつまらないことでもいいから、言ってくれ」

「シルクのスーツを着てガレージで自殺するか？　ガレージの床の油の染みが、頭から離れないんだ」ゲイブは机に写真を広げた。「二階に行って、バスルームで引き金を引くことだってできた。なんでまた、ガレージなんかで？」

「バスルームを汚したくなかったんじゃない？」おそるおそる写真を見やりながら、ネルが言った。「たぶん――」

「自殺じゃないと疑う理由としては弱いな」ライリーが言った。「自殺する人間は妙なことをする。頭を撃ち抜いたんだぜ。スーツが汚れるのなんのって気にしたってしょうがないだろ?」

「しかし、なにもこんな寒いところで死ななくても。それに——」銃弾の進入口が写ったクローズアップ写真をネルが見つめているのに気づいて、ゲイブは口をつぐんだ。

「それは見るな」もっと遠くから撮ったのを探そうと、写真の束をかきまわした。だが、ネルはそのクローズアップを手に取った。

「イヤリングはどこ?」

「なんだって?」ゲイブは写真をひったくった。

「彼女、イヤリングをしてない。ドレスアップしてるんだから、イヤリングもしてなきゃおかしいわ。いちばんいい宝石をつけていた、ってマージーが言ってたもの」

「ダイヤの指輪を両手にしてたな」ゲイブはヘレナの手が写っている写真を探した。「三つもしてる」と言って、その写真をネルに見せた。「左手に結婚指輪とエンゲージリング、右手に、この、輪っかにダイヤがちりばめられたやつ」

ネルは首を振った。「指輪だけ、なんて変よ。イヤリングもしてたはずだわ」ネルは写真をかきまわし、もっと引いて撮った写真を探した。「ネックレスもしてたと思う。それにたぶん、ブレスレットかブローチも。ほら、見て。ここにダイヤの輪っかのピンをしてる。でも、イヤリングはない。絶対おかしいわ」

「この指輪、妙だな」ライリーが言った。ゲイブとネルは彼を見た。ライリーはヘレナの右手の指輪を指さした。「普通のデザインじゃない。ダイヤのちりばめられたこの平たい輪は、リングの上にセットされるのが普通だろ？　だけどそうなってない。ずいぶん変わったデザインだ」

ゲイブはかがみこんで写真に見入った。ネルも身を乗り出した。肩に彼女の体のぬくもりが感じられた。指輪はヘレナのぷっくりした指には小さすぎ、ダイヤの輪のまんなかから肉がはみだしていた。

「醜い指輪。デザインした人の気が知れないわ。輪っかのピンはわかるけど、なんで指輪をこんな形に？」

「セットなのかな、このピンと」

「マージーに訊いてみてくれ」ゲイブがネルに言った。

「いやよ。この指輪がセットものかどうかくらい、ほかのやり方で調べられるでしょ。マージーにまたつらい思いをさせるのはいや」

「イヤリングをするのを忘れただけかもしれない」ライリーの口調は、さっきより自信なげだった。

「ああ、その可能性もある」ゲイブは机の引き出しを開け、電話帳を出した。「その指輪の写真を撮れ。それを持って、一九七八年当時からある宝石店を回ってくれ」ライリーに言い、電話帳をめくる。「古株の店員に訊くんだ。指輪に見覚えのある人間がいるかもしれん」

〝P〟のページを開いて指でなぞりながら、電話を取った。

「誰にかけるの？」

「ロバート・パウエルだ」

「誰だって？」ライリーが訊き返す。

「この件を担当した警官だ」ゲイブは報告書のいちばん下のサインを指さした。

「彼と話さなきゃならん」

一時間たってもまだ、ネルは写真の記憶を振り払えないでいた。そこへ、ルーがやってきた。

「いるわよ」とネルは言った。「あまりお父さんを悩ませないでね。今日はいろいろあったから」

「心配しないで。ヨーロッパはやめて、ここで大学に行くことにしたから」

「ほんと？」ネルは座りなおした。「みんな喜ぶわ。どうして気が変わったの？」

「ある意味、あなたのおかげ」ルーはネルに笑いかけた。「サンキュー」

「わたしの？」

ルーはゲイブの部屋に入っていった。ドアが閉まる前に、こう言うのが聞こえた。「パパ、いいニュースよ」

「わたし、なにもしてないけど」ネルはつぶやいた。ルーには三回会ったが、二度めと三度めのときはほとんど話さなかった。ずっとジェイスが――

「そんな、まさか……」まさか、ジェイスが理由じゃないわよね？　つきあっても、しばらくすればジェイスは彼女を振るだろう。いままでもそうだったのだから。ルーは打ちひしがれるに違いない。ジェイスを失って、打ちひしがれない女の子がいるわけがない。そんなことになったら、ゲイノが黙っては……。

ジェイスのアパートに電話したが、留守電になっていた。「お母さんよ。ルー・マッケンナとつきあってるなら、いますぐやめて。いいわね？　いますぐよ」ネルは電話を切りかけたが、最後にもうひとこと、つけ加えた。「愛してるわ」そして、受話器を置いた。

ルーが笑顔で出てくると、ネルにうなずきかけ、ささやいた。「パパ、ご機嫌。なにか頼みたいことがあるならいまのうちよ」

「お願い、このことはジェイスとは関係ないって言って」

ルーの笑みが大きくなった。「ヨーロッパに行く必要、なくなったの。ここで充分、エキサイティングだから。あんないい男を育てて、あなた、いい仕事したわね」

「男の子、よ」とネルは訂正した。「まだ子どもだわ。ジェイスも、あなたも」

ルーは首を振った。「親ってやつは」そして手をひらひら振って、出ていった。

「なんてこと。どうしよう……」

「どうかしたか」ゲイブの声に、椅子から跳びあがった。

「脅かさないで」ネルは机を握りしめた。

「礼を言おうとしただけだ」ゲイブはとまどった顔でネルを見た。「ヨーロッパ行きをやめる気になったのはきみのおかげだ、とルーが言っていた」

「それは違うわ。全然違う。わたしは関係ありません」

「それならそれでいいが。いったいどうしたんだ？」

「どうも」ネルはパソコンに目を戻した。「これを打ちこんでたの。あなたももう、仕事に戻ったら？」

「とにかく、ありがとう。ヨーロッパ行きをやめるよう、ルーを説得してくれて」

「してませんってば」彼に背を向けたまま言った。「わたしじゃないわ。ねえ、もう行って。仕事に戻らなきゃ」

「まあ、いい。どうせ、そのうち言うことになるさ」

息子の死体の上で、ね。

「オーケー、好きにしろ」ゲイブは部屋に戻りかけて、振り向いた。「そうだ。明日朝九時、ロバート・パウエルと会うことになった」

「了解」ネルはスケジュールのファイルを開いた。

その日の残りの時間は、ジェイスとヘレナのことを考えまいとしながら、仕事に没頭して過ごした。家に帰るころにはひどく不安定な精神状態になっていたので、ソファベッドで膝にマレーネを乗せて、気分がよくなるまでずっと抱きしめていた。犬を飼っていない人たちは、いったいどうやって一日の疲れを癒しているのだろう？　ファーンズワースに悪いことをした。マレーネがいなくてきっと淋しい思いをしているだろう、とちらっと思ったが、すぐに、くよくよすることないわ、と思いなおした。彼はマレーネを「このアマ」と呼んだ。愛していたら、そんな呼び方をするわけがない。膝の上でマレーネが悲しげに鳴いた。ネルは言った。「あなたもつらかったの？　わたしも今日はつらかったの。ビスケット、いる？」

それから少しして、夕食用にピーマンを刻みながら、切った端からつまみ食いしていたとき、ジェイスから電話があった。

「留守電にすごく変なメッセージが入ってたけど。母さん、メンタル・クリニックにでもかかってる?」

「あなたがルー・マッケンナに手を出すのをやめなかったら、かかるはめになりそう。まじめに言ってるのよ。ルーの父親を怒らせないほうがいいわ。銃の携帯許可証を持ってる人なんだから」

「母さん、落ち着けよ。これはぼくとルーの問題だ」

「父親に気づかれるまでは、ね。気づかれたら、あなたと救急治療室の問題になるわ」

「だったら、ルーのお父さんには言わないで」ジェイスはまるで動じなかった。「心配性なんだから」

「心配する理由があるから、心配してるのよ」だが、電話を切って明るいキッチンを見まわしたら、心配することはないのかもしれない、という気になった。悪い時期はたぶんもう終わったのだ。新しい勤めも一週間無事に乗りきったし、新しい家もある。これからはいろんなことがよくなっていくだろう。リニーもきっと、ここよりもっといい家に落ち着いていることだろう。トレヴァー・オウグルヴィを脅迫したのはたぶん彼女で、巻きあげた金で、いままでよりいい暮らしをしていることだろう。トレヴァーを気の毒だとは思わなかった。マージーの母親を自殺に追いやった男だ。当然の報いだ。

ネルとマレーネはソファベッドに寝ころがって、仲よくサラダとドッグ・ビスケットを食べた。それからシュニール織の毛布を持って、二階に上がった。ネルはスーズからの誕生日プレゼントの青いシルクのパジャマに着替えた。「わたしの人生に、もう黒いレースの出番はないの？　ねえ、マレーネ、教えてよ——」そしてスーズからもらったベッドにもぐりこみ、本を読んでいるうちにいつのまにか眠りに落ちた。

数時間後、暗闇のなかで目を覚ました。ベッドでなにか音がする。まだうとうとしながら、なんの音だろう、と考えたが、次の瞬間、はっきり目が覚めた。

マレーネがうなっていた。

奇妙な小さなうなりだった。マレーネらしい、脅威にさらされてめそめそ鳴いているようなうなりだ。だが、月明かりのなかベッドにうずくまっている姿には、どこも奇妙なところはなかった。はじめて、マレーネに犬の野性を感じた。

「どうしたの？」ネルはささやいた。マレーネがさらに低く身をかがめ、うなった。

身じろぎもせず座って、耳をそばだてる。さっきからマレーネには聞こえていた音が、ネルの耳にも届いた。下で、足音を忍ばせて歩いているようなかすかな音がする。ごくかすかな音を確かめようとじっと聞き入っていたら、鳥肌が立ってきた。下に誰かいる。侵入者は引き出しや戸棚を開け閉めしていた。

「シッ」マレーネに言い、電話を取って911にかけた。つながるまでの数秒がひどく長く感じられて、じりじりした。オペレーターが出ると、声をひそめて言った。「キッチンに誰かいるんです」

続けて、ささやき声で事情を説明した。オペレーターが、そのまま切らないで、と言った。ネルはブランケットの上に座り、いまだ殺気立っているマレーネを抱いて祈った。

警察が来るまで、泥棒が下にいてくれますように。でなければ、盗るものを盗って出ていってくれますように――

ネルはハッとなった。うちにはテレビもステレオもない。金目のものがないことは、いいかげんわかりそうなものだ。こんなに時間をかけて、あの泥棒、いったいなにを探してるんだろう？　なんだか変だ。ひょっとして、泥棒じゃないのかも。

電話を切り、事務所の短縮ダイヤルをプッシュした。ゲイブが住居に引いている電話も同じ番号のはずだ。

「なんだ？」三回めのコールでゲイブが出た。眠っているところを起こされて頭に来ているのが、声から伝わってきた。

「誰かいるの」とネルはささやいた。

「はあ？」

「ネルよ」

「わかってる」ゲイブはうるさそうに言った。「午前三時にひそひそ声で電話してきて、なんのまねだ？」

「家のなかに誰かいるの。下に」

「なんだって？　すぐ911に電話しろ」

「したわ。わたしだってばかじゃないんだから。だけど、思ったの。ここには何日か前までリニーが住んでいたから――」

マレーネがまたうなり声を上げた。ネルは言葉を切った。マレーネの体に手を置いて黙らせ、耳を澄ませた。

階段にいる。

「どうした？　クソッ。ネル――」

「階段を上がってくる」恐怖で声がうわずった。「怖い」

「電気をつけろ。早く。そいつに起きていることを知らせるんだ。寝室のドアの鍵はかかってるか」

「鍵、ないの」

「開かないように、ドアの前になにか置け」

「わかった」電話を置き、震える手でブランケットをはねのけた。ベッドから下りようとしたとき、マレーネの毛布に足をとられてよろめいた。電話が音をたてて床に落ちた。マレーネが驚いて暴れだした。ネルはベッドサイドテーブルにつかまって体を支えようとしたが、つかみそこねてドアに倒れかかり、ドアノブで頭を打った。階段にいた誰かがあわてて駆けおりていく音がした。

「シッ」ドアに飛びかかり、爪でドアを引っかきながらうなっているマレーネに言った。サイレンの音が近づいてきた。それから、壁に光が揺れた。下の通りから照らされたのだ。勝手口のドアが閉まる音が聞こえた。ネルは頭を打ったところを手でさすり、電話まで這っていった。「ゲイブ？　大丈夫みたい。ゲイブ？」だが、答えはなかった。

「ありがとう、寿命を二十年縮めてくれて」一時間後、警察が帰ったあとでゲイブは言った。ネルの家のリビングのソファベッドに座っていた。グレンリヴェットを飲みながら、心臓の縮む思いをさせやがって、と怒鳴る前に脈拍を百二十にまで下げようと努力した。

「あなたも知っておきたいんじゃないかと思って。ここはリニーの家だったから」

「きみの家だから、知っておきたいんだ」ネルはすべすべの生地の明るい青のパジャマを着ていた。動くたびに青い布が揺れるのと、額の派手な色のたんこぶのせいで、赤い髪がいっそうワイルドに見えた。ネルはパジャマのこともたんこぶのことも、危うくレイプされて殺されるかもしれなかったことさえ、まるで気にしていないようだ。青ざめたはかなげな姿で隣りに座り、ピーナツバターとジャムを塗った全粒粉のトーストを無心に食べている。ゲイブはあきれた。こんなときにそんなに食欲があるとはな。

グラスから氷をひとつ取り、ネルに渡した。「額のたんこぶに当てておけ」そして、スコッチの残りを飲んだ。

ネルは言われたとおりにしたが、氷が融け、水滴が腕に垂れてきたので、顔をしかめた。

「先に911にかけてくれてよかった」ゲイブはクッションで腕を拭いてやった。

「わたしだってばかじゃないわ」

「ばかだとは思ってない。イカれてる、とは思ってるが。リニーだったと思うか」

「わからない」ネルはトーストをかじりながら考えこんだ。その顔に、ゲイブを落ち着かない気持ちにさせるはりつめた表情が浮かんだ。「違うと思う。はじめは下にいて、あとで上がってきた。ということは、下でなにか探してたわけよね――」

「――だが、見つからなかった。リニーなら、探し物がどこにあるか知っているはずだ」ゲイブはグラスを置いた。「来い」

「どこに？」

「寝室だ」

「あなたの口説きのテクニック、ブラッシュアップの必要があるわね」ネルは言い、ゲイブを待たせておいて、トーストの残りを食べた。

寝室に足を踏み入れると、いたるところに服や本が散乱していた。部屋を占領している大きなベッドの上には、絡みあったキルトの山。その混乱のなか、床のダークブルーの毛布の上にマレーネが座っていた。マレーネは険悪な目つきでふたりを見た。

「まいったな」つぶやいて部屋を見まわした。「おれは暖炉を調べる。きみは、タップを踏めるように床を見つけてくれ」

二時間半後、ゲイブはネルの家の二階を地球のほかのどこより知りつくしていた。だが、なにも見つからなかった。ネルは疲労困憊《こんぱい》してゲストルームの床から立ちあがり、伸びをした。その動きにつれてパジャマがしなやかに揺れた。「あなたともっと遊んでいたいけど。わたし、一時間後には仕事に行かなきゃならないから」

「おれもだ」ゲイブは壁にもたれて座り、渋い顔で空っぽの部屋をにらんだ。「おれが遅れてもちゃんと留守を守ってくれる秘書がいてありがたい」

「彼女、疲れてるから休みます、と電話してくるかもよ」

「それがいいかもしれないな。徹底的に調べつくすまで、ここを空けないほうがいい」

「じゃあ、いままでやったことはなんだったの？　軽い下調べ？」

「ライリーになにか考えがあるかもしれん。あいつは小さなことも見逃さない男だから。それに、下はまだ調べてない」立ちあがり、寝室に電話をかけにいった。あとからネルが入ってきた。その顔を見て、ゲイブは眉をひそめた。いつもよりもっと青ざめて見える。おまけに、額のたんこぶは紫に変色してきている。「ひどい顔だ」

「どうもありがとう」ネルはベッドに腰を下ろし、枕の上に倒れこんだ。

「そのパジャマ、イーヨーよりいい。だが、額が見られたもんじゃない」

「労災よ」ネルはキルトの下にもぐりこんだ。

「氷を当てておけと言っただろう？」ゲイブは受話器を耳に当てたまま言った。「それに――」

「なんだ？」寝ぼけた不機嫌な声でライリーが出た。

「おれだ。今日はおまえがオフィスを開けてくれ。ネルは来ない」

「行くわ。あとで」ネルは睡魔と闘いながら言った。「ちょっと眠れば――」

「今夜の予定は全部キャンセルしろ。ネルの家に誰かが押し入った。ここを調べなきゃならん」

「押し入り？」ライリーはいっぺんに眠気が吹きとんだようだ。「ネルは大丈夫なのか」

「ああ。ちょっとみっともないありさまになってるがな。いまネルに必要なのは睡眠と氷だ」最後のひとことはネルに言ったが、彼女はもう寝息をたてていた。はじめて見る安らかな顔だった。青ざめて、はかなげで、デリケートそうだ。レトケの詩に出てくる女のように、

「骨まで愛らしい」

「ゲイブ？」ライリーが言った。

「もうちょっとしたら戻る」ゲイブは電話を切った。ネルを起こさないように、そっとキル

トをかけてやった。マレーネがベッドに飛び乗り、端から頭を垂らしてクーンと鳴いた。いままで寝ていた青い布が欲しいらしい。ゲイブは布を拾ってベッドに放った。マレーネはその上で丸まり、うとうとしはじめた。

「お嬢さん方、のんきでいいな」ゲイブは最後にもう一度ネルを見つめ、部屋を出た。


パウエルの家はグランドヴューの感じのいい住宅街にある、こぎれいなバンガローだった。ノックに応えてドアを開けたのが自分より若い男だったので、ゲイブは驚いた。

「ロバート・パウエル？」

「ロバートの息子のスコットだ」と言って男は手を差し出した。「ゲイブ・マッケンナ？」彼は家の一方の端に顎をしゃくった。「退職してから、親父はガレージの上で暮らしてる。古い事件のことで来たんだろ？　あんたに会えるってんで、興奮してたよ」

ガレージの上の部屋は素晴らしかった。いくつもの大きな天窓、分厚いカーペット、使いやすそうな家具、無線室も顔負けの電子機器。父親に快適な老後を過ごさせようとスコットが心を砕いていることや、ロバートが楽しんで暮らしていることが伝わってくる住まいだ。

「いい部屋だろ？」灰色の眉の下で笑いかけながら、ロバートが言った。熊のような大男で、スコットが年をとって太ったらまさにこうなるだろう、という感じだ。ゲイブはふたりのことが好きになり、おかげで、いくらか気が楽になった。

「ほんとにいい部屋だ」彼は言い、ロバートが身振りで勧めた椅子に腰を下ろした。「会ってくれてありがとう」

ロバートは首を振った。「こっちこそ。オウグルヴィの自殺の件を調べてるのか」

「非公式に、だが。個人的に興味があってね」

ロバートはうなずいた。「ヘレナの親戚かなにかかい？」

「いや」ゲイブは大きく息をついた。「自殺だったのか？」

「いや」ゲイブは椅子の背にもたれた。

ロバートが続けた。「ヘレナが自殺を考えていなかったとは言わん。どっちにしろ、そのうち自殺したかもしれん。だが、あの日引き金を引いたのはヘレナじゃない」

「なぜ、そう思う？」

「ヘレナは薬をしこたまためこんでいた。二カ月分はあった。医者に精神安定剤と睡眠薬を処方してもらってたんだ」

「それだけじゃ、論拠としては弱いな」壁にもたれて聞いていたスコットが口をはさんだ。

「息子も警官なんだ」ロバートが誇らしげに言った。瞬間、ゲイブはうらやましさに胸がうずいた。スコットにはいまも父親がいる。すぐそばに住んでいて、会いたいときに会える。ワイドスクリーン・テレビで一緒に野球やアメフトを観たり、ビールを飲みながらくつろいだりできるのだ。ロバートがスコットを見上げて言った。「まだあるんだ、腕利きの坊や」

それからゲイブに言った。「ヘレナは遺書を三通、書いていた。下書きしてたんだ」

「そのうち二通はくずかごに捨てられていた。だったよな？」

「ああ。だが、どれもまだ下書きの段階だった。ところどころ、書き損じたり、インクがにじんで汚れたりしていた。それに、あの部屋の机の上にはもっと上等の便箋が用意してあった。彼女はまだ、本チャンの遺書を書いちゃいなかったんだ」

「まだ弱いな」口ではそう言ったが、スコットはかなり興味をそそられた様子だった。

「イヤリングのこともある。ヘレナはドレスアップしていたのに、イヤリングをしていなかった」

「それはおれたちも気づいた。指輪とピンはセットのようだったが。ほかになにがセットになっていたか、リストを手に入れてないか？」

ロバートは首を振った。「娘も覚えていなかったな。それに娘に話を聞いたのは、ヘレナが宝石と一緒に埋葬されたあとだった」

「ダイヤも一緒に埋葬した？」スコットが疑わしげに言った。

「でかいダイヤだ。当時で十万ドルはしたんじゃないか。いまなら……」ロバートは肩をすくめた。「亭主がそんな石を地下六フィートに埋めさせた、なんておれは信じなかった。だがそれを確かめるために死体を掘り返そうとは思わなかった。なくなった宝石の特徴を書いた手配書ができて質屋に聞き込みに行けるようになったのは、一週間後だった。その宝石を見た、という人間は出てこなかった。もっとも、後ろ暗いところのある連中は、見たって口をつぐんでいるだろうが」

「誰かがヘレナを殺して宝石を奪った、と思うのか」ゲイブは言った。「物盗り目的の犯行だった、と？」

「いや。あれは殺人だったと思う。犯人はついでにダイヤも盗った。だが、盗ったあと始末に困った。えらく珍しいものだからな。あの輪っかの形、見ただろ？　売ればそこからアシがつく。ばらしてダイヤだけ売れば別だが」

スコットがダイニングの椅子を持ってきてまたがった。「誰か、動機のある人間がいたのか」

「離婚するしないでもめていた。あのろくでなしの亭主には愛人がいて、妊娠していた。亭主は離婚して愛人と結婚したがっていたが、すんなりとはいかなかった。やっこさんはもうひとりの弁護士と法律事務所を構えていたが、持ち分五〇％の半分を渡すよう、ヘレナが要求してたんだ。おれが話を聞いた誰もが、そんなことになればあの法律事務所は立ちゆかなくなる、と言っていた。ヘレナもそれを知っていたし、どうなろうと知ったことか、と思っていた」

「じゃあ、亭主が？」スコットが言った。

「亭主か、もうひとりの弁護士か。やつにはアリバイがなかったし、事務所での収入を失うわけにはいかない事情も抱えていた。別れた妻に扶助料を払いながら、金のかかる若い妻も養わなけりゃならなかった。そのご夫人とも話したが、感じの悪い女だったよ」そう言って、ロバートはゲイブを見た。「あの男、いまもあの女と一緒にいるのか」

「ジャックか？」ゲイブは首を振った。「いや。あの事件から八年後にヴィッキーとは別れた。で、別のピチピチの美女と結婚した。彼女とはいまも続いてる」

「扶助料が倍に増えたか」ロバートは笑った。「ろくでなしめが。あれは、欲しいものはなにがなんでも手に入れなけりゃ気のすまん男だ。そのためには手段を選ばない。そういうところはうまく隠しているが、おれにはわかる。そう思わんか？」

ゲイブはジャックのことを考えてみた。「ああ、そうだな。トレヴァーはどうだ?」

「トレヴァー?」スコットが訊き返した。

「亭主だ。やっこさんは娘と電話していた。確認をとったが、法律事務所のオフィスからかけていて、秘書がその場にいた。鉄壁のアリバイってわけだ」

「できすぎだな。娘は? 遺産を相続したんだろ?」

「地味だが感じのいい子だ。娘は容疑者からはずしていい。おとなしい、気のやさしい子だよ。母親の死体を見つけて、ショックでおかしくなってね。鎮静剤を飲ませなけりゃならなかった。二週間後、もう薬の世話にならなくていいくらいには回復したが、まだひどく不安定な状態だった。娘はやってない」

「娘が犯人を知っている可能性は?」とゲイブは言った。

「知っていたとしても、覚えていないだろう。あの子は嘘はついていないと思う。だが、現実を直視できないタイプだ。いまはどうだか知らんが、当時はそうだった」

ゲイブは、スター・カップでクロエとティー・パーティーごっこのようなことをやっているマージーのことを思った。「いまもそうだ」

「いまもあのクソッたれと結婚してるのか」

「いや」ゲイブは興味を引かれた。「スチュアートはクソッたれかい?」

「大ばか者の傲慢《ごうまん》なクソ野郎だ。おれはあいつが怪しいとにらんでた。だが、証拠がなかった。スチュアートはピクニックの計画も立てられないような男だ。人を殺せる器じゃない」

「じゃあ、誰が?」

「さあな。現場には、まったくといっていいほど手がかりがなかった。ヘレナの手に硝煙反応もない、ときた。唯一の望みはダイヤだったが、結局出てこなかった。そうか、あの子はあの下司野郎《げす》と別れたか。よかった。いい子だったからな」

「いいや、別れてはいない。スチュアートはO&Dから百万ドル近い金を横領してとんずらしたんだ。七年前のことだ」

「あのばかが横領？　それは違うんじゃないか。あの男は自分の口座から金を引き出すことさえできるかどうか怪しいものだ」

「そうか？　そいつはおもしろい。O&Dはスチュアートがやったと確信していたが」

「ひとりじゃ無理だ。誰か助けた人間が、それも、なにからなにまで面倒見てやった人間がいたんなら別だが。共犯者がいたのか」

「わからない。その件では、O&Dはうちに調査を頼んでこなかったんでね」

「調べたほうがいい。後ろで糸を引いた人間がいるはずだ」ロバートはそこでひと呼吸置き、椅子の背にもたれた。「個人的に興味がある、と言ったな？」

ゲイブは適当にごまかそうかとも考えたが、結局、正直に答えた。「親父がトレヴァーの親友だった」

ロバートはうなずき、無言で先をうながした。

「親父はなにか知ってたんじゃないかと思う。だが八二年に、秘密を墓場に抱えていってしまった」

「マッケンナ、か。事情聴取したなかにそんな名前の人間はいなかったが」

「誰かがヘレナを撃ったあと、親父が呼ばれたのかもしれない、と思ったんだが。実際どうだったのかは知らない」

「知りたくないのかもな」

「親父は殺人の隠蔽工作に手を貸すような人間じゃない」

「知ろうとしないのは、親父さんがクロだと思ってるからじゃないのか」

「そうかもしれない」最低の気分だった。

ゲイブはロバートに礼を言って辞去した。スコットが車まで送ってきた。「助けが必要なときは電話してくれ」

「ありがとう」親切な申し出に驚いた。

「遠慮はいらない。親父の担当した事件だ。新しい事実が出てきたら、おれも知りたい」

ゲイブはロバートの部屋のほうに顎をしゃくった。「親父さんはたいした男だな」

「ああ、男のなかの男だよ」スコットは足を止め、ポルシェを羨望のまなざしで見つめた。

「いい車だな。年式は?」

「一九七七年だ」

スコットがほんの少し、目を細めた。「事件の前の年か。なにか関連があるのか」

「事件の二週間後に、トレヴァーが親父にこの車を一ドルで売った」

スコットは口笛を吹いた。「いつ、それを知った?」

「一週間前だ」

「いやな一週間だったな」

ゲイブは車に乗りこんだ。「ああ。それに、いやなことはこれで終わりじゃなさそうだ」

その晩、スーズはマージーと、ネルの荷解きを手伝った。ライリーとゲイブがキッチンを引っかきまわしていた。「なに探してるの？」スーズが尋ねた。

「とくになにを、ってわけじゃないの」ビニールの包みを手渡しながら、ネルは言った。「でも見れば、ああ、これだってわかると思ってるみたい」

「なんだかワクワクしない？」とマージー。「あのふたり、本物の探偵なのよ」

スーズは笑い、包みを解いた。そして、ハッと手を止めた。小さな白い磁器のカップだが、脚がついている。青い水玉のソックスと黒い靴をはいた、まさに人の脚だ。マージーが持っているカップは黒のストライプのソックスと黄色い靴をはいていた。「これ、なに？」

「〈ウォーキング・ウェア〉よ。斬新なデザインでしょ。七〇年代のものなの。持ってることを忘れてたんだけど、査定してもらうために整理してたら、出てきたの。食器を分ける段になって、これはどうしても手放したくなくて」

「こんなの、はじめて見た」マージーがスーズの肩越しにのぞきこんだ。「わたしも七〇年代を通ってきたはずだけど」

「イギリスのものだから」ネルは次の包みを解いた。出てきたのは、ほっそりした脚を組み、大きな黄色い靴をはいた砂糖入れだった。「母がイギリス人だったから、毎年、夏には向こうに行って、二、三週間過ごしてたの。これを見るとわたしが笑って喜ぶから、叔母と祖母が誕生日とクリスマスに少しずつプレゼントしてくれるようになって」

スーズは別の包みを解いた。小さな丸いカップだが、その脚はさっきのものより長く、走っているような形にすらりと伸びていた。

「それは〈ランニング・ウェア〉」キッチンでなにかが落ちる音がした。ネルは驚いて目を上げた。「マレーネはどこ?」ソファベッドの上で、マレーネが細長い顔を上げ、〝ごはん?〟とでも言いたげな顔をした。「いるんならいいの。ごはんはまだよ、ベイビー」ネルが言うと、マレーネはため息をついてまた毛布に鼻をうずめた。

スーズは〈ランニング〉のカップを床に置いた。まるで大地を抱いているようだ。「すてき。みんな、こんな感じなの?」

「靴と靴下の色が違うだけよ。これはキッチンに置くしかなさそう。あのふたりの家捜しが終わって、まだキッチンがあれば、だけど」ネルはもうひとつ包みを解いた。ストライプのソックスと黒のエナメルのローヒールをはいたティーポットが出てきた。

「キッチンに置く場所ある?」マージーが言った。

ネルは眉を寄せて考えた。「うーん、どうだろう。棚をつければ――」

「スター・カップにはすてきな棚があるのよ。クロエは、棚の縁にかぎ針編みみたいに見えるプラスチックの飾りをつけてるの」

マージーがティーショップのことをしゃべっているあいだに、スーズは残りの包みを開け、同じシリーズのカップとティーポットと砂糖入れとクリーム入れをひとまとめにした。箱の底にネルのアルバムがあった。マージーが手にとり、ぱらぱらめくりだす。スーズは〈ランニング〉の卵立てを一列に並べ、眺めて笑った。ストライプやチェックや水玉の九個の卵立てが、どこかに向かって全力疾走していた。

「全部、焼き増ししてもらわなきゃ」ネルがマージーに言っていた。「ジェイスにもアルバムをつくってやりたいから」

「これ、どこで買ったの？」スーズが割って入った。「わたしも欲しいんだけど」

「イギリスよ。ほとんどアンティーク・ショップや古物屋で買ったの。オンラインのオークション・サイトのEベイにも、よく出品されてるわよ」

「いくらぐらい？」

「〈ウォーキング〉の卵立てが三十ドルか四十ドルくらい。〈ランニング〉のほうはもうちょっと高い。五十ドルくらいかな」

「卵立て一個が五十ドル？」マージーがすっとんきょうな声を上げた。

「うちのキャビネットにこれを並べたい」スーズは、いちばん手前のカップのぽってりしたなめらかな縁を撫でた。「いまは、とんでもなく醜いスポードに占領されてるんだもの」

「あげるわ。早めのお誕生日プレゼントってことで」

「こんなにたくさん、もらえない」働けば自分で買えるのに、とスーズは思った。キッチンで、またドサッと音がした。探偵の仕事。〝マッケンナ探偵社でおとりをやってくれる女を探している、やりたければ紹介するけど〟このあいだネルにそう訊かれたときは断った。そんな仕事をしようものなら、ジャックが癇癪を起こすに決まってるからだ。でも、いまは欲しいものができた。このカップ……。「わたし、お金をつくる。だからお金ができたら、これ、全部いっぺんに売ってくれない？」

「いいけど」ネルは少し驚いた様子だった。「でも、そんなに気に入ったんならいま持っていけば？　お金はあとでいいから」

「だめ。自分の力で買いたいの。全部いっぺんに」

「ダイサート家のスポード、あんなにきれいなのに」マージーが不服そうに言った。「どうして――」

「欲しいなら、あげる」

「うちには〈デザートローズ〉があるから。でも、あのきれいな青の――」

「あれ、ちゃんと見たことある？」スーズはモーヴ色の靴のカップを手に取った。心臓の鼓動が早くなる。ソックスのいちばん上に細く青いラインがある。スポードと一緒にこれを置いたら、きっとすてきだろう。「〈イギリスのスポーツ〉ってシリーズなんだけど、描かれている絵がひどいの。〈熊の死〉という題の皿もあるのよ」

「冗談でしょ」ネルが言った。「何年も祭日にはあのお皿で食べてたけど、そんなの、見たことないわ」

「〈泉のほとりの少女〉ってやつは、いまにも泉に身を投げそうな感じだし。見てるとほんと、気が滅入る」

「〈ランニング〉のカップ、あげるから」とネルが言った。

　スーズはモーヴ色のカップを下に置いた。すごく気分がいい。仕事をするのだ。学校に行って時間をつぶしながらジャックの帰りを待つだけの生活は、もう終わり。わたしもなにかやるんだ。

「ありがとう。お金はちゃんと払うから」スーズはひと呼吸置いて言った。「マージー、スター・カップは週に何日やってるの？　土日にあなたがいないと、バッジ、おかんむりなんじゃない？」

「週末は土曜だけ」マージーの顔が明るく輝いた。「平日も午後だけなの。とってもすてきな仕事よ……」

マージーのおしゃべりを適当に聞き流しながら、スーズは卵立てを見つめた。自信に満ちたしっかりした足どりで闊歩している。動いている。

「ねえ、マージー」ネルの声がなんだか変だったので、おや、と思って目を上げた。「アルバムの写しをつくってもらうとき、あなたのもつくってもらいましょうか。あなたも、スーズ。元のアルバムになにかあっても、スペアがあれば安心でしょ」

スーズが見ると、ネルは目をそらした。この箱の底にアルバムを入れたのはわざとだったのね。

「高いの？」とマージーが訊いた。「わたし、全然お金がなくて。遺産、スチュアートが全部使っちゃったから。バッジは、スチュアートの失踪宣告の手続きをして保険金をもらったほうがいいって言うんだけど。でも、そういうの、よくないと思うのよね。死んだと決まったわけじゃないし」

スーズは驚いた。「お金に困ってるの？」

「いまはまだ大丈夫。スチュアートは死んでるかもしれないけど、死んでないかもしれない。でしょ？」

「二冊頼めば、割引してくれるかも」ネルが妙に明るい声で言った。「お金はあとでいいわ。スーズみたいに。ね？」

「そうね。いいかもしれない。明日アルバム、お店に持ってくわ」

「了解」そう言うネルの声は不自然に陽気だった。

スーズはもう一度、ネルと視線を合わせようとした。だが、ネルは「コーヒー淹れるわね」と言って立ちあがった。

あとを追おうとしたとき、ゲイブがキッチンから出てきた。スーズは彼を脇に引っぱっていった。「ねえ、このあいだネルから、おとりをやる人間を探してるって聞いたんだけど。まだ募集中？」

「ああ」ゲイブは警戒気味に答えた。「木曜の晩に、一件、おとり調査をやるが」

「どこに何時？　わたし、行く」


ネルはキッチンの入口からふたりを見ていた。ゲイブのことだ、スーズからなにか聞き出そうとしているのに違いない。「ちょっと！」声をかけたとき、スーズが「ありがとう」と言うのが聞こえた。ゲイブがやってくると、ネルは彼をキッチンに引っぱりこんだ。「スーズになにを言ってたの？」

「彼女のほうから話しかけてきたんだ。おとりをやりたいらしい」

「なんだって？」ライリーが口をはさんだ。

「ジャックが喜ばないんじゃないかしら」

　ゲイブは肩をすくめた。「それはスーズの問題だ」

「ぼくの問題でもある。クソいまいましいおとり調査をやるのは、たいてい、ぼくなんだから。なんで――」

「こいつにかまうな。なにも見つからなかったんで、いらついてるんだ。なにかあるとしたら地下室じゃないかと思うが、地下室は第二次大戦のころから開かずの間、ってわけだ」

「そのことなら訊いてみたわ。ドリスは地下室には他人を入れたくないんですって。あそこでリースをつくってるのよ」

「リース」どう反応していいかわからないかのようにゲイブが言った。「そうか。もう一度訊くが、リニーが残していったなにかをうっかり捨ててないだろうな？」

「リニーがなにか残していったとしたら、ドリスが取ったんじゃない？　引っ越してきたときはなにもなかったわ」

「ドリスか」ゲイブはライリーを見た。

「ノー・サンキュー。ネルにやらせろよ。ネルの大家なんだから」

「ドリスに、ここでなにか見つけなかったか訊いてみてくれ」ゲイブはネルに言った。

「いいわよ。で、ドリスが、リニーからなにか盗ったと言いがかりをつけられたと思ってマレーネとわたしを追い出したら、あなたのところに置いてくれる？」

「いい考えだ」ゲイブはまじめに言った。「このあいだの男がまた、家捜しに来ないともかぎらない。おれたちのところに来るといい。クロエの家には頑丈な鍵が取りつけてあって安全だ。クロエはきみを歓迎するよ」

ネルは部屋を見まわした。わたしの家だ。「せっかく引っ越したんだし。食器の荷解きも終わったし、わたしなら大丈夫だから」

「クロエのところのほうが安全だ。隣りだから、なにかあればライリーとおれがすぐ駆けつけられる」

たしかにその提案は魅力的だった。でも、そこはわたしの家じゃない。「ありがとう。でも、ほんとに大丈夫だから。あの男は、わたしがここにいることを知らなかったのかもしれない。いるとわかれば、もう来ないいんじゃない？」

「隣りにいてくれたほうが安心なんだが」それでも、ネルの心は動かなかった。

バッジが迎えにきて、まだ帰りたくなさそうなマージーを引っぱっていった。スーズは帰り際、さっとライリーに視線を投げ、探るようにネルを見てから、黄色いビートルに乗りこんだ。ゲイブはもう一度説得を試みたが、断るとあきらめて帰っていった。ネルはマレーネを抱きしめて撫でた。「ベイビー、いい？　誰か入ってきたら、そいつの喉笛に嚙みつくのよ」

マレーネは毛布に深々と体を沈めた。

「あ、ゲイブは別よ。彼はわたしたちの味方だから」

10

マージーのアルバムを持っていくと、ゲイブは喜んだ。ダイヤのネックレスにブレスレット、ブローチ、指輪、それにイヤリングをつけたヘレナの写真が何枚かあったからだ。フリーザーのファイルの整理を始めるともっと喜んだが、残念ながら、オフィスを好きに変えていいとは言わなかった。そこでネルは、自分の判断でことを進めることにした。まず手始めに、バスルームの壁を淡いパープルグレーに塗り、天井の際に金色のラインを入れた。ゲイブはひとこと、「変わった色だな」と言っただけだった。これならもっと続けてもよさそうだ。ネルは待合室の壁もソフトゴールドに塗ることにした。スーズにはしごを支えてもらいペンキを塗っていると、ゲイブが出先から戻ってきた。なにか言われるのではないかと思って身がまえたが、ゲイブは「落ちたって知らんぞ」とだけ言って部屋に入っていった。

ネルはいい秘書になろうと全力を尽くした。仕事がスムーズに運ぶよう気を配り、待合室にディーン・マーティンとフランク・シナトラを流した。まめにコーヒーを淹れ、午後にはマージーからアーモンド・クッキーをかっぱらってきて、コーヒーに添えて出した。だが、ゲイブはそんな気遣いに気づきもしなかった。与えられた仕事をこなしているかぎり、ろくに注意も払わないが、お伺いをたてずになにかを変えようものなら、とたんに雷を落とす。

ハロウィーンの日、ネルはスーズに言った。「あの人の机の上で裸で踊ってみせたって、きっとこう言われるのがオチよ。『どけ、ネル。報告書を踏んでるぞ』裸で踊りたいっていうんじゃないのよ。たとえばの話」

「やってみれば?」いやがるマレーネにかぼちゃのコスチュームを着せながら、スーズが言った。「ほら。かわいいでしょ?」

マレーネは凶暴なオレンジ色のマシュマロ・ピーナツみたいに見えた。

「わたしがなにか改善するたび、ゲイブもそういう顔するわ」

それでも、小さなことに関してはゲイブも目をつぶってくれた。おかげで、オフィスはだいぶ見られるようになった。断固として異議を唱えたのは、むしろライリーだった。ファイリング・キャビネットの上の醜い鳥の置物を地下室にしまったときは「『マルタの鷹』になにするんだ? これはここに置くんだ」と猛抗議を受けた。

「お願い、勘弁してよ」ネルはゲイブにも訴えたが、にべもなく却下された。そういうわけで、いまでもキャビネットの上から薄気味悪い鳥に見下ろされている。

マッケンナ探偵社のビジネスは順調で、依頼は引きも切らなかった。スーズによるおとり調査も成功だった。もっともライリーは「スーズみたいな女にセーターを着せてバーに送りこむのはフェアじゃない。調査というより、罠にかけるようなもんだ」と言って、次からはスーツを着てくるように指示した。それで二度めのとき、スーズはネルのグレーのスーツを着て淡いブロンドの髪をシニヨンにまとめた。だが、そういう格好だと、セーターのときよりもっとセクシーに見えた。ライリーいわく〝グレース・ケリーみたい〟だった。セーターのときのスーズは大学生の女の子のようだが、スーツを着ると、洗練された、危険な香りのする女に見えた。「こういう格好、ジャックは嫌いなのよね」とは言ったものの、彼女は全然それを苦にしていないようだった。ネルが古いスーツを全部譲ると、スーズはお返しにカラフルな服をたくさんくれた。だが、色とりどりのカシミアのセーターやシルクのTシャツをとっかえひっかえ着ていっても、ゲイブはろくに見ていなかった。

マレーネはといえば、過去のトラウマを利用してできるだけたくさんのビスケットをせしめようとすることはいまもやめないが、だらりと寝そべって悲しげに鳴いたりはもうしなくなった。食べ物がもらえると思うと、一目散に駆けてくることさえある。昼間は家で留守番させようと思っていたが、マレーネは置き去りにされたことを恨んで一日じゅう鳴きつづけ、ドリスに苦情を言われるはめになった。リニーがなにか残していかなかったか、と尋ねた一件でドリスはかなり気分を害していたから、これ以上怒らせるのはまずい。それでしかたなく、オフィスに連れていくことにした。スーズが買ってくれたタン革色のトレンチコート姿で六ブロックの距離を歩いていくのだが、マレーネはその間ずっと、彼女の世界観ともいうべき悲観的な疑い深い態度で嗅ぎまわる。オフィスでは、ライリーがいれば、そばにまとわりついて離れず、ビスケットをもらったり足で腹を掻いてもらったりすると、うれしそうにまつげをパチパチさせた。そのパチパチを見て、ライリーが「おまえ、女だなあ」とつぶやく。すると、マレーネは甘えたようにクーンと鳴く。〝病的な関係だ〟とゲイブは評したが、連れてくるなとは言わなかった。

マージーはバッジのあいもかかわらぬ反対をよそに、ティーショップの仕事をエンジョイしていた。店の心配をする必要がなくなったので、クロエはルーのユーレイル・パスを持ってフランスに旅行に行った。ゲイブはひとこと、「どこに行ったんだ?」と言っただけだった。はじめのころ、ネルはクロエからの絵葉書を彼の机に置きながら、ゲイブは彼女を失った胸の痛みを隠しているのではないか、と思った。絵葉書はどれも、〝楽しんでます〟という一行と、どこそこの景色がすてきだった、といったとりとめのないことが書かれているだけで、〝会えなくて淋しい〟という言葉はどこにもなかった。こういうそっけなさは胸に突き刺さるはずだ。だが、六週間彼と仕事をしてわかった。ゲイブは隠しごとのできない男だ。怒っていればすぐわかるし、落ちこんでいてもすぐわかる。ここまで率直なボスの下で働くのは爽快だった。ときどき、ネルが彼のためになにかを改善すると衝突が起き、エンジンの回転が上がる。そんなことを繰り返しながら、日々はまたたく間に過ぎていった。

「好き勝手やってるようだが、おれが気づいてないと思うなよ」

十一月のある日、ネルが待合室の古いペルシャ絨毯をはがして階段の下のクローゼットに押しこみ、新しい金色と灰色のウイリアム・モリス・パターンの絨毯を敷いていると、ゲイブが言った。

「これ、いいでしょ?」

「よくない。いかにも新品新品していてここには合わないし、そんなものは必要ない」

「名刺のことだけど――」

「だめだ」ゲイブは部屋に入って、ネルの鼻先でドアを閉めた。

翌日、あの気味悪い鳥にすぐ後ろから見下ろされずにすむよう、木のファイリング・キャビネットを別の場所に動かそうとしていたら、右の手のひらに棘《とげ》が刺さった。左手で抜こうとしても抜けないので、ネルは毛抜きを手にゲイブの部屋に入っていった。「棘、抜いてほしいんだけど」

「なんで棘が刺さるんだ?」ペンを下に置きながら、ゲイブは言った。

「ファイリング・キャビネットよ。裏側はざらざらなの」

「裏側は壁にくっついているはずだ」彼は毛抜きを受けとった。

「そうね」ネルは明るく言った。「抜いてくれたらありがた――」

彼はネルの手を取り、スタンドの明かりの下に持っていった。ネルは思わず、息を詰めた。

「これだな」もっとよく見えるように、ゲイブは親指で棘のまわりの肉を押した。「踏んばれ、ブリジット」そう言って、注意深く棘を抜き、ネルの手を放した。「いいか、もうキャビネットにさわるな。あれは六十年間、あそこにあったんだ。そのままにしておけ」

「ブリジット?」

「なんだって?」

「踏んばれ、ブリジットって?」

「古いジョークだ」ゲイブは毛抜きを返した。「もう行け。これ以上、家具を動かすな」

ライリーが外から戻ったとき、ネルは尋ねた。「『踏んばれ、ブリジット』ってジョーク、知ってる?」

「ああ。下ネタだよ。『アイルランド人の前戯は?』って問いの答えがそれさ」

「アイルランド人の前戯」ネルはつぶやいた。「つまらないこと訊いたわ。忘れて」

ライリーが部屋に消えた直後、電話が鳴った。トレヴァー・オウグルヴィだった。ネルはスター・カップのマージーの番号を教えようとしたが、彼は、きみと話したいんだ、と言った。

「そこの仕事はきみには食い足りないんじゃないか、とジャックが言っていた。きみのキャリアを考えれば、ただの秘書にしておくのはもったいない」

ただの秘書じゃないわ。「ただの秘書よりもう少し、込みいった仕事もしてますけど」

「わたしたちは、きみはいまでも家族の一員だと思っている」

家族の一員ですって？　一度だって、そんなこと思ったことないくせに。いったい、どういう風の吹きまわし？

「それでだな、うちで働いてもらったらどうか、と考えたんだが。うちでなら、きみも能力を生かせる」

「ありがとうございます、トレヴァー。でも――」

「結論を急ぐことはない。そこの給料はあまり高くないんだろう？」

トレヴァーの確信ありげな口調が気に入らなかった。「いえ、お給料はいいですよ」ネルは嘘をついた。「それに、仕事もおもしろいですし。とにかく、ご親切なお誘い、ありがとうございました」

電話を切ると、ネルはゲイブの部屋に入っていった。

彼が目を上げた。「今度はなにを動かそうってんだ？」

「トレヴァー・オウグルヴィに、Ｏ＆Ｄで働かないかと誘われたわ」

「なんだって？」

ネルは机の向かいに腰を下ろした。「わたしはここの仕事にはもったいない、とジャックが言ってるんですって。うちでならもっと能力を生かせるし、給料も高く払うって言われた」

ゲイブの顔にはなんの表情も浮かばなかった。「で、なんと答えた？」

ネルは憤然と言った。「それ、どういう意味？　もちろん断ったわよ。トレヴァー、なにたくらんでるのかしら」

ゲイブは椅子の背にもたれた。「ジャックからトレヴァーに話がいったんだな？」

ネルはうなずいた。

「スーズが仕事を始めたんで、ジャックは動転してるんじゃないか？　きみがうちを辞めればスーズも辞める、そう考えたのかもしれん」

「ジャックは、スーズが働いてること知らないわ。スーズは、わたしと出かけるって言ってるから」

ゲイブは口をつぐみ、それから言った。「辞めないでくれてありがとう」

「辞める？　まさか。まだ始めたばかりじゃない。次は地下室を引っかきまわしますから」

「そいつはいい。このあたりは地殻変動が少ないからな」

だが、その口調は怒っているようには聞こえなかった。これまでにないことだ。ネルはご機嫌で仕事に戻った。

ゲイブの人生はとっ散らかっていた。

第一に、リニーは見つからない、行方を知る手がかりすらない。ネルの家に忍びこんだのが誰かもわからない。ゲイブは屈辱を感じた。なんてていたらくだ。プロが聞いてあきれる。宝石店や質屋を回ってダイヤモンドのことを聞き込んでいたライリーのほうも、収穫なしだ。「くそいまいましいダイヤはここの質屋に持ちこまれたとはかぎらない。少しでも頭のあるやつなら、町の外に持ち出したはずだ。あきらめよう」

だが、ゲイブはあきらめきれなかった。とはいえ、ほかにもっと差し迫った問題もあって、その件にばかりかかずらってもいられない。たとえば、バッジ・ジェンキンズ。マージーのことが心配で心配で、いたたまれないらしく、しょっちゅう電話してくる。「店で働くなんて、危ないよ。強盗にでも襲われたらどうするんだ?」まったく、電話でめそめそ泣き言を並べ立てられる男も珍しい。

「バッジ。セブン‐イレブンじゃない、ティーショップなんだ。毎晩六時には閉めるんだから」そう言ってなだめたが、バッジはうるさく騒ぎつづけた。ゲイブはうんざりして、なんでもいいからバッジを追っ払いたい、マージーを辞めさせようか、と本気で考えた。

それに、ライリーのこともある。「スーズは厄介だ」一回めのおとり調査のあと、ライリーはこぼした。「スーズがバーに入っていく。ビンゴ! 男という男が言い寄ってくる」

「この仕事にはプラスだろ」とゲイブは諭した。スーズ自身は完璧なプロフェッショナルだった。彼女はおとり調査がない日も毎日のようにやってきて、六時にマージーがレジを閉めるのを手伝ったり、オフィスにいらぬ改善とやらを加えるネルの絶え間ない努力の片棒をかついだりしていた。ゲイブは、自分の部屋さえ放っておいてくれるなら、ほかの場所は好きにさせようと思っていた。もっと高給の仕事を提供しようというトレヴァーの申し出をネルが当然のことのように断ったあとでは、なおさら大目に見るしかない気にさせられた。だが、十一月の第二週には、ネルは次の行動に出た。

「ここの家具、修繕に出さなきゃ」机の向こうに立ち、胸に明るい青のラインの入ったオレンジ色のセーターと赤い髪でゲイブに目くらましを食わせながら言った。「一日か、せいぜい二日ですむから」

「おれの部屋にかまうな」ゲイブは青いラインを見ないようにして言った。「洗面所と待合室は好きにしていい。だが、ここはおれの部屋だ。時代遅れなのはわかってるが、最近はリバイバル・ブームだからな。いつ五〇年代がブームにならないともかぎらない」

「ここの家具は五〇年代のものじゃないわ。四〇年代のよ。それに、ブームならもう来てる。だから捨てろなんて言ってないでしょ。汚れを落として、修理してもらいましょうって言っただけ」腰を下ろし、青いラインで彼を狙い撃ちにした。「革や木をきれいにして、脚がガタついてるのはつけなおしてもらわなきゃ」ネルは天井を見上げた。「肘掛けが取れてるのもあるし」

「知ってる。きみが壊したんだ」

「ブラインドも替えたほうが――」ネルは明るく言った。

「いいかげんにしろ、ネル。ここのものをなにかひとつでも、そのままにしておくってことはできないのか？」

「——でも、なにも変えるつもりはないのよ。修復するだけ」ネルはほほえみかけた。快活さを装っているが、じつは緊張しているのがわかる。怒鳴られるんじゃないかと身がまえているのだ。

　そういえば最近、おれはよく怒鳴ってる。ゲイブは深呼吸して怒りを静めた。「わかった。あまり高くないなら。それに、なにも変えないと約束するなら、修繕に出していい」

「ブラインドも」

「好きにしろ」

「あと、絨毯も」

「図に乗るな、エレノア」

「じゃあ、絨毯はいいわ。ありがとう」さっそく修理屋に電話するつもりだろう、ネルは待合室に戻っていった。

「なにも変えるなよ」ゲイブが叫ぶと、ネルはドアの隙間から燃えるような赤毛を突き出した。「なにも変えはしないわ。改善するだけ」そして、頭を引っこめた。

「どうも安心できない。なんでだ？」ゲイブは空《くう》に向かってつぶやいた。そこは、いまもまだネルの残像で震えているかのようだった。

　一週間後の朝、オフィスに下りていくと、部屋の家具がきれいさっぱりなくなっていた。

「ネル！」

「修理屋さんが来たのよ」戸口に現れたネルは、今日はすみれ色のセーター姿だった。左胸に赤いハートが編みこまれている。そんな代物を着るくらいなら、素っ裸に的だけつけてくれたほうがましだ。「木は、汚れを落としてワックスがけするだけでいいって」ネルはわざとらしい元気のよさで続けた。「でも、革の修復とゆるんだ継ぎ目を補強するのに、少し時間がかかるらしいの」

「革の修復？　高そうだな」

「ええ、まあ。だけど、新しいのを買うより安上がりよ。それに、見違えるようになるわ」

「ネル――」

「ここの家具の修復がすんだら、待合室のソファのことで相談が――」

「ソファはあれでいい」

「――あのソファは年代物じゃないでしょ。ただ醜いだけだし、壊れかかってるし。新――」

「ネル」声に凄みがあったのだろうか。ネルは口をつぐみ、油断なく彼を見た。まるで、紫のコットンニットを着て大きく目を見開いた赤毛のバンビだ。「そこまでだ」ゲイブは言ったが、そのとたん、いやな気分になった。

「新しいソファを買ったら、それで終わりにするから。誓うわ。ソファと名刺と窓。でも、まず新しいソファ。いまのはいつ壊れてもおかしくない。お客さんがけがでもしたらどうするの？　訴えられるわよ。自分がなにをしてるかはちゃんとわかってるつもりよ」

「そうだな。だが、おれたちがなにをしているかは、わかってないんじゃないか。うちは探偵社だ。客は部屋の内装なんか見やしない。せっぱつまって相談に来るんだ。きちんとした報告書をもらえさえすりゃ、オフィスがでかいゴミ収集箱だろうが、気にするもんか」

「ソファで最後にするから」ネルは、心臓とセーターの赤いハートの上で十字を切った。「誓うわ」

「だめだ。だめと言ったら、だめだ」

ネルはため息をつき、うなずいた。そのとき、電話が鳴った。彼女は待合室に戻っていき、すぐにまた戸口から頭を出した。「ライリーよ。電話は、窓のそばの床の上」

「何日かかる?」

「ラリーは、明日にはできるって言ってたけど。遅くとも水曜には」

「ラリーって誰だ?」受話器を取りながらゲイブは言った。

「さあ」電話の向こうでライリーが言った。「ラリー?」

「修理屋さん。会えば気に入ると思う。ラリーもあなたの家具、気に入ってたわ」ネルは待合室に引っこんだ。

「ラリーを探せ、とは言わなかったよな?」とライリーが言った。

「ラリーのことは忘れろ。いま、どこだ?」

「シンシナティ。こっちの質屋にも、一九七八年に持ちこまれたダイヤの記録はない。もううんざりだ。トレヴァーは、ヘレナと一緒にダイヤを埋めたと言ってる。ぼくはそれを信じることにしたよ」

「シンシナティの質屋を一軒残らず回るまであきらめるな」

ライリーはため息をついた。いらだちが電話線越しに伝わってきた。「で、ラリーって?」

「修理屋だ。ネルがおれの部屋の家具を修繕に出した」

「きみとネルって、すごく似てるよな。どっちも、決してあきらめない」

「ネルにリニーを捜させるか」

「一度めは見つけたし。ぼくなら、ネルに二度めのチャンスをやるね」

ネルがドアを叩いて、また入ってきた。「お客さまがお見えです」一歩下がって、ベッカ・ジョンソンを通した。

ベッカはつらそうな様子だった。無理もない。ベッカは、運命の人かもしれない、と思う男の身上調査をマッケンナ探偵社に依頼するのだが、あいにく、彼女の知性と常識と男を見る目はかなりお粗末で、どの男もろくなやつではないのだ。いま、ベッカはゲイブの前に立って唇を嚙み、苦しげにあえいでいた。また、新しい運命の人が見つかったらしい。

「あとで話そう」ゲイブはライリーに言い、電話を切った。「どうしたんだい？」

「水を持ってくるわ」と言ってネルは出ていった。

「彼の名前、ランディじゃなかったの」ベッカは顔をくしゃくしゃにしてゲイブに歩み寄り、しがみついた。

「そうか」ゲイブは彼女の体をやさしく叩いた。「ランディじゃなかったって、それ、誰だい？」

ベッカはかわいい顔をゲイブの肩から上げた。「ほんとにすてきな人なの、ゲイブ。今度こそ、間違いないって思ったから、あなたに調査を頼みさえしなかった。なのに、彼の名はランディじゃなかったの。嘘だったのよ」ベッカは声を上げて泣いた。ゲイブはげんなりした。

水のグラスを手に戻ってきたネルが、足を止め、眉を上げた。文句あるか？　ゲイブはベッカの肩越しにネルを見た。ネルもじっと見返した。それから窓枠に水を置くと、リズミカルに腰を振って部屋を出ていった。もっとしょっちゅう怒らせたほうがよさそうだ。怒ると、いい歩き方をする。

「信じてたのに」ベッカが言った。そうだった、いまはこの問題が先決だ。「この人なら大丈夫、と思ったのに」

「彼に訊いてみたかい？」もう一度、ベッカをそっと叩いた。

「彼に訊く？」ベッカは一歩退いた。「彼に訊く？」

「そうだ」ゲイブは忍耐強く言った。「どうして名前が違うことがわかった？」

「スーツケースよ」ベッカは鼻をすすった。「クローゼットの奥にあったの。ブランケットを探してて、見つけたの。スーツケースのイニシャル、E・A・Kだった」

「中古品かもしれないじゃないか。でなければ、母方の祖母の形見か」

「違うわ。新品同然だったもの。彼は中古品は買わないの。彼の家にあるものは、全部新品よ」

「誰かから借りたのかもしれない」ゲイブが言うと、ベッカの苦しげなあえぎがやんだ。

「ベッカ、彼に訊くんだ。訊いたら電話をくれ。彼がなんと言ったか教えてほしい。それでもまだきみが調べてほしいと思うなら、調査しよう。スーツケースのイニシャルが違うってだけで、そんなに人を責めるもんじゃない」

　ベッカはまた鼻をすすった。「ほんとに借りたんだと思う？」

「わからない。だが、彼と話すべきときなんじゃないか。もし、真剣に彼のことを――」

「死ぬほど真剣よ」

「――だったら、彼と話すことを学ばなきゃならない」

「話ならしてる」ゲイブが首を振るのを見て、しぶしぶうなずく。「わかったわ。訊いてみる」そう言って、ぐっと唾を呑んだ。「ちゃんと訊くから。今夜」

ノートはどこだろうと見まわすと、本棚の上にあった。ベッカが知るかぎりのランディについての情報をノートに書きとめた。それから、彼女の肘を取ってドアのほうに導いた。

「これで必要なことはわかった。彼と話したあと、まだすっきりしなかったら電話をくれ。そのときは全部調べあげるから」

「ありがとう」ベッカの声はまだ少し喉にかかっていた。「ごめんなさいね、ゲイブ。でも、ほんとにこの人だと思ってたの。そうしたら、あのイニシャルが出てきて」

「まだパニクるのは早い」彼女をやさしくエスコートして表のドアまで送った。

ベッカが出ていくと、ゲイブはネルに向きなおった。「なにか言いたいことがあったんじゃないのか」

「言いたいこと？　べつにないわ」ネルは邪気のない顔で言った。「あなたがクライアントを愛撫しようがなにしようが、わたしの知ったことじゃありませんから」

「ならいい。いまの言葉、忘れるなよ。ああ、それと今度から、グラマーな女だけ通すようにしてくれ。熱い抱擁を交わすとき、そのほうが楽しいからな」

そう言って部屋に入り、ドアを閉めた。その瞬間、ドアになにかがぶつかった。たぶん、書類の束だろう。ゲイブはニヤリとした。だが、仕事に戻ろうとして机も椅子もないことに気づき、笑顔が凍りついた。

その晩、ゲイブはある人物の素行についてカリフォルニアに問い合わせた件の電話を待ちながら、ネルと並んで部屋の床に座り、テイクアウトの中華を食べた。すらりと伸びた脚がなかなかいい眺めだ。こうやって隣りに座っていれば、少なくともあの不届きなハートは見なくてすむ。

「リニーを捜すとしたら、どうやる?」ゲイブは尋ねた。

「金持ちの男を見つけて、そいつにぴったりくっついて見張り、リニーが現れるのを待つわ。焼き餃子、ある? わたし——」ゲイブは餃子の箱を渡した。

「思い出すんだが」と、ガーリック・チキンの箱に手を伸ばしながら言った。「家具があったときは、ここは居心地がよかったな」

「電話して訊いたら、ラリーが明日には戻せるって。きっと気に入ると思うわ。ねえ、ベッカのこと、教えて」

「ベッカのなにをだ?」けんかを売るなら買うぞ、と思ったが、正直言うと、いまはあまりけんかしたい気分ではなかった。ガーリックの匂いと味を楽しみながら、眺めを観賞するほうがずっといい。

「ライリーは、ベッカのこと、〝品定めガール〟って呼んでた。つきあう相手の品定めを依頼してくるの?」

「ベッカは、住民みんなが顔見知りのような小さな町で育った。それがいまは、大きな街に住んで、大勢の人間がいて、しかも毎年顔ぶれの変わる大きな大学で働いている。誰がどういう人間か、誰も知らない。だから、故郷の町でなら母親や祖母がやる仕事をかわりにやってもらおうと、うちに来るわけだ」

ネルは酢豚を食べながら考えた。「悪い考えじゃないわね」

「ああ。だが今回は、ベッカはうちに調査を頼みたくはないんだ。今度の男には本気で惚《ほ》れてるらしい。おい、それ、おれにも残しとけよ」

ネルが酢豚の箱を差し出した。

「なにがあったの？」

「男が嘘の名を名乗っていた、とベッカは思ってる」ゲイブは酢豚を口に入れた。飲みこむ前に、ソースのピリッとした味をじっくり味わった。人生のよきものは、ゆっくり味わうべきだ。急ぐばかりが能じゃない。

「ベッカの言い分、信じてないの？」

「まだパニクるのは早い」紙コップをつかんだが、空だった。ネルがすぐ気づいて、コーラの入った別のコップを渡してくれた。「ありがとう」

「〝品定めガール〟ベッカのほかに、常連のお客さんはどんな人がいるの？」ネルは餃子の箱を開けた。「んー、いい匂い」

「トレヴァー・オウグルヴィだ」ゲイブはネルの足首を見つめた。「三カ月か四カ月ごとに、オリヴィアの素行調査を頼んでくる」皿を置き、酸辣湯《サンラータン》を探した。小さなカップがふたつあったので、ひとつをネルに渡し、もうひとつのふたを開けた。「ライリーは〝四半期レポート〟と呼んでる。音楽をガンガンかけて安ビールを出す店に行くオリヴィアを、ライリーは気に入ってる。来月はまた、調査の月だ」とろりとした辛いスープを味わう。その酸味がネルのフライドポテトを思い出させた。味蕾《みらい》を覚醒させるような酸っぱさが癖になって、あれ以来、フライドポテトにはいつも酸をかけるようになった。

「それに、ホット・ランチ」

「ハロルド・タガートとその美しき妻、ジーナだ」ゲイブはネルにスプーンを向けた。「次回はきみがやれ。ライリーはもううんざりらしい」

「なにすればいいの？」

「ホテルのロビーで待ち、ジーナが新しい男を連れて現れるかどうか見る。もちろん、ジーナは現れる。われらがジーナは決して期待を裏切らない」

「で、彼女に指を突きつけて、『見たぞ』って言うわけ？」

「カメラを構えて写真を撮るのさ。ハロルドは写真が好きだ」

ネルは首を振った。その拍子に肩と肩がぶつかった。「病んでる」

「ライリーもそう言ってる。おれは、できるだけ人を裁かないようにしてる」

「あなたって、わたしたちみんなのお手本ね」

「そうだといいんだが」ゲイブはまたネルの脚を見た。

ネルは組んでいた足首をほどいた。「悪くないと思わない？」

「ああ」

「痩せちゃって、ほかの部分は見られたもんじゃなくなったけど、脚の形だけは変わらなかった。よく歩いてたからだと思うけど」

「いまは多少ましになった」ゲイブは酢豚をネルに返した。「来たばかりのころは、ちょっと気持ち悪いくらい痩せてたが」

「あのころにくらべたら、気分もずっとよくなった」そう言って酢豚の箱をのぞきこむ。

ネルの頭のてっぺんが顎に触れた。羽根のようにやわらかで、驚くほどひんやりしている。燃えるような赤毛なのに、冷たいのか。意外だ。

ネルが箱を持ちあげて言った。「もう少し食べる？　食べないなら、食べちゃうけど」

「どうぞ。ついこないだまで、食べさせるのがひと苦労だったのにな。変われば変わるもんだ」

「ほかの常連さんは？」

「あまりおもしろいのはない。このへんの会社の依頼で、身上調査をすることはよくあるが」

「たとえばO&Dとか」

「とくにO&Dだ。親父とトレヴァーが友だちだったんで、O&Dはたくさん仕事を回してくれる」せっかくいい気分だったのに、ふたりのことを考えたらなんだか憂鬱《ゆううつ》になってきた。「ジャックの二度の離婚のときも、うちは最高の仕事をした。やっこさんの不倫の証拠をつかんだんだ。以来、ジャックからも依頼が来るようになった。われわれの腕を見込んでくれたってわけだ」

「それはそれは、ずいぶん心が広くていらっしゃること」ネルは眉を寄せて空《くう》をにらんだ。

「トレヴァーが誰かの飲み友だちだったなんて、ちょっと想像できないんだけど」

「トレヴァーにだって若いころはあったさ。ふたりでどんちゃん騒ぎをしでかしてたらしい」ふたりがほかになにをしたか、は考えまいとした。「壁に写真がある。そこの洋服掛けの後ろだ」

ネルは立ちあがって見にいった。ゲイブはネルの脚を眺めた。きれいなふくらはぎだ。のけぞってスカートのなかをのぞきたい誘惑に駆られたが、光線の具合がよくないので、わざわざそうするだけの価値はなさそうだと思いなおした。

「へえ！」ネルは前かがみになって写真を見ている。そういう姿勢だと脚がかなり上まで見えて、いい眺めだ。「トレヴァー、颯爽《さっそう》としてる」

「ああ、昔はそうだった。弁護士としても凄腕でね。相手方をさんざん手こずらせた」

「お父さん、あなたに似てるわね」

「おれが親父に似てるんだ」

ネルは振り返って彼を見、それからまた、写真に視線を戻した。「よく見ると、そんなに似てないかな。あなたは、信頼できる顔をしてる」

「そいつはどうも」ゲイブは驚いて言った。「どうだろうな。それは、退屈だって意味か？」

「そうじゃないわ。あなたのお父さんは遊び人に見えるってこと」

「鋭いジャッジだ」

ネルは壁から離れ、洋服掛けの青いピンストライプのジャケットを手に取った。「これ、お父さんの？　写真のジャケットと同じに見えるけど」

「親父のだ。写真のと同じかどうかは知らんが。親父はピンストライプが好きだった。洒落者でね」

ネルがジャケットを羽織った。すっぽりヒップが隠れ、スカートもほとんど隠れた。スカートを脱げ、とゲイブは思い、それから、まいったな、と思った。女の脚を観賞するのはいい。だが、女の脚を見ながら、服を脱いだ姿を想像するようでは問題だ。おまけに、その女はマッケンナ探偵社の秘書ときてる。

「いいジャケットね」ネルは袖をたくしあげながら向きなおった。「なんで着ないの？」

「おれにピンストライプは似合わない」ジャケットの濃い青の上に垂れた赤い髪が魅力的だ。きれいじゃないか。誰かに似てる。お転婆娘みたいな顔、アーモンド形の目、抜けるように白い肌、コンクリートさえ溶かしてしまいそうな笑顔。今風ではないが、イカす誰か。そうだ、マーナ・ロイ（女優。一九三〇年代のハメットの名作『影なき男』シリーズが有名）だ。ネルがジャケットを手でさすった。

「その色、似合うな」

「そう？　鏡、ない？」ネルは洗面所に鏡を見にいった。

行くな。

あのすらりと長い脚、燃えるような赤い髪。ゲイブはフォークを置き、首を振って、ネルのイメージを頭から振り払おうとした。だが、目は無意識にその背中を追っていた。

秘書だからだ、と思った。昔からマッケンナ家の男は秘書を追いかけ、ものにしてきた。いままではそれがＤＮＡに組みこまれているに違いない。だが、おれは大人だ。成熟した、慎重な、知性ある大人だ。雑念を払え。そうすれば、今度は習性に流されずにすむはずだ。

「あなたの言うとおりだわ」ネルが戻ってきて、にっこり笑った。素晴らしい笑顔だった。ふっくらした下唇がキュッと――

「おれの言うことはいつも正しい」と言い、立ちあがった。「こういうの、もっといるか?」

「いらないのがあれば、全部ほしいな。最近は服、あんまり買ってないから」

ネルはジャケットを洋服掛けに戻し、床の皿や箱を拾おうと腰をかがめた。紫のセーターがずりあがり、尻にぴったり張りついているスカートの上に白い肌がちらりとのぞいた。

くだらない伝統だ。マッケンナ家の男は、なんで秘書をものにする才能じゃなく、金儲けの才能を持って生まれなかったんだ?

「なに?」と言ってネルが目を上げた。

「なんでもない。ちょっと考えてただけだ」そのとき、電話が鳴った。ゲイブは仕事に戻った。


公園の反対側では、スーズが問題にぶつかっていた。

「これはなんだ?」ジャックの声がした。本から目を上げると、彼が〈ランニング・カップ〉を手にダイニングから出てくるところだった。

「イギリスの磁器よ。斬新なデザインでしょ。集めてるの」

「うちのいい磁器と一緒に、こんなもの、置くんじゃない」

「うちの、じゃないわ。あなたのお母さまのでしょ」スーズは本に目を戻した。

「こんな安物をあそこに置くのは感心しないな」底を見ようとしてジャックがカップを裏返したとき、手が滑った。カップはフローリングの床に落ちて割れた。カップ部分が真っぷたつに割れ、脚ももげていた。

「ジャック！」スーズは本を脇に押しのけ、割れたカップを拾おうと床に膝を突いた。

「すまない」ジャックは謝ったものの、全然、すまながっているようには聞こえなかった。

「だけど、どうせ安物だろ――」

「これ、〈カリビアン・ランニング・カップ〉っていうの」スーズはカップをくっつけようとした。「一九七〇年代のもので、一個七十五ドルよ」

「こんなものが？」ジャックは、信じられない、という顔をした。

スーズは彼を無視し、破片を抱えてキッチンにボンドを取りにいった。

ジャックもついてきた。「またネルだな。欲しがるように仕向けられたんだろ？　ネルの磁器をもらう必要はないじゃないか。うちにはダイサート・スポードがあるんだから」

スーズは割れたカップをカウンターに置いて見つめた。胃が痛くなってきた。ボンドでくっつけても、元には戻らない。大きな黄色い靴をさわってみたら、一箇所、欠けていた。

「もうっ！」いらいらと言って、欠けた黄色いかけらを探しにリビングに戻った。

今度も、ジャックはついてきた。「こんなつまらんカップにわたしの金を使うとはな。どういうつもりだ？」

「あなたのお金じゃないわ。自分のお金で買ったの」スーズはひざまずき、ランプの明かりでかけらが光るかもしれないと思って目を凝らした。

「自分の金なんかないだろう」

「あるわ。働いてるから」

「なんだって？」

あった！　指先を濡らしてかけらを拾いあげた。それから、立って言った。「少し前から、マッケンナ探偵社でパートタイムで働いてるの」

「働いてる？」まるで、「浮気してる？」とでも言うかのような非難がましい口調だった。

「ええ」スーズはキッチンに戻った。カウンターにかけらを置き、ボンドのボトルのオレンジ色のキャップを取った。

「スーズ。働くだなんて、いったい――」

「わたし、おとりなの」どういう順番でくっつけよう？　カウンターにボンドを出し、かけらの白い側を浸した。「ダンナさんが浮気してないか、奥さんがマッケンナ探偵社に調査を依頼してくるの。わたしがおとりになって、ダンナさんに浮気のチャンスを与えるわけ」

「なんだって？」

黄色い靴にそっとかけらをあてがい、爪で滑らせて欠けた場所にはめこんだ。まず靴は靴、カップはカップでくっつけて、ボンドが乾いてからふたつをくっつけるのがいいかもしれない。

「スーズ」振り向くと、ジャックの顔は怒りで真っ赤だった。「ネルにはあまり会うなと言っただろう。なのに、ネルと一緒に働いてるのか？　バーで男を引っかけてるのか？」

「大丈夫よ、なにも起こらないから。ただ話をするだけ」スーズはカウンターに向きなおり、割れたカップの断面をボンドに浸した。「ライリーがいつもそばで見張ってるし。ばかなまねをしようものなら、すっ飛んできて首を絞めかねない剣幕なんだもの」

「ライリー・マッケンナ？」

「ほんと言うと」ジャックの怒りにはかまわず、カップをくっつけてしっかり押さえた。「わたしがおとりをやることになったのは、だからなの。ネルがへまをしでかしたから、ゲイブとライリーは、もうネルにはやらせられないと思って――」

「きみももう辞めるんだ」ジャックががみがみ言った。「なんてことだ、スーズ。気でも狂ったのか？　二度と――」

「辞めないわ」スーズはカップを押さえたまま、食器棚によりかかった。「マッケンナ探偵社で働くの、好きだし。心配することはなにもないのよ。だから、辞めない」そして、深呼吸して言った。「辞めろだなんて、フェアじゃないわ」

「フェアじゃない？」ジャックは卒中を起こさんばかりの剣幕だった。「ライリー・マッケンナと寝てるんだろう？　だから、辞めたくないんだ」

スーズはため息をついた。「寝てないってば」だが、ジャックはまったく信じていないようだ。それで、つけ加えた。「彼と寝てるのはネルよ。わたし、働きたいの。家のことはちゃんとやってるし、あなたに迷惑はかけてないでしょ。仕事をするのも許せないほど、わたしが信用できないの？　だとしたら、わたしたち、うまくいっているとは言えないんじゃない？　結婚カウンセラーに相談したほうがよさそうね」スーズは息を切らし、口をつぐんだ。「嘘つ
「ネルがライリーと寝てる？」ジャックは仰天したように言い、スーズをにらんだ。

け。ネルのほうが十以上、上じゃないか。頭がおかしいんでもないかぎり、きみよりネルを選ぶわけがない」

「ちょっと！」スーズはキッと彼を見返した。「ネルはわたしの親友なのよ。そういう言い方、あんまりじゃない。それに、あなたは偽善者だわ。あなたのほうがわたしより二十二も上だけど、あなた、一度だって気にしたことある？」

「男と女じゃ違うんだよ、スーズ。わたしを信じろ」

「信じろですって？　どうして信じなきゃいけないの？　あなたは信じてくれてないのに。ここまで疑われると、あなた、投影してるんじゃないかって気がしてくる」

「心理学のコースで習った、か？」ジャックが皮肉ったが、スーズはかまわず続けた。

「自分が浮気したいから、それを投影して、わたしをしつこく疑うのよ。サイテー。それに、男の人がわたしよりネルを選ぶ理由はたくさんあるわ。ネルは頭がいいし、おもしろいし、自立してるし。浮気してるだろ、ってがなりたてたり奥さんの磁器を割ったりするアホ亭主がいないから、夜でも自由に外出できるし。わたしがネルの年になったとき、若い女と出会ったらどうするつもり？　四十女より、三十そこその女のほうがいいに決まってるから、いま捨てて」

わたしを捨てるの？　だったらこれから何年も不安な思いで過ごすのはいやだから、いま捨てて」

「落ち着け」ジャックは面食らった様子で言った。「落ち着けよ、スーズ。わたしは浮気なんかしてない。ネルがライリーと寝てる、と聞いて驚いただけだ。ネルはベッドではお粗末だってティムが言ってたしな」

完全に頭に来た。「ティムが？　あんなやつが相手じゃ、わたしだってお粗末になるわ。ライリーはネルといて幸せそうよ。それに、言わせてもらえば、ネルは彼の愛し方に驚いてたみたいだった。それって、ティムが下手だったってことじゃない？　そんな男を二十二年も我慢してたんだから、今度は少しいい目を見てほしい。ちゃんと愛し方を知ってる年下の男と楽しんだっていいでしょ？」

「ライリーが愛し方を知ってると、どうしてわかる？」ジャックの顔がまた、疑いで曇った。

「もう、なんなのよ？　これ以上ばかなことを言うなら……」スーズはカップをそっとカウンターに置き、向きなおった。「今度この話を蒸し返すときは、癇癪を起こした赤ん坊みたいにじゃなく、ちゃんと、知性ある大人らしく振る舞って。こんなくだらないけんか、はじめて。あなたが勝手に疑って、けんかを売ってきたのよ。わたしが浮気するって本気で思うの？　だとしたら、冗談じゃなくカウンセラーに相談したほうがいいかもしれないわね。疑うなんて、あなた、わたしのなにを見てるの？」

ジャックは目を閉じた。「ライリー・マッケンナの名を聞いて、ついカッとなった」そして、もう一度スーズを見た。「だが、きみはわたしに嘘をついた。前もって相談もなしに仕事を始めた」

「だって、言えば反対されるのはわかってたもの。あなたったらワンマンで、だめだ、許さん、の一点張り。もううんざり。わたしが欲しいのは、父親じゃなく夫なの。パートナーなの。わたし、三十二よ。働いてどこがおかしいの？　もうっ、わたしはただ、卵立てを買いたかっただけなのに」スーズはカウンターの上の脚の取れたカップと欠けた靴を見下ろし、怒鳴りたいのを歯を食いしばってこらえた。

「働く必要はない」ジャックは頑《かたく》なだった。「この妙なカップが欲しければ、買えばいい。だが、働くことをどうこう言ってるんじゃないんだ。きみはわたしに黙ってこそこそやった。嘘をついておいて、疑うな、なんてよく言えるな」

「まだ言いあいを続ける気?」カップと脚を持ち、彼を残してキッチンを出た。ひとりになりたくて、リビングの階段を二段ずつ駆けあがった。ジャックの書斎に閉じこもり、ネルに電話したが、出たのは留守番電話だった。

「仕事してること、ジャックに言ったわ。ジャック、ライリーと寝てるんだろう、って。信じられる? だから、寝てるのはあなただって言っちゃった。誇張したことにならないように、もう一回ライリーと寝てよ」

スーズは、怒りと、そしてたぶん恐れを感じていた。あまりにも性急に、あまりにも激しい言葉を投げつけあってしまった。気をまぎらそうと、ネットのオークション・サイト、Eベイをのぞいた。〈ウォーキング・ウェア〉で検索すると、〈ランニング〉シリーズの卵立てが三つ、出品されていた。値段が高すぎるが、そんなことはどうだっていい。三つ全部に八十ドルで入札した。八十だと、きっと落札できてしまうだろう。卵立てに八十ドル払うなんて狂ってる。椅子に深く座り、自分の賭けについて考えた。気がつくと、震えていた。卵立てに必要以上に高い金額をつけたから震えているのでは、もちろんない。

あれでよかったんだわ。割れたカップをそっと撫でながら、自分に言い聞かせた。働くなと言うなんて、彼のほうが非常識なんだから。非常識で、支配的で、過干渉で、アンチ・フエミニズム的――

捨てられたらどうしよう？

そう思ったとたん、体が冷たくなり、身震いした。独りになってしまう。ジャックと出会う前、スーズは孤独だった。父親はずっと前に家を出たきりだったし、母親はいつも仕事でいなかった。そこにジャックが現れて、いつもそばにいるよ、もう淋しい思いはさせない、と約束したのだ。そして、約束を守り、ずっとそばにいてくれた。

でも、今度のことで、ジャックはわたしを捨てるかもしれない。そうなったとしても、それは自分で招いた結果だ。

スーズは椅子にぐったりもたれた。すごくばかだったのかもしれない。パートタイムの仕事と数個の磁器と引き換えに結婚を危険にさらすの？　そんなもののために、生まれてはじめて愛した人、たったひとりの愛する人を失うなんて、ばかばかしくてお話にならない。たしかに、彼の態度はひどかった。でも、彼は怖かったのだ。目を見ればわかった。彼は二十二歳の年の差を気にしていて、わたしを失うのではないかと恐れているのだ。もしかしたらその恐れは正しいのかも、と思い、それから、まさか、ありえないわ、と打ち消した。ジャックがどんな思いでいるかはよくわかる。スーズは十四年間、彼がアビーやヴィッキーを捨てたように自分を捨てるのではないかと恐れてきた。あのふたりのように自分も独りぼっちになるのではないか、そう思うとたまらなかった。いま、ジャックも同じように感じているのだろう。

ネットの接続を切り、ゆっくり立ちあがった。ジャックにそんな思いをさせてまで、そしてあんなけんかをしてまで、仕事をしたいとは思わない。

スーズはゆっくり階段を下りていった。ジャックはまだキッチンにいた。電話していたが、彼女に気づいて切り、挑むようにこっちを見た。スーズは言った。「あなたがそんなにいやなら、辞めるわ」

「そうか。いい子だ」ジャックは腕を差し伸べた。スーズは動かずにじっと立っていた。彼が近づいてきて、スーズの体に腕を回した。「悪かった、スーズ。ついカッとなった。きみが浮気なんかしないことはわかっている。あんなことを言うべきじゃなかった。すまない。いや、ただ謝るだけじゃ足りないな。あとで出かけないか。なにかプレゼントを買ってやるよ」

ええ、いいわ。そのプレゼントが離婚でさえなければ。彼の抱擁から逃れると、スーズは急いでまた二階に上がり、カップと脚をボンドでくっつけた。悲しくて、そして、それ以上に腹が立ってしかたなかったが、そんな自分の気持ちを必死で抑えつけた。

11

翌日の午後、スーズはマッケンナ探偵社に電話をかけた。ライリーに辞めると言うつもりだった。

「いま、いない」とネルが言った。

「機嫌が悪そうね。なにかあったの？」

「またゲイブとやりあったの。いつもは怒鳴られても気にならないんだけど、今日は疲れてるのかな。でも、家具は返ってきたし。これでちょっとは彼の機嫌も直ると思う」

「彼が怒鳴りたくなるようなことするの、やめたほうがいいんじゃない？」ジャックとのけんかを思い出してスーズは言った。

「わたしはそうは思わない。こっちが言いなりになったら、怒鳴ることが解決になると思わせることになるもの。出ていく前、彼、謝ったし、夕食に誘ってくれた。だから大丈夫よ」

「夕食に？」

「シカモアで六時半にライリーと待ちあわせてるの。その時間、ジャック、もう帰ってる？」

「ううん。今夜はもっと遅くまで仕事があるみたい。うちの晩ごはんの予定は九時」

「じゃあ、出てこない？」

べつに平気よ、とスーズは思った。

六時半少し前にシカモアに着くと、ライリーがすでに来て、窓際のテーブルに座っていた。彼が気づいて手を振った。スーズは彼の向かいに腰を下ろした。

「話があるんだって？」怒っているような声だ。だが、顔は無表情だった。

「辞めさせて」とスーズは言った。「おとりの仕事」

「わかった」

「わかった、それだけ？」

「ジャックにばれた。だろ？」

ひっぱたいてやりたい、と思った。「あなたと仕事するのがいやになっただけかもしれないじゃない」ウエイトレスが注文を取りにきた。「アイスティー。レモン抜きでお願い」ライリーに視線を戻すと、彼はステンドガラスのはめこまれた窓にもたれ、ビールをもてあそびながら、まるでスーズがそこにいないかのように、ぼんやり遠くを見ていた。

「ネルがまだ来てなくてよかった。あなたに訊きたいことがあるの。いったいどういうつもり？」

「なんのことだ？　ぼくはべつにどういうつもりもないが」

「ネルのことよ」スーズは辛抱強く言った。「ベッドをともにしてる赤毛の女を忘れたの？」

「ともにした、だ」とライリーが言いなおした。「三カ月も前のことだ。もう終わった。あれはひと晩だけのことだった。ネルから聞いただろ」

スーズは目を細めてテーブルに身を乗り出した。誰かとむしょうにけんかしたかった。けんかしても大丈夫な誰かと。「ネルを捨てたの？　あのろくでなしの元ダンナのせいでネルがひどい目にあったこと、知ってるでしょ。それなのに――」

「バービーちゃん、いいかげんにしろ。ネルが求めていたのはひと晩だけの関係だった。回復のためのひとつのプロセスだ」

「ふざけないで」

「ネルはちょっと肩慣らしをしただけだ。よくあることだよ」

「へえ、よくご存じですこと」

「職業柄、離婚したばかりの人間と接する機会が多いからわかるんだ。独り寝がいやで男にそばにいてほしいと思っている女から誘惑されることもよくある」

スーズは、信じられない、というように首を振った。「で、そのサービスを提供するわけ――？」

「普通はしない。ネルは特別だ。感じのいい女性がつらい目にあってるのを見て、放っておけなかった」

「そんなこと言って、結局、セックスしたかっただけでしょ」

「あの晩はデートの約束があった。ただセックスしたいだけなら、ネルとやらなくても、やれた」

「ネルと寝たあと、ほかの女とも寝たの？」

「寝てないよ」ライリーはうんざりしたように言った。「電話して、デートはキャンセルした。もうたくさんだ。話題を変えよう。最近どう？　って訊きたいとこだけど。ジャックが目を光らせて新しいことはなにもやらせてくれないんだとしたら、訊くだけ無駄か」

「で、ネルはまた独りになったのね。あなたはひと晩だけ、つまみ食いして――」

「ネルは独りじゃない。きみやマージーがいるし、ぼくもゲイブもいる。息子もいる。ほかにも、ぼくの知らない友だちがたくさんいるはずだ。一時期、ちょっとおかしくなってたが、離婚したんだから、おかしくなってあたりまえだ。それに、いまはいい方向に向かってる。ちゃんと食べるようになったし、オフィスに大改造をほどこしたり、ゲイブとやりあったりする元気もある。ぼくの目には、ネルはいい状態に見える。時間をやれよ。そのうち次の男を見つけるさ」

「時間って、どれくらい？　わたしはネルに独りでいてほしくないの。独りぼっちはみじめだもの」

「独りがみじめだと、どうしてわかる？」ライリーはまた、遠くに目をやった。

「想像すればわかるじゃない。独りぼっちはみじめよ。もう、新しい人を見つけていていいころよ」

「二年だ」とライリーは言って、少し頭を下げた。

　スーズは振り返って、彼がなにを見ているのか確かめようとしたが、にぎやかに食事をしている人たちが見えるだけだった。「二年って、なにが？」

「離婚の痛手から回復するのにかかる時間だよ。平均、二年だ」

「そんな」スーズは計算してみた。「ネルは去年の七月に別れたから……いやだ、あと七カ月もあるじゃない。七カ月なんて、長すぎる」

「スザーンナ」説得力のあるまじめな声でライリーが言った。「そっとしておいてやれよ。彼女、よくやってるじゃないか」

「ネルが独りでいるなんて、耐えられない」

「違うね。きみは、もし自分が独りになったら耐えられない、と思ってるんだ」ライリーはスーズの背後の誰かに笑いかけた。

もう一度振り返ると、奥のテーブルのブルネットの女が笑みを返すのが見えた。スーズはむっとした。「女連れの男に色目を使うって、どういう女？」

「きみはぼくの恋人じゃないだろ」ブルネットから目を離さずにライリーは言った。「同じテーブルに座ってるってだけだ」

「でも、そんなこと、彼女にはわからないでしょ」スーズは女を軽蔑の目で見た。人の結婚を壊すのはああいう女だ。

「わかるさ」

「なんでよ？　メモでも送って知らせるわけ？」

「ボディランゲージだよ。ふたりとも、相手から離れてのけぞるように座ってる。おまけに、この十五分間、きみはがみがみ文句ばかり言っている。恋人だとしても、別れる寸前の恋人にしか見えないさ」

「そういえばそうね」スーズはさらに彼から離れた。「ネルはあなたのどこがよかったのかしら。想像もつかない」

「想像する必要はないんじゃないか」ライリーはまだブルネットにほほえみかけている。

「ネルから詳しく聞いたんだろ」

「これがわたしに必要なものなんだわ。シカモアで、あなたにひどいことばかり言われることが」

「違うな」ライリーは立ちあがり、グラスをつかんだ。「だが、自分に必要なものをきみは手に入れられない。能なしと結婚したからだ」彼はスーズのグラスも手に取った。「おかわりをもらってくる」そして、スーズが言い返す間もなく、行ってしまった。

ライリーはブルネットのテーブルで足を止め、話しかけた。ブルネットの笑みが大きくなった。彼がカウンターに向かって歩きだすと、ブルネットは声を上げて笑った。

あんなに簡単になびくなんて、安っぽい女。男と女の出会いって、こんなものなの？　だとしたら、わたしは独りじゃなくてほんとによかった。あんなやり方で相手を探さなくてすむんだから。ジャックがいてくれてよかった。

スーズは目を戻し、窓の外の煉瓦敷きの通りを眺めた。ちょうど陽が沈むところで、ヴィレッジは暮色に染まり、時を超越したような憂わしげな美しさを帯びていた。すてき。なのに、どうして幸せじゃないの？

いいえ、わたしは幸せよ。黄昏《たそがれ》のせいだ。黄昏はいつも物悲しい。物悲しい美は、人を少し落ちこませる。明日また太陽が昇れば元気になるわ。

ライリーがスーズの前にグラスを置いて座った。彼にさえぎられて、薄暮の通りは見えなくなった。

「わたしがなにを飲んでるかも訊かなかったじゃない」

「飲んでみろ」

　スーズはひと口すすった。レモン抜きのアイスティーだ。

「ちゃんと観察してる」

「あの人、わたしの目の前で平気でナンパされるわけ？　モラルはないの？」

「ないほうがありがたい。それに、きみは妹だと言った」

　ライリーは落ち着き払い、なんでも知っている、と言わんばかりの自信に満ちた様子をしていた。スーズはふいに、彼をうろたえさせたいという衝動を感じた。身を乗り出してキスしたら、あの女にもわたしが妹じゃないことがわかるだろう。そうすれば、彼をぎゃふんと言わせられる。

「なんだ？」ライリーが言った。心なしか、さっきより自信なげに見える。

「なにも言ってないわ」

「ああ、だが、表情が変わった。なにを考えているのか知らないが、やめとけ」

「言われなくてもやらない。そんな度胸、ないから」

「いいことだ。度胸のある女は好きじゃない。従順なほうがいい」

「わたしは従順じゃないわ」

「それが、ぼくたちがつきあっていないもうひとつの理由だ」

　隣りの椅子がきしんだ。見るとネルが立っていた。「なんでそんな顔でにらみあってるの？」と言って腰を下ろす。疲れてはいるが、リラックスした様子だ。ゲイブとのけんかは一段落したらしい。

「おたがい、がさつな人間だからよ」スーズは、マレーネがテーブルの下に潜りこめるよう、足を脇によけた。

「言うじゃないか」ゲイブが言い、ライリーの隣りに座った。

「いい一日だった?」スーズは明るく言ったが、ライリーに気をとられ、返事は聞いていなかった。彼はネルとなにか言葉を交わして笑い、ブルネットとまた視線を合わせた。スーズなど、まるで眼中にないらしい。

ライリーとネルはカウンターに飲み物を取りにいった。ゲイブが言った。「きみは? 調子はどうだい?」

「おとりの仕事、辞めなきゃならなくなったの。ごめんなさい。ほんとに、すごく残念なんだけど」

「そうか。残念だな。きみはすごく優秀だったのに」

「ありがとう」その言葉がどんなに胸に染みたか、気取られたくなくて目をそらした。カウンターで、ライリーとネルが笑っている。スーズはゲイブに向きなおり、言った。「ネル、すてきじゃない? いきいきして、幸せそうで」

ゲイブもネルを見てうなずいた。「明るい器に盛られる形」

スーズは目をパチクリさせた。詩を引用するゲイブ・マッケンナ? まるでイメージに合わない。「レトケ?」

今度はゲイブが驚いた顔をした。「ああ。レトケは親父のお気に入りだった。おふくろによくこの詩を暗誦して聞かせていた。ネルを見てると、ときどき、この詩を思い出す」彼はむずかしい顔でスーズを見た。「レトケを知ってるとはな」

「カレッジの〈詩入門〉のコースで習ったの」あれはエロティックな詩だった気がする。家に帰ったら、詩集を引っぱり出して確かめてみよう。エロティックな詩でないとしても、美しい愛の詩だったことは確かだ。ネルは独りではないのかもしれない。

よかった。ネルが独りぼっちだなんて、あんまりだもの。


スーズとライリーは先に帰った。ネルはパイの最後のひとかけらを口に運びながら、今夜は妙に空気がピリピリしていたが、あれはなんだったんだろう、と考えた。ゲイブはビールのジョッキをもてあそんでいる。少しいらついている様子なのは、トレヴァーがさっきまた電話してきて、うちで働かないかと誘ったからだ。

「さっきのあのピリピリしたムードはなんだったの？　ライリーは平気な顔をしてたけど、本当は、スーズが辞めるのがショックだったみたい。どういうこと？」

「ちょっとした歴史があってね。トレヴァーは、きみを雇うようにジャックに言われた、と言わなかったか？」

「言わなかったけど。それに、歴史なんてないわ。スーズは、マレーネを誘拐した晩、はじめてライリーに会ったんだから。あのふたりの関係って、おとり調査を十四回一緒にやった、それだけでしょ？」

「そうだな。で、さっきの話だが。こういうダイレクトな行動を起こすなんて、トレヴァーらしくない。ジャックならわかる。だが、トレヴァーには似合わない。トレヴァーは待って様子を見るタイプだ」

「ジャックの名前は出なかったわ」ネルはゲイブの目をのぞきこんだ。「ジャックの離婚のとき、調査をしたって言ったわよね。スーズを調べたの？」

「きみは、マージーについて知っていることを全部話したか」

「ヴィッキーの依頼で、あなたが、スーズとジャックがつきあっていることを調べあげた……。そうか！　そのときライリーはスーズを見たのね？」

ゲイブはうなずいた。あきらめて話す気になったらしい。「モーテルの窓から、ジャックのためにチアリーダーのユニフォームを脱ぐスーズを見たんだ。彼女は十八だった。そのショックからライリーはいまだに立ちなおってない」彼は空《くう》を見つめて考えこんだ。

ネルはじっと彼を見た。「あなたはどうしてそれを知ったの？」

「写真がある」ゲイブはわれに返った様子で言った。「なんでそんなに躍起になって、うちを辞めさせようとする？　なにか裏があるに違いない」

「写真があるのね？」

「あった」ゲイブはあわてて言いなおした。「ある、じゃない。あった、だ」

「ごまかそうったってそうはいかないわ」

「うまくいくわけがないのにな。もちろん、ジャックが裏で糸を引いている可能性はある。ジャックがおれに知られたくないことをなにか、きみは知ってるんじゃないか」

「知らないわ。知ってることは全部話したもの。そうだ、来週の末には地下室のファイルの整理、終わるけど。次は車をやりましょうか」

ゲイブの顔が険しくなった。「おれの車に近づくな」そう言ったあと、ふと考えこんだ。「そうか、それかもな。あのふたりは、きみがなにか見つけるのを恐れているのかもしれん。まったく、きみときたら、どこもかしこもひっくりかえさなきゃ気がすまないんだからな」

「掃除するだけよ」ネルは空いた皿を押しやった。「運転しようなんて思わないわ」

「掃除ならおれがやる。車にはなにもない。それに、だ。運転する、なんて冗談でも言うな」

「だから、運転するなんて言ってな――」ネルは言いかけたが、ゲイブはもう立ちあがっていた。手にしたキーのポルシェのマークがまぶしい。

「きみにうちを辞めさせたいほかの理由が思いつかない。例の脅迫騒ぎとなにか関係があるに違いない」

「即戦力になる社員が欲しいだけかもよ」ネルはマレーネにぶつけないように注意して椅子を引いた。「写真、いまもあるんでしょ?」

「さあな。ところで、家具、きれいになったな」

「あの車のこととなると、神経質なんだから」ネルはマレーネを抱きあげ、ゲイブを追って十一月の冷たい夜のなかに出ていった。

スーズが辞めてがっかりはしたが、ネルは驚きはしなかった。「いままで辞めろと言われなかったほうが奇跡だわ。でも、ほっとしたんじゃない？　スーズと一緒に仕事するの、好きじゃなかったでしょ」そう水を向けてみたが、ライリーはただこう言っただけだった。「彼女、悪くなかったよ」まもなく、彼は歯科技工士とつきあいだした。地元の劇団に所属している彼女は、おとり調査をパフォーマンス・アートだと考えておもしろがってやった。スーズのことは誰も口にしなくなった。

スーズのほうは、辞めたことがかなりこたえていた。ネルには平気だと言ったが、感謝祭が近づくにつれ、笑顔が消え、元気がなくなった。

「ジャックが、ティムとホイットニーを呼ぶと言って聞かないの」感謝祭の前の週、スーズはネルに言った。「わたし、あなたが来ないならわたしも出ないって言った。そしたら彼、マージーもバッジも、マージーのお父さんと奥さんとオリヴィアも来るんだから、あなたを呼ぶ必要はないだろう、って。あの人たちを五人いっぺんに相手しろっていうの？ その五人、プラス、うちのママとジャックのお母さんよ。もう、たまんない」

「わたしは家でのんびりするわ」これ以上、スーズとジャックのあいだに波風を立てたくない、とネルは思った。ジャックは最近、会うたびに苦虫を嚙みつぶしたような顔でネルを見る。そういうのにはほとほと疲れた。

「だめよ。わたしはあなたとジェイス以外、誰にも会いたくない。だから、お願い。来て」

結局、ネルはマレーネを連れ、手土産にパンプキン・パイを持ってスーズの家に行った。早めに着いたので、スーズがマレーネに七面鳥の衣裳を着せているあいだに料理の仕上げを手伝った。敵意むき出しのホイットニーに明るく接し、仏頂面のオリヴィアに捕まっているジェイスを気遣い、このごろの若い人は好き勝手やって辛抱するということを知らない、などとやかましいことを言うティムの母親に我慢強くつきあった。その日最悪の瞬間は、さあ、食卓につこう、というときに訪れた。マザー・ダイサートがテーブルにセットされた皿を数え、さも困ったように「ここに十三人も座れないわ」と言ってじろりとネルを見たのだ。スーズがキッと見返し、「お母さまのお皿、トレーにセットしましょうか」と言ったので、一触即発の空気が漂った。

その場を救ったのはジェイスだった。「一緒に子ども用テーブルで食べないか。昔みたいにさ」と言って、オリヴィアをキッチンに引っぱっていったのだ。ジャックは、ネルを呼んだスーズに腹を立てていて、午後じゅう、彼女を無視してオリヴィアとばかりしゃべって仕返しをした。だが、スーズは気にしていないようだった。ありがたいことに、会は九時にはお開きになった。ジャックが母親を送っていった。引きとめられたのか、十一時になっても彼は戻らなかった。スーズとネルはゲストルームで九杯めのエッグノッグを飲みながら、ふたりだけの時間を楽しんだ。マレーネでさえ、ほっとしているようだった。

「泊まってくれてありがとう。後片づけを全部ひとりでやるなんて、考えただけでうんざりだもの」

「お安いご用よ」青いシルクのパジャマ姿でベッドの上でストレッチをしながら、ネルは言った。こうやって、ふだん使わない筋肉を伸ばすのは気持ちいい。ふと、使っていない筋肉がほかにもあるな、と思った。それを考えるのはこれがはじめてではない。独りはつまらない。もう一回、エクササイズのつもりでライリーと寝ようか。そう思ったことも何度かある。

「ホイットニーとわたしを一緒に呼んでくれてありがとう。おかげで、ジェイスがどっちに行こうかで板ばさみにならずにすんだ」

「ホイットニーっていいのかもね。小男には」スーズはネルの隣りであぐらをかいて座り、マレーネの七面鳥の服を脱がせようとしていた。

「小柄よね」

「小さないやらしいゴキブリだわ」

「そう言ってくれる気持ちはうれしいけど。でも、そこまでひどくはないんじゃない？　それに、ホイットニーはもうどうだっていいの。ティムなんか死ねばいい、とはいまでも思ってるけど。ただ、ひとつだけ気に入らないのは、わたしはセックスしてないのに、あの女はしてるってこと」

「ねえ」スーズは顔をしかめて、なかなか取れないホックと格闘していた。「わたしたち、どうして寝ないんだろ？　ばかじゃなければ、そのこと、考えてみてもいいと思うんだけど」

「なんですって？　あなたとわたしが？」ネルは考えてみた。「たしかに、そうすればいろんなことがもっと簡単になるかもね」

「わたしのこと、かわいいと思うでしょ？」スーズは着古したオハイオ州立大学のTシャツの裾をスカートから引っぱり出した。

「そりゃ思うけど。あなたは若くてきれいなんだから、わたしなんかを相手にしたってしょうがないでしょ」そういえば、ジャックはどこに行ったの？

「その青いシルク、とっても似合ってる。ほんとに、せっかくいい相手がいるのに、素通りするなんてもったいないと思わない？」

ネルは青いシルクのパジャマを見下ろした。たしかに似合っている。青いナイトガウンを買おうか。レースの。夜、ひょっこり誰かが訪ねてきたときのために。なんだか落ち着かなくなってきた。気分を変えようとして言った。「なにか食べたいな。感謝祭感謝祭してないもの、ない？」

ふたりはキッチンに下りていった。マレーネも、食事にありつけるのではないかと期待に目を輝かせてついてきた。スーズが冷蔵庫を開けてのぞきこんだ。「昨日の残りのラザーニャ。セロリ、人参、チーズ。フリーザーにロッキーロード・アイスクリームが入ってたと思う。あとは感謝祭の残り物」

「それでいいわ」

「どれ？　アイスクリーム？」

「全部。おなか、ぺこぺこなの。ワインある？」

スーズは冷蔵庫からラザーニャやらなにやらを取り出した。「いい変化だわ。この夏は、食べさせようとしてもなかなか食べてくれなくて、やきもきさせられたもの」

「うじうじするのはもううんざり」ネルは人参に手を伸ばした。「そう思ったら、がぜん、おなかが空くようになって。今度は、食べても食べても、まだ食べたいの」それに、食べているあいだはセックスのことを考えなくてすむし。

「前よりずっと元気そうに見える」スーズは棚から赤ワインのボトルを取り、コルク抜きを探しにいった。「元の体重に戻った？」

「ううん。でも、いいの。元の体重にまでは戻りたくないから。あなたからもらった服、気に入ってるし。いまの体重で元気だし、ちゃんと健康体重の範囲内よ」

スーズがワインのボトルとコルク抜きをネルに渡した。それから、ラザーニャを皿に出し、レンジに入れた。「下のフリーザーにたしかステーキがあったと思う。明日の朝用に解凍する?」

「ええ」ネルはコルクを抜いた。「ステーキと、卵も。朝ごはんまで待たなきゃだめ?」

スーズは地下室からステーキを三枚取ってきて、流しに置いた。「ベジタリアンって、信じられない」と、ネルが差し出したワイングラスを受けとりながら言う。「マージー、どうしてベジタリアンなんかやってられるんだろ?」

「それを言うなら、マージー、どうしてバッジなんかと一緒にいられるんだろ?」バッジは今日一日じゅう、マージーにまとわりついていた。ネルにしてみれば絶対ごめんだ。彼がベッドのなかでどんなふうかは考えまいとした。それを考えると、お酒が欲しくなる。

「バッジは、マージーが歩く地面さえ崇拝してるもの。あんなふうにちやほやされたら、やっぱりうれしいんじゃない?」

「ジャックもそうね」

「で、さっきの話だけど。レズビアンになろうと思ったことはない?」

「なんですって?」

「だから、あなたとわたし。男とつきあうより楽だと思うけど」

「うーん、わたしはパス」ネルはチーズの包みを開け、ひとかけら切った。「わたしは入れられるのが好きだから。っていうか、好きだった。もうずいぶん、ご無沙汰だけど。何カ月も。じゃなくて、何年も、か」

「そんなにじゃないじゃない。何年もって、ライリーは入れなかったの？」

「もちろん、入れたりど。でも、あれはひと晩だけのことだし。数のうちに入らないわ。ライリーは使い捨ての恋人だから」

電子レンジの窓の秒数が減っていくのをスーズは見つめた。レンジが鳴った。ラザーニャを取り出し、テーブルに置く。引き出しからフォークを二本出し、一本をネルに渡して、腰を下ろした。

スーズはラザーニャを突つきながら言った。「使い捨ての恋人？」

「ライリーが言うには」ネルはチーズとラザーニャを頰ばったまま、説明した。「離婚のショックから立ちなおるには、使い捨ての恋人の段階を通ることが必要なんですって。色恋じゃなくて、いまでもちゃんとセックスできるんだって確かめるために、男と寝るわけ」

「ライリーは離婚した女性と知りあう機会が多そうだものね。ほかに誰を使い捨てたの？」

「ライリーだけよ」ネルはラザーニャにフォークを刺した。「これ、すごくおいしい」

「もっとたくさん使い捨てればいいのに」スーズがきっぱり言った。

「だって、ほかに魅力的な人がいないんだもの」そう言ったとたん、脳裏にゲイブの姿が浮かんだ。長身で、のしかかるように戸口に立つゲイブ。口論になると、押せば押し返し、こっちと同じくらい、言いあいを楽しんでいるゲイブ。フォークを持つ手が止まった。

「誰かのこと、考えてるのね？」

「考えてないわ」ネルはラザーニャを口に入れた。

「レズビアン、か。興味があるのね？」

「たぶん。試したことないから、わからないけど。わたし、結婚が早かったじゃない？」

「そうね。式に出たから、覚えてる。牧師さまが『この結婚に異議のある者は？』とおっしゃったとき、立ちあがって言いたかったわ。『花嫁はまだ子どもじゃない。誰も気づかないの？』って。もちろん、言わなかったけど」ネルはマレーネのためにパンのかけらを床に置いた。マレーネは、それがまるでブロッコリーででもあるかのように、うさんくさげにパンを見た。「ラザーニャが欲しいの？　ラザーニャはあげない。あきらめなさい」

マレーネはパンを食べた。

「式をメチャメチャにしないでくれてありがとう」

「どういたしまして。このラザーニャ、ほんとにおいしい」

「豆腐が入ってるの」

ネルはゆっくり味わい、疑わしげに皿を見た。「豆腐の味、しないけど」

「だったら、豆腐なんか入ってないってふりをすれば？　ほかの男なんかいない、ってふりをしてるように」

「ほんとにいないんだってば。豆腐、ねえ？」

「忘れて」スーズはグラスにワインを注ぎ足した。「女とキスしたこと、ある？」

「ないわ」ネルはバターに手を伸ばした。「あなたは？」

「ないわ」スーズはフォークを置いた。「試してみない？」

「いま、食べてるの。あとでね。たぶん。デザートがわりに」

「仕事はどう？」

「とくに変わったことはないけど。ゲイブ、部屋の家具を直させてくれた。信じられる？　次は新しいソファを買うつもり。それから、窓のペンキを塗りなおして、新しい名刺をつくる」

スーズは座りなおし、じっとネルを見た。「わたしには、ゲイブは退屈に見えるんだけど」

「ゲイブが？　そんなことないわ」ネルはラザーニャを口に運んだ。「お父さんが事務所の経営状態を悪化させたから、何年もその建てなおしに苦労したせいであういうむっつりした性格になったんだって、ライリーは言うけど。わたしは、彼はただドライなだけだと思う。古風な、クールな私立探偵っていうか」

「そうね。ゲイブってそんな感じ」

「なに？」

「ゲイブにお熱なんでしょ？　彼のいやがることばかりするのは、気を引きたいからなんじゃないの？」

「まさか」ネルはフォークを置いた。「頭、おかしいんじゃない？」

スーズは首を振った。「彼の話をするときの声を聞けばわかる。わたしにまで隠すことないでしょ。認めなさい」

「うーん」ネルはワイングラスを持った。「ときどき、不適当な思いが胸をよぎることはあるけど」そう言って、半分をひと息に飲んだ。「でも、それはただ、ゲイブがティムに似てるからだと思う」

「似てないわよ。それに、ティムを見ていまでもそんな気持ちになる?」

「条件反射よ」夕食のとき、妻と元妻が同じテーブルを囲んでいるのに、素知らぬふりでホイットニーの手を握っていたティムの、なんと間抜けに見えたことか。「ずっとティムと寝てたから、背の高い黒髪の男を見ると、この人と寝なきゃって気になるみたい。一時的なものだと思う。いまに直るわ」ネルは首を振り、またワインを飲んだ。

「ティムはそんなに背、高くないじゃない。それにもう一度言うけど、いまでもティムに対してそんな気持ちになる? ならないでしょ?」

ネルは考えてみた。ティムを見て欲望を感じただろうか。いいえ、全然。今日ティムを見て、この人、こんなにやわだったっけ、と思った。まるで、ネルのほうが彼を雨のなかに置き去りにでもしたように見えた。さわりたい、体を押しつけてその骨と筋肉を感じたい、と思う相手ではない。指で押したら、その跡が残りそうに見えた。

「ならない」

「ほらね」スーズがいらいらと言った。「ティムに似てるからゲイブに欲望を感じるって理屈はおかしいわ」

「わたしはただ、マージーみたいになりたくないだけ。マージーって、ブロンドの男なら誰でもいい、みたいな感じじゃない?」

「ブロンドはブロンドでも、あのふたりは全然違うじゃない。スチュアートはろくでなし。バッジはただのお人好し」スーズはなんだか落ちこんだ様子で、ワインをすすり、ため息をついた。

「だからつまり、そういうことよ。マージーは、ルックスが好みだと、その男が本当はどういう人か見もせずに好きになる。そして、にっちもさっちもいかなくなる」

「ゲイブは、本当はどういう人?」

「頭が切れる」また彼の姿が浮かんだ。「粘り強い。その気になれば魅力的にもなれる。怒りっぽい。ドライ。やさしいところもある。癇にさわる。親切。ワンマン。勇敢。だらしない。忍耐強い」すらりと引きしまった体つきで、たくましい。「それに、最近はすごくカリカリしてる。だいたい、そんなとこ」

「それ、欲望って感じじゃないわね」

「でしょ?」

「恋って感じ」

「冗談じゃないわ」ネルはしゃんと座りなおした。「ばかなこと言わないで。そんなわけないでしょ」グラスをつかみ、ワインを喉に流しこむ。

「恋って、選択の余地がない。ある朝目覚めると、恋に落ちてる。ベッドに座って、〝あーあ、捕まっちゃった〟って思う。そうなったら、できることはなにもない」スーズは首を振り、ワインをあおった。

「違うって言ってるでしょ。もう、この話はおしまい」

「彼がカリカリしてる、って思うことは恋の邪魔にはならないわ。ゲイブってとっても魅力的よね。いい体してる」

「はあ?」

「スーツ姿、渋くてかっこいいし」スーズは人参スティックをつまみ、しゃあしゃあと言った。「世界を動かしてるのはおれだ、みたいな態度もセクシーだし。わたし、リードしてくれる男性、好きよ」

「あなたのダンナさまもそのタイプだものね」

「ええ。だからって、ほかの男性のよさがわからないわけじゃないわ」

ネルはフォークを取り、ラザーニャを突ついた。「じゃあアタックすれば?」

「いいの?」

「べつに」ネルは軽い口調で言った。「あなたが人妻なのが、ちょっと引っかかるけど」

「じゃ、浮気したくなったらゲイブとしようっと。彼、ほんとすてきよね」

「怒らせようとしてるの?」ネルはワイングラスに手を伸ばしながら言った。

「うまくいった?」

「みたいね。まったく」

「なにも問題ないでしょ? ふたりとも、独身なんだし。アタックすればいいじゃない」

「ボスと寝る気はないわ。それに、ゲイブもわたしとは寝ないと思う。ルール違反だから」

「ルール?」

「秘書とファックするな、ってルールがあるの。マッケンナ探偵社には秘書と寝る伝統があるみたいよ」

「彼、リニーと寝たの?」

「ううん、それはライリー」

「あいつって、男の風上にも置けない」

「ライリー」スーズは首を振った。「あいつって、男の風上にも置けない」

「そんなことないわ。ライリーはいい人よ」

「彼は動くものならなんとでも寝る、って言ってなかった？」

「まあね、多少の欠点はあるけど。でも、ほんとにいい男よ。ライリーは信頼できる。もっと彼を知ればわかるはずよ」ネルはじっとスーズを見た。「それとも、これ以上知らないほうがいいのかな？」

「知らないほうがいいに決まってるでしょ」

「ふーん。ひょっとして、ジャックに飽きてきた？」

「アイスクリーム食べる？」スーズは明るく言い、冷蔵庫に取りにいった。

「図星みたいね？」

「飽きてなんかいないわ」手にした半ガロン入りのカートンを、ラザーニャの横にドサリと置く。

「そうか。そうよね」とネルは言った。「スプーン、取って」

スーズは引き出しからスプーンを二本出し、ネルに一本渡した。「じゃ、近いうちゲイブにアプローチする？」

「だから、しないって」

ネルはロッキーロード・アイスクリームをスプーンですくい、口に入れた。スプーンに少しアイスが残り、下唇にもチョコレートがついた。スーズが身を乗り出して、チョコレートを舐めとった。舌と舌が触れた。ネルはびっくりしてのけぞった。

「さあ、次はあなたの番」スーズがニヤリと笑った。ネルはエッグノッグと赤ワインでぼんやりした頭で考え、そして笑った。いいわよ、やってやろうじゃないの。

「オーケー、目をつぶってなさい」ネルはテーブル越しにスーズにキスした。やわらかな甘い唇に触れる、やわらかな甘い唇。男とのキスとは違う。バニラアイスみたいになめらかでひんやりしていた。

少しして、スーズが身を引いた。「どう？」

「悪くないわ」ネルはスプーンに残ったアイスを舐めた。「でも、ときめかなかった。マレーネに『ふたりのママに愛されてるの』って字の入ったTシャツを買ってやる必要はなさそうね」

「そうね」スーズは椅子にぐったりもたれた。「わたし、浮気したい」

ネルは一瞬、固まった。「バッグに、ライリーの電話番号、入ってるけど」

「でも、ジャックを裏切るなんてできない」スーズは悲しげに言い、グラスに手を伸ばした。

「じゃあ、なんでわたしとキスしたの？」

「あなたならジャックは気にしないと思うから。あなたと寝たとしても、怒るより興奮するんじゃないかな」

「彼もプレイに加わりたがったりね」ネルはアイスクリームをすくった。「それは勘弁。わたし、降りるわ」

「わたし、ただ……」スーズは座りなおした。「十四年間、ジャック以外の誰ともキスしてないんだもの」

アイスを頬ばっていて口がきけなかったので、ネルは、はい、と手を上げた。

「それと、あなた。でも、あれはほんとのキスじゃないじゃない？　もう長いあいだ、ときめきを感じてないのが淋しくて。少し、感じてみたい」

「ときめくのって、いいわよね」ネルはアイスを飲みこんだ。「でも、ときめきって長続きしないものでしょ」

「なんで長続きしないの？　そんなのおかしいわ」スーズは腕を組んだ。「火花みたいな興奮がいつまでも続いてほしいとは思わない。火花が消えちゃうのはわかってる。でも、彼がキスするとき、少しくらいときめきを感じたっていいはずよ。少しくらいワクワクしたい」

「そうねえ。ティムとわたしの場合、火花と一緒にときめきも消えちゃったけど。マージーに訊いてみたら？　マージーは、わたしよりたくさん、ときめきを知ってそうだから」

「でも、あなたにはライリーがいたじゃない。ときめき、感じたでしょ？」

ネルは考えてみた。「うーん、どうだろ？　感じなかったかも。彼、キスもものすごくうまかったし、新しい人とそうなるわけだから、そりゃ、興奮はしたわよ。でも、ときめきっていうほどじゃなかった。ときめくためには、ときめきの前触れが必要なんじゃないかな」

「ときめきの前触れ？」

「そう」ネルはゲイブを思って言った。「ペンを走らせる彼の手の動きを見て、ただそれだけでドキドキする。彼の声を聞いただけで息ができなくなって、あわてて深呼吸する。彼がそばに立って、上から見下ろしたとき、その瞬間をもっとよく味わうために目を閉じる。そういうのが、ときめきの前触れ」

「それは前触れじゃないわ。ときめきそのものじゃない」

「ライリーには、そういうの、感じなかった」

「そうなんだ」スーズは考えこんだ。「ライリーって、万人受けするタイプだと思ってたけど。マレーネを誘拐した晩、マージーは絶対、ときめきを感じてたし」

「でも、あなたは感じなかったのよね」ネルは言い、ニヤリと笑った。

「もちろん、感じたわよ。癇にさわるのと、動物磁気を感じるかどうかは別ものだもの」

「その動物磁気っていうの？　わたしは感じなかったけど」

「肉体的に惹かれるのよ。ビビッと。それを持ってる男の人っているでしょ。ライリーとかジャックとか」

「そう？　わたしはライリーにもジャックにもなにも感じない。それ、あなたにとっての磁気ね。ライリーに会うまで、浮気したいなんて思わなかったんでしょ？」

「いまだって思ってないわ」スーズは指の関節が白くなるまでグラスを握りしめた。「浮気なんてしない。絶対しない」

「わかった、わかった。でも、ライリーに会うまでは、浮気なんて考えもしなかったんでしょ？」

「ライリーなんて、べつに好きじゃないし」

ネルはいらだってため息をついた。「でも、彼に会うまでは、浮気なんて考えなかった。でしょ？」

「会って少しして、ちらっとそんな考えが浮かんだの。でも、浮気なんてしない。ただの空想よ」スーズはグラスを置き、アイスクリームをすくった。「ううん、空想でさえない。ライリーのことを想ったりしない。それは悪いことだもの」スーズはアイスを舐め、軽くむせた。「で、彼、どんなふう？」

「彼って？」

「ライリーよ。ベッドでの彼」

「とてもやさしくて丁寧だった。わたしの反応をちゃんと見て、細かく気を配ってくれた。ゆっくりだけど、着実」ネルは首をかしげ、自分が言ったことを考えてみた。「こう言うと、退屈な感じがする？」

「ううん」スーズの声はややうわずっていた。

「だったらいいけど。退屈だと思われたら、それは全然違うから。とてもやさしいけど、激しい。力強い。魔法の手って感じ」

「そう。だからどう、ってこともないけど」スーズはまたアイスをすくって食べた。

「ライリーのこと、考えてるのね」

「ときめきのことを考えてるの。そうすると、ライリーのことが頭に浮かぶ。それがいや。でも、なにもする気はないから」

「わたしもよ。なにもしない」ネルはゲイブのことを考えまいとした。

「もう一回キスしてみる？」スーズが言い、スプーンを置いた。

「なんで？」

「恐ろしい疫病で男が全滅した、と想像してみて」

「ノー・モア戦争、もっと脂肪を、それで女はハッピー、って？　それ、ニコール・ホランダーのマンガであったたな」

「そうじゃなくて。セックスなしで我慢できる？」

「電気はあるんでしょ？　だったら、バイブがあるじゃない。問題ないわ」

「男とするのと同じじゃないでしょ。体と体のふれあいがないし――」

ネルはゲイブのことを思い、スプーンを置いた。あのすらりと引きしまった体が隣りに
――

「――熱くもないし、抜き差しのリズムもない――」

「ストップ」ネルはラザーニャに手を伸ばした。

「わたしたちだけしかいないのよ」

「マージーもいるじゃない」ネルは、スーズとマージーと3Pをしている図を想像した。

「それだと、シーツはいつもきれいね」

「疫病で男が全滅して、残ったのはあなたとわたしだけ。マージーは洗濯してて、いない」

ネルは首を振り、ラザーニャを突ついた。「わたし、レズには向いてない。男性ホルモンが好きなの」そして、スーズを見た。「あなたも向いてないと思う。ライリーのことを考えないために、そうやって気をそらそうとしてるんでしょ。でも、うまくいってないみたいね」ラザーニャを口に入れた。「ほんとに豆腐が入ってるの？」

「入ってる」スーズはスプーンをつかんだ。「豆腐だらけで、ビビッとくるものがない。わたしの人生みたい」

「ライリーの電話番号、あるけど」

「いらない。わたし、幸せな人妻だから」

わたしは違う。ネルはゲイブのことを思って体を熱くしながら、ラザーニャを平らげ、ワインを飲み干した。

12

一週間たっても、ネルはアクションを起こそうとしなかった。それで、スーズはシカモアでふたりを待つあいだにライリーに詰め寄った。

「ネルとゲイブは——」と言いかけたとき、ウエイトレスがアイスティーを運んできた。

「すぐ来る。ダンナは来ないのか」

「今夜は打ち合わせですって」ライリーはスーズの後ろの誰かを見ていた。スーズはむっとした。「また別のブルネット?」

「ブロンドだよ。いいから、先をどうぞ。なんて言うまでもないか。どうせ勝手にしゃべるんだろうから」

「ゲイブとネルのことなんだけど。後押ししてやったらどうかと思って」

「よけいな手出しをするな。けんかをやめて自分の気持ちに気づけば、自然とそうなるさ」

スーズは驚いた。「知ってたの?」

「一緒に働いてるんだ。そのくらい、気づく。一週めにゲイブがネルをクビにしなかったとき、おっ、と思った。それに、ゲイブはぼくがネルと寝たのが気に食わないみたいだった」

「ネルは気のないそぶりをしてるけど」

「気はあるさ。もうこの話はいいだろ?」

彼はまだブロンドの女と目を合わせようとしていた。あるいは、もう合わせたのかもしれない。スーズはわざわざ振り向いて見ようとは思わなかった。だが、ライリーの注意は引きたかったので、身を乗り出した。

「ねえ聞いて」スーズが言うと、ライリーは顔をしかめた。「あのふたりには助けが必要よ。フランスにこんなことわざがあるの。キスする人間とキスされる人間がいて、はじめて関係が成り立つ」

「フランスのことわざ? きみはフランス人か」

「フランス語の授業で習ったのよ。つまり、どんなカップルも、ひとりがリードして、もうひとりはついていくってこと」

「なるほど」ライリーはいらだちを隠そうともしなかった。「だからなんだ?」

「ゲイブとネルは、ふたりともキスする側。ネルはティムに采配を振るってきたし、ゲイブはクロエや事務所の仕事やあなたに采配を振るってきた」

「ぼくは違う」

「あなたとわたしは、キスされる側」スーズはライリーの言葉を無視して続けた。「みんなに追いかけられる側。だから、わたしたちのあいだにはなにも起こらないのよ。わたしたちは相手がアプローチしてくるのを待つ。これからもずっとそう」

「きみはそうだろう。だが、ぼくは自分から動く。たんに、追いかける相手がきみじゃないだけだ」

「でも、ゲイブとネルは自分がキスしようとする。リードしようとする。主導権争いに忙しくて、相手とちゃんと関わったりキスしたりできない」

「なら、譲りあうことを学ぶんだな」ライリーはだんだん不機嫌になってきた。「ぼくはキスされる側じゃない」そしてスーズの後ろの誰かを見やり、顔をほころばせた。

スーズはあきらめて振り向いた。ブロンドの女が席を立ち、ライリーにほほえみかけた。

ライリーも笑い返した。

スーズは向きなおり、アイスティーをすすった。「以上、意見陳述、終わり」

「なんだって?」とライリーが言った。「好みの女がいれば、ぼくは自分からアプローチする」

女がバッグを持ってドアのほうに歩きだし、ライリーのそばで歩調をゆるめた。ライリーは目を上げて声をかけようとしたが、口を開く前に女が名刺を差し出した。

「電話して」それだけ言って、女は店を出ていった。入れ違いにゲイブとネルが入ってきた。

「キスされる側」

「モテる、と言ってもらいたいね」ライリーは名刺をしまった。ゲイブがネルのために彼の隣りの椅子を引いた。ライリーが顔を上げた。「遅かったな」

「行くところがあったの」とネル。

「やることがあった」とゲイブ。そしてスーズの隣りに腰を下ろした。「なにかニュースは?」

「たったいま、ライリーがナンパされたわ」

「よくあることだ。こいつがただ座ってるだけで、女どもがその胸に飛びこんでくる」

「キスされる側」スーズはもう一度、ライリーに言った。

「気にしないでくれ」とライリーが言った。

食事が終わり、彼にコートを着せかけてもらっているとき、スーズはそっと耳打ちした。

「ゲイブをけしかけて。ね？」ライリーはため息をつき、目玉をぐるりと回してみせた。だが、おとり調査を十四回一緒にやった仲のスーズにはわかった。彼はやってくれるだろう。あとは、わたしがネルをその気にさせればいい。そうすれば、少なくとも誰かはときめきを感じることができる。


翌日の夕方。待合室からネルの声が聞こえてきた。ライリーに、もう帰るが、ほかに用はないか、と尋ねている。マレーネが走りまわり、フローリングの床に爪音を響かせている。いらないと言ったのにネルが勝手に飾ったクリスマス・ツリーのそばで立ちどまっては、また走りだす。ゲイブは、最近よく感じる暮れ方のメランコリーにとらわれた。ネルが帰ると、オフィスが急に淋しくなる。まるで、彼女が音と光を持ち去ってしまうかのように。だが、それはたぶん、世界が静かになり暗くなる五時過ぎに、ネルが帰るからなのだろう。

ノックの音がして、ライリーが入ってきた。「ぼくももう帰る。ほかになにか、いるものは？」

「リニー」とゲイブは言った。「ヘレナのダイヤモンド。スチュアート・ダイサート」

「おいおい。あんまり思いつめるなよ」

「リニーはひっそり姿を消すタイプじゃない。どこかでなにかたくらんでいるに違いない。それに、スチュアートの居所も突きとめたい。おれの勘じゃ、あのふたりはつながってる。スチュアートがここにリニーを送りこんで、O&Dを強請《ゆす》るネタを探させたんじゃないか。その確証がほしい。O&Dに尋ねてみたが、リニー・メイソンという女が働いていたことはないそうだ。リニーはO&Dの推薦状を偽造した。そして、案のじょう、おまえの母親は裏を取らなかった」

「ほかの名前で働いていたのかもしれない。なぁ、考えてたんだけど。ネルって、魅力あると思わないか。あの赤いTシャツ――」

「秘書と寝るな」

「ぼくじゃない。きみに、だ」

「冗談じゃない。あの調子で、ベッドでも容赦なくてきぱきやられたんじゃかなわん」だが、てきぱきしたネルを想像すると妙にそそられた。ゲイブはあわててそのイメージを振り払った。

「そう言うと思った。きみはものごとの悪い面ばかり見るんだな」

「うだうだ言ってないで、とっとと帰れ」

「それに、自分の気持ちから目をそらしてる」

ゲイブはいらだった。「言いたいことはそれだけか」

「きみがネルに特別な感情を――」

「そんなものはない」

「——抱いてるのは一目瞭然だぜ。気づいてないのはきみだけだ」ライリーはそこで言葉を切り、考えた。「いや、どうだろう。ネルも気づいてないかな？」

「だから、おまえが気づかせてやろうっていうのか。よけいなお世話だ」

「スーズ・ダイサートに頼まれたんだ」

ゲイブは眉を上げた。「いつ、スーズ・ダイサートとそんな話をした？」

「昨夜だよ。きみたちを待ってるときに」

「ジャックは来なかったな」

「打ち合わせがあったらしい」

「夜にか？」

「ぼくはその点は指摘しなかった」

ゲイブはため息をつき、額をさすった。「強請りの件で話したとき、浮気は絶対していない、と言っていた。嘘じゃなさそうだったが」

「もう三カ月も前だろ。ジャックは気の長いほうじゃないからな」

「スーズに調査を頼まれないかぎり、おれたちの知ったことじゃない。おまえ、なにかやることはないのか。ホット・ランチはどうした？」

「ネルがやった。それが、おもしろいんだ。ジーナの今度の相手は、なんと女だ」

「ほんとか？　ジーナのやつ、やってくれる。ハロルドが興奮しそうだな」

「興奮したなんてもんじゃない。すっかり動転してた。へどが出る、んだそうだ」

「ハロルドは少し視野を広げる必要があるな」

「ぼくもそう言ったんだ。うまくもっていけば、体で謝れ、ってな感じで、ふたりとやることだってできるかもしれないのに、と言ったんだけど」

ゲイブは啞然《あぜん》とした。「で、ハロルドはなんてさ……?」

「今度からはきみに担当してもらいたいってさ」ライリーはうれしそうだった。「変態野郎には頼みたくないらしい」

「おまえが変態なのはとっくにわかってる」ゲイブはため息をついた。「しかたない。次からはおれがやろう。だが、おれがハロルドの相手をしてるあいだ、おまえはなにをやるんだ？」

「四半期レポートをやるよ」ライリーの顔から笑みが消えた。「今回はいつも以上にオリヴィアの様子がおかしい、とトレヴァーが心配してる」

「メリー・クリスマス。少なくとも、おまえは休日はバーに行けるわけだ」

「勘弁してくれよ。オリヴィアは完全な真空だ。最初のころはべつに気にならなかったが、もう三年だぜ。彼女はあいかわらずおつむが空っぽで、あいかわらず安っぽいうるさい店に行き、脳足りんどもをとっかえひっかえして寝てる。オリヴィアが誰と寝ようが知ったこっちゃないが、いちゃついてるところを盗み聞きするのはもううんざりだ。なんだっていいから黙らせたくて、そのうち、相手の男を殺しちまいそうだ」

「やっぱりな。そんな日は来そうにない」

「そんな日？」

「おまえはまだ子どもだ。いったいいつになったら、大人になるのやら」

「ストップ。そこまで」ゲイブが説教を垂れはじめる前に、ライリーはそそくさと退散した。

ひとりになると、ゲイブは目の前の報告書に集中しようとした。だが、ライリーは正しかった。ネルが心に押し入ってきて邪魔をした。この部屋に、そして彼の人生に押し入ってきたときと同じように、いきなりけんか腰で、あの猛烈な手際のよさで。押さえこもうとしても、そのたびに負けずに言い返してくる。クロエとは大違いだ。クロエの場合、その姿が頭にこびりついて離れない、ということはなかった。クロエはいつも、ただそこにいた。温かく、愛情豊かで、信頼できる。彼の人生の壁紙みたいなものだった。あなたにもわたしにももっとふさわしい相手がいるはずよ、と言ったとき、クロエはよくわかっていたのだ。たしかに、クロエはおれには過ぎた女だ。

ゲイブは自分の鈍感さにげんなりして首を振った。クロエが帰ってきたら、もっとやさしくしよう。帰ってくれば、の話だが。最後の絵葉書はブルガリアから来ていた。クロエのことを考えていれば冷静でいられた。腰に手を当て、赤いTシャツ姿で、心のまんなかにでんと立っているネル――ゲイブは彼女のことは考えないようにして、仕事に戻った。トレヴァーに電話してみようか。オリヴィアについてなにを心配しているのか聞き出せれば、ライリーの手間が省ける。うまくすれば、リニーが本当はなにをネタに強請ってきたのかも聞き出せるかもしれない。明日のスケジュールもチェックしないとな。ホット・ランチが今回はいつもと違った様相を見せているので、ハロルドには多めに時間を割こう。ネルに言って――

そのとき、ネルが入ってきた。書類の束と青いフォルダーを抱えている。

「明日のことだが」ゲイブは赤いシルクのTシャツを見ないようにして言った。だが、視線を下にやると、脚が目に入った。惚れぼれするほど、きれいな脚だ。

「明日の予定よ」ネルが机にスケジュール表を置いた。「ハロルドとのランチは少し長めに時間を取りました。さっき話したとき、動転してる様子だったので」

「ジーナと結婚してるんだ。そりゃ、動転もするさ」そこで、ネルが言ったことに気づいて顔をしかめた。「ハロルドと話したのか」

「電話があったの。あなたはベッカと電話中だったから」

「そうか。それで思い出したが――」

「明日、ベッカとの予定も入れました。これが彼女の調査報告」ネルは青いフォルダーをスケジュール表の上に置いた。「最近のものを上にしてファイルしておいたわ。ライリーとわたしで、幻のテキサス男、ランディのことも調べたけど、収穫ゼロ。悪いこともなにも出てこなかったけど」

「収穫ゼロ、というだけで充分悪い。それと――」

「四半期レポートでしょ」ネルは別のフォルダーを差し出した。

「やめろ！」ゲイブはネルの手を払った。ネルはフォルダーを取り落とした。「クソッ、きみはおれの心が読めるのか」

「まさか」ネルは驚いた様子で言った。「トレヴァーから二度、電話があったので、あなたがこれを見たいんじゃないかと思っただけよ」

「ありがとう」ゲイブはフォルダーを手に取った。「怒鳴って悪かった。トレヴァーに電話してくれないか」

「一番です」ゲイブがさっと顔を上げると、ネルは身を守ろうとするかのように手を上げた。

「ただの偶然よ。たまたま、いまさっきかかってきたの」

「最近、いやみになってきたな」ゲイブは言い、電話に手を伸ばした。

「ちょっと！」窓から射し入るほの暗い黄昏の光のなかで、茶色の瞳がきらめき、赤い髪が燃えていた。彼の攻撃に備えて痩せた肩を怒らせ、ぴったりした赤いTシャツに包まれた胸をぐっと反らしている。半年前より丸くなったヒップから、信じられないほど長く力強い脚が伸びて、絨毯をしっかり踏みしめている。「いやみじゃないわ。有能なだけ」

それだけじゃない。ゲイブは彼女を見まいとしたが、無駄な抵抗だった。

「それに、トレヴァーにまた、うちに来ないかって誘われたわ。だから、口のきき方に気をつけたほうがいいわよ。さもないと、秘書がいなくなって不自由することになる」

「すまない。今日はいろいろ、いやなことがあったもんだから」

「そんな……」ネルは腰に当てていた手を下ろした。「こっちこそ、ごめんなさい。わたしも、つい怒りっぽくなって。疲れてるせいね。帰る前に、コーヒー淹れましょうか」

「いや、いい」

「じゃあ、ほかに欲しいものは？　紅茶？　ビール？　なに？」

きみだ。ゲイブは机の上に乗っているネルの輝くような姿を空想した。Tシャツの下の白いなめらかな肌に手を這わせる……。それから、妄想を振り払い、言った。「いいと言ってるだろ。さっさと帰れ」

「あなたのコミュニケーション・スキル、改善の余地ありね」とネルは言ったが、ありがたいことに、おとなしく出ていってくれた。

受話器を取り、一番のボタンを押した。「トレヴァー？　待たせて申し訳ない。ちょうど、話したいと思ってたところだったんだ」誰でもいいから、ネル以外の相手とね。ゲイブは机のいちばん下の引き出しを開け、グレンリヴェットを出した。「オリヴィアのことを心配してるようだが」

「あの子はまた、なにかしでかしてる。おたくのジュニア・パートナーがいい腕なのはわかっているが、今回はきみがやってくれないか」

受話器を顎と肩のあいだにはさみ、スコッチを注ぐカップを探した。ネルがいたら、瓶の下にさっとグラスを差し出してくれたろうに。もちろん、ネルがいたら飲みたくなんかならないだろうが。欲しいのはウイスキーじゃなく――「ライリーはジュニア・パートナーじゃない。正式なパートナーだ。それに、たいていの場合、おれより腕がいい。今度の調査は、おれがやるよりライリーがやるほうがいいと思う」グラスはどこだ？　古いコーヒーカップでもなんでもいいんだが。部屋を見まわしたが、探しても無駄なのはわかっていた。この部屋はネルが片づけたのだ。塵ひとつ落ちていない。ゲイブはあきらめ、瓶から直接飲んだ。

「きみがそう言うなら」とトレヴァーが言った。

スコッチが喉を熱く流れ落ちていく。「よかった。ライリー以上の探偵は探してもそういるもんじゃない」

「なにかわかったら電話をくれ。過保護なのはわかっているが、あの子はわたしのかわいい嬢やなんだ」

「ああ、わかるよ」瓶のふたを閉めた。ブリトニー・スピアーズだっていちおうティーンエイジャーなのだから、オリヴィア・オウグルヴィもいちおう〝かわいい嬢や〟なわけだ。「オリヴィアのことは任せてくれ。ああ、そうだ、トレヴァー。うちの秘書を盗もうとするのはやめてくれないか」

トレヴァーが悪びれない笑い声を上げた。電話を切ったとき、ドアのところでライリーの声がした。「ありがとう」

ゲイブは驚いて顔を上げた。「まだいたのか」

「ぼく以上の探偵は探してもそういるもんじゃない、か」

ゲイブは椅子の背にもたれた。「ああ、そうだ。もっと前に直接言ってほしかったか?」

「いつだって、そう言われて悪い気はしない」ライリーも椅子に腰を下ろし、じっとゲイブを見た。「ネルになにを言った?」

「なんだかんだうるさいんでね。追っ払った」ゲイブはさっきのやりとりを思い出し、もう一度グレンリヴェットのふたを開けた。「わかったよ。謝ればいいんだろ」

「ちょっと怒ってるみたいだったぜ」

「ネルはいつも怒ってるじゃないか」と言ってスコッチを流しこむ。

「大丈夫か」

「ああ。トレヴァーは明日にでもオリヴィアの報告書を見たいらしい。厳しいかな?」

「オリヴィアが家でお行儀よくしてれば厳しいが。金曜の夜だし、それはないだろう。問題ないと思う」ライリーはまたゲイブを見た。なんだ？　と言おうとした矢先、ライリーが口を開いた。「きみの言うとおりだ」いかにも開けっ広げで正直そうな顔。なにか魂胆がありそうだ。「ぼくも昔より大人になった」

「そうか」ゲイブはライリーが先を続けるのを待った。

「さっき、ネルと話してて、自分がなにを取り逃していたかに気づいた。大人の男には大人の女が必要だ。もう一度、彼女にアプローチしてみようと思う。かまわないよな？」

ゲイブはうんざりした。「いちいちうるさいやつだな。ほっといてくれ」

「ぼくはただ、きみが気にしないか、確かめたかっただけだ」

「ネルに手を出してみろ。おまえの喉を引き裂いてやる」

「ほら見ろ」ライリーは言い、立ちあがった。「きみにとってもぼくにとっても、今日はいい日だ。ぼくは大人になり、きみは自分の気持ちに気づいた」

「味方のおまえでさえ、こうなんだからな。敵がおれにどんな仕打ちをするかと思うと、気が滅入る」

「敵なんかどうでもいいから。秘書を調査すべし」

机の上のネルのイメージがよみがえった。親父がなぜ、机のいちばん下の引き出しに酒を入れておかなきゃならなかったかわかる。秘書こそ、マッケンナ家の禍《わざわい》のもとだ。「ネルはいつ離婚したんだ？」

「去年の七月だけど。おいおい。二年たつまで待とうってんじゃないだろうな」

「そのほうが賢明だ。統計によれば――」

「そんなの、臆病者のやることだ。まだ七カ月も先じゃないか。二十ドル賭けたっていい。待てるわけがない」

「その賭け、乗った」とゲイブは言った。「さあ、もう行け」

十五分後、コートを着たネルが入ってきた。「じゃあ、お先に失礼します。その前になにかしてほしいことは？」

七カ月たったらまた訊いてくれ。だが、口ではただこう言った。「いや、なにも。さっきは怒鳴って悪かった」

「いいんです。それがあなたのコミュニケーションの方法だってわかってるから」

ゲイブはひるんだ。「まったく、きみはたいした秘書だよ。いままでいちばんの秘書だ」

「ありがとう」ほめられて驚いたらしい。ネルは顔をほころばせた。その笑顔を見て、体が熱くなった。「いい夜を」

「きみもな」

ネルが出ていった。そのとたん、部屋の温度が下がった気がした。

七カ月か。

ゲイブはまたスコッチに手を伸ばした。

翌朝九時、ベッカがキャンセルの電話をかけてきた。キャンセルはこれでもう四度めだ。

「彼に訊けなくて。たぶん、クリスマスのあとには。クリスマスがすんだら、がんばって訊くから」

「訊いたら、電話をくれ」ベッカもかわいそうだが、おれはもっとかわいそうだ。このひどい二日酔いをなんとかしてくれ。「じゃ、また」電話を切ったとき、ライリーが入ってきて向かいの椅子に腰を下ろした。

「昨夜、四半期レポート、やったよ」と渋い顔で言う。

「ご苦労さん」ゲイブは頭痛をこらえてぼんやり相づちを打ったが、それから、ライリーの様子がおかしいのに気づいた。「どうした？」

「トレヴァーの勘は当たってた。オリヴィアは新しい男とつきあってる」

「まずい相手なのか」

「これ以上ないくらいまずい。ジャック・ダイサートだ」

「なんてこった」机の引き出しを開け、アスピリンの瓶を探した。もう二錠飲んだが、アスピリンの過量摂取で死にやしない。かまうもんか。「間違いないのか」

「昨夜、ふたりは一緒にオリヴィアの家に帰った。カーテンを引きもしないんだからな。まいるよ。もちろん、ジャックはオリヴィアの宿題を見てやってたわけじゃない」

「ジャック・ダイサートは大ばか野郎だ」トレヴァーはジャックの首を切り落としかねない。そうなったとしても自業自得だ。だが、スーズはどうなる？　スーズがこんな目にあうのは気の毒だ。「クソッたれめが」

「そんな言葉じゃ生ぬるすぎる。きみがトレヴァーに言うか？」

「ああ。おまえが言いたければ別だが。報告書をまとめて……」ゲイブは途中で口をつぐんだ。ライリーがさっきから気づいていたことに、いま思いあたった。

「これはネルには見せられない」ライリーが言った。「ネルはスーズに話すだろう」

「だが、レポートを渡さなきゃ怪しまれる。ダミーをつくってネルにタイプさせろ。本物は、あとで自分でタイプするんだ」

「嘘をついたのがばれたら、きみもぼくもネルに殺されるぜ」

「だから、ばれないようにやるんだ。気をつけろ。ネルは勘が鋭いからな」

ライリーが立ちあがった。「で、ネルにアタックする気になったかい？」

「いや。とっとと失せろ」

「なあ、いいか。もう何カ月も前からネルに惚れてるんだろ。きみの性格を考えれば、その恋はいっときの気の迷いじゃない。いいかげん、自分の気持ちに素直になったらどうだ？」

「これはどうも、ご親切に。おまえ、人の心配するより先に自分の心配をしろ」

「心配することなんてなにもない。ぼくの人生はうまくいってる」

「うまくいってる？　へえ？」

「なんだよ？　うまくいってるよ」

「おまえは偽善者じゃない。だとすると、悲劇的な愚か者ってことか」

「偽善者？　なんのことだ？」ライリーは、訳がわからない、という顔をした。「ぼくはネルのことはなんとも思ってない。昨夜ああ言ったのは、きみを刺激しようとしてのことさ」

「スザンナ・キャンベル・ダイサート」一音一音区切って発音した。「十五年間、想いつづけてるだろ」

「それとこれとは別だ。たしかにスーズは青春時代の憧れだった。だけど、もう卒業したよ」

「悲劇的な愚か者だ」ゲイブは報告書の続きを書きだしたが、オリヴィアからの連想でふと思いついて尋ねた。「最近、ルーに会ったか」

「えーっと。いや」ライリーはドアに向かった。

「ちょっと待て。なにを隠してる？」

「なにも。ルーはきみの子だろ。直接話せよ」

急に寒気がして、ペンを置いた。「ヤクか？」

「まさか。そりゃ、たまにマリファナくらいはやるかもしれない。だけど、ルーはばかじゃない。強いヤクに手を出したりはしないだろ」

「じゃあ、なんだ？」ライリーはまだためらって、言おうとしない。ゲイブはたたみかけた。

「いつか、おまえも親になるんだぞ。頼むよ。話してくれ」

「ルーはある好青年とつきあってる」

ゲイブは眉間に皺を寄せた。「好青年？　なら、いいじゃないか。なにが問題なんだ？」

「もう、けっこう長い」

「長いってどれくらいだ？」

「つきあいだしたのが、学校が始まったころだから」

四カ月か。たしかに、落ち着きのないあの子にしては長い。新記録だ。「その男、なにか問題があるのか」

「いや」

「じゃあ、なんでそんなに脅かすんだ?」

「相手はネルの息子だよ。名前はジェイソン。ネルが言うには、ジェイソンはガールフレンドと長続きするほうじゃないらしい」

「そうか。わかった」ゲイブはペンを手に取った。ライリーはそそくさと部屋を出ていった。

数分後、ネルが入ってきて、昨日タイプした書類にサインを求めた。

「四半期レポートはどうでした?」

「例によって例のごとし、だ。今日はハロルドと昼飯を食う」

「ええ、わかってます。〈ネーションワイド〉に三時よ。忘れないで」

きびすを返して出ていこうとするネルを呼び止めた。「それと、もうひとつ」

「はい?」

「きみの息子がうちの娘とつきあっているらしいが、知ってたか」

ネルがハッと足を止めた。明るい緑色のセーターに包まれた体がこわばっている。「まあ。そうなの?」

「ああ、そうだ。知ってたみたいだな」ゲイブは言い、仕事に戻った。ネルの子なら、いい子に違いない。父親はろくな男じゃなかったようだが、それは気にしてもしかたがない。父親がどんな人間かは関係ない。ネルは息子をちゃんと育てたはずだ。

それに、どんな男だろうが、ジャック・ダイサートよりましだ。

十二月は、マッケンナ探偵社に勤めだしてからいちばんの忙しさだった。ネルは憂鬱な気分になった。もうすぐクリスマスだというのに、人びとは信じあうことができないのだろうか。

ゲイブにそう言うと、彼はこう答えた。

「この時期は一年でいちばん、自殺が多いんだ。期待が大きすぎるせいじゃないかな。ノーマン・ロックウェルの絵のような暮らしをしたい、と誰もが思う。だが、現実には『スクリーム』みたいな暮らしをしてる。そりゃ、いやにもなるさ」

「わたしは幸せだけど」ネルは彼のネクタイを見ないようにして言った。ゆるめたネクタイ、まくったシャツの袖、ぼさぼさの髪。ゲイブはメイクしていないベッドみたいに見えた。すごくそそる、寝乱れたベッド。

翌日、スーズに会ったときそれを言うと、スーズはこう言ってけしかけた。「もう、行くっきゃないじゃない」

ネルは首を振った。「ボスを誘惑する秘書にぴったりの言葉があるの。なんだかわかる?」

「尻軽女?」

「クビ、よ。わたしはこの仕事が好き。だから、ゲイブにちょっかいを出したりして、仕事を失いたくない」

ふたりはスター・カップのクリスマスの飾りつけをしているところだった。マージーが引き継いでから、スター・カップはとても上品でしゃれた店になった。これならマーサ・スチュアートのお眼鏡にだってかなないそうだ。精巧にデコレーションしたクッキーのトレーを持って、マージーがやってきた。「どう?」

「すごい。芸術だわ」ネルは心から言った。クッキーはクリスマスの定番の形にくりぬかれていたが、アイシングはつやつやとなめらかで、降ったばかりの雪のようだった。デコレーションも完璧だ。「何時間もかかったんじゃない？」

「朝からお昼まで。三、四時間かな。それでね、午前も店を開けようかと思ってるんだけど。クリスマスのあいだだけでも。どう思う？」

「バッジがパニクりそうね」とスーズが言った。「いいんじゃない？　やれば？」

「バッジも午前中はいないし。それに、朝、お茶を飲みたい人は多いんじゃないかと思うの」

ネルはまだクッキーに見とれていた。「マージー、これ、ほんとにきれい。プレゼントによさそうね」

「そう？」マージーの小さな丸い顔が喜びに輝いた。「練習したのよ。たくさんアイシングを使って。おかげでだいぶ上達したでしょう？」

「うん。すごいわ」とスーズが応じた。「味はどんな感じ？」

「食べてみて」マージーが勧めたが、スーズは遠慮した。

「これを食べるわけにはいかないわ。割れたのはないの？」

「デコレーションがうまくいかなくて売り物にならないのがあるわ」とマージーは言って取りにいった。

「バッジはどう？」ネルはスーズに尋ねた。

「ひどいものよ。ひっきりなしにここに電話してきて、辞めろ、辞めろってうるさいの。あれじゃ、マージー、たまらないと思う。マージーがこんなにいきいき働いてるのに、辞めさせようだなんて、ほんと、勝手よね。外に出したら、マージーが誰かほかの男と出会って、別れたいって言いだすんじゃないかと心配なんだろうけど。でも、マージーって、そんなモテるタイプじゃないじゃない？　勘繰りすぎよ」

「ジャックもそれが心配だったんじゃない？」

スーズは首を振った。「ジャックったら、やかましく言っておとりの仕事を辞めさせたくせに、最近は、残業、残業でちっとも家にいないの。でも、とくに淋しいとも思わないのよね。ただ、あの人がいないのに、どうしてわたしだけ家にいなきゃならないのって思うだけで」

あまりいい傾向じゃないわね、とネルは思った。「クリスマス・プレゼントはなにをあげるの？」

「なにも。彼がくれたお金で彼へのプレゼントを買ったってしょうがないでしょ」

「それはまあ、そうだけど」

「あなたはゲイブになにをあげるの？」

「プレゼントを交換するほど、親しくないから」

「はい、はい。で、なにを買ったの？」

「なにも。でも、壁の写真を引き伸ばして、金のフレームに入れてもらった。待合室に飾ろうと思って。見てみない？　来て」

ネルはスーズを倉庫に連れていった。マージーがクッキーを持ってついてきた。

「おいしい！」ネルはひと口かじって言った。「アーモンド・クッキーに似た味ね」もうひとつ口に放りこみ、写真の箱を開けだした。

「レシピを少し変えたの。これはクリスマス限定にしたらどうかと思って。ふだん買えないものだと、みんな、よけいに欲しがってくれるんじゃないかしら」

「限定だと、高くても買ってくれるし」とスーズが言った。「マージー、あなたって天才ね」

「でしょ？」マージーがうれしそうに言った。「あとね、生地を冷凍することにしたの。それだと、生地をこねるのは週一回でいいし、でも、毎朝、焼きたてのクッキーを売れる。名案だと思わない？」

ネルは驚いて手を止めた。こんなに自信に満ちたマージーは見たことがない。「やるじゃない」そう言って、写真を箱の上に置いた。「マージー。これ、あなたのお父さんよ」スコッチの瓶を抱えた二十代のトレヴァーを見て、マージーはほほえんだ。

「これ、焼き増ししてもらえない？　クリスマス・プレゼントにするから。パパ、最近、なんだかひどく落ちこんでて。これを見たら、元気出るんじゃないかな」

「ゲイブそっくりのこの人は誰？　彼のお父さん？」

「そう」ネルは別の写真を引っぱり出した。「こっちには、ゲイブとお父さんが一緒に写ってる」

「うわあ、若い」

ネルは写真の痩せた青年を見た。「このとき、十八だって。彼、十五のときからマッケンナ探偵社で働いてるのよ。信じられる？」それから、また別の写真を出した。「これはパトリックとリア。ゲイブのお母さんよ。ふたりの結婚写真」

「きれいな人ね」とマージーが言った。

「上着のおなかのところがきつそうだけど？」

「ゲイブを身ごもってたのよ」ネルは、実用的なピンストライプのスーツの上の、リアのはつらつとした顔を見つめた。「きれいよね。ゲイブの目はお母さん似ね」

「ねえ、見て」マージーが次の写真を手に取った。「クロエ、まだほんの子どもじゃない」

「でも、もう子どもがいたのよね」スーズはじっと写真を見た。「これ、ルー？」

「ええ」ネルはひとりずつ指さした。「ゲイブ、パトリック、ライリー。前にいるのがクロエとルー」

「これ、ライリー？」スーズがネルの手から写真をひったくった。

「十五のときよ。一九八一年。ルーが生まれた記念に家族写真を撮ったんですって。この二週間後に、ゲイブのお父さんが亡くなったの」

「ライリー、かわいい」

ゲイブもね。二十五歳のゲイブを見つめて、ネルは思った。

「クロエは秘書だったのよね？」

「そうよ。ゲイブのお母さんも秘書だった」

「ふーん」スーズはつぶやいて、写真を返した。

「クロエの食器のことなんだけど」だしぬけにマージーが言った。「星がひとつ描かれてるだけで、シンプルすぎると思うの」

「食器？」ネルは一九八一年から現在に引き戻された。

「あれ、白だし。色もののほうがいい気がして。でも、真新しいのはいや。アンティークがいい。どう思う？」

「ネルに訊いてもしょうがないんじゃない？」スーズが口をはさんだ。「ネルがいいって言う食器は、きっと高くて手が出ないわよ」

「フィエスタ焼きは？」とネルは言った。「たくさんの色があって、どれもとても明るい色なの。いまはどうか知らないけど、昔はガレージ・セールで安く買えた」

「Eベイを見てみたら？　今夜、見方を教えにいくから」

「今夜？　ジャックがいやがるんじゃない？」

「平気、平気」スーズはまたクッキーをつまんだ。「これ、ほんとにおいしい。レシピ、くれない？」

「レシピをあげたら、うちの店で買わなくなるでしょ。だめよ。あげられない」

「おや、まあ。わたしたち、モンスターを生み出しちゃったみたいよ」スーズの言葉に、マージーはにっこり笑った。

　ネルはスーズを見て思った。幸せじゃないのだろう。昔よりいまのほうが幸せならいいが、そうはなっていない。バッジにはあいにくだが、マージーのクッキーは『ディスパッチ』誌に取りあげられ、売り上げも倍に伸びている。スーズはマージーを手伝うようになり、最近は、ジャックに無断でフルタイムで働いている。「けんかするのはばからしいし」とスーズは言っていた。「それに、ジャックはどうせ家にいないんだもの。文句言われる筋合はないわ」

「そうね。ごもっとも」ネルは言い、万一の場合に備えて、離婚のとき世話になった弁護士の名刺を探した。

スーズの家でクリスマス・パーティーが開かれた。その日は、いいこともあるにはあった。誰にも教えないという条件で、マージーがアーモンド・クッキーのレシピをくれたのだ。だが、悪いこともいろいろあった。トレヴァーはジャックとほとんど口をきかなかった。マージーがスター・カップの仕事を始めたのはネルがそそのかしたからだと思っているバッジが、露骨にネルに当たった。オリヴィアの態度はいつもにも増して傍若無人だった。ジャックが、去年のクリスマスにプレゼントしたのと寸分違《たが》わぬダイヤのブレスレットをスーズにプレゼントした。そのあと、母親を送ると言って出ていったきり、また夜中まで帰らなかった。

「大晦日の夜も一緒に過ごさない？」ネルはスーズに言った。ふたりは客用寝室で、マレーネにつけた天使の羽をはずしてやっているところだった。

「大晦日の夜はジャックもいると思うけど。でも、いいわ。うちに来て。ジャックよりあなたとキスしたい気分だし」スーズはマレーネを放した。「さあ、行っていいわ、いい子ちゃん。クリスマスは終わり」

マレーネは仰向けになって、羽の感触が消えるまで体をくねらせていた。九月に見る影もなく切られ、染められた毛も元に戻り、いまは茶色くふさふさになった。ネルがおなかを撫でてやると、マレーネは伸びをしてフーッと息をついた。

「ときどき、罪の意識を感じるわ」

「なんで？」

「マレーネよ」ネルはマレーネの顔を見ながら、もう一度おなかを撫でた。「この子のこと、すごく愛してる。でも、わたし、ほかの人からこの子を盗んだのよね」

「そいつはこの子を人事にしてなかったんだから。気にすること、ないわよ」

「わからないじゃない。わたしはこの子を愛してるけど、マレーネは女優だから。知らない人は、わたしが虐待してる、と思うかもしれない」

「なにかほかのこと、考えたら？　ゲイブは写真を気に入ってくれた？」

「ええ、とっても」ネルは思い出してほほえんだ。「ライリーも気に入ってくれたけど。ゲイブは壁の写真を長いあいだ眺めてて。で、すごくいい、ありがとうって」

「それだけ？」

「それだけでも大変なことよ。わたしにはわかる。ゲイブはすごく喜んでくれたし、その気持ちをちゃんと表現してくれた」

「彼があなたをぐいと抱き寄せて、『愛してるよ』って言ってくれることを期待してたんだけど。彼、どこかおかしいんじゃない？」

「だって、家族の写真で興奮しろっていうほうが無理よ。なにもおかしいところなんてないわ」待合室に立って写真を見つめていたゲイブの姿がよみがえった。「全然、おかしくなんかない」

スーズは鼻を鳴らした。「あなたはなにをもらったの？」

「わたし？」ネルはわれに返った。「椅子。ライリーとふたりで」

「信じられない。男って処置なしね」

「そんなことないわ。完璧なプレゼントだった。前のオフィスで使ってたのと同じ椅子で」

スーズが、だからなに？という顔をしたので、ネルはつけ加えた。「人間工学に基づいてデザインされた椅子で、ものすごく高いのよ。欲しいなんて言ったこと、一度もないんだけど。きっと、ライリーがジェイスに尋ねたのね」

「さすがライリー」

「ライリーはマレーネにもプレゼントをくれたわ。こんな大箱入りのドッグ・ビスケット。ライリーとマレーネはほんとに仲がいいのよ」

「彼が仲よくならない女なんている？」

ネルはなだめるようにスーズの膝を叩いた。「下に行ってなにか食べない？　ハム以外になにがある？」

「ラザーニャがあったと思うけど。でも、食べ物は愛じゃないし」

「そうね。でも、食べ物には違いないんだから」ネルは立ちあがった。

マレーネが寝返りを打って、警戒するような目でふたりを見た。

「ビスケットよ」ネルが言うと、マレーネはベッドから飛び降り、キッチン目ざして階段を駆けおりた。

「わたしたちもあんなふうに生を追い求めなきゃ」ネルは言い、階段を下りた。「体当たりで生をつかみとるべし」

「安っぽい人生訓」スーズが言った。ネルはあきらめ、ジャックの名は決して出さないようにして、それ以外のありとあらゆることをしゃべった。彼の不在が痛いほど感じられた。

大晦日の午後五時、ネルは退社前に、書類にサインをもらいにゲイブの部屋に入っていった。緑のシェードのスタンドが投げる光のなかで、真剣な顔で書類に目を走らせるゲイブ。光がつくる陰翳《いんえい》のせいで、その顔は浮き彫り彫刻のように見え、瞳は実際の色よりもっと黒く見えた。なにをするときも変わらない情熱と決断力でページをめくり、サインをする力強い手に、光がスポットライトのように当たっていた。

彼がサインを終え、ペンを置いた。ネルは「ありがとう」と言ってぎこちなく書類をかき集めた。正気をなくして、残り物のハムに飛びかかるマレーネみたいに彼に飛びかからないうちに、早く退散しなきゃ。「じゃあ、よい休暇を」

急いで出ていこうとしたが、ゲイブに呼びとめられた。ネルはドアのところで立ちどまり、振り向いた。書類を順番にそろえようとするが、指がもつれてうまくいかない。ああ、どうか、快活で有能に見えますように。欲望でギラギラしているように見えませんように。

「はい?」

「大丈夫か」机の向こうでゲイブは顔をしかめていた。しかめつらもグッとくる。渋い顔をされても息が苦しくなるなんて、わたし、ほんとにおかしくなりかけてる。

「ええ、大丈夫」ネルは明るく言った。「最高に元気。もう行かなきゃ。スーズのとこよ。今夜はほら、大晦日だから。パーティーなの」

彼が立ちあがった。ネルは口をつぐんだ。「なにかあるな。なんだ?」

ゲイブは机の横に立っていた。ふたりのあいだの距離は六フィート。遠すぎるわ。あなたにふれられたい。彼の手がふれてくるところを想像して、ネルは目を閉じた。

「白状しろ」

「なにもないわ」目を開け、堂々と彼の視線を受け止めようとしたが、できなかった。最後の最後で目をそらした。「わたしに対してまで、探偵のまねをするのはやめて」

「もう四カ月、見てきたんだ。きみのことはわかってる。おれに突っかかってこないときは、なにかたくらんでいるときだ。なにをたくらんでいる? 頼むから、勝手に改良とやらを加えないでくれ。これ以上、きみの手腕を発揮されたんじゃかなわん」

「なにもたくらんでなんかいないってば」彼と目を合わせた。それが間違いだった。ゲイブの黒い瞳にひたと見据えられて、思わずため息をもらした。彼はただじっと立っているだけなのに、頬に血が上った。「大丈夫よ」と言ったが、その声は細くかすれていた。空気が熱く電荷を帯びたようで、一瞬が永遠に感じられた。ゲイブが首を振り、言った。

「七月まで待つなんて無理だ」

彼が近づいてきた。ネルのなかでなにかが弾けた。ネルも歩み寄り、擦り切れた絨毯の上で彼の肩にしがみついた。ゲイブがネルの腰に手を回した。ネルがつま先立ったとき、彼も腰をかがめたので、鼻と鼻がぶつかった。そして、ついにふたりの唇が合わさった。

13

キスしながら、ネルは彼のシャツにしがみついて引き寄せた。唇を離すと、ゲイブがほてった体に手を這《は》わせた。ネルは息を切らして言った。「ちょっと待って」

「だめだ」彼がまた唇を近づけてきた。

「ねえ、待って」ネルは首をすくめて逃れ、息をついた。「秘書と寝るなってルールはどうなるの?」

「ルールには例外がつきものだ」ネルに言い返す暇を与えず、ゲイブはキスで唇をふさいだ。胸に彼の硬い体が押しつけられている。熱い手がセーターの下にもぐりこみ、背中をまさぐった。ああ、もっと。ネルは彼のシャツの下に手を差し入れ、背中をそっと撫であげた。ゲイブが息を呑み、それからネルをドアに押しつけて、さっきよりもっと激しいキスをした。一度だけ、ティムとのときのように、しとやかなふりをして彼にリードさせたほうがいいだろうかと考えたが、すぐにそんな必要はないと思いなおした。もう、よけいな気は遣わなくていいのだ。ネルは彼の顔を両手ではさみ、もう一度キスを返した。ゲイブは、もう放さない、とでもいうようにネルを強く抱きしめた。体じゅうに触れ、長い長いキスをする。クラクラして、彼が欲しくてたまらなかった。唇を合わせたまま、ゲイブがささやいた。「上の部屋に行こうか」ふたりだけで、裸で、冷たいシーツに横たわる——その想像にネルは小さく体を震わせ、彼にしがみついた。なんて硬く、引きしまった体だろう。ネルはあえいだ。かすかなあえぎだったが、聞こえたらしい。ゲイブが「なんなら、ここでもいいが」と言って絨毯《じゅうたん》にネルを押し倒した。

彼の体の重みがかかる。スカートが腰までまくれた。もっと近くに感じたくて、大胆に脚を絡ませ、背をのけぞらせて、彼のすらりとした体、硬い筋肉に自分の体を押しつけた。彼の唇が首筋を這い、その手がセーターの下にもぐりこむ。ネルはゲイブの背中の上から下へ、爪を滑らせた。組み敷かれ、激しくキスされて、耳の奥で血がドクドクいった。

そのとき、ノックの音がした。ドアが開き、ネルの額にぶつかった。

ライリーだった。ふたりを見下ろして言う。

「オッオー。二十ドル、いただき」

ゲイブがドアを手で押し戻した。「大丈夫か」髪はぼさぼさ、息を切らし、顔を上気させている。興奮していて、でも同時に、ネルを気づかうような表情を浮かべていて——その他もろもろ、いまの彼は、ネルがこうあってほしいと思うすべてだった。「あなたが欲しくて欲しくて、おかしくなりそう」

「それで、この四カ月のことが説明がつく」ゲイブは言い、もう一度キスした。だが、ネルは彼をはねのけて起きなおった。シャツの襟をつかんで彼を仰向けにさせ、その上に座った。「侮辱しないで」彼にまたがって、呼吸を整えた。「ほんとは、男のあなたが誘惑しなきゃいけないのに」

「あなたが欲しい、と言ってくれればよかったんだ」ゲイブはネルの尻を抱えて引き寄せた。

「おれの気を引くために犬を盗む必要は――」

「それに、ライリーと寝る必要はなかった？」

彼の目の色が暗くなった。「それは忘れろ」ゲイブはネルのうなじに手を当て、抱き寄せてキスした。

「抱いて」唇を合わせたまま、ささやいた。彼の指がスカートのなかに――ああ。お願い――下着のなかに――やめないで――そして、するりとネルのなかに入ってきた。体を震わせ、彼にしがみついた。ネルの熱さに触れ、彼の呼吸が荒くなった。

「忘れろ」

ゲイブはネルを下にさせ、荒々しく服をはぎだした。一瞬遅れて、ネルも彼の服を脱がせた。シャツの前をはだけ、肩の熱い肉に歯を立てる。彼はのけぞり、ネルを床に押しつけた。硬い手で尻をまさぐり、熱い唇を胸に押しあてる。ふたりは無我夢中で絡みあった。まるで頭に霞がかかったようになり、彼の腕のなかで身もだえながら、ただ熱さと、重さと、摩擦だけしか感じられなかった。彼の体のリズミカルな動きが心地よく、ひたすらその瞬間を欲した。ついに彼が入ってきたとき、体にさざなみのような震えが走った。彼がわたしをむさぼるように、わたしも彼をむさぼりたい。ネルもすばやいリズムで体を動かした。そして、とうとう絶頂に達した。体じゅうの神経が大きく波打ち、唇を噛みしめた。

ふたりは静かに床に横たわり、乱れた呼吸を整えようとした。

「すごかったよ。いつも、こんななのか」

「だといいけど」

ゲイブが笑い、また唇を寄せてきた。「いつか、なにかふたりで協力してやれることをしよう」ネルが背中を撫でると、彼は息を呑み、口をつぐんだ。

「おなか空いた。上に、なにか食べるもの、ある？」

「おれの家には、きみの求めるすべてがある」ゲイブが起きあがった。彼の体があったところに冷たい空気が流れこんできた。そのひんやりした感触に、神経がまた歌いだした。彼は立って、手を差し伸べた。裸なのをまるで意識していない自然な態度だった。ネルは引っぱってもらって立ちあがり、また彼の体に腕を回した。手のひらに彼の熱さと筋肉の硬さを感じ、肌を寄せあう。彼はわたしのものだ。少なくとも今夜は。

「証明して」ネルはもう一度キスした。もう一度彼を味わい、ついに故郷に帰ってきた、と感じた。わたしの求めるやり方でわたしを愛してくれる、強い男の腕のなかに帰ってきた。


十一時になってもネルは来なかった。マッケンナ探偵社に電話しても、留守電になっていて誰も出ない。スーズはコートを羽織り、公園の反対側の事務所まで様子を見にいくことにした。残業しているならいるで、そう電話してくるだろうし――ジャックはそんな電話をくれたことは一度だってないが――なにかあったのに違いない。親友として放ってはおけない。それに、この大きな空っぽの家にひとりでいたくなかった。

月明かりの公園は美しかった。木の枝についた氷が銀色にきらめき、溶けた雪が地面にパッチワークのような模様をつくっている。ときおり、パーティーに向かう人びとを乗せた車がにぎやかな笑い声を響かせて通りすぎた。だが、それ以外にはまったくひと気がなかった。

こんな夜更けにひとりで歩いているなんて。

スーズは足を速めた。コンクリートの舗道にブーツの靴音が響く。ようやく、公園のなかばあたりの石の列柱を通りすぎた。ジャックは最近ほとんど家にいないし、大晦日の今夜でさえ、まだ帰ってこない。でも、それはべつにおかしなことじゃない。法律事務所のパートナーの仕事は大変なのだ。それに、わたしは無事に三十歳を越えたのだから。ジャックは、アビーが三十歳のとき彼女と別れ、ヴィッキーは二十八歳のときに捨てられた。わたしはもう三十二だし、ジャックはまだわたしを愛してくれている。

スーズはまだ愛されている自信があった。自信が持てないのは、自分がまだ彼を愛しているかどうか、だ。

スター・カップの前を過ぎ、暗い路地を探偵社のほうへ歩いているとき、こんな時間にヴィレッジを歩くなんて無謀だった、と気づいた。玄関のドアを叩き、大きな窓からのぞきこんだ。なかは暗く、ネルはいなかった。

また、家まで歩いて帰らなければならない。急に、あたりがさっきまでより暗く、寒くなった気がした。ひとりで歩いて帰るのは気が進まない。

もう一度、ノックした。すると、ドアが開いた。ライリーが立っていた。

「なにごとだ？」

「ネルが来ないの」寒さで歯がカタカタ鳴った。「それで、心配になって」

「で、こんな夜中にここまで歩いてきたのか？　なんてこった。入れよ」

スーズはなかに入った。ライリーが電気をつけた。ダークスーツを着てネクタイを結んだ彼は、いつになく品よく見えた。それとも、誰かに一緒にいてほしいと思うあまり、今夜はふだんほど好みがうるさくなくなっているのだろうか。

「これからパーティー?」

「ああ。こんな夜中にきみをひとりで外に出すなんて、ジャックはなにやってるんだ?」

スーズはツンと顎を上げた。「ジャックは関係ないわ。自分のことは自分で決める」

ライリーはネルの机の上の電話を差し出した。「ジャックに電話して、迎えに来てもらえよ」

「ジャックはいないの」

「いない?」ライリーは電話を戻した。

「ネル、家にも帰ってないの」スーズは話題を変えようとして言った。「どこにいるか、知――」

「上だよ。ゲイブと一緒だ」

「ほんと?」少し気分がよくなった。「ふたりで仕事の話をしてる、なんて言わないでね」

「話なんかしてないと思うけどね。しかし、ふたりとも仕事人間だからな。いまごろは一戦終えて、表計算ソフトをにらんでいないともかぎらない」

「でも、さっきは話はしてなかったのね?」

「ぼくが見たときはしていなかった」

「電話くれなかったこと、許す」とスーズは言い、ドアに向かった。

「ちょっと待て。歩いて帰る気じゃないだろうな。送るよ」

「だいじょ――」言いかけたが、外の暗い通りを見て思いなおした。「ありがとう。助かるわ」

ライリーがエンジンをかけ、車を出すあいだ、スーズは黙って座っていた。いま、車はサード・ストリートを走っている。「デートに遅れるんじゃない？」

「デートじゃない。ただのパーティーだ」

「大晦日の晩に、誰もキスする相手がいないの？」

「誰かいるさ」公園を迂回するために車は角を曲がった。「大晦日の晩にキスする相手がいないってことはないだろ」

スーズは数ブロック先の大きな空っぽの家を思った。「いないことだってあるわ」

ライリーは一瞬、黙りこんだ。「ジャックはばかだ」

「もう結婚して十四年だもの。わたしじゃ、ときめかないんでしょ」

「きみにときめかないなんて、そんなはずがあるか」

「そう？」スーズは顎を上げた。「わたし、魅力的だと思う？」

「ネルとゲイブのことを聞いたとき、あまりうれしそうじゃなかったな。クールなふりをしてただけか？」

「遅かれ早かれ、そうなると思ってたから」話題が変わってほっとした。魅力的か、と尋ねるなんて、わたしったら、調子に乗りすぎた。「ネルがなにを待っていたのか、わからないわ」自分がなにを待っているのか、わからないわ。

「ゲイブは七月を待っていた。じれったいやつだよ」

「七月？　どうして？」

「離婚から立ちなおるには二年かかる、というだろ」

「ティムは一昨年のクリスマスに出ていったのよ。離婚が成立したのは七月だけど、彼がネルを捨てたのはクリスマス」

「じゃ、またしてもゲイブの勝ちか。まいったな」

ライリーはスーズの家の前で車を停めた。わたしもパーティーに連れてって、と言いたかったが、そういうわけにもいかない。ジャックが帰ってくるかもしれないのだから。

ジャックは帰ってなんかこない。誰かほかの女といるのだ。愛人といるのでないかぎり、大晦日の夜に妻をひとりで放っておくわけがない。自分も愛人だったことがあるから、わかる。

「大丈夫か」

「キスして」スーズが言うと、ライリーは体をこわばらせた。「お願い。これから、あの家にひとりで帰らなきゃならない。大晦日の夜なのに。誰かにキスしてほしいの。かわいそうなわたしにキスして」

「できない」

「そんな……。ごめんなさい、忘れて」スーズはドアのレバーに手をかけた。

「違うんだ——」

振り返って彼を見た。「違うって、なにが？」

「きみにはもっとふさわしい男がいるはずだ」

「あなたより、もっとふさわしい男？」

「ジャックより、だ。それに、ああ、ぼくより」

「わたしはべつに、恋人になってって頼んだわけじゃないわ。結婚している女がほかの男になびくときっていうのは――」

「きみの恋人になりたがらない男なんていないさ」同情しているような口ぶりだ。それがスーズの癇《かん》にさわった。

「それはどうも。送ってくれてありがとう」

ドアを開けようと向きなおると、窓の外にジャックがいた。車のそばに立って、上着のポケットのなかで拳を握りしめている。

「おや、おや」ライリーが言った。「ぼくもいたほうがいいかな？」

「いてもらってもしょうがないから」スーズはドアを開けた。

ライリーがスーズの腕をつかんだ。「ジャックは――」

「殴りはしないわ。怒鳴るけど、それは平気。大丈夫だから」

ライリーはスーズの腕を放した。スーズは車を降り、ドアを閉めた。

「じつに愉快だ」ジャックが言った。「大晦日の晩を妻と祝おうと帰ってきたら――」

「偉そうに、よく言うわ」スーズはジャックの脇をすり抜けて、玄関前の階段を上がった。

「誰だ？」

「ライリー・マッケンナよ」ドアに鍵を差しこんだ。「ネルを探しにいったのよ。そしたら、送ってくれるって言うから」

「よくできた話だ」ジャックも階段を上がってきた。

スーズはなかに入って電気をつけ、ライリーに、もう行って、と合図した。「作り話じゃないわ、ほんとのことよ。あなたこそ、嘘をついたんじゃないの？」

「言っただろう？　わたしは仕事で――」

「電話したのよ」パーティーに向かうライリーの車のテールランプが、滑るように遠ざかっていく。「あなたは出なかった」

「夜は交換機を切るから」

「携帯にもかけたわ」

「電源を切っていた」

「へえ？　なんで？」

「あいつと寝てるのか」

「ライリーと？」階段を上りだしたが、急にどっと疲れて動けなくなった。「寝てなんかいないわ。彼のこと、ほとんど知らないし」

ジャックがスーズの腕をつかんで引き戻した。スーズは息を呑んだ。ショックで、疲れさえ忘れた。

「あいつとやってるんだろう」スーズはジャックを見返した。なんだか、なにもかもどうでもよくなった。

「寝てるなら、いまごろライリーといるわ。ここに立って、まだあなたとうまくいっているようなふりなんかしてない」ジャックの手を払い、つかまれていたところをさすった。そして、彼が手を上げるのを待った。殴りたければ殴ればいい。そうすれば、別れる決心がつく。

「今夜はネルと過ごす、と言ってたじゃないか。今夜は――」

「ネルはゲイブといるわ。よかったと思ってる。誰だって、大晦日の夜にひとりでいるべきじゃないもの」また力ずくで引き戻されるかもしれないが、かまうもんか。スーズはふたたび階段を上がりだした。

「ネルのせいだ。バッジの言うとおりだ。ネルは悪い感化を及ぼす。ネルがこの近くに引っ越してくるまでは、きみはそんなじゃやなかった」

「じゃあ、ネルに感謝しなきゃね」スーズは言い、階段を上った。上は暗いが、ジャックのいる明るい下よりましだ。


そこから六ブロック離れた部屋で、ネルはゲイブと愛しあったあとの快いまどろみのなかにいた。うつらうつらしながら、テレビの新年を祝う番組を聞くともなく聞いていた。

「すてき。国じゅうがひとつの大きなパーティーみたい。みんな、いやなことは忘れて楽しんでる」

「いいことだ」ぐったりしているうえ、満ち足りていたゲイブは、だらりと寝そべったまま、生返事をした。

「スーズに悪いことしちゃった。さっき電話したとき、なんだかすごく落ちこんでるみたいだった。わたし、ひどい友だちね」

「ん……」ゲイブは枕に顔を埋めてもぐもぐ言い、頼むからもうちょっとテンションを下げてくれと、と祈った。さっきの交わりのときもネルは彼と同じくらいエネルギッシュだった。なのにその疲れも見せず、いまは裸でベッドに身を起こして、フライドポテトをつまみながら花火の実況中継をしている。

「ちょっと!」肩を叩かれた。あと五分で黙らなければ、薬を盛って黙らせるぞ。

ネルが笑いながら見下ろしていた。寝返りを打って向きなおると、フライドポテトの袋を持ったネルが笑いていた。赤い髪が、まるで、ベッドのなかにファイアークラッカーが咲いているかのようだ。「わたしがそばにいて当然、みたいな態度をとるのは早すぎるでしょ。口説き文句のひとつも言ってよ」

「なんでそんなことをする必要がある? おれはきみをモノにした。以上、終わり」

ネルは口をあんぐり開けて、怒ったふりをした。ゲイブは笑い、彼女を引き寄せた。ネルは抵抗してもがき、その拍子にポテトの袋が手から落ちた。

「いて当然、なんて思ってないよ」ゲイブはネルの耳もとでささやいた。「当然と思わないから、こんなにへとへとになってるんじゃないか」

ネルがもがくのをやめた。急におとなしくなり、しがみついてきたのがうれしくて目を閉じた。シーツのこすれる音がする。マレーネがベッドの足もとからこっちに這ってくると、ポテトの袋を引きずって戻っていった。テレビでは新年のカウントダウンが始まっていた。ベッドに犬がいる。いつ、上がってきたのだろう。マレーネは、激しい交わりが終わるまで待っていたのに違いない。でなければ、おれかネルが壁に蹴飛ばしていただろう。マレーネのサバイバル能力はたいしたものだ。

「幸せ」ネルがささやいた。笑みがこぼれそうな声だ。眠るのはあとでいい、とゲイブは思った。

並んで横になり、ネルをもっと近くに抱き寄せた。彼女がそばにいるという事実が信じられない気がする。ずっと、考えまい、考えまいとしていたことが全部現実になった。想像すまいとしても、ついつい、いろいろ夢想してしまっていたが、現実ははるかにそれより素晴らしかった。「おれもだ。ハッピー・ニュー・イヤー、ベイビー」

ゲイブはやさしくキスした。ネルはくつろいで彼の胸にもたれ、それから、「見て！」と言った。ネルの目は天窓を見ていた。天窓いっぱいに、流星のような花火が見える。「なにもかも完璧。ほんとに、なにもかも」

「言うな」ゲイブは畏《おそ》れを感じて言った。「運命を挑発しないほうがいい」

「運命なんて信じてないもの」

ゲイブは、四カ月前、ふたりがこうなるだろうとクロエが予言したことを思い出した。それを言いかけたが、すぐに、いまはクロエの名は出さないほうがいい、と思いなおした。

「なに？」

「なんでもない」

白状させようというのだろう、ネルが肘を突いて体を起こした。

「今夜は休戦だ」ゲイブはネルを引き戻した。「今夜だけは」

ネルが「でも――」と言いかけたが、もう一度そっとキスして、その口をふさいだ。そして、花火がだんだん少なくなり、消えていくのを眺めながら、ネルが寝入るまで彼女を抱いていた。

「ゲイブと寝たのね？」翌日、シカモアでブランチを食べていると、スーズが訊いてきた。ネルはとぼけようとしたが、幸せだった昨夜の記憶がよみがえって、つい笑みがこぼれた。フレンチトーストを切りながら言った。「ハッピー・ニュー・イヤー、スーズ。マージー」

「ほんと？」マージーが探るようにネルを見た。その様子は、どことなくくすんだ色の小鳥を思わせた。「じゃあ、探偵と結婚するんだ？」

「しないってば。二度と寝ない。これっきりにする」

「ネル・マッケンナ」マージーはつぶやいて、チョコチップ・パンケーキにシロップをかけた。「いい響きね。ロマンティック」

「ダイサートなんかクソ食らえ」エッグ・ベネディクトにフォークを突き刺しながらスーズが言った。

ネルとマージーは驚いてスーズを見、それから、顔を見合わせた。

「マージー・ダイサートって、どうしても好きになれなかった」とマージーが言った。

「慣れれば、悪い子じゃなかったわよ」とスーズが返す。ネルは笑った。

「マージー・ジェンキンズは、悪くないけど。でも、ちょっと労働者階級っぽい感じ」

「バッジに言っちゃだめよ」ネルはすかさず言った。「彼、名前を変えかねないから」

「マージー・オウグルヴィがいまでもいちばん好き」

「じゃあ、旧姓のままでいれば？」スーズはなんだかいらいらしているようだ。

「そうね。それだと、結婚していたこともわからないし」

「浮気もしやすいし」とスーズ。

マージーは顔をしかめた。「なにかあったの?」

「昨夜、ライリー・マッケンナと帰ってきたところをジャックに見つかったのよ」スーズはフォークで卵を突ついた。「ネルの様子を見にいって、その帰り、ライリーに送ってもらったの。ジャックに、浮気してるだろうって責められた。大晦日の晩、十一時過ぎによ。わたし、アタマに来て、寝室に鍵をかけて閉じこもった。なんなのよ、いったい」

「そんな」ネルは罪の意識に駆られた。「わたしのせいね。昨夜はほんとにごめん。すっぽかすなんて、ひどいわよね。すっかり忘れてて――」

「いいのよ。場合が場合だもの。怒ってなんかいないし、ただ、こう思うだけ。がんばれ、エレノア」

「男って、わかるみたいね」マージーが言った。「スチュアートもバッジに嫉妬してたし」

スーズはキッとマージーを見た。「なんですって?」

「スチュアートよ。バッジに嫉妬してたの。あなたがジャックよりライリーを好きなように、わたしもスチュアートよりバッジが好きだったから」

「わたしは浮気はしてないわ」

「わかってる。でも、ジャックよりライリーが好きなんじゃない?」

「ちょっと、マージー」ネルが止めようとしたが、マージーはしゃべりつづけた。

「間違った相手と結婚してるのって、みじめよね。永遠に終わらない、退屈なパーティーに出てるみたい。みんなの声は大きすぎるし、冗談はつまらない。最後には、壁際に立って、誰もわたしに気づきませんようにって祈るはめになる。だって、そのほうが楽なんだもの。パーティーには自分と彼、ふたりしかいないのに、そのもうひとりの人を必死で避けようとしてるみたいな感じ。たまらなかった」

マージーは魔法瓶を出して、コーヒーに豆乳を注ぎ足した。ネルとスーズは驚いてなにも言えなかった。

「別れなさいよ」マージーはスーズに言った。「そんなにつらいんなら、これ以上、がんばることないわ。苦しさに耐えられなくなると、とんでもないばかなことをしちゃったりするものよ。そんなの、よくない」

「マージー」ネルはそう言って手を差し伸べた。「そんなにつらかったなんて。知らなかった」

「いいの、わかってる」マージーはコーヒーを飲み干し、カップをソーサーに戻した。「わたし、一度スチュアートを殴ったことがあるの」

「よかったじゃない」

「よくないわよ。大事にはいたらなかったけど。そのあと、彼、出ていった。ねえ、あなた大丈夫？」

「わからない。ちゃんと考えてみなきゃ。ジャックの奥さんじゃない自分って、想像できないけど、あんなピリピリした空気もう耐えられない、とも思うの。ジャックは本気でわたしが浮気してると思ってるし。してないのに。ほんとにしてないのに」

「わかってる」とネル。

「でも、ほんとはしたいの」

「わかってる」とマージー。

「ときどき、ジャックもスチュアートみたいに消えてくれたらって思うことがある。蒸発して、いなくなっちゃうの」

「それはだめ。彼が戻ってきたらどうするの?」

ネルは息を呑んだ。「スチュアートが戻ってくる、と思ってるの?」

「バッジは、保険金を請求しろって言うんだけど。二百万ドルあれば、フィエスタ焼きがたくさん買えるぞって。保険金をもらわないなんてばかげてるって」

「あなたが請求したくないなら、することないわ」スーズが鋭く言った。「バッジの知ったことじゃないでしょ」

「バッジはわたしのためを思って言ってくれてるのよ。でも、保険金をもらったあと、スチュアートが戻ってきたらどうするの? 保険金、返さなきゃならないでしょ。そのころにはもう、全額は残ってないだろうし」

「彼、戻ってきたの?」ネルは尋ねた。素知らぬ顔でそんな質問をする自分がいやになった。

「戻ってきてはいないと思うけど。でもスチュアートなら、戻ってきたって不思議じゃない。いやみな男だったから」

「マージー!」スーズが言い、つかのま、自己憐憫《れんびん》を忘れて笑った。

「だって、ほんとにいやみなやつだったんだもの」

「じゃあ、彼は生きてる、と思うのね？」なんでこんなスパイみたいなまね、してるんだろう？

「ううん。死んでると思う。でも、ときどき、生きてたらどうしよう、って怖くなる」

ネルはうなずき、マージーが先を続けるのを待った。だが、そのとき、スーズが言った。

「で、ときめきはあった？」

「ありがたいことに、あったわ」そのあとはずっと、ふたりにからかわれっぱなしだった。

わたしがいちばん幸せで、スーズとマージーが悩みを抱えているなんて、人生ってわからない、とネルは思った。


シカモアから二ブロック離れたオフィスでは、ライリーがネルのコーヒーメーカーからコーヒーを注いでいた。「そうか。ついに、ネルとできたか」

「よくわかったな」ゲイブはコーヒーを飲みながら、パトリックとトレヴァーのフレーム入りの写真を眺めた。写真を引き伸ばして飾ろうと思いついたネルの気遣いに、あらためてグッときた。

「ぼくは推理の天才だから」ライリーは机の端に腰かけ、コーヒーをすすった。「昨夜、スーズがネルを探しにここに来た」

ゲイブはうなずいて、家族写真の前に移動した。クロエの若さに胸が痛んだ。元の写真のときより、この引き伸ばし写真のほうがもっと若く見える。丸くてつるつるで、キュートな卵みたいだ。誰かがおれをどやしつけてくれたらよかったのに。クロエはいまのルーと同い年で、もう子どもがいた。なのに、クロエを守ってやる人間は誰もいなかった。彼女の両親は亡くなっていたし、この写真を撮ったときにはゲイブの母親も家を出ていた。父親は、ひとこと、「いい選択だ。クロエならおまえに面倒をかけることはないだろう」と言っただけだった。そして実際、クロエは一度だって面倒をかけなかった。

「彼女を送っていったとき、ジャックに出くわした」とライリーが言った。ゲイブは振り向いた。

「なんだって?」

「スーズだよ。送っていったとき、ジャックが居合わせた」

「面倒なことになったのか」

「ああ。だが、あとのことは知らない。残ろうかと言ったが、スーズはいいって言うんだ。ジャックは殴ったりはしないから、って」

「ああ。暴力を振るう男じゃない。たんに傲慢で自分勝手なだけだ」

「それに、不倫してる」

「スーズに言ったのか」

「いや」

ゲイブはうなずいて、また写真に向きなおった。「クロエ、ほんとに若かったんだな。信じられん。おれはいったいなに考えてたんだ?」

「昨夜考えてたのと同じことだろ」ライリーが隣りに来て写真を眺めた。「見ろよ、ぼくだってすごく若い。なのに、さみはぼくをこんなヤクザな商売に引きずりこんだんだからな」

「おれが引きずりこんだんじゃない。親父が、だ。それに、おまえがやりたがったんじゃないか」

「わかってるよ。なんてこった。クロエ、ほんとに若いな。いったいなに考えてたんだ？」

「昨夜考えてたのと同じことじゃない」ゲイブは、ネルを見たら親父はなんと言うだろうか、と考えた。たぶん、「坊主、ほかをあたれ」と言うだろう。クロエを好きになったときは、先のことはなにも考えていなかったし、結婚のなんたるかもわかっていなかった。だが、昨夜ネルと寝たときは、自分がどんな面倒を背負いこもうとしているのか、わかりすぎるほどわかっていた。それでもいい。かまうもんか。そう思った。

いまもその気持ちは変わらない。

次の写真の前に立った。両親の結婚写真だ。おふくろは黒髪で、腰のくびれたスーツを着て、はつらつとしている。おなかのボタンがはちきれそうだ。親父の髪も黒く、ピンストライプのスーツを着て、生気にあふれている。こんなに幸せそうなパトリックは見たことがない。ふたりは身を寄せあっているが、もたれあってはいない。はちきれんばかりのエネルギーを発散させ、未来に向かって笑いかけている。まもなく子どもが生まれることは知っているが、この先二十年、けんかに明け暮れ、「出ていけ！」「出ていくわよ！」と怒鳴りあうはめになることはまだ知らない。ゲイブはパトリックを見て思った。わかっていても、親父はやっぱり、おふくろと結婚したんだろうな。おふくろのこと、すごく愛してたもんな。

「ゲイブ」ライリーが呼んだ。

おれとネルもそうなりそうだ。ゲイブは、リアの黒い瞳に宿る強い光を見て思った。わかっていても、やっぱりネルを愛さずにいられない。

「ゲイブ。こっちに来て、これを見てくれ」

ライリーは家族写真の前に立っていた。「なんだ?」

「クロエを見ろ」

ゲイブは目を細めてじっと写真を見た。「なにを見ろっていうんだ?」

「イヤリングだよ」

写真のイヤリングを見て、声を上げた。「嘘だろ」

クロエはダイヤモンドの輪っかのイヤリングをしていた。

ゲイブはドアに向かった。五分後、ふたりはクロエの寝室に立ち、鏡台の上にぶちまけた宝石箱の中身を見つめていた。銀のアンク十字架、金の星、エナメルの月。たくさんのチェーンやリングの絡まったなかに、ふたつの金の輪があった。びっしりダイヤが埋めこまれた、五セント銅貨の大きさの輪。

「これ、そうか?」ライリーが訊いた。

「ああ。ヘレナのだ」ゲイブはイヤリングを拾いあげた。「これから、トレヴァーと新年を祝わなきゃならないってのに」

「もうネルと祝っただろ」

「そうだな」父親の背信の証拠を目のあたりにしてはいたが、ライリーのひとことでだいぶ気分がよくなった。「ああ、そうだな」

ネルは九時まで待って、ゲイブに電話をかけた。ジェイスがハッピー・ニュー・イヤーを言いに電話してきたとき、ルーがゲイブとライリーと過ごしているせいで会えない、とこぼしていたので、家族団らんを邪魔しないよう気を遣ったのだ。呼出音が六回鳴っても出ない。切ろうとしたとき、「ハロー？」という声が聞こえた。

「スチュアートのことで、少しわかったことがあるの。たいしたことじゃないけど、いちおう報告しとこうと思って」

「わかった。これから、そっちに行く。中華とピザ、どっちがいい？」

「中華」思わず、笑みがこぼれた。スーズやマージーが苦しんでいるのに、ひとりだけ浮かれているなんて友だちがいのないやつ、と思ったが、しかたない。ごはんを食べさせてくれる男がいるっていいものだ。一緒にごはんを食べて、そのあとたぶん、一緒に寝る男がいるって……。

「あの青いシルクのを着ろよ」ゲイブはそう言って電話を切った。

たぶん、じゃない。間違いなくだ。そう思うと、息ができなくなった。彼のすべてがネルを息苦しくさせる。また寝るのは当然、と言わんばかりの強引さもいい。もし彼がもたついたら、ネルは自意識過剰になり、ぎこちなくなってしまうだろう。いまはぎこちなくないし、考えてみれば、面接に行ったあの日、彼の机を見てこの人はなかなかの難物だ、と思ったとき以来、一度も気づまりな思いをしたことはない気がする。

わたし、なにもわかってなかったのね。

二階に駆けあがり、青いシルクのパジャマに着替えて、寝室を片づけた。ベッドカバーの皺を伸ばそうとベッドからマレーネを追い払うと、マレーネは不服そうにうなった。ネルはシュニール織の毛布を床に放ってやった。マレーネは鼻で毛布を突つきまわし、その上に立って尻を振り、四、五回ぐるっと回ってから、やっと、悲しげなため息をついて腰を下ろした。

「はい、はい。つらい人生、ね」とネルは言い、バスルームを掃除しにいった。

三十分後、チャイムが鳴った。一瞬、息が止まりそうになった。最後にもう一度、鏡を見る。髪はつややかに輝き、瞳はきらめき、頰には赤みが差している。青いシルクもよく似合っている。「すごい。なかなかじゃない?」ネルは鏡に向かって言い、ドアを開けにいった。

14

ゲイブが入ってきて、ドアのそばの本棚に中華の袋を置き、ネルに腕を回した。そして、気の遠くなるような激しいキスをした。

「このパジャマを引っぱがしたいとどんなに長いあいだ思ってたか、わかるか」脇腹を撫でながら言う。

「わからない」ネルはかすれた声でやっと言った。

ゲイブはもう一度キスして、青いシルクのパジャマの上に手を滑らせた。彼の声もしゃがれていた。「欲望に目をぎらつかせたおれに見つめられながら中華を食べるか、二階に行ってベッドに押し倒され、おれのものになるか。どっちがいい？」

「ベッド」

三十分後。ネルは乱れた呼吸を整えようとしながら、ベッドのヘッドボードをつかんで上に体をずらした。「もうだめ。死にそう」

「〝もっと〟とうめいたのはおれじゃないぞ」ゲイブがネルを引き戻した。背中にふれる体は燃えるように熱い。「もうちょっとスローダウンしてくれないと、なにも考えられない」

ネルは彼にぴったり体を押しつけた。彼の筋肉と骨を感じ、その体がどんなに力強く引きしまっているか、記憶に刻みつけた。「わたしに受け身になってほしいの?」

「いや」ゲイブが脇腹に手を這わせた。ネルはビクンと背を丸めた。「きみを愛するのは生やさしいことじゃない、と言ってるだけだ」

「それに、わたし、うめいてないわ」彼の手の下で体を震わせた。「うめいたのはマレーネ」

「ステレオ効果ってわけか」ゲイブが首にキスしてきた。ネルはまた身震いした。指がおなかを這うと、いっそう強く彼に体を押しつけた。

「やめて。せっかく余韻に浸ってるのに」

「余韻に浸るとき、おれはきみに動いていてほしい。きみの体の揺れで時間を計るんだ」ゲイブが耳たぶを噛んだ。ネルは寝返りを打って彼を見た。「オーケー。動かなくてもいいいてくれればそれでいい」

彼の黒い瞳が熱を帯びてきらめき、ひたとこっちを見つめていた。ネルは息を呑んだ。すてき。彼ったらなんてかっこいいの。だが、その思いは口に出さず、かわりにこう言った。

「体の揺れで?」

「詩の引用だ。きみが動いているところを見ると、いつもその詩を思い出す」

詩、ですって? この人といると、いつになっても新鮮な驚きがありそう。べつに、この関係がいつまでも続くと思ってるわけじゃないけど。

「なんだ?」

答えないでいると、彼がまた体を撫でた。ゾクッとした。

「きみの目にその表情が浮かぶと落ち着かなくなるんだ」

「食べない？」「おなか空いた」起きあがり、床に落ちていたパジャマの上着を拾った。

「持ってきてくれ」ゲイブがパジャマのズボンを拾って差し出した。「ここで待ってるから」

「怠け者ね」

「体力を温存してるんだ」ゲイブはニヤリとした。

ふたりはベッドで、ひとつの箱からガーリック・チキンを突ついた。

「ところで、今日、ダイヤを見つけた」

手が宙で止まった。「オウグルヴィのダイヤ？」

「ああ。オウグルヴィのイヤリングだ。クロエの宝石箱にあった」

ゲイブの説明を聞き終わると、ネルは言った。「クロエはヨーロッパだから、連絡とれないわよね？」

「ああ、無理だ。だが、クロエに訊くまでもない。親父はクロエを気に入ってた。親父がプレゼントしたんだろう。で、クロエは家族写真を撮るとき、身につけた。だが、好みのタイプのアクセサリーじゃなかったんで、それきり、宝石箱にしまいこんで忘れた。そんなところだろう。さっきトレヴァーに電話して、明日会う約束をした。待ちきれなくてじりじりしてる」

「ダイヤが好きじゃない人なんていないわよ」

ゲイブは首を振った。「クロエは別だ。あれがダイヤかどうかもわかってなかったんじゃないかな。わかっていたとしても、どのくらいの値打ちのものか、見当もつかなかったはずだ。ルーが生まれたとき、クロエはまだ十九だった。布のナプキンを出すレストランで食事するのが大変な贅沢《ぜいたく》だと思うような、そんな娘だった」

愛情のこもった口調だった。妬《や》けたが、ネルはその感情を押し殺した。別れたからといって、長いあいだ一緒に暮らした妻のことをきれいさっぱり忘れるような男はろくなもんじゃない。「すごく幸せだったのね。クロエはかわいくていい人だし。それに、子どもも生まれて」

ゲイブは、気でも違ったのか、という顔でネルを見た。「おれは二十六だった。まだ結婚する気はなかったし、まして、父親になる覚悟なんてできていなかった。相手がマリリン・モンローだったとしても、幸せだとは思わなかったろう」

「そんな」それを聞いてうれしかったが、喜んでいる自分に罪悪感も覚えた。

「ロマンティックに考えるのはよせ。結局、あれでよかったんだとは思う。クロエはいいやつだしな。だが、結婚はおとぎ話じゃない。そんなことより、マージーはなんだって?」

「スーズと三人でしゃべってるとき、スチュアートの話が出たの。マージーは彼のことが嫌いだったみたい」ネルは詳しく話した。ゲイブはチキンを食べながら耳を傾けた。「マージーは、スチュアートは生きてる、でも、保険金を受けとらなければ彼は帰ってこないって思ってる。ずっと、つらい思いをしてきたのよ」

「きみはどうだ？　いま」

「わたし？」ネルは笑いだした。「いままでで最高のセックスを二日続けてしたわ」

「そんなによかったか？」ゲイブはネルの側のベッドサイドテーブルに手を伸ばし、チキンの箱を置いた。「こんなの、序の口だ」そう言って、重みがかからないように腕で体を支え、キスした。ネルはもっと手応えを感じたくて、彼の体を引き寄せた。

「あなたが反撃してくるやり方が好き」唇を合わせたまま、ささやいた。

「反撃しないわけにはいかない」今度は耳にキスした。「さもないと、こてんぱんにやられるからな」

「セックスのことを言ってるのよ」ネルは少し体を離した。ゲイブが別の箱に手を伸ばした。

「おれもだ」と言って起きあがり、箱を開ける。「きみは強い女だ」

「強くない気がすることがときどきあったけど」リードしているのは自分だとティムに思わせるために受け身のふりをした長い年月、そしてティムが出ていったあとの、食事も喉を通らなかった日々。箱のなかをのぞくと、クラブ・ラングーン（クリームチーズとカニをワンタンの皮に包んで揚げたもの）が入っていた。

ゲイブがひとつつまんでネルに渡した。「そうか。で、いまは？」

「パワフル」クラブ・ラングーンにかじりついた。口のなかにチーズとカニの味がとろりと広がる。「強い。活気に満ちてる」

「おれもそう思う。きっと、きみはそういう人間なんだ」

「あなたもね。なんだか新鮮な感じ」

「新鮮？　冗談だろ」ゲイブもひとつ頬ばった。「きみは昔からずっと、人の尻を叩いてきたんだろ」

ネルは考えてみた。「尻を叩いたりしてないわ。そんなことしなくても、なんでも思いどおりになったから」友だちはいつもネルのアドバイスを求めたし、保険代理店の客はネルの提案に従ったし、ジェイスは賢い子で、ネルを怒らせるようなことはしなかった。ティムも言いなりだったし――

ふたつめのクラブ・ラングーンを口に入れかけて、はたと手を止めた。

「あなただけだわ。反撃してきたの、あなたがはじめて」

「反撃するのは気分がいいからな。そこに、ほかになにかないか。たしか――」

ネルはクラブ・ラングーンの箱をベッドサイドテーブルに戻した。それから、ゲイブを押して仰向けにさせた。「今度は上になりたい」

「いいが」彼は逆らわずに言った。「あとでな。今日は長い一日だったし、空きっ腹で激しいやつをやったんで、くたくただ。そこに焼き餃子があるだろ。いまは食べたい」

「わたしも」ネルは彼のおなかを舐めだした。

「しょうがないな」ゲイブはひとことだけ言って、口をつぐんだ。

「調子はどう？」火曜日、マージーを手伝ってティーショップを閉めながら、ネルはスーズに尋ねた。

「元気よ」スーズはネルを見ずにレジを叩いた。

「あなたとジャックのことよ」

「うまくいってるわ」

「なら、いいけど」ネルは話題を変えた。「ねえ、今日、おかしなことがあったの」

「話して」スーズはレシートをプリントアウトした。

「新しい絨毯を買うかどうかでゲイブとやりあったの。彼、お父さんが選んだものはすべて神聖だと思ってるみたい。でも、ほんとはお父さんを好きじゃないんじゃないか、って気がすることがある」

「そう」スーズは眉間に皺を寄せてレシートをにらんだ。

「穴が開いてるじゃないって言ったら、きみが開けた穴だろって言われた。ゲイブって鷲《わし》みたいな目をしてる。そしたら彼、きみの物を壊す能力ときたら天才的だ。きみが壊すかもしれないものを全部捨ててたら、このビルは空になっちまう、ですって。で、あとは黙ってにらみあった」あのときのゲイブの目つき、机に身を乗り出して怒鳴っていた姿を思い出して、ネルは言葉を切った。「わたし、興奮しちゃって。彼のネクタイをつかんでキスしたの」

「そのどこがおかしいのか、わからないんだけど。それって、いつものことじゃない」

「けんかすると興奮するんじゃないのよ。けんかは嫌い。わたしを支配しようとするときの彼の表情が好きなの。支配なんてできっこないんだけど、でも、彼、健闘してる」

「おもしろい関係ね」

「ペッティングして、彼が『今晩、〈ファイヤー・ハウス〉で飯、食わないか』って言って、もう一回キスして。で、仕事に戻ったの」

「ちゃんと食べさせてくれる男みたいね。いいんじゃない？　で？」

「セックスはしなかった。真っ昼間だし、仕事中だし、当然だけど。でね、思ったの。最後にペッティングしたのはいつだっけ、って。前戯のペッティングじゃなくて、ただペッティングだけしたのって。ティムとは、そんなことしなかった。仕事の話をして、セックスする。でも、ただいちゃつくってことはなかった」ネルは最後の椅子をテーブルの下に押しこんだ。

「わたし、キスしたら、そのままセックスまでいっちゃうのよね。すぐ服を脱ぎだしちゃう」

「それで、ライリーとああなったわけね」スーズは銀行に預けにいくお金を袋に入れ、チャックを閉めた。

「ジャックとペッティング、する?」ネルが言うと、スーズの動きが止まった。

「うわっ、そう来たか。ううん、しない」

「これって結婚と関係あるんじゃないかな。わたし、もう二度と結婚しないようにしようかと思って。結婚すると、あんなにいいこと、もうできなくなるんだもの」

「そうね」スーズがゆっくり言った。「わたしたちも、結婚前はたくさんペッティングしてた」

「だって、そりゃ、あなたは十八だったんだもの。ティーンエイジャー相手にペッティングより先をやるのはよくないわ」

「やってたわ」

「うん。そう聞いてる」ネルはほうきを持ってカウンターのなかに入った。「ほかになにか、用はない? あるならいま言ってね。彼、今夜さっきの続きをやりたがるんじゃないかと思うの」

「聞いてる、ってどういうこと?」

「え?」ネルは嘘をつこうとしたが、相手はスーズだ。下手な嘘では通じないだろう。「ええっと。ヴィッキーがジャックと離婚したのは、彼の不倫が原因よね。思うんだけど——」

「思う、じゃないでしょ。さっきは、聞いてるって言った」スーズは腕組みした。「誰から聞いたの?」

ネルは天井を見上げて考えた。どうすれば切り抜けられるだろう?

スーズがネルの視線を追う。「ライリー?」

「え?」ネルはうろたえた。「どうしてライリーだと思うの?」

「彼の部屋」と言ってスーズは天井に顎をしゃくった。

そんな。「わたしはただ、天井を見てただけよ。錫板《すずいた》の天井。最近はあんまり見かけなくなったわよね」

「歴史地区に住んでいなければ、ね。歴史地区に住んでれば、べつにめずらしくもないわ。彼、どうやって——」スーズは目を見開いた。「ゲイブ? マッケンナ探偵社? まさか、ヴィッキーに調査を頼まれたの?」

「ええ。でも、わたしがしゃべったこと、誰にも言わないでね。調査内容を口外しちゃいけないことになってるの」

「調査って、どんな? ゲイブとライリー、なにしたの?」

「あなたを尾行しただけだと思うけど」

「報告書、見たい。フリーザーのなかにあるんでしょ?」

「どこにあるか知ら——」言いかけたが、スーズはさっさと倉庫に入っていってフリーザーのドアを開けた。フリーザーはいつも鍵をかけておくようにマージーに言ってあるのだが、なんについてであれマージーに念を押すのは、ざるに水を注ぐようなものだ。「ねえ。スーズ」

スーズは箱の日付を見て言った。「一九八六年の春だったから……あった」

「事務所の所有物よ」ネルは言ったが、スーズはすでに箱を開けて、なかのフォルダーをあさっていた。

「ダイサート」スーズはフォルダーのひとつを引っぱり出して開いた。その拍子に写真が数枚、滑り落ちた。ネルは床に落ちた写真を拾ってフォルダーに戻そうとしたが、その瞬間、写真に目が釘付けになった。

カーテンの隙間から窓越しに撮られた写真だった。安モーテルのベッドにジャックが寝そべっている。ネルの記憶にある昔のジャックよりハンサムで、体も引きしまっている。四十歳、男盛りの魅力がある。スーズが恋に落ちたのも無理ない。

だが、カメラはジャックにピントを合わせてはいなかった。ベッドのそばに、チアリーダーのユニフォームを着てポンポンを持った十八歳のスーズが立っていた。息を呑むほどかわいい。首をかしげ、口を半開きにしてジャックを見ている。その笑顔は明るくみずみずしく、輝くようだった。

「信じられない」横からスーズが言った。

「ほんと、信じられないくらいかわいい」とネルは言い、あわててつけ加えた。「もちろん、いまだってかわいいけど――」

「でも、こんなじゃない。昔の自分がどんなだったか、わたし、知らなかった。ねえ、見て」

ネルはもう一度写真を見た。「正直言って、いまのほうがきれいよ」

「うん、わかってる」スーズはネルの手から写真を取り、ぱらぱらめくった。まるで動く絵本《フリップ・ブック》のように、十八歳のスーズがスカートを、セーターを、そして、無垢《むく》な純白のコットンのブラとパンティを脱いでいく。最後の一枚には、生まれたままの姿のスーズが写っていた。すらりとしたピチピチの体がまばゆいばかりだ。この姿を前にしたら、どんな男だってひざまずかずにいられないだろう。

「こんなの見ちゃったら、もう服を脱げないわ」ネルは呆然と写真を見つめた。

「誰が撮ったの？」

「ライリーよ。ここで働きだしたばかりのころ。あいつはこれがトラウマになって、いまだに立ちなおれずにいる、ってゲイブが言ってた」

「ライリーと寝なくて、ほんとによかった。自分とは張りあえないもの」

「大丈夫よ。ライリーはわたしとだって寝たんだから」

スーズは写真をフォルダーに戻した。「ジャックには絶対見せないでね」

「ねえ、いい？　あなたはこれを見なかった。ボスとつきあってるからって、クビにならない保証はないんだから」ネルはフォルダーを箱に戻し、ふたを閉めた。「これを見たことは忘れて」

「わたしだって忘れたいけど。無理な気がする」

二月になった。ネルはゲイブの目を盗んでは事務所の改良を続け、あとでけんかになった。マージーは、結婚を迫り、保険金を請求しろとせっつくバッジをのらりくらりとかわしていた。スーズはジャックとの生活を続け、自分はみじめではない、というふりをしていた。ゲイブはあいかわらずダイヤに取り憑《つ》かれていた。クロエのイヤリングの件でトレヴァーに会いにいったが、彼は、自分がヘレナにマンションを買ってやったとき、パトリックもリアのためにイヤリングを買ったのだ、と説明した。そして、そんな気前のいい男を、その死後に息子が疑うなんて恩知らずだ、とたしなめた。ゲイブは、なにかがおかしい、という確信を強めた。「親父がおふくろにあのイヤリングを買ってやったんなら、おふくろがつけているところを見たはずだ。おふくろは宝石が好きだったからな」ゲイブがしつこくぶつぶつ言うので、ネルもライリーもいいかげんうんざりした。過去にこだわるのは不健康だ、とネルは思い、彼の気を紛らそうとしてできるだけのことをした。待合室のソファを買い替えようとせっついたのもそのためだが、実際、ソファはますますぼろぼろになっていて、買い替える必要に迫られていた。ヘビー級の客がどさりと腰を下ろそうものなら、一巻の終わり。マッケンナ探偵社は訴えられて、さんざんな目にあうだろう。

消えたダイヤのこと以外にも、考えることはたくさんあった。常連さんからいつもと違う依頼が来たりして、事務所は大忙しだった。ある日のことだ。一本の電話を受けたあと、ライリーが部屋から出てきて言った。「ジーナが、今夜ハロルドを尾行してほしいそうだ。こいつはホット・ディナーと呼ぶことにするよ」

「ジーナは、ハロルドが浮気してる、と思ってるの？」

「ハロルドはジーナに、浮気の二回や三回は貸しがあると思うけどな。だが、ジーナはそうは思っていないみたいだ」

「わかるわ。誰だって浮気されるのはいやだもの」

次の月曜、ネルがホット・ディナーの報告書を打っていると――ハロルドはたしかに浮気していた――スーズが入ってきた。

「ランチのお誘い？　にしては早くない？」

「ランチじゃないわ」スーズの表情を見て、ネルはハッとした。

「なにかあったの？」

「マッケンナ探偵社に調査を頼みたいの。うちの十八番《おはこ》の問題で」

「まさか、ジャックが浮気を？」

「たぶん」スーズはゲイブの部屋に顎をしゃくった。「彼に頼める？　ライリーに頼むのは――」

そのとき、ライリーが部屋のドアを開けた。「声が聞こえたんでね」

ネルはライリーからスーズに視線を戻した。「ちょっと寄っただけだから」

スーズが深呼吸して、言った。「調査をお願いしたいの」

「わかった。今夜、家にいてくれ。電話する」

スーズはうなずき、ハンドバッグを開けた。「費用は――」

「これはうちの奢りだ。とにかく、今夜電話する」ライリーはそれだけ言って部屋に戻り、ドアを閉めた。スーズがネルのほうに向きなおり、ごくりと唾を呑んだ。

「彼、なんの調査かとも訊かなかった」

「そうね。大丈夫。大丈夫？」

「大丈夫じゃない」スーズはソファにぐったり座った。その日から涙がこぼれた。「昨夜、ティーショップの仕事を辞めろ、辞めないで、大げんかになったの。そしたら彼、出ていって。そのまま、朝まで帰ってこなかった」

「しっかりして」ネルはゲイブの部屋にグレンリヴェットを取りにいき、スージー・クーパーのカップに注いだ。「飲んで」

スーズはグイッと飲み、むせた。

「ゆっくりね。ゲイブはいいお酒しか飲まないのよ」

「わたしだけは違うって思ってたのに。わたしはアビーやヴィッキーみたいにはならない、って」

「あなたはアビーやヴィッキーとは違うわ」ネルはそっとスーズの肩を叩いた。ジャックが憎い。「ジャックは浮気なんかしてないのかもしれない。まだ、わからないじゃない」

「してるわ。わかってるけど。ただ、確かめたくて」

スーズが帰ると、ネルはライリーの部屋のドアを荒々しく叩いて、つかつか入っていった。

「どういうこと？」

「ジャック・ダイサートの不倫、パート3、さ。結末は見えてる。胸クソの悪い」

「きいたふうなこと言わないで。いつから知ってたの？」

「二、三カ月前だ」

「ゲイブは？」

「同じく、二、三カ月前」

「なんで言ってくれなかったの？」

「おれたちがばかに見えるか？」

「ええ。ばかなんてもんじゃないわ。なんで――」

「言えば、きみがスーズに話すからだ。ルール1、忘れたわけじゃないだろ」

「中学生のホームルームの時間じゃあるまいし。なにがルールよ。スーズはいちばんの親友なのよ」

「だから、言わなかったんだ」ライリーは落ち着き払って座っていた。「どっちにしろ、きみがスーズにしてやれることはなかった」

「教えてやることはできた――」

「スーズは知ってた」とライリーは言った。「知りたくなかったから、知らないふりをしていただけだ。きみだって、ダンナが浮気してること、クリスマスの前から知ってただろ」

「知らなかったわ」

「彼は浮気はしていない、と人には言いながら、きみは本当は知ってた。ただ、知りたくなかっただけだ」ライリーはため息をついた。「つらい現実に押しつぶされないための知恵なんだろうな。クライアントに浮気現場の写真を見せたって、本人が信じたくなければ信じない。これは、男でも女でもそうだ」そう言って立ちあがり、机を回ってこっちに来た。「だが、うちに頼みに来るときには、ほぼ、事実に直面する覚悟ができてる。スーズが今日まで調査を頼んでこなかったのは、だからだよ。今夜、事実を告げるつもりだ。調査費無料でね」ネルの肩に手を置いた。「ぼくを信じてくれ」

ネルはその手を払った。「二度と信じない」ドアのほうに向きなおると、ゲイブが立っていた。

「おやおや。おれは嫉妬深い男じゃないが――」

「サイテー！」ネルはゲイブをさえぎって言い、その脇をすり抜けて出ていった。

ライリーが言った。「ジャック・ダイサートだ」

「なんてこった」ゲイブはネルのあとを追った。「おい、待て」

「あなたは知ってたのに、話してくれなかった」ネルはバッグを持ち、ゲイブを押しのけてドアに向かおうとした。

「ああ」ゲイブはネルの前に立ちはだかった。「話を聞け」

「いやよ」ゲイブはネルの腕をつかみ、部屋に引っぱっていってドアを閉めた。

「いいから聞け。十一月にトレヴァーの四半期レポートをやっていたとき、偶然わかったんだ」

「わたしが打った報告書には、そんなこと、書いてなかった」

「きみに渡したのはダミーだ」

「そんな。わたしがばかだったわ。どうしてなの？　わたしたちは――」

ゲイブはネルに指を突きつけた。「その先は言うな。プライベートはプライベートだ。事務所とは関係ない」

「関係ないってなによ？　わたしたちが事務所なんじゃない。一緒に事務所を切り盛りして、ついでにセックスもしてる。あなたはわたしに嘘をついて、スーズを裏切った」

「それは違う。きみが事務所を裏切らないですむように、話さなかったんだ」

ネルは体が冷たくなった。「じゃあ、あなたとライリーが事務所で、わたしは違うってこと？」

ゲイブは、やれやれ、というように目を閉じた。「いいか？　簡単なことだ。言えば、きみがスーズに話すのはわかりきっていた。だから、言わなかった。ルールは知ってるよな」

「知ってるわよ。あなたがいつもルールを破ってることも知ってる。でも、いま話してるのはそういうことじゃない。あなたがわたしをのけ者にした、わたしを信用してくれなかったことが許せない。見そこなったわ」

「言えば、きみはスーズに話した」ゲイブはもう一度言ったが、ネルはスーズに会いにいこうと、彼を振りきって外に出ていった。


その晩十時にライリーが電話してきて、十五分後に迎えにきた。彼はハイ・ストリートを大学まで走ると、横丁のバーの前で車を停めた。

「ここ？」典型的なアンダーグラウンドの溜まり場という感じの店で、なかは狭く、汚く、うるさかった。

「ああ」ライリーがカウンターにドリンクを注文しにいった。

スーズは店を見まわした。大学生のとき、もう結婚していたせいで取り逃したものがこれなのね。そう思っても、あまり苦しくはならなかった。だが、それはすでに胃に石の塊が詰まっているような感じで、これ以上苦しくなることは物理的に不可能だったからかもしれない。空いたボックス席を見つけ、セーターの袖を割れたテーブルの天板に引っかけないよう気をつけて、腰を下ろした。

ジャックは浮気してる。

ライリーが片手にビールのジョッキをふたつ、もう一方の手に殻付きのピーナツの皿を持って戻ってきた。ジョッキをテーブルに置いて、ひとつをスーズのほうに滑らせ、腰を下ろす。

「どうしてここに来たの？」そう尋ねると、ライリーはまあ待て、とだけ言った。スーズは口をつぐみ、ビールをすすった。沈黙が下り、ピーナツの殻を割る音だけが響いた。「そんなに静かにしてなきゃいけないの？」

「ああ」ライリーは険しい顔で言った。

「わたしに怒ってるの？　大晦日の晩、モーションをかけたから？」

「いや」

スーズはまた、店を見まわした。泣くもんか。「ネルといるときは、そんなにむっつりしてないじゃない」

「ネルは別だ」

「寝たから？」

「いや」ライリーはほかの客のほうばかり見て、露骨にスーズを無視している。スーズはカッとなった。

「ネルの弱みにつけこむなんて、信じられない」彼がたじろぐかどうか試したかった。きっと、今夜はわたしの弱みにつけこもうとするだろう。そうならないとすれば、その理由を知りたい。わたしに魅力がないからなのかどうか。

「弱みにつけこんでなんかいない」

「ネルを誘惑したでしょ」

ライリーが向きなおった。いらだちを忍耐で抑えているのがわかる。「やめないか」

「あなたはとてもやさしかったって、ネルが言ってた」なんでもいいから反応を引き出したくて、スーズは言った。「わたしに対する態度からすると、信じられない気がするけど」

「ネルは脆《もろ》い。きみはそうじゃない」ライリーはピーナツの殻を割った。

「わたしだって脆いわ。いま、わたしがどんなに脆いか、あなたにはわからないのよ」スーズは彼がピーナツを割るのを見つめた。「でも、わたしじゃ、ネルのときのような気持ちにはならないのね。わたしは、あなたにやさしい気持ちを起こさせるタイプじゃないのね」

「ああ。きみは壁に押しつけてファックしたくなるタイプだ」スーズは彼の顔にビールをかけた。

ライリーが顔をこっちに向けた。シャツにビールが滴っている。「スッとしたか?」

「ひどいこと言うのね」スーズの心臓は早鐘を打っていた。

ライリーはナプキンで顔のビールを拭いた。「きみはけんかしたがっていた」

「こんなけんかじゃないわ」彼にもう一枚、ナプキンを渡した。「ジャック、浮気してるの？」

「ああ」

「相手はいくつ？」

ライリーが哀れむようにスーズを見た。哀れまれるのがいちばんいや。

スーズは苦痛に目を閉じた。「やめて。さっきみたいに売女《ばいた》呼ばわりされたほうがまだましよ。そんな目で見ないで」

「売女呼ばわりなんてしてない。女は二十二だ」

二十二。「わかる気がする」自分の体を見下ろし、彼が十五年前に撮った写真と比較した。

「わたしはどう見たって、二十二には見えないもの」ビールに手を伸ばしたが、ライリーに全部ぶっかけたので、ジョッキは空だった。彼がさっと自分のビールを押しやった。「ありがとう」

飲みながら、スーズは彼を盗み見た。ライリーはいまもほかの客に目をやっている。ビールの飛び散ったシャツを着ていてさえ、頼りがいのある男に見えた。大きくて、頼りがいがある。魔法の手って感じ、とネルが言っていたっけ。ジャックをぎゃふんと言わせるために、彼と寝ようか。もちろん、本当にぎゃふんと言わせたいのはジャックではなく、その二十二歳の女だった。「わたし、勝てる？」

ライリーが向きなおった。「なんだって？　けんかでか？」彼はじっとスーズを見た。「たぶんな。怒りに燃えてる分、きみのほうが強そうだ」

「どれくらい？」

「勝つのにかかる時間か？」

スーズは首を振った。「ふたりがつきあいだして、どれくらい？」

「ぼくたちが知ったのは十一月の末だ」

「知ってたのに、黙ってたのね」

「ああ」

「ネルも黙ってた」

「ネルは今日まで知らなかった」

「どうして？　もし——」

「言えば、ネルがきみに話すことはわかっていた。だから言わなかった」ライリーはジョッキを引き寄せた。「ほかの調査をしているとき、偶然知ったんだ。だが、うちはいらぬお節介を焼いてトラブルを起こすようなまねはしない。だから、きみにもネルにも黙っていた」

彼はビールを飲んだ。スーズは裏切られたように感じた。

「一緒に仕事した仲なのに」

「ダンナが癇癪《かんしやく》を起こしたんで、きみは辞めた。正直、助かったよ。あの前の晩、ジャックが電話してきて、きみをクビにしなければもう仕事は頼まない、と脅したんだ。きみが辞めてくれたおかげで、ぼくたちは不本意な妥協をせずにすんだ」

「わたしが辞めなかったら、クビにするつもりだったのね」

「スーズ、きみはうちで二、三カ月働いただけだ。オウグルヴィ&ダイサートは長年の上得意だ。どっちを取るか、考えるまでもない」

「あなたたちはわたしを捨てたのよ。ジャックがわたしを捨てようとしてるのと同じように」

ライリーはもう一度、ジョッキを押しやった。「飲めよ」

スーズはジョッキに手を伸ばしかけて、凍りついた。奥の〝ゲーム・ルーム〟と書かれたドアからジャックが出てきたのだ。黒髪の若い女と一緒だった。それが誰か、すぐにはわからなかったが、ふたりが近づいてきたとき、スーズはあっと声を上げた。「オリヴィア！トレヴァーの娘さんじゃない」

「ああ。ジャックは手近な女に惚れる癖があるらしい」スーズににらまれると、あわててつけ加えた。「きみのことじゃないよ。ばかだな。オリヴィア・オウグルヴィのことを言ったんだ」

ジャックがオリヴィアの椅子を引いてやった。オリヴィアは彼を見上げ、笑いながら腰を下ろした。ジャックが身をかがめて、オリヴィアの頭のてっぺんにキスした。スーズの胸は痛みと怒りに引き裂かれた。

「殺してやる」

「ぼくが計画を練ろう。もちろん、刑務所に行きたいんなら話は別だが」

ジャックがカウンターに歩いていった。スーズはオリヴィアを見つめた。美人ではないが、若くてほっそりしている。自分がおでぶさんになった気がした。「ジャックが彼女を好きになったの、わかる」

ライリーがスーズを見た。「なんだって？　オリヴィアのどこがいいんだ？　自虐的になるのはよせ。きみは一級品だ。オリヴィアは脳足りんの尻軽女だ」

「ジャックと同じね」スーズは刺々しく言った。ライリーが笑った。

「まさしく」

オリヴィアを目の前にしているにもかかわらず、少し元気になった。「壁に押しつけてファックしたい女なんでしょ？　そういうの、一級品とは言わないと思うけど」

ライリーがなにも言わないので、スーズは、いまの言葉のなにがいけなかったんだろう、と思い返した。

「きみはいろいろ推測をしすぎる」

「あのふたり、寝てるの？」

「その推測は正しい」

「間違いないのね？」

「ああ」

ライリーは断言した。スーズは気分が悪くなった。彼は、ふたりがやっているところを見たのだ。その情景が目に浮かぶようだ。下品で、卑猥《ひわい》で、恥知らずで……いやだ。へどが出る。

ライリーがジャックに顎をしゃくった。「対決するかい？」

それは気が進まない。考えただけでますます気持ち悪くなった。「いいえ」

「じゃあ、これでぼくの仕事は終わりだ。送るよ」

ジャックがオリヴィアの向かいに座り、ビールのジョッキを掲げた。わたしに気づいたら、なんと言うだろう？　彼はいつだったか言っていた。きみが部屋に入ってきたら、たとえ背中を向けていてもかならずわかる、と。

大嘘つき。

「ええ。お願い」

ふたりは席を立った。ドアに向かう途中で、スーズはもう一度振り向いてジャックを見た。すると、彼と目が合った。ジャックは一瞬凍りつき、それから、ジョッキを置いて立ちあがった。顔を紅潮させ、こっちに歩いてくる。

「待って」スーズはライリーに言った。彼が振り返ってつぶやいた。「おっと」

「やっぱりな」ふたりの前に立って、ジャックが言った。「こんなことだろうと思って——」

「わたしが彼を雇ったの」スーズは彼をさえぎって、きっぱり言った。「アビーやヴィッキーみたいに。ライリーはあなたのモラルのなさにあきれて、仕事を辞めたくなったみたいよ」

ジャックはライリーをにらんだ。怒りのあまり、自分も女と一緒なのを忘れたらしい。なにさまだと思ってるの？　ジャックがスーズに詰め寄るとライリーが割って入り、彼女を守るように立ちはだかった。

「手を上げよう、なんて思うなよ」ライリーが軽蔑しきった声で言った。「そんなことをしようものなら、ふたりの目の前であんたをぶちのめしてやる」

「きみはこのときを待ってたんだろう」ジャックが鼻持ちならない気どった声で言った。

「十五年間、スーズはわたしのものだった。きみはずっとスーズを欲しがっていた。今度こそ手に入れられる。そう思ってるんだろう?」

「今度こそ、スーズは自分の求めるものを手に入れるべきだと思ってる。それはもうあんたじゃないと思う。そろそろ、先に進むべきだ」

「家に帰りたい」スーズはライリーに言った。ライリーはジャックに背を向け、スーズの腰に手を当ててやさしく押した。

「わたしの家でもある」ジャックがスーズの背中に言った。「あとで——」

「もう、あなたの家じゃないわ。入れないように、内鍵をかけるから」オリヴィアを見やると、彼女は子猫のように上唇に舌を当てて、こっちを見ていた。スーズはドアに向かって歩きだした。ライリーが後ろに壁のように立って、災難から守り、スーズがよろめくと支えてくれた。

外は寒かった。「大丈夫か」

「大丈夫じゃない。連れて帰って」

ライリーは家の前に車をつけた。彼も一緒に降りたので、スーズは驚いた。「さあ」ライリーはそっとスーズの背中を押した。「いまはひとりでいないほうがいい。ネルに電話しろよ。ネルが来るまで、ぼくがいるから」

泣いちゃだめ。怒りに神経を集中しようと思いながら、鍵を開け、ライリーを通した。

「当然の報いだと思ってるんでしょ」

「ぼくがいつそんなことを言った?」

「わたしも同じことをしたから。ヴィッキーに同じことを……」

「わざわざ自分をいじめてどうする？　それでなくてもしんどいのに」ライリーはスーズのあとについてダイニングに入った。「ジャックは卑劣な下司《げす》野郎だ。いつだって卑劣な下司野郎だったし、これからもずっとそうだ。責めるなら彼を責めろ」

「あなたはどうなのよ？」スーズは突っかかった。誰かとけんかしたい気分だった。「モーテルの窓からのぞいたくせに。それがまっとうな男のすること？」

「仕事だったんだ。きみこそ、借り物のチアリーダーのユニフォームで、ほかの女のダンナのためにストリップをやったんじゃないか」ライリーは食器棚を見た。「なんだ、この脚の付いたのは？」

「借り物じゃないわ。あれは自分のよ。わたし、チアリーダーのキャプテンだったの」

ライリーはため息をついた。「よく言うよ。いいか？　四十過ぎの男が――」

「三十九よ」

「――高校生を追いかける。間違ってるとは思わなかったのか」

スーズはみじめな気持ちで腰を下ろした。「間違ってるなんて思わなかった。彼は、それまで出会ったなかでいちばんすてきな人だったんだもの」ああ、ジャック。

ライリーは鼻を鳴らした。「変態野郎だ」

スーズは彼をにらんだ。つかのま、怒りに気を取られてつらさを忘れた。「まだ十八だったんだもの。あなただって、大学生とつきあってたじゃない」

「話をそらすな」

「あなた、いくつよ？　三十五？」

「四だ。彼女とはうまくいかなかった。彼女はぼくには高尚すぎた」
「冗談でしょ」椅子にぐったりもたれた。「ジャックにその子の電話番号を教えてやれば？」
オリヴィアを捨ててその子に走るかも」喉に熱いものが込みあげる。それをぐっとこらえた。
「きみは特別だ、ってジャックに言われて、わたし、信じた。アビーやヴィッキーは三十に
なるかならないかで捨てられたけど、わたしは三十になっても捨てられなかった。みんな驚
いてたけど、わたしは驚かなかった。愛されてる自信があったから」目頭が熱くなり、声が
かすれた。「でも、結局捨てられた」スーズは唇を嚙んで涙をこらえた。
泣いたりして、ライリーに弱みを見せたくない。ライリーがなによ！
「クソッ」
「泣いてないわ」
「これを言えば、後悔するのはわかってるが。ジャックはきみを捨てちゃいない」
スーズは濡れた目を上げて彼をにらんだ。「へえ、そう？　すごいニュースじゃない。じ
ゃあ、オリヴィアとなにしてたのよ？」
「先制攻撃さ。結婚してから十四年間、ジャックは一度もきみを裏切らなかった。なんで知
ってるかというと、浮気していたらしっぽをつかんでやろうと、必死で調べたからだ。女は
いなかった。いまだって、いると言えるかどうか。ジャックは、きみが自分を捨てようとし
ているのを知って、先手を打ったんだ。妻に捨てられたみじめな中年男と思われるより、ろ
くでなしと思われるほうがましだと思ったんだろ」
スーズはカッとなって立ちあがった。「彼を捨てるだなんて。そんなこと、するわけない

じゃない。愛してたんだもの。あなたにはわから――」

「ジャックはきみが仕事をするのをいやがったんじゃないか?」

「バーのスツールに座って男と話して、それをあなたに盗み聞きさせる。そんなの、仕事のうちに入らないわ。冒険でさえない」

「反対されたんだろ?」

「されたけど」ライリーが冷静な口のきき方をすればするほど、スーズは頭に来た。「じゃあ、仕事もせずに家でじっとしてろって言うの?」

「給料の小切手はどうした?」

「それがなんの関係が――」

「自分の口座を開いたんじゃないか。共同預金口座じゃなく、自分名義の口座を」

「ひと晩で百ドル。そのくらいのお金、へそくりにしたっていいじゃない。彼には痛くもかゆくもないはずよ」

「きみは無断で仕事を始め、無断で口座を開き――」

「そのくらいのこと、誰だってするでしょ。だからって、ジャックを捨てようとしてるだなんて」

「このカップは誰が買った?」ライリーが食器棚を指さした。二十七個の小さな陶器の脚付きカップをスーズは眺めた。ダイサート家の磁器の前で、上で、走っている。食器棚全体がいまにも走りだしそうに見える。

「もし、ぼくが恋人か妻かに捨てられるんじゃないかと恐れていて、彼女がこういうものを集めだしたら、落として割りたくなるね」

「ジャック、落として割ったわ」喉に込みあげる熱い塊を呑みこんだ。「わたしがあとでボンドでくっつけた」

「これを買いだしたのはいつだ？」

「九月よ」スーズは肩を落とし、よろめいた。ライリーが背中を支えてくれた。温かな力強い手だった。

「ジャックがオリヴィアとつきあいだしたのは十一月だ」

オリヴィアの名が胸に突き刺さった。「別れたければ、ただ別れればいいじゃない。わざわざほかの女とつきあったりしなくても。オリヴィアのほうが若くてピチピチしてるから、ジャックはグラッときたんでしょ。そうじゃないって言いきれる？」

「男なら誰だって、オリヴィアよりきみを選ぶ」ライリーがうんざりしたように言った。

「自虐的になるのはよせ」

スーズは彼を無視して、真実に向きあった。わたしが結婚を壊したのだ。オリヴィアのせいにすることさえできない。ああ、ジャック。「たまらない」間近に感じていたのに、向きなおるとライリーは意外と離れて立っていた。「全部、わたしのせいなのね」

「そうじゃない」ライリーがいらだたしげに言った。「妻が普通の生活をしていてさえ不安になるような、支配的な男と結婚したのが間違いだったんだ。仕事を辞め、口座を閉じたとする。で、どうなる？　一生、このダイニングに座ってあの青い皿を眺めて暮らすのか？　賭けてもいいが、あの脚付きカップも手放さなきゃならないだろう。ぼくはきみのダンナじゃないし、きみにしがみついちゃいないが、それでも、あのカップを見るといい気はしないからな」

カップを手放す？「ネルを呼んで」スーズは言い、ワッと泣きだした。

「おい、泣くなよ」ライリーは一歩あとじさった。「ちょっと待て」彼がキッチンに行き、電話をかける音が聞こえた。わたしは、たったひとりの愛する人を、銀行口座と卵立てと引き替えにしたんだわ。スーズはテーブルに突っぷし、声を上げて泣いた。

数分後、泣きやんで顔を上げると、ライリーがティッシュの箱を差し出していた。「ネルはいま、向かってる」と、彼のほうが待ちきれないような様子で言う。

「泣いたりしてごめんなさい」スーズはティッシュを取り、鼻をかんだ。「みっともないとこ見せて」

「ああ。もう泣くな。なにか飲むか。なにか欲しいものはないか」

もう一度鼻をかみ、ほほえもうとした。ライリーは、困ったような、警戒するような表情を浮かべた。「そんな顔しないで。ちょっと泣いただけじゃない。結婚が壊れたんだもの。泣くくらい、いいでしょ」

「ああ。だが、ネルが来てからにしてくれ。三十分で着くそうだ。飲み物はいらないか。ぼくは飲みたいんだが」

「なんで三十分もかかるの？　そんなに遠くないでしょ」

「ゲイブが一緒なんだ。ぼくたちがこの件を黙っていたのをネルは怒っていて、けんかになった……それから、けんかをやめた。ネルはいま、服を着てる」

　そうよ、とスーズは思い、また鼻をかんだ。ネルは新しい相手を見つけた。結婚が壊れても、ベッドにもぐりこんだまま死んだりはしなかった——

「そんな」ネルは二年、待たなければならなかった。二年も独りでいなきゃならないの？ネルは、ティムなんていうつまらない男を失った痛手から立ちなおるのに二年かかった。わたしが失うのはジャックなのだ。立ちなおるのに、いったいどれだけかかることだろう。

「そんな」

「なんだ？」

「あと二年もセックスできないなんて」スーズは悲しげに言った。

「酒を持ってくる」ライリーはあわててキッチンに逃げだした。

15

その夜遅く、スーズは階段に座ってマレーネを撫でながら、ネルがドアの外のジャックをなじるのを聞いていた。〝あなたは最低だ。浮気者で、モラルのかけらもなくて、ずるくて……〟ネルは玄関の内鍵をかけ、彼を閉め出したのだ。ジャックはしばらく粘っていたが、とうとうあきらめて帰っていった。たぶん、オリヴィアのところに行ったのだろう。

「明日、弁護士を頼もう」ネルが階段を上がってきて言った。

「明日は仕事があるから。お店を休むわけにはいかないわ」

「じゃあ、店から弁護士に電話すれば？」

翌日、スーズはそうした。電話をかけるあいだ、ネルがそばで見守っていた。

昼は紅茶とマージーのクッキーの香りに包まれて過ごす。夜はライリーとおとり調査に出かけ、バーでグラスを傾ける。そうやって日々は過ぎていった。弁護士とのつらい打ち合わせ、そして、ネルとの長いおしゃべり。スーズがしつこく同じ話をしても、ネルはいやな顔ひとつせず聞いてくれた。

「死にたい」バレンタインの日、スーズはネルに愚痴った。「同じことばかり言ってるのはわかってるけど。どうしても吹っきれなくて。離婚の手続きを進めなきゃって思うし、弁護士も、早いほうがいいって言うけど。でも、どうしても——」その先は言葉にならなかった。

「つらい」

「あなたはよくやってるわ。わたしは、一年半、ほとんど口もきけなかった。それにくらべたら全然ましよ。晩ごはん、なにがいい？」

ふたりはネルの家にいた。スーズは申し訳なく思った。愛してくれるいい人に出会ってネルがやっと幸せになったのに、わたしがおとぎ話のヒキガエルみたいにふたりのあいだに立ちはだかって、邪魔をしている。みんなの楽しいはずの時間を台なしにしている。「バレンタインだし。今日は帰るわ」

「帰るんなら、わたしの死体を乗り越えていって。炒め物でいい？　それならすぐできるから」

「ええ」スーズはリビングにマレーネを探しにいった。ダックスフントを撫でると、どうしてこんなに心が安まるのだろう。マレーネのような態度の悪い犬でさえ、抱いていると癒される。食器棚の前で足を止め、クラリスの皿を眺めた。丘の上にぽつんと建つ〈シークレット〉の家。煙突から立ちのぼる煙がひどく淋しげで、気が滅入る。あわてて〈ストラウド〉の飾り枠《カルトゥーシュ》に目をやった。完璧な小さな四角のなかに描かれている、オレンジ色の屋根の陽気な家。ところが、なぜかこっちのほうがよけいに気が滅入った。四角のなかの小さな家はすべてがきちんとしていて、現実離れしていた。わたしも同じことをしようとしているのかもしれない。すべてをきちんとして、黒い輪郭で描こうとしている。夫が浮気したから、別れる。それは飾り枠《カルトゥーシュ》的な人生で、現実の人生じゃない。現実の人生は疑ったり後悔したり、もっとぐちゃぐちゃこんがらがっているものだ。

家に帰って、ジャックに電話しようか。弁護士抜きでもう一度話をするのだ。

「大丈夫?」テーブル・セッティングを手伝おうとキッチンに戻ると、ネルが言った。

「あきらめるのが早すぎたのかも」スーズはつぶやいた。ネルはなんとも言わない。スーズはまっすぐネルを見て、尋ねた。「どう思う?」

「あなたがどういう決断を下したとしても、わたしは百パーセント、あなたの味方よ。マージーも百パーセント味方で、いつも豆乳の魔法瓶を持って待機してる」

「あなたがいなかったら、わたし、どうなっちゃうんだろう?」

「そんなこと考える必要ないわ。わたしはちゃんといるから」ネルはスーズの前に炒め物の皿を置いた。「さ、食べて。あなたが昔のわたしみたいに麻痺《まひ》しちゃって、夢遊病にでもなったらことだから」

ネルはスーズの心配をしたが、スーズもネルの心配をした。昼はスター・カップで働き、夜はおとりのアルバイトをしているので、いわば最前列でネルの新しい恋の進展を見守ることができた。スーズの見るところ、ネルが気づいてやり方を改めなければ、ふたりは破局して孤独に年老いていくはめになりそうだった。

ネルは幸せいっぱい、という感じだったが、古い人生をリメイクしているだけで、新しい人生を生きてはいなかった。古いボスの手綱を握ったのと同じやり方で、新しいボスの手綱を握ろうとしている。問題は、古いボスは意気地なしだったが、新しいボスはそうじゃない、ということだ。ネルがなにか要求すると、ゲイブはだめだと言う。ネルは彼の目を盗んでやりたいようにやる。ゲイブが怒鳴る。ネルが彼をベッドに引きずりこむ。いつもその繰り返しだ。ネルとゲイブは、けんかしているかセックスしているかのどちらかだった。刺激的なのはわかるが、どうして神経がもつのか不思議だ。スーズなら、とっくの昔に精神安定剤が必要になっていただろう。

「あの人たちって、わからない」ふたりの口論から逃げだしてティーショップに来たライリーに言った。紅茶を淹《い》れ、彼のために取っておいた割れたクッキーを出す。ライリーは半分しかない星をつまみ、うなずいた。

「きみが昔、言ったとおりだ。ふたりともキスする側なんだ。ネルが突っかかるのをやめてくれないと、そのうち面倒なことになる」

「ネルのせいだって言うの？」

「ああ。いま、きみとけんかする気はないから、反論はなしにしてくれ」ライリーはクッキーをかじった。スーズは深呼吸して気を静めた。「事務所のボスはゲイブだ。ネルが自分で決定を下して、ゲイブはただ黙って判をつけばいい、と思うのは間違いだ。あんなナメたまねをされて、いままでよくゲイブが我慢してたと思うよ。だけど、そろそろ限界だ」

「どうしてわかるの？　わたしには、彼はいつもと同じに見えるけど」

「あのふたりは毎日けんかしてる。親父さんの問題で、ゲイブはただでさえ気が立ってるんだ。けんかはよけいだ。いつか爆発するんじゃないか。その引き金を引くのがネルじゃなきゃいいんだが。ネルとゲイブはお似合いだ。というか、ネルが自分がボスのように振る舞うのをやめてくれたら、お似合いになるんだがな」

「そうね。押しの強い女って厄介よね。こっちが先に張り倒さないと、轢《ひ》かれてぺしゃんこにされちゃう」

「なんできみとこんな話をしてるんだ?」ライリーは紅茶のカップを持ってオフィスに戻っていった。ああ、もうなにもかもぐちゃぐちゃだ。スーズはそのことはできるだけ考えないようにして紅茶を飲み、割れたクッキーを食べた。


ゲイブの部屋では、いつものなりゆきでけんかが終わっていた。ネルの気分は最高だった。

「なあ」ゲイブがズボンをはきながら言った。「昔は、コーヒー・ブレイクはもっとリラックスして過ごしてたんだが」

「これがカフェインのかわり」ネルは裸のまま、机の前で伸びをした。「昔はわたしだってもっと慎み深かったんだけど」

「その時代が終わったことを悲しむべきなのかな」ゲイブがセーターを放ったが、ネルはキャッチしなかった。「昔のきみのほうがいい、とはおれは思わんが」

ネルは本棚のほうに歩いていった。脚の筋肉が収縮するのを感じる。セックスほど、自分が動物であることを思い出させるものはない。ああ、いい気持ち。「この部屋はたくさんの秘書の裸を見てきたのね」

「それはないんじゃないか」ゲイブはなにかを探してあたりを見まわした。「たいていの女は、ベッドじゃなきゃいやだと言う」

「じゃあ、わたし、事務所の伝統に新しい要素を持ちこんだのね」ネルは洋服掛けに近づいた。

「ああ。おれのシャツをどこにやった？」

「頭越しに投げたけど」青いピンストライプのジャケットを洋服掛けから取って羽織った。肌に触れるシルクの裏地の感触に、ゾクッときた。「これ、着ればいいのに。すごく似合うと思う」

ゲイブはシャツを探すのをやめてネルを見た。「きみのほうが似合ってる」

「そう？」ネルはほほえんだ。飛び跳ねたいほど幸せだった。そのとき、テープレコーダーが目に入った。プレイ・ボタンを押すと、ディーン・マーティンが歌いだした。〝エイント・ア・キック・イン・ザ・ヘッド〟ネルは笑い、〝あの子にキスした。あの子もおれにキスした〟というフレーズに合わせてすばやいツーステップを踏んだ。ゲイブが手を取り、ネルをくるりと回して引き寄せた。

「踊れるの？」驚いて言った。上半身裸のまま、彼は優雅に踊った。

「ああ。リードさせてくれたらな」ゲイブがステップを変えた。ネルがすぐに合わせると、彼は笑った。

「リードされてばかりじゃつまらない」一歩離れたが、また彼に抱き寄せられた。

「逃がさないぞ」ネルが寄り添うと、ゲイブは強く抱きしめ、髪に頬をすりつけた。

「高くつくわよ」

「ただのダンスじゃないか」ゲイブはネルと同じリズムで体を揺すった。

「ただの、じゃないわ」ネルは彼から離れ、派手なシャッフルをした。ポケットに手を入れ、ジャケットをぴったり体に巻きつける。ゲイブは本棚にもたれ、そんなネルを眺めた。

急に彼の腕が恋しくなった。「ふたりともがリードして踊る方法、ないのかしら」

「あるさ。その名をピックスという」

曲が終わった。ネルはすっかり息が上がっていた。腕を伸ばし、筋肉をストレッチする。ゲイブがネルを引き寄せ、『ユー・ビロング・トゥ・ミー』に合わせてスローなダンスを踊りだした。

「一曲だけ、リードさせてくれ」ネルは彼の腕にゆったり身をゆだねた。こうやってふれあっている感じが大好きだ。

「上手ね」

「おふくろが教えてくれた」

ゲイブの声は悲しげだった。ネルは彼を抱きしめた。「ねえ。わたしにブレーキをかけないなら、リードさせてあげる」

「了解」ゲイブは音楽に合わせて踊りながら、キスした。ネルは唇を離すと、彼の胸に頬を寄せた。これが、愛しあってるってことなのね。ただ、彼が〝愛してる〟と言ったことは一度もないけれど。つきあってもう二カ月以上になるのに、一度も。そう思うと、ネルはつかのま、パニックに襲われた。いつか終わるのだろうか。彼が愛してくれることは、いまもこれからもなく、もうけんかはうんざりだ、と言われる日が、この心地よさを失う日が来るのだろうか。だが、すぐに気を取りなおした。そのときはそのとき。それまでに、たくさん楽しもう。

　だが、その夜遅く、丸くなってまどろむゲイブのぬくもりを背中に感じながら、それでは充分でないことを知った。このまま、ずっと続いてほしい。ずっと一緒だよ、という言葉を聞きたい。欲張りで無茶な望みなのも、まだ早すぎるのもわかっている。でもいま、安心が欲しい。彼に愛してもらえない理由が次から次に頭に浮かんで、苦しくてたまらないから。たぶん、彼はいまもクロエを愛している。それが、思いつく最悪の理由だ。ゲイブはクロエの話はしないし、クロエが送ってくる葉書も、とくに気に留めているようには見えない。だけど、彼は感情をあまり表に出さないタイプだ。もしかしたら、クロエへの想いを押し殺しているのかもしれない。クロエのかわりにわたしを抱いているだけかもしれない。

　ゲイブの注意を引こうとして、腰をぶつけた。彼が身じろぎして、ネルの尻を軽く叩いた。

「クロエのこと思うこと、ある？」

「ああ」ゲイブはネルのうなじのあたりでもごもご言った。手をネルの頭に当て、指を髪に絡めている。ネルはもっとひとつになりたくて、背中を押しつけた。

「どんなとき？」

　ゲイブはネルの背中にぴったり寄り添い、もう一方の手をおなかに置いた。「アーモンド・クッキーの匂いを嗅ぐとき」と言ってあくびをした。

　アーモンド・クッキーなら、スーズが毎日焼いている。「クロエがいなくて淋しい？」

「ん……」

　半分眠っているような声だ。「クロエに戻ってきてほしい？」

「そのうち戻ってくるさ」彼はまたあくびをした。「オハイオ以外の場所をちょっと見てみたくなっただけだろ」

いまなら疲れていて頭が働かないから、はぐらかせないだろう。ネルは単刀直入にいくことにした。「まだ彼女を愛してる?」

「ん……」

気分が悪くなった。「まだ——」

ゲイブはため息をつき、片肘を突いて身を起こした。「いや。きみのようには愛していない」寝ぼけまなこでネルを見下ろし、それからキスした。ネルは驚いて彼に抱きつき、キスが終わっても離れなかった。

「わたしのようには?」

「愛してるよ。クロエに対する気持ちとは違う」

彼はわたしを愛している。ネルは「ああ」とつぶやいた。その先は声にならなかった。どんなふうに違うの?

それは尋ねないでおこう。

「クロエといると、楽だ」声に出さなかった問いが聞こえたかのように、ゲイブが言った。「クロエはやさしい女だ。おれの言うことをよく聞くしな。一度だって面倒を起こしたことはない」

ネルは動揺した。「わたしのこともほめて」

「きみはおれをいらつかせる」ネルのおなかを撫でながら、やっと目が覚めた様子でゲイブは言った。「きみは絶対におれの言うことを聞かないし、いちいち反論する。おれはうんざりして、頼むからやめてくれ、と思う。で、頭に来て怒鳴る。それからきみを見て、この女といると飽きないだろうな、と思う。オフィスに下りてきてきみがいないと、一日、気分が悪い。いやなことがあっても、きみが入ってくれば雲間から陽が射したみたいに気が晴れる。おれは――」

「愛してるわ」ネルも起きなおって彼の腕にしがみついた。「こんなに愛した人はいない。あなたはわたしを強くしてくれる。あなたといると、猫をかぶる必要もないし、なにをしたらあなたに悪い、とかって気を遣うこともないし」

「ハニー、おれがきみをどうこうするんじゃない」ゲイブが笑って言った。「きみは、きみだ」

ネルは彼の顔を両手ではさんでキスした。彼のことが好きで好きで、胸が痛かった。「尋問してごめんなさい。もう寝かせてあげる」

「そう願いたいね。叩き起こしといて、『もう寝かせてあげる』か」ゲイブはネルを横たえた。ネルは丸くなって彼に寄り添い、思った。彼はわたしを愛している。永遠の愛で。もちろん、いつか終わるかもしれないことはわかっている。永遠の愛かどうかは終わりが訪れるそのときまで、誰にもわからないのだから。でも、これで充分。ネルは満ち足りた思いで目を閉じた。

翌朝目覚めたとき、ゲイブはネルの上に腕を置いていた。まだぼんやりした頭で、なにかに起こされた気がするが、いったいなんだったか、と考えた。マレーネは耳をピンと立てて、ベッドの足もとに座っている。そのとき、隣りから、押し殺した悲鳴のようなものが聞こえてきた。

「あれはなんだ?」ベッドから下り、ズボンをつかんだ。

ネルも起きなおり、眠たげな声で言った。「ドリスだわ」

ゲイブは急いで下に下りた。ドリスが玄関のドアを叩いていた。ドアを開けると、彼女が倒れこむように入ってきた。

「どうした?」

「地下室。ああ、神さま」

「なんだって?」

「フリーザー」

それだけ言って、ドリスはまた叫びだした。ドリスはネルに任せ、ゲイブは隣りに向かった。あたりに油断なく気を配りながら、地下室に通じる狭い階段を下りる。フリーザーだって? どういうことだ? 松ぼっくりのリースがたくさん載ったテーブルを過ぎ、細長いフリーザーを開けた。ゲイブはあっと息を呑んだ。

リニーが詰めこまれていた。どこかに逃げたわけではなかったのだ。死後だいぶたっているようで、青ざめ、干からびていた。

「いつから?」ネルは尋ねた。ドリスの家のドアに犯罪現場のしるしの黄色いテープをべたべた貼り、さっき、警察は引きあげていった。ドリスも、この家にはもういられない、と言って妹の家に行った。「いつからリニーはあそこにいたの?」

「かなり前からだ」ゲイブはネルのためにグレンリヴェットをグラスに注いだ。「おそらく、去年の九月。きみと会ったあと、リニーは弁護士に会いにいったんだな?」

「そう言ってたけど」去年の九月。わたしはリニーの死体の上に引っ越してきたんだわ。

「そのあと、リニーはふっつり姿を消した」ゲイブはネルにグラスを渡した。「飲め。ひどい顔色だ」

「警察にO&Dのことを言わなかったわね」ネルはスコッチをすすった。

「リニーがO&Dを脅迫していた、というのは推測にすぎない。悪くない推測だと思うが、確証はない」

「でも、うちの事務所のお金を使いこんだのは事実よ」

「なにが言いたい?」

「あなたはトレヴァーをかばってるけど、自分のことは守ってない」

「それは違う。持っている情報を隠すつもりはない。だが、警察が欲しがっているのは事実だ。当て推量じゃない」

「お父さんの名に傷がつくのが怖いんでしょ。あなたは、リニーがヘレナの死をネタにトレヴァーとジャックを強請《ゆす》ってたんじゃないかと恐れてる。警察が調べれば、ヘレナを殺したのはお父さんだとわかるんじゃないかと恐れてる」

「わかりもしないことにくちばしを突っこむな」ゲイブはグレンリヴェットの瓶をキャビネットにしまいにいった。キッチンから戻ってきたとき、彼はコートを着ていた。「ライリーと話さなきゃならん。またあとで会おう」

ほかのことはなんでもよくわかってるくせに、過去を吹っきることだけはできないのね。ネルはゲイブを見送り、思った。しばらくのあいだ、リニーのことも誰のことも考えないようにして、マレーネの絹のような手ざわりの頭を撫でた。マレーネが体をすりつけてきた。それで、ほんの少し、慰められた。


次の日、三人でブランチを食べているとき、ネルはリニーが見つかったことを話した。

「リニー、凍ってたの？」

「うちのフリーザー、使ってなくてよかった。スチュアートがフリーザーを欲しがって、買ったのよね。彼、ステーキが好きだったから。でも、わたしは食べ物は新鮮なのがいちばんだと思う」

ネルは唖然としてマージーを見た。スーズがマージーのグラスに顎をしゃくった。「ミモザよ。あなたが来る前に頼んだの。これ、三杯め」

「リニーがベジタリアンだったら、死なずにすんだのに」マージーがぼんやり言った。

おもしろくもない冗談だ。「リニーのじゃなかったのよ。大家さんのフリーザーだったの。リニーはフリーザーを持っていなかった」

「誰かがリニーをそこに入れたのね？　ジャックはわたしを捨てたけど、凍らせはしなかったんだから。ありがたいと思わなきゃね」

「ゲイブが言ってたけど、額に傷があるらしいの。でも、はっきりしたことはわからないって。リニーは……」死後だいぶたってたから、という言葉をネルは呑みこんだ。死体がどんなふうだったか、想像するとたまらない。

マージーがグラスを押しやった。「飲んで。気分がよくなるから」

ネルはミモザを喉に流しこんだ。

「大丈夫?」スーズが言った。「リニーをよく知ってたわけじゃないんでしょ?」

「ええ」ネルはグラスをマージーに返した。「あの朝、一度話しただけ。でも、リニーのこと、好きだった。彼女は闘う女だった。闘い方が汚かったけど、たぶん、汚い闘い方をする男を相手にしてたから、しかたなかったんだと思う」

「汚い闘い方をする男?」マージーが訊き返した。

「リニーは誰かを脅迫してたんじゃないかってゲイブは思ってる」スーズが答えた。ネルはスーズの足を蹴った。その〝誰か〟に父親とフィアンセが含まれることを、わざわざマージーに知らせる必要はない。

マージーは空のグラスの底を悲しげに見つめた。「わたしも脅迫されたこと、あるの」

「なんですって?」

マージーが手を上げてウエイトレスを呼んだ。「ミモザをもうひとつ」

「ミモザじゃなくて、ブラックコーヒーにして」スーズが訂正する。ウエイトレスはマージーを見てうなずいた。

「誰があなたを脅迫しようとしたの?」

「女だった」ウエイトレスがカップを持ってきてコーヒーを注いだ。マージーはため息をついた。そして、ウエイトレスがテーブルを離れるのを待って続けた。「二万ドル、要求された。でも、そんなお金ないもの。これ以上お金に困る前に、スチュアートの保険金をもらえってバッジは言うけど、それはよくない気がして。だってスチュアートは失踪しただけで、死んだわけじゃないもの。っていうか、わたしはそう思ってる」

「マージー」スーズが口を開いた。「どうして二万ドル要求されたの?」

「わたしがスチュアートを殺した、って言うの」マージーはバッグから豆乳を出してコーヒーに入れた。「払わなければみんなに言う、って」コーヒーを飲み、少し減ったところで豆乳を注ぎ足す。「ばかげてるわ。だって、共通の知り合いがいるわけじゃないのに。彼女が自分の友だちに話したからって、なんだっていうの?」

「どのくらい強く、彼を殴ったの?」

「いつ?」とネルも尋ねた。

「すぐにでも言うつもりなんじゃない?」マージーは豆乳入りコーヒーをすすった。「でも、わたしが彼女の友だちと知り合うことはないし」

ネルはため息をついた。「そうじゃなくて。その脅迫の電話、いつかかってきたの?」

「去年」マージーはコーヒーカップを置き、フォークを取ってベジタリアン・エッグ・ベネディクトを突ついた。「これ、自分ではできないのよね。オランデーズソースをつくるの、大変だもの」

「去年のいつ?」

「え? ああ。あなたが働きだす前よ。電話がかかってきたとき、あなたがなにも食べないのを心配しながら、チーズ・クレープのレシピを見てたから。お金を要求されたとき、写真を見てたのを覚えてる。クレープ、好き？」

「マージー。去年のいつ？」

マージーは眉間に皺を寄せて考えた。「あなたが仕事を始めたの、いつだっけ？」

「九月よ」

マージーは肩をすくめた。「じゃあ、八月。でも、どうってことなかったのよ。電話はその一回きりだったし」

「誰かに話した？」

「パパとバッジ」マージーはまたコーヒーカップに手を伸ばした。「ふたりはいたずらだろうって。バッジには、終わったことだ、忘れろって言われた。だから、忘れることにした」

コーヒーをすすり、それから、はたと思いついたように言う。「まさか、リニー？」

「わからない。でも、それは問題じゃないわ。バッジの言うとおりよ。もう終わったことなんだから」

「バッジはいつも正しい」とマージーは言って、カップを置いた。「彼、スチュアートの失踪宣告の手続きをしたら、すぐ結婚しようって言うの。わたし、困っちゃって。保険金は欲しいけど、スチュアートの生死もわからないのにそんな手続きをするなんて、よくないことだし。逆に、もし本当にスチュアートが死んでたら、結婚を断る理由がなくなるじゃない？あなたとは結婚したくない、なんて言ったら大変なことになるし。ねえ、もう一杯、ミモザ飲んじゃだめ？」

スーズがウエイトレスに合図した。「ミモザを三つ」

「あなたも飲むの？」ネルが驚いて訊いた。

「フリーザーに入れるなんて」とスーズ。「ただ殺すだけでもひどいけど、死体をフリーザーに入れるだなんて、ひどすぎる」

「じつは、もっとひどいことがあるの。ゲイブの話では、額の傷はそんなにひどくないんだって。殺されてからフリーザーに入れられたんじゃなくて、殴られて意識を失ってるときフリーザーに入れられて、凍死したんじゃないかって」

「そんな……」

「ジャックみたい」マージーが言った。「ジャックも、あなたをあの大きな家に入れて、働くのもだめ、なにをするのもだめって束縛して。生きながら凍死させたようなものよね」

その言葉はスーズの胸に突き刺さった。

「マージー」ネルはたしなめた。だが、マージーが傷ついた顔で少し体を引くと「ごめん」と言い添えた。「いやな話してごめんね。リニーのことは……わたし、リニーが好きだった。その彼女を誰かが殺した」ネルは深呼吸して気を静めた。「ティムと別れたあと、一年半もなにもしないで時間を無駄にした自分がばかみたいで。リニーの、やられたらやりかえすっていう態度、すごいと思ったから」

「ばかみたいってことはないわ」スーズが暗い声で言った。「その気持ち、百パーセントわかる」

「でも、リニーはじっとしてはいなかった。自分を苦しめた相手を追いつめた。そして、殺された。ねえ、わたしたち女には、そのふたつの選択肢しかないの？　やられっぱなしのお人好しでいるか、殺されるか」

「行きずりの男に殺される女より、知りあいに殺される女のほうが多いんですって」マージーが言った。『オープラ・ウインフリー・ショー』でやってた。オープラ、好きだけど、彼女の番組を見てると、ときどき気が滅入る」

スーズが大きく息をついた。「リニーは誰かを脅迫してた。それって、リスクの高いビジネスだわ」

「でも、先にひどいことをしたのは男なんだから。賭けてもいい。リニーは、昔自分を裏切った誰かに仕返ししようとしてたんだと思う」

「ジャック？」

「さあ」ネルはフレンチトーストを見つめた。「ジャックって、人を殺せると思う？」

「思わないわ。でも、裏切りならお手のものよね」

ウエイトレスがミモザを持ってくるまで、三人とも口をきかなかった。それから、マージーが言った。「今日うちに来て、前言ってたEベイの使い方、教えてくれない？　そこ、フィエスタ焼きが出てるんでしょ？　買うだけじゃなくて、売ることもできるのよね？」

「オーケー」とスーズ。「〈ランニング・カップ〉もあるわよ」

「ううん、それはいい。わたしの趣味じゃないから」

月曜日、警察がもう一度、話を聞きにきた。ゲイブは本当のことを話した。誰がリニーを殴ったのかわからない、と。警察は待合室でネルからも話を聞いた。その間、ゲイブはピリピリして待っていた。ネルが事件に関与していると疑われることはないはずだが、それでも、彼女にかまうな、と言いたい衝動を抑えるのがひと苦労だった。彼らが帰ったとき、ゲイブは警察に対してもネルに対しても腹を立てていた。頼まれもしないのに勝手なまねをして、金を取り返しになんか行くからだ。よけいなことをしなければ、ネルはリニーに会うこともなかったし、ドリスがリニーの死体を発見したとき、その場に居合わせることもなかった。警察の重要証人のリストに載ることもなかったのだ。

　彼女が入ってきたとき、ゲイブは苦虫を嚙みつぶしたような顔をしていた。それなのに、当の本人はどこ吹く風で「警察の人が座ったとき、ソファ、いまにも壊れそうだったわ。新しいのに替えなきゃ」と言う。我慢の限界だった。

「だめだ」

「ゲイブ。あれ、みっともないわ。ほかはすごくよくなったのに、あの――」

「すごくよくなった、だ？　冗談じゃない。そこらのよくあるオフィスそっくりになっただけだ。ソファを買い替えるつもりはない」

　ネルは腕を組み、気性に似合わぬデリケートな顔で彼をにらんだ。まったく、鍛《か》冶《じ》屋のハンマーみたいにデリケートな女だ。「当ててみましょうか。あのソファは、お父さんが買った」

　ゲイブは目を閉じた。「なんだって、なんでもかんでも変えないと気がすまないんだ？　待合室を見ろよ。昔の面影はかけらも残ってない。いやみな医者の待合室みたいだ」

「センスのいい部屋じゃない」

「ああ、たしかにしゃれてる。おれらしくもライリーらしくも——」

「お父さんらしくもない、でしょ？　それに、一九五五年風でもない」

「ここはおれのオフィスだ。きみのじゃない」ゲイブは前のめりになってネルを見下ろした。「それを忘れるな。きみはただの秘書だ。きみは——」ネルの顔が蒼白になったのを見て、口をつぐんだ。

「わたしはただの秘書じゃないわ」低い押し殺した声でネルは言った。「この世に、ただの秘書、なんてものはないの。このわからず屋」

ゲイブは天井に目をやった。ネルを見れば、この勝負、負けだとわかっていたからだ。

「クソッ。ネル、これはおれの事務所だ」

「わかってるわよ。毎日、耳にたこができるほど聞かされてるから。わたしはオフィス・マネージャーで、事務所には管理《マネージ》する人間が必要でしょ。わたしがそれをやってるんじゃない。あなたが邪魔するのをやめてくれたら——」

「おれはティムじゃない」ゲイブが言うと、ネルはハッと口をつぐんだ。「それに、ここは保険代理店じゃない。ティムを思いどおりにしたように、おれを思いどおりにできると思うな」

「わたしはクロエじゃない。クロエを思いどおりにしたように、わたしを思いどおりにできると思わないで。男ってどうしてこうなの？　バッジは、ここでマージーが強盗に襲われたら、って異常に心配して、お店を辞めさせようとしてる。男って、いったいなに考えてるの？　女を手に入れたら、裏庭に放りこんでおきたいわけ？　わたしたちがそこでじっとしてれば安心できるから？」

ゲイブは深呼吸して、怒鳴りたいのを必死でこらえた。

「リニーの言ったとおりだわ。あなたはわたしを利用するに決まってる。わたしがそうと気づかないような、ずるいやり方で」ネルは叩きつけるように言うと、怒りで震えながら、背筋をしゃんと伸ばして出ていった。

ゲイブは怒りを静めようとしたが、うまくいかなかった。おれはネルを利用してなんかいない。おれは――

そこへ、ライリーが入ってきた。

「警察、そんなに感じ悪くなかったな。それと、たったいま、おもしろい電話があったぞ」ライリーはゲイブの顔を見て言葉を切った。「おいおい。またけんかしたんじゃないだろうな」

「ソファだ」ゲイブは渋い顔で言った。「ネルは誰がボスかわかってない。学んでもらわなきゃな」

「それは期待できないんじゃないか」ライリーはドアを閉め、机の前の椅子に腰を下ろした。

「大丈夫か。ひどい顔だ」

ゲイブは自分が汗をかいているのに気づいた。たぶん、怒りのあまりだ。クソッ、ネルのやつ、おれを殺す気か。「ネルといると、腹が立って腹が立って怒鳴らずにいられない。だが、同時につかみかかって抱きたく――」

「わかるよ」

「ネルは腰に手を当てて、ただそこに立ってる。やれるもんならやってみろ、って感じでな。クソッ、あの女、けんかを前戯だと思ってやがる」

「わかるよ」

「実際、たいていの場合、そうなんだ。ベッドでのネルは、まさに奇跡だ」

「わかるよ」

　ゲイブはカッときた。ライリーがあわてて言った。「もとい。わからない。もう忘れた。彼女の名前さえ、思い出せないくらいだ」ゲイブがまだにらんでいると、ライリーはさらに言った。「なあ。新しいソファを買いたがってるのは、ぼくじゃないんだから」

　ゲイブは頭を抱えた。「女を殴る男の気持ちがようやくわかったよ」

「なんだって?」

「おまえにはわからない。おまえにとっては、恋愛はゲームなんだろう。だが、考えてもみろ。自分の女に、してほしいことをさせられない。なのに、彼女なしじゃ生きられないとしたら――」

「きみらしくないぞ」とライリーは言って、姿勢を正した。「頼むよ、自制しろ《ゲット・ア・グリップ》」

「できないんだ。つかむところ《グリップ》がない。おれの生活は塗りたくられたペンキの下に埋もれていってる。で、埋めた女が、生活のどまんなかに居座ってる」ライリーを見ると、本気で心配そうにこっちを見ていた。「殴りゃしないさ。だが、ネルに食ってかかられると、自制心が吹っとんじまう。それでもネルが欲しいんだからな。どうにもお手上げだ。ネルがもうちょっと、控えめにやってくれたら——」

「わかった。治療法を提案していいか。こんなの、きみらしくないからな。ぶっちゃけた話、そんなにきついんなら、ネルをクビにしろよ。ネルをきみの生活から追い出せ。ネルのことは好きだけど」ゲイブがまたにらむと、ライリーはつけ加えた。「プラトニックに、だよ、もちろん。そこまでする価値はない」

「できないんだ」自分がばかみたいだった。だが、実際、できないのだ。「いっそネルがいなくなってくれたら楽なのに、と思うことはある。だが、やっぱりネルが必要なんだ。一分でもいい、ネルがじっとしててくれたらいいんだが。ひっきりなしになにかを変えようとするのをやめてくれたら——」

「妥協はできないのか」

「やってみたさ。その結果が、あのけったくその悪い黄色の壁だ」

ライリーが、頭がおかしいんじゃないか、とでも言いたげな顔でゲイブを見た。

「黄色の壁なんてごめんだ。前の色のほうがよかった」

ライリーは首を振った。「オーケー。脳の細胞がフライになっちまう前に、怒鳴るのをやめなきゃならない。だろ?」

「怒鳴ってるから、ネルを殺さずにすんでるんだ。親父も怒鳴ってたから、おふくろを殴らずにすんだんだと思う。親父はおふくろにぞっこんだったし、おふくろはやたら気性が激しくて、頑固で、意固地だったから——」

「親父さんたちと同じパターンだ、と言うんじゃないだろうな」

「クソッ、そうじゃないことを願うよ。おふくろは結局、家を出ていったんだからな」ゲイブはぐったり椅子にもたれた。「ネルが言うことを聞いてくれたら、うまくいくんだが。うちのボスはおれだぞ」

「キスする側」とライリーが言った。「ベッドではどっちが命令してるんだい？」

「満身創痍《そうい》だが、とりあえず、おれがリードしてる」

「じゃ、ベッドでも問題は解決してないんだな」

「ああ。よくなればなるほど、悪くなる」

ライリーは黙りこんだ。ゲイブは、思わせぶりな沈黙にしびれを切らして言った。「なんだ？」

「絶対、ネルを殴らない自信があるか？」

「ああ」

「いまの話、ぼく以外の誰にもするんじゃないぞ。警察の耳に入ったら、と思うとぞっとする」

「わかってる。おれだってずっとしてるよ。リニーを殴った男のことが、他人ごとじゃないんだからな。そいつはおれみたいな男だ」

「それは違う」

「リニーはなんで殺されたんだろう？　やりすぎて男を怒らせ、殴られたのか。トレヴァーかジャックならやりかねない。バッジが女を殴ってるところは、ちょっと想像できないが」

「状況によるんじゃないか？　マージーにまとわりついてるときのバッジ、けっこうヤバい目つきをしてるぜ」

「スチュアート、という可能性もある。スチュアートはばか野郎だから、勢いあまってリニーを殺したとしても不思議じゃない。だが、フリーザーに入れるってのはな。どこのイカれた男が――」そのとき、ドアにノックの音がして、ネルが入ってきた。ゲイブは目を閉じた。

「もうたくさんだ。今日はこれ以上は我慢できない」

「明日のスケジュールの確認に来ただけよ」ネルの声も、ゲイブに負けず劣らず疲れていた。

「わかった」ネルのやつ、ひどい顔色じゃないか。「怒鳴って悪かった」

「いいのよ。あなたが悪いんじゃないから」

ネルはライリーに笑いかけてから出ていった。ライリーが向きなおった。「きみたちがセラピーを受ける気がないなら、ぼくが仲裁に入ろうか」

「今日は調子が悪い。それだけだ。そのうちよくなるさ。さっき入ってきたとき、なにを言おうとしていた？」

「そうだった。これが〝よくなる〟うちに入るのかどうかわからないが、新しい展開なのは確かだ。ハロルドの浮気を理由に、ジーナは離婚を決めた。ホット・ランチは終わりだ。信じられるか？」

「ああ。ハロルドはルール違反を犯した。ふたりのあいだには協定があったのに、ハロルドはそれを台なしにした。もう、ふたりを結びつけるものがなくなったわけだ」

「協定、ねえ。あれが？」

「他人のことをとやかく言うもんじゃない。自分たちの協定を結んで、黙ってそれを守ることだ」

「きみとネルが同じ協定を結んでいるとは思えないけどな」

「おれはまだ、守ってる」

ネルがひどい顔でスター・カップに入ってきたとき、スーズはテーブルを拭いているところだった。

「どうしたの？　彼になにかされた？」

「電話があったの。シカモアで会いたいって。ホイットニーを連れてくる気だわ」

「ホイットニー？」スーズはすぐに察した。「ティムから電話があったのね」

「一緒に夕飯を食べないか、って」ネルは大きく息をついた。「もう何週間も会ってないのよ。せっかく彼のこと、忘れかけてたのに。どうしよう？」

「行くの？」

「うん。なんの話かわからないじゃない？　いまでもビジネス・パートナーなんだし、彼はジェイスの父親だし。ノーとは言えないわ」

「言えるわよ。あなたが言えないなら、わたしが言ってあげる。わたしも一緒に行くわ」

夕方五時半、ゲイブは部屋を出て、ライリーに言った。「おれはもう上がる。おまえは？」

「ぼくはまだ、やることがある。ビールを飲みたいんだ。シカモアに行かないか」

「なにかあるのか？」

「ネルから聞いてないか」

ゲイブは首を振った。「スーズとシカモアで食事する、とは言ってたが。スーズがネルに一緒にいてほしいんだろうと思っていた。でなければ、ネルが少しのあいだ、おれから離れていたいか」

「ティムに会うんだよ。ホイットニーも来るらしい。ネルになにかねじこむつもりじゃないか、とスーズは言ってた」

あのろくでなしめが。ティムを嫌いなのは、彼がネルにひどい仕打ちをしたからだ。皮肉といえば皮肉だが、それは考えないことにした。ネル以外の誰かに怒りを向けるのは、とても気分がいい。

ゲイブは言った。「おれもビールが飲みたい」

16

援護射撃をすべく、スーズはネルについてシカモアに入った。ティムとホイットニーはすでに来ていた。店の中央に並ぶ長椅子のひとつに座り、手を握りあっている。ネルがティムの向かいに腰かけたので、スーズは新しいミセス・ダイサートを見下ろす格好になった。小柄なかわいい女だが、緊張した様子で口を引き結び、まるで反キリストを見るような目でネルをにらんでいる。

「来てくれてうれしいよ」ティムが営業用の笑顔で言った。ネルは黙ってうなずいた。「二、三、片づけておかなきゃならない問題があってね。いや、たいしたことじゃないんだ。先に話をすませて、そのあと楽しく食事といこう」

ネルがなにも言わないので、ティムはうなずいて先を続けた。「トロフィーのことなんだ。新しいのを買うのに、ひとつ当たり百五十ドルかかった。去年の九月、きみは十四個壊したから、計……」眉間に皺を寄せてホイットニーを見る。

「二千百ドル」ホイットニーがすばやく言った。

「そうそう、二千百ドルだ。それと、新しい机が税込みで五千六百ドル」

「五千ドル?」スーズはあきれた。「いったいどこでそんな机、買ったのよ? 国防総省《ペンタゴン》?

それに、なんでいま?」

「税金よ」ネルが余裕の表情で言った。「納付期限まであと六週間だものね。お金が必要なんでしょ」

「七千七百ドルの小切手を切ってくれたらそれでいいの。弁護士に相談したら、損害賠償の訴えを起こせば勝てると言われたわ」

だが、ネルは動じなかった。「そう思う?」

「ええ」ホイットニーのほうはピリピリしていた。「弁護士は、もう一度、器物損壊で告訴する手もあるって。この前の週末、あなたの家の地下室で遺体が見つかったわよね。その女性を脅してたんでしょ。あなたに暴力沙汰を起こした過去があると知ったら、警察は興味を持つんじゃないかしら?」

「この、性悪女」スーズはたまらず口をはさんだ。

「スーズ、これはきみには関係ないことだ」

言い返そうと口を開きかけたが、ネルが腕に手を置いて制した。「あなたの弁護士は間違ってるわ。はっきり言うと、復讐心に凝り固まったおばかさんだと思う」

ティムがスーズを見やり、それから、ネルに視線を戻した。「ぼくたちもこんなことは言いたくないんだ。だが、きみがうちの備品を壊したんで、買い替えなきゃならなかった、これはまぎれもない事実だ。弁償するのがフェア――」

「ティム」ネルは微笑を浮かべて言った。「なにがフェアかをあなたに教えてもらうのは、何カ月も前にやめたの。それに、わたしはいまもあの店の権利の半分を持ってるのよ。不思議なことに、去年は開業以来はじめて、利益が出せなかったみたいだけど。ということは、壊したトロフィーの半分だけ、弁償すればいいはず。つまり、千五十ドル」

「だが、全部買い替えなきゃならなかった」

「いいえ。わたしの分は買い替える必要、なかったのに。壊したくて壊したんだから、そのままにしておいてもらいたかった。それに、机については、大きな支出をするときはわたしの承認を得なきゃならないはずよ。五千ドルは大きな支出よね。わたしは承認してない。だから、これはあなたの個人的な買い物ってことになる。わたしが払う義理はないわ」

「ちょっと待って」ホイットニーが言った。スーズは、必要とあらば彼女を殴り倒してやろうと身がまえた。

ネルはホイットニーを無視して、手を差し伸べ、ティムの手に重ねた。「わたしが共同経営者なのって、すごくやりにくいでしょ。わかるわ」

「ああ、たしかに。トロフィーの半分がきみのものだなんて、考えもしなかった。きみの言うとおりだ」

「ティム」ホイットニーが低い尖《とが》った声で言った。

「だが、机は個人的な買い物じゃない。ぼくの仕事机なんだから」

「ねえ、こうしない？」ネルはティムの目を見て淡々と言った。「あなたにわたしの持ち分の権利を売るわ。そのこと、ちょっと前から考えてたんだけど、今日電話をもらって、やっぱりそれがいいんじゃないかと思って。さっき、バッジ・ジェンキンズに電話したの。月曜に監査に行って、ビジネスの評価額を出してくれるよう頼んだわ」

「なんだって？」ティムが口をぽかんと開けた。

その調子！　スーズは快哉《かいさい》を叫んだ。

「監査でなにも問題がなければ、権利を売るから。そうすれば、机を経費で落とせるでしょ」ネルは椅子の背にもたれ、はじめてホイットニーに向きなおった。「わたしがまた乗りこんでいってなにか壊したら、あなたはわたしを逮捕させることもできるし、撃ち殺させることだってできる。八方円満じゃない？」

「権利を買いとる余裕はない。いろいろ物入りで――」

「じゃあ、借金すれば？　生活を切りつめればいいでしょ。わたしたちが結婚したころみたいにやればいいじゃない。苦労をともにすると、絆《きずな》が強まるわよ」

「仕返しする気ね」

「おたがいの利益になるフェアなやり方だと思うけど」ネルは少し悲しげに言った。

ホイットニーはネルを見つめ、状況を見極めようとした。スーズはそんなホイットニーを眺めた。「弁護士は、あなたのほうが分が悪いって言ってるわ」

「弁護士って、ジャック・ダイサートでしょ。ジャックは、わたしのせいで結婚が壊れたと思って恨んでるの」スーズはハッと体をこわばらせた。ネルがそっとスーズの手を叩き、ティムに言った。「お兄さんは、あなたの利益を考えてアドバイスしてるんじゃないわ。わたしに復讐したがってるだけ」

ティムがホイットニーと目を見かわした。「ネル、無茶言うなよ。いま借金するのはいい考えとはいえない」

「オーケー。でも大丈夫よ。バッジが、わたしの持ち分を買いとってくれる投資家を見つけてくれると思うから。もちろん、彼らは定期的な監査と報告を要求するだろうから、あなたはいままでのように自由にはやれなくなるけど。でも、もうわたしの顔色をうかがう必要はなくなるわ」ネルはティムにほほえみかけた。「トロフィーの代金の千五十ドルは買いとり額から差し引くし。バッジにそう言うわ」

そのとき、ライリーの声がした。

「やあ、奇遇だな」ライリーはティムの隣りに腰を下ろし、彼をホイットニーのほうに押しやった。「ここできみたちに会うとは思わなかった」

スーズはほっとした。ここに来てからはじめて、息がつけた。

ゲイブがほかのテーブルから椅子を持ってきて、ネルの隣りに座った。「ビールを飲みたくなってね」

ネルは肩の力を抜き、ゲイブに笑顔を向けた。「そう」ネルが寄り添うと、ゲイブもくつろいだ様子になった。

「今日はどうしたんだい?」ライリーが言った。「みんな、ハッピーかーい?」

「いま、ネルが店の半分の持ち分をティムに売ったとこ」スーズは明るく言った。「バッジが監査をして、評価額を出してくれるんですって」

「バッジ・ジェンキンズはいいやつだ」ゲイブが言い、ウエイトレスを呼んだ。「お祝いなんだ。ビールをピッチャーでふたつ、グラスを六つ。それと、フライドポテトを四つ。酢をたっぷりかけてな」

「まだ、買うことに同意したわけじゃないわ」とホイットニーが反論した。

「あなたたちの同意は必要ないの。離婚の際の取り決めの通例として、一方が望めば、もう一方はすみやかに相手の持ち分を買いとらなきゃならないのよ。で、わたしは買いとりを求めてる。あなたたちが買いたくないなら、バッジが買う人を見つけてくれるでしょ。どっちにしろ、これで縁が切れる」ネルはそこで言葉を切り、ティムを見た。「やっと、ね」

ウエイトレスがピッチャーとグラスを持ってきた。

「それに乾杯だ」ゲイブがグラスにビールを注ぎ、ネルのほうに押しやった。ネルはグラスをスーズに、スーズはホイットニーに回した。

「乾杯」スーズはホイットニーを見据え、そっけなく言った。

ホイットニーもグラスを上げて言った。「あなたにも乾杯。ダンナさんに捨てられたんですってね」

スーズは歯を食いしばり、言い返そうと口を開きかけた。だが、そのとき「お会いするの、はじめてでしたね」と言って、ライリーがホイットニーに手を差し出した。ホイットニーはためらいがちにその手を取った。そして、彼がなかなか手を放さないので、困ったような微笑を浮かべた。

ライリーが手を放し、言った。「このブロンド美人を怒らせないほうがいい。膝をぶったぎられて口に突っこまれても知らないぞ」

ホイットニーの顔がさっと赤くなった。スーズは握りしめていた拳をゆるめた。ゲイブが最後の一杯を注いだ。「なんに乾杯しようか」

ネルがみんなを見まわして言った。「ワーオ。わたしに乾杯して。いま気づいたんだけど、わたし、このテーブルの全員と寝たわ」

「ゲイブもぼくもありがたいと思ってる」ライリーがおどけて言った。ティムがあんぐり口を開けた。

「もちろん、ホイットニーは除いて、だけど」

「ネルに」ゲイブが言い、グラスを掲げた。

「ネルに」ライリーも言い、ビールを喉に流しこんだ。スーズもネルとグラスを合わせた。ホイットニーはわざとらしく目をぐるりと回し、ティムと顔を見あわせようとしたが、彼はまだネルを見つめていた。しかたなく彼女はネルに向きなおり、さもおかしそうな、人を見くだしたような顔で言った。「お盛んね、三人と。へーえ。それ、どれくらいのあいだに？　五十年？」

死ね、このアマ。スーズは「わたしも」と言って手を上げた。男たちがいっせいにこっちを見た。誰もホイットニーの言うことなんか聞いていなかった。スーズはみんなににっこり笑いかけた。「ネルは最高よ。それに、わたしたち三人をたった七カ月のあいだにモノにしたんだから。すごくない？」スーズはネルの腕に手を置き、念じた。ペッティングしただけ、なんて言わないでね。こいつら、ぎゃふんと言わせたいじゃない？

ゲイブがニヤニヤしてネルを見た。「はあん？」

「ライリー、スーズ、あなた、の順」ネルがまじめな顔で言った。「ふた股はかけてないわ」

「ふた股かどうか、なんてどうだっていい。知りたいのは、どんなだったか、さ」ライリーがスーズに向かって眉を上げてみせた。スーズはゆったり座りなおした。ティムのびっくりした顔とホイットニーの困惑顔を見て、胸がスッとした。

「冗談だろ」ティムが言った。

「冗談じゃないわ」とスーズ。「ベッドのなかじゃ、わたし、いつだって真剣よ」

「きみたちはベッドに入った。それから？」ライリーがけしかける。

ネルがため息をつき、ゲイブのほうを向いた。「こうよ」

本当のことを言っちゃだめ。仕返ししましょうよ。お願い。いまだけ、いやな女になって。

「ある晩、わたしたち、ふたりだけだった。なんとなく、したい気分で――」

ゲイブとライリーがうなずいた。

「――おたがい、とても好きだし。それに、スーズもわたしも、とても魅力的でしょ。で……」ネルは肩をすくめ、上目遣いにゲイブを見てほほえんだ。

「したくなったら」ゲイブがまじめくさって言った。「おれのところに来い。昼だろうが夜だろうが、いつだって歓迎だ。スーズも連れてくるといい」

「ほんとなのか」とティムが言った。「ほんとにそんなこと、したのか」

「たんなる性欲じゃなかったのよ。疫病で地球上の男が全滅したらって想像したの」スーズはライリーとゲイブに向かって肩をすくめてみせた。「気を悪くしないで」

「誰も気を悪くなんかしないさ」とライリー。「なるほど、非常事態に備えたわけだ。で、どうやった？」

「ちょっと試してみただけ。でも、スーズは愛を交わす相手としては最高よ」

「いいねえ」ティムがにらんだが、ライリーは気にしなかった。「それから？」

ホイットニーが苦い顔でふたりを見た。「どうやったかなんて、聞きたくないわ」

「いや、聞きたいね」ネルから目を離さずにゲイブが言った。「はじめから話してくれ。なにを着ていた？」

「青いシルクのパジャマよ。ほら、あのすべすべの――」

「ああ、あれか」

「でも、上だけ」ネルは嘘をついた。

「いいぞ」

「下はきみがはいてたのか」ライリーがスーズに尋ねた。

スーズは首を振った。「ううん。わたしは古いTシャツを着てた」

「シルクには負けるな。だが、まあ、悪くない。枕合戦はやったか。裸で枕合戦をやったなら、ポイント高いぞ」

「この先はプライバシーですので」ネルが澄まして言った。「楽しかった、とだけ言っておくわ」

「ほんと、楽しかった」

ふたりの目が合った。あなたがいてくれて、すごくうれしい。スーズは衝動的にネルの手をとり、頬にキスした。「あなた以上の親友はいなかったわ」

「わたしもよ。あなたがダントツでいちばん」

沈黙が下りた。みんながこっちを見ていた。それから、ゲイブが「じゃ、これで」と言って立ちあがった。「ネルとおれは事務所に戻らなきゃならない」

ネルは目をぱちくりさせた。「そうなの？」

「ああ、ブリジット」ゲイブはまっすぐネルの目を見て言った。「そうだ」

ネルは赤くなった。「わかった」勢いよく立ちあがったので、その拍子に椅子が倒れた。

「ごめん」ネルは椅子を起こし、コートをつかんだ。「興奮してたものだから。オフィスに戻ることに、ね」そして、ゲイブを見て言った。「わたし、仕事命だから」

ゲイブが笑い、ネルに腕を回した。スーズは首を伸ばし、ふたりが店を出て通りを歩いていくのをステンドガラス越しに見送った。ゲイブはネルを抱き寄せ、笑いをこらえていかめしい顔をつくりながら、なにか話しかけている。ネルは笑顔で彼を見上げている。ネルがあんまり幸せそうなので、胸が痛くなった。わたしもあれが欲しい。昔は自分も持っていた。もう一度、それが欲しい。

「お愛想」ライリーがウエイトレスに頼んだ。「フライドポテトはキャンセルしてくれ」

「信じられん」とティムが言った。

「ほんと。わたしはひとことだって信じてないわ。ふたりとも、子どもみたいにみんなの注意を引こうとしてただけよ」

「注意を引くために作り話をする必要なんかないわ」スーズは冷たく言った。「ただ部屋に入っていくだけで、注意を引けるもの」

「それは言える」ライリーが長椅子から、さっきまでネルの座っていた椅子に移った。「いつの話だ？　そのとき、ぼくはどこにいた？」

「感謝祭の夜よ」スーズは軽く彼の肩にもたれた。「あなたは園芸専攻の女の子と一緒だったんじゃない？」

ホイットニーが首を振った。「ジャックがあなたを捨てたの、当然よね」

「こんなことで男が女を捨てると思うなんて、きみは男を知らないな」ライリーが鼻で笑い、それから、向きなおってスーズを見下ろした。「きみはTシャツを着ていて――」

「もうたくさん」ホイットニーが立ちあがり、心配そうにティムを見た。「ティム。この人たち、あなたを動揺させようとしてわざとやってるのよ」

ティムはホイットニーを無視して、スーズを見据えた。「ほんとにやったんだな？」

「ええ、やったわ。あなたの奥さんにキスしました。すごくよかったわよ。ライリーも、よかったって。それに、わたしたちがここに座っているいまこの瞬間、ゲイブはネルをベッドに引きずりこんでるわ。ばかな人。でも、あなたがばかなのは、わたしたち、とっくに知ってたし」ティムはひるんだ。だが、スーズはもう止まらなくなっていた。「ネルにひどいことしたわよね。あなたってサイテー。でも、おかげでネルが自由になれたんだから、かえってよかったわ。ネルはいますごく幸せだし、あのくだらない保険代理店以外の生き甲斐もできた。たとえあなたが戻りたがったって、ただでもお断りって言うでしょうね。だから、結果オーライなんだけど。でも、あなたがネルを裏切って傷つけたことは、絶対許さない。あなたは人間のクズよ」

「なんだと」

ホイットニーが彼の腕を引っぱった。「だから言ってるでしょ。この人たちはあなたを動揺させようとしてわざとやってるの。全部嘘よ。真に受けちゃだめ。仕返ししたがってるだけなんだから」心配そうに言い、ティムの袖をそっと撫でる。ほんとに愛してるのね、とスーズは思った。

　ティムはスーズからホイットニーに、それからライリーに視線を移し、ほっとしたように言った。「そうだよな。ネルがそんなことをするはずがない。ぼくは信じな——」

「信じろよ」ライリーが言った。「ネルの臍《へそ》の下の傷痕はなんだ？」

「手術の痕だ」ティムは反射的に答え、それから、ハッと口をつぐんだ。

「ぼくがなにしてるときにその傷に気づいたか、わかるだろ。ネルの反応を見てたら、ああいうことをされたこと、ほとんどなさそうだったからな。きみはあの傷に気づいてもいないんじゃないかと思ってたよ」

「あら」スーズはホイットニーに言った。「あなたに同情するわ」

　ティムが立ちあがった。「きみたちにはモラルってものがないのか！」

「よその女とファックして、妻と息子を裏切っておいて、よく言うわ。あんたこそ、モラルはないの？　この下司野郎」

「もうたくさん」ホイットニーがティムをドアに引きずっていった。

　ふたりがいなくなると、ライリーがスーズに向きなおった。

「あんたこそ、モラルはないの？　この下司野郎、か」

「だって、嫌いなんだもの」

「嫌いなのはわかるが。だからって、やつのレベルまで自分を落とすことはない」

「掘削機で掘ったって、ティムのレベルまで落ちることなんてできないわ。あんな男、軽蔑にも値しない」

「そうだ、そのほうがいい。いまのも上出来とは言えないが、下司野郎、よりましだ。送るよ。その前にもう一杯、ビールを飲むかい？」

「ううん、いらない」スーズは椅子を引いた。「今夜はもう充分、熱くなったから」

「たしかに」ライリーは勘定書を見て、札を二、三枚テーブルに置き、立ちあがった。「ゲイブのやつ、勘定を押しつけるんだからな」

「行くところとやることがあったんだから、しょうがないわ」

ライリーがドアを押さえてスーズを通した。冷たい通りに出ると、彼はスーズの腕を取った。「ゲイブは根っから一夫一婦向きだな。クロエと十九年だろ。そして今度は、ネルと一生一緒にいるつもりでいる。いらいらさせられても、踏んばって離れないんだから」

「一生一緒にいられるなら、それがいちばんだわ」彼の腕を振りほどこうかと思ったが、やめた。こうやって支えてもらうのはいい気分だ。安心できて、暖かくて。どっちみち、家に着いたらまた自分の足で立たなければならないのだ。自立はみずからの選択であって、罰ではないはずだ。スーズはネルのことを思った。何カ月ものあいだ、ショックで凍りついたようになっていた。でも、今夜のネルはゲイブを見上げて笑っていた。もし、ゲイブもネルを裏切ったら……。スーズは立ちどまり、ライリーに向きなおった。「ゲイブが遊びのつもりなら——」

「遊びに見えるか？」ライリーがむっとしたように言った。腕を引っぱられ、スーズはまた歩きだした。「あれのどこが遊びに見えるんだ？　ネルがやったようなことをほかの誰かがやってたら、とっくにクビになってる。ゲイブは永遠にこれを続けるんだろうな」

「そうね。たぶん」スーズは氷のかけらに足を取られて滑った。ライリーが腕を握る手に力を込め、体勢を立てなおすまで支えていてくれた。「ゲイブはネルにぞっこんに見える。でも、ティムも昔はそうだったから」ジャックも昔はわたしにぞっこんだったのに。

「保証が欲しいのか。保証はない。だが、ゲイブは浮気者じゃないし、嘘つきでもない。それに、ネルをただベッドに引っぱりこんだんじゃない。自分の人生に引っぱりこんだんだ。ゲイブはティムじゃない」ひどく怒っているようだ。スーズは謝ろうとしたが、それより先にライリーがつけ加えた。「ゲイブはジャックじゃない」

「ごめんなさい。ゲイブがあなたの友だちだってこと、忘れてた」

「友だちで、パートナーで、師で、家族だ。ゲイブを悪く言うな」

「わかった。ゲイブの話はおしまい。家までまだ六ブロックもあるんだもの。あなたはどう？　最近、調子は？」

「最悪だ。職場が、世界《W》自然保護《W》基金《F》か『セックス・アンド・ザ・シティ』かって感じになっちまってるんだからな。ゲイブはもともと、物静かな男だ。あんなに怒ったり、ハッピーになったりするようにはできていないんだ。まあ、いい。なにかほかの話をしよう」

「なんの話がいい？」

「きみはTシャツ、ネルはパジャマの上着を着ていた」とライリーが言った。スーズは笑い、歩きながら詳しく話した。少し誇張して、していないことをしたように言ったりもした。公園を抜けるころには、自分の話に興奮して軽く息を弾ませていた。やがて、冷たい空っぽの家の前に着いた。ライリーは無言で階段を上った。

「少し話をつくっちゃったかも」スーズは鍵を手探りしながら言った。

「いや。神かけて、全部ほんとだと思うね」

スーズはドアを押し開けた。がらんとした暗闇がたまらない。「とにかく、楽しかったわ。離婚もそんなに悪いものじゃないわね」ライリーにというより、自分に言い聞かせるように言った。「おかげで、自分のこと、いろいろ再発見できた」

「大事なのは、その発見を誰かと分かちあうことだ」

ポーチは暗かったので彼の表情は見えなかったが、笑っているような声だった。その声に含まれているのは、笑いと、あとはなんだろう？

でも、この男は大晦日の晩、キスを拒んだのだ。

「あなたとも分かちあいたいけど。でも、あなたは興味がないのよね」スーズは衝動的に、つま先立ってライリーにキスした。よける隙を与えずにすばやくキスして、ほら、考えてるよりやっちゃったほうがいいでしょ、と言うつもりだった。

ところが、ライリーは激しくキスを返してきた。スーズが踵《かかと》をつけても、追いかけるように前かがみになって唇を離さない。体じゅうの血が熱くなった。彼のたくましい体に抱き寄せられ、息もできない。キスが終わったとき、スーズは離れたくなくて、彼のコートをつかんでしがみついた。もう、独りはいやだ。

この家に独りで入っていかせないで。

「ばかなまねをしてすまない」ライリーが荒い息をついて言った。身を引こうとしたが、スーズはしがみついて放さなかった。

「もっと迫ったら、もう一回キスして舌を入れたら、あなたの体じゅうをさわったら、わたしとベッドに行く?」

ライリーは大きく息をついた。「ああ」

心臓が高鳴った。「迫る?」ねえ、もう無器用な受け身の男でいるのはやめて。キスされる側でいるのはやめて。イエスと言って。

「やめとけ」

「なんで?」スーズは彼を放した。「わからない」

ライリーは煉瓦の壁にもたれた。口を開いたときにはもう呼吸は乱れていなかったし、怒っているような声だった。「さっき、しゃべってたとき、ぼくが欲しかったか」

「え? さっきって、お店で? いいえ。あのときはただ、ティムとホイットニーに仕返ししたかっただけ」

「だよな。仕返ししたがってたのはネルも同じだが、ネルはそれ以上にゲイブを求めていた。ティムの鼻を明かしたくてというより、ゲイブを興奮させたくて、あの話をしたんだ。ネルの言葉は全部、ゲイブに向けられていた」

「そうか……」スーズは思い返してみた。あのときのネルの気持ちを誤解していたのかもしれない。「わかったわ。で?」

「きみはぼくには興味がなかった。それはべつにいいんだ。ぼくに興味を持たない女はたくさんいるからな。きみがぼくを求めるのは、独りで淋しいときだけだ。この大きな空っぽの家に独りで入っていくのがいやだから、ぼくに手を伸ばした。たいていの場合、ぼくはそんなことは気にしない。喜んでお誘いに乗るよ。だが、これはたいていの場合じゃない。相手はきみだし、きみはいま、ちょっとおかしくなってる。そして、ぼくを道連れにしようとしてる。だからって、もう一回誘われてもついていかないってわけじゃないが。ぼくだって聖人君子じゃない、ただの人間だからな。それに、ダーリン、きみはほんとにイカすし。だけどそれじゃ、あとで気まずくなる。きみだってわかってるはずだ」

「独りで淋しいから、だけじゃないわ」スーズは正直に言った。「セックスしたいの。もう何週間もしてないから。したい」

ライリーが吐息をもらした。「明日の朝、ぼくのそばで目覚めたいか」

スーズは考えてみた。朝の光のなかで彼を見る。その現実に向きあう……。

「いいえ」

「それならそれでいい。ぼくも、きみのそばで目覚めたいとは思わない」ライリーはドアを開けた。「さ、なかに入ってファックしよう。気持ちいいからファックする、それでいいじゃないか。で、終わったらぼくは帰る」彼はスーズの背中を押した。「お先にどうぞ」

「ひどい人」スーズは逆らって、足を踏んばった。「なんでそんな下品な言い方するの？わたしが誘えば、ほかの男なら喜んで飛びつくわ。黙って飛びつけばいいじゃない。なんでそうできないの？」

「ぼくはほかの男じゃないからだ。だが、きみがさっさとケツをなかに入れてドアに鍵をかけなければ、ほかの男になるぞ」

「わたしが欲しい？」

「ああ、欲しいさ。入るぞ。立ってやるから。壁によりかかれ」ライリーはスーズを強く押した。スーズはなかに入り、彼を押し戻した。

「いや。あなたの勝ちだわ」

「勝ったんなら、なんでぼくは外にいるんだ？」

「わたしはあなたを求めてるんじゃないって言ったわね。それ、間違ってる。ある意味で求めてるわ。まだジャックを忘れられないのは確かだけど。ジャックはホイットニーをネルにけしかけたし。あんなやつ、大嫌い。でも――」

「なんだって？」

「――セックスしたかったし、独りはいやだし誰かに助けてほしいとも思ってる。全部、あなたの言うとおりよ。でも、あなたを好きなのもほんと。ビビッとくるっていうか。ほかの人にはこんなふうに感じたこと、ない」

「へえ？　そのことについて、少し話しあったほうがよさそうだ」

「いいえ、よくないわ。だって、話しあえば、間違った理由であなたと寝ることになるから。で、また、あなたは正しくて、わたしは間違っていることになる」

「間違った理由じゃないのかもしれない。もしかしたら――」

「おやすみなさい」スーズはあえぐように言い、ばかなことをしないうちに、とライリーの鼻先でドアを閉めた。ガラス越しに彼の姿が見えた。少しのあいだそこに立っていたが、それから階段を下りて、車のほうへ歩いていった。彼の広い背中が暗がりに消えた。行かないで。お願い。

窓から、彼の車が遠ざかっていくのを眺めた。Uターンして戻ってきてくれたらいいのに、となかば期待していたが、車はそのままフォース・ストリートに曲がって見えなくなった。カーテンを閉めたときだ。車のエンジンがかかる音がした。カーテンを開けると、ＢＭＷがエンジンをふかして走り去るのが見えた。

ジャックだ。

大嫌い。わたしを見張るなんて。ネルを傷つけるなんて。だが、その瞬間でさえ、やさしいときの彼、情熱的なときの彼を忘れられなかった。十四年間、彼はたいていいつも、とてもいい夫だった。それが結婚のきつい点だ。結婚は人の魂にくさびを打ちこみ、一生消えない傷を残す。これから結婚しようとする人に警告してやるべきだ。結婚がどんなふうにあなたの人生を形づくり、あなたの心を変質させ、あなたの世界を変えてしまうか。しまいには、自分が誰かももうわからなくなる。相手といることがあたりまえになり、もうそんなに好きではなくても、もう愛していなくても、離れられなくなる。本当は相手を求めてはいないのに、彼なしではいられなくなってしまう。

結婚はドラッグで、罠で、幻想だ。結婚が壊れるのは地獄のような苦しみだ。

ライリーがいなくてよかった。独りでよかった。

スーズは二階の寝室に上がっていった。

その一時間前。ネルは暗い事務所でゲイブにキスしていた。ティムをぎゃふんといわせたうえ、もうゲイブとけんかしていない。いい気分だ。ゲイブがネルの腰に腕を回し、引き寄せた。通りから射し入る淡い光が彼の笑顔を照らした。もう怒らせるのはやめなきゃ。

ティムに対しても、同じことを何十回も思った。それに気づいたら、浮かれていた気分が翳《かげ》り、ネルは一歩退いた。

「どうした?」ゲイブが言った。彼の声も少し翳っている。

「なんでもない。あなたに夢中だって言ったかしら?」

ゲイブがまた腕を回してきた。「さっきの話の続きを聞かせてくれ」

「続きって、もうそんなにないわ。スーズにキスされた。でも、スーズはあなたじゃなかった。だから、あれ以来あなたとしかキスしてない」

「ありがとう。感謝のしるしに、なにかしてほしいことはないか」

「あるわ」と言い、ネルはゲイブをソファのほうに押しやった。彼は暗いなかでよろめき、ソファにどしんと座った。立ちあがる前に、ネルはその上にまたがった。

「いい考えとはいえないな」ゲイブがソファを手で押してみながら言った。「これ、あんまり頑丈じゃ――」

「だから、言ってるでしょ。新しいのを買いましょうって」ネルは彼に抱きついた。「わたしたちの下で壊れないソファが欲しいじゃない。もちろん、お客さんの下でもね。キスして。そして、買っていいと言って」

ゲイブはスカートのなかに手を差し入れ、腿《もも》を撫でた。「この話は何度もしただろ。新しいソファを買うつもりはない。上に行こう。もっといいことが待ってるぞ」

ゲイブがさらに強く抱き寄せようとしたが、ネルは彼の胸に手を当てて押し戻した。「待って。いい考えがある」

「きみのいい考えってのは、おれにはろくなニュースじゃない」

「こうしましょう、ディノ（ディーン・マーティンの愛称）。わたし、いま、男をたらしこむ悪女の気分なの。ここで、いやらしいこと、させてあげる。でも、それにはわたしを買わなきゃならない」

「新しいソファで払え、ってか？」薄明かりのなかでゲイブがネルを見上げた。瞳が熱くきらめいている。スカートの下の手はもっと熱い。ああ。支払いはクリップだってなんだっていいわ。いますぐ抱いて。

「ええ」ネルは顎をツンと上げて言った。「わたし、仕事命なの」

「仕事のためならファックもする、か」ゲイブがスカートを腰までめくり、ネルを引き寄せた。彼のものが触れた。ネルは身震いした。「さすがプロだな。表のドア、鍵かけたっけ？」

「ええ」彼の口に舌を入れた。

「おいおい。窓の前だってこと、わかってるのか」

「暗いし、平気よ。わたしが欲しいの？　欲しくないの？」少し腰を振ると、ソファがきしんだ。ふたりともハッと息を呑んだ。

「こうしよう」ゲイブがしゃがれた声で言った。「三十分以内にこのソファが壊れたら、新しいのを買ってやる」

「了解」ネルは腰をずらし、下になった。そのほうが早くソファが壊れるのではないかと思ったからだ。次の二十分はすべて計画どおりにいった。いつものようにふたりともいい仕事をしたので、体がほてって、もう我慢できなくなった。ネルのパンティは机の向こうに放り投げられている。ゲイブが激しいキスをして、なかに入ってきた。ネルは来るべき嵐に備えて身がまえた。

嵐は来なかった。ゲイブはネルを押さえこんだまま、ほとんど動かない。なかで脈打ちながら、そのリズムに合わせ、絶妙なタイミングでつぼを突いてくる。息が上がり、肌がむずむずした。「なにしてるの？」ネルはあえぎを押し殺して言った。

「イカせようとしてる」ゲイブは笑いを含んだ声でささやいた。

腰を動かそうとしたが、できなかった。ソファのクッションに押しつけられているので、足を床について踏んばることもできない。

「もっと激しく」

「だめだ」

ゲイブは動きを遅くした。血が濃くなるような感じがする。ネルは深呼吸して言った。

「なんてことないわ」だが、心のなかではこう思っていた。やめて。ソファより先にわたしが壊れちゃう。

「嘘つけ」ゲイブが耳もとでささやき、容赦なく突いた。「いつだってきみをイカせられる。これからも、いつだって」彼はネルのうなじにキスしながら、胸をまさぐった。もう一度腰を動かそうとしたが、押さえつけられた。動きを速めてほしいのに、ゲイブはそうしてくれない。腰をくねらせるくらいはさせてくれたが、腰を振ろうとすると熱い手で止められた。

とうとう、動けないことに耐えられなくなった。彼の背中に爪を這わせ、腰を突きあげる。絶頂の最初の痙攣《けいれん》がやってきた。体を打ちつけると、ゲイブは大きく息を吸いこんだ。ネルは腰を浮かし、激しく身悶えて達した。ゲイブがのしかかり、頭が真っ白になっているネルをきしるソファに押しつけた。

われに返ると、ソファはまだ立っていた。「がっかりだわ」体じゅうの血が歌っているようだ。「もう一回、やるしかないわね」

「やっぱり捨てるわけにはいかないな」ゲイブがネルの髪に顔を埋めて言った。「きみがいないときに補強することにしよう」

「下りて」ネルが言うと、ゲイブは立ちあがった。ネルはスカートを下ろし、ゲイブはズボンのジッパーを上げた。

「このおんぼろソファが無事だなんて、信じられない」

「五〇年代の品はものがいいんだ。たとえばおれ。それにきみ」

ネルはスタンドをつけ、机の後ろにパンティを取りにいった。そのとき、ドアが開いてライリーが入ってきた。

「ここでなにしてる?」ゲイブがシャツをズボンに押しこみながら言った。

「ぼくの仕事場なんでね。犬誘拐犯の秘書にセクシャル・ハラスメントを始める前は、きみもここで仕事してたんじゃなかったっけ? クソッ、なんて晩だ」ライリーは鍵を机に放り、ソファにどさりと腰を下ろした。

ソファは持ちこたえた。

「信じられない」ネルはうんざりしてソファを見つめた。「次にやるときは、この上で飛び跳ねることにするわ」

「なんだって？　いま、ここでやったのか？　なんてこった。窓から見えるだろ」

「おまえ、気づくのが遅いぞ。それと、ここでやるってのはネルの発案だ」

「ノーと言おうとは思わなかったのか」

「思わなかった」ゲイブは顔をしかめて首をかしげた。「おい。脚を見ろ」

「ほらね。だから言わんこっちゃ――」ネルは言いかけたが、ソファを見て口をつぐんだ。まるでゆっくり開脚技でもやっているかのように、脚が横に広がり、座面がたわんでいた。

「ワッ。こんなの、はじめて」

ライリーがあわてて立ちあがった。その拍子にソファはさらに沈んだ。「おたくたち、なにやったんだ？」

「新しいのを買わなきゃ」ネルは言ったが、ゲイブは返事をしなかった。

彼はソファの端を持って窓に立てかけるように倒し、底を調べた。「なんだ、これは？」

〝これ〟は長いパイプだった。座面に沿って斜めにはめこまれている。

「壊れなかったのも無理ないわ。だけど、すごく座り心地が悪かったのもこのせいね」

「溶接もされてない。押しこまれているだけだ。手を貸せ」

ライリーがそばに行った。「これを取ったら、このソファ、壊れるぞ」

「取って、取って」

「押さえてろ」ゲイブが言った。ライリーが前かがみになってソファを押さえた。ゲイブがパイプをつかんで引っぱった。「クソッ。もう一回」ライリーにしっかり底を押さえさせて、もう一度引っぱる。今度ははずれた。弾みで彼は一、二歩、後ろによろめいた。

ライリーがソファを元の位置に戻した。「粗大ゴミに出すかい？　冗談じゃなく、誰かが座ったら――」ゲイブがパイプを逆さにして振っているのを見て、ライリーは言葉を切った。

「なにやってるんだ？」

「なにか入ってる」と言って、ゲイブはパイプのなかをのぞきこんだ。「暗いな」

「じゃ、ソファと一緒にランプも買いましょう」

「なにか、先に鉤《かぎ》のついているものをくれないか」ネルが返事をしようとした瞬間、ゲイブは「そうだ」と言ってポケットナイフを取り出した。刃をパイプの端に突っこんで、なかのものをかき出す。

「なあ。いったい――」

「親父は家具やなんかを自分で修理する男じゃなかったが、これは親父の仕業だな」

「なんでわかる？」

「おまえでもおれでもない」ゲイブは眉間に皺を寄せ、ナイフでパイプをほじくった。「おまえのおふくろさんやクロエだとは思えない。それに、外からの侵入者がわざわざうちのソファにパイプを押しこむ、なんてことは考えにくい――」パイプから白い布の塊が出てきた。ゲイブはナイフを置き、布を引っぱってほどいた。なにか重いものが転がり落ち、床でキラキラ光った。

「ダイヤだわ」ネルは光り輝くいくつもの輪っかを見つめた。

「トレヴァーの説明を聞きたいな。一分一秒だって待てない」

「おれは待てるが」ゲイブが言った。「待つつもりはない」

17

「ブローチと指輪はマージーにやり、ネックレスとブレスレットとイヤリングは親父にやった」三十分後、ゲイブはトレヴァーの家のダイニングテーブルにダイヤのアクセサリーを並べて言った。「なぜ、親父にやった？　今日は嘘はなしだ。親不孝な息子だなんだというたわごともなしだ。真実を知りたい」

テーブルの向こうに座るトレヴァーは、ひどく老けこんで見えた。だが、同情は感じなかった。

「サイドボードの上にブランデーがある」トレヴァーが言った。

ゲイブは彼に目を据えたまま、ブランデーを取りにいった。「誰がヘレナを殺した？」

「スチュアートだ」危うく瓶を取り落とすところだった。

「スチュアート？　マージーの亭主の？」

トレヴァーはうなずいた。ゲイブはブランデーをグラスに注いで渡した。トレヴァーは少しすすり、深いため息をついた。

「座れ。全部話すから。だが、誰にも言わないでもらいたい」

「トレヴァー。これは殺人なんだ。隠しておけることじゃ――」

「証拠がない。証拠があれば、わたしだって警察に言っただろう。ヘレナと離婚しようとはしていたが、死んでほしいなどとは思わなかった。ヘレナはマージーの母親なんだ。あの子はいまだに、ヘレナの死のショックから完全には立ちなおれないでいる。クロエとルーだったら、と想像してみてくれ。わかるだろう?」

「ご託はいらない。で?」つい同情しそうになり、あわててその気持ちを抑えつけた。

「わたしは不倫をした」トレヴァーが悲しげに言った。「オードリーと。彼女を愛していたが、結婚は考えていなかった。結局のところ、わたしの妻はヘレナなんだからな。だが、オードリーの妊娠がわかって、わたしは生まれてくる子にオウグルヴィの姓を名乗らせたいと思った。それに実際、結婚はとっくに破綻《はたん》していたし――」

「トレヴァー。スチュアートがヘレナを撃ち、親父が手伝った、その話をしてくれ」

「手伝った?」トレヴァーは露骨にいやな顔をした。「恥を知れ。パトリックはいいやつだった」

「時価一万ドルのダイヤがソファから出てきたんだ。説明が欲しい」

「ソファに隠したのか」トレヴァーは笑ったが、あまり楽しそうではなかった。「あの安っぽいソファにか? あいつらしいな。素晴らしく頭がいい」彼はまたブランデーグラスを手に取った。「いつ、きみがソファを捨てたっておかしくなかった。そうなれば、ダイヤの行方は誰にもわからなかった。どうやって見つけた?」

「ネルがソファを買い替えたがってね。だが、そんなことはどうでもいい。そっちの話が先だ」

「ネルはやり手だからな。ヘレナは違った。離婚を悪くとった」

離婚を悪くとらない人間がいるか？　トレヴァーは自分がどんなに鈍感か、わかっているのだろうか。

「離婚手当はきちんと払うつもりだったのに。ヘレナは、O&Dの権利の、わたしの持ち分の半分を要求した。ばかげてる。もちろんヘレナに勝ち目はなかったが、訴訟を起こされるだけで致命的だった。ジャックはヴィッキーと結婚したばかりでね、アビーに財産の半分を取られたのできつきつの生活だったし、マージーはスチュアートと結婚したばかりだった。スチュアートは事務所からもっと金をもらいたがっていたが、うちにはそんな余裕はなかった。ある日、スチュアートがわたしのところに来て、ジャックと話しあったんだが、この窮地を脱するいい方法がある、と言った。わたしに完璧なアリバイがあるとき、ヘレナを撃てばいい、とな。わたしはノーと言った」トレヴァーはじっとゲイブを見た。「ノーと言ったんだよ。もう少し待とう、そうすればヘレナも疲れて闘いをやめるだろう。そのうち、すべてうまくいくさ、とね」

その言葉に嘘はなさそうだ。トレヴァーなら、シカゴ大火のような大火事が起きたって、そのうち鎮火するだろうから様子を見ようと言いかねない。

「ヘレナの死を望んだことはない」トレヴァーがもう一度言った。「一カ月後、スチュアートが電話をかけてきて言った。マージーがヘレナのところに行っている。いまがチャンスだ。電話してマージーと話しているといい、三十分以内にヘレナの片をつけるから、と。わたしはやめろと言った。だがスチュアートは、これ以上待てばすべてを失うことになる、と言って電話を切った」

「で、あわててヘレノに警告した。だよな？　警察にも電話した」

「警察に？」トレヴァーは、まさか、という顔をした。「冗談だろう。いや、警察にはかけなかった。ヘレナにかけたら、マージーが出た。マージーは、ヘレナの様子がおかしいのですぐ来てほしい、と言った。だが、それから行っても間に合わないことはわかっていた。それで、すぐ病院に連れていきなさい、わたしも病院に行くから、と言ったんだが。マージーは聞かなかった。とにかく来て、の一点張りで――」トレヴァーは目を閉じた。「押し問答しているとき、銃声が聞こえた。わたしは電話を切り、飛んでいった」

「スチュアートはまだいたか」

「いや」トレヴァーは抑揚のない声で言った。「マージーがヘレナを見つけ、半狂乱になっていた。わたしはヘレナに毛布をかけてやり、救急隊に電話した」彼は大きく息をついた。「それから、二階に行き、ヘレナの遺書を見つけた。三通あった。下書きしていたんだ」顔が紅潮し、怒っているような口調になった。「ヘレナは自殺を考えていた。スチュアートがもう少しだけ待っていたら――」

ヘレナの死を望んだことはない、が聞いてあきれる。

「スチュアートは大ばか者だ。マージーと結婚させるんじゃなかった」

それよりなにより、スチュアートにヘレナを撃たせるんじゃなかった、じゃないのか？

だが、口には出さなかった。「凶器はあんたの銃だった」

「スチュアートは前もってあの銃を持ち出していたんだ。ジャックが全部計画した」

ゲイブはサイドボードにもたれた。殺人の計画を立てたのはスチュアートではない、というのは本当だろう。だが、すべてをジャックのせいにする言いぐさは真に受けないほうがよさそうだ。このあいだの四半期レポートのせいで、トレヴァーはジャックにいい感情は抱いていないはずだ。それに、〝前もって銃を持ち出していた〟というのもうさんくさい。「まだ親父が出てこないが」

「ヘレナはいちばんいい宝石をつけていた、とマージーが言った。遺体を見ると、指輪とブローチはしていたが、ほかのものはなくなっていた」

「スチュアートが取った」とゲイブは調子を合わせた。

「逃げる前に、取れるものだけ取ったんだ」トレヴァーが苦にがしげに言った。ゲイブは少しだけ信じる気になった。「ブローチははずすのに時間がかかるから、取らなかったんだろう。指輪は、ヘレナが昔より太ったので抜けなくなっていた。スチュアートはばかな男だ。宝石を売るとかなんとか、ばかなまねをするに決まっている。それで、パトリックに電話して相談した」

「宝石までなくなったのに、誰も警察に言わなかったとはな」

「スキャンダルは命取りだった」

「あんたの娘は、母親を殺した男と結婚していたんだぞ」

「だからこそ、警察に言うわけにはいかなかった。スチュアートがやったとわかったら、マージーがもたなかったろう」トレヴァーは言葉を継いだ。「パトリックはいつものとおり素晴らしかった。何日も尾行して、スチュアートが質屋に入るのを見届けた。そして、自腹を切ってダイヤを買い戻してくれた」

「それをおふくろに話したんで、おふくろは出ていったのか」あんたたちはふたりとも大ばか者だ。

「いや。言ってもリアはわかってくれなかったろう。だから、パトリックは言わなかった。だが、いずれにしろリアには理解できなかった。なぜ事務所の金がごっそり消えたのかも、なぜパトリックが訳を話そうとしないのかもな。リアはあまりいい妻じゃなかったんだよ、ゲイブ。こういうことは言いたくないが、事実だ。信頼できない女だった」

ゲイブは啞然として彼を見つめた。

「それに、パトリックは女にあれこれ指図されて黙っている男じゃなかった」

「おふくろが出ていったあと、夜はその意地を抱いて、さぞ暖かく過ごしたんだろうよ」

「ダイヤの代金、全額は払えなかった」トレヴァーはゲイブを無視して言った。「それで、ポルシェを譲ったんだ。パトリックがあの車を気に入っているのを知っていたし、わたしはもう一台、持っていたしな」

「ひどい話だ」

「それから、差額分のダミーの請求書をつくって、調査費としてO&Dに回した。その年の暮れまでには全額返したよ。そのころにはリアはもう家を出ていて、きみの叔母さんが経理を見ていた。おかげで、誰も変だとは思わなかった」

「だが、親父はダイヤを返さなかった」

「わたしのほうが受けとるわけにはいかなかったんだ。もうオードリーと暮らしていたし、彼女に見つかるリスクは冒せなかった。ダイヤはヘレナと一緒に棺《ひつぎ》に入れた、とみんなに言ったしな。わたしが持っていることをマージーが知ったら、とんでもない誤解をしかねない」

そんなこと、マージーは考えもしないだろうよ。「ソファに隠して、そのままにしておくつもりだったのか」

「いや。五年たったらダイヤだけはずして売るつもりだった。ところが――」

「隠し場所を教えないまま、親父が心臓発作で死んだ」ゲイブは先回りして言った。

トレヴァーはうなずいた。「その後、スチュアートが事務所の金を横領して逃げた。それで、ジ・エンド。わたしたちはふだんの生活に戻り、ネルがきみの事務所を引っかきまわすまで、平穏に暮らしていた。きみは怠け者の秘書を雇うべきだったんだ」トレヴァーは笑おうとしたが、その笑いは不自然に凍りついた。「ネルがダイヤを見つける前に、うちで雇ってそっちを辞めさせようとしたんだが……」そして、ため息をついた。「いまとなってはジ・エンドだ」

ゲイブは信じられない思いで首を振った。「ジ・エンド？　トレヴァー、終わってなんかいない。スチュアートはいまも生きてるし、殺人犯なんだ。それを忘れちゃいけない。それに、失踪したのは事件から十五年もたってからだ。祭日の祝いの席でスチュアートと同じテーブルを囲むのは、さぞ楽しかっただろうな」

「親父さんから学ぶべきことがまだたくさんあるようだな」トレヴァーが苦い顔で言った。

「パトリックは批判がましいことは決して言わなかった」

「その結果がこれだ。親父があんたを警察に引っぱっていっていたなら――」

「ガブリエル。警察にくちばしを入れさせるつもりはない。当時もいまも、それは同じだ」トレヴァーの声はかつての強さを取り戻していて、有無を言わせぬ力があった。「わたしの証言なしでは、きみはなにひとつ証明できない。だが、わたしの娘やビジネスにダメージを与えることはできる。だから、親友の息子であるきみにお願いしているんだ。この件はそっとしておいてくれ。もう二十年も前の――」

「二十三年だ」

「――ほじくりかえしても、得るものはなにもない。たとえきみの話を信じたとしても、警察はどうせスチュアートを見つけられない。失踪してもう七年だ。マージーも、そろそろ失踪宣告をするつもりでいる。終わったことだ。そっとしておいてくれ」

ゲイブは立ちあがった。「トレヴァー。知ってるのはおれだけじゃないんだ」

「ネルはきみの言うとおりにするさ」

「わかってないな」トレヴァーが蔑《さげす》むような目つきをした。ゲイブは顔に血が上った。「ネルが言うことを聞くとしても、黙っていろと言うつもりはない」

きみにもきみの女の扱いにも失望した、という顔でトレヴァーが首を振った。

ゲイブは別の角度から攻めてみた。「で、リニーはどう関わってくるんだ?」

「誰だって?」本当になんのことかわからない様子だ。

「リニー・メイソン。うちの前の秘書の。一週間前、フリーザーから死体で見つかった」

トレヴァーは目をしばたたいた。「リニーは関係ない。ずいぶん若かったんだろう?」

「三十代前半だ」ゲイブは答えたが、話の流れが読めなかった。

トレヴァーは両手を広げてみせた。「ヘレナが死んだとき、その女は十歳かそこらだったんだぞ」

「なにもその場にいる必要はない。噂《うわさ》が耳に入ったのかもしれない。女はなにをネタに脅迫してきたんだ?」

「言っただろう。不倫だ」トレヴァーの声は尖っていた。「たんなるいたずらだ。誰だったか知らんが、最初の一回きりで、二度と電話してこなかったしな。ガブリエル、いったいなんなんだ? きみは、これは自分の問題だ、自分の家族とマッケンナ探偵社の問題だと思っているようだが。そうじゃない。これはわたしの家族の問題だ」

「だが、うちの家族も関わっていた。この事件が原因でおふくろは家を出た。違うか?」

「リアは」トレヴァーがなだめるように言った。「それまでにも何度も家出していた。リアが戻ってくれれば、パトリックはいつも迎え入れた。なんで門前払いを食わさないのか、わたしには謎だったがね」

「愛してたんだ。それに、おふくろも親父を愛してた。だから、親父がこういうことをしでかしても、いつも戻ってきたんだ」

「親父さんをそう悪く言うな」ゲイブが帰ろうと背を向けかけたとき、トレヴァーが言った。「パトリックはいい友だちだった。きみだって、いとこが困っていたら同じことをするはずだ」

「いや、しない。そんな必要はない。ライリーは絶対に、あんたがしたようなことはしないい知った。

ゲイブは父親のポルシェを運転して帰った。この車がどんなに高くついたか、はじめて思

「ああ、そうだろうとも」

「わたしはなにもしていない」

からだ」

オフィスに戻ると、ライリーにトレヴァーの話を報告した。

「どう思う？」ライリーが尋ねた。

「計画を立てたのはスチュアートじゃないというのは本当だろう。スチュアートは軽率でばかだ、というもっぱらの評判だしな」

「ダイヤを盗むなんて、軽率以外のなにものでもないよ」

「話のその部分は信じられる。トレヴァーは心底うんざりした顔をしてたからな。だが、賭けてもいい、裏で糸を引いたのはトレヴァーかジャックだ。で、親父が隠蔽工作をした」

「それは考えるなよ。で、二十二年後にリニーがダイヤを探しにきた。ここにダイヤがある、と教えたのは誰だ？　トレヴァーしかいないんじゃないか」

「トレヴァーがスチュアートかジャックに話した可能性もある。だが依然、最有力容疑者はトレヴァーだ」

「なんのために話したんだろう？　ジャックかスチュアートなら、寝物語に、ですむ。リニーは落とすのがむずかしい女じゃなかったしな。だけど、トレヴァーがリニーを抱いて寝な

がら、『マッケンナのところにダイヤがある』とささやいてる図はちょっと想像できない」

「寝物語のはずはない。リニーは金に目が眩《くら》んだのかもしれないが、とにかく、誰かがリニーをここに送りこんだんだ。それから、そいつは知りすぎたリニーを殺した」

「しかし、なんでいま？　二十二年も前の話だぜ。ダイヤを目の前にしながら二十二年も待てる人間はトレヴァーくらいのもんじゃないか。だけど、トレヴァーなら、じっと待ちつづけるはずだ」

「誰が話したのでもない、たんに誰かが嗅ぎつけたのかもしれない」

「ジャックだ」

「ジャック？　なんでだ？」

「あいつはクソ野郎だから、さ」

「ライリー。まだ結論を出すのは早い」

「あなたとスーズが寝てるって噂を聞いたんだけど？」

次の日曜日、シカモアで三人でブランチを食べているとき、マージーが言った。スーズはオレンジジュースでむせた。

「誰から聞いたの？」とネルが尋ねた。

「ティムがバッジに話したのよ。マザー・ダイサートの家での食事会のとき」マージーはため息をつき、ミモザのグラスに手を伸ばした。「最悪だった。ホイットニーやオリヴィアと話さなきゃならなかったから、あなたたちに悪くて。そうしたら、あなたたちが寝てるっていうじゃない……」

「冗談に決まってるじゃない。でしょ？」そうは言ったものの、マージーなら真に受けないともかぎらない、とスーズは思った。

マージーはエッグ・ベネディクトを突ついた。「まあね。でも、なにかはしたんでしょ。だって、ネルが嘘をつくはずないもの」

「キスはしたけど。たんなる科学的興味からよ。疫病で男が全滅したらって仮定で」

「そうなったら」スーズはエッグ・ケサディィヤを口に運びながら言った。「あなたも入れてあげる。３Ｐしよう」

「わたしはいいわ。そのときはジャニスを探しにいくから」

スーズはケサディィヤを頬ばったまま、固まった。ジャニス？　その人とヤッたの？

ネルが言った。「ジャニスって？」

「高校のときの友だちよ」マージーは眉を寄せてエッグ・ベネディクトを見つめた。「バッジに会うまでは、ジャニスとのセックスがいちばんよかった」

「スチュアートはお話にならなかった？」スーズが突っこむ。

マージーはミモザをもう一杯頼むと、ウエイトレスがいなくなるのを待って続けた。「ジャニスにはいろんなことを教わったわ」

「なのに、スチュアートと結婚したの？」とネル。「なんで？」

「ジャニスにフラれたから。スチュアートのことは前から知ってたし。彼はパパの会社で働いてたし。何度もプロポーズされたし」マージーは肩をすくめた。

「信じられない。あなたにそんな秘密の生活があったなんて――」

「べつに秘密じゃないわ。秘密にしようとしたことはないし。誰も気づかなかっただけで。わたしがなにをしても、誰も気に留めないの」言いながらも、それをとくに悲しいとも思っていない様子だった。「スチュアートに話したら、すごくショックを受けて。だから、もう誰にも言わないことにしたの」マージーは首を振った。「わたしが言わなきゃ、彼、決して気づかなかったでしょうね」

「ショックを受けた？」ネルは首をかしげた。「なんで？」

「自然に反するから、ですって。スチュアートって、あんまりおもしろい人じゃなかった」

「ほんとにごめんね」ネルはやさしく言った。「あなたが不幸だったのに、全然気づかなくて」

「なんで謝るの？」マージーはエッグ・ベネディクトの皿を押しやり、グラスを持った。「そんなにつらかったわけじゃないから。スチュアートはあんまり家にいなかったし。でもある日、事務所でトラブルがあったの。わたし、どうしていいかわからなくて。大げんかになった。ほんとにひどいけんかだった。わたし、癇癪を起こして」

スーズは驚いてマージーを見た。「あなたでも癇癪を起こすこと、あるの？」

「――彼を殴った。それからパパのところに行って、離婚したいって言った。でもその晩、スチュアートは出ていって、それきり帰ってこなかった。問題は自然に解決したわけ」

「で、バッジが登場した。彼に、ジャニスのこと言った？」

スーズの質問に、マージーはにっこりした。「ええ。バッジはスチュアートとは全然違う反応をしたわ」

「わかる、わかる。ヴイブもそうだったから」スーズは思い出し笑いをした。「レストランからあんなにそそくさと帰っていったカップル、はじめて見た」

「ライリーは？」ネルが尋ねた。スーズの笑いはこわばった。

「彼もおもしろがってはいたみたい」

「あなたとライリーが？」とマージー。「よかったじゃない」

「違うの」スーズはみじめな気持ちで言った。「彼はしようとしなかった」

「高嶺の花だと思ってるのかも」

「そうじゃないわ」スーズとネルが同時に言った。

「わたしはもう、昔のわたしじゃないから」スーズはできるだけ軽い調子で言った。

「ライリーはそんなにばかじゃないわ」とネルが言った。

「ばかだなんて思ってないわ。ねえ、ジャニスはいまどこにいるの？」

「ニューヨークの大きな法律事務所で働いてる。それはべつにいいの。わたしにはバッジがいるから。でも、もし疫病で男が全滅しちゃったら、バスに乗ってニューヨークに行くわ」

「バスで？　あなたが？　ちょっと想像できないけど」

「あなたのプレゼントだって、ちゃんと半額出したのよ」マージーが悲しげに言った。

「プレゼント、くれるの？」スーズは少し元気になった。

マージーがデコレーションされたクッキーの詰まった透明なプラスチックの箱をバッグから出して、テーブルに置いた。「今日は離婚パーティーよ。離婚するパワーが出るように、パーティーを開いて応援しようってことになったの」

いたたっ、とスーズは思った。

「パーティーでもやれば元気出るんじゃないかと思って」ネルがマージーよりは如才なく言った。

「ケーキとろうそくをどうやってバッグに入れてきたらいいかわからなかったから、クッキーを焼いたの。割れたのはひとつもないのよ」

「割れてないクッキー」スーズは箱を開けながら、明るく言った。「すてきなプレゼントだわ」

「これはプレゼントじゃないの。これはケーキのかわり」

「はい、プレゼント」ネルがピンクのホイルに包まれた箱を差し出した。

「選ぶのに何時間もかかったのよ」

「何時間もはかかってないけど。でも、そのくらいに感じたかも」

「ありがとう」スーズは包みをほどいた。ピンクのホイルを取ると、なかから現れた箱にはこう書いてあった。〝女性の友。バッテリー付き〟言葉に詰まった。

「バイブレーターよ」とマージー。

「みたいね」

「これがあれば、オーガズムを求めるあまりの失敗をしでかさずにすむ。すごくありがちな失敗よ。経験者が言うんだから間違いないわ」

「ライリーは失敗じゃないわ。彼は冒険よ」マージーがうっとり、ため息をついた。

「マスターベーション、か」スーズはまだ呆然と箱を見つめていた。

「わたしならもっと違う言い方をするけど。信頼できる相手とのセックス。ねえ、そうじゃない？」とネルが言った。

「いいこと言うわね」

「これがあれば、お酒もいらないし」マージーがミモザのグラスを指さした。「それに、ベッドも独り占めできる」

それじゃ充分じゃない。ふたりと別れて家に帰ると、スーズはバイブレーターの箱をクローゼットの棚に置いた。それから、カクテルをつくった。今日はジャックが残りの服を取りにくることになっている。待つあいだ、アルコールが欲しかった。

約束の時間を過ぎても彼は来ない。スーズは二杯めをつくった。

ジャックが入ってきた。そのとたん、胸が締めつけられた。いつもどおりの彼だ。背が高くて、かっこよくて。あの青い目に、うまくいっていたころと変わらぬやさしさをたたえて見つめてくる。スーズは、彼がティムをけしかけてネルになにをしようとしたか、いまもオリヴィアになにをしているかを思い出そうとした。そして、ジャックがクローゼットからシャツを出すあいだ、穏やかに話をした。彼のあとについて玄関ホールに下りるときも普通に息をしようと努め、「行かないで。もう一度やりなおせない？」と言いたくなるのを必死でこらえた。やりなおしたいとは思わない。ジャックは不倫をしたし、ネルにひどい仕打ちをしたし、暗い道でライリーとキスするところを見張っていたのだ。だが、それでも、行かないでと言いたかった。なぜなら、未来はつかみどころがなくて恐ろしく、彼はスーズがよく知っている過去だからだ。

だが、結局口にしたのは「本当にもう終わりなのね。信じられない」という言葉だった。喉に熱い塊がつかえて苦しかった。

「ぼくも信じられないよ。あんなにうまくいっていたのに」ジャックはシャツのハンガーを持ってドアの脇に立っていた。ポーチの明かりに照らされた顔は悲しげだった。わたしの夫……。なにがあっても一緒にいようとしなかった自分に、スーズは罪悪感を覚えた。もっともっと愛していたら、許せたろうに。彼がオリヴィアと浮気したのは、プライドを守るためだったのだから。

「きみのいない暮らしなんて。なにもかも、昔とは違ってしまうんだろうな」真情のこもった苦しげな声だった。スーズは思わず彼のそばに行き、腕を回した。

「愛してるわ。これからもずっと。たとえ――」

ジャックがハンガーを放り出し、唇を寄せてきた。スーズは身を引こうとしたが、そのとき、幸せだったころの思い出がよみがえった。この悲しみから二度と立ちなおれないのではないかと怖くなった。独りはいやだ。誰かにそばにいてほしい。進んだ女になんかならなくていい。あんなピンクのバイブレーターより、人肌のぬくもりが欲しい。体を引き寄せられると、スーズはキスを返した。もつれあって床に倒れ、彼をなかに迎え入れた。最後にもう一度、結婚と、彼と一緒に過ごした人生にさよならを言うために。

別れるのはあとでいい。スーズは思い、彼に、そして彼のキスにしがみついた。

翌週、ゲイブはリニーの死に頭を悩ませ、ネルは、ジャックと別れられないスーズのこと、最近ミモザなしではいられなくなってきているマージーのことに頭を悩ませていた。ネルの人生で唯一確かなものは、マッケンナ探偵社だった。ネルは革のクッション付きのミッション様式のソファを買った。請求書を見せるとゲイブはたじろいだが、文句は言わなかった。それで三月十七日の聖パトリックの日、賭けに出た。新しい名刺をつくってゲイブとライリーにプレゼントしたのだ。紙の色は淡いグレー。いちばん上に、窓のロゴと同じ字体の金色の打ち出し印刷で〝答えを見つけます〟と入れた。そして、朝いちばんに名刺の箱を机に置いておいた。まもなく、ふたりが出社してきた。ネルは「なかなかいいじゃないか」という言葉を期待して待っていた。

ゲイブが血相を変えて部屋から出てきた。ネルは先手を打って言った。「窓のロゴのデザインをそのまま使ったのよ」

「おれの机からさっさとこれをどけろ」ゲイブは名刺の箱をネルの机に放った。「このいやったらしい名刺は燃やして、前のを刷ってもらえ」

「これ、事務所のお金でつくったんじゃないのよ。わたしからのプレゼント。聖パトリックの日の」

「なにをくれるか、前もって知っておきたかったよ。こんなことなら、こっちはグレンリヴェット一ケースにするんだった」

「あなたがこんな態度をとると前もって知っておきたかったわ。こんなことなら、グレンリヴェットで酔っ払っておくんだった。ねえ、そんなふうに頭から拒否しないで、使ってみてくれたって――」

「使う気はない。きみに警告しておく。いいか、次はないぞ。前の名刺を刷らせて持ってこなければクビだ。金輪際、なにも変えるな」

「たかが名刺のために、わたしと寝るのをやめるつもり？」ネルは険悪なムードをやわらげようとして言った。

「いや。だが、給料を払うのはやめる。クビになりたくなければ、秘書なら秘書らしく、命令に従え」

「ちょっと。わたしはただの秘書じゃ――」

そのとき、ライリーが部屋から出てきた。手に新しい名刺を持っている。「いつからぼくは、金持ちのマダム御用達の美容師になったんだ？」

「そんなこと――」

「それとも詐欺師か」ライリーは名刺に目をやった。「〝答えを見つけます〟？　見つかるかどうかはどんな問題かによる。だろ？」

「これは捨てさせる」ゲイブはそれだけ言って部屋に戻り、荒々しくドアを閉めた。

「新しいものだからって、なにもあんなに毛嫌いしなくても」ネルはドアをにらんだ。

「新しいものだから、じゃない」ライリーは名刺を机に置いた。「奇をてらってるからだ。ゲイブに無断で二度とこんなことはするな。ゲイブの性格はわかってるだろ？」

「でも、彼は間違ってる。なんでも自分の思いどおりにしなきゃ気がすまないんだから。古い名刺は――」

「ゲイブはあれがいいんだ」ライリーがネルをさえぎって言った。「わかってないな」

「ここ、わたしが来る前よりずっとよくなったと思わない？」ネルが言うと、ライリーは待合室を見まわした。

「ピカピカだな」

「洗面所だって――」

「芸術品だ。だが、きみは肝心なことをわかってない。ここはゲイブの事務所だ。そして、こういうのはゲイブの趣味じゃない」

「あなたの事務所でもあるわ」

「ぼくはゲイブに賛成だ。いいか、問題は、ゲイブが自分の思いどおりにしなきゃ気がすまないことじゃない。きみたちふたりともがそうなのが問題なんだ。どっちかが折れるしかないだろ？　いや、どっちかが、じゃない。きみが、だ」

「彼は間違ってる」

「あのなぁ。ぼくはもう戻る。嵐が収まったら呼んでくれ。そのとき、まだ生き残って立ってるやつがいたら、また話を聞くよ」

「なによ！」ネルは古い名刺を再注文しようと電話に手を伸ばしながら考えた。なにかいい方法があるはずよ。ゲイノは変化をいやがる。でも、だからって、あのダサい名刺でなきゃだめだなんて。

「紙はクリーム色」五分後、ネルは印刷屋に言っていた。「インクはダーク・ブラウン。書体は上品な感じで。シンプルにね。ブックマン書体？　それでもいいわ。〝マッケンナ探偵社〟は12ポイントで……」

　ほら。わたしだって妥協くらい、できるんだから。

　電話を切り、ゲイブの部屋に入っていった。「注文しなおしたわ」

「前のやつだな？　どこも変えてないだろうな？」

「前のじゃないけど。でも、妥協したわ。考えたんだけど――」

「考えるな。考えなくていいし、妥協もしなくていい。ただ言われたとおりにすればいいんだ。前の名刺にしろ、と言ったはずだぞ」

「ねえ、いい？　ノーと言うばかりじゃ通らないわ。わたしの意見も聞いてくれなきゃ」

「そんな必要はない。ボスはおれだ。そして、きみは秘書だ」

「いちおう、そうだけど――」

「いちおうもへったくれもない」ゲイブはいらついた様子でネルを見上げた。「まぎれもない事実だ」

　ネルも腹が立ってきた。「わたしの意見は重要じゃない、って言うのね？」

「そうは言わない。だが、そうだな、たいして重要じゃない」

「じゃあ、いままでわたしがやってきたことはなんだったの？」

「ネル。なにか勘違いしてないか。おれと寝たからといってビジネス・パートナーにはなれない。何度言えばわかる？　おれはティムじゃないし、ここは保険代理店じゃない」

「寝たことを言ってるんじゃないわ」ネルは食ってかかった。「この七カ月間に、事務所のためにしたいろんなことを言ってるの」

「はいはい、きみは組織運営の天才です。いいから、もう行け」

「そういうこと?」

「ああ、そういうことだ。考えなきゃならないことがあるのに、そこできみがぎゃあぎゃあわめいてたんじゃ、考えられない」ゲイブは額をこすった。「この話はあとにしないか。けんかはもううんざりだ」

「だったら、もういいわ。わたしがたんなる使用人なんだったら、話しあう必要もないし」

「たんなる使用人なんだったらって、いったい自分をなんだと思ってるんだ? おれはきみを雇い、給料を払ってる。いつからパートナーのつもりになった?」

あなたと男と女の関係になってからよ。ネルは思い、その瞬間、ゲイブの言うとおりだと気づいた。ボスと寝て、ボスのビジネスを仕切る。これじゃ、昔と同じだ。

ゲイブがネルを見据えて言った。「いいか。きみはただの秘書だ。二度と言わせるな」

「わたしが間違ってたわ」ネルは力なく言った。いま気づいたことに吐き気をもよおしながら、机に戻って腰を下ろした。

ぼんやり部屋を眺めた。しゃれたオフィスだ。やわらかな金色の壁。灰色のソファ。金色のフレームに入った数枚の写真が、本棚とファイリング・キャビネットの上の空間にアクセントを添えている。本当にしゃれている。まるで、高級な保険代理店みたいだ。

わたしは全然、新しい生活を始めてなんかいなかった。ティムに似た手近な男を見つけ、古い生活をリメイクしただけだ。また罠に落ちた。窓を直したって、なにも変わらない。今度もまた、男に尽くす生き方を選んで、自分で自分を奴隷に売り渡したようなものだ。ゲイブに捨てられたら、すべてを失ってしまう。新規蒔きなおししたつもりが、結局、自分ではなにも始めていなかった。

辞めなきゃ。

そうだ、辞めよう。自分のための新しい生活を見つけなきゃ。そうすれば、彼だってわかるはず――じゃない、そういう考え方は間違ってる。そうすれば、自分が変われるはず。なにかできることがあるはずだ。スター・カップを引き継ぐ？　だめだ。それではまた、ほかの誰かのために働くことになる。誰か、というよりゲイブのために。しかも、クロエが戻ってくるまでの期間限定で。

自立したければ、ここを辞めて、自分でビジネスを始めることだ。だが、そう思うと悲しくなった。これからもゲイブとライリーの仲間でいたかった。仕事自体も好きだったし、ふたりと働くこと、ふたりと一緒にいることが好きだった。それでも、辞めなきゃ。ゲイブとだめにならないための、それが唯一の道だ。本当はもっと前に辞めるべきだったのだ。たぶん、最初のけんかのあとに。ただ、そうすると、それは最初のキスの前、ということになってしまうけど。どんなビジネスを始めればいいのか見当もつかないが、とにかく、離婚手当の残りをもらい、それに、バッジが保険代理店の持ち株分として取ってくれるお金を足して、なにか始めよう。老後の備えなんてクソ食らえだ。明日、トラックに轢かれて死ぬかもしれないんだから。今日、なにか新しいことを始めなきゃ。今度は男抜きで、自分のもの、といえる仕事を。

ゲイブがスーツの上着を羽織りながら出てきた。「五時に戻る。晩飯はどこがいい？　シカモアかファイヤー・ハウスか？」

「どっちも行かない」これから、新しい生活のプランを立てなきゃならないから。

「また飯を食わなくなる気じゃないだろうな」ドアのところでゲイブが言った。「どっちか選べ」

「今夜は家で食べるわ。考えたいことがあるから」

ゲイブは目を閉じた。「おいおい。ふてくされるのはやめろ。きみらしくないぞ」

「ふてくされてなんかいないわ。考えたいことがあるから、少しひとりになりたいの」

「考えたいことってなんだ？　きみの人生はそんなに複雑じゃないだろ」

「わかってる。それが問題なの。わたし、よく考えもせずに、ひとつの整然とした状況から別の整然とした状況に飛び移った。ここに来て、ティムとやったのと同じことをあなたとともやろうとした。そんなこと、できるわけがないのに」

「おれは浮気はしない。それだけでも前よりましだと思うが」

「あなたもよ」ネルは、責めるような口調になるまいとしながら言った。「あなたも、クロエとやったのと同じことをわたしとしようとした」

「きみをクロエだと思ったことはない」

「おれと寝たからといってビジネス・パートナーにはなれないって言ったわよね。あなたの言うとおりだわ。とくにここでは、ボスがいつも秘書と寝るんですものね」

「ちょっと待て――」

「いいえ、待たないわ。でも、それはいいの。あなたが正しくて、わたしが間違ってた」

「オーケー。で？　おれが正しいんだったら、なんでおれはひとりで飯を食わなきゃならないんだ？」

「あなたと寝ると、パートナーになったような勘違いをするからよ。あなたといると、理性的に考えられない」

「もう寝るのはよそう、なんて言うなよな。それは、新しい名刺を突き返されたことに対する仕返しでしかないぞ」

「仕返しじゃないわ」どうしてわからないの？「セクシャル・ハラスメントが社会問題になるわけよね」

「おれがいつセクシャル・ハラスメントをした？　おい、いいかげん——」

「あなたがしたなんて言ってないわ。リニーの言ったとおりだって言ってるだけ。ボスは秘書と寝るべきじゃないのよ。あなたがいちばん知ってるでしょ。ここのルールなんだから。それで——」

「そのルールなら、きみのために喜んで破っただろ。この話はあとで飯を食いながらしよう。用があるんだ。出かけなきゃならない」

「だったら、さっさと行って用をすませたら」ネルはうんざりして言った。「で、外でひとりで食べてきて。わたしは家に帰るから」

「あとで寄る」と言ってゲイブはドアを開け、行きかけた。

「来ないで。このこと、徹底的に考えたいから」

ゲイブは、やれやれ、と首を振った。「別れよう、なんて思うなよ」

「ねえ、いい？　わたしにああしろこうしろと指図しないで」

「するさ。ボスはおれだ」

「もうボスじゃないわ。わたし、辞めるから」

ネルはコートを羽織り、バッグを持った。

「辞めさせない」ゲイブは乱暴にドアを閉め、その前に立ちはだかった。「クソッ、ネル。約束があるんだ。こんな話をしてる暇は――」

「じゃあ、さっさと行けば？」机を回ってドアのところに行き、彼と対峙した。「止めないから。誰が引き継いでも困らないように、仕事はちゃんと整理してあるわ。ルーに頼むなりスーズを雇うなり、好きにすれば？　ここで働くかぎり、わたしはパートナーになろうとするだろうし、あなたは、きみはただの秘書だ、と言いつづける。けんかばかりしてなきゃいけないから」

「わかった」ゲイブは疲れたように言った。「今日はもう帰れ。この話はまた明日しよう」

カッとなって、バッグで彼の腕をひっぱたいた。「一度くらい人の話を聞いたらどうなの？　辞めるって言ってるでしょ。明日はもう来ない。辞めて、さよなら。いい？　辞めるの」ネルは唾を飛ばしてまくしたてた。「あなたと食事なんかしたくない。顔も見たくない。話もしたくない。なにもかもうまくいってるふりなんかしたくない。あなたなんか、欲しくない！」

「なんでおれはいつも、頭のおかしな女を好きになるんだ？」ゲイブは天井を見上げてつぶやいた。

「なんであなたはいつも、頭がおかしくなるほど女をいらつかせるの?」ネルはやり返した。

「男の鑑《かがみ》」

「おい。情緒的問題を抱えてるのはおれじゃないぞ」

「ええ、ええ、そうでしょうとも。情緒がなきゃ、情緒的問題を抱えようもないものね。そこ、通りたいの。どいて」

ゲイブは道をあけた。「このヒステリーの発作がおさまったら戻ってこい。まだ仕事はあるし、おれもきみのものだ」

「あなたなんか大嫌い。あっち行って!」

ネルは彼を押しのけ、ドアを開けた。昂揚した気分で、足を踏み鳴らすような勢いで歩いた。今度のろくでなしは、捨てられる前にこっちから捨ててやった。進歩だわ。いますべきことはひとつ。仕事を探すことだ。

18

ゲイブが戸口に立ち、胸のなかで悪態をつきながら、ネルの背中に怒鳴りたいのを必死でこらえていたとき、ライリーが入ってきた。

「いま、ネルとすれ違ったけど」と、ドアを閉めながら言う。「すごく怒ってるみたいだった。なにかあったのか」

「辞めた」

「やめたって、きみと寝るのをか。それとも、ここで働くのを？」

「知るか」

「まったく、きみは女扱いの天才だよ。自分でわかってるのか。いったいなにしたんだ？」

ゲイブはなんとか怒りを静めようとした。「本当のことを言っただけだ。きみはパートナーじゃない、ただの秘書だってな」

「それをネルにわからせるのが重要だ、と思ったわけか。なにか理由があったのか」

「ネルがまた妙な名刺を注文したからだ」またしても頭に血が上ってきた。「クソッ、あいつときたら、自分の思いどおりになるまで絶対にあきらめないんだからな。おれが甘い顔でも見せようものなら、窓のペンキも塗りなおしていたろう」

「ちょっと整理させてくれ。ネルが来てくれたのは、事務所にとってぼく以来の最高の出来事だったし、きみの夜の生活にとってはクロエ以来の最高の出来事だった。それを、たかが窓のペンキを塗りなおしたくないがために失うのか？」

「これは原則の問題だ」

「その原則とやらが今夜、きみを暖めてくれることを願うよ。もちろん、原則は明日、電話に出てはくれない。だけどそれについては、どうするか、きみに考えがあるんだろ」

「明日は来るさ」ゲイブはドアを開け、これ以上議論を吹っかけられる前に、とそそくさと外に出た。

「来るわけないだろ。ぼくの知るかぎり、ネルはきみより頑固なただひとりの人間だ。ほとぼりが冷めるまで待って、それから謝りにいけよ」

「謝る？　なにをだ？　おれが正しくて悪かった、ってか？」

「なんで自分が正しいと思うんだ？　あのおんぼろ窓はペンキを塗りなおしたほうがいい。それに、ネルは事務所のために、きみやぼくに負けないくらい働いてるじゃないか。ひょっとしたらきみやぼく以上かもしれない。残業しても残業手当を請求するじゃなし、休暇をとるじゃなし。普通のサラリーマンならして当然の要求をなにひとつしない。きみはネルにパートナーのように働くことを求めながら、パートナー扱いしようとはしない。ぼくがネルでも辞めたくなるね」

「勝手にしろ」ゲイブは外に出て荒々しくドアを閉めた。この事務所のなにもかもに嫌気が差した。

「ゲイブと別れたって聞いたんだけど」その晩、仕事帰りのスーズがネルを訪ねてきた。「気でも狂ったの？」

「正気よ」ネルは一歩下がってスーズを通した。「そばにいて彼のゲームにつきあってるかぎり、ゲイブは絶対にわたしの言うことを聞いてくれない。だから、わたしがいなくなったとき彼がどうするか、見てみようと思って」

「なるほどね」スーズはソファベッドにどさりと腰を下ろした。マレーネが驚いて不機嫌なうなり声を上げた。「じゃあ、そのあいだ、彼なしであなたがどうするか見てみるわ」

「わたしは平気。独りだったことは前にもあるし」

「そうね、ティムと別れて独りになった。それってステップアップだわ。でも、ゲイブと別れて独りになるのは違う。最悪だと思うけど」

「彼、そのうち間違いに気づくと思う。戻ってくれって言ってくると思う」

「そうならなかったら？」

「そのときはそのとき。新しい生活を始めるわ。ねえ、わたしと一緒になにかビジネスをやらない？」

「ビジネスって、どんな？」スーズは眉間に皺を寄せてネルを見た。

「任せるわ」ネルはスーズの隣りに腰を下ろした。「なにをしたいかはあなたが決めて。実務はわたしが見るから」

スーズは目を閉じ、首を振った。「ネル。わたしはいま、自分がどういう人間なのかさえわからないの。まして、自分がなにをしたいかなんてわからない。離婚しようとしてる相手と、きっぱり別れることもできないのよ。ジャックはいまも電話してくる。わたしは切れなくて、つい話しちゃう。あなたならどんなビジネスだってやれるのはわかるけど。でも、わたしはあなたの答えにはならない」そして、ネルの手を取った。「こんなことしても、問題の解決にはならないわ。ゲイブを愛してるんでしょ。事務所を愛してるんでしょ。この数カ月、あなた、ほんとに幸せそうだった。彼と別れるなんてばかげてる」

「わたしの味方だと思ってたのに」

「味方よ。でも、いますぐ戻って」

「戻れ、ですって?」ネルは怒って手を引っこめた。「謝る気はないわ」

「謝れなんて言ってないでしょ。事務所に戻って、いままでどおり彼の仕事をサポートすればいい。そうすれば、けんかしたことなんて、彼、すぐ忘れるわ」

「忘れるもんですか。わたしが折れたことをしっかり覚えてると思う。この先、彼に命令されて小突きまわされたくなかったら、ここは譲れない」

「彼もたぶん、同じことを思ってるんじゃない?」スーズはうんざりした様子で腕を組んだ。「はっきり言うけど、この件ではあんまり肩入れできないな。彼といて、幸せだったじゃない」

「彼といて幸せだからって、自分を奴隷として売り渡すことはできないわ」ネルは言ったが、さっきまでの勢いは失せていた。「そんなことしたら後悔するし、彼のことを恨むようになる。それじゃ、ふたりの関係もうまくいかない。ティムとがそうだったから。彼を立てて尽くしてばかりで、いやになった。で、ティムのこともいやになった。彼が出ていったのも無理ないわ」

スーズは椅子の背にもたれた。「無理ない？　わたしの場合は、どうしてあんなことになったのか全然わからない」

「わたしもわからなかったけど。でも、ゲイブにきみはただの秘書だって言われつづけて、ハッと気づいたの。これ、デジャヴュだって」ネルは唇を噛んだ。「このままじゃ、ティムとのことの繰り返しだって気づいたの。ゲイブを憎むことになって失うより、愛したまま別れるほうがまし。二度とあんな思いはしたくない」

「ああ！　わかるわ。ジャックとわたしもそうだった。主導権争いっていうか、そのへんはあなたたちとは違うけど……」スーズは一瞬考えて続けた。「わたしは〝かわいい奥さん〟でいることがいやになったの。もっと大人になって自立したいのに、ジャックはそうさせてくれなかった」

「わかるわかる。そういうのって、ほんとつらいわよね。ダンナを見て、『あなたを愛したことなんてない。はじめから間違いだったのよ』って言えれば、まだ楽。でも、『あなたはわたしのすべてだった。なのに、わたしが自分を犠牲にしたせいでふたりの関係をだめにしちゃった』と感じるとしたら、きつい。やりきれない。ゲイブとそんなことになりたくないの」

「そうね。オーケー、あなたの勝ちよ。なにか助けになれることはない？　新しいビジネスを始めるのは別として」スーズは急いでつけ加えた。「自分の問題がもうちょっと落ち着かないと、それはわたしには無理」

「月曜から事務所の秘書をやってくれない？　マージーに電話して、しばらくまたスター・カップの仕事をやってもらうことにして。ゲイブとライリーを助けてやってほしいの。あなたなら、あそこの仕事、ちゃんとこなせるはずだから。わたしが辞めたせいで仕事に支障をきたすのはいやだし。マージーにとっても、家を出て働くのはいいんじゃないかしら。マージーったら、日に日に様子が変になってきてるし」

「ほんとにゲイブと別れるつもり？」

「ええ」ネルは嘘をついた。


月曜の朝、オフィスへの階段を下りていると、コーヒーの匂いが漂ってきた。ゲイブは心底ほっとした。ネルが自分を捨てるはずがない。あたりまえじゃないか。ネルは分別のある女だ。おれを愛してるし。ネルは——

入口で足を止めた。

ネルじゃなかった。スーズだった。ネルが面接に来た日着ていたのによく似た仕立てのいいグレーのスーツ姿で、まるでヒッチコックの映画から抜け出てきたブロンド美女だ。

「おはよう」スーズは言い、ゲイブのカップにコーヒーを注いだ。「誰かかわりの人が見つかるまでってことで、ネルに頼まれたの。あなたが、こんなことばかげてるって気づいて、ネルに戻るよう言ってくれるのがいちばんなんだけど」

「仕事のやり方、わかるのか」

スーズはうなずいた。「ええ。ネルのそばで見てたから。問題を解決することはできないけど、毎日の仕事を滞りなくこなせるわ」

「スター・カップは誰がやるんだ？」

「マージーよ。非常事態だからってバッジに言って、戻ってもらうことにしたの」

「よし、採用だ。名刺によけいなことさえしなければ、ここにいていい」

「でも、あの名刺、すごくセンス悪いわよ」

ゲイブはカップを受けとると、「ありがとう」と言って部屋に入り、椅子に腰を下ろした。親父のピンストライプのジャケットが、洋服掛けからおれを嘲笑っている。あれを見ると、ネルと彼女の長い脚を思い出す。

「スーズ」と声を張りあげた。スーズが入ってきた。「そのジャケットを始末してくれ。帽子もだ」

「わかりました」スーズはジャケットと帽子を洋服掛けから取った。「ほかにご用は？」

窓から射し入る光を浴びて彼女は立っていた。いままでに会った生身の女のなかで、たぶんいちばんの美女だ。だが、ゲイブはこれがネルだったら、と思わずにいられなかった。

「いや、ない。ありがとう」

スーズはジャケットと帽子を待合室に持っていき、クローゼットにしまった。ゲイブはいま普通の精神状態ではないから、まだ捨てないほうがよさそうだ、と思ったのだ。机に座り、パソコンにスケジュール表を呼び出していると、ライリーが入ってきた。彼は戸口でぎょっと立ちすくんだ。

「だめだ」

「だめってなにが？　ふたりが仲直りするまで、ネルの代理を務めてるだけよ」

「きみはだめだ」ライリーは猛り狂った雄牛のような形相でドアを指さした。「出ていけ」

「ゲイブは採用するって言ったわ。なにが気に入らないの？」

ライリーはスーズの前を通りすぎ、ノックもせずにゲイブの部屋に入っていった。ドアが閉まる前に、彼が「だめだ、だめだ、だめだ」と言う声が聞こえた。

いったいどうしちゃったの？　スーズはドアのところに行き、耳を押しあてたが、なにも聞こえなかった。それで、そっとノブを回し、ドアをほんの少し開けた。ゲイブの声がした。

「いいかげん、克服しろ。ネルが過ちに気づくまで、彼女が必要なんだ」

まさか。ネルが正しい。きみが間違ってるんだ。謝りにいけよ。で、あのブロンドをここから追い出してくれ」

偉い、よく言った、とスーズは思った。

「彼女がおまえと寝たがらない可能性だってある」とゲイブが言った。「避けられないわけじゃない」

「いや、避けられないね。辞めさせてくれ」

わたし？

「辞めさせるつもりはない。なあ、大人になれよ」

「ひとつ聞かせてくれ。うちの六十年の歴史で、パートナーの誰とも寝なかった秘書がいるか」

「いないな。だが、もう新世紀だ。どんなことだって起こりうる」

「だから、彼女をここに置いときたくないんだ」ライリーの声がさっきより近かったので、スーズはあわてて席に戻り、キーボードを適当に叩きだした。彼が出てきて、スーズをにらんだ。

「なにが問題なの？」スーズはできるだけさりげなく尋た。「わたし、仕事はできるほうだと思うけど」

「わかってる。正確に言うと、問題はきみじゃない」

「じゃあ、なにが問題なの？」

「マッケンナ探偵社には伝統がある。きみはその伝統にそぐわない」

「あら、そんなこと言わないで。大丈夫、伝統に完璧にマッチするわ」

「なんだって？」ライリーが血相を変えた。スーズはファイリング・キャビネットの上の黒い鳥を指さした。

「『マルタの鷹』でしょ。サム・スペード。わたし、最高のエフィ・ペリンになるわ。ダーリン、って呼んでいいのよ。わたし、口も減らないけど、やることはやるわ」

「『マルタの鷹』を知ってるのか」

「もちろん。それくらい知ってるわよ」人をばかだと思ってるの？　スーズはむっとした。

「あんまり好きな小説じゃないけど――」

「『マルタの鷹』のなにが気に入らないんだ？」ライリーがまたけんか腰になる。

「たとえば、サム・スペード。『きみにこけにされるつもりはない、スウィートハート』なんて。ナンセンスもいいとこ」

「おい。サムを批判するな――」

「彼、最初から最後まで、あの女にこけにされてるじゃない。女と寝たいばっかりに、女の言いなりになって。一回寝たあとも次を期待して、まだ言いなりになってる。彼に栓を埋めこんだら、メープル・シロップが搾《しぼ》れるんじゃない?」

「きみは探偵小説のコードをわかってない」

「コードって?」スーズは鼻で笑った。「彼はパートナーの奥さんと寝てたのよ。それがコード?」

「女は嘘つきだ――」言いかけるライリーをスーズはさえぎった。

「あなた、いまは感情的になってるみたいだから。仕事があるの。もう行って」

「――だが、きみのことはお見通しだ。きみにこけにされるつもりはない、スウィートハート」

「されるに決まってる」スーズはパソコンに向きなおった。

「かもな」と言い、彼は部屋に引きあげた。

スーズは座ってじっとパソコンの画面を見つめていたが、それから、立ってライリーの部屋に行った。「どうせ、あなたには嫌われてるし」と口を切った。

「嫌っちゃいない」ライリーは怒ったように言い返した。

「――日曜の晩、ジャックと寝たわ」

一瞬ライリーは固まり、続いて椅子の背にもたれた。「おめでとう」

「すごくばかなことしたと思ってる。ようやく彼のこと、乗り越えられそうな気がしてたのに――」

「スーズ。十四年結婚してたんだ。そう簡単には別れられないさ。少なくとも、きみのような女性にとっては簡単じゃない」

「わたしのような女性って？」

「きみは長いあいだ、彼を愛していた。長く続いた結婚を克服するには時間がかかる」

「二年」

「ん？」

「あなた、二年って言ったわ。ネルの話をしてたとき」

「ああ。二年もすれば、たいていの人間はだいぶ立ちなおれる」

「三十四歳になっちゃうわ」

「それでもまだ、きみはかわいい女の子さ。時が解決してくれる。少し気を楽にして、流れに任せるといい」

「このことではとてもやさしいのね。さっきはなんであんなにプリプリしてたの？」

「ぼくはへこんでる人間をひっぱたくようなまねはしない。だけど、きみももうだいぶ元気になったみたいだし。これからはせいぜい気をつけるんだな」

スーズはうなずいて、ドアのほうに戻りかけた。

「ひどいことを言われると思ったのに、わざわざそんなことを言いにきたのか？」とライリーが声をかけた。「いやはや、ありがたいことで」

「そうじゃないわ。誰かに話したかったの。その相手にどうしてあなたを選んだのかは、自分でもよくわからないけど」

「そうか。わかった。大丈夫か」

「ええ」スーズは大きく息をついた。「大丈夫」


ダイニングテーブルに座って三杯めのコーヒーを飲みながら、これからどうしよう、と考えていたとき、電話が鳴った。ゲイブ？　だが、電話はジャックからだった。

「やあ、ネル」いつもながら、スーズとだめになったのはきみのせいだ、と言わんばかりの冷ややかな声だ。「スーズが行ってないか？　家にもスター・カップにもいないんだが」

「いいえ、来てないわ。伝言があるなら伝えるけど」

「どこにいるか知らないか」ジャックは言い、それから、はたと思いあたった様子で尋ねた。「なんで家にいるんだ？」

「辞めたの」早く電話を切りたくて、ネルは簡単に言った。

「辞めた？」ジャックは黙りこんだ。いい気味だ、と思っているのかもしれないが、それにしては長い沈黙だ。わたしが辞めようが辞めまいが、彼にとってたいした問題じゃないだろうに。そう思うと変な気がした。やっと彼が口を開いた。「あの事務所をバリバリ切りまわしているように見えたが」

「ゲイブもそう思ってたみたい。ご心配なく。またなにか見つけるから」

「もちろん、きみなら仕事はすぐに見つかるだろう」いい気味だ、と思っているわけではなさそうだ。ネルは眉を寄せて考えこんだ。「幸運を祈るよ」彼はそう言って電話を切った。

いったいなんだったの？

三十分後、またジャックから電話がかかってきた。

「スーズなら来てないわよ」

「わかってる。いま、トレヴァーと話したんだが。トレヴァーが、きみにうちに来てもらったらどうかと言うんだ。わたしもそれはいい考えだと思ってね」

「なんですって？　だってあなた、わたしのこと嫌いでしょ？」

「嫌いは言いすぎだ。きみがわたしたちの結婚を応援してくれたとは思わないが。義理の妹には違いないいんだし。きみも家族の一員だ。力になりたい」

へーえ。彼はなにかたくらんでいる。以前だったら、よく言うわと言い返したところだが、ゲイブやライリーと働いたこの七カ月で、人の行動の理由を考えることを学んだ。

「ありがとう、ジャック」ネルはせいぜい甘い声で言った。「そんなふうに言ってもらえるなんてうれしいわ」

「家族は家族だ、ネル」ジャックも甘い声で言った。「シカモアでランチをとりながら話さないか。十二時でどうだい？」

「シカモアね。いいわ。ありがとう」

「家族なんだ。礼を言うには及ばないよ」

ネルは電話を切り、考えた。いまの会話の白々しさはそうとうなものだった。彼の狙いはなんだろう。それに、なんでまたシカモアで？

スーズのことだろうか。いくらジャックでも、よりを戻すようにスーズを説得してくれ、なんてわたしに頼むほどばかではないだろう。でも、なんでシカモアなの？　スーズへの仕返しのつもり？　彼女に妬かせたいのだろうか。「おもしろいことになりそう」ネルはマレーネに向かって言った。

ゲイブでなくスーズが出ますように、と祈りながらマッケンナ探偵社に電話をかけた。祈りは通じた。

「たったいま、ご亭主にランチに誘われたわ。シカモアで。行くつもりよ」

「ジャックに？」スーズはあっけにとられた様子で言った。

「なにかたくらんでるんだと思う。どうせ、今日はやることもないし」

「じゃあ、会話をメモしておいて。あとで話しあいましょう」

「なにかアドバイスある？」

「彼が魅力的に振る舞うときは、油断しちゃだめ。彼が本気で口説きにかかったら、抵抗するのはむずかしいから」

「わたしには通じないわよ。あんなこすっからい男」

「わたしに遠慮はいらないから。彼、魅力的なのは確かだし」

「わたしの魅力には負けるわね」とネルは言った。「そっちに寄ってから行くわ。マレーネを預かってくれる？」

ゲイブは報告書に集中しようとしていた。が、そのときノックの音がして、ルーが入ってきた。ゲイブは喜んで仕事を中断した。

「ネル、いないわよ」ルーが鼻をぐすぐすいわせながら言った。

「知ってる」そう言ってルーに目をやると、まぶたが腫《は》れ、唇がわなないている。「どうした？」

「ジェイスと、終わっちゃった」ルーはごくりと唾を呑み、椅子に腰を下ろした。「男ってわからない。説明して」顔をひくつかせ、泣くまいと必死でこらえている。

「男が追いかけるものはひとつだ」そう口に出した瞬間、ルーがどれほど傷ついているかに気づいてぞっとした。「なにがあった？」

「そんなはずないわ。彼はもう、それを手にいれてたんだもの」

「わかった。あいつを殺してやる」

「だめ。彼のこと、愛してるの」ルーは鼻をすすった。「ばかだと思うけど、でも、愛してる」

「なにがあった？」はらわたが煮えくりかえる思いで、もう一度訊いた。「ずっと続くと思ってたのに」

「あたしもそう思ってた。でも、彼、結婚してくれないの」

「なんてこった」背筋が冷たくなった。「子どもができたのか」

「違うわよ！」ルーの顔が怒りに燃えた。「あたしをなんだと思ってるの？　そんなばかじゃないわ」

「いや」ゲイブは気圧されて言った。「結婚してくれない、なんて言うから、つい早とちりした」

「愛してるの。だから、結婚したい」

「まだ若すぎる」ゲイブは反射的に言った。

「彼もそう言ったわ」ルーはまたすすりあげ、それから、ぐっと背筋を伸ばした。「おたがい大学を卒業するまで待とうって。卒業までだなんて。まだ三年以上あるのよ」

ゲイブは胸のうちでジェイソン・ダイサートに詫びた。「わかったから、落ち着け。おまえからプロポーズしたのか」

「だって、してくれないんだもん」ルーはむくれて言った。「何カ月も前から、愛してるとは言ってくれてるけど。それは嘘じゃないと思う。ほんとに愛してくれてる。彼って最高。あたしたち、最高にウマが合うの。パパとネルみたいに」

「あまりいい比較じゃないな」苦い顔で言った。「ネルにはフラれた」

「ネルにプロポーズした？」

「いや」ゲイブは虚を衝かれた。「冗談だろ。なんでそんなこと訊くんだ？」

「あの家族の癖なのかも」ルーは打ちひしがれた様子で言った。「あの人たち、結婚の話が出ると逃げだすのかな」

「ルー、この件ではジェイスが正しい。だからって、なにもおまえをフルことはないと思うが」この母にしてこの子ありだ。ダイサート家の連中に関わると、ろくなことにならら——

「フッたのはあたし」ルーはまた、しょげた顔をした。「結婚してくれないなら別れるって言ったの」

「ばかなことをしたな」ゲイブが言うと、ルーはワッと泣きだした。「おい、こら、泣くな。だが、本当のことだ。本当に愛しているなら、最後通牒《つうちょう》を突きつけて歩き去るようなまねをするもんじゃない。踏みとどまって話しあわなきゃな」言いながらネルのことを思った。ツンと顎を上げて歩き去ったネル。意気地なしめ。

「パパは、ネルと話しあう気あるの？」ルーが涙に濡れた目でゲイブをにらんだ。

「いや。ネルが間違いに気づいて、自分から戻ってくるのを待ってる。ああいう脅迫めいたまねは好きじゃない」

「パパもジェイスも同じ。正しいことをするくらいなら、愛する女を失うほうがましだっていうの？　そうやって、一生独りでいればいいんだわ」

ルーは激しくしゃくりあげた。ゲイブは机を回ってそばに行き、ルーを引っぱって立たせた。そして、もたれかかるルーの腰に腕を回した。「なあ。不幸なんだろ？　取り戻しにいけよ」

「どうやって？」涙でスーツの上着が濡れた。

「彼がばかじゃなければ、謝って最後通牒を撤回すれば戻れるはずだ」

「謝るつもりはないわ。あたしのほうが正しいんだから」

「で、独りになるわけか」ルーの背中を押してドアのほうに導く。「正しいなんて、うれしくもない慰めだぞ、ハニー。それにはっきり言うと、おまえだけが正しいわけじゃない。飯を食いながら、妥協のしかたを教えよう」

「パパが?」ルーは目をしばたたき、ゲイブに押されるまま、部屋を出た。「うまくいくといいけど」

ドアに向かいながら、ゲイブはスーズに声をかけた。「食事に行く。一時間で戻る」

「ランチ?」スーズが明るく言った。「だったら、ファイヤー・ハウスがいいんじゃない?」

「シカモアのルーベンサンドイッチがいい」トレンチコート姿でソファに寝そべっているマレーネを撫でながら、ルーが言った。

「ファイヤー・ハウスのルーベンサンドイッチもおいしいわよ。出てくるのも早いし」

励ますようにルーにほほえみかけるスーズを、ゲイブはじっと見た。「いつからファイヤー・ハウスのファンになった?」

「前からずっとよ。家からも近いし。アーモンドをまぶして焼いた鱒《ます》が――」

「なにかあるな?」

「なにもないわ」

ゲイブは机の前にのしかかるように立った。「きみはほんとに嘘が下手だな」

「でも、なにもわからなかったでしょ」スーズは背を向けてパソコンに向かった。

「どうかした?」ルーが尋ねた。

「シカモアに行けばわかる」ゲイブが言うと、スーズががっくり肩を落とした。

ふたりが出ていくと、スーズはライリーの部屋の内線ボタンを押して言った。「ゲイブって嫉妬深いタイプ?」

「いや。普通はそうじゃない」

「彼、ルーとシカモアに行ったんだけど。あの店で、ネルがジャックとランチを食べてるの」

「ヒュー！」とライリー。「ゲイブがジャックの顔に砂を蹴かけるかという意味ならノーだ。不機嫌になるかという意味ならイエスだ。だけど、なんだってネルがジャックと？」

「ジャックに誘われたんですって。ジャックの奢りだから、タダ」

「この世にタダの食事なんてないんだよ。腹、減ってるか？」

「ええ。あなたとシカモアに行ったら、このてんやわんやの総仕上げになっていいかも。わたしは残るわ。怒鳴りあいが始まったとき、911に電話する人間が必要になるかもしれないし」

「中華をテイクアウトしよう。ぼくも、今日は金を積まれたってシカモアには行きたくない」

「餃子を多めにお願い」とスーズは言った。


「ポテトと一緒にヴィネガーをお願い」注文をすませたあと、ネルはウエイトレスに言った。ジャックが笑った。その笑顔に魅せられたようにウエイトレスがほほえんだ。ほんとにハンサムだ、とネルは思った。彫りの深い顔、銀色の髪、青い青い瞳。こんなの不公平だ。年をとると、男は若いころよりすてきになり、女は色褪《あ》せる。なんでなの？　年をとった男のほうが裕福で世知に長《た》けている場合が多い、というのはわかる。それは女も同じだ。でも、そんなものは女にとってセールスポイントにならない。女は若くてピチピチしていなければだめなのだ。

「来てくれてありがとう」ジャックが言った。ネルは彼に注意を戻した。「わたしたちの関係があまりうまくいっていないのは知っている。だが、これは誰にとってもいいことじゃない。オウグルヴィ&ダイサートで働いてくれる気はないか」

ネルは考えた。そうすればO&Dのファイルが見られる。「そうさせてもらえると助かるわ」

「ゲイブがきみを手放すなんてな。信じられん」ワイングラスに手を伸ばしながら、ジャックは言った。「きみが行くようになってから、あそこは見違えるように活気づいていたのに」

「あそこでのわたしの仕事は終わったの。前に進まなきゃ」

「あそこで働いていたあいだに、きみも見違えるように元気になった」ジャックはワイングラス越しにネルを見つめた。「今日のきみはすごくきれいだ」

よく言うわ。「ありがとう。ちょっと自己改造したの」

「その色、似合ってるよ」ジャックはネルの紫色のセーターに手振りをした。

「スーズのなの」ネルが言うと、一瞬、彼の顔から笑みが消えた。「服を交換したの。いまじゃスーズ、『めまい』のリメイクをやれるくらいたくさん、グレーのスーツを持ってるわ」

ジャックは椅子の背にもたれ、ネルをじろじろ見た。ネルは、たじろいじゃだめ、と自分を叱咤《しった》した。こいつ、いったいなにを考えてるの？

「きみのほうが似合うな」しばらくして、やっと言った。「ほんとに似合ってる」その口調には驚いたような響きがあり、たんなるお世辞だけでもなさそうだった。「今日のさみはすてきだ」

「ありがとう」ネルはあっけにとられて言った。

「いや、目のこやしだな」ジャックはワイングラスを掲げ、にっこりした。「今日を楽しい日にしてくれて、ありがとう」そう言ってワインを飲む。

ネルは胸のうちで悪態をついた。ほんとにこすっからいやつ。イタチみたいだ。

ジャックはそこでグラスを置いた。「さあ、これで仕事の話はすんだ」

ウエイトレスが料理を運んできた。ネルはフライドポテトにヴィネガーを振りかけ、ジャックの次の出方を待った。

「きみがルーベンサンドイッチを食べるとはな。そういうタイプじゃないと思っていた」と言って、シーザーサラダを食べはじめた。

「人を、どういうタイプとかってひとくくりにするのはやめて」ネルはサンドイッチにかぶりついた。口のなかにコンビーフの味が広がった。

「わたしもこのごろやっと、それがわかってきた」ジャックの声は温かかった。「ばかな男だ」

ご冗談でしょ。

「若い女を追いかけるのは、いいかげんやめないとな。これからは自分と同世代の、頭もセンスもいい女性とつきあいたいと思ってる」彼はもう一度、ワイングラス越しにほほえみかけた。わたしはあんたよりひとまわりも若いのよ、おばかさん。だが、ジャックにこのまましゃべらせたかったので、そうは言わず、笑顔を返した。

「そうね、年を重ねると味は出てくるわよね」

「ああ。今日のきみはじつに味がある。ワインは本当にいらないかい？」ルーベンサンドイッチとポテトにワインが合うと思う？「いつもダイエット・コークなの」それと、グレンリヴェット。

ウエイトレスが壁際のテーブルを片づけ、そこにふたり組の客を案内しようとしていた。ルー？　次の瞬間、ネルはポテトを喉に詰まらせた。

「大丈夫か」

ジャックの問いにうなずくと、ダイエット・コークをひっつかんで喉に流しこんだ。ゲイブが近づいてきた。

「ジャック。このへんにはめったに来ないのかと思ってたが」

ジャックは握手をしようと立ちあがった。「ネルをきみから盗みにきたんだ。明日からうちで働いてもらうことになった」

「そうか」ゲイブが怒りだすのではないかとネルは身がまえたが、そんなことは起こらなかった。「ネルはいい秘書だ」ゲイブは言い、ネルにうなずきかけた。「がんばれよ」そして、自分のテーブルに戻り、ルーの向かいに腰を下ろした。その席はネルからよく見える位置だった。

「快く了承してくれてよかった」ジャックが言い、腰を下ろした。

「彼は、わたしに戻ってほしいとは思ってないみたいだから」気分が悪くなってきた。「ちよっとやりあったの」

「ゲイブとは、ボスと秘書というだけの関係じゃなかったんだろう？　スーズから、つきあってると聞いたが」

「もう終わったの」ゲイブがこっちを見ているのに気づいて、ネルは無理に笑みを浮かべた。

「だから、失ったふたつのものをまた見つけなきゃならない。ボスと、恋人と」

「ひとつならなれるよ」ジャックがネルの目を見て言った。「今日から、わたしがきみの新しいボスだ」

「とりあえず、それで満足することにするわ」

向こうのテーブルで、ゲイブが首を振り、ルーに目を戻した。

「午後は法廷に出なければならないんだ。時間があれば事務所を案内したいところだが」

「時間ならこれからたっぷりあるわ」ネルは、ネジがゆるんだかのようににこにこ笑いながら言った。「O&Dでなら、やることはたくさんあるだろうし」

「きみが気持ちよく働けるよう気を配るよ」

吐きそう。ネルはゲイブを見やった。真剣な顔でルーと話している。本当なら、わたしもあそこにいるべきなのに。ランチが終わるまで、ネルは二度とゲイブのほうは見ず、ジャックに愛想を振りまきつづけた。

19

ゲイブが戻ったとき、スーズは緊張して、このまま部屋に行ってくれますように、と祈った。なのに、マレーネとソファに座っていた大ばか者のライリーが言った。「ランチ、どうだった?」スーズはムッシュ・ポークを食べていた手を止め、彼をにらんだ。ライリーは鶏の唐揚げをむしゃむしゃやりながら、平然と見返してきた。

「なかなかおもしろかった。ジャックとネルが来ていた」

「へえ?」ライリーはすっとぼけた。明日はあなたのコーヒーに酢、入れてやるから、とスーズは思った。

「ジャックがネルを雇った」

ライリーが真顔になって起きなおった。押しのけられたマレーネが唐揚げを欲しがって、毎度毎度の虐待された犬の演技をした。「O&Dで働く? ゲイブ、なんでネルを怒らせるようなまねしたんだ? きみがもっとやさしくしていたら、ネルはあっちの情報を流してくれたろうに」

ゲイブは軽蔑のまなざしでライリーを見た。「もちろん、情報は流してくれるさ。ネルがなんのためにイエスの返事をしたと思ってるんだ? おれが知りたいのは、なんであのふたりがネルを雇いたがったか、だ。以前ネルにうちを辞めさせようとしたのは、ダイヤを見つけられると困ると思ったからだと、トレヴァーは言っていた。ここにまだなにかあるのかもしれん」

ライリーは首を振った。「自分がネルの世界の中心にいる、というその自信は感動ものだけどな。生活していくのに金が必要だから、イエスと言ったんだろ。ネルが、ボスも必要だ、って気にならないことを祈るよ」

ゲイブの表情が暗くなった。スーズはあわてて言った。「さっき、電話がありました。ジーナ・タガートという女の人から。〈ロング・ショット〉で今夜八時に会いたいって。折り返し電話します、と言っておいたわ」

スーズは彼にメモを渡した。ゲイブはライリーになにか言いかけたが、結局ただ首を振っただけで、部屋に入っていった。

「気でも狂ったの？」スーズは言った。

「いや」ライリーはソファの背にもたれ、マレーネに唐揚げをやった。「ゲイブがあんまり自信満々だからさ」

「彼の言うとおり、ネルはO&Dのことを探るためにイエスと言ったのかもしれないじゃない」

「わかってる」

「じゃあ、なぜ――」

「ゲイブは少し、ネルのことを心配したほうがいい。ああでも言わなきゃ、ネルが戻ってくるのをただ座って待ってるだけだ。ゲイブの親父さんも、おふくろさんに同じような態度をとっていた。ゲイブのやつ、マッケンナ探偵社の伝統に従ってるわけだ。あのふたりがくっつくまでにどれだけ時間がかかったか、覚えてるだろ」

スーズはうなずいた。

「また、あんなふうにやきもきさせられたいか？」

スーズは首を振った。

「で？」ライリーはフォークで唐揚げを突き刺した。マレーネが寄ってきて、まつげをパチパチさせた。

「ネルが怒鳴られてたみたいに、ゲイブに怒鳴られたくないの。彼にハッピーでいてほしいの」

「きみに怒鳴りゃしないさ。きみはゲイブの生活を引っかきまわしちゃいないだろ」

「でも、彼が自分で引っかきまわしてる」スーズが言うと、ライリーはニヤリとした。

「マッケンナ家の人間がわかってきたようだな」

「マッケンナ家のうちのひとりだけよ。あなたはいまだに謎だわ」

「それがぼくの魅力のひとつでね」

「三十五歳の体に十七歳の心。どうしてそんな芸当ができるの？」

「三十四だ。それに、スウィートハート。ぼくはいい男だ。とびきりのいい男だ」マレーネがクーンと鳴いた。「な？」

「そうね、ダックスフントにはモテモテね。でも、唐揚げがなくなっても、マレーネはあなたを求めるかしら?」

「きみって、若いのにやけに辛辣《しんらつ》だな」ライリーは言い、部屋に戻っていった。トレンチコート姿のマレーネがあとを追った。


予想はされたことだが、ジャックは、O&Dがネルのスキルをどれだけ高く評価しているか、誇張して言っていたようだ。アシスタントのエリザベスにも、ネルを雇ったのはあるもくろみがあってのことだ、と打ち明けてはいなかったらしい。ジャックがふたりを引きあわせ、ネルに温かくほほえみかけ、肩を抱いて頬にキスして立ち去ったとたん、エリザベスは敵意に満ちた目でネルを見て言った。「あなたにぴったりの仕事を見つけておいたわ」

おっと。ジャックがわたしを雇ったのはなにか考えがあるからなのよ、と説明しようかと思ったが、エリザベスの目に宿る狂信的な光を見てやめた。それで、「ありがとう」とだけ言って彼女についていった。

案内されたのは、雑多なファイリング・キャビネットとあふれんばかりの段ボールと、十年近く前の型のパソコンが載ったぼろ机のある、窓のない部屋だった。

「うちの会報よ」ひとつしかついていない蛍光灯の下で、エリザベスが勝ち誇ったように言った。「これを整理してほしいの。あなたは整理整頓が得意だって聞いたから。これをファイルして、索引をつけてくれる?」

「索引をつける……」

「一冊ずつ目を通して、何ページに誰のことが書いてあるか、どんな内容か、リストにしてほしいの。むずかしいことじゃないわ」

頭のいい子なら小学三年生でもできるわね。だが、ネルは笑顔でただこう言った。「わかりました。整理は好きだし。あの、ここの電灯、取り替えてもらえません?」

「手配するわ」

一時間後、ネルは状況を悟った。会報を整理して索引をつけることなど、誰も望んでいない。美辞麗句を連ねた下手な文章と、しゃちほこばって立ち、ぎこちない笑顔を浮かべた人の写真が載っているだけの会報なんて、誰も読みたがらない。O&Dの書類をこっそりあさって内情を探ろうと思っていたが、甘かった。いい働きをした社員に対する褒賞の言葉と、退職者慰労パーティーの写真の六十年分の山に埋もれて、その夢はあっけなく潰《つい》え去った。こんな無意味な仕事をあてがったことを思うと、トレヴァーがネルを雇った理由はひとつしか考えられない。マッケンナ探偵社に戻らせないため、だ。

蛍光灯はまだチカチカしている。

「電気のことなんだけど」エリザベスを探しにいって、言った。

どんな重要な考えごとか知らないが、その邪魔をされたと感じたのだろう。エリザベスは露骨にいやな顔をした。「電話して頼んだわ。いま、手が離せないの」

ここにいるのは長くてもせいぜい二週間。彼女にどう思われようと知ったことじゃない。

「電気を直してもらわないと、まともに仕事できないわ」

エリザベスがキッと背筋を伸ばした。「電話した、と言ったでしょ」

「ありがとう。でも、相手の人にちゃんと伝わってないみたい」

エリザベスが怒りに目を剝いた。ネルはその脇をすり抜け、ジャックの部屋のドアを叩いた。

「だめ」とエリザベスが言うのもかまわず、ネルはドアを開け、首を突っこんだ。

「ジャック。わたしの部屋、電気がないの」スーツ姿の客と話していたジャックが、驚いて顔を上げた。「どうにかして――」

「エリザベスに言ってくれ」顔には出さないが、明らかにむっとしている。

「言ったけど、やってくれないの。あんなところで仕事したら、目が悪くなっちゃう。マッケンナ探偵社では、暗い部屋で仕事させられたことなんてなかったのに」

「エリザベス」ジャックが呼んだ。おかげで、十五分後、蛍光灯は新しいのに取り替えられたが、ネルはエリザベスの根深い恨みを買うことになった。

その週はずっと、会報を整理し、ファイルし、索引をつくり、無意味な名前を延々とタイプしつづけた。一九七八年のファイルはすぐ見つかったが、多少とも興味を引かれたのはヘレナの追悼記事だけだった。その追悼文には丸まる一ページが割かれていたが、ヘレナの人生は一ページ費やすに足るほど内容のあるものではなく、書いた人の苦心の跡がうかがわれた。スチュアート・ダイサートが事務所の金を横領したあげくシニア・パートナーの娘である妻を捨てて逃げた、という記事がないかと思って一九九三年のファイルも見てみたが、なにも出ていなかった。『O&D会報』はいいニュースしか載せないらしい。これを全部読まなければならないのかと思うと、げんなりだ。

ゲイブだって、妥協を学ぶことができるかもしれない。戻る努力をしてみよう。いちばん最近の会報に目をやりながらネルは思った。ゲイブに降伏してもいいかも。いまのままの名刺で我慢することになるが、まあ、しかたない。降伏する、という考えはなんだか刺激的だった。彼の机の上で降伏する。それってすてきじゃない？

ネルがO&Dに行きはじめてから一週間後の月曜、新しい名刺が届いた。スーズは箱を開けて名刺を眺め、それから、箱をふたつともゲイブの部屋に持っていった。打ち合わせ中で、そこにライリーもいたからだ。

「新しい名刺ができてきたわ。いい名刺よ。落ち着いていて、品があって。はっきり言って、前の名刺より断然いい。前のは素人っぽかったもの」

「いいか」とゲイブが言った。「新しい名刺なんか——」

「見もしないで決めつけないで。ネルはもういないんだし、これは、どっちがボスかって問題じゃないわ。問題は名刺。で、前のよりこっちのほうがいい。公平な目で見てみて」

「見せてくれ」ライリーが言った。スーズは彼の分の箱を渡した。彼は箱を開け、一枚取ってじっくり眺めた。「スーズの言うとおりだ」

スーズはもうひとつの箱をゲイブの机に置くと、あとはライリーに任せようと思って部屋を出た。しばらくしてライリーが出てきた。「どうだった？」

「受け入れようとがんばってる。新しい名刺は妙ちくりんな代物じゃないし、たしかに前のよりいい。なんとかなるんじゃないか」

「それに、ネルはいないし。それが、なんとかなりそうないちばんの理由じゃない？　ネルのやることだから気に入らなかっただけなんじゃないの」

「それは違う。最初の名刺はひどかった。いままでのネルはなにか勘違いしていた。うちが探偵事務所だってことをわかっていなかった。わかってきた兆候が現れたのは、この名刺がはじめてだ」

「ネルはよかれと思ってやってるのよ」

「よかれと思って、ね。言い訳にもならないな」ライリーはそう言って部屋に引きあげた。

一時間後、スーズが指示された照会の電話をしていると、ジャックが入ってきた。体じゅうの神経が凍りついた。だが、表面は平静を装って彼にうなずきかけ、ちょっと待って、というように指を上げた。ジャックはソファに座って待った。その表情はどこかはかりしれないところがあった。

それはつまり、なにもはかりしれないところはない、ということだ。ジャックは、穏やかに見えるときのほうが肚《はら》に一物《いちもつ》あるのだ。いいことではないが、それをいうなら、彼がスーズの前に座っているということ自体、いいことではない。

スーズは相手の男性に礼を言って電話を切り、メモをとった。それから、目を上げてジャックを見た。「ハーイ」

「プロっぽいな」と言って彼はほほえんだ。

「プロだもの。今日はなんの用？」

彼は無言でスーズの目をのぞきこんだ。そんなことしても無駄よ、と思った。なぜ、昔はこれがいつも功を奏したのだろう。たぶん、彼を愛していたからだ。でも、もう愛していない。いつから愛さなくなったんだろう？　オリヴィアとの浮気を知ってからではない。もっと前からだ。そのあとのことはすべて、幻想が消えていく過程にすぎなかった。ネルの言うとおり、愛しているうちに別れるべきだったのだ。

「きみの離婚弁護士からの電話を待っていたんだが」やっと、彼が口を開いた。

「ジーン？」スーズは目をしばたたいた。そうだった。まだ、離婚請求をするようにジーンに言っていない。

「スーズ」ジャックが身を乗り出した。「わたしも離婚は望んでいないし、きみも本当は望んでないんじゃないか」

「いいえ、望んでるわ。あなたはほかの女と寝た。すごく傷ついたのよ」浮気と、そして、かわいい妻でいることを強いられた十四年間がわたしを傷つけた。

「スーズ、そういう言い方はフェアじゃない。わたしたちはその前からぎくしゃくしていたじゃないか」

「ジャック。なにがフェアでないかをあなたに教えてもらうのは、何週間も前にやめたの。わたしが不幸せなのをあなたは知ってた。なのに、ほかの女とセックスした。わたしにだって生きる権利があることを認めたくなくて、浮気に逃げたのよ。でも、もういいの。いま、わたしは望んでいた生活を手に入れたし、あなたはほかの女を手に入れた。大丈夫、ライチャス・ブラザーズと同じくらいイン・シンクも好きになれるわ。あなたは新しい妻に合わせるのが上手だから」

「これが、きみが望む生活か？」ジャックは部屋を見まわした。「こんな生活じゃダイヤは買えないぞ」

「ダイヤは好きじゃないから。わたしはこの生活が好きなの」

「こんな生活が？」ジャックは、信じられない、という口調で言った。「それならそれでいい。だが、ネルが戻ってきたらどうするんだ？　ネルをうちでずっと雇ってはおけない。まだ一週間なのに、もうエリザベスとは険悪だしな」

「ネルが言ってたけど、彼女、事務所にいるあいだはあなたは自分のものだと思ってるのよ。妬いてるだけでしょ」

「きみはいつも、わたしの言うことよりネルの言うことを聞いた」ジャックが怒ったように言った。「もし、わたしの言うことを聞いてくれていたら――」

「――いまも、あの家に死んだように閉じこめられていたでしょうね」スーズは彼をさえぎった。

「まだあの家にいるんだな」

「売りに出したければ、どうぞ。週末までには出るから」

ジャックは首を振った。「わたしは出ていってほしいなんて思っていない。ネルにはよくしてやろうとしたが、もう限界だ。ネルはエリザベスをいらつかせてるだけじゃない。わたしにまでモーションをかけてくるんだ」まさか、という思いが顔に出たようだ。ジャックがつけ加えた。「きみが信じたくないのはわかる。だがな、スーズ。友だちの亭主にちょっかいを出すような女は、友だちとは言えないんじゃないか。近々、辞めてもらうつもりだ。そうしたら、ネルはここに戻ってきて、きみは職を失う。そうなったらどうするつもりだ？

あの家を出ることはない。もう一度やりなおそう」

「ネルが戻ってきたら、そのときはそのときで、計画があるから」

「なるほど。だが、その計画のなかに離婚請求は入っていない。だろ?」

スーズはバッグからパーム・コンピュータを出して、ジーンの名を打ちこみ、電話番号を呼び出した。

「イカすじゃないか。パーム・パイロットか。いっぱしのキャリアガールだな」

ジーンのオフィスに電話をかけると秘書が出た。「こんにちは。スザンナ・キャンベルです」スーズが旧姓を名乗るのを聞いて、ジャックがハッと身じろぎした。「ええ。ジーンに、離婚請求の書類を送ってくれるよう言ってください。もっと早く電話すべきだったんだけど、忘れてて。お願いします。ありがとう」

スーズは受話器を置き、顔を上げてジャックを見た。「まだ、なにか用?」

「なに不自由ない暮らしだったじゃないか。わたしはきみにすべてを与えた」

「ありがとう。これからはそれをオリヴィアに与えるといいわ。よろしく伝えて《センド・ハー・マイ・ベスト》、と言いたいとこだけど。いちばんいいもの《マイ・ベスト》はわたしにとっても必要だから、あげられない。彼女にあげられるのはあなただけ。お幸せにね」

ジャックはこわばった顔で立ちあがった。最後のひとことは言いすぎだったかもしれない。ジャックが帰ると、スーズはネルの椅子にぐったりもたれ、息をついた。あれは過去、そして、これは未来だ。わたしには未来がある。これからの計画もある。ただ、足を踏み出すのが怖いだけだ。

でも、いいかげん前に進まなきゃ。スーズは立ちあがり、スカートの皺を伸ばしてライリーの部屋の前に行った。ドアは少し開いていた。ノックして入り、彼の向かいに腰を下ろす。

「おいおい。どうぞ、と言われてから入るもんだろ」ライリーが言った。彼は椅子にゆったり座り、ホチキスで留めた報告書を手にしていた。三ページめを読んでいるように見えたが、〝見える〟というのがまさに正しい言葉だ、とスーズは思った。さっきのやりとりを聞いていなかったはずはないのだから。彼の耳はコウモリのように鋭い。

「普通はね。でも、ここではいいの」

「だから、ここに来た？」ライリーは報告書を机に放った。

スーズは深呼吸して、ほほえみかけた。「ライリー。わたし——」

彼は起きなおり、スーズに指を突きつけた。「それ、やめろ」

「それ？」なんのことかわからなかった。

「その、わたしはかわいい子猫ちゃん、みたいな目つきだ。ぼくはジャックじゃない。なにか望みがあるなら言えばいい。相談には乗る」

「オーケー。わたし、ここで働きたいの」

ライリーは警戒するような表情になった。「もう働いてるだろ」

「そうじゃなくて。いまはたんなるネルの代役だもの。ネルが戻るまで待ってられない。事務の仕事は好きじゃないの。飽きあきする。でも、あなたがやってる仕事は好き。調査したり、人に会って話を聞いたり、問題を解決したりする仕事。依頼はたくさんあるでしょ？ふたりじゃこなしきれなくて断ってるじゃない。だから、わたしを訓練して。いい調査員になる自信があるわ。ネルが戻ってきたら、ここで調査員として働きたいの」

ライリーは無言で、また椅子の背にもたれた。スーズは待った。彼のことを無骨な男だと思ったこともあるが、いまはもうそうは思わない。彼の思考のプロセスに――その全部とはいわないまでも、大部分に――一目置いている。

「わかった」ライリーはさっきのファイルを手にとって差し出した。「これをやってみろ」

スーズはファイルを受けとり、タイトルを見た――〈品定めガール〉。「ベッカ・ジョンソンね？　昨日来た人」

「彼女はどんな様子だった？　覚えていることを話してくれ。詳しくな」

スーズはがんばって記憶を呼び覚ました。「身長、約五フィート六インチ。体重、一三〇ポンド。三十代前半。アフリカ系アメリカ人。茶色の瞳、茶色の髪。かわいい。神経質。茶色のコットンのタートルネックと、去年のブルーミングデールのカタログに出ていた茶色のスエードのジャケットを着ていた。えっと、去年じゃなくて一昨年だったかもしれないけど。定番のジャケットよ。リーバイスのジーンズ、茶色のアイグナーのローファーをはいていた。イヤリングはシンプルな金の輪。めっきじゃなくて、本物の金の。そこそこいい収入があって、それを上手に使ってると思う。カラシナの種のとても古いネックレスをしていた。これから考えられるのは、彼女がセンチメンタルでロマンティックなタイプだということ、いまはもう教会に通ったりはしていないかもしれないけど、信心深い家庭に育ったということ。頭は悪くない。でも、ロマンティックな気質が彼女を脆《もろ》くしている。窓の前に停めてた車は、コンディションのいいサターンだった。サターンを選ぶんだから、実際的な人なのね。ミラーに、オハイオ州立大学の駐車場のタグが下がっていた。Aのタグだった。大学に勤めてて――Aのタグは四百ドル近くするのよね。これが示すのは、彼女は車を停める場所にとても気を遣っているということ」

「ほかには？」ライリーは面食らったような顔をしていた。

「バッグはコーチだった」

「それが意味するのは？」

「質のいいものを好む。ベッカとなら、わたし、うまくやれそう。なんでそんな日で見るの？」

「ブルーミングデールのところだ。何年のジャケットか、わかるのか」

「だいたいね。でも、サターンの年式はわからない」スーズはファイルを振ってみせた。

「で、これを読んで、それからどうすればいいの？」

「昨日ベッカが来たのは、やっと恋人に問いただしたからだ。男は、自分の名はエゴン・ケネディで、マサチューセッツの出だと言ってるらしい。あのケネディ兄弟の遠縁のいとこだそうだ。ベッカは信じているが、どうも怪しい。ベッカは、すべてうまくいってると報告に寄っただけで、調査を頼まれちゃいないんだが、ゲイブとぼくは念のため調べようと思ってる」

「わかったわ。どうやって調べればいいの？　なにかアドバイスは？」

ライリーは黄色いレポート用紙を放った。「メモをとれ」

スーズは、コヨーテのマグからペンを取った。なんだかドキドキしてきた。「いいわよ」

はっきりしない点は訊き返し、すべてを書きとめた。話しが終わったとき、こう言っていた。

「すごい。誰のことでも、全部調べられるのね」

「いまはインターネットがあるから、昔より全然楽になった。じゃ、頼む。われらがランディの素性を調べてくれ」

スーズはうなずき、立ちあがった。「ありがとう」

「エフィ。うまくやれたら、こっちからもありがとうを言うよ」

「やってみせるわ」

「で、と。ダイヤは好きじゃないのか？」

「ええ。でも、ゴールドとアルマーニは好き。わたしはお安い女じゃないの」

「言うじゃないか。じゃ、仕事にかかれ」スーズが背を向けて行きかけたとき、ライリーが呼びとめた。「それと、もうひとつ」

「なに？」振り返り、どんなきつい言葉を浴びせられるかと覚悟して待ち受けた。

「わたしはかわいい子猫ちゃん、の目つき」

スーズはうなずいた。

「その手、ほかのやつにならも使っていいぞ」

「ありがと」スーズは笑いをこらえてそそくさと部屋を出た。

わたしは自由だ。仕事らしい仕事をするチャンスがようやくめぐってきた。あの家を出よう。出たければ今夜出たっていいのだ。ネルが泊めてくれるだろう。電話帳を出して〈運送業〉のページを開いた。そして、そのうちの一社に電話をかけた。「すごく高価な磁器なんだけど。スポードよ。それを梱包していただきたいの」

スーズはスポードをオリヴィアに送るよう指示した。


その晩、ネルがドアを開けると、スーツケース三つと、卵立てを詰めこんだ大きな箱を持ったスーズが立っていた。

「予備の寝室、使わせてくれる？　今日、離婚請求を出したの」

ネルはドアを大きく引き開けた。「さ、入って。そろそろ違う人生を経験してみてもいいんじゃない？」

ネルはスーズにベッドを貸し、自分はリビングのソファベッドで、マレーネとシュニール織の毛布と一緒に丸くなって休んだ。どうせ眠れないのだからこれでいい。ゲイブに会えない淋しさが日ごとにつのって、どうしていいかわからなかった。でも、同じことの繰り返しになるのなら、戻れない——

誰かが乱暴にドアを叩いている。一瞬ゲイブかと期待した。あの叩き方からすると、怒り狂っているのかもしれない。ご機嫌ななめのマレーネを撫でてやり、床に下ろした。ひょっとして、ファーンズワースがシュガーパイを取り返しにきたのだろうか。でも、それはあの人の当然の権利だわ、と後ろめたい思いで考えた。

だが、ポーチの明かりをつけ、ドアの窓のカーテン越しにのぞくと、そこに立っていたのはジェイスだった。

「どうしたの？」なかに通してやりながら、ネルは尋ねた。「こんな夜中に」

「へこみまくり」ジェイスは暗い顔で言った。「宝石がいるんだ」

「宝石？」

「パパがくれたエンゲージ・リング、まだ持ってるよね？」

ネルは目をぱちくりさせた。「たぶん。宝石箱に入ってると思うけど。なんで？　まさか——」

「その、まさか、さ。さもないと別れるって。一週間前にけんかしたんだ。あいつ、あとに引かなくて。婚約だけして、結婚はぼくが卒業して就職するまで待ってくれって言おうと思ってる」

「ジェイス。あなた、まだ若すぎる——」

「もうさんざん考えたんだ。ルーはいますぐ結婚したがってる。あれは、本気も本気」こんなに打ちひしがれた様子のジェイスは見たことがない。「頼むよ、このことではうるさく言わないでほしい。それに、どうせあの指輪はもういらないんだろ」

「ルーも欲しがらないと思うけど。あまりいい指輪じゃないし。あれを買ってくれたとき、パパは貧乏だったから。それに、わたしたちは離婚したのよ。ルーはクロエの娘だもの。縁起をかつぐんじゃない？」

「そうか。弱ったな。石だけはずして、別のリングにはめなおしてもらったらどうかな」

「はめなおすのは、手間ばかりかかってむずかしいんじゃないかしら。ほんとに小さな石だから」

ジェイスが思いつきを口にした。「スーズ伯母さんなら、きっとダイヤをたくさん買ってもらってるよね。全然しない指輪もあるだろ。そのうちのひとつを分割払いで売ってもらえないかな」

「ますます縁起が悪いわね。スーズはいま、上で寝てるわ。今日、離婚請求をしたって」

「ありゃりゃ」

「そうねぇ……。スチュアートがマージーにあげた指輪は、もっと縁起が悪いし。うちにはダイヤはないわ」

「じゃあ、車を売るよ」

「あの車を売ったってジルコニウムも買えないわよ。ねえ、これがいい考えだとほんとに思う？　無理やり宝石をねだるようなまね、あんまり好きじゃないな」

「ねだられちゃいないよ。ルーは指輪なんてどうだっていいんだ。ただ結婚したいだけ」

「いま？」ネルはようやく、状況が呑みこめた。

「やっとわかった？」ジェイスは天井を見上げた。「そう、いま。ミセス・ジェイソン・ダイサートになりたがってる」

「あなた、まだ子どもじゃないの」頭痛がしてきた。「あの子、頭がおかしいんじゃない？」

「もう子どもじゃないよ。それに、ぼくも結婚したいと思ってるんだ。いますぐ、じゃないだけで。結婚は妻を養えるようになってからすべきだ、ってのがぼくの考えだから」

「そんな」ネルはダイニングテーブルの椅子を引いて、崩れるように座った。「結婚、ですって？」

「慣れなきゃ」ジェイスもネルについてテーブルのほうに来た。「子どもはみんな、いつか結婚するんだから。どっちにしろ、夏には一緒に住みはじめようと思ってる」

ネルはハッと頭を起こした。「気でも違ったの？　ゲイブになにされるか、わかったもんじゃないわ」

「あのさぁ。それって、あの人に洗脳されちゃってるよ。ルーは十九だ。いくら父親だって、ぼくになにもできるわけがない」

「あなたはそう思うかもしれないけど。ここんとこ、ゲイブも機嫌が悪いのよ。あなたたち男ときたら、よりによって最悪のタイミングでことを起こすんだから」

「たまんないよ」ジェイスはぐったりした顔をした。「ただでさえ、山ほど問題を抱えてるってのに。あーあ。もうすぐ期末試験だし」

ネルは笑った。「期末試験、か。それでも、ぼくは大人だから結婚できます、って？」

「試験に通らなきゃ、卒業できない」ジェイスはにこりともせずに言った。「卒業できなきゃ、就職できない。就職できなきゃ、結婚できない。で、愛する女性を失うはめになる。ほんとにせっぱつまってるんだよ」

「ごめん。そうね、あなたの言うとおりだわ」

「せめて、親父さんをやんわり説得してくれないかな」

「それは無理。別れたから」

「へ？」

「辞めたの。仕事も辞めて、彼とも別れた。もう終わったの」

「万事休す」ジェイスはネルの隣りの椅子に腰を下ろし、テーブルに突っ伏した。

ネルはその髪を撫でた。「大丈夫。一緒に方法を考えましょう。離婚手当があるから、それを使えば――」

「だめだよ」とジェイスは言い、体を起こした。「ぼくはそこまでたかり屋じゃないよ。母さんはいま、きつきつの生活だろ。指輪のことはもういい。忘れて」

「なにか方法があるはずよ」そのとき、食器棚が目に入った。「クラリス・クリフ」

「え？　誰？」

「わたしの磁器。あのティーセット、かなりのお金になると思う。あれを売ればいいんだわ」

「バーナードのおばあさんがくれたものだろ。イギリスからわざわざ送ってくれた」

ネルはジェイスを見た。「だから、今度はわたしがあなたにあげる番」

ジェイスはグッと唾を呑んだ。「だけど、母さんはこの結婚に反対なんだろ」

「わたしはあなたに、自分で考えてほしいの。ルーに無理強いされてするのはよくないけど、あなたが本当にしたくて結婚するのなら、応援する」

「したい。でも、まだあれは売らないで。ダイサートのおばあさんに相談してみるから」

「クラリスはわかってくれるわ。バーナードのおばあさんもわかってくれる。明日の朝、古物商に電話するわ」

「まだ待って」

「いいえ、もう待ちたくない。いままでずっと、待ってばかりだったから。正しいことをするんだもの、善は急げよ」

翌日の昼休み、ネルはクリントンヴィルの古物商にティーセットを売った。クラリス・クリフの〈シークレット〉、三十四点セット。それから、小切手をジェイスに渡しにいった。ジェイスは感激と申し訳なさが入り混じったような顔で小切手を受けとった。

事務所に戻ると、エリザベスにいやみを言われた。

「遅刻よ」

「遅刻じゃありません。区切りのつくところまでやりたかったので、遅くランチに出ましたから」

「どこにいるか、言って出てくれなきゃ困るわ」なんでよ？　会報の緊急事態が発生するかもしれないから？

「わかりました。今後気をつけます」ネルは言い、部屋に戻った。いつ彼女にクビにされることやら。もって週末まで？　所有欲の強いアシスタントは前にも見たことがあるが、そのなかでもエリザベスは最強だ。魅力的だ、すてきだね、いきいきしてる、おもしろい、きれいだ、きみはうちにとってなくてはならない人だ、うんぬんかんぬん。先週、ジャックが折にふれ、ネルをほめたことが事態を悪化させていた。ネルは真に受けなかったが、エリザベスは真に受けた。ジャックが温かい態度をとればとるほど、彼女は露骨に冷たくなった。エリザベスが「O&Dの社員にふさわしい服装はスーツよ」と服装にまで難癖をつけだしたとき、ネルはなんだか彼女が気の毒になった。ボスに望みのない恋をすることくらい、悲しいものはない。職を失う危険も増すし、ろくなことにならない。

それから、自分もゲイブに同じことをしていたんだろうか、と思った。

いいえ、違う。わたしはゲイブを所有しようとしたことはない。オフィスを自分のやり方でマネージメントする権利を求めただけだ。ゲイブはあの事務所をマネージメントしようなんて考えてもいない。放っておけば勝手に動く、とでも思っているのだ。それをわたしがやってあげたのに。

無断で名刺を注文して彼に突きつけるのでなく、そう言えばよかったのかもしれない……。

このことは今度、話しあおう。今度、があればだが。ネルは会報の整理に戻り、一九九二年の分の束を引き寄せた。ゲイブが恋しかった。こんな仕事、大嫌い。

そうよ、エリザベスにクビにされるまで待つことはないんだわ。週末、じっくり考えて、自分がどうしたいのか決めよう。そして、行動に移そう。ネルは古い会報に機械的に目を通し、そこに出てくる名前をパソコンに打ちこみながら考えた。わたしはオフィスをマネージメントしたい。スケジュールを管理したり、ほかのみんながスムーズに仕事できるようにサポートしたりすることが好きだ。ものを売りたいとは思わないし、現場に出て働きたいとも思わない。ほかの誰かが働きやすいように、小さな完璧な世界をつくって管理するのが好きだ。〝飾り枠《カルトウーシュ》の生〟とスーズが言ったが、当たっている気がする。

わたしがやるべきことは、誰か、好きになれて尊敬できる仕事をしている、好きになれて尊敬できる人を見つけて、その人のビジネスをマネージメントすることだ。もちろん、ゲイブという人をすでに見つけたけど……。

五時近くまで、会報に索引をつける作業を続けた。ある一冊をめくっていると、〝スチュアート・ダイサート〟の名が目に留まった。スチュアートの名とそれが出ているページ・ナンバーを打つのはこれがはじめてではないが、写真が出ているのははじめてだった。スチュアートはブロンドで、太っていて、鼻持ちならないほど傲慢《ごうまん》な感じだったが、それはどうでもいい。問題は、彼が腕を回しているかわいいブロンドの女だ。キャプションは、秘書のキティ・モラン、となっている。

ネルは写真に見入った。キティ・モランの顔には見覚えがある。すごく見覚えがある。キティのアップにしたブロンドの髪を親指で隠し、ブルネットだったら、と想像してみた。

リニー・メイソンだ。

「ええっ?」思わず声を上げた。その号のコピーを取り、コピーのほうをファイルに戻して、原物はバッグに入れた。それから、部屋を出て――エリザベスには「トイレ休憩です」と言ったが、眉をひそめられた――別の男性秘書のデスクに行った。「電話を貸してもらえませんか。エリザベスは――」

彼は電話を押しやって言った。「エリザベスがどんなふうか、わざわざ説明してくれる必要はないよ」ネルはニヤッと笑って、ライリーの番号をプッシュした。

「わたし」ネルが言うと、ライリーは即座にこう返してきた。

「戻ってくる、と言ってくれ」

「それはノー。ねえ、聞いて。あなたに見せたいものがあるの」

「おいおい、そんなこと、ゲイブの前で言うなよな。それ、ぼくがまだ拝んだことのないものか?」

「ええ。でも、会ってから詳しく話すわ。一時間で行けるけど」

「いまはひとりじゃないんだな？」

「野獣のおなかのなかよ。シカモアに六時でどう？」

「〈ロング・ショット〉で八時じゃだめかな。ブリュワリー地区のフロント・ストリートにあるバーだ。別件で、どっちにしろ行かなきゃならないんだ」

「了解」そのほうがかえっていいかもしれない。シカモアだと、ゲイブと鉢合わせる可能性がある。わたしがライリーといるところを見たら、あまりいい気はしないだろう。

「芝居がかったことは言いたくないんだけど。きみに危険が及ぶようなことはないんだろうな？」

ネルは耳をそばだてている秘書に笑いかけた。「あるわ。エリザベスがわたしを殺して、死体を会報の部屋に隠すかも。そうなったら、何十年も発見されないでしょうね」秘書がニヤッと笑みを返した。

「じゃ、八時に。おしゃれして来てくれよ。ぼくはいい女《ホット》としかバーに行かないんだ」

「持っていくニュースと同じくらい、ホットにしていくわ」ネルは言い、電話を切って秘書に笑顔を向けた。「どうもありがとう」

「どういたしまして。エリザベスをいらつかせることなら、喜んで協力するよ」

部屋に戻ると、ジャックが待っていた。「休憩をとってたのか？」ジャックはこわばった笑顔で言った。あらら。さっき、どこかに出かけてたみたいだけど、そのあいだになにかあったのね。

「ちょっとだけ」

「うちに来てまだ長くないのに、よく好き勝手に休憩をとれるな」そう言って一歩詰め寄る。

「ごめんなさい」過剰反応しないように、ネルはなんとか自分を抑えた。「すぐ仕事に戻るわ」

「急ぐことはない」ジャックはのしかかるように立っていた。顔には笑みを貼りつけているが、本当はすごく怒っているのがわかる。

オーケー。わたしを殴るの？　それともキスするの？　ジャックがネルを引き寄せてキスした。ネルはほっとしたので、抗《あらが》わなかった。ネルがスーズに言うだろうことを見越して、わざとやっているのだとはわかったが、それでもとても上手なキスだった。と、うめくような声が聞こえた。ネルはあわてて彼を押しのけた。部屋の入口にエリザベスが立っていた。ネルはジャックを見上げて言った。「見られたわ」ジャックはさっと体を離し、エリザベスをにらんだ。彼が口を開く前に、ネルは先手を打って言った。「職場環境を悪くしてすみません。わたし、辞めます」

ジャックの脇をすり抜け、バッグをつかんで駐車場に逃げだした。あとのことは、どうなろうと知ったことじゃない。ネルはヴィレッジに向けて車を走らせた。やっぱり、わたしのいるべき場所はそこだ。

ゲイブが事務所に戻ると、待っていたようにライリーが入ってきて、机の前の椅子に腰を下ろした。

「また秘書がいないな」とゲイブは言った。「スパイナル・タップだって、こんなにドラマーに不自由しなかったんじゃないか」

「スーズは外に仕事に出てる。ぼくがベッカのランディの調査を頼んだ」

「おまえが？」

「調査員になりたいそうだ。ぼくの考えでは、向いてると思う。それに、うちは依頼を引き受けきれなくて断ってるし。だから、試しに仕事を振ってみた。見込みがありそうなら、ネルが戻ってきたときスーズには現場の仕事をさせよう」

　ネルが戻ってくる？　心臓の鼓動が速くなった。だが、はやる気持ちはおくびにも出さず言った。「部屋はどうする？」

「クロエの店の倉庫は？　フリーザーを捨てて、通りに面した壁に窓を開けたらどうだい？」

「クロエがなんと言うかな。それに、フリーザーのファイルはどうする？」

「地下室に移せばいい」

「わかった」気のない返事をして、ゲイブはパソコンに向きなおった。「おまえに任せた」

「スーズはいい探偵になるよ。ぼくたちにはないスキルを持ってる」

「たしかに」手帳を開き、ぱらぱらめくって、これから書く報告書のためのメモを探した。

「ところで、さっき、ある調査の件でO&Dに行ってきた。トレヴァーとジャックにネルについて訊かれたんで、彼女はここで、ポルシェ以外のありとあらゆるものを管理していた、と言っておいた。ふたりとも、笑ってた」

「きわどいことを言ったな。もしポルシェが盗まれたら、それは誰のせいでもない。きみのせいだ」

「あのふたりがそこまでばかだといいんだがな。ガレージに入れてあるから、簡単には近づけんだろう」

「車のなかにはほんとになにもないのか」

「ああ。おれだってばかじゃない」

「ネルに対するご立派な接し方を見るかぎり、その点に関しては素直にはうなずけないな」

「ほかに用は？　なけりゃ、失せろ」

「まだある。クロエがロンドンから電話をかけてきた」

「クロエが？」ゲイブは目を細めてノートを見た。「イヤリングのこと、訊いたか」

「ああ。ルーの誕生祝いにパトリックにもらったそうだ。悪魔の絵のついた赤い箱に入っていた。ルーのために取っておいて、ルーが結婚するとき、渡してやってくれと言われたらしい。クロエはあの写真を撮るとき一回つけたきりで、それから今日まで、しまいこんだまま忘れていた」

「クロエはダイヤを好むタイプの女じゃないからな。親父はあの箱に入れて渡したのか？」

「ああ。だけど、クロエは箱は洗面所の棚に置いたってさ。悪魔の絵なんて縁起が悪いから、だそうだ」

「クロエが置いた？　そのときから、なかにあの紙があったのか」

「紙には気づかなかったそうだ。だけど、クロエが置いてから、誰も箱を動かしてないと思う。だから、ぼくの勘じゃイエスだ」

「じゃあ、リニーはあの箱からはなにも取ってないんだな。だとすると、なにを探してたんだ?」

「ダイヤだろ。リニーはダイヤを好むタイプの女だ。で、クロエだけど。クロエはルーと話した。ルーが取り乱しているんで、クロエも取り乱したみたいだ」

ゲイブは肩をすくめた。「ルーとジェイスはいま、ちょっともめてるが、たいしたことじゃない。なんとかなるさ。しかし、リニーはどうやってトレヴァーかジャックと知りあったんだ? トレヴァーかジャックか知らんが、いったいどういうつもりでリニーにダイヤのことを話したんだ?」

「過去は置いといて、いまにちょっと注意を向けてくれないか。クロエはルーのことを心配してる。で、戻ってくるそうだ」

「いつ?」

「明日。ヒースロー空港から電話してきたんだ」

「わかった」と言い、またパソコンに目をやった。

「それと、ネルが電話してきた」

ゲイブはさっとライリーに向きなおった。「そうか」

「O&Dでなにか見つけたらしい。まわりに人がいたんで、電話じゃ詳しい話は聞けなかった。今夜、ロング・ショットで会うことになってる。八時だ」

「へえ? 奇遇だな。おれも、あの店で八時にジーナ・タガートと会うことになってる」

ライリーはすっとぼけた。「探偵業のイロハを伝授しようと思って、スーズを今夜、ロング・ショットに誘ったんだ。だったら、ネルともそこで待ち合わせれば楽だろ。べつに偶然でもなんでもないよ」

「バーでどんなイロハを伝授するってんだ？」

「ぼくにはぼくなりの考えがあってね」

「だろうな。ほんとはまだ、スーズを誘ってないんじゃないか。スーズが外から戻ったら言うつもりなんだろ？　ネルとおれを会わせようとして仕組んだだろ」

「疑い深い男だな」

「違うか？」

「ああ、そうだよ」

「ありがとう」

ライリーが出ていくと、ゲイブは椅子の背にもたれ、ネルのこと、スーズのこと、クロエのこと、それからまたネルのことを考えた。ネルに戻ってほしかった。おれはルーに、妥協もしなきゃな、と言った。今夜、ネルに妥協案を持ちかけてみようか。いまは、ネルがどんな要求を突きつけてきても呑んでしまいそうだ。ただし、窓は別だ。それ以外はなんだって好きにさせてやる。

クソッ、窓だって好きにさせてやる。戻ってきてさえくれるなら。

ディーン・マーティンのテープをかけ、『エヴリバディ・ラヴズ・サムバディ・サムタイム』を聴きながら報告書を書いた。ネルが辞めて以来、いまがいちばん上機嫌だった。

六時に家に帰ると、ネルはスーズに会報の写真を見せた。

「マージーに見せに行こう」とスーズは言った。「まだ時間はあるし。バーには八時に行けばいいんだから。キティのこと、マージーに知らせるべきよ。それに、とにかくマージーの様子を見にいったほうがいいんじゃないかな。今週は、店で、少し……変だったから」

「働くって、多かれ少なかれ女を変にするのかも」ネルはエリザベスのことを思い出して言った。

三十分後、ふたりはマージーの家にいた。マージーは、キッチンのテーブルで豆乳のグラスを前にしながら、じっと写真を見つめた。「ええ、これ、キティよ。スチュアートは彼女と寝てるんじゃないかとずっと思ってた」

「あんまり驚かないのね」

「だって、スチュアートってあんな人だし。キティみたいな人に迫られたら、ほいほいなびくと思う。ほんと言うとね、とうとう彼女がスチュアートを手に入れたのかな、とずっと思ってたの」

「スチュアートがキティと逃げた、そう思うの？」ネルは尋ねた。

「前はそう思ってた。でも、彼女が戻ってきたんだとしたら、彼はどこにいるの？」マージーは怯《おび》えた様子でグラスを置いた。「そんな。いやよ。彼が戻ってきたら、どうしたらいいの？　彼女とふたりで戻ってきたら。お金がなくなったから、もっと欲しいって要求してきたら？　ねえ、どうしたらいいの？」

「戻ってきたら離婚できるじゃない」スーズが言った。「スチュアートはO&Dのお金を横領した犯罪者なのよ。あなたを困らせることなんて、できるわけない」

「いいえ、できる」マージーは恐怖にすくんで豆乳を見つめた。「わたし、彼を殺そうとしたんだもの」

20

「そんな、大げさな」スーズが口を開いた。

「大げさじゃないの。わたし、スチュアートを思いっきり殴った。彼、倒れて。そこらじゅう血だらけだった。結婚生活のなかで、楽しかったのはあの瞬間だけね」

マージーは憂わしげにほほえんだ。ネルとスーズは顔を見合わせた。スーズがマージーの豆乳に手を伸ばし、ひと口飲む。「アマレットがたくさん入ってるじゃない」

「マージー。カルシウムはもう充分とったでしょ」

「わたしたちの年代の女は、どんなにたくさんとっても充分ってことはないの」マージーが取り乱した硬い声で言った。「立ってるだけで、骨からどんどんカルシウムが流れ出してるんだから。バッジがそう言ってるわ」

「彼はアマレットについてはなんて言ってるの?」スーズが訊いた。

「アマレットのことは知らないわ。これからも知られないようにするし。ねえ、スチュアートが戻ってきたらどうしよう?」

「どうもしなくていいのよ」ネルは明るく言った。「彼を殺そうとした、だなんて。あなたがそんなことするわけないじゃない」

「それが、あるの」鼻をすすりながらアマレット・ミルクを飲んだせいで、マージーは少しむせた。「スチュアートが出張に行ってるとき、バッジが来て、彼がパパのお金を盗んだって教えてくれた。それでスチュアートに、お金を返さなければあなたと別れる、って言ったの。スチュアートは鼻で笑ったわ。おまえにそんな度胸はないし、それに、別れたっておれは痛くもかゆくもない。どうせおまえは退屈な女だから、って」

「ひどい」

「それから、彼が背を向けた。わたし、〈デザートローズ〉のミルクピッチャーで殴った」

「ああ」ネルはつぶやいた。いまはマージーの言うことを信じる気になった。

「ピッチャーはカウンターの上にあった。レース入れにしてたの」マージーは遠くを見てうなずいた。「ピッチャーで彼の後頭部を殴った。彼はどさりと倒れた。アン女王時代のレースが一面に散らばった」

「そう」ネルは急いで気を取りなおした。「それで――」

「そのとき、バッジが入ってきた。パパに電話したらパパがジャックに電話して、ふたりで来てくれた。あとのことは任せて、わたしは二階に上がったの。パパたちがスチュアートを空港に連れていった。でも、彼は飛行機に乗らなかった」まるでこれもスチュアートの浮気のひとつでしかない、とでもいうように、マージーは軽く首を振った。「だから、彼はお金を持ってキティと逃げたのかなって思った」

「スチュアートを殴ったとき、バッジもいたの？」とスーズが尋ねた。

「隣りの部屋にいたわ。スチュアートが帰ってきたとき、隠れるように言ったの」

はいかないのよね」

「大丈夫よ、ハニー」口ではそう言ったが、ネルは内心、全然大丈夫じゃないと思っていた。

「ちょっと、お手洗い」マージーは誰にともなく言って、ふらふらとトイレに立っていった。

「七年前にピッチャーで殴ったから、彼が戻ってきたら怖いっていうの？　理屈に合わないわ」とスーズが言った。

「バッジが欲しがってる二百万ドルの保険金のことを忘れてるわ。二百万ドルのためなら、墓場から起きあがってくる人だってたくさんいるんじゃない？」

「だったら、マージーはピッチャーをいつでも手の届くところに置いておかなきゃね。わたしのアマレット・ミルク、返して」

「ゲイブとライリーに言っても信じないでしょうね」

スーズはグラスを手もとに引き寄せた。「言うべきだと思う？」

「当然じゃない。マージーのことは心配いらないと思う。スチュアートは起きあがって、歩いて出ていったんだから」

「わかった。でも、マージーがスチュアートをピッチャーで殴ったことと、バッジと寝てたことは言わないほうがいいんじゃない？」

「そのふたつを言わなかったら、なにを言えばいいの？　スチュアートが空港に行く途中で倒れた、って？」

スーズは困った顔をした。「でも、マージーは友だちだし。ひどい男と結婚して、かわいそうな目にあったんだから」

「マージーがスチュアートを殴り殺したわけじゃないんだから。たとえスチュアートが死んでるとしても、やったのはマージーじゃない。それに、スチュアートは生きてるんじゃないかって気がするの。リニーは誰かと組んでやってる感じじゃなかったけど、でも、なんとなく。リニーはわたしに、組まないかって誘いをかけてきたから。スチュアートと一緒じゃないと思う」

「リニーはペテン師だったんだから。あなたを誘ったのは目くらましだったのかもしれない」

「目くらましじゃないわ。わたしは彼女を信じる」

「あなた、ティムのことだって信じてたじゃない」

ネルはアマレット・ミルクをあおった。

マージーが戻ってきた。「なんか、気持ち悪い」

「豆乳中毒よ」とスーズ。「しばらく、豆乳を飲むのやめたら？」

「ねえ、いい？ 大事なことだから聞いて。マージー、スチュアートはもうあなたを傷つけることはできないわ。だから、くよくよするのはやめて。それと、バッジと結婚したくないなら、しなくていいのよ」

「ネル」スーズの声には警告するような響きがあった。

「バッジの言いなりになるのはもうやめよう」

「ネル」スーズがもう一度言った。ネルが目を上げると、リビングの入口にバッジが立っていた。『ゴースト・バスターズ』のラスト・シーンの、マシュマロマンみたいな格好だ。

「心の奥がチクチクうずいてたまらないの」ネルはマレーネを抱きしめた。

「それは知ってるけど。わからないのは、なんでそんなに気に病むのか、よ」

「わたしたち、長いあいだ罪悪感を抱えて生きてきたでしょ。あなたはジャックのことを怒ってた。マージーはスチュアートを嫌ってた。そしてふたりとも、そのことに罪悪感を抱いていた。あなたはジャックとちゃんと向きあったから、自由になれた。でも、マージーはバッジに向きあおうとしないから、にっちもさっちもいかなくなってる」

「だからファーンズワースと向きあう、っていうの？　はあ。せいぜいがんばってね」

「前から考えてたんだけど、あの家に連れていってみようかと思って。庭で放して、マレーネがうれしそうに家に走っていったら、わたしは正しいことをしたことになる。逆に、この子がわたしのそばに留まったら、もう罪の意識を感じなくてすむ」

「仰向けに寝っ転がって悲しげにうめいたら？」

「それも留まったうちに入れていいでしょ。誘拐したときもそうやってうめいてたし。もうすぐ暗くなるから、度胸がなくなる前に、いまやりたいんだけど」

「いま？　ねえ、わたしは反対よ。わたしだってこの子を愛してるんだから。それに、服はどうするの？　寒い晩、ファーンズワースが革のボマージャケットを着せてくれると思う？」

「バッジはマージーにしがみついてるけど、それは、愛してるからなのよ。ほんとに愛してると思う。さっきのバッジの態度、感じ悪かったけど、でも不快じゃなかった。彼、マージーにはすごくやさしいし。バッジは、愛してれば束縛しても許されると思ってる。わたしには彼を責める資格がない。愛してるから、という理由で、バッジがマージーにしているのと同じことをマレーネにしちゃいけないと思うの」

「それとこれとは別よ」とは言ったが、スーズはあまり自信なさそうだった。

「マージーはフラストレーションと罪悪感でおかしくなってる。マージーがいつも、〝彼にはたぶん、ばれないわ〟みたいな感じで問題を避けて通るのをごまかしだと思ってたけど、マレーネのことではわたしも同じことをしてる。もう罪の意識を感じたくないの。すっきりしたい」ネルはため息をついた。「やらなきゃ。まずこれを片づけて、それから、ゲイブにマージーのことを話さなきゃ」

「すてき」スーズはむっつり言った。「良心ほど、たちの悪いものはないわ。せっかくの気持ちのいい晩が台なし」


八時少し過ぎ、もう日は暮れていた。服を脱がせたマレーネを連れ、ネルはファーンズワースの家まで歩いていった。裏庭に着くとしゃがんでリードと首輪をはずし、マレーネの目をじっとのぞきこんだ。「愛してるわ、マレーネ。これからも、ずっとずっと愛してる。でも、ほら、あなたの家よ。行きたいなら行っていいのよ」マレーネは動かなかった。「もちろん、わたしと帰りたいならそれでもいいし」

マレーネはあくびをして、あたりを見まわした。それから、庭に走っていった。なにか興味を引かれるものを見つけたらしい。

ネルは立ちあがり、マレーネを見て思った。愛しているなら自由にさせてやりなさい、か。

「ねえ、言いだしっぺはわたしじゃないんだから」スーズは前に目をやったまま、言った。「シュニール織の毛布とボマージャケットを買ってあげたでしょ。正しいことをしたがったのは、ここにいるマザー・テレサよ」

マレーネはもう一度ネルを見上げた。「ごめんね」マレーネはうなり、ネルの膝の上で丸くなった。

「一度失われた信頼は二度と取り戻せないのよ」とスーズ。

「やめてよ、脅さないで。ビスケットをあげれば機嫌も直るわ。それでこの子はずっとわたしのもの」

マレーネが見上げて、また吠えた。いままで毎日、悲しげなうめき声をあげて甘えていた飼い主に対する、軽蔑と不信でいっぱいの声だった。

「どこかの店に寄れない？　ビスケットを買いたいんだけど。早くご機嫌とったほうがよさそう」

「そのへんの店でいい？　普通のビスケットしか売ってないと思うけど。もう、だいぶ遅刻だから」

「もうひとつの裏切りね」

スーズが〈ビッグ・ベア〉の駐車場に車を入れた。ネルは犬を抱きしめて言った。「マレーネ、ごめんね。でも、またあなたと一緒にいられることになってうれしい。ほんとはあの家に帰りたくなんかなかったんでしょ？　庭がおもしろそうって思っただけよね？」

マレーネは憎々しげにネルを見て吠えた。

「わたしたち、まだコミュニケーションはとれてるから。大丈夫よね」

車に置き去りにされてマレーネは不満そうだった。だが、ロング・ショットに足を踏み入れたとたん、ネルは、かわれるものならマレーネとかわりたい、と思った。ビールと声高なおしゃべりと平凡な音楽。ヤッピーがたむろする典型的なバーだ。こんなところにいるぐらいなら、ほかのどこだってましだ。

「こういうバー、前から来てみたかったの」とスーズが言った。「でも、ジャックは絶対連れていってくれなかった。いま、その訳がわかったわ」

「こんな店を選んだのは誰？」

「飲み物を買ってくる」スーズは明るく言った。「あなたは席を取ってて」

ネルはドアのそばに空いたテーブルを見つけて座り、人込みをかきわけてバーカウンターに向かうスーズを目で追った。男たちの視線を集めながら、まるでそれを意識していない。ライリーはどこだろう？　店内を見まわし、ハッと凍りついた。カウンターの男、ゲイブにとてもよく似ている。ホット・ランチによく似た魅力的なブルネットの女としゃべっている。

ネルは煙のたちこめる空間を透かして目を凝らした。間違いない。ゲイブとジーナだ。腹を殴られたかのように気分が悪くなって、目をそらした。わたしがやきもちを焼いてゲイブのもとに戻るよう、ライリーが仕組んだのだろうか。だったら、ライリーをとっちめてやりたい。もしそうでないとしたら……ジーナ・タガート。ゲイブ、あなた、ばかじゃないの？　ジーナがどんな女か、誰よりよく知ってるはずなのに。

「ムカつくのは豆乳とアマレットのせいかもよ」

「自分にムカついてるのかも。わたしも昔はマージーと同じだったから。ジャックの言いなりだった」

「わたしもティムに、自分はたんなるアシスタントだと思わせるようにしてた。結婚生活をうまく続けていきたいから、つい、そういうふうに振る舞っちゃうのよね」

「もう誰の言いなりにもならない。と、いまは思ってるけど。でもわたし、ばかだからな。思ってるだけかもしれない」

「わたし、ひとつ自分に嘘をついてることがあるの」

「ゲイブのこと？」

「マレーネよ」ネルは膝の上の犬を見つめた。マレーネは頭をもたげ、なにかいいことがあるのかな、という顔でネルを見た。

スーズは、わからない、というように顔をしかめた。「マレーネ？　マレーネがどうした――」言いかけて、思いあたった様子で口をつぐんだ。「まさか、まだ気にしてるの？　ちゃんと愛情を注いでいる飼い主から犬を盗んだ、って？　あの男はマレーネをシュガーパイって呼んでたのよ。それだけでも動物愛護協会から指名手配ものよ」

「わたしはこの子を愛してる。どんなに愛してるか、言葉では言い表せないくらい。でも、この子は神経質だから。どんなにかわいがってても、知らない人がこの子の様子を見たら、毎日ぶたれてるんじゃないかって疑うと思う。この子を取りあげられたら、わたし――」

「もう、信じられない」

「バッジ。マージーは結婚したくないって」ネルは言った。

「そんなはずはない。きみが結婚してないから、影響されてそんな気になっただけだ。マージーは、なんでもかんでもきみと同じものを欲しがるんだからな。だが、ここを出ていったらマージーは不幸になる」バッジはマージーのそばに来て、その肩に腕を回した。ふたたび口を開いたとき、その声はさっきよりもっと高ぶっていた。「きみはマージーを混乱させる。いつもそうだ。女はみんながみんな、きみのようにならなきゃいけないわけじゃないんだ。みんなが仕事をしたがるわけじゃないし、独り暮らしをしたがるわけじゃない。女の独り暮らしがどんなに危険か、わかってるのか。レイプ、強盗、殺人。マージーはここでぼくと暮らすほうがいいんだ。そのほうがずっと安全だ」

スーズが言った。「マージー？」だが、ネルには、もうなにを言っても無駄だとわかっていた。食器を投げつけたくなるところまで追いつめられなければ、マージーはやりかえすことができないのだ。

「帰ってくれ」

ネルとスーズは玄関に向かった。外に出てドアを閉める間際、バッジの声が聞こえた。

「お義父さんも、あのふたりとはつきあうなと言ってただろ。とくに、ネルとは。会いたくないと、断ればよかったんだ」

マージーはただこう答えた。「もっとミルクが飲みたい」

「バッジってムカつく」ハイ・ストリートを戻っているとき、スーズが言った。

ーにうなずきかけた。

「次の日バッジが来て、心配いらないって言った。横顎のことを知ったら、お父さんだって、もう離婚したほうがいいと思うはずだからって」マージーは反抗的な顔をした。「そうはならなかったけど。パパは、これ以上のスキャンダルはごめんだって言った。スチュアートが二度とおまえを困らせることができないようにするから、って」

「ねえ」スーズが口をはさんだ。

「パパは、いい夫になるよう、スチュアートに行ないを改めさせるつもりだったんだと思う。自分のことは棚に上げて、おかしいわよね」

「そっか。あの〈デザートローズ〉のピッチャーでスチュアートを殴ったんだ……」まだ驚きの覚めやらぬ様子で、スーズが言った。

「話を後戻りさせないで。あんまり時間がないんだから」

「スチュアートはいなくなって、いまはバッジがいる。でも、セックスがすべてじゃないし。バッジは最近、結婚しようってうるさいの」マージーはまたアマレット・ミルクをすすった。

「バッジもピッチャーで殴るはめになるかもよ」

「スーズ」ネルはスーズを足で突ついた。

「べつにいいじゃない。わたしだって、あの胸くその悪いスポードでジャックを殴り殺せるものならそうするわ」

ネルはアマレット・ミルクのグラスをスーズの手から遠ざけた。

「黙ってれば誰にも知られずにすむと思ってた」マージーは悲しげに言った。「でも、そう

「スチュアートはバッジの車に気づかなかったの？」

「彼はいつも、少し離れた脇道に車を停めてたから」

「いつも？」スーズがハッと顔を上げた。「マージー？」

「だって、スチュアートは最低だったんだもの。ベッドのなかでも外でも。バッジはほんとにいいの」

ネルは座りなおし、グラスを取ってアマレット・ミルクをついだ。「スチュアートがいたときから、バッジと寝てたのね？」

「いい考えのような気がしたの。パパは、離婚は許さないって感じだったし。ジャックのこと、恥だと思ってるから」

「恥、か。わたしもよね」スーズもアマレット・ミルクをついだ。

「わたし、にっちもさっちもいかなくなって。でもそれから、スチュアートがいなくなってバッジが残った。バッジには助けてもらったから、追いやるわけにもいかなくて。彼は一緒にいていやな相手じゃないから、べつにいいんだけど。ただ、たまにうんざりすることもある。スター・カップで働くのを反対されたときとか。あと、筋金入りのベジタリアンなこととか。ベジタリアンなのはいいことだとは思うけど、誰だって、ちょっとはずるしたいじゃない？　彼と暮らすようになってから、一度もハンバーガー、食べてないのよ。ときどき、ステーキが食べられるんだったらなんだってするって気分になる」

「いま聞こえたなにかが壊れる音は空耳よ」スーズがネルに言った。

「それからどうなったの？　スチュアートがいなくなってから」ネルは励ますようにマージ

「わたしたち、まだコミュニケーションはとれてるから。大丈夫よね」

車に置き去りにされてマレーネは不満そうだった。だが、ロング・ショットに足を踏み入れたとたん、ネルは、かわれるものならマレーネとかわりたい、と思った。ビールと声高なおしゃべりと平凡な音楽。ヤッピーがたむろする典型的なバーだ。こんなところにいるぐらいなら、ほかのどこだってましだ。

「こういうバー、前から来てみたかったの」とスーズが言った。「でも、ジャックは絶対連れていってくれなかった。いま、その訳がわかったわ」

「こんな店を選んだのは誰？」

「飲み物を買ってくる」スーズは明るく言った。「あなたは席を取ってて」

ネルはドアのそばに空いたテーブルを見つけて座り、人込みをかきわけてバーカウンターに向かうスーズを目で追った。男たちの視線を集めながら、まるでそれを意識していない。ライリーはどこだろう？　店内を見まわし、ハッと凍りついた。カウンターの男、ゲイブにとてもよく似ている。ホット・ランチによく似た魅力的なブルネットの女としゃべっている。ネルは煙のたちこめる空間を透かして目を凝らした。間違いない。ゲイブとジーナだ。腹を殴られたかのように気分が悪くなって、目をそらした。わたしがやきもちを焼いてゲイブのもとに戻るよう、ライリーが仕組んだのだろうか。だったら、ライリーをとっちめてやりたい。もしそうでないとしたら……ジーナ・タガート。ゲイブ、あなた、ばかじゃないの？ジーナがどんな女か、誰よりよく知ってるはずなのに。

「ねえ、言いだしっぺはわたしじゃないんだから」スーズは前に目をやったまま、言った。「シュニール織の毛布とボマージャケットを買ってあげたでしょ。正しいことをしたがったのは、ここにいるマザー・テレサよ」

マレーネはもう一度ネルを見上げた。「ごめんね」マレーネはうなり、ネルの膝の上で丸くなった。

「一度失われた信頼は二度と取り戻せないのよ」とスーズ。

「やめてよ、脅さないで。ビスケットをあげれば機嫌も直るわ。それでこの子はずっとわたしのもの」

マレーネが見上げて、また吠えた。いままで毎日、悲しげなうめき声をあげて甘えていた飼い主に対する、軽蔑と不信でいっぱいの声だった。

「どこかの店に寄れない？　ビスケットを買いたいんだけど。早くご機嫌とったほうがよさそう」

「そのへんの店でいい？　普通のビスケットしか売ってないと思うけど。もう、だいぶ遅刻だから」

「もうひとつの裏切りね」

スーズが〈ビッグ・ベア〉の駐車場に車を入れた。ネルは犬を抱きしめて言った。「マレーネ、ごめんね。でも、またあなたと一緒にいられることになってうれしい。ほんとはあの家に帰りたくなんかなかったんでしょ？　庭がおもしろそうって思っただけよね？」

マレーネは憎々しげにネルを見て吠えた。

マレーネはくるりと向きを変えて逃げだした。抱きあげようとしたものの、マレーネが猛スピードで駆けぬけたので捕まえられなかった。ネルも全速力であとを追いながら祈った。ファーンズワースがいまも犬に電子首輪をつけていてくれますように。シェパードの足が速すぎて止めるのが間に合わない、なんてことになりませんように。マレーネが道に飛びだした。スーズがビートルのドアを開けた。マレーネは車に這いあがり、スーズの膝の上を通って助手席に行った。ネルも助手席のドアを開けて滑りこみ、マレーネを持ちあげて膝に乗せた。

「出して」

スーズはなにも訊かずに車を出した。ネルは息をつき、膝の上でゼイゼイいっているマレーネに謝った。「ごめんね。わたしがばかだった」

マレーネは血走った目でネルを見上げた。それから、「ウアッッ」と怒りに満ちた鋭く短い声で吠えた。ガラスも割れんばかりの声だった。

「うわあ」スーズが驚きの声をあげた。「グレタ・ガルボがしゃべった。なにがあったの?」

「ファーンズワースは新しい犬を飼ってた。馬みたいに大きなジャーマンシェパード」

スーズは笑った。考えているうちにますますおかしくなったようで、大笑いして言った。「最高。完璧じゃない」マレーネが怒ってうなった。「あなたの気持ち、わかるわ、マレーネ。わたしも同じだったから。ほかの女に取ってかわられた」

マレーネは、こんな情けない目にあったのはあんたのせいでもあるのよ、とでも言いたげにスーズに吠えた。

よく言うことだけど、そんな正論はたくさん。もちろん、マレーネの感情にどれだけの深みがあるかは、つねに謎だけど。「そっちに行けば、もうシュニール織の毛布とはさよならなのよ。それ、わかってる?」そう叫びたかった。だが、マレーネにわかる言葉は〝ビスケット〟だけだ。この状況で、ビスケットで釣るのはよくない気がした。

マレーネは庭を少し嗅ぎまわったあと、つまらなそうな顔で座りこんだ。ネルは自分の計画の穴に気づいた。マレーネが戻る気ならファーンズワースに家に入れさせなければならないが、ネルがドアをノックして、「こんばんは。七カ月前にあなたの犬を盗んだんだけど、良心の呵責《かしゃく》に耐えられなくなって返しにきました。ほら、この子よ。じゃあね」なんて言うわけにはいかない。

マレーネは不機嫌な様子で庭のまんなかに座っている。さっきなにに興味を引かれたのか知らないが、それにはもう飽きたらしい。

オーケー。ネルは石を拾って勝手口のドアに投げた。石はドアの下のほうに当たり、ゴンッと硬い音をたてた。木の陰に隠れたが、なにも起こらなかった。なら、もう一回。また石を拾って投げた。ゴンッ。だが、やはりなにも起こらない。

マレーネがじっと見ていた。ネルを見て、それから、石を追ってドアに顔を向ける。だが、ネルのほうへ来ようとか、石を追いかけようとは思わないらしい。

「もう一回」三つめの石を投げた。すると今度はドアが開いた。戸口に、見たこともないような大きなジャーマンシェパードを連れた女が立っている。シェパードが『バスカーヴィル家の犬』も真っ青の凄まじい吠え声をあげて駆けだした。

「ゲイブならジーナ・タガートと消えたわ」ネルはできるだけ平静を装って言った。

「ゲイブはそんなにばかじゃない」ライリーは暗がりを透かしてネルを見た。「大丈夫か？」

「ええ。失恋の痛手からもう一度救ってもらう必要はないわ」

「あのときだって、ぼくが救ったわけじゃない。きみが自分で救ったんだ。ぼくはちょっとした気晴らしを提供しただけさ」

「そうかもしれないけど。でも、ありがとう」ネルは衝動的に彼の頬にキスした。

「あなたってどこか特別。自分で気づいてる？」

「ぼくが？　いや」ライリーは驚きながらも喜んでいるように見えた。が、次の瞬間、急に顔をしかめた。「おっと、まずい」彼はネルに会報を返した。「ここにいろ」

ネルはライリーの視線をたどった。背の高い男がスーズをカウンターに押しつけるように立ちはだかっている。「スーズは自分の面倒は自分で見れるわ」そう言いかけたが、そのとき、男が姿勢を変えた。ネルにもそれが誰だかわかった。「行って」ライリーは急ぎ足でふたりのほうに向かった。


スーズはカウンターでダイエット・コークをふたつ、注文した。出てくるのを待ちながら、あたりを見まわしてライリーを探した。店は混んでいたが、ライリーの姿は見当たらなかった。コークはなかなか出てこなかった。ようやく代金を払って戻ろうとしたときだ。怖い顔をした背の高い男が立ちふさがった。

「すみません、通してください」だが、男は動かず、スーズの顔をのぞきこんだ。上等じゃもちろん、その場かぎりの相手を求めているのなら、たぶんジーナはおあつらえ向きの女だ。

男ってやつは。

落ちこんで、椅子にぐったりもたれた。流れている音楽はお粗末だったが、暗いのはありがたかった。いまとなっては、ゲイブがジーナとなにをしているか、そればかりが気になったが、その事実を闇が隠してくれた。カウンターに目をやると、いつのまにかふたりはいなくなっていた。気にすまいと思うのに、胸がキリキリ痛んだ。ネルは腕時計を見た。まだ八時四十五分だ。ずいぶんすばやいじゃない？　だが、彼がなんでも手際よくこなす男なのは、はじめからわかっていたことだ。

「で、見せたいものって？」ライリーだった。ネルは不意を打たれて跳びあがった。

「え？　ああ。会えてよかった」ゲイブとジーナのことを頭から振り払おうとしながら、バッグを探った。「これよ」と言って会報を差し出し、写真を指さす。「スチュアートと秘書」

ライリーはじっと写真を見た。「暗くて、よく見えないな」

「秘書はリニー・メイソンよ」ネルが言うと、それまで余裕しゃくしゃくだったライリーが真顔になった。

「嘘だろ。リニーとスチュアートが？」

ネルはうなずいた。「横領をそそのかしたのはリニーだと思う。お金の扱いは得意だって自分で言ってたし。うちの事務所でも、うまくやったわよね」

「ゲイブが見たがるだろう」とライリーは言い、店を見まわした。

ない？　行きずりの男。これこそ、わたしに必要なものだわ。「悪いけど、その気はないの。ねえ、わかっ――」

「やっぱりそうだ」男が言った。少しろれつが回らなくなっている。「遠くからじゃよくわからなかったが。やっぱりそうだ」

「やっぱり？」スーズは彼の脇をすり抜けようとした。「なんでもいいけど、ちょっと通して――」

「あんたはおれの犬を盗んだ」男が言い、にじり寄った。**ファーンズワース**。スーズはあとじさった。背中がカウンターに当たった。

「いったいなんの話？」助けを求めようとバーテンを探した。こういう店には迷惑客の追い出し係がいるはずだ。この男は酔ってるんだから。

「訴えてやる。あんたはおれの犬を盗んだ」

まわりの男たちがスーズを惚れぼれと見つめた。だが、誰も仲裁に入ろうとはしない。カウンター伝いに逃げようとしながら、スーズは思った。ご立派。このごろはもう誰も、ヒーローになろうとはしないのね。

ファーンズワースがカウンターに手を置いて通せんぼした。「逃がさないぞ――」

「おい、通してやれ」ファーンズワースの背後からライリーが言った。相手をねめつけながら、こっち側に回りこむ。その間《かん》にスーズは別の側からすり抜けた。

「誰だ、おまえは？」

「彼女の連れだ」ライリーはさらりと言った。「おれの女にちょっかいを出すな」

スーズはもうファーンズワースなんかどうでもよくなった。

「ちょっかい？」ファーンズワースは笑った。「この女はおれの犬を盗んだんだ」

「そんなはずはない」ライリーは広い肩でふたりのあいだをさえぎるように立った。

「それがあるんだ。この女は――」

「ない。彼女は犬を盗んでなんかいない」

盗んだの。スーズはライリーのうしろで思った。お願い、あんまり追及しないで。

ファーンズワースが鼻を鳴らした。「タフガイだな」

「そうでもない。だが、ブロンドの女がいじめられてるのを見ると、放っておけなくてね。とっとと失せろ」

「この女は――」言いかけた矢先、ライリーが彼をカウンターに押しつけた。

「もう一度言う。あんたは彼女を知らない。彼女に会ったことはない。これからも二度と会うことはない」

ファーンズワースはまた口を開きかけたが、ライリーの顔を見てやめた。スーズはライリーの後ろにいたので、彼の表情のなにがそうさせたのかはわからなかった。だが、とにかくファーンズワースの顔から怒気が失せた。

「よく見れば」ライリーは落ち着いた口調で言った。「人違いだとわかるはずだ。この街には、三十かそこらのブロンドの女なんて、ごまんといる」

「この女みたいな女はいない」そう言って、ファーンズワースがライリーの肩越しにスーズを見た。

「こんな女、どこにでも転がってるさ」ライリーの声には、今度ははっきり脅すような響きがあった。「人違いだった。そういうことだ」

ファーンズワースはフイリーからスーズへ、そしてまたライリーに視線を戻した。「どうせ、あのクソ犬は好きじゃなかったんだ」捨てぜりふを残して彼は離れていった。スーズはほっと息をついた。

「どこにでも転がってる女？　なんてからむなよな」ライリーが向きなおって言った。

「そんなこと思ってないわ。あなたってすてき、って思ってる」

「え？」ライリーは面食らった顔をした。そんな瞬間でも、彼は頼りがいがあって、まっとうで、正直で、スーズの味方でいてくれるように見えた。

「ファーンズワースのことだけじゃなくて。ベッカの調査をやらせてくれてありがとう」

「きみはいい探偵になるよ」まだとまどいの残る顔でライリーは言った。「きみはうちに必要な人間だ」

「それに、わたしを大人として扱ってくれてありがとう」スーズは思いきって言ってみた。

「パートナーとして扱ってくれて」

ライリーは顔をしかめた。「あのな、スーズ。まだ――」

「それに、いまのわたしをちゃんと見てくれて。チアリーダーのユニフォームを着てたころのわたしとくらべて、『ベイブ。きみはもう若くない』って言わないでくれて」

「なんだって？」

「あなたが撮った写真、見たの」気まずくて目を合わせられなかった。「あれを見て、ジャックがなにと結婚したのか、なぜわたしを捨てたのか、わかった」

「見たのか？　ああ、昔のきみはかわいかった」

　スーズはひるんだ。

「だが、いまのきみのほうがずっといい」ライリーがきっぱり言った。スーズは気を取りなおして顔を上げた。「そして、明日はもっとよくなっているはずだ。日ごとにいきいき華やいでいく顔ってあるだろ？　きみの顔はそういう顔だ。きみが八十になったら、サングラスなしじゃ、まぶしくて見られないんじゃないか」

　スーズは呆然と彼を見返した。

「なんだよ？　驚くようなことじゃないだろ。鏡を見てみろよ。自分がきれいなのは知ってるだろ？　ほめ言葉をねだるのはやめろ」

「どうしてわたしにつきあってくれるの？」

　ライリーは眉をひそめた。「なんでそんなことを訊く？」

「どうして？」

　彼は肩をすくめた。「一緒にいると楽しいからだ」

　スーズはうなずいた。「楽しい？　わたしもよ」ストレスもない、あれこれ思い悩むこともない、ピリピリしたり怯えたりすることもない。彼を見上げ、思った。この顔なら、これから一生、見ててもいい。この顔とならずっと一緒に生きていける。

「なんだ？」ライリーが油断なく言った。

「いま、わかったの」浮き立つような気分だ。スーズはにっこり笑った。

ライリーがじっとスーズを見つめた。それから、身をかがめてキスした。はじめてのキスにふさわしい——あのポーチでのキスは数のうちに入らないから——ソフトなキスだった。あのときはまだ自分の気持ちに気づいていなかったし、あれはちゃんとしたキスとはいえない。スーズは彼の頬に手を当て、キスを返した。いまはただ純粋に彼がいとおしい。欲しい。それは完璧なキスだった。彼が離れたとき、スーズは息もつけぬ思いで言った。「いつもジャックが嫉妬してたわけがわかったわ。運命の人はあなただったのね」「ジャックのことは聞きたくない」ライリーは言い、もう一度キスした。スーズは彼の腕に——未来に、抱かれた。

ネルはテーブルに座ってふたりを見ていた。あっちは収まるところに収まったのね。わたしもゲイブを探しにいって、ジーナの髪をひっつかんでやろうか。こうなったのはわたしのせいだ。ティムとは二十二年続いたが、ゲイブとの関係はたった三カ月で壊してしまった。もしジャックが相手だったら、きっと一週間もたないだろう。

頬杖を突いて、ゲイブのいない未来を思った。いやだ。そんなの淋しすぎる。彼を取り戻さなきゃ。どうやって取り戻そうか、と考えはじめたそのとき、隣りに誰かが座った。ゲイブだった。彼はグラスをテーブルに置き、ネルのほうに押しやった。「これがいる、って顔してるぞ」彼の顔を見たとたん、ネルの心はぐらりと揺れた。

「ありがとう」ネルは普通に息をしようと努めた。グラスに手を伸ばす気にはなれなかった。

「ジーナは?」

「タクシーに乗せた。ライリーはどこだ?」

「スーズを追いかけてる」ゲイブが顔を近づけてきた。ネルは息ができなくなった。

「なにしてるの?」

「きみを追いかけてる」ゲイブがいきなりキスしてきた。最初のころの思い出がどっとよみがえる。ああ、ありがとう。ネルはキスを返した。ゲイブが唇を離し、言った。「教えてくれ。まだおれにチャンスはあるか」

「愛してるわ」ネルは彼に抱きついた。

「おれもだ。愛してる。言いたいことがあるなら聞くぞ」彼、なんてすてきなんだろう。危険な香りがして、ホットで、甘くて。頼りがいがあって、いい人で。わたしが男に求めるすべてを持っている。だがそのとき、きみはただの秘書だ、と言われたことを思い出した。一瞬、ゲイブがティムにだぶって見えた。

「オーケー」ネルは酒をすすり——いつもと同じ、グレンリヴェットのオン・ザ・ロックだ——それからグラスを置いて、言葉を選んで話しだした。「わかってほしいんだけど。ティムとの結婚生活は、はじめはうまくいってたの。すごくうまくいってた。大学一年のとき彼に会って、すぐ恋に落ちた。わたしは十九だった。結婚して、わたしは彼の叔父さんの保険代理店を手伝うために大学を辞めた。ティムは毎日、きみなしじゃ生きていけないって言ってくれた。すてきな人だったのよ、ゲイブ。ほんとに愛してた。彼もわたしを深く愛してくれていた。あの結婚は間違いじゃなかった」

ゲイブはうなずいた。ネルは深呼吸して続けた。

「叔父さんが亡くなって、代理店を遺してくれた。わたしたちはビジネスを大きくしていった。一年おきくらいに最優秀代理店のトロフィーを獲るようになった。でも、ティムは全然変わらなかった」

「だが、きみは変わった」ゲイブが言った。ネルはほっと息をついた。

「ええ。事務方の決定は全部わたしがして、セールスと保険についての決定はティムがしていた。でも、彼はいまだに、わたしを結婚したときのままの大学一年生のように思っていた」ネルは身を乗り出した。「誤解してほしくないんだけど、彼はわたしにやさしかったわ。ただ、パートナーとして認めてくれなかっただけ。だから、わたしは彼をうまく操縦して、自分が決定を下していると思わせておくようにした。業績はどんどん上向いた。それから九年間、毎年トロフィーを獲得したのよ。ティムは業界の伝説になった」

「だが、きみはならなかった」

ネルは椅子の背にもたれた。「ほかの人に認められないのはそんなに気にならなかった。でも、ティムがわかってくれないのは腹が立った。それでだんだん、彼を立てるのが面倒くさくなって。たぶん、あんまり長いあいだ怒りをためこんでいたからだと思う。よくけんかするようになって。で、あるとき言っちゃった。わたしがいなきゃ、ここは立ちゆかないんだから、って。ティムは上役風を吹かせて言った。きみは仕事はできるが、誰がボスかをわかってないって。しょうがないから、わたしはまた、彼を立てて操縦することにした。でも、心のなかには怒りが渦巻いてて。その怒りがふたりの関係をむしばんだ。そしてあのクリスマス、突然彼が立ちあがって、もうきみを愛していない、と言って出ていった」

「おれたちもそうなる、と思うんだな」

「なるかもしれない、と思うの。わからないけど。ティムとの関係とあなたとの関係は全然違うから。あなたを求めるようにティムを求めたことはなかった。わたしのためになにかをしようとしたり、変わろうとしたりしないで。あなたはあなたのままでいてほしい。でもこのままじゃ、わたしたち、だめになる。それは絶対いや。ゲイブ、いまはわたし、ティムを憎んでる。憎くて憎くてたまらない。ホイットニーのことがあったからじゃないの。二十二年間、わたしがなにをしても、ティムはそれを当然と思って感謝もしなかった。それをわたしも許してきた。認めてもらえなくて、だから、彼を立てて操縦するしかなかった二十二年間の欲求不満と恨みつらみのせいなの。ティムはここまで憎まれなきゃならないような人じゃないのよ。悪い人じゃ全然ないし。でも、わたしは彼が憎い。代理店の業績が悪化して、彼の人生がメチャメチャになればいいと思ってしまう。いまわたしがティムに対して抱いているような感情を、あなたに対して持ちたくないの」

ゲイブは額をさすった。「いろいろ要求を突きつけられるものとばかり思っていた。そのほうがかえってなんとかなったんだが。こいつはむずかしいな」

「そうね。だって、わたしにもどうすればいいかわからないんだから。あなたは変わらなかった。そういうところはティムと似てる。わたしを取り戻すために、いまはいろんなことを言うだろうけど。あなたはわたしを満足させてくれる、でも、わたしをちゃんと認めてはくれない」

「認めてるさ。きみはただの秘書じゃない。それ以上の存在だ。おれはただ、もうちょっとペースを落としてほしいと思っただけだ」

「わたしはペースを落としたくない。でも、やりたいようにやらせてって言うんじゃないのよ。なにか方法があるはずよ。わたしは戻りたい。でも、戻ったらあなたを操縦しようとするだろうし、あなたはあなたで、いつも怒鳴って――」

「そうだな。だが、今夜、この問題を解決する必要はないんじゃないか。スーズがよくやってくれてるから、事務所のほうは心配いらない。きみが戻る気になったら、スーズにはほかの仕事を頼もうかと思ってる」

「わかった」スーズがよくやってくれている、と言われて、ネルは嫉妬にも似た物足りなさを覚えた。

　ゲイブが息をついた。「なんとかやれるさ」

「やらなきゃね。わたし、あなたなしじゃ生きられない。でも、いままでみたいなぶつかってばかりの生活も、耐えられない」ネルは立ちあがった。「ちょっと疲れちゃった。マレーネを車に置いてきたし。もう一時間だから、いいかげん、ご機嫌ななめだと思う。それに、今日は大変な一日だったから。この店、頭が痛くなる」

「ライリーに聞いたが、なにか見つけたんだって？」

「そうだった、忘れてた。会報よ」ネルは会報をバッグから出して渡した。暗いなかで、ゲイブは目を細めて会報をにらんだ。「スチュアートと秘書の写真。その秘書、リニーよ」

「リニー？　クソッ」ゲイブも立ちあがった。「ライリーを探しにいこう」

「で、わかっていることは？」一時間後、シカモアで、ゲイブが空いた皿を押しやりながら言った。「一九七八年、スチュアートがヘレナを殺した。おそらく、トレヴァーかジャックが裏で糸を引いていたんだろう。そのとき、スチュアートはダイヤを盗んだ」

「十五年後、彼はリニーと共謀してO&Dのお金を横領した」ヴィネガーをかけたフライドポテトを頬ばりながらネルは言った。

「それから、マージーがピッチャーで彼を殴った。それきり、スチュアートは姿を消した」とスーズがつけ足した。

「嘘だろ」ライリーが会報をまじまじと見つめ、つぶやいた。

「リニーは姿をくらました。スチュアートからあとで連絡があると思っていたんだろうし、横領罪で警察に捕まるのも恐れたんだろう。七年後、リニーはうちにやってきて、叔母をバカンスに行くようたきつけた。そして、スチュアートの失踪をネタにトレヴァーとジャックとバッジとマージーを強請りだした」

「バッジは、横領したといって強請られたのよ」ネルは眉を寄せて考えこんだ。「つじつまが合わないわ」

「スチュアートとリニーの横領に気づいて告発したのがバッジだった」とライリーが指摘した。「告げ口屋バッジ。つじつまは合う」

「なんでいまごろ舞い戻ってきたの？」

「七年。スチュアートの失踪宣告をして保険金をもらう頃合いだからじゃないか。マージーがのらりくらり、渋ってるみたいだが」言ってからライリーは笑った。「この父にしてこの子あり、だな」

「リニーがマージーを脅迫した。で、トレヴァーがリニーに会いにいった。そういうことじゃない？」

「トレヴァーじゃなくてバッジかも」とスーズ。「でなければ、バッジがジャックに言ったのかも。バッジはなんでもジャックに言うから」

「その誰かはリニーにこう言ったんだろう。マージーに近づくな。問題があって保険金はまだ下りない。だから金は払えないが、マッケンナ探偵社にダイヤがある。これで筋は通る」

「どうしてトレヴァーがダイヤのことなんか気にするの？　お金ならうなるほどあるじゃない」

「ダイヤが蟻《あり》の一穴だったからだ」スーズの疑問にゲイブが答えた。「親父は、ダイヤをどこに隠したか言わずに死んだ。トレヴァーはうちにダイヤを探しにくるわけにはいかなかった。そんなことをすればおれに怪しまれるからな。だから――」

「待った」ネルが先を引きとった。「トレヴァーがリニーを殺したんだと思う？」

「ジャックかもしれない」スーズが消え入りそうな声で言った。「ジャックがリニーに会いにいって、殺したのかも。あの人は事務所を守るためならなんだってやると思う」

「警察に言って、あとの捜査は任せよう」

ライリーがうなずいた。「異論なし」

「スチュアートが戻ってくる可能性はある？」とスーズが尋ねた。「戻ってきて、マージーを困らせる可能性は？」

「ないわ。リニーは、ひとりでやってるって言ってたから。わたしに嘘はついてないと思う」

「きみがリニーを信じるさまは感動的だが」とゲイブが言った。「あの女はみんなに嘘をついてたんだぞ」

でも、わたしにはついていない。ネルは立ちあがった。「疲れた。そろそろ帰るわ。スーズ、あなたは？」

「わたしはもうちょっといる」スーズはライリーを見ずに言った。

フレーフレー、とネルは思った。

「送ろう」ゲイブが笑顔で言った。とたんにネルの心臓は早鐘を打ちだした。

出口に向かいながら、ゲイブが腰に腕を回してきた。温かな手の感触がなんとも言えず心地よい。薄暗い車のなかで隣りあって座ったとき、ネルは言った。「会いたかった」彼が身を乗り出してきて、キスした。「この車にも会いたかった。ねえ――」

「だめだ」とゲイブは言い、車を出した。

車はネルの家の前で停まった。「いつか、運転させてくれる？」ゲイブがキスでネルの口をふさいだ。今度は長い、ゆったりしたキスだった。それから、彼は言った。「だめだ」

「わたしたちの関係、いろいろ改善の余地がありそうね」家に入る前、ネルはもう一度自分からキスした。

叫び声を聞いたとき、ネルは眠っていた。はじめ、その声も夢かと思った。だが、そのときマレーネが吠えて目が覚めた。スーズが金切声でネルの名を呼んでいた。煙の臭いがする。ドアの外で火の爆《は》ぜる音もしている。ネルはベッドから跳ね起きた。床が暖かい。マレーネを抱きあげると、甲高い鳴き声をあげてネルの腕から逃れようともがいた。ネルはマレーネをしっかり抱いて、ドアに向かった。心臓が喉から飛び出そうだった。

外に出るには階段を下りるしかない。おそるおそる、ドアを開けた。煙がたちこめているが、火は見えない。思いきってドアを大きく開けた。マレーネを小脇に抱えて四つん這いになり、煙を吸わないように姿勢を低くして、階段のほうに這い進んだ。

外でスーズが叫んでいた。「ネル!」だが、叫び返すのは怖かった。いまは酸素を無駄にしたくない。階段の上から見ると、下は一面、オレンジ色に染まっていた。マレーネが狂ったようにもがき、ネルの腕をすり抜けて寝室に駆け戻った。ネルも這ってあとを追った。マレーネは、ベッドの上でシュニール織の毛布の下に鼻を突っこんで丸くなっていた。ネルはマレーネを抱えあげ、目隠しするように毛布をかぶせて、今度は走って階段に戻った。そして、オレンジ色の焔《ほのお》の照り返しのなかをよろめきながら通り抜けた。ドアにたどりつくまで、後ろを見る気になれなかった。外に出る前に一瞬だけ振り返ったが、そのとたん、恐ろしさに立ちすくんだ。

リビングとキッチンは灼熱地獄と化していた。祖母の形見のダイニングテーブルがオレンジ色の焔に包まれている。食器棚のガラスが音をたてて割れ、スージー・クーパーの像がスローモーションのように前に倒れた。それから、クラリスの像が肩越しに振り返りながら、ガラス扉伝いに滑り落ちた。クラリスの下でガラスの棚板が崩れ落ちた。〈クレッセント〉

のティーポットが〈ストラウド〉のキャセロール鍋の上に落ち、飾り枠《カルトウーシュ》が割れた。〈シークレット〉の皿が前のめりに倒れ、脆《もろ》いボーン・チャイナの上に落ちた。ボーン・チャイナは粉々に砕け散った。ネルの目の前で、円形の葉のついた木と家と、三日月《クレッセント》と飾り枠《カルトウーシュ》が砕け散った――

気がつくとそばにライリーがいて、必死の形相で叫んでいた。「こっちだ、こっち!」

「わたしの磁器が――」彼はネルを引き寄せ、春の夜のなかに連れ出した。それから、道を渡り、泣いているスーズのところまで引っぱっていった。スーズの隣りではドリスが悪態をついていた。消防車も来ていた。そういえば、夢のなかでずっとサイレンの音がしていた気がする。ネルはライリーの肩越しに家を見た。いまは火のかまどと化したリビングを呆然と見つめ、クラリスとスージーのことを思った。なにもかも、溶けて割れてしまった。思い出も美も、みんな、殺されて消えてしまった。

「誰がこんなことしたの?」ネルは冷たい草の上に裸足で突っ立って、ライリーに言った。

「誰が――」

スーズがライリーを押しのけ、抱きついてきた。「よかった。マレーネも一緒なのね。死んだかと思った。あなたもマレーネも死んだかと思った」

「あなたが助けてくれたのよ」一台の車が滑りこむように急停車したが、道に背を向けていたネルには見えなかった。「あなたの叫び声で目が覚めたの。わたし――」

車のドアが閉まる音、そして、ゲイブの声が聞こえた。「いったいなにごとだ?」ネルは振り返って彼に歩み寄った。ゲイブがマレーネごとネルを抱きしめた。そのときはじめて、マレーネが毛布を払いのけようともがいているのに気づいた。ゲイブの腕のなかで軽くのけぞり、マレーネの頭から毛布を取ってやった。マレーネはヒステリー寸前の甲高い声で三回吠えたが、下に下りたがりはしなかった。

「この子だけしか助けられなかった。マレーネと毛布だけ。ほかはみんな、なくなっちゃった。食器も全部。おばあさんの形見のダイニングテーブル・セットも。ほかのものは惜しくないけど、でも、あの食器は宝物だったの。おばあさんの食器、なくなっちゃった」

自分でも、そんなことは取るに足りないことだとわかっていた。わたしは助かったし、マレーネも助かった。スーズも助かった。本当に大切なものはなにひとつ失われていない。だが、それでも目を閉じると、クラリスが見える気がした。コケティッシュな表情で肩越しに振り返りながら、〈ストラウド〉の飾り枠《カルトゥーシュ》の完璧な世界に落ちていくクラリス。なにもかも、砕け散った。


二時間後、ネルはゲイブの家のキッチンのテーブルに座っていた。ルーのナイトガウンにくるまり、疲れ果て、打ちひしがれて。膝の上でマレーネがまどろんでいた。

「寝たほうがいい」

「あの青いパジャマ、煙の臭いが染みついちゃった。もうとれないかもしれない」

「だろうな。捨てればいいじゃないか」

「だって、あれ、好きだったでしょ？」

「パジャマの中身が好きだったんだ。お忘れですか。おれはいつも、速攻でパジャマをはぎとってただろ」

「そうね」ネルは言い、ほほえもうとした。

一時間後、ネルはベッドに横たわって天井を見つめていた。マレーネのいびきを聞いていると、いくらか落ち着く気がする。だが、頭のなかでは、まだガラスの割れる音と磁器の砕ける音が鳴り響いていた。スージーの〈クレッセント〉のボウルとティーポット、クラリスの〈ストラウド〉と〈シークレット〉。母や祖母の思い出がたくさん詰まった磁器だったのに。〈シークレット〉のティーセットは、ティムがまだ愛してくれていたころ、ひとつ、またひとつと買ってくれたものだ。砂糖入れは、ジェイスが十歳のときプレゼントしてくれた。興奮に輝いていたジェイスの顔がいまも目に浮かぶ。喉に込みあげるものがあった。誰だか知らないが、あの家に火をつけた下司《げす》野郎のせいで、わたしの過去は焼き尽くされて灰燼《かいじん》に帰した。こんなの、耐えられない。寝返りを打ち、枕に顔を埋めてしゃくりあげた。

どれくらい泣いていただろう。首になにか冷たいものが触れているのに気づいて、顔を上げた。マレーネが鼻をすりつけていた。きっと、泣かないで、と言いたいのだろう。「ごめんね、いい子ちゃん」マレーネがネルの頰の涙を舐めた。ネルはマレーネをひしと抱きしめ、また泣きだした。マレーネはずっと、顔を舐めていてくれた。ネルがやっと泣きやむと、マレーネはくたびれた様子でベッドに寝そべった。ネルはマレーネのふわふわの小さな頭にキスしてから、バスルームに行って、涙と唾で汚れた顔を洗った。

タオルで顔をごしごしこすり、それから、鏡を見た。ふっくらした輪郭。こすったせいで頰には赤みが差している。目は疲れているが、いきいきしている。わたしは生き延びたのだ。

離婚と、そのあとの傷心の日々と、放火——そういう、生につきものの困難を生き延びた。いままた磁器を失ったが、その悲しみも乗り越えて生き延びられるはずだ。

急にどっと疲れを感じた。このままバスルームの床で寝てしまいたいほどだった。ルーの寝室まで重い足どりで戻り、ゲイブの部屋をのぞいた。呼べば聞こえるようにだろう、彼はドアを開けっ放しにしていた。天窓から射す月明かりを浴びて眠るゲイブ。白い枕と黒い髪のコントラストがあざやかだ。

ネルは入っていって彼の隣りにもぐりこんだ。ゲイブが目を覚まし、横にずれて場所を空けてくれた。そして、腕を回してきた。

「もうちょっとで死ぬところだった」

「ああ」ゲイブがネルを抱く腕に力をこめた。

「全部、なくしちゃった」

「まだおれがいる」

「そうね。よかった」ネルは彼の肩に顔を埋めた。

少しのあいだ、沈黙が続いた。それからゲイブが言った。

「結婚しよう」

ネルは驚いて彼から離れた。

「えっ？」

「さっき送ったあと、きみが言ったことを考えた。おれは変わらない、と言ったよな。きみを取り戻すためなら、きみはパートナーだ、ぐらいのことは言いそうだ、と。そのとおりだ。

それできみを取り戻せるなら、なんだって言う」

「わかってる。それであなたを取り戻せるなら、なんだって信じる」

「じゃあ、それに法的な拘束力を持たせよう。結婚という制度が発明されたまさにその理由のために結婚しよう。おたがいを真剣に思っていること、苦しいときも一緒にいること、困難を乗り越えるより別れるほうが楽だからといって別れないことを確認しあおう。事務所の権利のおれの持ち分の半分を譲る。保険代理店から回収した金をうちに投資するといい。ライリーと三人で責任を分かちあい、重要な決定は一緒にしよう。口先だけの調子のいい約束じゃない。契約書にしてサインしよう」

ネルはくらくらしてきた。「ライリーが五〇パーセントの権利を持つことになるのよ。支配権を握れるパーセンテージよ。ほんとにいいの？」

「きみとおれに対抗して、か？　そりゃ無理だ。だいいち、ライリーは支配権を握りたいなんて思っちゃいない。それに、二年もすれば、あいつも自分の持ち分の半分を誰かさんに譲ることになるさ」

「持ち分の半分をくれる」胸が高鳴った。「そんなことしなくたって——」

「しなければ、きみに全部巻きあげられるはめになる。そして、ふたりともみじめになる。いいか、心底納得してるわけじゃないんだぞ。おれは二十年間やってきたんだ。七カ月働いただけのきみが、対等な発言権を要求する理屈がおれにはわからない。だが、プライベートじゃ、おれにとってきみは間違いなく対等な発言権を持ってる。だから、あとは目をつぶって要求を呑んでもいいと思った」

やったわ。これからは、ゲイブはわたしの言うことを真剣に聞いてくれる。結婚したらパートナーになれる。でもそのかわり、彼に対して一生責任を負うことになる。いまゲイブは、そうしたいと言ってくれている。でも、いまの彼は動揺していて無我夢中なのだから、割り引いて考えなきゃならない。時がたてば、火事は遠い記憶に変わり、情熱も冷める。仕事のことで意見の不一致が重なれば、彼はうんざりして、あんな約束、しなければよかったと思うかもしれない。それでも彼は約束は守ってくれる、そう信じよう。そうしたかろうがしたくなかろうが、約束は約束だから。彼は今夜した約束のつけを払ってくれる、そう信じよう。

それは、目をつぶってするにはあまりにも大きな譲歩ではないだろうか。

「結婚してくれるか?」

「たぶん」

「おれが望んでた答えじゃないが、まあいい。千里の道も一歩から、だ」ネルはゲイブに抱かれて丸くなり、その胸に腕を回した。安心して、ようやく眠りに落ちた。

21

翌朝八時、消防署員が訪ねてきた。ネルは知っていることを全部話した。

「放火犯は食器棚に火をつけたようです。いちばん下の棚に紙をたくさん詰めこんで、火をつけた。しかし、なんだってまた食器なんか燃やしたがるのか。わけがわからない」

「あてつけよ」とネルは言った。「誰か、わたしを恨んでる人のしわざでしょうね。誰かはわからないけど、その人は、わたしがあの食器を大事にしてることを知ってたんだと思う」

「あなたの家から二、三ブロック離れたところで、後部座席に灯油缶が置いてある破損した車が発見されました。盗難車のようだ。放火犯が乗り捨てたあと、別の誰かがタイヤを切り裂いたらしい。車の所有者はジャック・ダイサート。なにか心当たりは？」

「ええ、少し」ネルは事情を説明した。

消防署員が帰ると、二階に戻ってジャックのことを考えた。彼にどれくらい憎まれているだろう。キスしようとしたその日に、仕返しのために食器棚に火をつけた？　そして、灯油缶を置きっぱなしにした車を近くに乗り捨てていった？　まるで筋が通らない。

でも、バッジならやるかもしれない。マージーに悪い影響を与えるといって、バッジはわたしを憎んでいる。彼がジャックをたきつけたのだろうか。

ばかげてる。バッジにはいろいろ欠点はあるが、そういうずるいことをする男ではない。こんなこと考えるなんて、疲れてるんだわ。ネルはルーのスウェットを脱いで、ゲイブのベッドにもぐりこんだ。マレーネが横に飛び乗った。あとでティムに電話して家財保険の請求をしなきゃ。横になって、マレーネのワードローブを読みあげるティムの顔を想像しようとした。ダックスフント用天使のコスチューム、ダックスフント用ハートの絵のついたカシミアのセーター、ダックスフント用トレンチコート……これのお値段はばかにならなかった。

玄関のドアの開く音で、マレーネのトレンチコートのことは頭から吹っとんだ。

「ネル？」ゲイブが呼んだ。

「ここよ」ネルは胸を高鳴らせて待った。

「疲れてるか？」彼がやさしく言った。

「そうでもない」

「階段でスーズに会った。きみはここに越すことになった、と言ったが、いいよな？　荷物もないし、実際、もう越してきたようなもんだ」

ネルはうなずいた。「訊くの、忘れてたけど。スーズは昨夜、どこで寝たの？」

「ライリーのベッドだ。ライリーはソファで寝たそうだ。ふたりはいまなにしてるの、なんて訊くなよな。おれも知らないんだから。きみがここにいてくれさえすれば、ほかのことはどうだっていい」

確信に満ちた声だった。ネルの血管のなかで、その声が歌うように響いた。それは音叉《おんさ》のようなもので、しかるべき人がしかるべき口調でしゃべると、自分のなかに共鳴が起こるのだ。

ネルは彼にほほえみかけた。「男の人に最後に愛してもらってから、どのくらいになるか、わかる?」

「ああ。何日と何時間何分まで正確にわかる」そう言って、ゲイブはベッドに近づいてきた。「もうすぐ、気分よくなると思う」

ゲイブがベッドに入って、腕を回してきた。たちまち、気分がよくなった。


目覚めたとき、ゲイブの姿はなく、スーズがネルの体を揺すっていた。「起きて、眠り姫さん。もう四時よ。今日、マージー、お店に来なかったの。それでさっき電話してみたんだけど。なんだか様子が変だった。バッジがまたなにか言って追いつめたんじゃないかな。マージーをあの家から連れ出そうと思って、仕事、早めに上がったの。どっちみち、古い服を取りにいかなきゃならないしね」

「ん?」ネルは起きなおり、あくびをしてスーズを見た。大きな黒い字で〝FBI〟と書かれた灰色のTシャツと、黒のスウェットを着ている。スウェットはだぶだぶで、足首のところがたるんでいた。「ワーオ、すてきな格好ね」

「それも、マージーの家に行かなきゃならない理由のひとつ」

「了解」ネルは言い、ベッドを出た。「電話したとき、様子が変だったのね?」

「うん。すごく変だった」

「じゃ、急がなきゃ」

マージーはほんの五分かそこらのあいだに、火事のことを聞いて怖かったと言って騒ぎ、磁器が全部なくなっちゃったなんてと言って泣き、それからこう言った。

「あなたたちの服の箱は地下室よ」

「わかった」ネルはさりげなく切りだした。「ねえ、マージー、一緒にヴィレッジに来ない？　今夜はパジャマ・パーティーといこう」

「ありがとう。でも、たぶん無理。フランシスカンの〈デザートローズ〉をEベイで売ろうと思ってるの。全部今週中に売れたら、スチュアートの保険金をもらわなくてもフィエスタ焼きが買えるでしょ。いい考えだと思わない？」マージーの頬は赤く、目はとろんとして輝いていた。グラスには、アマレット　ミルクと思われる乳白色の液体が、なみなみと注がれている。

「いい考えね」スーズが、まずいわね、というように目配せした。

「手伝ってくれる？」

「いいわよ」とネルは答えた。「なにすればいいの？」

「残りの食器を地下室から持ってきてほしいの。ここのは全部整理したけど。階段を何度も上り下りして疲れちゃった」マージーはひと息ついてほほえんだ。「それに、なんだかくらくらするし」

「階段から離れてて」スーズはそう言うと、地下室に下りるなりネルに言った。

「なんとかしなきゃ。昨日からずっと飲みつづけなんじゃない？　バッジのせいだわ。保険金のことでプレッシャーはかけるし、マージーをこの家に縛りつけて放さないし。マージーはここを出て、バッジと別れてやりなおすべきよ」

「その話はあと。まず、服とマージーのお皿を運んじゃおう」ネルはひもを引いて明かりをつけた。古い自転車、傾いたプラスチックのクリスマス・ツリー、フリーザー。フリーザーの上に服の箱が積まれ、その横には悪趣味なゴルフのトロフィーがあった。床から天井まである棚に、〈デザートローズ〉とラベルの貼られたたくさんの箱が置かれていた。なんだか、マージーの人生の悲しい縮図のようだ。元夫のフリーザー、義姉妹の服、きたるべき陶器不足のときに備えてためこんででもいるかのような大量の食器。

わたしの地下室も似たようなものだった。磁器とほかの人のものでいっぱいだった、とネルは思った。でも、もう地下室も磁器もない。

「マージー、これ、いったいいくつ持ってるんだろう？」スーズが圧倒された様子で言った。

「神のみぞ知る」ネルは奥の棚を埋めつくす箱を眺めた。箱には、〈サンドイッチ・セット〉〈ケーキ皿〉〈ピッチャー〉〈カップ〉などというラベルがついている。二十箱はありそうだ。その全部に、マージーの小さなきれいな字で、〝フランシスカンの〈デザートローズ〉〟と書かれていた。

「箱、わかった？」マージーが上から叫んだ。

ネルは棚を見て返事した。「ええ」

服の箱をスーズのビートルに積み、食器の箱を上に運ぶのに約一時間かかった。マージーはさっきよりだいぶ落ち着いた様子で、オークション・サイトに説明文を書きこみしていた。

「セラピーみたいなものね」残りの箱を取りに下りていきながら、スーズが言った。「集中してると、頭が空っぽになってからいいのかも。もう少しパソコンに向かわせといたら、うるさくせきたてなくても連れ出せるんじゃない？　そうしたら、マージーの状態もよくなると思うし」ネルはがらんとした地下室を見まわしてつけ加えた。「とにかく、ここから連れ出さなきゃ」

スーズが箱を持ちあげ、側面の字を声に出して読んだ。「カップひと揃い？」箱を下ろし、ゴルフのトロフィーをどけると、埃が積もっているのもおかまいなしにフリーザーに飛び乗って腰かけた。「疲れちゃった。昨夜は寝てないし。一日働いたあとで、お皿を二千枚も運んだんだもの。マージー、いつからおかしくなったのかな」

「人のことは言えないでしょ。卵立て、いくつ持ってたっけ？　卵立てなんて全然使わないくせに。さ、早く。これを上に持っていくわよ。マージーの気が変わって、やっぱり売らない、なんて言いだしたら大変だから」

「売らないわけにはいかないはずよ。じゃなきゃ、今度買う二千枚のフィエスタ焼きをどこに置くの？」スーズはフリーザーから降り、ライリーのスウェットについた埃を払った。「ついでにスチュアートのゴルフのトロフィーとフリーザーも捨てちゃえばいいのに。なんだかんだ言って、スチュアートその人は捨てたんだし」

「とにかく、マージーにこの家を出させなきゃ」〈朝食セット〉というラベルのついた箱を棚から下ろし、振り向いたときだ。フリーザーの上にトロフィーが載っているのが目に入った。まるで墓石のようだ。

ばかなこと考えないで。ネルは自分に言い聞かせた。

「どうしたの?」スーズが尋ねた。

フリーザーに神経過敏になってるだけよ。リニーのせいで、氷、というとつい恐ろしい連想をしてしまう。

「なんでフリーザーをそんな目で見てるの?」

ネルは箱をコンクリートの床に置いた。心臓が狂ったように打ちだした。

「息づかいが変よ」そういうスーズの息も少し乱れていた。

ネルは唾を呑み、フリーザーに近づいていった。トロフィーをそっと床に下ろし、深呼吸して、ふたを開けようとした。

鍵がかかっていた。

「鍵がいる」

「もらってくる」スーズは上に上がっていき、すぐ、鍵を持って戻ってきた。「マージー、なんで鍵がいるのか訊きもしなかったわ」

何年も開けたことがなかったのだろう。最初、ふたはびくともしなかった。それから、ヴィンセント・プライスのホラー映画のなかの棺《ひつぎ》のように、ギーッときしみながら開いた。だが、なかには黒いマジックで〈Tボーン。九三年六月〉〈サーロイン。九三年五月〉などと書かれた白い包みがいっぱい入っていただけだった。

「なんだ」ネルはフリーザーにもたれ、ほっと息をついた。「病的な想像って、まさしくこのことよね」

「全部、一九九三年のものなのね」スーズがいぶかしげに言った。「スチュアートがいなくなってから、このフリーザー、全然使われなかったみたいね」

ふたりは顔を見合わせた。そして、包みを取り出しはじめた。

「どっちにしろ捨てなきゃならないんだし」牛肉の包みを床に積み重ねながら、ネルは言った。「もう悪くなってるだろうから」

「たとえ悪くなってなくても、マージーは食べないしね。お肉は——」

スーズが声にならない声をもらした。ネルは逃げ腰になる自分に鞭《むち》打って、スーズの目線の先を見た。

緑色のビニールに包まれたそれ——〈ハンバーガー。加熱済み。九三年六月〉の包みと〈ポークチョップ。加熱済み。九三年五月〉にはさまれたそれは、ちょうど人間の頭くらいの大きさだった。

ネルはごくりと唾を呑み、深呼吸してから、パリパリに凍ったビニールを破った。なかから、薄気味の悪い青いずんぐりした頭が現れた。ブロンドの髪には小さな茶色い塊がたくさんこびりついている。

「スチュアートだわ」

22

「ああっ！」スーズが顔を背け、フリーザーの側面を滑り落ちるようにしゃがみこんだ。ネルは肉の包みをよけて、スチュアートの体もあるかどうか、ばらばらにされたり切り刻まれたりしていないか確かめた。「全部あるわ」

「そう」スーズが消え入りそうな声で言った。

「で、と」必死で気を落ち着け、包みをまたフリーザーに戻して丁寧に詰めた。

「ネル？」スーズがいぶかしげに言った。その声はまだ不自然にうわずっていた。

「考えなきゃ」ネルは肉をせっせと戻した。「これを全部もとどおりにして、考えなきゃ」

最後の包みを戻してふたを閉めると、スーズの隣りにへたりこんだ。スーズは膝のあいだに頭を埋めていた。

「彼、一九九三年からここにいたのよね」スーズが顔を上げて言った。「マージーらしいわ。きっと誰も気づかないって思ってたんだろうけど。ああ、なんてこと」

「マージーは知らなかったんだと思う。ベジタリアンだし。新鮮なものへのこだわり、すごいでしょ。フリーザーを開けたこと、ないんじゃない？」

「マージー以外の誰が彼をここに入れたっていうの？　ほかの誰かだったら、七年もこんなところに入れっぱなしにしないで、どうにかしたはずよ」

「どうにかって？　マージーが彼をここに入れるなんて無理よ。スチュアートはマージーより一〇〇ポンドは重かったんだから」

「足を持ってここまで引きずってきたのかも」

　マージーがスチュアートを引きずって下りてくるさま、彼の頭が階段にぶつかって跳ねるさまを想像して、ネルは身震いした。「あなただったら、ジャックを七年も地下室に置いておける？」

　スーズは首をかしげて考えた。「彼に対してものすごく怒ってたら、おけると思う」

　ネルは、離婚前に住んでいた家の地下室に、ビニールでぐるぐる巻きにされたティムの死体が置かれているところを想像した。不可能ではない。自分を生きる屍《しかばね》にした男への復讐として、少し前だったらその想像を楽しめたろう。「かもね。でも、夜、眠れなくなりそう」

「アマレット・ミルク」とスーズが言った。

「ゲイブに電話しなきゃ」ネルはそこでハッと口をつぐんだ。上で男の声がする。

「どうしたの？」

「バッジだわ」


　一時間後、ゲイブが渋い顔で消防署の報告書に目を通していると、ノックの音がした。クロエだった。つかつか入ってきて、机の向かいの椅子に腰を下ろす。

「わたしたちの娘、結婚するみたいよ」クロエはいきなり言った。顔は心配そうに曇っているが、日に焼けて、健康で幸せそうだ。

「おかえり。ルーは結婚しない。ジェイスが断った」

「なんですって?」胸を撫でおろすかと思いきや、クロエはますますうろたえたようだ。

「ルーを断るなんて。どういうつもり?」

「正気なだけさ。いい子だよ。ルーを愛してるしな。ジェイスはルーの人生をメチャクチャにしようとはしていない。ルーのほうがジェイスの人生をメチャクチャにしようとしてるんだ」

「その子のこと、気に入ってるのね」

「ああ。ルーと寝てなきゃもっと気に入るんだが。まあ、どっちみち、誰かが寝るわけだ。ほかの男じゃなくてよかったと思うべきだろうな」

「魚座なのよね」

「だと、どうなんだ? きみも魚座だよな」

「あなたにとっては、魚座は最悪。あなたは牡牛座だから。ルーにとっては最高。ルーは山羊座だから。どんな子なの?」

「ネルの息子だ」

「ほんと?」クロエはくつろいだ様子で椅子の背にもたれた。「ネルがソウルメイトだって気づいた?」

「ああ。そら見ろ、なんて言うなよな」

「そんなこと言わないわ。よかった。星の相性は完璧だけど、あなたのことだから、それでもだめにしちゃうんじゃないかと心配だったの」クロエは立ちあがった。「家に戻るわね。いまルーがどこにいるかわからないけど、電話して探してみる。そのジェイソンって子にも会いたいし」

「きっと気に入るよ」行きかけたクロエの背中にゲイブは呼びかけた。「おい。また会えてうれしいよ」

「わたしも。次はチベットに行こうと思ってるの。誰かスター・カップを買ってくれそうな人、知らない？」

「心当たりがないこともない。ネルに訊いてみろ」

クロエはうなずき、出ていった。チベットだ？　だが、それ以上クロエのことを考えるのはやめた。三十分後、またノックの音がして、今度はルーが顔をのぞかせた。

「入ってもいい《キャン・ウィ・カム・イン》？」

「あたしたち《ウィ》？」ルーがドアを大きく開け、ジェイソン・ダイリートの手を引っぱって入ってきた。「きみか」しまった、昨夜、ジェイスに電話すべきだった。ジェイスがネルに会いにいって、あの焼け落ちた家を見たら——

「あたしたち、婚約したの」ルーは瞳を熱っぽくきらめかせ、反対できるものならしてみれば、と挑むような顔をした。ゲイブはつかのま、火事のことを忘れた。「見て」

ルーが手を突き出した。薬指にはめられた指輪のダイヤの大きさにゲイブは圧倒された。

「宝石屋でも襲ったか？」ルーはまだほんの子どもだ。それをもう縛りつけようというのか。ジェイスを張り倒したかった。

「母の磁器を……」婚約したての男にしてはやけにしおたれた様子で、ジェイスがつぶやいた。

「本当に婚約したいのか」ゲイブはルーを無視して尋ねた。「しなければ別れる、と脅されて、しぶしぶ折れたんじゃないのか」

「したいです」ゲイブの口調を聞いて、ジェイスの顔が暗くなった。「結婚はぼくの卒業を待ってします。ルーの卒業までは待たずに。あいだをとってそう決めました」

「次の学期から一緒に暮らすから」ルーがジェイスの腕にしがみついて言った。「ジェイスはハイ・ストリートに部屋を借りてるの。サンデッキもついてるし、すごくすてきなんだ」

「生活費を援助してほしいのか」

「いえ」ルーより先にジェイスが答えた。「ぼくが養います」

「仕事、してるのか」

「仕事はいつもしてました。いまより少し長く働けば、やっていけます。デートしなくてよくなるので、そのぶん、節約できるし」ジェイスはルーを見下ろした。「デートはあきらめなきゃならない。だろ？」

ルーはにっこり笑った。「生きたければ、あきらめて」

ジェイスは肩をすくめた。「というわけで、お金ならあります」

ゲイブはルーを見据えて首を振った。「おまえ、自分が彼になにをしているか、わかってるのか」

「あたしはなにもしてないわ」と言ったが、ルーの笑みは少し小さくなった。

「言うことを聞いてくれなきゃ死んでやる、みたいな感じで、息を止めて青くなってみせたんだろう。おかげで、この坊やはおまえの望みを叶えるために、超過勤務をするはめになった。おれはおまえが恥ずかしい」

ルーの顔から完全に笑みが消えた。

「待ってください」ジェイスが口を開いた。

「この先ずっと、おまえは思い出すことになる。ジェイスはプロポーズしたいからしたんじゃなく、おまえを失いたくないから、しかたなくしたんだということをな」自分がネルにしていることも同じだと気づいて、ゲイブは口をつぐんだ。

「したいからしたんです」とジェイスが言ったが、ルーは恐怖に打たれたような顔で彼を見上げた。

「それはあたしの望みじゃないわ」

「じゃあ、なぜこんなことをした？　彼がノーと言ったらどうするつもりだったんだ？　いまはまだ結婚したくない、と言ったら？　ジェイスがおまえを愛してくれてるのは、見ればわかる。それじゃ充分じゃないのか」ネルにとっては充分じゃない。そう思うと、怒りが込みあげた。それで逆に、少し冷静になった。

「あたしはただ――」

「ルー。愛されてるだけじゃ充分じゃないなら、おまえは彼に値しない、ということだ」愛があれば充分なはずだ。違うか？

「なんでぼくに怒鳴らないんです？」ジェイスがルーをかばうように一歩前に出た。「ぼくはあなたの娘と寝てる。忘れたんですか」

「おい、あんまり図に乗るな」

ルーがジェイスを隣りに引き戻した。「パパの言うとおりだわ」

「なんなんだよ」ジェイスがゲイブをにらんだ。「こんなことなら、eメールで報告だけするんだった。この結論にたどりつくまでにぼくがどんなに悩んだか、知りもしないくせに」

「あたしのせいね。あたしが間違ってた。パパが正しい。これからずっと、無理強いしてプロポーズさせたと思って生きるなんていや」

ゲイブはジェイスにうなずきかけた。「いいか、坊や。きみだって、この先ずっと、どっちみちプロポーズするつもりだった、と信じさせようとしつづけるのはしんどいだろう」おれが昔、したように。これからしようとしているように。

ルーが驚いてゲイブを見た。「ママも無理強いしたの?」

ゲイブは首を振った。「いや。クロエはいつも素晴らしかった。だが結婚は、しなきゃならない状況になったんでしたんだ。だから、どっちみち結婚するつもりだったと信じさせるために、よけいな努力をしなきゃならなかった。そういうのはあまり楽しいことじゃない」

「でも、結婚するつもりだったんでしょ?」

ゲイブはもう一度、首を振った。「するつもりはなかった。まだそういう気になっていなかった」

ルーは息を呑んだ。「後悔してるの?」

「いや。しばらくはとてもうまくいっていたし、おまえも生まれた。後悔したことはないよ。

だがクロエは、おれが本当は結婚したくなかったんじゃないかとずっと思っていた。で、いまおまえは、彼が本当はプロポーズしたくなかったんじゃないかと思ってる」

「したかったからしたんです。ほんとです」

「でも、いまはまだしたくなかった？」とルー。

「うーん。そうだな。だけど、もう婚約したんだし。いまはよかったと思ってるよ。ぼくたち、合ってるし」

「ううん、よくない」ルーは指輪をはずしてジェイスに返した。

「いいって言ってるだろ」その口調があまりにネルに似ていたので、ゲイブはたじろいだ。

「自分がなにをしたか、見てください」ジェイスがゲイブに言った。「ルーをもう一回その気にさせるのがどんなに大変か、わかりますか」

「わかるとも。それがおれの計画だったんだ」ゲイブはルーを見た。「ジェイスが超過勤務をしなくてすむよう、おまえの分の家賃と生活費はおれが持つ。ただし、いまはまだだめだ。もうちょっと待て」

「パパ」ルーは涙をこらえてまばたきした。「ありがと。かな？」

「ジェイスとふたりで話したい。クロエが戻ってる。隣りに行って、おかえりを言っといで」

「ママが？」ルーは鼻をすすって出ていった。そのうしろ姿を見送るジェイスをゲイブは見やった。気の毒に、この子はルーにぞっこんだ。つまり、この先ずっと、彼のほうがルーに合わせていかなきゃならない、ということだ。まあ、きつい反面、それは喜びでもあるのだろうが。

ジェイスが向きなおった。「ぼくはほんとに——」

「わかってる。それに、ルーを幸せにします、だろ。それもわかってる。幸運を祈るよ、坊や。きみには幸運が必要だ」

「どうも」ジェイスは油断なく言った。「で?」

「あの指輪とネルの磁器がどういう関係があるのか、知りたい」

「母とぼくのあいだの問題ですから」

「指輪を買うためにネルは磁器を売った。だな?」

ジェイスはますますしおたれた顔で、客用の椅子に腰を下ろした。「そんなことしなくていいって言ったんだ。だけど、次の日には、もう売ったからって——」

「わかるよ。いや、本当だ。ネルの行動パターンはわかってる。どこに売った?」

「聞いてどうする——」言いかけたが、そこでゲイブの考えが読めたらしく、パッと顔を輝かせた。「そうか。クリントンヴィルの古物商です」そして、ジェイスはポケットを探った。

「たしか名刺があった。買い戻すからそれまで待ってくれと言えば……あった。これです」

ジェイスは名刺を差し出した。

「よかった」ゲイブは名刺を受けとった。「昨夜、ネルの家が火事になった。ネルはすべてを失った」

ジェイスは凍りついた。「母は——」

「無事だ。隣りに行って、ルーの母親に挨拶するといい。そのあと、みんなで飯を食おう」

「ルーのお母さん」ジェイスは深呼吸した。「なにかアドバイス、ありますか」

「心配ない。クロエはきみを気に入るよ。魚座だからな」

ジェイスは「は？」という顔をした。

「それと、もうひとつ。おれのかわいい娘を傷つけてみろ。殺してやる」

「わかりました」ジェイスは立ちあがった。「母を泣かせないでください。また泣かせようものなら、ぶちのめしてやる」

ゲイブはうなずいた。ジェイスもうなずいた。まだ警戒を解いたわけではなさそうだが、さっきよりずっと幸せそうだ。

「このことは誰にも言うなよ」

「言っても誰も信じませんよ」ジェイスはクロエに会いにいった。

ゲイブは椅子にもたれ、ネルのことを考えた。ネルが欲しい。ネルを引きとめるためならなんでもする。だが、ネルの言うとおりだ。怒りがふたりの関係をむしばみかねない。かぶりを振り、クリントンヴィルの古物商に電話した。用件を言うと、古物商はふたつ返事で承知した。カード決済することにしてヴィザのナンバーを言い、明日配達してくれ、と頼んだ。これで、ひとつはいいことをしたわけだ。

受話器を置くか置かないかのうちに電話が鳴りだした。ネルだった。

「困ったことになったわ」

冗談だろ。「今度はなんだ？」

「スチュアートを見つけた。マージーの家のフリーザーのなかで。でも、そのときバッジが来て追い出された。いま、ヘンダーソン通りのマラソン停留所の公衆電話からかけてるの。マージーは、おばかな恋人と夫の死体と一緒に家にいる。わたしたちは大丈夫。さっきはちょっと、ショックだったけど。死体の様子、ひどかったから」声がうわずっているが、どうにか事態に対処しているようだ。いつだってネルはちゃんと事態に対処する。

ゲイブは息をついた。「わかった。バッジは、きみたちが死体を見つけたことを知ってるのか」目を上げると、戸口にライリーが立っていて、〝死体〟と聞いて眉を上げた。「わからない。でも、わたしたちを見ていい気はしなかったみたい。マージーに悪影響を与えるって思いこんでるから。マージーはいま酔っ払ってて、Eベイで〈デザートローズ〉の食器を売ってる」

「そこにいろ。すぐ行く」ゲイブは電話を切り、ライリーに言った。「ネルとスーズが、マージーの家のフリーザーでスチュアートの死体を見つけた」

「やっぱり死んでたか。クソッ」

「またお客さんか」ドアを開けたマージーがつまらなそうに言った。「さっきまで、バッジとパパがここにいたの。いてほしくなかったから、あなたたちが地下室の掃除を手伝いに戻ってくるって言ったんだけど。あのふたり、ほのめかしが通じないのよね。しょうがないから、無理やり追い出した」マージーは冷ややかにゲイブとライリーを見た。「ここにいるんなら、あなたたちも手伝ってね。わたし、すごく忙しいの」そしてすぐにまた、パソコンに向かった。スーズはその隣りに腰を下ろした。ゲイブとライリーとネルは地下室に下りていき、フリーザーを開けた。

一九九三年の肉が半分ほど詰まっているだけで、スチュアートは影も形もなかった。

「バッジだ」ゲイブが言った。

「バッジは意気地なしだ。ゲロを吐きも気を失いもせずに、ヤツがひとりで死体をフリーザーから出せると思うか？　ついでに言うと、トレヴァーはご老体だ」

「マージーは手伝ってないわ」ネルが口を出した。「もしあれを見たのなら、パソコンに向かってなんかいられないはずだもの」

「ジャックだ」とライリーが言った。

「死体をどうする気だろうな。ほかのフリーザーを探すか？」

「ジャックの家の地下室にもこういうフリーザーがあるわ」

「うちの事務所にもある。フリーザーなんて、街じゅうにわんさとあるだろ」

ゲイブがフリーザーのふたを閉めた。「一九九三年からここにいたとすれば、スチュアートはリニーを殺してない」

「マージーは彼を殴ったあと、二階に上がった。その先はジャックとトレヴァーとバッジがやったのよ」ネルはフリーザーを見やり、それから目をそらした。「彼がここにいること、三人とも知ってたと思う？」

「いや。三人のうちの誰かひとりにしたって、死体をここに置きっぱなしにしとくのは解せない。まして、三人とも？　考えられないな。だが、いまはそれはどうでもいい。おれが知りたいのは、死体がどこにあるか、だ。それと、誰がスチュアートとリニーを殺したか。ほかのことはあとまわしでいい」

警察が引きあげたときには夜中になっていた。彼らははじめ、死体がフリーザーから消えた、という話を真に受けようとはしなかったが、ゲイブが事情を説明すると信じる気になったらしかった。そのころにはマージーは〈デザートローズ〉の食器の出品作業を終え、家のほかの調度の説明文を書きだしていた。思っていたより長く夫が一緒に住んでいた、という事実はきれいさっぱり忘れているように見えた。「マージー、この家を出る方法を見つけたみたいよ」スーズがネルに言った。「バッジに内緒で、Eベイで家を売るんじゃないかな」

オークションの様子は探偵社のパソコンで見られるし、この家はゲイブが見張っていてくれるから、今夜はクロエのところに泊めてもらうといい、とふたりが言うと、マージーはようやく納得して、バッグに荷物を詰めだした。ゲイブがネルにキーホルダーを渡した。

「車、運転していいの？」

「ちゃんと戸締まりするんだぞ。鍵を全部確認してな。おれの部屋のベッドで先に寝てていい。車はおれが乗って帰る」

「キーもないのに、どうやって？」

「スペアキーを持ってる。おれの車にさわるな」

「わかった。でも、結婚したら、あなたのものは全部、わたしのものになるのよね？」

「車以外はな」

「もう、頑固なんだから」ネルは、ビートルにマージーを押しこもうとしているスーズを手伝いにいった。

「きっと大丈夫よ」眠たげなマージーを引っぱってクロエの家の階段を上がりながら、スーズが言った。出迎えたクロエが心配そうにあとをついてきた。「とにかく、あの家を出なきゃ始まらなかったんだから」

「それと、アマレット・ミルクをやめなきゃ」ネルはつけ加えた。

マージーが寝入ると、ネルはマレーネと事務所に戻った。ゲイブは今夜はマージーの家に張り込むだろうが、ひょっとして帰ってきたときのために受付の机のスタンドをつけておいた。それから、彼の部屋の戸締まりをしようと向かいかけたとき、奇妙なゴロゴロという声が聞こえた。

マレーネがうなっていた。

ネルはハッと足を止めた。ここを出なきゃ。だが、玄関のほうへ歩きだそうとしたとき、倉庫から誰かが呼んだ。「ネル」振り向くと、戸口にトレヴァーが立っていた。ふだんと変わらぬやさしい笑顔を浮べている。「少し助けてほしいんだが」

「ええっと。もう寝ようと思ってたんですけど」

「フリーザーの鍵がいる。マージーのキーホルダーを見たが、なくてね」

「ああ、それなら、ゲイブが肌身離さず持ってます。明日、ゲイブに言ってください。喜んで貸して――」

「それはゲイブの鍵じゃないのか」

「これ？」ネルはキーホルダーをジャケットのポケットに突っこみ、明るく言った。「いいえ。わたしのです。わたし――」

「ネル。そのキーホルダーはわたしがパトリックにやったものだ」トレヴァーは疲れた声で言った。「ゲイブの鍵なのはわかっている。今日は長い一日だったし、早く家に帰りたい。フリーザーを開けてくれ」

ネルは一歩あとじさった。「わたしの一存では――」

トレヴァーはコートのポケットから銃を出した。ひどくぎこちない手つきだった。ネルは逃げるのはやめた。扱い慣れない武器を持っている相手をへたに刺激して、うっかり引き金を引かれてはかなわない。「きみが管理を任されてるんだろう？」その声には、とりつくろった愛想のよさはもはやみじんもなかった。「どこになにがあるか、きみならわかるはずだ。一九八二年のファイルが欲しい」

「え？　それだけ？」半信半疑でつぶやいた。スチュアートを隠すところを探してたんじゃないの？　トレヴァーを誤解していたのかもしれない。ネルは彼の手のなかで小刻みに震えている銃を見た。とはいえ、銃を持ち出すくらいだから、ファイルにはそうとうヤバイことが書かれるのだろう。「そのファイルになにがあるの？」

「じゃあ、まだ見つけていないんだな。きみのことだから、なんでも見つけるものとばかり思っていた」

「一九八二年のファイルは調べなかったの」ネルはむっとして言った。「一九八二年にはなにも起こってないでしょ？」

「いや」トレヴァーは悲しげに言った。「あることが起こったんだ」彼は追い立てるように銃を振り、フリーザーのほうに顎をしゃくった。ネルはうなずいた。いまはとにかく、彼の機嫌を損ねないようにしなきゃ。

「でしょうね」彼から一定の距離を保ってそろそろと進む。その動きに合わせてトレヴァーも向きを変え、ネルに銃口を向けつづける。ネルは倉庫に入っていった。すぐあとをトレヴァーがついてきた。フリーザーの鍵を開け、「どうぞ」と言ってドアを押し開けた。「どれでも、欲しいのを持っていって」

「一九八二年のファイルを持ってきてくれ」トレヴァーが手を突き出した。「鍵は預かっておく」

「でも、これ、ゲイブのだから」

「預かる、と言っているんだ」ものやわらかに言い、銃口を少し上げた。

「わかったわ」ネルはキーホルダーを渡した。間違いだとわかっていたが、逃げ道を思いつかなかった。ゲイブならきっと思いつくのだろう。役割を分担しよう、という彼の提案を受け入れるとしたら、銃を持った人間の相手は全部ゲイブに任せよう。「一九八二年のファイルは段ボールにふた箱か三箱あるんです。手伝ってもらえるとありがたいんだけど」

「いや、わたしはいい」トレヴァーは銃をドアのほうに振った。

「なにを探しているか、ヒントをもらえない？」

「いや」

「リニーが探していたもの？」

「ネル――」

「ちょっと訊いてみただけよ。リニーはダイヤを探してたのかと思ってたけど、違ったのかな、と思って」トレヴァーの注意をそらそうと適当なことをしゃべりながら、フリーザーからじりじり離れた。「一九八二年のファイルになにかあるなんて、考えもしなかった。いつかの晩、わたしの家に押し入ったとき探していたのもそれ？　わたしがいてびっくりしたでしょうね。空き家だと思ってたんだろうから。で、なにを探して――」

「ネル。口を閉じて、ファイルを取ってこい」

ネルは深呼吸した。「わかった。わかったから。ねえ、わたしを撃たないわよね？　それ、スチュアートがヘレナを撃った銃でしょ？　あなたは銃を処分しようと思ったけど、先延ばしにしていた。違う？　賢明だと思うわ。急《せ》いてはことをしそんじる。よく考えてみたほうがいい。なぜって、もしその銃でわたしを撃てば、警察は弾を採取して、あなたの銃から発射された弾だと突き止めるだろうから。さあ、銃を置いて――」

「落ち着け」トレヴァーがさえぎって言った。「もうひとつ死体を始末するはめになりたくない。あれはうんざりするほど重いんでね。少なくとも、人間の死体は」トレヴァーは銃をマレーネに向け、眉間に狙いをつけた。マレーネは座って、いつもの軽蔑のまなざしで彼を見上げていた。

「やめて！」ネルは凍りついた。

「犬の死体のほうが始末が楽だ」

「待って！」ネルは、フリーザーに足を踏み入れた。

「それでいい」銃口をマレーネに向けたまま、トレヴァーが言った。「ファイルを持ってきてくれ」

「すぐ探すから」落ち着いて、と自分に言い聞かせながら、九〇年代の箱をどけて八〇年代の箱のところに行った。「少なくともふたつ、箱があるわ」と叫んで、ひとつめの箱を外に出した。ネルは必死で考えた。箱を運んでいるあいだは、トレヴァーはマレーネを撃たないだろう。もちろん、わたしも撃たないだろう。スチュアートは人を撃ったが、トレヴァーはまだ撃ったことはないのだから。

そのかわり、トレヴァーは人をフリーザーに押しこめる。

フリーザーに戻り、ふたつめの箱を持ちあげた。外に出し、彼の前に置いて言った。「これで全部よ」フリーザーのドアを閉めようと手を伸ばしたが、トレヴァーが立ちはだかって邪魔をした。「どいて。ここを閉めたら、ファイルを探すのを手伝うから」ネルは彼を回りこむようにしてドアに近づいた。「箱のなかはグチャグチャだから――」

トレヴァーがネルを突き飛ばした。ネルはよろけ、フリーザーの床に倒れた。マレーネが狂ったように吠えだした。起きあがろうとした瞬間、飛んできた蹴りを避けて反対側に転がった。と、そのとき、トレヴァーがフリーザーのドアを閉めた。マレーネの声が途切れ、ネルは暗闇に閉じこめられた。

「トレヴァー。このろくでなし」ネルは金切り声を上げ、よろめきながら立ちあがってドアを開けようとした。経帷子《きようかたびら》のような漆黒の闇がまとわりついてきた。

トレヴァーは鍵をかけていた。ネルをなかに閉じこめ、彼とマレーネは外にいた。でも、もうマレーネを殺しはしないだろう。殺す理由がないのだから。マレーネは安全だ。だけど、わたしは死ぬかもしれない。

リニーを凍死させたように、トレヴァーはわたしも凍死させる気だ。一九八二年のファイルになにがあるのか知らないが、それを見つけたら、なにごともなかったかのようにいままでどおりの生活を続けていくのだろう。

「トレヴァー。あなたはばかよ」ドアに向かって叫んだ。「ひとりでファイルを見つけるなんて、無理に決まってる」フリーザーが防音だったかどうか覚えていないが、そんなことはどうでもよかった。叫ぶとスッとした。一九八二年にはクロエが産休をとっていたので、ライリーの母親が秘書をやっていた。それを思い出してまた少しスッとした。一ページ一ページ全部調べなければ、あのごちゃごちゃのファイルの山からなにひとつ見つけられないだろう。

もちろん、箱ごと持ち帰れば、いくらでも調べる時間はある。そしてその間に、わたしはここで凍え死ぬ……。

寒さをしのごうと、腕を体に巻きつけた。オーケー。凍死したくなければ、ゲイブが助けにきてくれるまで動きつづけなければ。助けにきてくれると思うのは、ゲイブの推理力に信を置きすぎなのではないだろうか、と一瞬不安になった。だが、すぐに、推理力に頼る必要はないのだと気がついた。帰ってきてわたしがベッドにいなければ、街じゅう駆けずりまわってでも探してくれるはずだ。

だから、わたしがすべきことはただひとつ。見つけてもらうまで持ちこたえることだ。

とにかく動かなきゃ。ネルは真っ暗なフリーザーのなかを行ったり来たりした。ファイルの箱に蹴つまずきながら腕を振りまわし、血が凍らないように、なんでもいいから暖かいことを考えるようにした。ひょっとしてトレヴァーが鍵を開けていったかもしれない、そう思って、ときどきドアを押してみた。息が上がるくらい動かなきゃ。ネルはその場で飛び跳ねてみた。ゲイブ、早く来て。飛び跳ねるのに疲れると、また歩きに戻った。いまは真夜中だ。ゲイブは夜明けまでマージーの家に張りこむだろうから、あと六時間の辛抱だ。六時間がんばれば、外に出られる。ああ、でも、六時間？　そんなに歩きつづけられるだろうか。

それとも、自力で脱出するか。ゲイブならそうするだろう。だけど、鍵のかかったフリーザーからどうやって脱出すればいいの？　なかからも開けられる安全錠があればよかったのに。だが、このフリーザーの場合、うっかり閉じこめられるということはありえない。誰かが故意に鍵をかけないかぎり、閉じこめられるはずがないのだ。三十年後、親友が未来の息子の妻を凍らせてアイスキャンデーにする、なんてパトリックは想像もしなかっただろうから、安全錠が付いていないのはしかたないことかもしれない。

考えるのよ。ゲイブのように。めそめそしないで、考えて。使えるものは？　二十年分のファイルだけ。マッチがあればファイルを燃やせるのに。そうすれば、少なくとも、闇からは解放される。ただし、もちろん、煙の充満するフリーザーに閉じこめられることになるが。それに、二酸化炭素も出る。火は酸素を消費するから――

酸素。

フリーザーは空気を通さない造りになっている。

酸素は何時間もつだろう。ゲイブが帰ってくるまで六時間、それから、見つけてくれるまでにどれくらいかかるか。一時間にどのくらいの酸素を消費するのだろう。早足で歩いたので、すでにかなり余分な酸素を消費してしまったはずだ。

動きを遅くすれば、凍え死ぬ。速く動けば、窒息する。この窮地を切りぬける解決策はなにかないの？

クソッたれのトレヴァーは、リニーを殺したのと同じやり方で、わたしも殺すつもりなのだ。リニー。そうだ、リニーというお手本がいるじゃないの。リニーは彼に屈しなかった。いいように小突きまわされはしなかった。リニーはタフな女だった。決して妥協しなかったし、男たちにやられっぱなしで泣き寝入りなんかしなかった。

だが、リニーは死んだ。いまの状況で、〝リニーならどうするだろう？〟と考えるのは的はずれもいいところだ。

誰か助けて。自力じゃ出られない。助けが必要なの。ゲイブ、あなたが必要なの。

ネルはそんなふうに思う自分にげんなりした。人をあてにするのは間違いだ。自分の面倒は自分で見なきゃ。強い女なら、男に頼ろうとなんてしないで、自力でなんとかするはずだ。

それから三十分、どこかに隙間でもないか、脱出できそうな可能性はないか、と闇のなかで壁や床を手探りした。段ボールを積みあげ、その上に乗って天井もさわってみたが無駄骨だった。体の芯まで凍え、絶望に打ちひしがれた。寒さのせいで気分が悪くなり、眠くなった。

死ぬもんですか。死んだら、トレヴァー・オウグルヴィの思うつぼじゃないの。ネルはなにかないかと手探りしながら、何度も何度も自分に言い聞かせた。なにか――フリーザーの電源を切るスイッチでもあればいいのだが。それでも窒息はするが――

ドアが開いて、光がなだれこんできた。マレーネのヒステリックな吠え声、そしてゲイブの声がした。「ネル？」

「ああ、助かった」ネルはよろよろと光のほうへ歩いていき、ゲイブの腕に倒れこんだ。

「なにがあった？」ゲイブはドアのところでネルを抱きとめ、引っぱり出してドアを閉めた。

「このいやらしいフリーザーのドアをはずして」ネルはガタガタ震えながら言った。「ううん、ドアだけじゃない。これ、全部捨てて。怖かったんだから」

ゲイブはネルをひしと抱きしめた。「なんてこった。氷みたいじゃないか。いったい誰が――」

「トレヴァーよ。ねえ、早くここから出して」

「トレヴァーに閉じこめられたのか？　やつはいま、どこだ？」

「知らない」ネルは自分が震えているのに気づいた。寒さのせいだ。それに、アドレナリンが出たのと、疲労と、恐怖のせい。「八二年のファイルを欲しがってた。箱ごと持ってったんじゃないかな。あなたの鍵も持っていった。ファイルになにがあるかはわから――」

外で、エンジンをふかす音がした。「おれの車だ」ゲイブはネルを放し、待合室に走っていった。ネルもあとを追ったが、そのときにはもう、ゲイブは外に飛び出していくところだった。

「もういいのに。わたしなら大丈夫だから」そうは言ったものの、震えはまだ止まらない。

そのとき、タイヤのきしる音、それから、爆発のような衝撃音がした。短く鋭く硬い、大きな音だった。

「この世に神がいるなら」ネルはマレーネに言った。「いまのは下司野郎のトレヴァーね」

二時間後。救急隊がトレヴァーを病院に運び、警察がポルシェの残骸をレッカー移動するよう手配したあとで、事務所に四人で集まった。「おれの車が……」ゲイブが嘆いた。

「ほんと、あなたの車で自殺を図るなんて、勝手よね」ぽかぽかのマレーネを抱きしめてネルは言った。

「自殺を図ったんじゃない。車を調べるために持っていこうとしてたんだ。ゲイブのすてきなアイディアさ」

「思い出させないでくれ」

「あなたのアイディア？」

「きみが探していない最後の場所が、あの車だった。それを知れば車を調べたいという気になるんじゃないかと思って、先週トレヴァーに言ったんだ。だが、そこはトレヴァーだ。すぐには行動を起こさず、待った」

「で、なにが起こったの？」スーズが尋ねた。「なんで公園に突っこんだの？」

「ポルシェ911は普通の車じゃない」ライリーが説明した。「ターボ・ラグが尋常じゃないんだ」

「コントロールを失ったんだ。そのとき、車が公園のあの石柱に向かっていたのが運の尽きだった」

「ターボ・ラグ？」とスーズが訊き返した。

「エンジンがすぐには反応しないんだ。トレヴァーはアクセルを思いっきり踏みこんだに違いない。ラグがあって、そして次の瞬間、車は吹っとんだ」

「トレヴァーもターボ・ラグもどうだっていい」ネルはマレーネをひしと抱き寄せた。「一九八二年になにがあったの？」

「親父が死んだ」

「そうだったの……」

「今夜はもう考えたくない」と言ってライリーが立ちあがった。「スチュアートの死体を探すなり八二年のファイルを探すなり、きみたちは好きにするといい。ぼくはもう寝るよ」

スーズも立ちあがった。「わたしもそろそろ臉りに行くわ。マージーについててあげたいし。明日、事故のことやなんかを話さなきゃならないと思うと、気が重い」

ライリーがドアを開けてやった。スーズは彼のそばでしばし足を止め、それから、出ていった。ふたりきりになると、ゲイブが言った。「ほんとに大丈夫か」

「大丈夫じゃない。トレヴァーにあそこに閉じこめられたら、あなただったらどうした？」

「見当もつかない。なぜだ？」

「あなたなら、どうすべきかわかるんじゃないかってずっと考えてた。暗闇で凍え死ぬなんて、自分がばかみたいだった。あなただったら、そもそも閉じこめられたりしなかったわよね」

「かもな。状況によるが」

「マレーネを撃つって脅したのよ」

ゲイブは一瞬黙りこみ、それから言った。「トレヴァーは脳震盪《のうしんとう》を起こしてた。それから、複雑骨折してる」

「ざまあ見ろ、だわ。わたしがフリーザーのなかだとどうしてわかったの?」

「ちゃんと戸締まりをしたか、確認しようと思って電話したんだ。スーズがさっき事務所に行ったと言うんだが、こっちにかけても誰も出ない。心配になって戻ってきたら、マレーネがフリーザーのドアに向かって狂ったように吠えていた。で、机からスペアキーを取ってきて――」

「マレーネが?」ネルはマレーネの小さなふわふわの頭にキスした。「マレーネ。わたしのヒロインちゃん。あなたが助けてくれたのね?」

「で、おれがその手伝いをしたわけだ」

「ええ。そうね」スタンドの明かりのなかで、命を救ってくれたヒーローを見つめた。こういう男は危険だわ。女はこういう男につい依存してしまう。

ゲイブがほほえみかけた。この人はこんなにもわたしを心配してくれている。依存したからなんだっていうの? 今夜はそういう女になろう。「ご褒美をあげる」もう一度身も心も温まりたくて、ネルは彼を上の部屋に引っぱっていった。


翌朝、ネルとスーズはマージーにすべてを話した。マージーはショックを受けた様子だったが、酒には手を出さず、しらふで聞いていた。それから、マージーがEベイで売らなかった品を一緒に荷造りしてクロエの家に運んだ。最後の荷物を運び出そうとしていると、バッジが立ちはだかって、行くな、と止めた。マージーはじっと彼を見て言った。「ごめんなさい、バッジ。七年も無駄にさせて」そして、まだぶつぶつ言っているバッジを残して家を出た。午後になると、スーズがマージーをトレヴァーのいる病院に連れていった。

ネルはゲイブのいちばん厚手のセーターを着て事務所に下りていった。もう寒くはなかったが、暖かいものにくるまっているのは心地いい。それがゲイブのものならなおさらだ。助けてもらうってこういうことなのね。少なくとも、ゲイブはバッジのように、助ける見返りに、生涯、感謝して尽くすことを期待したりはしない。ゲイブにすればあたりまえのことをしただけなのだろう。それなら受け入れられる。

ネルは彼の部屋に入るなり言った。「ねえ、考えたんだけど」

ゲイブは疲れた顔で、空《くう》を見つめて物思いにふけっていた。ネルは机の向かいの椅子に腰を下ろした。マレーネは絨毯の上の日だまりを見つけて寝そべった。

「あなたの言うとおりだわ。わたしはここに来てまだ七カ月にしかならない。あなたは若いころからずっと、ここで働いてきた。昨夜だって、わたし、なにもできなかった。パンくずを落として手がかりを残すことさえ――」

「いったいなにを言ってるんだ?」ゲイブはネルを見て顔をしかめた。「フリーザーのなかに閉じこめられたんだ。なにもできるはずないだろ」

「対等な権利が欲しいって言ったでしょ? 二度とすべてを失うはめになりたくなかったから、あんな要求をしたの。でも、わたしにはそんな要求をする資格はなかったんだわ。あなたの経験と知識にくらべたら、わたしがこの七カ月でやったことなんて屁でもない。だから、もういい。一緒に仕事するからって、結婚する必要はないんじゃない? もっといろいろなる」

ことを学ぶまで、わたし、待てる」

「きみは考えすぎだ。今朝、トレヴァーに会ってきた」

相手にされなくてネルはムッとした。「考えすぎなんかじゃない。わたしが折れて出てるのに。わからないの？　ばか！」

「一九八二年に、親父は手紙を書いた」まるでネルの言葉が聞こえなかったかのように、ゲイブは続けた。「おれにもしものことがあったら開けてくれ、というやつだ。トレヴァーを助けてヘレナ殺しの隠蔽工作をしたことを告白していた」

「まあ」一瞬、自分のことは忘れて言った。「一九八二年って、そういうことだったのね」

「ああ。その年、ルーが生まれた。その少し前から、親父は心臓の調子がおかしかった。たぶん、親父は……」ゲイブは首を振った。「クソッ、親父がなにを思っていたかはわからない。だが、おれは最後に正しいことをしようとしたと信じたい。警察に行くつもりだ、と親父は手紙に書いていた。だが、まずトレヴァーとスチュアートにその決心を話す、ふたりが心の準備をできるように。自分を守る保険として、すべてを手紙に書いたことも言うつもりだ、と書いていた」

「その手紙を書いたあと、心臓発作で亡くなったのね」

「いや。スチュアートが親父をフリーザーに閉じこめたんだ。凍死するまで待って、それから、上の部屋のベッドに運んだ。おれたちはてっきり病死だと思った。医者も、解剖しないで死亡証明書を書いたんでね」

ネルは息を呑んだ。「どうしてわか――」

「トレヴァーがしゃべった。一時間前に。警察がファイルのなかから手紙を見つけて、今朝、トレヴァーに突きつけたんだ。彼のベンツのトランクから、溶けたスチュアートの死体も発見された。トレヴァーはなにもかも人のせいにしようとした。スチュアートが親父を殺した。マージーがスチュアートを殺した。ジャックがリニーを殺し、きみの家に放火した。自分は家族を守るためにスキャンダルを防ごうとしただけ、だそうだ」

その死の連鎖は、トレヴァーが離婚したがったことから始まったのだ、とネルは思った。ヘレナは離婚したら自分が無になるように感じて、自殺しようとした。マージーはスチュアートを憎みながら、結婚という絆《きずな》に縛られて離れられず、十五年後、とうとう耐えられなくなって彼をピッチャーで殴った。リニーはスチュアートが戻ってこず、結婚しようという約束を守らなかったことを恨みに思いつづけた。ティムとわたしは、結婚して一緒にいることで傷つけあった。ジャックはスーズをかごの鳥のように扱い、それでもスーズは十四年間、逃げようとはしなかった。簡単に結婚できるからいけないのだ。テストを課して合格した人だけ、仮免許という形で結婚を許すようにすべきだ。勢いだけで誰でも結婚できるのが間違いなのだ。

「トレヴァーの説明、鵜呑みにはできないよな」とゲイブが言った。

「あなたはどこまで信じる?」

「スチュアートが親父を殺したのは本当だろう。だが、マージーはスチュアートを殺していない。検屍官がビニールをはがしたら、爪が割れていた。トレヴァーはスチュアートを生きたままフリーザーに入れたんだ。死んだあとで、一度出してビニールに包み、Tボーンステーキの下に隠した。殺意ははっきりあったと思う。親父の復讐だったんじゃないかな」

「十一年後に？　復讐にしてはずいぶん悠長ね」

「待つのはお手のものだからな。リニーもトレヴァーが殺《や》ったんだろう。追いつめられ、思わず殴ってフリーザーに入れた。で、そのまま死体を始末もせず、発見されるかどうか様子を見た。放火も、ジャックに罪をなすりつけようとしているが、本当はどうだか怪しいものだ。きみを殺そうとしたのは紛れもない事実だしな」

ネルは、フリーザーのなかで無力感に打ちひしがれていたときのことを思い出した。「あれはどう説明してるの？」

「事故だそうだ。きみがまだなかにいることに気づかずにドアを閉めた」

「ご冗談でしょ」

「脳震盪を起こしておかしくなったのかもな。それに、いままではそれで通った。長いあいだ、まんまと殺人を隠しおおせたんだからな。誰にも説明を求められることもなく」ゲイブはネルと目を合わせた。「幸か不幸か、いままではきみみたいな人間に出くわさなかったわけだ」

「あのときはうかつだった」

「考えてたんだが。叔母がルーズだったせいで、手紙が行方不明になった。もしおふくろが秘書だったら、親父の死後すぐに警察に手紙を提出しただろうに。そうすれば親父の死体は解剖され、スチュアートは刑務所行きになった。マージーはその後十五年も意に染まぬ結婚を続けなくてすんだはずだし、スチュアートをピッチャーで殴ることもなかった。トレヴァーがスチュアートをフリーザーに入れて殺すこともなかった。それに、リニーも。きみの家が放火されたり、きみが殺されそうになることもなかった。おれの車も廃車にならずにすんだ」最後の口調がいちばん苦にがしげだった。

「秘書が誰だったらとか、それだけの問題じゃないわ」

「おふくろがいなくなったのは、親父がやったこと、車のこと、なにがどうなっているかを親父が話さなかったことで大げんかになったからだ。一九七八年、ヘレナが死んだときに親父がおふくろに打ち明け、おふくろの言うことを聞いていたら、四年後、スチュアートに殺されずにすんだんだ」

「もし、あなたがああしろこうしろとうるさいワンマン男じゃなかったら、戸締まりしたか確認しようと電話なんかしなかっただろうし、それだとわたしを助けられなかった。わたし、死んでたわ。もし、を言えばきりがない。過去は過去。くよくよしたってしょうがないわ」

「うるさい男と、言うことを聞かない女」ゲイブが立ちあがり、机を回ってネルのところに来た。椅子の肘掛けに手を置き、前かがみになって顔を近づけてくる。「七カ月だろうと二十年だろうと関係ない。そんなことはどうだっていい。おれたちは対等なパートナーじゃないし、これからもそれは同じだ。おたがいが行きすぎないように歯止めをかけ、足りないところを補いあえばいい。生きていくためにきみにはおれが必要だし、おれにはきみが必要だ」

「ゲイブ……」

「結婚しよう。いまわかった。いやいや言うんじゃない。そうしたいんだ。おれは親父のようにはなりたくない」

「あなたはお父さんとは違う」ネルは、同じだ、などとゲイブが考えたことに腹を立てて言った。

「だといいが」ゲイブは背筋を伸ばした。「オフィス・マネージャーがいる。ライリーは外に調査に出ているし、スーズはベッカにいい知らせを伝えにいった。きみが仕事が欲しければ、採用だ」

「欲しいわ」七カ月前同じ会話をしたとき、この部屋はブラインドが下りていて陰気な感じだった。ゲイブのことを、悪魔みたい、と思ったっけ。ネルは塵ひとつ落ちていない部屋を見まわした。修理した革のソファ、つやつや光る木の家具。トレンチコートなしで日向ぼっこしているマレーネ。そして、ゲイブ。疲れた様子なのはあのときと同じだが、ひとつ、大きな違いがある。いまのほうが幸せそう。わたしがいるから、なのね。「いい知らせって?」

「ベッカの彼氏は本当のことを言っていた。昨日、スーズが裏をとった。ふたりはハイアニス・ポートにバカンスに行くらしい」

「ほんと？ よかった。誰かひとりくらいはハッピーエンドになってくれなきゃね」

「ひとりくらいは？ おいおい」

「わたしとあなたは別にして。それと、スーズとライリーは別にして」

「あのふたりは、まだどうなるかわからない」

「シニカルなのね」ネルはもう一度部屋を見まわした。ここで残りの人生を過ごすのね。

「あなたと違ってわたしは楽天家だから。トレヴァーが磁器を燃やしてくれてよかったと思うくらい」

ゲイブはぎょっとした顔をした。「よかった？　なんでまた……」

「あれは過去だから。過去を捨てなきゃ、未来は開けない。あなたの車も同じ。トレヴァーがおしゃかにしてくれて、かえってありがたいようなものだわ。あの車を見るといやなことを思い出すでしょ？　これで、忘れて先に進めるじゃない」

「おれはあの車が気に入ってたんだ」ひどく怒った声だった。

ネルもいらだった。たかが車くらいでそんなに怒らなくたって。それに、言いたいことをわかってもらえないのが腹が立つ。

「わたしだって、あの磁器、気に入ってたわ。でも、なくなってよかった」ネルは不機嫌な顔でゲイブを見た。「ぐちぐち言うのはもうやめたら？」

「ぐちぐちなんか言ってないだろ。車はもういいんだ。ただ、大枚七千ドルもはたいて、きみが欲しがらないウェディング・プレゼントを買ったのがムカつくだけだ。これはもう、きみだけの問題じゃないんだ」

「ウェディング・プレゼント？」

ゲイブがため息をつき、机の横の大きな段ボールを指さした。

「さっきに届いた。ようこそ、過去へ」

ネルはしゃがんで箱を開けた。ビニールで梱包された磁器がたくさん入っていた。ひとつ包みを解くと、〈シークレット〉の砂糖入れだった。「買い戻してくれたんだ」息を呑んでつぶやいた。「買い戻してくれたんだ……」

ゲイブが机の端に腰かけて、言った。「過去でもいいか？」

ネルは、砂糖入れの平らな側面を――青く自由に流れる川を見下ろすように、丘の上に並んで建つ二軒の家を指で撫でた。「これは過去じゃないわ」この先ずっと、これを見るたびに、ゲイブがこれを救い出してくれたこと、いてほしいときにいつもそばにいてくれたことを思い出すだろう。「これはあなたよ」もう一度、丘の上にバランスよく並ぶ家、隣りあう二本の煙突から空に流れる煙を見つめた。「これはわたしたちよ」

「よかった。いまさら、店に引きとってくれとは言えないからな」ゲイブの声の調子は軽かったが、目を上げて彼を見ると、その瞳は暗く、揺るぎない光をたたえていた。

「愛してるわ」

「おれもだ。愛してる。法的にもきちんとしよう」

陽の光を浴びて座るゲイブは、さながら地上に舞い降りた悪魔だった。永遠の熱と光へとわたしを誘惑する悪魔。結婚はギャンブルであり、罠であり、苦しみへの招待状だ。妥協であり、犠牲だ。わたしは永遠に、この男とこの醜い窓を引き受けることになるのね。

ゲイブがほほえみかけ、心臓を鷲づかみにした。「臆病者」

「臆病者じゃないわ」ネルは言った。「いいわ、結婚しましょう」

訳者あとがき

結婚二十二年、ひとり息子もしっかりしたいい子に育ち、夫とずっとやってきたビジネスも順調で、人生は平凡ながら順風満帆。そんなクリスマスに突然、夫が「もうきみを愛していない」と言って家を出ていったら？

結婚の崩壊と同時に仕事まで失い、すべてを失ったような気になる。「わたしがいままでやってきたことはなんだったの？」とむなしさに襲われ、一からやりなおそうにも、もう若くない自分にはそんな元気はないと感じる……。

一年九カ月前、主人公のネル・ダイサートはそういう憂き目にあいました。でも、傷ついても人生にほとほと嫌気がさしても、やっぱり生きていかなければならないし、生きるためには働かなければならない。というわけで、オハイオ州コロンバス、煉瓦造りの古い街並みが美しいジャーマン・ヴィレッジの探偵事務所にネルが就職の面接にやってくるところから物語は始まります。

事務所のボスはゲイブ・マッケンナ。黒髪、黒い瞳、たくましい体でスーツを渋く着こなし、父の形見である二十年以上前のポルシェを乗りまわす男。『マルタの鷹』のサム・スペードを思わせるクールな探偵だが、いまどきサム・スペードばりの探偵なんて、時代錯誤と言えなくもない。ワンマンで、上司としてはちょっとやりにくい相手です。

ネルが働きだしてまもなく、マッケンナ探偵社の長年の顧客であるオウグルヴィ&ダイサート（O&D）法律事務所が強請られるという事件が起きます。脅迫者は、O&Dの弁護士、トレヴァー・オウグルヴィの妻ヘレナの二十二年前の死についてなにか秘密を握っているらしい。当時、ヘレナの死は自殺として処理されたが、ひょっとして殺人だったのか。殺人だったとすれば、犯人は誰か。ゲイブの父パトリックは事件になんらかの関わりを持っていたのか。

O&Dはネルにとってもゆかりの深い事務所だった。義姉のスーズとマージーはネルのいちばんの親友だが、トレヴァーはマージーの父、O&Dのもうひとりの弁護士、ジャック・ダイサートはスーズの夫なのだ。始まりはちゃちな強請りだったが、それはやがてできなくさい事件に発展。死体がひとつ、またひとつ、転がり出てきて……。

ジェニファー・クルージーのロマンティック・ミステリ初の邦訳となる本書は、探偵事務所が舞台で、主人公に近しい人たちが殺人に関わっている、という具合にミステリ的なおもしろさも満載ですが、この作品のなによりの魅力は、ユーモアたっぷりのパンチの効いた会話にあります。アメリカでも、まずいちばんに絶賛されたのがこの会話のキレのよさでした。始終にやつきながら読めること請けあい。そして、笑っているうちに、ネル、スーズ、マージーという三人の女性たちの等身大の悩みや生きざまがリアルに心に染みてくる。

作者の言葉を借りれば、これは「離婚と結婚とアンティークの磁器とマレーネというダックスフントの物語」だそう(このダックスフントがまた、いい味を出しています。さも虐待されているかのような薄幸の演技が得意な〝女優〟なのです。それで、マレーネ・ディートリッツヒの名前をとってマレーネと名づけられたというわけ)。四十二歳、バツイチ、二十一歳の息子がいるという設定はロマンスのヒロインとしては少々異色かもしれません。夫の不倫による離婚という大きな挫折を経験したネル。特別な才能があるわけでもお金があるわけでもない。もう恋なんかできない、この先ずっと独りで淋しく生きていくのか、と弱気になったとしてもちっとも不思議ではない。でも、どっこい人生、一回や二回の挫折で終わりじゃないし、恋はいくつになったってできる。姉御肌でしっかり者で頑固で、でも脆いところもあるネルが少しずつ傷心から立ちなおり、自分を取り戻していくさまを見ていると、そういう前向きなパワーが湧いてくる気がします。

ネルだけでなく、目の覚めるような美人で、裕福な弁護士と結婚して一見なに不自由ない暮らしをしているスーズも、おっとりした性格で、あまりものを考えずにぼんやり生きているように見えるマージーも、それぞれの結婚(同棲)生活になんとはない違和感を感じてもがいています。自分の足で立つために仕事を始めてみたり、あれこれ手探りする姿は、現代に生きる女性にはほんとうに身近な悩みで、誰もが共感せずにいられないことでしょう。

そうそう、本書にはもうひとつ、チャーミングな長所があります。セックスの扱いが軽すぎず重すぎず、カラッとしていて大人の対応で、じつにいい感じなのです。たとえば〝使い捨ての恋人〟。これ、なんだかわかりますか。答えは読んでのお楽しみ。でも、こんなすてきな男性が〝使い捨ての恋人〟になってくれて、そのあとも全然ぎくしゃくせずにいい友人になれるなんて、うらやましいかぎり。本命の恋人が〝使い捨ての恋人〟にほんの少しだけする嫉妬も、いやみがなくてなんだかかわいい。

ゲイブ、ライリーというふたりの男性陣も、「男はタフでなければ生きていけない。優しくなければ生きていく資格がない」というフィリップ・マーロウの言葉を地でいくかっこよさ、甲乙つけがたい魅力です。ライリーのプレイボーイながらハートはピュア、というところなど、定番ではありますが、女心をくすぐることこのうえない。星占いにはまっているゲイブの元妻クロエをはじめ、マッケンナ探偵社の常連の客たちなど、脇役がまたひと癖あって楽しませてくれます。

クルージーの作品は、先輩ロマンス作家の誰にも似ていない新鮮さです。訳者はいっぺんでファンになってしまいました。現代的に洗練されていて、陽気でキレのいいクルージー・ワールドをひとりでも多くの方に体験していただければ、と思います。

ジェニファー・クルージーは一九四九年生まれ。七一年に結婚、空軍軍人の夫とのあいだに娘がひとりいます。美術教師として働きながら、英文学の勉強を続け、修士号を取得しました。修士論文のテーマは『一八四一～一九二〇年のミステリにおける女性の役割』。その後、博士課程も修了、あとは博士論文を残すのみという状態だそうです。

一九九三年にデビューするや、早くも九八年には"Tell Me Lies"でハードカバー作家の仲間入りを果たしました。以降"Crazy For You"、"Welcome to Temptation"、"Fast Women"（本書）"、"Faking It"と四冊の本を出しますが、そのすべてがベストセラーリスト入り。ロマンス界で最高の権威とされるＲＷＡ（全米ロマンス作家協会）のベスト・テン作品にも選ばれました。いまもっともホットな作家のひとり、と言えるでしょう。

クルージーは現在、オハイオ州南部の町に三匹の犬と三匹の猫と住んでいます。

ポルノを撮影するビデオ・カメラマンの主人公と保守的な田舎町の町長のエロティックな恋を描く“Welcome to Temptation”、かつて絵の贋作をしていた主人公と詐欺師が丁々発止やりあう“Faking It”の二冊も二見文庫から順次刊行予定ですので、どうぞお楽しみに。

ザ・ミステリ・コレクション

ファーストウーマン

［著　者］ジェニファー・クルージー

［訳　者］葉月 陽子

［発行所］株式会社 二見書房
東京都千代田区神田神保町1－5－10
電話　03（3219）2311［営業］
　　　03（3219）2315［編集］
振替　00170－4－2639

［印　刷］株式会社 堀内印刷所
［製　本］株式会社 明泉堂

落丁・乱丁本はお取り替えいたします。
定価は、カバーに表示してあります。

ISBN4－576－03091－4
http://www.futami.co.jp